红楼梦公开课

（一）

欧丽娟 著

北京大学出版社
PEKING UNIVERSITY PRESS

图书在版编目（CIP）数据

欧丽娟红楼梦公开课. 一 / 欧丽娟著. —北京：北京大学出版社，2021.10

ISBN 978-7-301-32117-1

Ⅰ. ①欧… Ⅱ. ①欧… Ⅲ. ①《红楼梦》研究 Ⅳ. ① I207.411

中国版本图书馆 CIP 数据核字（2021）第 061135 号

书　　　名	欧丽娟红楼梦公开课（一）
	OU LIJUAN HONGLOUMENG GONGKAIKE（YI）
著作责任者	欧丽娟 著
责 任 编 辑	吴　敏
标 准 书 号	ISBN 978-7-301-32117-1
出 版 发 行	北京大学出版社
地　　　址	北京市海淀区成府路 205 号　100871
网　　　址	http://www.pup.cn　新浪微博 @ 北京大学出版社
电 子 邮 箱	编辑部 wsz@pup.cn　总编室 zpup@pup.cn
电　　　话	邮购部 010-62752015　发行部 010-62750672
	编辑部 010-62757065
印 　刷　 者	北京中科印刷有限公司
经 　销　 者	新华书店
	965 毫米×1300 毫米　16 开本　39.25 印张　489 千字
	2021 年 10 月第 1 版　2024 年 6 月第 4 次印刷
定　　　价	128.00 元

目录

第一章

如何读红楼梦

一切诸经，皆不过是敲门砖

《红楼梦》是大家耳熟能详的一部中国传统小说，就算没看过的人大概也都能很轻易地琅琅上口，并对里面的若干人物情节发表意见，这是非常独特的阅读现象，同时，它也是一部具有独特影响力的文学作品。但我们在阅读时，总会有一些来自个人的特殊性格，以及时代的某一种特殊风气所形成的盲点，无形中主导了我们如何去读这部小说，以及如何对这些人物和情节进行诠释，以至于这些诠释和感受，是在一个预先的前提之下就已经被决定了，而不是这部小说真正的内涵。

一般人在阅读过程中有两个现象，第一个现象即有许多细节被所有的研究者与读者在讨论时一致忽略掉了。然而这些细节非常重要，如果它们是被遗失的拼片，就得把它们重新找回来，进行重组，如此一来便会发现，我们所想当然耳的人物图像将因而发生变动，有一些是耳熟能详的经典场面，或者是一些所谓的重要情节，在这些被想当然耳之处如果能停顿下来重新思考：它属于什么样的处境？这是一个什么样的情景？人性在这个情景之下为什么会做出这样的反应，而这样的反应背后所预设的价值观、思维模式又是什么？再把那些遗失掉的细节的拼片重新召回，就会发现：《红楼梦》并非我们所习以为常、所一般认知的样子。经过这样不断的寻幽探胜与不断发现之后的柳暗花明，便会体认到对《红楼梦》真的要重新阅读。重新阅读的喜悦，在于总是有一些新的发现、看到不同的文本风景，《红楼梦》也提供给我们与过去不一样的思考空间。

《红楼梦》的人物实在是太多了，这部小说简直像一部百科全书似的，把各式各样人物的特殊处境、他们的特殊心理反应与特殊人格特质都做了非常典型的造相，而在这复杂的情况之下，对《红楼梦》并不熟悉的读者就容易眼花缭乱，进而对人物的言语或行动有了错误的判读。

例如《红楼梦》里贾府分为两支，一边是宁国公所派生下来的宁国府，另外一边是我们最熟悉、也是整部故事的主要舞台，即荣国公这一支的荣国府。宁国公那一支的宁国府，因是位在东边，所以又叫作东府；荣国府位于西边，所以又叫作西府，这样的东府、西府的安排便体现出非常重要的伦理秩序。

各位注意在中国传统的伦理秩序里，核心是长幼有序。《红楼梦》第二十回中有一句话讲得非常清楚，贾家这种簪缨世家，"凡作兄弟的，都怕哥哥"，这就是整个大家族运作时的基本原则之一。哥哥宁国公的方位被排在东边，是因为从先秦以来，中国文化在方位的隐喻关系上就以东为尊，这个原则贯彻于他们的日常生活中。

贾府到底有多少人？贾府是一个大家族，大家族的运作是靠很多的丫环奴仆在帮忙的，这些人物全部加进来，都属于贾府。《红楼梦》里面有两个地方提到，第六回一开始便说贾府"人口虽不多，从上至下也有三四百丁"，只算男丁就三四百了，加上其他的性别、年龄的，翻倍来算也不止，果然到了第五十二回，麝月责骂不知礼的老妈妈时，提到"家里上千的人，你也跑来，我也跑来，我们认人问姓，还认不清呢!"这里就告诉我们贾府有上千人。上千人在这样特定的空间里面，日日夜夜 24 小时生活在一起，有着紧密的人际关系，它告诉我们很多的事情：第一，一定要有秩序，否则会混乱不堪，根本难以生活，所以请不要抨击礼教，礼教实际上有它的必要性。第二，他们日夜生活在一起，"作假"比我们现在要困难得多，我们现在讲究开放，充满了流动性，人与人的接触短暂而匆忙，事实上要作假、造谣、陷害别人反而容易。

宁国公叫作"贾法（或贾演）"，荣国公叫"贾源"，他们是"水"字辈，这种用单一偏旁或单一用字作为同一辈的标识，古文中叫作"挑名"，大家族最常采用这种取名方法。国公爷的第一代，就是"水"字辈，而且在众多水字旁的文字里，曹雪芹所选的其实完全配合贾府的世代演化的需要，"源"的意思是源头，贾家就是由荣国公、宁国公打下基础的，接下来的百年富贵完全都是由他们一手创造出来的，用河流的生命来比喻的话，他们就是源头。至于贾法（或贾演），用"演"可能比较好，"演"字即有演化的意味，从源头开始，一代又一代这样演化下来；而"法"字则有树立家法的涵义，正体现了所谓的祖宗家法。接下来是"代"字辈，再来就是"攵"字辈，这种世家大族十分注重父教，曹雪芹让当前负责教育子孙的一代以"攵"作为名字的偏旁，是因为"攵"等于"攴"，具有父权执教的涵义。再接下来就是各位最熟悉的"玉"字辈，最后就是"草"字辈，看起来是否有点每况愈下的味道？总而言之，在中国传统的天命观、家族生命史的概念里，"百年"几乎就是一个家族生命的宿命的尽头，所以整个故事基本上就是在末世所开展的一个悲剧的回眸，眷恋过去的繁华，然后又对即将失去或必然失去而无限感伤，这是《红楼梦》引人入胜的地方。

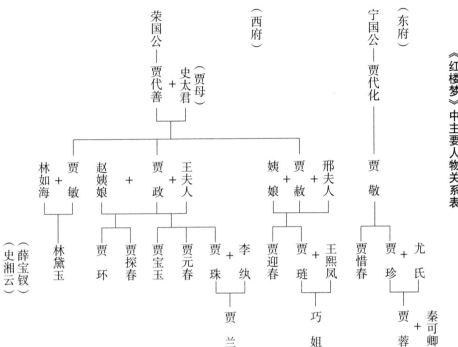

《红楼梦》中主要人物关系表

　　请各位再注意几件事情，首先，东府的重要人物非常少，这部小说有很明显的轻重之别，它的整个笔墨主要是聚焦在荣国府这一边。关于荣国府，要注意几件事情，第一，荣国府分大房和二房，贾母本姓史，所以有另外一个称呼叫"史太君"，她生了两个儿子，女儿则有好几个，最重要的一个是贾敏，因为贾敏是林黛玉的母亲。大房是贾赦，他是大儿子，因此世袭了爵位，但贾家真正的掌权者却是二房贾政，乍看之下这很奇怪，而且连他们住的地方的安排都有一点违反长幼有序、嫡长子继承的原则，这一点是书中很多需要重新解读的地方之一，我们等到专题再说。

　　二房是贾政，他的正配夫人即王夫人，还有一个重要的妾叫作赵姨娘，事实上他的妾不止一个，另外还有一个叫周姨娘，周姨娘安分守己，也不惹是生非，和赵姨娘形成了鲜明的对比。贾政和王夫人生了三个孩子（贾元春、贾珠、贾宝玉），和赵姨娘又生了两个孩子（贾探春、贾环），上页的人物关系表可供随时对照。再者，从东、西府长幼次第的安排，就能清楚《红楼梦》的基本理念，它所刻画的那种复杂其实都隐含于这个方位上。

《红楼梦》架构在礼教文化最为成熟的中华帝制晚期，反映出来的是现代人可能都不了解，甚至在不了解之前就会先加以反对的传统文化内涵，这一点如果我们不能够好好地掌握的话，便会对《红楼梦》产生很多的误解。而那些误解就某个意义来说，只是在投射我们这个时代所想要的价值观。这个时代想什么价值观，我们就开始投射什么价值观，谁符合这个价值观，我们就去赞美他、阐扬他，而不顾那到底是不是这个人物真正的内涵。因此，我想通过东府和西府的安排提醒大家注意这一点，中华文化非常博大精深，它的伦理秩序和各式各样的文化制度是我们现代人几乎难以望其涯岸的，假设我们不能够时时留意到这个部分，就会发现有很多地方是无法正确地理解的。

关于人物关系表，请注意世系的演化情况，与东府、西府的人际关系，以及所派生出来的子孙分布，这样就可以对贾府有起码的认识。

在阅读《红楼梦》之前，我们先要有很大的思想、心理上的调整，千万不要用现代的价值观去看待它。而我们现在到底有哪些价值观？这一点恐怕都是"百姓日用而不知"（《周易·系辞上》），我们活在这个时代空气之下，可是并不知道构成这时代空气的具体因素以及它的色彩是什么，只是想当然耳地运用这一套价值观和思维模式去投射我们周遭的一切！

我想到日本的一位山本玄峰禅师①，他在龙泽寺讲经的时候有一段话发人深省，他说：

> 一切诸经，皆不过是敲门砖，是要敲开门，唤出其中的人来，此人即是你自己。

一切经典都不过是敲门砖，让我们借由这部经典敲开大门，而敲开门的目的，倒不只是要去看到《红楼梦》里面各式各样、多彩多姿的宝藏，其实更重要的一件事情，是要召唤出其中的人，也就是你自己！

这话发人深省的意义在于：你是什么样的人，就会读出什么样的《红楼梦》；你是什么样的人，就会怎么样去解释林黛玉，就会怎么样去解释薛宝钗。很有意思的是，那些解释从某个意义来说，都是我们在自己的人格特质所形成的有色眼镜之下所看到的样子，所以阅读经典的意义就是拿出我们自己，然后去和经典之间发生激荡、进行召唤，所召唤出来的其实是内在的自我。当我们意识到这一点之后，就要小心：你为什么会这样去解释这个世界？你是悲观主义者还是乐观主义者？你为什么觉得林黛玉就是寄人篱下，楚楚可怜、仰人鼻息？你是不是忽略掉很多的东西，以及你自己对于人的理解只停留在这个层次？而那就是你真正的自己，是你可能没有意识到的自己。

既然如此，在这样的关系之中，第二个可以注意到的现象就是：读者的角色其实和经典一样重要。经典是封闭的，是静止的，已经是

---

① 山本玄峰（1866—1961），日本高僧，他九十五岁时说："我想拉下帷幕，结束这场人世的喜剧"，随即禁食三天，直到去世。

具体存在于那里的固定样态，但是固定的样态要怎样让它鲜活过来，怎样重新回复到它活生生的有机体的生命运作模式和精神风貌，那就是我们读者的责任。林黛玉到底是怎样的存在？她有没有历经人生中的许多的变化，人生中有没有许多的困惑？贾宝玉也一样，宝玉有没有因为价值上的矛盾而造成内心中巨大的痛苦，而我们却一无所知？诸如此类的问题，都要靠读者去把它挖掘出来。

当读者是一个单面向的、很简化地思考的、自我投射型的人，那时候所召唤出来的贾宝玉和林黛玉就是非常扁平化、非常单一的形象。而越是能够丰富地、多面地且深刻地去阐述这些人物的内在的读者，以某个意义来说已经提升到和经典一样高的地位，足见什么样的读者就会读出什么样的《红楼梦》。

我认为这一点需要我们深深地自我期许，也要深深地自我警惕，作为一个读者必须要尽量客观中肯，而且一定要努力研究，没有努力研究过就不要妄下断言。很多的看法是我们捕风捉影、想当然耳所导致，那都太过轻率，对于我们所批评的对象太不公平，既然我们连它都不了解，凭什么对它下判断？我觉得这是我们在待人处事、在读书的时候，都应该要很深刻并随时意识到的自我警惕。所以作为读者，你其实一样重要，一定要好好地自我期许。

做一个好的读者

那么，我们到底要做怎样的读者才配得起这一部非常伟大的经典？《红楼梦》的内涵是那么广袤丰富，那么深不可测，我们又该达到什么程度的读者要求，才能够把深不可测和广袤丰富给展现出来？作为读者应该要怎么样来自我锻炼？我下面整理出几项重点提供给大家参考，平常可以用来训练自己。

首先，请看亨利·詹姆斯[①]所说的话，他是一位创作经验丰富的小说家，同时又是有深刻的批判思维的小说批评家，身为非常著名的英国作家，在西方的思想训练之下对于小说的体认非常深刻。以下的这两段话真的发人深省，他在《小说的艺术》这篇文章中说："要说某些情节在本质上要比别的情节重要得多，这话听上去几乎显得幼稚。"可惜很多读者非常粗心大意，把很多重要的细节视为末节而不予重视，轻易地放过，殊不知"魔鬼就藏在细节里"，那些细节其实是一样重要的，为什么读者会这么轻率地判断它不重要？试想一个伟大的作家为什么要把不重要的东西写进他的小说里？这不是一个很荒谬的逻辑吗？所以我们必须要调整心态。伟大的作家创造出一部伟大的经典，这部小说既然伟大，就表示构成它的每一个部分都同等重要，他没有必要去灌水，更没有必要浪费笔墨在不重要的琐事上。一百年前走在小说艺术前沿的亨利·詹姆斯就已经提醒我们了，而我们的读者却落后了一百年。

实际上常常可以看到很多读者或学者的讨论中有"说某些情节在本质上要比别的情节重要得多"的幼稚表现，总以为书中最重要的就是黛玉葬花、晴雯补裘、抄检大观园，或将那几段描写孤立地凸显出

---

① 亨利·詹姆斯（Henry James，1843—1916），生于美国，后前往英国定居，一生创作了近三十部长短篇小说，另外还有文学评论、游记、传记和剧本，他开创了心理分析小说的先河，影响了后来的意识流小说流派，在欧美小说史上有着举足轻重的地位。

来，并开始做各式各样的发挥，然而这是真正公正、客观全面的吗？我们怎么可以忽略掉比所谓经典场面更多的细节而不顾，只专注在一个特定的焦点上？而当这个焦点失去了完整的支援体系的时候，恐怕就会被架空、被任意地诠释，而这就是一般读者思想上的盲点。我希望大家要特别注意这一点，即任何细节都一样重要，不管你是一个读者还是一个研究者，都必须要有很全面的对于这个情节的相关掌握，而有了足够的"数据库"（database），才有资格去召唤出一个全面的整体。

于是，亨利·詹姆斯接着提醒我们，为什么任何情节都是一样重要，因为：

> 一部小说是一个有生命的东西，像任何一个别的有机体一样，它是一个整体，并且连续不断，而且我认为，它越富于生命的话，你就越会发现，在它的每一个部分里都包含着每一个别的部分里的某些东西。

这句话是翻译文字，有点拗口了，他的意思是说：就好像我们身上的细胞，你不能够说手指头里面的细胞比不上脑细胞重要，实际上同样都是细胞，都属于同一个有机体的一部分。手指里面的细胞所含的 DNA 和脑细胞应该是一样多，而且其基因密码的深奥和微妙也是同等的，所以林黛玉怎么可能只有在葬花那一幕才充分表现她自己？人的生活与生命的展现是连续的，而且在连续的过程中还有很多的层次和变化，怎么可以只聚焦在某一个片段，然后断定这就是它的全部？这很明显是以偏概全、削足适履，我们为什么要做一个粗糙的读者，去做这样轻率的工作？读者非常重要，你必须要做和作者一样的努力，要很辛苦地爬梳，要尽量把作品读熟，更要常常停下来思考各种现象所反映的人性，才能够真正地达到和作者类似的高度。

西方的文艺批评家把读者的个人成见尽量地摒除，尽量地抽离，为的就是要清楚、完整且深刻地理解对象。而我们读书不就是为了这个目的吗？我们读书不就是为了看到我们原来不知道的世界吗？这才能够构成我们个人的成长啊！所以我常常感慨一件事情，原来很多人读书竟然只是为了印证他在读这本书之前就已经知道的东西！亦即：读完《红楼梦》之后林黛玉还是那个样子，薛宝钗还是那个样子，和读小说之前没多大差别。我真不明白这样的读书到底意义在哪里？读书事实上是要打破旧的自我，然后去开启新的自我的可能性，所以读者才会和经典一样的重要！

我们再来看一位俄国年轻早逝的文艺论家，他叫别林斯基①。别林斯基有一段话：

> 在论断中必须避免各种极端。每一个极端是真实的，但仅仅是从事物中抽出的一个方面而已。只有包括事物各个方面的思想才是完整的真理。这种思想能够掌握住自己，不让自己专门沉溺于某一个方面，但是能从它们具体的统一中看到它们全体。

别林斯基提醒我们，在做论断的时候——请注意这个论断不只是在做研究，也不是在做阅读心得的表达，而是包含在平常生活中的待

---

① 别林斯基（1811—1848），俄国思想家、文学评论家，对车尔尼雪夫斯基、杜勃罗留波夫美学观念的形成有直接的影响。1848年6月，别林斯基因病去世，年仅37岁。

人处事上，对不知道的事情就要谨慎，不要妄下断言，更要注意避免各种极端。极端当然会比较强而有力、比较醒目，但这是一个危险的诱惑，它会让我们误入歧途，所以我们要做一个好的读者、一个好的批评者，就必须要避免各种极端，固然每一个极端当然也可以是真实的，没有对错，事实上这不是错与没错的问题，人文领域并非科学范畴，其中的任何可能性都可以是对的！

但问题是：并不是抓到一个可能性就表示它是最全面的，这些极端仅仅是从事物中所抽出的一个方面而已，而一个完整的生命体都有很多层面，所以说，只有包括事物的各个方面的思想才会是完整的真理，而这种思想的优点在于它能够掌握住自己，不让自己专门沉溺于某一个方面，不会专门沉溺于林黛玉就是多愁善感，就是性灵脱俗，你陷在那里本身没有错，但它却确实是以偏概全。所以我们应该努力做的，是要从具体的统一中看到全体，林黛玉真的只有这样吗？贾宝玉真的只是那样吗？薛宝钗也仅止于如此吗？这都是我们在论断的时候，必须常常要很自觉地提醒自己的。

我们现在继续看另外一位各位都非常熟悉的欧洲小说家米兰·昆德拉[①]，他的作品中最为大家所熟悉的即《生命中无法承受之轻》。米兰·昆德拉自己对小说也有非常多的省思，欧洲人在他们的人格和文化素养的养成过程中，都深深受到哲学思想的训练，所以他们不让自己模糊或让自己粗糙、让自己想当然耳，米兰·昆德拉的《生命中无

---

① 米兰·昆德拉（Milan Kundera），捷克裔法国作家、小说家。1929 年出生于捷克斯洛伐克，1975 年移居法国后，他很快便成为法国读者最喜爱的外国作家之一，并引起世界文坛的瞩目，曾多次获得国际文学奖。

法承受之轻》里就有很多哲学概念的论证，什么"非如此不可"，什么"永劫回归"，可见他很清楚地知道，他是在回应欧洲人几千年来思考的一些问题。作为一个小说家，米兰·昆德拉也把他的思想训练反映到他对小说艺术本质的认识上。

在他的《小说的艺术》这本书中提到一个说法："我小说中的人物是我自己没有意识到的诸种可能性。正因为如此，我对他们都一样地喜爱，他们也都同样地让我感到惊讶。"这段话之所以要特别在此分享，原因在于读《红楼梦》有极为常见的一个盲点或误区，那就是很多人总认为《红楼梦》里一定有一个作者的价值褒贬，我们要做的事情就是去找到曹雪芹到底比较喜欢谁？曹雪芹支持的价值观到底是什么？只要是我们判断为曹雪芹的价值观所在，就被认为是对的、是好的，是这部小说要张扬的价值。一般读者好像都是这样去看待文本，并认为曹雪芹很显然比较喜欢林黛玉，比较不喜欢薛宝钗，所以林黛玉的个性以及其个性所可能拥有的文化内涵，就变成《红楼梦》所极力要彰显、去褒扬的正面价值。

但是，我们要来探讨几个问题：一个作者是否真的是用他自己的价值观来主导他的写作？这是第一个问题。第二个问题，假设他是用他所自觉的个人价值观在主导创作，难道没有其他非自觉的潜意识会渗透到他的笔端，而影响到他的写作吗？一百多年前弗洛伊德就说过，我们每个人都有潜意识，在这种情况之下，作者也都有弗洛伊德所谓的潜意识层次的某种力量的干扰，并在他的写作中发生了影响，那么凭什么我们坚决认为有一个作者自觉的价值观在引导？换句话说，作者自己可能都不知道有某些东西已经加进他的具体写作里面，如此一来，又怎么可能有所谓作者的单一价值观在作为指引？

第三个问题，假设作者这么做，即以其自觉的价值观来引导写作内容，那会是一个好的做法吗？一个作者用他自己的价值观善恶二分，就他所认为对的东西作为全书的主轴去引导故事的发展，这样会写出一部好的小说吗？一部好的小说不是更应该很广袤地、多元地去开展人性的各种可能，更丰富地去展现世界的复杂性吗？这么一来，假如有一个很明显的、占优势的意见在进行最高亢的独白，你真的会觉得这是一部好的作品，它会深深吸引你吗？也许会，但对于训练有素的读者而言，就恐怕不会。

接下来是第四个问题：我们要来思考一件事情，作者在创作的时候，除了潜意识之外，还有没有别的一直到今天为止，我们都没有办法去破解的创作的奥妙呢？什么叫创作的奥妙？我先举几个在各式各样的艺术形态上创作者都有的共同经验为例：

日本的漫画之神手冢治虫，有一个他自己津津乐道的创作经验。手冢治虫说，事实上他在创作"怪医黑杰克"（Black Jack）的时候，有一个非常明确的创作目标，就是要塑造出一个大坏蛋，医术很高，可是人品很差，常常趁火打劫、趁人之危，在病患生命垂危之际趁机勒索。他就是要创造出这样的一个大坏蛋来，但是连作者自己都很意外，等到这个故事刊出后，所引发的回响完全超出原来的预期，大家都好喜欢这个角色，觉得好迷人啊，你越了解他，就越喜欢他，觉得原来他背后有这么多阴暗的、痛苦的层次，于是乎由恨而生怜、更由怜而生爱，他就变成一个广受欢迎的人物。可见作者所写出来的人物，读者的反应和他的期望可能发生分歧，这种例子也再现于很多其他的创作者的经验中。

另外一个小说家罗伯特·史蒂文森（Robert Louis Stevenson,

1850—1894）也提到，小说家"创造的人物在小说里往往自己活动起来，而变成他所不能控制的存在。这句话倒是切实的经验之谈，因为小说里人物的个性一经建立，有他的情感与意志，作者不得不随他自己发展。因此小说里人物个性的活动，他很自然要牵动作者预想的情节与布局。"换言之，小说人物有着他的情感、意志和命运。于是小说家反而退居为一个只不过是把这个生命呈现出来的媒介而已，这个生命有他自己的力量，他自己会成长，会变化，会有他自己的道路。

创作是如此微妙，很多的思想家甚至还有科学家，他们想要去理解"创作"时到底是在一种什么样的状态，作家的脑波如何，为什么会有这些神妙的体验表现出动人的效果？然而到目前为止，没有任何研究可以真正解答这些问题。创作是连作家本身恐怕都不能参透的奥妙，有一点点像是上帝的选民被指派来从事一件复杂到连他自己都不能完全体会的工作。就此而言，我们如果要问小说家的价值观是什么？他到底想要表达的是什么意思？这个问题是不是全部问错了？

何况我们要注意一件事情，也即是接下来的第五个问题：就算作者真的有很明确的意见，他也如实地表达了，可是不要忘记：一部作品的生命是由读者所赋予的，读者不去读、不去诠释，这部作品就是被封面盖住了的、死的东西，只有读者的阅读才能够让它重新鲜活过来。所以读者的阅读，就是赋予这部小说生命的一个魔幻的力量，你的指尖接上了上帝的指尖，生命在突然之间都产生了！

既然读者怎么读是那么重要，为什么我们要去管作者在想什么？罗兰·巴特的名言："作者已死"，意指一部作品被作者完成以后就独自在人间流传，它的生命与内涵是由各式各样的读者去赋予，因而作者丧失了他的发言权。这些文学理论都告诉我们，请不要去追问曹雪芹在想什么，不要去用所谓曹雪芹的价值观来作为你对这些人物和情节的论断标准，以后不要再去问这样的问题，那根本是一个无聊而且没有意义的问题。

事实上，人们所以为的曹雪芹的意思，不也是读者在解读过程中所形成的吗？所以希望大家注意一件事情，就是读者和经典一样重要，请你做一个好的读者。好的读者要严格地自我控制，不要被成见所主宰，不要让情绪去干扰，不要让自身所属的时代来阻碍，好好地去了解《红楼梦》到底是什么。米兰·昆德拉透过他个人的创作经验说："我小说中的人物是我自己都没有意识到的诸种可能性。"所以你无须去问米兰·昆德拉为什么创造出萨宾娜，为什么创造出特丽莎，说不定他自己都没有意识到原来特丽莎事实上是这个样子，他只不过是初步给她一个雏形，没想到她自己会如此丰富。作为一个创作者就好像是赋予这些人物生命的上帝，他对于自己笔下所赋予生命的那些万物，便有如上帝般对他们都一样地喜爱，那都是他认识到的人性的各种可能，就在摸索、探索和塑造角色的过程中，作家仿佛也在经历人性之旅，也不断对人性有新的发现，所以米兰·昆德拉才会说，他们让他明白自己所没有意识到的各种可能性，因而"我对他们都一样喜爱，他们也都同样让我感到惊讶"。

我引用这一段话是要提醒大家，不要再去问曹雪芹比较喜欢谁，我可以非常明确地断言：曹雪芹没有特别喜欢林黛玉，也没有特别讨厌薛宝钗，他对她们一样地喜爱。请大家要尽量客观，不要再去用褒贬、是非、善恶这一种很简化的二分法作为阅读的指导。

下面这几段引文，是米兰·昆德拉在1985年领取耶路撒冷文学奖时的致辞，内容非常精彩，他说：

小说不是人类的自白，是对人类生活——生活在已经成为网罗的世界——里的一个总体考察。

一个创作者不止对他笔下人物有一样的喜爱，他甚至认为，整部小说根本上就不应该有任何单一价值观的主导。所以说小说并不是人类的自白，更不是个人的自白，它是对人类生活的一个总体考察，因此作家并不偏好谁，也不把自我的好恶写成小说来公之于世，事实上，写小说是为了要考察整个人类生活的面貌。而什么叫作人类生活？生活已经成为网罗了，牵一发而动全身，那么地复杂纠葛，不可能只有单一绝对的价值观被凸显出来，所以他要发现的是人类生活的丰富奥妙、复杂纠葛和无可奈何。

这就是所谓的：创作小说的小说家不是任何观念的代言人。可惜华人的阅读常出现的一个毛病，就是习惯于"脸谱式"的解读：这个是好人，那个是坏人，好像不确定这一点就无法安心地读下去。这大概是人性，更应该是我们文化的某些性格所造成的影响。但是，如果要做一个好的读者，就应该要调整心态，了解到"小说家不是任何观念的代言人，严格说来他甚至不应该为自己的信念说话"，因为他是要很客观、多元、丰富地来呈现这个世界，他的自我只不过是非常渺小的一个人类个体而已，没有任何一个人类个体应该要凸显于或凌驾于其他人之上。因此，米兰·昆德拉又引法国小说家福楼拜（Flaubert）之言："小说家的任务，就是力求从作品后面消失。"让作品自己说话，由读者去阐发作品的生命力。同样地，我们作为阅读者，更不应该去找一个所谓的观念来作为代言，所以不要再有什么拥林派、拥薛派，也不要再主张什么反封建、反礼教，这其实都是非常幼稚或粗浅的阅读心态。读者自己也消失后就可以看到原先看不到的东西，只有取消掉"我"的有限性，作品的无限性才会展开。

而既然如米兰·昆德拉所说的，小说人物是连他自己都没有意识到的可能性的一种体现，那么它到底是怎么产生的？这个小说人物是怎么被写出来的？这大概也是红学里常常惹争议的一个问题。有人认为林黛玉、薛宝钗、史湘云实有其人，都是曹雪芹家族中本来就有的原型人物，可以直接取材，把她们再现出来。

但是从小说学的观念来看，恐怕这个说法会让小说家的创作力、观察力、综合力受到贬低，因为，如果只能先有一个很具体的典型人物再去模仿、去借镜，小说家其实就只不过是一个模仿者而已。对此，米兰·昆德拉给了我们一个很好的解答，他说：

> 小说人物不是对活生生的生命体进行模拟，小说人物是一个想象的生命，一个实验性的自我。

因为小说家也在了解人性，而人性是那么深不可测，于是在写小说的过程中逐渐发现自我、发现人性，因此对人物产生更多的了解而给予更大的开拓或改造，这就不会受限于现实界的真实人物。我也是在探索的过程中才赫然感到确实原来如此。

也因此，小说家对他笔下的每一个人物都一样地喜爱，所以好的小说就犹如俄国伟大的文论家巴赫金（Mikhail M. Bakhtin，1895—1975）所说的，是一部"复调小说"。

"复调小说"《红楼梦》

　　"复调小说"是巴赫金所创造出来的名词,用来和所谓的"单一价值观的独白型小说"作为区隔。什么叫作"单一价值观的独白型小说"?意指小说家用他自己的某一理念,以小说作为传声筒,以致小说作品和小说家本人也变成了该特定理念的代言人,即用他个人的好恶来主导。巴赫金认为这样的小说其实是比较低层次的,而好的小说是"复调"的。

　　什么叫"复调"?这是来自古典音乐的一个概念,它和我们一般所熟悉的乐曲不一样。一般来说,平常不管是合唱或者是流行音乐,它的主旋律基本上只有一条,其他的声部都只是为了衬托它而存在,因此本身常常没有旋律可言,唱过第二声部、第三声部的人最能体会这一点。但"复调音乐"的概念完全不一样,它有好几条主旋律同时并存、同时并进,无论哪一个声部,都可以听到一条很优美的、自成完整体系的旋律线;你要去听下一个声部,它又是另外一条旋律线,也都一样的好听,一样的重要,最有趣的是,这几个主调同时存在,而且彼此又互相和谐,不会互相冲突。巴赫金就借音乐的概念来解释伟大的小说应该是"复调小说",里面有很多个价值观,它们客观地同时存在,而且具有同等的价值,彼此相辅相成。

　　如果从"复调小说"来理解,就会发现米兰·昆德拉讲得非常有道理,为什么他对笔下的每一个人物都一样的喜爱?因为他们都是同样美妙动听的主旋律,林黛玉有林黛玉旋律的丰富内涵,薛宝钗也有薛宝钗旋律的动听韵味,她们同时并存,具有同等的价值,也一样的引人入胜。在这样的理解之下,米兰·昆德拉阐述道:

音乐的复调，是同时发展两个声部（两条旋律的线），尽管它们完美地连结着，但却又保有它们相对的独立……所有主张复调曲式的伟大音乐家，都有一个基本原则，那就是声部之间的平等。

小说人物也一样，每一个人物都是独立自足的，但是又和别人同时并存，且达到同等价值的一种丰富的体现。可见所有主张"复调曲式"的伟大音乐家都有一个基本原则，那就是声部之间的平等。

我借这个概念是希望大家一定要调整心态，不要再去做褒贬取舍，而是应该好好练习去尊重每一个生命——他是那么认真、那么努力，甚至是那么辛酸地踏上他的人生之旅，宝钗有宝钗的委屈，黛玉有黛玉的可怜，宝玉有宝玉的苦难，这都是我们应该去悲悯、去同情、去认识的。声部之间是平等的，人物之间是等价的，我们不应该再去用好恶褒贬去作为阅读的指导，如此一来，就会看到很多原来看不到的东西，那些细节都会从遗失的角落又回到眼前的视野里，成为所注目的对象，同时那些对象也会产生质变，给你看到不一样的人性，而那个人性就会让你深深感到惊讶！

此即我希望可以作为阅读《红楼梦》的一个指导原则，事实上我们读任何小说，乃至于平常待人处事，都应该用这样的一种态度来要求自己。如果把这些原则落实在《红楼梦》的个案上，我们又会看到什么样的内涵？我举两个美国汉学家分析《红楼梦》的例子，你会发现和东方的读者非常不一样。

二元补衬

　　第一位是普林斯顿大学的浦安迪(Andrew H. Plaks)教授，他在《中国叙事学》里的说法，完全是刚刚我们所说的原则的实践："曹雪芹将'真假'概念插入情节——通过刻画甄、贾二氏及'真假'宝玉，通过整个写实的姿态——而扩大读者的视野，使其看到真与假是人生经验中互相补充并非辩证对抗的两个方面。'太虚幻境'的坊联'假作真时真亦假，无为有处有还无'，毋宁说是含蕴着这一意思的；而《好了歌注解》中'你方唱罢我登场'一句，更可以说暗示着二元取代的关系。这样解释，似乎才符合赖以精心结撰全书的补衬手法。"

　　他认为曹雪芹把"真""假"的概念插入到情节中，其方式就是刻画甄、贾二氏以及甄宝玉、贾宝玉，通过整部小说的整个写实的姿态，目的是为了扩大读者的视野，如果认为"真"就是好，"假"就是不好，而薛宝钗是"假"，即是不好的，这种思路才是曹雪芹所要贬低的。如果读者用这种逻辑去看的话，一开始便注定要误入歧途，终致歧路亡羊，永远抓不到真正的内涵。

　　事实上，"假"和"真"可以一样好，"真"也可以和"假"一样不好，这里我不是在玩文字游戏，要体认这个道理，需要更多文本资料，更需要更多对人性世态的洞察。"真"和"假"是一样重要，甚至彼此之间并没有本质的差异，这个道理非常复杂，我们在进一步文本解释的时候再和大家分享。透过"真假"的辩证关系来扩大读者的视野，也让读者看到"真"和"假"是人生经验中互相补充而不是对抗的两个方面，它们事实上是一体的，甚至可以互相转化，一息之间就会产生莫大的翻转。太虚幻境门口有一副对联："假作真时真亦假，无为有处有还无"，其中，什么叫"假作真时真亦假"？浦安迪有一个很独特的解释，我觉得这个独特的解释非常好，他认为其中就含蕴着"二元补衬"的关系，二元绝不是对立互斥而是一体的概念，如果把它对应到小说中其他的部分，你可以看到彼此的一致性，好比《好了歌》的注解，这是第一回很重要的哲理。

长久以来，我们将一僧一道囫囵视为一体，但事实上，当他们穿梭到人间来度脱对象的时候，是有着性别分工的，专门度化男性的是道士，负责度化女性的是和尚。《好了歌》是游方道士所唱，甄士隐一听便瞬间醍醐灌顶而豁然开悟，然后唱了一段注解："陋室空堂，当年笏满床，衰草枯杨，曾为歌舞场。"一切都是这么兴衰无常，道士听了就大叫说"解得切，解得切"，于是两个人飘然远去，脱离了世俗的纠缠。

浦安迪特别注意到《好了歌》注解的"乱烘烘你方唱罢我登场"这一句，非常具有慧眼洞见。对于"你方唱罢我登场"，我们通常只以为是泛泛地说人生本来就是起起落落、有生有死，死亡就是从这个世界舞台退位，换别人登场，新的一个世代到来。我们只会用这么世俗、这样庸俗的方式去理解，不过浦安迪把它提升到哲理的层次，他认为"你方唱罢我登场"不只是在说世代的轮替，更是在说这样的一个人生道理：没有人是这个世界唯一的主角，即便不是用死亡退位，由新世代来替换，即使在同一个时空里，也没有任何一个人可以永远霸占舞台，拿着唯一的麦克风，别人只能听命。

浦安迪认为这句话的意思是要告诉我们，这个世界没有一个优越且绝对性的价值，大家都是同声部、彼此都在演唱着自己的生命之歌，有的时候聚光灯刚好照到你，你就有了一个发光的机会；可是你不可能永远是聚光灯的焦点，这个时候又有别人因为他的努力，因为偶然的机遇，开始粉墨登场来展演他的风华，每一个人都有机会来开展他的生命姿态。如果把"你方唱罢我登场"和"真假"对应起来，就会发现，"真"和"假"没有哪一个是绝对唯一的价值，它们都可以各自很有意思地自我展演。总而言之，"你方唱罢我登场"这一句更可以说是暗示着二元取代的关系。浦安迪在另外一个地方把二元取代的关系概括为一个名词："二元补衬"（或二元衬补），二者互相是补充的，你补充我、我突显你，这才是一个整体，二者互相衬托对方，彼此同样重要，而"你方唱罢我登场"便是这样一种二元补衬关系的体现。

浦安迪透过哲理的说法来重新理解小说中的几个重要语汇，他认为这样的解释才符合曹雪芹赖以精心结撰全书的手法，这就与我们刚刚说的多声部完全是一以贯之。

不只是一部爱情小说

我们现在再来看大家最熟悉的《红楼梦》人物。一般人最早留下深刻印象的，都是薛宝钗、林黛玉与贾宝玉的三角恋爱，这三个人之间的纠葛大概就是一般读者最感兴趣的地方，然而就在这最感兴趣的地方，又开始好恶分明起来了，又要有一个绝对的"好"来作为我们依循的参照，否则就不放心，我们总觉得要有一个非常明确的价值观，才能够去进行接下去的阅读工作，于是就造成很多的问题。

就此，我们来看另一部重要的文学批评论著，即夏志清先生的《中国古典小说史论》，这是 20 世纪 50 年代把中国文言小说介绍到美国汉学界的一部重要作品。在数十年前，夏志清已经很深切地体会到我们一般读者的盲点，谆谆提示道："由于读者一般都是同情失败者，传统的中国文学批评也一概将黛玉、晴雯的高尚，以及薛宝钗或袭人的所谓的虚伪圆滑、精于世故作为对照，尤其对黛玉充满赞美和同情。……（宝钗、袭人）她们真正的罪行还是因为夺走了黛玉的婚姻幸福以及生命。" 这都是读者的刻板印象，而刻板印象一直不断地复制，就变成一个现在举世皆然的成见了，以致读者一般都对黛玉充满了赞美和同情，而宝钗和袭人则饱受批评与厌恶。

但夏志清进一步提醒我们："这种带有偏见的批评反映了中国人在对待《红楼梦》问题上长期形成的习惯做法，他们把《红楼梦》看作是一部爱情小说，并且是一部本来应该有一个大团圆结局的爱情小说。"因此，当这个大团圆结局不符合预期的时候，就开始找罪魁祸首，将所有的缺憾与不满全部投射到她们身上，而这是非常不公平的做法，可叹小说人物不能够跑出书页来和你辩论，也不能到法院去告你毁谤，读者滥用他们的诠释权，这都是不够格的读者放纵自己的地方。难怪夏志清很感慨："除了少数有眼力的人之外，无论是传统的评论家或当代的评论家都将宝钗和黛玉放在一起进行不利于前者的比较。"确实，凡是比较林黛玉与薛宝钗的时候，目的都只是为了证明薛宝钗很不好，但这种比较是毫无意义的，而且会出现很多逻辑上的谬误，最常见的便是双重标准，以偏概全。

因此夏志清先生又说："这种稀奇古怪的主观反应就如前面所指出的那样，部分是由一种本能的对于感觉而非对于理智的偏爱，如果人们仔细检查一下所有被引用来证明宝钗虚伪狡猾的章节，便会发现其中任何一段都有意地被加以错误地诠释。"这是我自己历经多年的研究阅读以后完全赞成的一个感慨，很多读者非常不公平，而且非常不要求自己，这实在是应该要避免的现象。

前面我引述山本玄峰禅师提醒过我们，读者的角色和经典一样重要，这并不是说读者拥有任意解释权，爱怎么解读都可以；相反地，就是因为读者和经典一样重要，因此他必须尽量让自己达到作者的高度。我非常希望大家知道一个道理：当读者被感觉所主宰而不用理智去思考的时候，讲出来的那些话语，那只是个人的"意见"，而根本谈不上客观的"知识"；只有诉诸理智，经过艰苦的、客观的、严谨的锻炼，我们所得到的看法才会是知识。一般的读者并没有受到这些训练，所以我借这个机会和大家一起分享，到底人类应该要怎样来提升自己的智性，而使得我们的努力是真正能够让头脑更加精进。

"意见"与"知识"的区分，是来自源远流长的希腊文，对西方人而言，他们将两者分得非常清楚：人类在做判断、做描述的时候所讲出来的话，有两个层次的不同，一个叫作意见（doxa），一个叫作知识（episteme）。doxa 意味着就是一个 common believe，或者是一个 popular opinion，也就是大家都这么说的，普遍都这么以为的想法，即所谓的人云亦云的成见。但是 episteme 不一样，它要求做到 knowledge 或者 science 的层次，而 knowledge 或 science 是要经过反复多次的检验、实验、印证、推敲，要严谨到没有例外的时候，才能把它称作一个真正客观的知识。

一般人在读书、想事情、做判断的时候，大都只是在 doxa 的层次，不愿意好好要求自己"不知为不知"，不愿意承认很多东西根本还不知道，就急着要表达自己的想法，而那只是一种带有情绪快感的自我宣泄。但我非常希望大家诉诸理性，希望我们对于《红楼梦》的理解可以到达 episteme 的地步。当然 episteme 并不只有一种，但每一种解释要成为知识，都必须经过非常严格的过程以及自己的反复思考，最终才能确立下来；然而因为一般的《红楼梦》读者往往都只是诉诸感觉、诉诸 doxa，以至于他们在对小说人物进行道德推论的时候，常常出现一些谬误，也就是往往由经验语句的前提，就推导出价值判断的结论。明明小说中描写的都是经验的内涵，包括他说了什么话、做了什么事，人和人之间发生了什么互动，小说的世界根本就是一个经验的描述，可是读者却常常在这些经验的描述中轻易地做一些价值判断，比如宝钗、袭人就是虚假，就是不好。而这样的论断不仅不是客观事实，并且对于我们更深地了解人性、达到更大的自我成长也毫无帮助。

当我们只诉诸感觉的时候，便很容易在推论上发生这种谬误而不自觉，因此我很努力地要求自己，常常提醒自己：刚刚做的论断是不是有这些问题？其实，把自己超越出来，把先前想到的当作一个课题重新思考，通常会发现其中恐怕还有一些盲点。这样的反复训练之后，我们的论断才会终于可以是到达 episteme 的地步。

我将讲哪些主题

首先，我要讲述的第一专题是神话部分，《红楼梦》第一页的第一句就是神话，所以非得要从神话入手。神话不但是为贾宝玉、林黛玉的先天性格做设定，事实上神话根本上就是整部小说的基本架构，从某个意义来说，整部小说的叙事过程和它叙事的某些内在要求，都因这神话而得到了一个很清楚的基础。

接下来是《红楼梦》中的"谶语式表达"。所谓"谶语式表达"不只是诗中某一些命运的预告,这在第五回最是明显,整部小说里用了各种方式来对个人、对贾府的命运进行一种事前的暗示,相关手法一方面既吸收两千多年来中国文化的"谶"的传统,一方面又推陈出新,自己创造出新的"谶"的暗示,包括很多的层次和多种手法,其中有一种是吸收明清戏曲常用的"小物关联"手法,《红楼梦》里一共用了16次,而16次中又分成三类,第三类便是曹雪芹独创的"物谶"手法。其实,不只是小说家对他笔下所写出的东西感到惊讶,我以研究者的角度去看,也惊讶于曹雪芹原来抱持的是传统的婚姻命定观,他根本上是接受婚姻乃由父母之命、媒妁之言所定,以至于书中凡出于私情的婚姻最终都走向失败,而合乎礼教的男女双方才能顺利步入礼堂。

紧接着大观园的设计是另一个很大的专题,我们至少会从十个角度来讨论大观园的整体构造以及其中所隐含的象征意义。由于大观园是《红楼梦》最重要的乐园或舞台,它也牵动整部小说对于这个世界的看法,包括对于人性的看法,对于个人成长所必须面临的很多看法,所以对大观园全面而重新的理解是必要的,不要再把大观园当成一个无忧无虑的自由浪漫的乐园。

然后开始进入人物论的专题。

《红楼梦》的内容真是太丰富了,表面上我好像只讲到三个重点,其实每一个专题下面都有很多不同的部分。希望大家注意最后一件事情,就是尽量阅读《红楼梦》,我并不规定进度,因为读书应该是一件很快乐的事情,喜欢的地方就尽量多读几遍,倘若有读不懂的地方、不喜欢的地方又该怎么办呢?比如说读到冷子兴演说荣国府那一大段，什么"天地生人""正气""邪气"的长篇大论，万一不喜欢或读不懂的时候就把它跳过去吧，不要过分勉强而浪费力气，最重要的是尽量把前八十回读完，后四十回则尽量不要读，因为先入为主的观念很难磨灭，读了之后会干扰到你对前八十回的认识，那会得不偿失。

《红楼梦》参考书单

关于《红楼梦》的参考书单，首先是《红楼梦》的版本方面，有几部值得推荐，一是冯其庸先生等校注的《红楼梦》。不要以为《红楼梦》是白话文学，就以为其中的意思都看得懂，其实《红楼梦》使用了很多的骈文，有很多的文言叙述，更不要说其中还夹杂了不少的诗词韵文，所以一定要有注解的帮助。冯其庸等校注版除了"注"之外，还有"校"，因为《红楼梦》是一部非常独特的小说，堪称一部未完成的交响曲，曹雪芹死前在亲友圈中即已经存在好几个版本，有的时候他写完这几回，同好们（都是他的亲友）就借去传阅，过了一年半载他又多写了一些，同时也把前面写过的部分做一些修改，于是又有一个版本出来，继续流传，这么一来，《红楼梦》前八十回便有好几个版本。"校"就会提供一些版本学上的比对，让我们知道原来所谓的定本是经历这样的过程而来的，这是冯其庸等校注版的第一个优点。

事实上最重要的一个优点，在于它是用"庚辰本"做底本，属于一般所谓的"脂本"，或者叫作"脂评本"。这一类版本的特点，首先是有脂砚斋的批语；第二，它一定是手抄本，也因为都是在少数亲友之间彼此传阅再加上评点所形成的本子，所以它一定是残本，根本没有写完，这些是"脂评本"的共同特色。我前面提到《红楼梦》有好几个不同的版本，其中最早的一个版本叫"甲戌本"，但以下我们所说的带有年份的这种版本，都不是当年度写下来的版本，所谓的"甲戌本"并不是甲戌那一年抄录出来的小说版本，而是根据甲戌年那一年的版本再抄录的，叫作"过录本"。

原则上说来，只要抄的人很小心，很谨慎，那么即便是"过录本"，应该会和原来的版本一模一样，因为原始的手抄本已经不见了，所以我们接下来所讲到的都叫作"过录本"。"甲戌本"是胡适发现的，台湾的"中研院"曾出版套色的影印本，它当然也非常可靠，但是很可惜只有 16 回，无以窥其全豹，因此，除了学术研究之外，一般的阅读应该是用不到的。至于"庚辰本"则全备得多，同样是曹雪芹生前就在亲友圈流传的版本，所以十分可靠，它最大的优点在于有八十回，只缺第六十四回和第六十七回，但瑕不掩瑜，最符合曹雪芹生前的创作全貌，所以阅读这个版本比较能真切掌握到曹雪芹的原意。

《红楼梦》的版本当然不止这些，还有什么"己卯本""靖藏本""蒙府本"（蒙古王府本），还有"列藏本"（列宁格勒的图书馆的藏本），这些版本在比较考证和参校时非常重要。

至于我们现代人所整编的《红楼梦》的版本，除冯其庸等校注版的《红楼梦》之外，还有一个由台北里仁书局所推出的《红楼梦新注》，它也是以庚辰本做底本，而最大的优点是注释更多、更准确，提供了各种名物的真正出处和正确解释；另外还同步以夹注的形式收录了脂批，虽然可能会使行文不够流畅，但却可以让读者适时得到恰当的指引。

因为八十回仍然是未完成的残本，对于读者来说总是若有憾焉，就好像一般人要租漫画看的时候，通常不喜欢选那种还没画完的，因为总有一个心念悬荡在那里而不能过瘾。同样的道理，当高鹗与书局老板程伟元认定这部小说有市场价值的时候，便把后面的四十回补完，使之变成一个完整的面貌，统称"程高本"系统，它有两个版本，一个称"程甲本"，一个称"程乙本"，二者相隔半年多，而果然《红楼梦》也是通过他们才达到高度普及。

问题是程伟元、高鹗并不满足于只把后四十回补完，他们还去改前面八十回，"程乙本"比"程甲本"变本加厉，改了两万多字，如此一来当然会扭曲了很多内涵，所以读者如果只看程伟元、高鹗的版本，恐怕就有很多地方会被误导。试想：一个书中人物，只要增减几句话，多一点描写，依据他的些微表情和动作，你对这个人的感觉是否就不一样？而程伟元、高鹗把《红楼梦》改那么多，改成他们自己所喜欢的样貌，从某个意义来说，当然会很严重地干扰曹雪芹想要表达的意涵。"庚辰本"最可靠的地方，在于它已经是最贴近曹雪芹的原意，而前八十回又非常完整，这个版本最大的价值便在这里。

乾隆末期《红楼梦》开始慢慢传开，书商程伟元很有眼光，他觉得这部书很有畅销的价值，因为它实在太有魅力、太吸引人了，可惜只有前八十回！很多的读者难以接受这种未完成的状态，为了市场考虑，他就和高鹗合作，把后面的情节补完，这便是我们今天所看到的一百二十回本，它的特质刚好可以和脂评本做一个对照。

"程高本"的第一个特点就是没有批语，因为一百二十回本大概有80多万字，若再加上批语，简直卷帙浩繁，不利于市场流通，所以他们把所有的脂批全部删掉，只有白文。第二，它当然是排印本，排印才能够让每一页容纳更多的文字，而且更易清楚辨认；第三，它当然是全本，也就是一百二十回本。而它事实上也不是只有一个版本，第一次推出的版本叫作"程甲本"，于乾隆五十七年推出，等到第二年的春天，相隔不到半年，他们又不满意，重新做了一些更动，然后推出第二个版本，那就是"程乙本"。为什么要重新出第二个版本？因为他们希望把前八十回改得更符合他们自己的想法，和后四十回可以一致，这么一来就可想而知，前八十回被他们改动得越来越多，所以我推荐大家一定要用"庚辰本"做底本的《红楼梦》版本。

以上是《红楼梦》的版本问题，接着再来看有关《红楼梦》的批评和诠释。

最早的一批评点者当然就是脂砚斋们那一群亲友，脂批既然这么重要，那么要到哪里去找才能够很方便地运用到脂砚斋所提供的资料？我们参考书里的第一本是做《红楼梦》研究不可或缺的，俞平伯先生也做过相关汇集，后来曾留学法国的陈庆浩先生也做了《石头记脂砚斋评语辑校》，这是目前我常用的，我觉得它比俞平伯的汇集更完善，也吸收了一些在他那个时代所能够看到的最新成果。《新编石头记脂砚斋评语辑校（增订本）》是联经出版公司出的，如果想要看脂评，此书是收录非常完备的版本。

在脂砚斋他们之后，《红楼梦》得到越来越多人尤其是旗人的喜爱，他们直接从里面看到很多旗人文化，有他们的共同经验，后来《红楼梦》也流传到了汉人圈，一直到到民国初年，越来越可以在许多地方看到有关《红楼梦》的批语和评论。"一粟"，是两个人的合称笔名，其中一位叫作朱南铣，他后来做《红楼梦》的成果就比较少了，另外一位是周绍良，他有关《红楼梦》的研究著述一直持续推出。这两个人合作的《红楼梦资料汇编》，由北京的中华书局出版，上下平装两册，里面的搜罗非常完整，可谓劳苦功高，嘉惠后人，因为有很多关于《红楼梦》的评语是不容易见到的，而他们到处从各种刻本、一些冷僻的资料里去一条一条搜集出来。一编在手，几乎九成以上的《红楼梦》评论（一直到民国初年），大概都可以找得到，这部《红楼梦资料汇编》对于研究《红楼梦》也是不可或缺的参考文献。

关于传统评注，大陆非常知名的红学家冯其庸先生也整理有《八家评批红楼梦》，那些评点批语虽然有不少已经收入一粟所编的《红楼梦资料汇编》，但此书当然更加完备，所谓书中八家都是比较重要的《红楼梦》评点家，包括王希廉、张新之。这是一套三本很大部头的书，既然是《八家评批红楼梦》，它的做法是用一百二十回全本，然后把八家的评语依序在各回相关地方，包括回前、回末或者是夹行、页眉，收入他们的批语，会那么大部头是因为连文本都收进去，所以可以直接对照，这是它的优点。

推荐两本书

下面两本书，其实是一般性的，不是特别针对《红楼梦》。我要提醒大家，《红楼梦》毕竟是一部小说，如果从小说领域专业的、学术的研究入径，具有这方面的训练，再去读《红楼梦》，就会读到一般读者看不到的东西，而没有被训练过的眼睛，便分辨不出那些细微却十分重要的差异。

其一是《小说面面观》，作者 E. M. 福斯特本身就是一个非常优秀的小说家，笔下的名著有《印度之行》，他讲述有关小说的专业知识的演讲稿被汇集为《小说面面观》。这本书深入浅出、精简扼要地表达出对小说一些重要的、基本的认识，我自己读的时候觉得获益良多，它深刻地帮助我理解了《红楼梦》的整体架构，以及相关人物的若干很深层的、不容易被察觉的面相，若是你对小说有兴趣，这本书是一本必读书。E. M. 福斯特把小说的构成分成七个面相，包括人物、故事、情节等，我先简单介绍其中几个，这在阅读《红楼梦》的时候会很有帮助。

首先，小说即是由散文所写成的虚构故事，所以它一定是讲故事，如果故事讲得不好，当然就是一部失败的作品。可是故事和情节又有什么不一样？一般都会觉得故事和情节差不多，我们通常是不是都混淆一通，觉得互相可以替代？ E. M. 福斯特则分析得很清楚，他说故事就是按照一个时间的序列——即使采用倒叙也是一个时间的序列——把一件事情交代清楚，这是对于"故事"的基本定义。"情节"固然也是在讲故事，但是情节比故事多了一个要素，就是那些顺着时间序列所发生的事情之间、人物的行动之间必须要有因果关系。E. M. 福斯特举的例子也非常浅显，他说如果有一段叙述是"国王死了，然后王后也死了"，这样的描述是在讲故事，它只是照时间先后顺序把那个事件表达出来；如果我们换一个说法："国王死了，王后也伤心而死"，这就是在创造情节，其中即带有更多的意味。

故事只要讲得好听就行，可以不合逻辑甚至荒谬，E. M. 福斯特用了一个短语来说明故事讲得成功与否的一个判断标准——读者如果不断在心里甚至形诸口舌地追问：然后呢？然后呢？那么这个故事就成功了。一个故事讲得好不好，所诉诸的是读者的好奇心，只要能够挑起读者的好奇心，让他想知道下面会发生什么事情，这个故事便达到成功的目的，但是这样的故事本身能否在一个比较深、比较高的心灵层次或哲理层次来对读者产生发人深省的启示，恐怕就未必见得。故事的编写可以天马行空，只为满足读者的好奇心，读者在阅读时无暇追究事件之间是不是有矛盾冲突，是不是有跳跃逻辑的问题，等到事后再去回想，会发现里面有很多的破绽，那么这个故事就只是停留在故事的层次。

而当读者事后回想整个故事的叙述，发现里面隐含了若干当时只是很想看完而无暇细想的东西，然后通过对人性的理解，通过一些其他的知识，再通过读者对人生的疑惑，慢慢挖掘到那个故事原来传达出某一种人性很幽微的必然反映——也就是因果关系，这么一来，你所讲的故事便已经上升到"情节"的层次。E. M. 福斯特说：好的故事但凡能够到达情节的这个要求，它就必然是深刻掌握到人情事理的某些运作法则，当然其作者的功力即高得多，可是这么一来，也需要读者能够从看故事满足好奇心的层次而提升到掌握情节这个层次，自己要能够去分析挖掘出因果关系，换句话说，读者的重要性也相应提高。可是，一般的读者就是很粗心，往往只想知道林黛玉和贾宝玉后来有没有结婚，然后快快乐乐生活在一起，如果只是在满足这个好奇心的话，那么作者的苦心当然也就白费了。

E. M. 福斯特语重心长地告诉读者们，好的读者必须要具备两个条件，第一是要有记忆力。对于一部上升到情节层次的小说，其内涵要诉诸读者的记忆，换句话说，读者对这部小说要很熟，如果很多细节都忽略了，仅凭某几个段落便以偏概全，孤证引义，据之自由发挥，这样做当然就破坏了小说本身所提供的因果关系，而要求良好的记忆对于阅读《红楼梦》是非常不容易的，因为《红楼梦》里的细节实在太多。第二是要有智慧，这好像更难，我们真的是要很辛苦努力才能够得到智慧。

这两者当然都很难，记忆是要付出时间，至于智慧可能就要有人生历练，要受过一些打击，要面临重大的失落，要领略到人生许多的无可奈何，才看得出来原来小说中是有如此这般的意涵，而不是我们以前所以为的那样。正因为如此，《红楼梦》可以一读再读，中年时读会有不同于年轻阶段的体会，晚年再读依然有别样的领悟，就是因为你的人生智慧一直也在与时俱进，总而言之，这是 E. M. 福斯特《小说面面观》七个面相中的两个面相。

一般读《红楼梦》最开始都是从故事层次进去，但是一定要要求自己做一个有资格的读者，那就是好好地读熟，不要放过细节。同时人生智慧并非一蹴可几，因此我们也要把自己开放给小说作家，让他来启发我们的内心，将他所体认的丰富幽微的智慧灌注给我们，唯有抱着这样谦逊的心，我们才能够真正读到《红楼梦》的深刻内涵，而不是自以为是地把自己的成见套在那些情节人物身上，那就毫无意义。

《小说面面观》的第三个面相，对读者而言应该是最有意思的。E. M. 福斯特说故事一定要有人物，没有人物简直不可能写成小说。当然像《伊索寓言》里并没有人类，很多都是小动物，不过小动物其实也是人物，因为它们已经被人格化了。E. M. 福斯特给我的最大的启发在于他发现人物有两种，一种称为"扁平人物"，一种称为"圆形人物"。

如果用一个理念或者一个说法，即可以把一个人物所有的言语和行为都概括殆尽，那么这种人物就叫"扁平人物（flat character）"。但是"圆形人物（round character）"便不一样了，"圆形人物"是立体的，所以会有阴影，而且深不可测，他的生命是在自己一念之间不断地延伸，所以会有很多我们看不到的部分。在研究《红楼梦》的历程中，我最深的感慨是两百多年来，读者阅读这部小说中众多的精彩人物时，往往都给他们贴标签，比如谁就是代表性灵，谁就是代表虚伪礼教，结果标签化之后，人物变得扁平了，该人物的丰富层次也被严重掩盖。

　　我只举一个例子："性灵说"是明末以来一直到清代，在诗歌或思想领域被高度张扬的一个新的人性观，一般人认为《红楼梦》中"性灵说"的最佳代言人是林黛玉、贾宝玉。可是我必须说，事实上远远不是如此，体现"性灵"是一回事，但是把性灵的观念阐述得最清晰、最完整，而且甚至给予价值观上的明确支持与肯定的，你们大概绝对猜不到，那个人是贾政！这实在太有趣了，岂不见红学里常常有一种说法，即贾政这个人为什么叫贾政，是为了要谐音"假正经"，要借由他来抨击传统迂腐的儒家礼教，这真的是陈腔滥调的一个常见说法。我这几年来不断的重新去分析，不断停下来揣摩这个人物现在为什么会讲这段话，他讲这段话背后的信念是什么，然后再重新去翻找、去建构，结果发现贾政反而是《红楼梦》里性灵说的最佳代言人！由此可见，《红楼梦》中的人物几乎全属"圆形人物"，他们都有很多层面，不能用单一的概念或单一形象进行概括。

　　一部小说的成功与否，直接决定于能不能塑造出好的"圆形人物"。《红楼梦》里的人物大部分都是"圆形人物"，好比焦大，虽然他只出现那么一次，只有几行的戏份，却也是立体化了的，可见曹雪芹的高明。但如果一部小说中全部都是"圆形人物"，那么事实上它也还是失败的。因为当每个人都在变化的时候，这部小说就没有一个稳定的主轴，会落入非常混乱的局面，所以 E. M. 福斯特语重心长地说，一部好的小说一定要有"扁平人物"，因为有"扁平人物"作为一个稳定不变的参照系，即可以去衬托"圆形人物"各式各样的变化。就此而言，我们对于这两种人物没有绝对的褒贬，重点还在于小说家如何去塑造，如何去让他们集体形成一个很完美的复调。

E. M. 福斯特便举了一个英国小说的例子，那本小说里面的管家虽然出现过很多次，可是无论他说什么或做什么，不管是要帮你开门，还是给你吃闭门羹，或是他出来讲什么话，推敲之后都会发现他所有的动机只有一个，那就是要保护他的主人。如果用一个动机可以破解他所有的言行，那么他就是一个"扁平人物"。《红楼梦》中当然也有"扁平人物"，而且还不少，例如出现在第八十回的恐怖女人夏金桂，残忍又泼辣，好一个悍妇！另外有一个始终在《红楼梦》里面穿来穿去，到处放火，引爆很多灾难的罪魁祸首，我很努力地去推敲她，却怎么样都看不出有什么优点，那个人就是赵姨娘，她也是典型的"扁平人物"。

另外，普林斯顿大学的杰出汉学家浦安迪先生，多年前曾经在北大做过一个系列讲座，他的演讲稿汇编成《中国叙事学》，有一章专门讲《红楼梦》，其中就把他多年来研究中国长篇小说，包括明代四大奇书的心得，提纲挈领地都呈现在这些演讲稿，《中国叙事学》是浦安迪先生的著作中，能够令人感受到他研究成果所闪现出来的火花的一部比较容易读的作品。

脂砚斋

关于《红楼梦》的作者是曹雪芹，经过胡适以来的考证，这一点算是没有问题，从而在红学的内部已经形成了所谓的"曹学"，也就是进行曹雪芹的家族考证，并作为《红楼梦》的"本事"来源。所谓的"本事"，指的是作品内容原本所根据的真实的事迹，这种做法有利有弊，有利的地方在于让我们更了解《红楼梦》的创作背景，但是它的缺点是会让小说沦为一个"传记记录"。"传记记录"和小说创作事实上还是很有距离的，如果过度强调曹家的历史，那么对于《红楼梦》多少会有一些穿凿附会的联想和解读，曹雪芹家族的历历往事，并不等于《红楼梦》的内部描述，二者的区别我们一定要分清楚。

曹雪芹之创作《红楼梦》，主要的意义乃是一种"自忏之言"，也就是自我忏悔，同时追忆往事，以致整部小说情境充满了悲悼气氛。他的"著作权"其实也是到了民国以后才很公平地获得的，这时候距他的离世已经近 200 年，对古人来说，小说创作真的不是可以传之于世、藏诸名山的不朽大业，而《红楼梦》的写作堪称是字字血泪，因为它并不是为了传名，也更无利可图，因此《红楼梦》的深邃及其真诚才能够如此地打动读者。我们对曹雪芹的所知非常有限，连他的生卒年到现在都没有定论，经过各种考证，关于他的出生年，目前得到的大约范围，是在 1715 年或 1724 年，这中间有九年的差距；卒年大概是 1763 年，最多往后推一年，则是 1764 年（关于这个都莫衷一是）。以此推算一下曹雪芹一生的寿命，倘若生年按照较早的 1715 年，他最多也不过才活了四十九岁，算是英年早逝；如果生年按照较晚的 1724 年来算，他更只活了四十岁而已。这样的年纪要创作出如此博大精深的小说，非得有特异的禀赋，同时也有非常曲折离奇的经历，由先天到后天各式各样的复杂因素加进来，才得到这么一个小说史上的奇葩。

除了曹雪芹之外，还有和曹雪芹关系非常密切的人物，叫作脂砚斋。"脂砚斋"其实是一个笼统的、广义的称呼，也就是说，我们将来会引述的"脂砚斋"这个名词，首先指的是脂砚斋这个人。这不是tautology（同义反复），脂砚斋确实是《红楼梦》最初以手稿在少数亲友之间流传时，一个最主要的评点家，他在手抄本上面常常对某些情节有感而发，或者是要提点曹雪芹的写作技巧，或者是提示出曹雪芹根据了什么样的真人、真事以作为这一段人物或故事的蓝本，所以脂批对于研究《红楼梦》提供了很重要、很宝贵的资料。

但实际上不是只有一个人在点评，因为曹雪芹的亲友圈平常来往密切，包括有很深厚的血缘关系的亲人，我们目前所能看到的《红楼梦》稿本的评点者还有一个有名有姓的人，叫作"畸笏叟"。从畸笏叟的"畸"字看，很明显地，这又是一个怀才不遇，或人生的自我定位是失败的、残缺的一个人物，这样的人最能够了解《红楼梦》的辛酸。另外还有一些评点者，总之，脂砚斋是留下最多批语的一个人，但是他究竟是谁，我们到今天还没有办法考察出来，前面所谓的"有名有姓"其实是不精确的说法，因为"脂砚斋"和"畸笏叟"一样，都只是外号或别称，一般便把这些评点家统称为"脂砚斋"。

有一个很有趣的说法认为脂砚斋就是王熙凤，还有一个说法认为脂砚斋是史湘云，这些说法都非常奇怪，毕竟小说就是小说，小说人物不宜和现实人物画上等号，因为二者属于完全不同的范畴，一个是历史的、现实世界的范畴，一个是虚构的、艺术创作的范畴。小说当然有可能取鉴于现实世界的种种真人、真事、真景，但是它毕竟经过了种种虚构的手段，重新加以熔铸而形成一部小说的有机整体。所以，当我们要了解小说的文本内缘的种种意涵时，根本不用去理会其外在的对应者是哪些人。只不过外在的这些"脂砚斋"毕竟了解的比我们更多，他们最大的价值，在于他们和曹雪芹的出身背景是完全一样的，而曹雪芹的出身和我们却根本不同，我们不能用一般人的常识反应来理解他所写的《红楼梦》。关于这一点，是两百多年来读者和研究者有意或无意所一直忽略的。

脂砚斋在出身背景上和曹雪芹完全一样，所以从某个意义而言，他对小说人物的评价，其行为该褒还是该贬、该怎样理解等等，背后的一整套意识形态和曹雪芹或者说和整个《红楼梦》所要表达的、所奠基的价值观是一致的，那么通过脂砚斋的批语，我们多少就比较接近曹雪芹的原意，这是脂批给我们最大的启发，其最大的价值也在这里。由于脂砚斋和曹雪芹有这么高度的相似性，甚至恐怕是出于同一个家族，所以在阅读《红楼梦》的时候往往比一般读者更投入，他会感同身受，甚至会不忍卒读、眼泪掉下来，或者是让他想起多少年前的往事，产生不胜缅怀、无比惭愧之类的触动，也因此脂砚斋作为一个评点者，和其他的一般读者确实是不一样的。

脂砚斋和曹雪芹的关系既然如此密切，我们目前可以推断的是他恐怕即曹家人，很可能是曹雪芹的堂叔，辈分稍微高一点，因为在他的评点中有一些语气是长辈对晚辈说的。例如他对秦可卿的点评："'秦可卿淫丧天香楼'，作者用史笔也。老朽因有魂托凤姐贾家后事二件，岂是安富尊荣坐享人能想得到者，其事虽未漏，其言其意，则令人悲切感服，姑赦之，因命芹溪删去'遗簪''更衣'诸文。"秦可卿到底是怎么死去，我们现在看到的版本有一点闪烁其词，有一点暧昧不清，那是曹雪芹故意制造出来的，因为他原来要写的秦可卿，根本就是在一个莫大的性丑闻中，也就是她和公公贾珍有乱伦问题，最后不得不以死谢罪，照理来说，这对一个女性而言是非常大的人生缺憾。但脂砚斋说，秦可卿在死前对王熙凤托梦的内容是无比深谋远虑，给这个家族提出了一个可以重新开始、不怕任何毁灭的最佳良方，这个女性如此有智慧，对这个家族这么热爱，所以脂砚斋不喜欢原本曹雪芹安排的那些情节，不忍她背负这样的恶名而终结一生，所以"命芹溪删去"！

"芹溪"就是曹雪芹，曹雪芹也真的删掉了这一情节，可是故意删得不干不净，我们会发现，贾珍那么强烈的反应真的很奇怪，不像是公公对媳妇的死会有的反应。那就可想而知，脂砚斋的权力很大，他不但做一个读者，甚至还作为创作的参与者进入写作之中，对情节做了一些改变。就此而言，脂批真的是提供了一些非常重要的资讯，当然关于这些资讯，我一再强调不是来自脂砚斋深知曹雪芹创作上所依据的现实事迹，而是他反映了和曹雪芹很接近的价值观，也提供了让我们理解曹雪芹创作底蕴的比较真切的指引。

曹雪芹"书未成"就已经过世，留下来的是未完成的交响曲，这大概也是我们后代读者莫大的遗憾。早在明朝的时候，就已经在知识分子圈流行了"人生三恨"的警语："一恨鲥鱼多刺，二恨海棠无香。"至于第三恨，张爱玲把它改成了"三恨《红楼梦》未完"，充分表达了红迷们的共同遗憾。脂砚斋是读到过八十回之后的部分的，所以很可能曹雪芹其实是写完的，然而因为若干不足为外人道也的隐衷，后三十回或者是后四十回并没有保存下来。根据脂砚斋的说法，后面那些回是被朋友借去看，结果遗失了。既然脂砚斋是看过后面的，所以他在评前八十回的时候，偶尔会提到一些情节的对应，特别是前面的繁华他看得心向往之，可是又想到后来的毁灭和凄凉，便产生很强烈的对比感，于是在批语里提到后面会是怎样的情况，对照之下让人无限感伤。透过这种蛛丝马迹，对于有些人物或者情节的发展，我们多少就有一些印象与了解，虽然脂砚斋的指引所留下来的线索零零碎碎，不足以使我们看到后四十回（或后三十回）的全貌，但却可以帮助我们对于现在的后四十回进行校正。

读《红楼梦》，即使只是粗略浏览，都能产生一种苍凉之感，若能够真正了解它，更一定会有辛酸之泪，正如脂砚斋所说："能解者方有辛酸之泪，哭成此书。壬午除夕，书未成，芹为泪尽而逝。"这部作品根本就是眼泪写成的，所以脂砚斋说曹雪芹是"哭成此书"，一字一字都是发自内心，没有一个字是浪费的。对他而言，他的人生晚年只剩下穷愁潦倒，完全一无所有，他唯一拥有的，就是他过去曾经经历过的温暖、繁华的美好岁月！

从这个角度而言，曹雪芹写《红楼梦》，总是让我想到童话中《卖火柴的小女孩》的故事，他真的是一无所有，只好在一片黑暗里，擦亮手中仅剩的火柴，在短暂的光亮和温暖中，仿佛重新又活过一次，而曹雪芹唯一能够燃烧的，就只有深深镌刻在他脑海中的回忆，这些回忆的点点滴滴都是他即便失去了所有的一切都不曾磨灭的。他的笔就是小女孩的火柴棒，一笔一笔擦亮了灿烂的回忆，所以不要再说《红楼梦》中有些细节是不重要的，曹雪芹是一无所有的人，无须把力气浪费在没有用的字句上。

脂砚斋提供了资料，告诉我们在壬午年的除夕这一天，"书未成，芹为泪尽而逝"，我从第一次读到这段话一直到现在，无论看过多少次，心中都无比凄怆。除夕是家家户户团圆的时刻，亲人围炉重聚，共同迎接新的一年，但是就在众人皆欢乐团圆、心中怀抱着希望的时候，曹雪芹却拖着孤独而沉重的病体，挥别他手边仅存的书稿，泪尽而逝！曹雪芹去世的那一幕和林黛玉之死惊人的相似，只有眼角的泪珠和他呕心沥血写出来的书稿作为唯一的陪葬品，那真是无比凄凉的人生终点，他用他的血泪打造出《红楼梦》这一部旷世巨作，恐怕也是老天对我们的一大抚慰了。

尼采曾说："一切的文学作品，我只爱好用血和泪写成的。"《红楼梦》正是用血泪写出来的，当它诞生之后，也只在非常少数的亲友间流传。根据龚鹏程先生考证后发现，对《红楼梦》提出评点与意见的那些读者局限于北京一地，而且是在旗人的圈子里，如敦诚、敦敏，他们都姓爱新觉罗，而其他的那些朋友也都是旗人，所以曹雪芹的写作在清代乾隆时期的文化圈中具有高度的孤立性。曹雪芹写这一部作品既不为名也不为利，他的名字要到民国以后才被确实考证出来，可想而知，这是很真诚在面对自己写作的一个人，每一个字都是发自灵魂深处，是他非写不可的东西，这样的作品才会有价值。

《红楼梦》的宗旨

在这样的背景上，我要再做一个补充，到底该怎么读《红楼梦》，该怎样理解《红楼梦》的创作宗旨？《红楼梦》包罗万象，读者也是形形色色，所以《红楼梦》会被读出什么样的内涵，简直可以有让人啧啧称奇的各种角度，鲁迅先生便说《红楼梦》是中国许多人所知道或者至少是知道名目的书，单单是《红楼梦》到底是为什么而写，就因为读者的眼光而有种种的不同，例如经学家会看见"易"，道学家则看见"淫"，才子在里面看到"缠绵"，革命家便看见"排满"，认为有反清复明之意（所谓贾宝玉的玉即玉玺之类的，这有各式各样的索隐派的说法），至于那些流言家只看见"宫闱秘事"，觉得《红楼梦》泄露了很多外界所不知道的宫廷中隐隐晦晦的一面。

《红楼梦》如此受欢迎，正是因为它的内涵无穷无尽，可以开凿出条条大路，可是每一条路都彼此迥异，而哪一条才是最接近其本来的面貌呢？当然读者本来就有他自己的诠释权，有他自己读书上的主观偏好，但是我们应该要抛弃个人的偏好，稍微贴近一下文学的角度。既然它是一部文学作品，那么我们就要从文学的角度去看，不要去管它怎么样来演绎"易"的无常的变易之道，无须从道学家角度去看里面的道德训诫，切莫耽溺于男欢女爱的那些描写，也不必去管历史兴替之间的严肃课题，当然更不要爱好八卦。如果完全从文学艺术的眼光来看，《红楼梦》所呈现的最大的宗旨，实如马尔库塞[①]非常著名的一句话："真正的乌托邦植根于对过去的记取中。"这段话也可以恰当地运用在普鲁斯特的《追忆似水年华》这部书上，顺着记忆的线索，我们往过去的黄金岁月去溯源，一路上的风光就变成人心中最真实的宝藏，反而比当下所在的世界更真实、更美好。

《红楼梦》是一部繁华事散后的追忆文学，曹雪芹在失去一切之后要重建他所拥有的过去，而重建过去只有透过虚构的写作才能达到，所以他的写作很微妙地交杂着繁华与荒凉，成功与失败，是与非。就

---

① 马尔库塞（Herbert Marcuse, 1898—1979），生于柏林一个富裕的犹太人家庭，他一生在美国从事社会研究与教学工作，是法兰克福学派左翼主要代表，被西方誉为"新左派哲学家"。

某个意义来说,《红楼梦》是在对过去的记取中,以很独特的方式去重新创造一个人生或是世界的乌托邦,从这个角度来理解《红楼梦》,会比较贴近曹雪芹的创作本质。也正因为如此,既然是对过去的追忆,对过去的繁华、人生中最完美却又失落的人、事、物的追忆,我们还可以进一步区分,对于他所关切的重心再做更精细的说明。

虽然红学真的是浩瀚汪洋,相关著作简直是汗牛充栋无法计量,但是真正用专书的规模对一个特定的课题或相关范畴作有系统的研究,其实在学术界反而不多,大家都是零零星星地对自己有感觉的事情、对自己爱好的人物去发挥,通常就是非常零散地进行单篇书写。这里我要引用梅新林先生的研究成果《红楼梦哲学精神》,纯粹从文学和思想的内域来对《红楼梦》进行有系统的研究写作,他做了三个区分:

《红楼梦》的第一个层次是"青春生命的挽歌",所谓的"挽歌"即是对已经逝去的人事物的追悼,就这个层次来说,大家都很容易有所共鸣,看到那些美丽的少女如此青春美好,在天真自然的世界里去展演生命风华,最后却免不了受到世俗的污染和摧残,这大概是《红楼梦》中最容易被人体认到的悲剧。整部《红楼梦》确实是对美好往昔的追寻,但是又必须面临那悲凉幻灭的宿命,在幻灭的前提之下,曹雪芹奋力进行对美好过去的重建,他擦亮手中仅存的记忆火柴,让它重新绽放光辉,此一光辉因为是根植于对过去的记取中,因而充满了乌托邦的色彩,甚至可能比他当时所真正体验到的更加美好十倍,这是记忆所具有的一种特殊魅力。

梅新林提到《红楼梦》的第二个层次是"贵族家庭的挽歌"。在中国文学的各种创作里,《红楼梦》是独一无二的一个原因,也就在于它所描写聚焦的对象，是我们绝大多数人一辈子都不可能亲眼目睹的贵族阶层，如果用我们比较自由、人际关系比较单纯，尤其是今日在个人主义发达之下追求自我的实践或完成等平民价值观来看待《红楼梦》的话，往往会误入歧途。举例来说，脂砚斋在元春回来省亲的相关情节中留下一段批语，说那一段情节画出"内家风范"，"内家"就是皇室，是紫禁城里面，你连望都望不到的云端！可见《红楼梦》所触及的，是我们一般人简直无法想象的世界，所以脂批提醒我们说这是读《石头记》最难的地方，是"别书中摸不着"。

我们大多数人都故意忽略掉这些批语，只是把它当作一般的泛泛之说，类似地，一般平民小说家写到贵族，常常是穷酸文人自己的幻想，所以常常写出来的都是错的，都是想当然耳，所以脂砚斋说他最讨厌的就是这种幻想出来的贵族生活，脂批里常常用讽刺的笔调来批评那些荒唐的贵族想象，称之为"庄农进京"，乡下人到京城的浮夸不实。原来，《红楼梦》不但是没有其他的作者写得出来，甚至也不是读者可能见识过的，也就是说，读者所有的生活经验恐怕都不足以支持对《红楼梦》的理解，因为那超出我们的经验之外。"别书中摸不着"这句话非常有趣，脂砚斋不只是说作者写的东西完全与众不同，他甚至间接告诉我们，如果只用自己普通的经验去阅读，你绝对会错识《红楼梦》。

就这一点来说，我们可以进一步看到脂砚斋在许多的批语中屡屡提及的，且几乎是大部分的研究者都忽略的，就是贵族家庭的真貌。曹雪芹在描述贾府各式各样的人物和活动时，脂砚斋便常常点出几个关键语词来画龙点睛，比如：王熙凤这样子说话、那样子做事，或者是贾宝玉如此地怕贾政，一听到贾政叫他就头上响了个焦雷，"便拉着贾母扭的好似扭股儿糖，杀死不敢去"（第二十三回），脂砚斋竟然说这些表现才叫作"大家规范""大族规矩"，反映出"大家风范""大家气派""大家规模"。大家有没有注意到，他一直在反复使用的都是"大家""大族"还有"世家"这一类语词，指的便是世世代代都处于贵族阶层的那种家族，和我们的生活真的是完全不一样的。

贾府作为一个生活共同体，包括奴仆在内，一共有上千人，上千人如此密集地生活在一起，必须要有一套很严谨的制度来调节，否则一定会混乱！这么多人聚集在一起，除了要有秩序，当然还要有伦理，包括其他各式各样不成文的风俗，"风俗"便是这种世家大族历代累积下来的一种人情世故，不形诸强硬的家法规范，但大家在行事的时候都会遵守。由此可知，事实上，脂砚斋对这种大家、大族、世家的礼法规范是非常引以为傲的。但由于五四以来全面反传统的主流思潮，觉得传统的礼教就是吃人，我们应该要冲决礼教的网罗（谭嗣同语），以致凡是和礼教有关的，通常即被认为代表落后、迂腐，代表压抑人性。因此，我们对《红楼梦》的理解也不知不觉地受到了这些偏差观念的影响，总觉得曹雪芹写这部小说是为了反封建、反礼教、抨击贵族的虚伪腐朽，贾宝玉被拘束在封建家族世界里挣脱不了，感到很痛苦，最后就以出家的方式来表示反抗。

类似的说法俯拾即是，可是我要郑重地澄清，这绝非事实，甚至毋宁说，曹雪芹或者贾宝玉是深深依赖着这样的一个阶层，同时也眷恋家族所提供给他们的物质与精神上非常优渥的资源，例如，当曹雪芹追踪贾宝玉此一特殊人物的形成因素时，他甚至把"生于公侯富贵之家"这么一个后天因素也放进来，认为如果没有这样的公侯富贵之家，就不可能有贾宝玉！关于这一点，等我们以后讲到"正邪两赋"（第二回冷子兴演说荣国府时，贾雨村所说的非常重要的那一段），再细细说来。

除了"正邪两赋"之外，贾宝玉"情痴情种"的特性也同时取决于公侯富贵之家，那么请问，他如何可能反对塑造他的那个原因？没有"公侯富贵之家"就不会有他这么个"情痴情种"，所以说，反封建、反礼教是一个很不合逻辑的说法。更何况从小说的许多描述中，我们可以发现曹雪芹事实上是深深地眷恋他已经失掉的贵族生活，那已经是他的生命与生俱来的一部分，我们凭什么要他反对，凭什么要他不喜欢？这是一种违反人性的逻辑。

细读《红楼梦》就会发现，曹雪芹所刻画的，是几乎没有其他的小说家所可能想象到的一个独特的世界。纵观中国文学作品的作者大多数都是"失意老男人"，当然曹雪芹也是，但那些写才子佳人故事或其他文学作品的失意文人，他们几乎没有机会接近这一种庭院深深、侯门深似海的世界，这就是脂批为什么不断在强调这一点：此处所写的是你们都不知道的大家族的规矩，是"大家"的风范；然而，偏偏我们的气质，我们的价值观，我们对于别人该怎么样反应的恰当性的理解，都和曹雪芹那个时代的那个阶层大不相同，作为读者应该要时时刻刻警惕这一点。现代读者生在已经是后现代的社会，个人主义发达，再加上家庭组织、人际关系也都进入到很剧烈的变动中，我们现在的生存环境诚为所谓的三房两厅、四口之家的格局，人和人之间的关系比较单一，所考虑的事情也比较单纯，只要关起门来便有一个独立的空间不为外人所侵扰，连父母要进你的房间也得敲门。

但是，《红楼梦》的世界完全不是这样，如果用现在想当然耳的一些想法去理解他们的做法，通常就是误入歧途。必须说，《红楼梦》不但不反对封建礼教，甚至它其实是告诉你，他们就是活在一个礼法井井的世界里，其中当然会有人情所带来的弹性处理，但是总体而言，会有一个森严的礼法在维系着整个家族的运作，因此笔笔"写尽大家"，这也是脂砚斋所说的话。《红楼梦》写的便是这种世家大族，不仅作为叙事主轴的贾宝玉，连作者曹雪芹也因此常常被脂砚斋赞赏为"非世代公子再想不到此"，意即如果没有生活在延续百年、四五代以上的上流贵族阶层，根本不可能想象得到那样的情节。曹雪芹自己就是世代公子，他写的贾宝玉也是同样的出身背景，凭什么他们要反对这样的贵族家庭？这一点我一定要请大家特别注意。

因此，梅新林先生说《红楼梦》哀惋悲悼的第二个层次是贵族家庭的挽歌，对此我深表赞同，曹雪芹事实上是在哀悼他所依赖、所根植乃至创造他这个人的家庭的失落，因此充满了悲挽之情。就此而言，他根本没有反对他自己的阶级，相反地，他深深了解这个阶级里有哪些别人看不到的东西，他所负责的就是擦亮火光，丝丝入扣地把它们召唤回来，不但自己重温一遍，再度得到抚慰，同时也让周围那些拥有和他相同经历的亲友们也共同参与这个往昔岁月的重建，这是《红楼梦》最重要的一个地方。

那么，贵族家庭与平民百姓家到底有怎样的不同之处呢？我们要注意到，从生活形态到意识形态都迥然有别。很多人都把《红楼梦》和《西厢记》《牡丹亭》相提并论，甚至说曹雪芹深受这两部戏曲还有《莺莺传》之类的影响，张扬所谓的恋爱追求、婚姻自主等等，因追求失败而感觉到种种悲哀，这样的说法我认为不是事实。请看诸联这位清末民初的评点家，他在《红楼评梦》中的一段评语触及《红楼梦》

与才子佳人小说之间很重要的创作差异，指出：

> 自古言情者，无过《西厢》。然《西厢》只两人事，组织
> 欢愁，摛词易工。若《石头记》则人甚多，事甚杂，乃以家常
> 之说话，抒各种之性情，俾雅俗共赏，较《西厢》为更胜。

何止是《西厢记》，还有《牡丹亭》这部被视为汤显祖最重要的作品，它所宣扬的"至情说"主张要为情而生，为情而死，还要为情而复活，感动了无数的有情人们，但两部戏曲都有同样的问题。诸联注意到《西厢记》这一类的小说戏曲和《红楼梦》非常不一样的地方，在于《西厢记》只写到两个人之间的事，男女主角一见钟情，大胆超越礼教、待月西厢，开始灵肉合一，完全以男女二人为中心去组织他们的喜悦、恐惧、快乐与失落，整部小说只有这两个人在上演故事情节，其他人好像都不存在似的。换句话说，他很犀利地洞察到《西厢记》《牡丹亭》之类的故事中，男女主角以爱情为他们最重要的追求目标，并且好像是活在一个社会真空状态，别人的存在通常只是为了要制造阻碍，起到像调味剂一样的作用而已，比如有个小人从中拨乱，如此一来大家才看得比较痛快，如果一点也没有曲折，读起来便没有快感。

但是，《西厢记》把男女之间的关系放在一个社会真空状态之下，那往往就会扭曲人性的真相，因为人性的展开、个人的实践一定都是在复杂的人际网络里进行的，不顾其他的人而完全地实践自我，这样的事情实在很不可能。总而言之，诸联的意思是说：《西厢记》描写的人物很少，主要就两个人，所以要描述得精彩比较容易，因为只要处理这两个人就好；可是《石头记》不一样，它人物众多、关系复杂，

根据统计,《红楼梦》里面有名有姓的角色,也就是让人可以意识到他的存在的人,居然有四百多个!

这是很惊人的数据,贾府有一千个人,我们可以认识到其中的四百多个,确实非常不容易,曹雪芹要面对的是四百多个不同的个性,处理起来能够达到合情合理,那需要对人性、对这个世界有多深刻的了解才能办到!《石头记》中人甚多、事甚杂,不同的个性就有不同的事情围绕他,这么一来,如果作家调度能力很差的话,整个叙事就会崩盘,完全无法抓到它的主轴,而《红楼梦》竟然还能够以家常的说话口吻来叙述,那么亲切,那么逼真,书写各种性情而雅俗共赏,诸联觉得这比《西厢记》要难得多,所以它更杰出、更优秀,这个说法我完全同意。

总归来说,《红楼梦》与《西厢记》是完全不一样的,因为《西厢记》仅仅聚焦于两个人的故事,摒除掉周围其他种种的社会性因素,读者只要看这两个人的内在活动就好,但是《红楼梦》绝非如此,《红楼梦》中的人物绝对不是想要怎么样就怎么样,整部小说里人甚多、事甚杂,建立在所谓的"大家规范""大家气派""大家规模"上,一定要知道他们是在这样的一个环境之下去进行诸般言语活动,进行各种选择,你才能够正确判断他们。

还有一点我要提醒大家注意,因为贾府是大家族,主人公们有一个非常重要的家族使命,即让这个家族继续活下去,个人只不过是依附在这个家族里面的一个成员,家族要绵延才能够巩固他们的祖宗根基,让世世代代可以传承下去,所以一个大家族之成员所想的事情和我们现代人不一样,对他们而言,继承人是非常重要的,因为只有继承人够格完成延续家族生命的使命,这才是祖宗或者是每一代人所关心的最要紧之事，第五回便提到，"玉"字辈中被选为继承人的人即是贾宝玉。

小说在第五回中预告了许多重要女性的未来，但是宝玉之所以有机会去参与天机，是因为他神游太虚幻境，而他又为什么可以神游太虚幻境？那是因为有宁、荣二公，也就是贾家的开创始祖嘱托给警幻仙姑。宝玉神游太虚幻境时被其中的众多女仙们所唾弃，说他是臭男人，怎么来污染我们女儿清净之地，宝玉也自觉污秽不堪，警幻仙姑赶紧为之辩解，她说：你们都不知道，我本来是要到荣国府去接绛珠（也就是林黛玉）的生魂，从宁国府经过的时候偶遇宁、荣二公之灵，他们嘱托我说："吾家自国朝定鼎以来，功名奕世，富贵传流，虽历百年，奈运终数尽，不可挽回者。故遗之子孙虽多，竟无可以继业。其中惟嫡孙宝玉一人，禀性乖张，生情怪谲，虽聪明灵慧，略可望成，无奈吾家运数合终，恐无人规引入正。"他们说这个家族已经注定要毁灭，其中只有一个还算是一线希望，可以让家族起死回生，宝玉就是这个被选定的继承人，所以他们对宝玉有很多的期望，寄托很多的苦心，希望警幻仙姑帮帮忙。

所谓的"吾家运数合终"，意指我们贾家的运数应该要终止了，"合"是应该的意思。面临到这样一个存亡绝续之秋，关键时刻只有宝玉有望冲破命运的牢笼，扭转家族命运，现在要来和命运抗争，抗争的筹码就是押注在宝玉身上，故云"幸仙姑偶来，万望先以情欲声色等事警其痴顽，或能使彼跳出迷人圈子，然后入于正路，亦吾兄弟之幸矣"。当然宁、荣二公提出的方法很特别，"以情欲声色等事警其痴顽"是中国传统通过儒家与佛教思维所提出的一种"度脱"方式，我们以后讲到相关主题的时候再做补充。很明显，这一段文字已经告诉我们，整个贾家的家族生命的延续被寄托在宝玉身上，所以宝玉的成材是他责无旁贷的目标，也可以说是他人生最终极的任务所在；完成这个任务不只是个人的自我实践的问题，还必须要面对过去百年的祖先，这是一个非常沉重的压力。

请各位注意，《红楼梦》的主旨绝对不是反对贵族、抗拒礼教，事实刚好相反，整部书是出于贾宝玉无法完成这样的使命而自我忏悔的一种表述。第一回中说石头渴望幻形入世，想要到富贵场、温柔乡去受享几年，脂批就提醒"无材补天，幻形入世"这八个字"便是作者一生惭恨"，他既惭愧又痛恨自己为什么没有把这个任务完成，脂砚斋认为这才是《红楼梦》真正的宗旨，和我们一般所认为的完全不一样。至于"无材可去补苍天，枉入红尘若许年"这一句，则出自书中对于石头一生的故事的一首诗偈，他真的觉得他的人生不但愧对自己，也无颜去面对过去的祖宗，"无材可去补苍天"这句诗才是此书真正的本旨，而"枉入红尘若许年"这一句则是"惭愧之言，呜咽如闻"（脂砚斋语），他根本是哭着说出来的，这一生简直无颜见祖宗，这辈子完全白费了，因为丝毫没有尽到对家族存亡绝续的责任。脂砚斋更清楚地指出，《红楼梦》这一部书"系自愧而成"，因此它真的是一阕贵族家庭的挽歌，而这份哀惋蕴含着深深的自愧，作者"哭成此书"，是哭着赎罪所写成的一部忏悔录，就此而言，我们才能够真正体会《红楼梦》的价值观，以及它整个铺陈的基调在哪里。

最后，梅新林先生说《红楼梦》的宗旨之三，即"尘世人生的挽歌"，这三个层次是层层递进的，首先是青春生命的挽歌，青春是个体最美好的阶段，但青春注定是一本太匆促的书，很快地有一天终究会失落，这也是世道公平的地方。从个体的失落再扩大到美好家族的失落，再来就是整个美好世界的失落，这个尘世也终究是要面临毁灭的，如第一回所说，石头想要幻形入世，到尘世间受享一番，一僧一道曾加以劝阻，他们齐声憨笑，说："那红尘中有却有些乐事，但不能永远依恃；况又有'美中不足，好事多魔'八个字紧相连属，瞬息间则又乐极悲生，人非物换，究竟是到头一梦，万境归空，倒不如不去的好。"于此脂砚斋提到，一僧一道所说的"乐极悲生，人非物换，究竟是到头一梦，万境归空"这四句话，是"一部之总纲"。

由此看来，脂批其实已经涉及这三个层面，认为作者不能为家族的生命存亡绝续，所以呜咽而惭愧地写成这部书，同时他又深感人生存在的无常本质，可见梅新林先生对此书宗旨的归纳非常准确，又面面俱到。因此，只有不偏不倚地去体会《红楼梦》所涉及的是这三个层次的追悼与哀惋，才能品味到其中深刻丰富而辽阔的视野，并看见它所探触到的存在的本质。

第一章

钟鸣鼎食之家，
诗礼簪缨之族

读者虽然都知道贾府是一个和皇族有关的贵族世家，但却不明白它到底是什么样的状况，这便是为什么常常会有"以今律古"或者"以今非古"的情况出现。因此在说大观园之前，必须要了解大观园赖以建立的更宏大的前提，也就是贾府的环境。

没有富贵场，就没有温柔乡

首先要说明的是：《红楼梦》作者从来都没有反对他自己的阶层，尤其最初那块畸零的顽石对一僧一道苦求再三，请求幻形入世，目的就是要来到富贵场、温柔乡去受享的。请看第一回，当石头在山脚自卑自叹的时候，听到一僧一道说到红尘中的荣华富贵，"此石听了，不觉打动凡心，也想要到人间去享一享这荣华富贵"，它对一僧一道一再说："大师，弟子蠢物，不能见礼了。适闻二位谈那人世间荣耀繁华，心切慕之。……如蒙发一点慈心，携带弟子得入红尘，在那富贵场中、温柔乡里受享几年，自当永佩洪恩，万劫不忘也。"荣华富贵还只是物质与地位，可是在富贵场中会派生出一个更重要的东西，是石头终其一生所耽溺追求的目标，那就是"温柔乡"。请注意，没有富贵场就不可能有温柔乡，富贵场是温柔乡的前提，而温柔乡是富贵场的派生物。

学术界人士和很多读者都因为宝玉常常说读书做官的人是"禄蠹"，便认为宝玉是反对富贵场而倾向温柔乡，但这个说法似是而非。玉石以及化身为人后的贾宝玉，从来没有反对过富贵场，从仙界的前身开始，他要的就是富贵场的受享，再加上温柔乡带给他一种美的浸润和升华。严格来说，他反对的其实是维持富贵场的责任和义务，所以他反对读书、反对追求功名。富贵场中那些当家者是很忙的，天天要在外面应酬，没有一点私人时间，因此贾政经常不在家；王夫人负责闺阃之内的家务事，也忙到实在焦头烂额，后来要请王熙凤来帮忙理家，才能缓一口气。换句话说，宝玉抗拒的其实是这样的责任与义务，他吃的是茄鲞、莲叶羹、穿的是"雀金呢"，他绝对不会想要去什么清寒之家、薄祚寒门，从他前世那个凡心被打动的瞬间，就注定了他要到有荣华富贵的环境里。

一僧一道顺从它的心意，把它化成一块美玉，因为只有美丽通灵的玉才有到贵族阶层的资格，何况世间的人都是用肉眼来判断，因此要让人家一眼就觉得这是一个很了不起的奇物，"然后携你到那昌明隆盛之邦，诗礼簪缨之族，花柳繁华地，温柔富贵乡去安身乐业"。这些文字都很清楚地告诉读者，富贵场便是宝玉的前身以及宝玉本人所要追求的目标，果然他也得遂其志，乐享十九年的荣耀繁华。在"昌明隆盛之邦"一句旁边，脂砚斋说这是"伏"（暗示对应）京城长安，因为京城是全国最繁华的地方；"诗礼簪缨之族"则是伏贾府；"花柳繁华地"是指大观园；而"温柔富贵乡"指的是绛芸轩、怡红院，即宝玉前后所住的地方，这四句其实都有很具体的对应，都指向富贵场域。

可见曹雪芹或贾宝玉何曾反对贵族阶级？相反地，整部小说是对贵族世家的回眸与定格，作者缅怀这段他经历过的、很少有人亲身走进的特殊世界，频频回顾，将其定格在他呕心沥血所叙写的小说文本中。《红楼梦》所写的就是这样的世界，曹雪芹在叙事过程中不方便跳出来揭示的一些价值观，便由脂砚斋透过评语来帮他点明。

庄农进京

脂砚斋对于他们的阶级所泄露出来的，有以下的心态：第一，非常自豪骄傲，他觉得他们真的就是"大家"，是一般人完全比不上的。第二，他们对于所谓的"小家"，往往充满了嘲讽，是带有阶级傲慢的。以我们今天的价值观来说，这当然不见得可取，但它本即两百多年前那个时代的产物，读者要了解它，便应该先接受其价值观，这样才能进入到他们的世界。

下面所引的几段脂批让我们看到，他们对于其他小说，甚至现实中的其他阶级，常常是抱着这样既自豪又鄙视的双重心态。如贾母在"破陈腐旧套"的时候，批评这些才子佳人小说写得那么可笑，正是因为他们何尝知道那世宦诗书之家的道理。一些穷酸文人透过想象写一些才子佳人故事，根本不知道就胡乱杜撰，反正文字是最廉价、最方便的工具，因此佳人都是尚书或者宰相的女儿等，却又随便地自由恋爱，贾母觉得这是荒谬绝顶。

对于这种现象，脂砚斋毫不掩饰地表示反感，所以"可笑"二字是他最常用的批语，一共写了四次。例如第三回夹批云："可笑近之小说中，不论何处，则曰商彝周鼎、绣幌珠帘、孔雀屏、芙蓉褥等样字眼。"脂砚斋认为一般人以为富贵世家都是这样到处金碧辉煌，根本就错了，那是叫"暴发户"。真正的三代、四代以上的世家大族，并不会流于这种物质的炫耀，而是完全靠特殊的气质胜出，在人群中一看便焕发出世族子弟的风范。

下面这一段脂砚斋的眉批很毒辣，但这是他们真正的心态，脂砚斋在第三回眉批说道：

　　近阅一俗笑语云：一庄农人进京回家，众人问曰："你进京去可见些个世面否？"庄人曰："连皇帝老爷都见了。"众罕然问曰："皇帝如何景况？"庄人曰："皇帝左手拿一金元宝，右手拿一银元宝，马上稍着一口袋人参，行动人参不离口。一时要屙屎了，连擦屁股都用的是鹅黄缎子，所以京中掏茅厕（厕）的人都富贵无比。"试思凡稗官写富贵字眼者，悉皆庄农进京之一流也。盖此时彼实未身经目睹，所言皆在情理之外焉。又如人嘲作诗者亦往往爱说富丽话，故有"胫骨变成金玳瑁，眼睛嵌作碧璃琉"之诮。

　　这让我想起北宋时期当过宰相的晏殊，他是晏几道的父亲，同样非常受不了不懂富贵的人所写的富贵景象，那都太过荒腔走板。所以晏殊讽刺"老觉腰金重，慵便枕玉凉"这样的炫富诗句，因为真正富贵的人家，不会腰上面都挂满了黄金，枕头也不会用玉去做，这都是穷酸文人的想象，或者是暴发户的作风。所以晏殊说，不如"笙歌归院落，灯火下楼台"，这才是真正的富贵气象，而贾府正是这样的世界。

　　对这样的世界身经目睹过的曹雪芹与脂砚斋，他们所细腻呈现的便是一个很少被外界所窥探的世界，所以脂砚斋常常按捺不住嘲笑那些人，他在第三十八回的批语说："近之暴发专讲礼法，竟不知礼法，此似无礼，而礼法井井。所谓'整瓶不动半瓶摇'，又曰'习惯成自然'，真不谬也。"暴发户不知道这种簪缨世族所说的礼法是什么，讲究的关键在哪里，所说的"礼法"都是小户人家自己幻想出来的，其言行作为装腔作势，根本是"一何可笑"。

　　现代人大概只会从《甄嬛传》《步步惊心》《延禧攻略》等影视作

品去理解皇室或皇族的世界，其实那些常常是错的，其中固然有一些元素上的挪用，但所呈现出来的人际关系和家庭关系，和真正的皇族世家是非常不一样的。多年来，我认为我在《红楼梦》阅读上最大的突破，以及对于《红楼梦》世界的认识有一个真正飞跃式的改观，即在于我看到它是一个贵族大家。由于近一百多年来，封建阶级观念被彻底摧毁，导致现代人在阅读《红楼梦》的时候，往往被反传统的价值观所主导，如果不努力地和潜意识里非常顽强的这种价值观相对抗，就注定会读反了。

说实在，这是非常艰难的一步，但这个艰难的一步是非踏出不可的，虽然很少人能做到，但是如果不做的话，对《红楼梦》的认识常常便会"以今律古"，甚至"以今非古"。为了轻松的读法，甚至为了彰显它的经典价值，我们开始在这部小说里添加很多现在流行的价值观，如此一来，就会曲解里面很多的情节，例如从中找出一些情节来证明宝玉有自由平等的民主思想，有反对阶级的观念，他反对体制，甚至反对他的家庭等。《红楼梦》内容这么丰富，要找到类似这些小情节是不难的，但是这些小情节并不能以偏概全，变成这部小说叙写的主轴。

"大家形景"

深知《红楼梦》之独特的脂砚斋便不厌其烦地处处提示，《红楼梦》所展现的种种情节，都是建立于上层贵族的"大家规范""大族规矩""大家风范""大人家规矩礼法""大家势派""大家气派""大家规模""大家风俗""世家风调""侯门风俗"的"礼法井井"上，而以贾宝玉为叙事中心的《红楼梦》乃笔笔"写尽大家"，处处表现出"必有一个礼字还清"的"大家形景"。脂砚斋说《红楼梦》每一笔写的都是"大家"才会有的场景，处处表现出令他自豪的井井礼法，因此，这种人家的小孩子再调皮，一家人再和乐融融，也必遵循一个"礼"字。

不只是小说中的世界写尽"大家形景"，创作这部书的曹雪芹，也被脂砚斋赞赏为"作者不负大家后裔"，没有辜负这个家族所带给他的教养、见解与视野，绝对不是那种小家气。脂砚斋又不断赞美说《红楼梦》这样的内容，"非世代公子，再想不及此""非世家公子，断写不及此"。书中轻描淡写的几句话，如果不是这种出身的人，就看不出其中的奥妙，现在的读者当然更看不出来，所以把它当作一般的家庭互动来认识，难怪常常掌握不到其中的精髓。

脂砚斋一再告诉读者，他们是"大家""大族""世家"，可是什么叫"大家"呢？首先要澄清的一点是，从文学艺术的本质来说，不应该把一部虚构创作的作品去和现实的特定对象划上等号，这就是我反对自传派与索隐派的原因。自传派主张贾府反映的就是曹家的故事，是曹雪芹的自传，他们从曹雪芹的家世背景和他们家族的各种人物事件来解释《红楼梦》的情节。这是不对的，固然曹雪芹可以就地取材，可是《红楼梦》作为一部虚构的小说，作者一定调动了许多让这部小说成为杰作的相关艺术技巧，而且还加入整体审美的想象，所有的情节都必须要统一在这样的视野下进行，他不可能完全按照现实的蓝本来书写。

索隐派则说《红楼梦》写的不是曹家，而是纳兰明珠（纳兰性德之父）家或某家的旧事，并在文本里找证据，这些我都不赞同，阅读《红楼梦》不应该以任何现实中的单一家族作为小说所对应的直接对象。但是有一点很重要，《红楼梦》确实是在一个非常特殊的阶级与环境中产生的，特殊到几乎很少人有这样的体验，所以不能用一般的世情常态去理解它。根据这一点而言，我们发现《红楼梦》确实反映了一些现实基础，不过我们不要针对个别的对象去附会，否则就会落入到自传派和索隐派的思路。

曹雪芹绝对不是在完全写实，但他确实是根据那个时代的制度、风气，还有他们所处阶级的意识形态等，才建构出整部小说，因此，我们可以通过相关的历史研究来帮助我们认识《红楼梦》，但这是一种"借助"，绝对不是画等号。我们所阅读的对象诞生于一个特殊的环境、特殊的阶级、特殊的时代，因此必须先了解那个阶级和时代，打个比方，书中若写的是一个酒店的故事，我们就应该先了解一下酒店是怎么运作的，然后才能了解人家所写的内容到底得不得当，以及精彩在哪里。

清代的"阀阅门庭"

以下我会引述一些历史实录，来帮助我们认识曹雪芹这位世家公子所写的大家族的风范究竟是什么样子。不但脂批中一直反复用"大家"这个词，甚至《红楼梦》里的贾母等偶尔也会提到这个词。所谓"大家"绝对不是指一般的大家族，不是当地的士绅或者是一方之霸就可以叫作"大家"，它是一个特定名词，清代其实是指王府世家和掌管宫廷事务的内务府，即"阀阅门庭"，其阶级之显贵优越，与皇室密切交涉。

所以"大家"这个阶层非比寻常，其阶级之显贵，根本已经接近了天潢贵胄。依照曹雪芹所写的贾府，如果要与现实世界相对应，贾府便属于"八旗世爵"，也确实反映了贵族世家的共通性。贾府当然和皇室密切交涉，比如元春封妃，在清朝，本身就是要非常尊贵的家族，其女儿才有资格封妃。我常常看到一些文章，写起贾府来都充满穷酸气，例如说贾家是仰赖有一个女儿当了皇妃，才能这样的荣华富贵，还有说贾家是靠着贾政那份官银官俸，才能够勉强支撑，对于这些臆断，脂砚斋一定会批上"庄农进京"四个字，这种家庭还要靠贾政当官的俸银来过活，那真的是笑话了。

《红楼梦》中的贾府很明显具有特定的阶级特征，我们应该用那个阶级的共通性来认识它。在谈这个问题之前，我们先来看"贾府"这个名称其实是有很鲜明的历史因素在里面的。学者孙广安指出，在帝制时代，对住所的称呼是不能随便的，根据《大清会典·工部》，凡亲王、郡王、世子、贝勒、贝子、镇国公、辅国公的住所，均称为府。其中，亲王和郡王的住宅要称"王府"，换句话说，世子、贝勒、贝子、镇国公、辅国公的住所只能叫"府"，不能称"王府"。

此外，王府不仅品级高，而且建筑规模大，王府中的正房称为殿，殿顶覆盖绿琉璃瓦，殿中设有屏风和宝座，外表看上去很像一个缩小的宫廷。"府"比起王府来规模就小多了，"府"不仅不能用琉璃瓦覆盖屋顶，而且正房也不能称"殿"，当然屏风和宝座就更不能设置了。除此之外，对于房屋间数、油饰彩画、台基高低、门钉多少，王府和府也都有规定，不能逾制。至于那些不是凤子龙孙的达官显贵，尽管有封爵或有尚书、大学士、军机大臣的头衔，他们的住所也不能称"府"，只能称"宅"或"第"。

我再做一个说明，这样的王府和府的建筑，在产权上都属于皇产，因此，它的种种管理都是归内务府，万一主人因过错而被撤爵，他所住的府或王府的产权也就回到内务府去，皇室将来要赏赐给谁，那又是他们的权力。

贾府作为虚构小说中的家族背景，确实地反映出特定阶级的风貌。历史学家赖惠敏的研究著作《天潢贵胄——清皇族的阶层结构与经济生活》可以帮助我们认识《红楼梦》，赖惠敏说，皇族和皇室并不相同，皇族散居北京城内外，甚至有的移徙到盛京，而皇室则居住在紫禁城中。掌管皇族的机构称为宗人府，掌管皇室的机构则是内务府。皇子从宫中分府后，即属宗人府管辖，转为皇族的成员。清代皇族是指满洲爱新觉罗氏，属于努尔哈齐的父亲——显祖塔克世的直系子孙们，包括努尔哈齐兄弟这支的子孙，都称为宗室。皇族和皇室并不相同，由于一代一代的传承，总有一些住在紫禁城中的皇子是要出去的，出去的那些人就会从皇室变成皇族，他们住的宅第便称为"王府"或"府"。另外，按《大清会典事例》所定宗室爵位封赐的四种方式：功封、恩封、袭封、考封，各有详细规定，功封的宗室王公大多数是在清初之际。

据《大清会典·工部》、孙广安所言，可将皇族阶层整理如下：

皇产（内务府）		私产
王府	府	宅、第
亲王、郡王	世子、贝勒、贝子、镇国公、辅国公	达官显贵（尽管有封爵或有尚书、大学士、军机大臣的头衔）
	凤子龙孙	

《红楼梦》里的王府现象

我下面找一些证据，让大家看看贾府如何反映出爱新觉罗子孙的王府中也会有的现象。

试看宁、荣二府开辟家业的那两位祖宗，他们受封的爵位是国公，是低于亲王和郡王等级的，所以书中在秦可卿出殡时，很多的王公贵族和朝臣来祭奠，当时贾政和贾珍等看到郡王也都非常谦恭，执行国礼。而他们的住宅称为"府"，还有皇帝的御笔。此外，《红楼梦》里写到的很多物品都是皇宫用的等级，举一个例子，在第四十回刘姥姥逛大观园的时候，贾母带着一行人到了各处去坐，其中有一段情节提到潇湘馆的窗纱已经旧了，贾母建议换一个，结果从库房里拿出来的软烟罗，连王熙凤都没有见过，还说他们现在身上穿的都是皇家内造的，没想到竟比不上以前这个官用的。

因此，脂砚斋在第十八回的批语中便提到，这部小说是"画出内家风范，石头记最难之处，别书中摸不着"，"内家"就是皇室、紫禁城里的皇宫，别的书中根本摸不到边，这是《红楼梦》独一无二的价值。第五十八回的批语则说：

> 周到细腻之至。真细之至，不独写侯府得理，亦且将皇宫赫赫，写得令人不敢坐阅。

"侯府"当然是指贾府的等级，它介乎皇室和一般的贵族之间。他们自己清楚知道，在中国文学史中没有一部作品和它一样，就这点来说，我们要尊重它的独特性，而不要老是用"庄农进京"的构想去理解《红楼梦》。

比如说，《红楼梦》固然有一些地方表现出平等的意识，可是那绝对不是一种意识形态。宝玉的平等意识，来自一种内心的博爱，并非政治思想上的一种信念，也不涉及社会制度的改变。而且在太虚幻境中，对于金钗们的划分还是依照阶级等差，神界不外乎人间的阶级结构的反映。

从《红楼梦》的世界来说，第一讲究的就是规矩，就是礼法，这是"大家风范"最重要的核心之一。第十八回脂砚斋有一段话说："所谓诗书世家，守礼如此。偏是暴发，骄妄自大。"在这种对比之下，脂砚斋挑明了说："余最恨无调教之家，任其子侄肆行哺啜。"（第八回）"想近时之家，纵其儿女哭笑索饮，长者反以为乐，其礼不法何如是耶！"（第二十二回）然而，现在有很多家庭都是这样，明明小孩子很没规矩，在人家沙发上跳来跳去，家长还说好可爱、好活泼、体力真充沛。看在脂砚斋的眼中，这就是可笑的世俗小家，"若在世俗小家……一何可笑。"（第三十八回）不知礼法，没有教养，还自以为平等自由，然而《红楼梦》所写的是"大家风范"，讲究礼节，要懂得自我节制，懂得尊重别人，最重要的是要守规矩。

为什么脂砚斋会有这种反应呢？我们要回到皇族的生活来看。金寄水先生是末代睿亲王的嫡子，如果清代没有灭亡的话，他就是下一任睿亲王。睿亲王是世袭罔替的八大家铁帽子王之一，他之所以姓金，是进入民国以后所改的，本姓为爱新觉罗。金寄水从小生长在亲王府中，完全熟知王府的规矩，我们下面会引述他很多的说法。我读到了金寄水的《王府生活实录》之后，真的是醍醐灌顶、恍然大悟，原来《红楼梦》里所写的根本都是王府的规矩，只是我们原先都不知道。

　　首先，金寄水提到，循规蹈矩是王府生活中的核心，礼法才是他们家的准则，其他都是其次。宝玉从小就是呼吸这样的空气长大的，那根本就是他的一部分，他怎么可能去反对礼法？甚至宝玉会成为"情痴情种"，也必须靠这样的环境才能培养，这一点是第二回阐释"正邪两赋"的重点之一。但一般人用普通的痴情去理解情痴情种，按照这样的逻辑，杜丽娘很痴情，怒沉百宝箱的杜十娘也很痴情，难道她们都属于情痴情种？回到《红楼梦》的思想脉络，如果不是生在公侯富贵之家，是不会成长为情痴情种的，杜丽娘、杜十娘只能算是奇优名倡那一类。

　　在王府中，至高无上的礼法，上上下下都不得违背，尤其对小孩子更是格外严厉，因为小孩子将来是这个家族的继承人，如果不严厉，等于让这个家族有机会遭遇灭顶之灾。因此，金寄水特别提到，小王爷周围其实有很多人时时刻刻在陪伴他，监督他、教导他的叫作"教引太监"，他非常讨厌这些太监，小王爷或小格格行为稍有逾越的，立刻就会受到厉声的呵斥，可是比起讨厌，他更觉得害怕，小王爷若是不遵守劝导而被教引太监在"里头"奏上一本，轻者挨骂，重者挨打，毫无自主能力。

　　在《红楼梦》里也是这样，贾府的子弟们事实上常常挨打，读者只知道宝玉被贾政笞挞那特定的一幕，只是因为那一次打得特别重，才会引起那么大的反应。但大家要注意，当时无论是被打的宝玉，或者是要劝阻贾政的贾母、王夫人，整个过程里没有人认为贾政是不对的，连宝玉都没有抱怨他父亲，而贾母和王夫人只是很心疼，担心打坏了。第五十六回贾母还说得很明白：

可知你我这样人家的孩子们，凭他们有什么刁钻古怪的毛病儿，见了外人，必是要还出正经礼数来的。若他不还正经礼数，也断不容他刁钻去了。就是大人溺爱的，是他一则生的得人意，二则见人礼数竟比大人行出来的不错，使人见了可爱可怜，背地里所以才纵他一点子。若一味他只管没里没外，不与大人争光，凭他生的怎样，也是该打死的。

她这些话并不是随便说说的，而是顺口带到贾府的常态。

在《红楼梦》文本中，"教引"这个词出现过一次，当然不是作者的重点，他是顺笔带到，可是也因此更反映了阶级特征。在第三回，林黛玉刚刚来到贾府的那一幕用了这么多笔墨，包括她的轿子怎么走，进到贾府之后怎样的应答，都是这些世家大族才会有的规范，然后书中提到"外亦如迎春等例，每人除自幼乳母外，另有四个教引嬷嬷，除贴身掌管钗钏盥沐两个丫鬟外，另有五六个洒扫房屋来往使役的小丫鬟"，"教引"这个词出现了，贾母给黛玉安排了一堆伺候的丫鬟，又增加四个教引嬷嬷，所以真的不要忽略贾府绝对不是一般的大户。

而有资格教训小孩子的人，除了长辈之外，还包括下面那些有头有脸的老妈妈们。《红楼梦》里就有这样的情节，比如第七十三回迎春的乳母聚赌被揭发，贾母动怒申斥，迎春名义上的嫡母邢夫人感到很没面子，便专程来责骂她，因说道：

"你这么大了，你那奶妈子行此事，你也不说说他。如今别人都好好的，偏咱们的人做出这事来，什么意思。"迎春低着头弄衣带，半晌答道："我说他两次，他不听也无法。况且他是妈妈，只有他说我的，没有我说他的。"邢夫人道："胡说！你不好了他原该说，如今他犯了法，你就该拿出小姐的身分来。他敢不从，你就回我去才是。如今直等外人共知，是什么意思。"

可见奶母就拥有管教小姐的权力，而身为主子的小姐也必须听从。在贾府这种传承数代的大家族中，会累积很多资深的仆人，比如服侍过长辈的奴仆或者陪房，他们和上一代的情感牵连在一起，无形中他们的地位会很高。陪房就是跟着小姐嫁到夫家来的那些丫鬟，一位小姐初嫁到陌生人家，不免孤立无援，这些丫头就形同自己的姐妹，经过数十年，媳妇熬成婆了，她们也跟着沾光，成为"有头有脸"的人物。

接着，我们再补充贾府中所反映的与王府等级相关的其他迹证，例如金寄水先生提到：在王府里有各式各样的礼节，其中有关丧礼殡仪的部分就涉及一件事，即当王爷死了，他们私下叫"殡天"，只是不敢加上"龙驭"两个字，对外便称"薨逝"，而"薨"本来是王爷等级才能用的，可是他们私下会说一般只能用在皇帝身上的"殡天"。《红楼梦》第六十三回提到，贾敬因为修炼神仙之术，烧炼那些丹汞之药，结果吃得自己中了毒，因此腹鼓如铁，烧胀而殁，突然暴卒，有几个人慌慌张张跑来说："老爷宾天了。"我们发现，原来家里遇到老爷的死，下人报丧的时候也称"宾天"。在我还不了解王府这些规矩的时候，以前读《红楼梦》时只觉得很奇怪，为什么贾府要这样用呢？我们常常以为这是小说的虚构，作者爱怎么写都可以，可是从金寄水的口述我们知道，这正反映了当时王府的私下用法。

另外一个例证和整个贾府的建制有关。金寄水对他所熟悉的皇族世界，包括几个亲王府、郡王府的建筑规模做了整体说明，这些王府的建制都是按照一定的形制规划修造的，只有肃亲王和庆亲王两府不是王府的形制，十二家王府多采用"大式"做法，应用高质量的建筑材料和雕砖、雕木、彩画、刻石等精细工程。王府的建造形制，中路一律相同。所有王府都采取固定的规格，但是以中路作为王府的中轴，这是合乎中国传统建筑礼制的一个常态。

相关历史学者说，中国的传统建筑有一定的原理，其中一个叫作"中轴对称"，那当然是大家族才有可能讲究的。"中路"作为贯穿全家的一条正式道路，当然会通到正殿，这个中轴一路贯穿下去，从大门进去之后，还有一定的建筑物，一进一进这样地往深处去延伸。"一进"就是指一层房屋，前面带着一个庭院，共同形成一个单位，这层房屋的中间会有一个中堂，可以穿越，通到后面又会有一个庭院，它再带一层房屋，府宅的占地规模越大，进数越多。中间的主轴作为整个建筑规模的中心，贯穿整个腹地，沿着中轴旁边会延伸出其他的建筑物，包括厢房，这些建筑物要两边对称，除了体现中轴对称之外，又叫作"深进平远"。《红楼梦》里的贾府，包括宁国府、荣国府，根据学者的统计，他们的建筑构造大概是五进或六进，那是很大的规模。

金寄水先生说："亲王府门五间，郡王府门三间，又称宫门（均系坐北朝南）……府门东西各有角门一间，均叫阿司门，供人们出入。府门外有石狮、灯柱、拴马桩和辕禾木（古人称行马）等设施。"依照"中轴对称"和"深进平远"原则所建构出来的这种大型建筑群，它们的方位一定是坐北朝南，正门朝南，它两边的小门叫作"角门"，而角门才是包括王府成员在内的各色人等出入的地方。府门外的石狮子是不能随便摆放的，那是王府才能够安设的。由第三回林黛玉来到贾府时的整段描述，我们知道宁国府的门口也有石狮子，这对石狮子在《红楼梦》特别有名，因为柳湘莲说过的一番话，指称："你们东府里除了那两个石头狮子干净，只怕连猫儿狗儿都不干净。"石狮子没有生命，没有生命才能够免于情欲的污染，所以他觉得尤三姐一定不干净。当然，规模一样的荣国府也是如此。

金寄水还说，王府的府门是终年不开的，只有王府主要成员结婚的那一天，府门才必须大开，而只有知道王府礼制的人，才能够通过府门大开而看出府里面是在办喜事。因为王府的婚礼过程是非常安静的，不是常人所以为的那样锣鼓喧天，像续书里宝钗和宝玉结婚那一段，写得那么热闹，其实就是因为续书者对王府生活不了解所导致的。就这一点来说，《红楼梦》则与之有一点出入了，小说中，府门明显的一次大开，那是在第五十三回贾氏祭宗祠时。除夕夜祭宗祠是全年中最大的一件盛事，所以是从大门开始，各进之间所有中间的那道门都打开了，一路直通到底，这个例证和金寄水所说的不太一样，可见关于清代历史上这种特殊的阶层还可以再深入考察。

总而言之，除了祭祀宗祠或者主要成员结婚这类的大事，府门平日里是不开的，因此，第三回林黛玉刚刚来到贾府的时候，她便是从角门进入的，如果因此而判断小孤女林黛玉好可怜，人家给她这样的待遇，那真是"庄农进京"的想法，其实贾家一点都没有亏待她，因为王夫人等家长们出入时也都是走这里。

黛玉先是在运河终点上了轿子，进入城中，"又行了半日，忽见街北蹲着两个大石狮子，三间兽头大门"，由此来看，大门的形制就是三间，这是郡王府等级的。"门前列坐着十来个华冠丽服之人。正门却不开，只有东西两角门有人出入。正门之上有一匾，匾上大书'敕造宁国府'五个大字"，黛玉首先看到的是宁国府，心想"这必是外祖之长房了"，"又往西行，不多远，照样也是三间大门，方是荣国府了。却不进正门，只进了西边角门"。在中国传统的方位文化里，以东为尊，而宁国公为兄长，所以宁国府居东，荣国府在西，这都有很严格的一套伦理制度在规范着。

贾府是什么样的家族

按理说，《红楼梦》的贾府是国公等级的，可是非常奇怪的是，虽然它从现实中挪用很多的元素，却又并不完全对应于某一个特定阶层、特定身份，所以《红楼梦》里所反映的皇族等级，也常常会有一些出入，但是它确实展示了皇族这个阶层的共通性。而《红楼梦》和现实有所出入的地方，那是在哪里呢？

首先请看一下贾府的发迹史，倘若只用一般的王府或府来看待，恐怕不足以认识它。前文中提到过，第五回宝玉之神游太虚幻境其实有非常严肃的目的，在这个目的背后隐含的是一个重大的家族使命。宁、荣二公对警幻仙姑的嘱托中提到："吾家自国朝定鼎以来，功名奕世，富贵流传，虽历百年，奈运终数尽，不可挽回者。"原来，贾家的擘建和肇基竟然是和开国同时的，即"国朝定鼎"之际，所以贾府的形成和这个朝代的创建是二而一，是同步进行的，甚至是一体两面的。清人入关在1644年，曹雪芹大概生于1715年前后，到他写《红楼梦》的时候，也差不多将近一百年。由此看来，显然贾府的建立和清初满人入关的时空条件是一致的，我们不妨借由一些当时的历史情境，来认识一下贾家到底是什么样的家族。

赖惠敏先生对于清代皇族作为天潢贵胄阶层的研究中就提到，按照官方的《大清会典》，宗室爵位封赐的方式分为：功封、恩封、袭封、考封四种。和《红楼梦》有关的是功封，也就是依照军功来封赏赐爵，但是这种方式大多数发生在清初需要打仗的时候。贾府的祖宗确实也是出生入死，在战场上建立很大的功劳，然后才得到国公的爵位，第七回很有名的一段文字是焦大醉骂，"焦大"谐音为"骄大"，非常骄傲自大，他既忠心耿耿，但又恃宠而骄，展现出很复杂的人性，连出现不过那么几行的这个小人物，作者也都让我们看到他的很多面，所以他也是一个圆形人物。尤氏和王熙凤说起这个焦大是：

> 连老爷都不理他的，你珍大哥哥也不理他。只因他从小儿跟着太爷们出过三四回兵，从死人堆里把太爷背了出来，得了命；自己挨着饿，却偷了东西来给主子吃；两日没得水，得了半碗水给主子喝，他自己喝马溺。不过仗着这些功劳情分，有祖宗时都另眼相待，如今谁肯难为他去。他自己又老了，又不顾体面，一味吃酒，吃醉了，无人不骂。

从这些描述，包括焦大自己的自白都很清楚地告诉我们，宁、荣二公是怎样挣下家业的？正是通过九死一生的战功，和清军入关时那些腥风血雨、战场上的厮杀，事实上非常吻合。在清朝的惯例中，一般的世袭爵位都是每一代要降一等承袭，这一等如果是亲王，那么儿子在世袭的时候就会降一等变成郡王，下一代再降一等，降到最后就没有爵位了。不过根据皇太极所定的"钦定功臣袭职例"，将士临阵率先攻克城池功大者，世袭罔替。"罔"的意思等于"不"，它是一个否定词；"替"也就是替代、改变，所以"世袭罔替"意指不只封赏当时的建功者，其子孙可以一代代世袭该爵位，不用降等，因此世世代代都保有最高的爵位等级，这是皇帝对功劳特别大的臣子的特别保障与特殊荣宠。

最初跟随皇太极入关时，战功最为显赫、功劳最大的皇族宗室，在赐封以后可以隔代不降爵位的，共有以礼亲王为首的八大家，包括六家亲王府和两家郡王府，后世称为"八大家铁帽子王"，都赐有大型府第。后来整个清朝一直还有加封，总共有十三家"世袭罔替"的"铁帽子王"。

之所以要谈清初参加开国战争的八家铁帽子王，是因为贾府让我有很多的疑惑之处，看起来曹雪芹是这边的阶级用一点，那边的概念用一点，表现出来的便不是特定的国公类型，有时候是国公的等级，有时候又有一些亲王的痕迹，反正他是把这些元素混合在一起。就因为如此，只能说我们要了解的是清朝皇族、贵族的阶级通性，但是具体到究竟是哪一个特定阶级，则不需要去特意讲究，毕竟它本质上是一部虚构小说。以下有几则文本实例，足证贾府为真正的"大家"。

先看第三回，林黛玉的父亲林如海让贾雨村去找贾政，以谋求仕宦上的出路，并把林黛玉顺道带到贾府去，他告诉贾雨村："若论舍亲，与尊兄犹系同谱，乃荣公之孙；大内兄现袭一等将军，名赦，字恩侯；二内兄名政，字存周，现任工部员外郎，其为人谦恭厚道，大有祖父遗风，非膏粱轻薄仕宦之流，故弟方致书烦托。"贾母生两个儿子，一个贾赦，一个贾政，贾赦是老大，所以叫"大内兄"，现袭一等将军。可是在第十三回又提到，为了让秦可卿丧礼上好看，贾珍要给贾蓉捐一个比较好听的官名，写在丧礼上比较风光，于是贿赂内官，并写了贾蓉的履历："江南江宁府江宁县监生贾蓉，年二十岁。曾祖，原任京营节度使世袭一等神威将军贾代化；祖，乙卯科进士贾敬；父，世袭三品爵威烈将军贾珍。"曾祖贾代化是贾家的第二代，他袭的头衔是一等神威将军。相对照来看，荣国公的孙子贾赦已经是第三代了，他所袭的还是一等将军，也就是说，第二代和第三代所袭的头衔都是一等将军，竟然没有隔代降爵！当然贾珍又变成世袭三品爵威烈将军，似乎又降了品级，这到底怎么回事？我对这些官爵都不熟，所以只能承认它是一部虚构小说，反映了一些现实的条件，但并不是直接的完全对应。

再看第十四回，秦可卿的丧礼过程中，贾家的排场及其整个背景就完完全全体现出来："那时官客送殡的，有镇国公牛清之孙现袭一等伯牛继宗，理国公柳彪之孙现袭一等子柳芳，齐国公陈翼之孙世袭三品威镇将军陈瑞文，治国公马魁之孙世袭三品威远将军马尚，修国公侯晓明之孙世袭一等子侯孝康；缮国公诰命亡故，故其孙石光珠守孝不曾来得。"此外，来参加送殡的还有东平郡王、南安郡王、西宁郡王、北静郡王，这四王又以北静王的地位特别高，"及今子孙，犹袭王爵"也就是世袭罔替。其次书中说，总共六家国公，与宁、荣二家当日并称"八公"，如果发挥一点想象力的话，会让人联系到"八分公"，当然他们并不是这一类的王公，因为在《红楼梦》里，贾府的等级连郡王都比不上。

北静郡王也来参加丧礼，这对宁府来说是很大的荣耀，而且觉得承受不起，当贾珍一听说北静王水溶也来了，急命前面驻扎，因为国礼高于平常的私礼，他便和贾赦、贾政三个人连忙迎来，以国礼相见。水溶在轿内，一看人家以国礼相见，打千跪拜之类的，他只是在轿内含笑答礼，读者就知道他的等级更高，只因水溶念旧，还是以世交来称呼接待，而贾政一干人都是陪笑、恭声答应等，都显示他们的等级更低。很明显地，贾府的背景以及相关人等反映了清初官爵现实运作的原则，当然作者会重新加一些改写，不过无论如何，这个迹象是非常清楚的。所以当我们要了解贾府的时候，首先便应该努力去贴近它所属的那个阶级，不然真的会脱节太远。

再者，第五十四回贾母"破陈腐旧套"时，她批评这些才子佳人小说写的根本是穷措大的富贵想象："编这样书的，有一等妒人家富贵，或有求不遂心，所以编出来污秽人家。再一等，他自己看了这些书看魔了，他也想一个佳人，所以编了出来取乐。何尝他知道那世宦读书家的道理！别说他那书上那些世宦书礼大家，如今眼下真的，拿我们这中等人家说起，也没有这样的事，别说是那些大家子。可知是诌掉了下巴的话。"从中可以看到贾母将自己的家族定位为"中等人家"，这里的"中等"是与亲王、郡王等相比而言。

在第七十四回中，因为发生了绣春囊事件，引发管理阶层的很多讨论。王熙凤便建议王夫人趁这个机会，把一些年纪大的、性格难缠的丫头裁革掉，这样一来也可以省家里的支出，因为贾家真的已经十分艰难了，从经济压力、从避免制造情色纠纷等角度来说，都是比较合宜的。没想到竟然被王夫人否决，王夫人说道：

> 你说的何尝不是，但从公细想，你这几个姊妹也甚可怜了。也不用远比，只说如今你林妹妹的母亲，未出阁时，是何等的娇生惯养，是何等的金尊玉贵，那才象个千金小姐的体

统。如今这几个姊妹，不过比人家的丫头略强些罢了。通共每人只有两三个丫头象个人样，余者纵有四五个小丫头子，竟是庙里的小鬼。如今还要裁革了去，不但于我心不忍，只怕老太太未必就依。

可想而知，贾家在荣盛的时候，那是显赫到无法想象，不能以现在看到的景象来论想，所以王夫人并不是骄傲，她只是在陈述一个事实，他们那一代的贾家是如此这般的，但在随代降等的情况下，连后一代都未必知道过去是什么模样，而我们作为两百多年后出身平民阶层的读者，就更应该要努力进入他们的世界中去，才能比较正确地判断他们言行举止的意义所在。

《红楼梦》所写的是一个非常特殊的上层阶级，他们不姓"爱新觉罗"，也不姓"曹"，当然也不姓"纳兰"，作者只是从他所认识的那个上层社会里采撷各式各样的特点，截长补短，或者根据艺术创作的需要，重新加以融合，才创作出贾府这样的所在。所以，我们不需要将之和现实世界任何一个特定的家族对号入座，以上我所介绍的亲王府、郡王府，还有清初入关时功封的情况，甚至世袭罔替的观念，只是要帮助大家认识到《红楼梦》所写的对象绝非等闲，对一般人来说，是非常神秘、难以一窥究竟的位于金字塔尖的特殊阶层。

有一些索隐派的学者认为《红楼梦》有反满的意图，例如反清复明等，事实上这个说法很别扭，清代的旗人，尤其是皇室，事实上都很爱看《红楼梦》这本书，慈禧太后也好读《红楼梦》，连紫禁城内廷西六院之一的长春宫中，于廊庑的四面墙壁上，即绘有取材自《红楼梦》大观园的一组大型壁画，都和真人一样高。其中，走廊尽头有一面墙壁，上画着一幅贾宝玉，我们看到的是背影，当我们在现实空间中已经快碰壁了，但是那个壁面上的贾宝玉走在前面，微微回头看着你，仿佛在召唤你跟着他再往前走，便可以打破这个现实空间的界限。由此可见绘图者的用心，也显示皇室对《红楼梦》的喜爱。以皇室的接受心理来说，他们认为《红楼梦》是最能呈现皇家气象，呈现满人极尽荣华富贵的一部书。如果其中真有反满的意图，被反的人会看不出来吗？那可是有过文字狱的朝代啊，为什么现代人总觉得古人很笨呢？笨到连人家讽刺他都不知道！

乌进孝的迷思

　　《红楼梦》所写的是一个和皇室密切相关的贵族家庭，这个贵族的家庭有高度的自信甚至自豪，创作者及最初的评批者他们也非常清楚地知道，这部书所描写的内容，是以前从来没有其他的文学，尤其是小说加以叙写描绘过的，脂砚斋甚至创造出了"庄农进京"这个术语，来描述小老百姓们对于贾府的错误认识。而在第五十三回，小说里真就安排了一个乡下人，体现出他们所不屑的甚至实在很厌烦的那种心理。

　　当时已近年关除夕，这种国公等级的人家，他们除了朝廷的恩俸之外，还有来自关外、关内的庄田地租，那是他们很重要的经济来源。王公贵族一般住在京城内，他们的庄田在关外比较遥远的地方，而且占地又很广大，所以必须有一些能干可靠的人来帮忙管理，这些人叫作庄头，到了年终，就要把田产的各种收益进奉到府里。

　　宁国府的这个庄头叫乌进孝，他毕竟是一个帮贵族打工，谋取一点血汗钱的平民老百姓，他的反应果然就像脂砚斋所说"庄农进京"式的，对贵族有很多浮夸失真的理解。书中提到，贾珍对他送来的账目并不满意，所以就抱怨了一下，说收益太少，简直别过年了，而荣国府那边更惨，因为比宁府这边负担了更大的开销，没想到这个乌进孝说："那府里如今虽添了事，有去有来，娘娘和万岁爷岂不赏的！"在此脂砚斋夹批道："是庄头口中语气。"乌进孝所谓的"添了事"，就是指元春封妃后各式各样的花费，包括建造大观园，还有许多相关的开支，这对荣国府来说真的是非常致命的沉重打击，远远超乎我们的想象。我们以为家里出了一个皇妃，便更加锦上添花，可以呼风唤雨，实际上大错大错。老子说"祸兮福之所倚，福兮祸之所伏"，人生得失真是在所难料，有的时候得到了虚名，却要承受很沉重的实质损失；有的时候是面子没得到，可是得了里子，那贾府真的是得了面子，但是赔了里子，甚至造成致命伤。

　　乌进孝也是认为家里出了一个皇妃，她随便赏一些，贾府不就财源广进吗？这同样是我们常人的想象。贾珍对于这样的言论大概已经听过很多次了，便笑着对贾蓉等人说："你们听，他这话可笑不可笑？"贾珍的意思是让贾蓉去说吧，他懒得和这些人解释了，因为实在烦透了。于是贾蓉连忙说：

　　　　你们山坳海沿子上的人，那里知道这道理。娘娘难道把皇上的库给了我们不成！他心里纵有这心，他也不能作主。岂有不赏之理，按时到节不过是些彩缎古董顽意儿。纵赏银子，不过一百两金子，才值了一千两银子，够一年的什么？这二年那一年不多赔出几千银子来！头一年省亲连盖花园子，你算算那一注共花了多少，就知道了。再两年再一回省亲，只怕就精穷了。

娘娘虽然贵为皇妃，可她只不过是皇帝众多妃子中的一个，国家有国家的法规制度，作为后宫的女性，根本动用不到国库的资产，她在现实的体制里是不能作主的。皇妃赏赐的一千两银子，在那个时代就已经是很庞大的金额，但对贾府的开销来说，根本是杯水车薪。记得第三十九回刘姥姥二进荣国府的时候，看到一顿螃蟹宴，她算了一下，这顿饭值二十多两银子，够庄稼人过一年的，所以二十多两银子对庄户而言是一笔很大的数字。可是一千两银子在贾府里大概没半个月就花光了，因为常常出现很多额外的开销，每一笔开销都很大，既然他们是"大家"，大家出手是不能小气的。这么一来，这边一家，那边一家，半个月添了几件事情，立刻就出现挖东墙补西墙的窘态。

所以贾府的财务生计是非常困难的，但是表面上看不出来，旁人还以为有一个皇妃女儿，这个家就可以飞黄腾达、财源广进，其实大错特错，而且皇妃有皇妃的艰难，每一个人都有自己的地狱，她的痛苦是一般人想象不到的。以上是"庄农进京"非常典型的例子，请读者不要把自己变成庄农、乡巴佬，只有这样才能真正进入《红楼梦》的宝藏里，得以一窥百官之富和庙堂之盛。

座位伦理学

下面要谈的是贾府的宅邸是怎样的建制，以及在这样的一个空间里，依照什么样的常规来进行生活运作。

我们这个时代是尽量给每个人更多的自由，但是这种贵族府宅绝非如此，上文提到宁、荣二府位于东、西的方位，即有尊卑的意涵，不仅如此，就连平常的座位都极为重要。一大家人在这样的空间里每天二十四小时生活在一起，那便需要以身体姿势，配合坐的地方来分出等级，从而维持他们的秩序，可以称之为"座位伦理学"。

《红楼梦》不断地透过日常琐碎又频繁的生活细节，开展出它的叙事规模，而"座位伦理"简直是渗透在它的每一页里。通过书中的座位伦理，让读者可以看到不同人物真正的个性以及他当时的状态，如果不了解这个人当时是怎么坐的，就没有办法真正判断他在想什么，或者其性格如何，这实在是攸关对《红楼梦》里人物、事件的正确判断，必须进行详细考察。据此，我整理出九个实例，这些例子中，有些透露了人物的个性，有些体现出当时的特殊状况，还有些则显示这个家族内部和我们今天不一样的特殊价值观。

贾府中，在人们聚集的空间里，座位分好几个等级，由尊到卑来看，第一个就是"炕"或者是"榻"，贾母就都是坐在榻上。以"炕"来说，通常炕是临窗而设，有的房间只有一面有窗，有的是两面有窗，但炕一定是靠窗的，而且通常是在靠北面的那扇窗下，坐北朝南，而北方的冬天很冷，炕下面有供暖的设计。炕的中间会有一个炕桌，可以放茶杯或者一些小东西，于是又分出东座和西座，上面设有坐垫。王夫人在她那一房里，当然是坐炕，因为她是一家地位最高的女主人，但她是坐西边的炕上，东边的位置属于贾政，可见男尊女卑也体现在座位的方位上。

当然室内不是只有炕，一家子老老小小、上上下下，日日夜夜进进出出，尤其这种阶级的人家，进出的人员有亲有疏，有尊有卑，因此在临炕的地方又会有椅子，也就是我们现在坐的这一种。唐代以前，中国人都是席地而坐，椅子是在宋代的时候，因为佛教的影响才引入日常生活中的。椅通常是靠炕边而设，它比炕低一个等级，而比椅子再低一个等级的，是"小杌"，也即是小板凳，再来才是"脚踏"。

所谓"脚踏"，望文生义就是因为炕比较高，所以在下边放了脚踏，坐在炕上的时候，双脚便不会悬空，这样比较舒适。脚踏是最低矮的，但比地面高一点，它是最低一级的坐具。比脚踏再更低一个等级的便是站着，没位置可以坐，这是最卑下的身体姿势。就是在这样的空间规范下，他们每天生活在一起，要晨昏定省，有各式各样的回话，各种情况的群体聚会，所以座位伦理几乎贯穿在《红楼梦》每一页里，字里行间隐含了很多的意涵和学问，如果不知道座位伦理学是看不出来的。

以黛玉为例

我们且先看第三回，林黛玉来到荣国府之后，第一件事情便是拜望各房的长辈，从贾母、邢夫人一直到王夫人。这个非同等闲的环境有很多规矩，和她在家是不完全一样的，只有融入这个环境，才能够在这里安身立命，未来生活才能够安顿下来。

请大家注意，这段情节基本上就是黛玉的生命过渡仪式，她切换到不同的轨道，重新安排各种进退行止。黛玉一开始很懂得察言观色、细心有礼、入境问俗，刚来荣国府时的林黛玉，绝对不是一般人所以为的那个任性敏感又爱哭的姑娘，换句话说，如果不懂得规矩，能够在贾府安顿下来吗？会得到贾母的宠爱吗？绝无可能。还记得贾母所说的，他们家的孩子见到外人时，礼数要比大人来得更正经，所以背地里才稍微放纵他一点，如果一味的没里没外，凭他生得怎样，也是要打死的。

作者在第三回花那么多的篇幅，叙写黛玉怎样一房一房地去拜望，怎样和长辈行礼如仪，讲哪些应酬话，这都是非常重要的关卡。她拜望了贾母之后，再到邢夫人那边，因为贾赦是大房，然后再到二房贾政、王夫人这边。请注意看一些小细节："老嬷嬷听了，于是又引黛玉出来，到了东廊三间小正房内。正面炕上横设一张炕桌，桌上磊着书籍茶具，靠东壁面西设着半旧的青缎靠背引枕。王夫人却坐在西边下首，亦是半旧的青缎靠背坐褥。见黛玉来了，便往东让。黛玉心中料定这是贾政之位。"东席空着，王夫人却坐在西边下首，可见女主人和男主人比，她确实要低一等，这便是他们那个时代的常规。

王夫人让黛玉坐东边的炕位，如果不懂事的话就会傻傻地去坐了，那却是违背礼教的悖逆之举，而黛玉明白这是贾政之位，所以她不敢坐，因见挨炕一溜三张椅子，她知道那是比较卑微的位子，就往椅子上坐了，直到"王夫人再四携他上炕，他方挨王夫人坐了"。这里显示长辈的吩咐是非常重要的，金寄水《王府生活实录》里便提到，王府中长幼尊卑的礼节是非常严格的，晚辈在长辈面前不可以随便坐下，可是如果长辈发话要你坐的时候，也不可以再站着，一定要听从。这时黛玉恭敬不如从命，但她还是不敢坐东边的位子，所以她是挨着王夫人坐的，体现了大家闺秀该有的礼仪观念。

并且大家更要注意，"挨着王夫人坐"代表的是林黛玉身份很高而且受到宠爱，才可以和长辈这样贴身坐在一起。王夫人当然非常知道黛玉来到荣国府是出于贾母的宠爱，所以她直接让黛玉坐在炕上，即显示出对她青眼有加，绝非寻常。我们再看第三十回和第五十四回，黛玉这时候在贾府已经生活很多年了，从座位上可以很清楚地看到黛玉在贾家中地位崇高。

第三十回描述到宝、黛二人又怄气，凤姐就把他们带到贾母那里去，有贾母在就比较容易调停，小孩子也不敢再那样拗。结果黛玉还在气头上，"只一言不发，挨着贾母坐下"。这几句一般人一眼就看过去了，可是要知道，贾府的规矩是很严格的，然而一个小孙女，面对贾家最高权威等级的祖母，一进去也不用打招呼，也不用多说什么，便直接挨着她坐下，代表了黛玉平常就是这样子。可是在小说中，能够坐在贾母身边甚至坐在她怀里的人，从头到尾只看到一个人，那个人是贾宝玉。宝玉是贾母的心肝肉，贴身的距离也表现出来自最高权威的荣宠，而黛玉是完全比照宝玉的，一进去连说个话、告个罪都不用，就一言不发地直接挨着贾母坐下，这真的是受到极度宠爱才可能有的举动，我们设想探春敢不敢这样？不可能，迎春、惜春更不可能。其他人又怎能望其项背？

另外在第五十四回，元宵夜要放鞭炮，鞭炮的爆炸声非常尖锐刺耳，"林黛玉禀气柔弱，不禁毕驳之声，贾母便搂他在怀中"，在那个现场，当下也有好几位都是千金之躯，要娇养呵护的，其中一个就是宝玉，他连看到庙里狰狞的鬼神像都很害怕，何况是爆裂的声音！但贾母的怀里已经给了黛玉了，所以是王夫人抱着他。这些岂不在在清楚显示黛玉的受宠吗？

其他家庭成员

　　在此进一步比照其他家族成员，更可以清楚看到家族中的尊卑差异，那个人就是贾珍。贾珍是宁府这一支长房的嫡系长孙，而且是族长，每逢朔望之日带领众子侄到宗祠去祭拜祖先的，就是贾珍。请大家看一下，贾珍去看望贾母时所坐的位子。第七十五回中秋夜，大家都来荣国府这边团聚，贾珍进到贾母的房内，当时比贾珍辈分高的贾政、贾赦都在房内坐着，贾琏、宝玉、贾环、贾兰这些玉字辈和草字辈的都在地下侍立着，贾珍一一见过之后，贾母便命坐，于是贾珍在近门的小杌子上告了坐，而且"警身侧坐"。

　　就一个房间的核心位置来说，"近门"是一个房间里最远的地方，贾珍特别选一个最偏远、当然也是最卑微的地方去坐，而且是坐在比椅子低一个等级的小杌子上，因为椅子这一级已经被贾政和贾赦坐了，贾母当然是坐在炕上，所以贾珍只能往下一级坐，而且是"警身侧坐"，不能坐满整个椅面。

　　贾珍"警身侧坐"的情况，便和金寄水先生所说的一模一样，他说，当长辈让你坐的时候你就要坐，而且坐的规矩是只能侧着身子，坐在椅子边或者椅子角上，用脚和腿去承受整个身体的重量。这种坐法就是用来表示对长辈的谦恭。在整个过程中，从头到尾都要这么坐，如果今天长辈谈兴很高，聊天聊了一个时辰，那会累死人的，可见他们这种人家，简直每天都在受军事训练，各种规矩和军中一样森严，这就是每天的日常生活，不是偶尔一天。当然贾政或贾赦在场的时候，黛玉也不敢那样贴着贾母坐，但是在她们日常的闺闱世界里，黛玉是可以直接和贾母坐在一起的，这实在非比寻常。

第四个例子也非常重要。一般人都把《红楼梦》当成一个爱情故事，希望宝、黛的爱情能够大团圆，而当它不幸要悲剧收场的时候，就会很自然地找替罪羊，指控那些好像是扼杀他们的幸福美满的刽子手，尤其指责王夫人和其妹妹薛姨妈合谋，欺负可怜的林黛玉；加上王夫人抄检大观园，各种作为看在我们现代人眼中，都觉得是罪不可赦。她又是贾政的正房，很多人想当然地认为，在嫡庶之争里，她要确保作为正室的权力，便排斥赵姨娘、打压贾环，要把那一支尽量排除掉。

然而王夫人这样的小人形象，我怎么看怎么不对，根本都是基于成见的刻意扭曲，现在举一个很有趣的例子，正是从座位上呈现出来的。第二十五回赵姨娘买通马道婆施展魔法，致使宝玉和凤姐差点丧命，在那之前有一段情节，说"可巧王夫人见贾环下了学，便命他来抄个《金刚咒》唪诵唪诵"。对他们来说，念经诵经可以积福报，消灾解厄，是很好的修习，王夫人特别命贾环来抄写经咒，不就是对他的善意照顾吗？

且再看书中描写道："那贾环正在王夫人炕上坐着，命人点灯，拿腔作势的抄写。一时又叫彩云倒杯茶来，一时又叫玉钏儿来剪剪蜡花，一时又说金钏儿挡了灯影。"足证小人得势之后，就会作威作福、耀武扬威，贾环便是指使丫鬟以显示他的威风，所以大家都很讨厌他。而贾环之所以会觉得自己很威风，其实是和他的座位有关的，他这时坐在炕上，无形中等于上了台盘，他就是主子了，和王夫人一样大。从这个现象来说，王夫人让他坐在炕上自己的位置，就表示对贾环没有任何排斥之意，相反地，她把贾环当作自己的孩子一样看待，这和黛玉刚到贾府时，"王夫人再四携他上炕"的意义，本质上是一样的。

再看接下来的情节叙述："宝玉也来了，进门见了王夫人，不过规规矩矩说了几句，便命人除去抹额，脱了袍服，拉了靴子，便一头滚在王夫人怀里。王夫人便用手满身满脸摩挲抚弄他，宝玉也搬着王夫人的脖子说长道短的。"显然王夫人就坐在炕上，宝玉滚进王夫人的怀里，当然也在炕上。正因为这样的地利之便，后面才发生贾环干了一件黑心的坏事，他故意弄倒了蜡烛，想让滚烫的蜡油泼瞎宝玉的眼睛。我引这段情节的目的不是要批评贾环，而是要说明这一切的事情之所以能够发生，都是因为贾环坐在这样的位置上，而王夫人对贾环事实上并无他意，她是以嫡母的格局把他当作贾家的重要成员，一视同仁来对待的。

下人们

贾家这种上千人的家族，其成员累及数代而盘根错节，也因此造就了他们错综复杂的人际关系，接下来还有几个关于座位的例子，可以看到大家族成员之间互动的伦理尊卑，以及他们的性格和特殊状况。贾府里使唤的佣人们，尤其是那些丫鬟、小厮，将来可能都变成老妈妈或者老仆，他们互相婚配之后，再生的小孩就叫作"家生子"，家生子其实也还是奴隶的身份，但都被宽厚的贾家视为必须照顾的家人。总而言之，只要这种大家族经过三四代，他们家的奴仆们也会有好几代的亲戚关系，而且那些亲戚关系非常复杂。

打个比方，王夫人这一房的某一个家生子，后来指配给另外一房的，他们生的小孩又被拨到怡红院，而这个家生子还有兄弟姐妹，也分到各房，贾府之复杂性就在这里，我这房和你那房的下人们夹缠不清，可能你的长辈，包括叔伯、阿姨，以及你的外甥女，和另外各房的人都有亲戚关系。所以从第四十回之后，《红楼梦》基本上已经不大写宝、黛之间的爱情纠葛，甚至第五十回之后，整个笔墨所聚焦的都是家庭成员之间的各种关系，包括明争暗斗、成群结党，简单来说，《红楼梦》的内容已经转移到这个家族内部错综复杂的人际关系上。

贾府里真正的主子辈只有一二十个，其他的一千人都是各式各样侍候的下人，他们本身又分等级。首先，第一等是贴身侍候主子的"大丫头"，原因很简单，两个字："沾光"，说难听点就是"狐假虎威"，她们因为贴身和主子一起生活，最了解主子，也最被主子所倚重。《红楼梦》里这种大丫头有两个外号，这两个外号是又羡慕又嫉妒的其他奴婢背后给她们取的，一个叫作"副小姐"，由此可知，她们是比主子辈稍微低一点，可基本上彼此可以分享权力的人；另一个叫作"二层主子"，可见主子再下来的半主子，就是她们了。

大丫头下来即所谓的"小丫头"，小丫头当然是比不上大丫头的，她们的等级差别还反映在每个月的月银（又叫月例、月钱）上。每个月，荣国府的官库会给家里上上下下所有的人一些零用钱，包括贾母及地位低下的嬷嬷们。按照等级，大丫头的月银是一两。少爷、小姐这种还没有婚嫁的主子，每个月是二两，可见这些大丫头每月所得的份例还真不少。小丫头减半，大概是五百钱，她们的工作就是打杂，包含跑腿、洗衣服之类，有时候也要直接承受大丫头的指使，甚至是打骂，她们其实是最辛苦、最可怜的。再下面则是一些所谓的"鱼眼睛"，即老嬷嬷，她们因为比较粗笨，所以做的又更是一些粗活，例如抬轿子、扫雪，到处奔波跑腿，老嬷嬷每个月拿多少钱，便不知道了，因为《红楼梦》没有提到。总而言之，贾府里使唤的佣人们主要是这三四个等级。

因为大丫头每天伺候这些主子，所以书中所有的情节都少不了她们的身影，大丫头们包括宝玉的袭人，黛玉的紫鹃，还有伺候贾母的鸳鸯，迎春那一房的是司棋，还有探春的待书、惜春的入画，她们的月银都是一两。当然她们的才干，有的时候不见得符合她们的身份地位，那就另当别论。至于鸳鸯，她不只是身为大丫头，由于她服侍的是全家最高权威的贾母，所以她的地位会比这些大丫头们更高。

不过此外还有一个很特别的等级，她们的地位还高过于这些大丫头，只是在《红楼梦》中不太常出现，那就是"乳母"。她们虽然不是贴身侍候主子，可是在主子刚出生最脆弱的那个阶段，是由她们来授乳的，尤其在古人看来，奶水是由血变成的，所以对他们来说，这是非常大的恩情。历史学界对传统大家族中的乳母做过研究，那些研究成果很有效地帮助我们来理解《红楼梦》。请得起乳母的一定都是大家族，这种乳母被称为"婢之贵者"。婢女事实上都是贱民，但乳母又是贱民层里地位最高的，所以她们有的时候也会利用和主子的特殊关系，来为自己的家庭谋福利，第十六回贾琏的乳母赵嬷嬷来向凤姐讨差使，给她自己的两个儿子赵天梁、赵天栋，便是一个例证。相比于大丫头，当然乳母的地位会更高，因为她更资深，可是乳母和通房丫头、陪房等相比又会出现一些不太一样的参差情况，需要就具体情况做具体分析，不能一概而论。

我挑出两个和座位有关的情节，可以看出乳母在贾家的特殊地位。第十六回很快就要盖造省亲别墅了，一时贾琏的乳母赵嬷嬷走来，"贾琏凤姐忙让吃酒，令其上炕去"。因为她对贾琏有乳养之功，所以贾琏夫妇对她像长辈一样毕恭毕敬，虽然她实质的身份其实就是奴婢。但这里用个"令"字，事实上又是主子的姿态，由此可见同一个人有好几种身份，什么时候该用哪一种伦理来对待，就考验每个人当下的反应和智慧。由于炕是尊位，所以赵嬷嬷执意不肯，她也知道她实质的身份是奴婢。大家都知道以她的身份是不能到炕上去的，虽然人家用情分来尊荣你，但是你事实上不应该居功托大，还是要谨守分寸，赵嬷嬷便是如此。这时，"平儿等早于炕下设下一机，又有一小脚踏，赵嬷嬷在脚踏上坐了"。当下人们已经在旁边再设一个小机，赵嬷嬷却选择脚踏，这是一个非常谦恭的姿态，就是刻意把自己卑弱化。

对照一下，《红楼梦》中还有比她更有名的乳母，即宝玉的乳母李奶娘，她在第十九回居功托大地说："别说我吃了一碗牛奶，就是再比这个值钱的，也是应该的。难道待袭人比我还重？难道他不想想怎么长大了？我的血变的奶，吃的长这么大，如今我吃他一碗牛奶，他就生气了？我偏吃了，看怎么样！"不只如此，她来到怡红院，看到桌子上剩有好吃的，她连说都不说一声，便擅自拿回家给孙子吃，类似这样的情况很多，这就非常过分，逾越分寸。在第八回她又擅自喝了宝玉的枫露茶，宝玉即大发雷霆，他说："不过是仗着我小时候吃过他几日奶罢了。如今逼的他比祖宗还大了。如今我又吃不着奶了，白白的养着祖宗作什么！撵了出去，大家干净！"这里当然又显示出宝玉也有纨绔的一面，无论如何，撵乳母都是大逆不道的做法。

再做一点补充，第十六回赵嬷嬷来王熙凤房里，其实就是要推荐她的儿子，她说："倒有一件正经事，奶奶好歹记在心里，疼顾我些罢。我们这爷，只是嘴里说的好，到了跟前就忘了我们。幸亏我从小儿奶了你这么大。我也老了，有的是那两个儿子，你就另眼照看他们些，别人也不敢呲牙儿的。"足见虽然这个乳母的行为举止是很谦逊，有她很可敬的地方，但是她并没有放弃身为乳母可以为她的家族争取利益的机会。

至于大丫头鸳鸯和座位有关的情节，是在第七十二回。鸳鸯到王熙凤这边，来问候一下王熙凤，看看她身体怎么样，刚好贾琏也来了，想到有事要求她。因为这个家快撑不下去了，完全没有办法了，所以他想出一个法子，老实说实在有点冒险，他居然拜托鸳鸯偷一些贾母的东西出去典当应急。这件事情只有鸳鸯办得到，因为鸳鸯是贾母最信任的人，贾母所有贵重的东西都由鸳鸯保管，而鸳鸯这个人的人品又好，托她办这件事情，她既不会中饱私囊，也不会拿住这个把柄来要挟，更不会泄漏机密。贾琏和凤姐认定鸳鸯不但有这个权力，而且有这个胆识和人品，于是开口向她求助。

但这毕竟是一件很丢脸的事，贾琏作为一个爷，对于鸳鸯竟然是如此之客气，试看贾琏要鸳鸯再坐一坐，他立身说道："好姐姐，再坐一坐，兄弟还有事相求。"说着便骂小丫头："怎么不沏好茶来！快拿干净盖碗，把昨儿进上的新茶沏一碗来。""进上"的"上"就是指皇帝，看来贾家用的东西和皇室是同等级的。他用这么好的茶来招待鸳鸯，又故意骂小丫头，其实都是做给鸳鸯看的，是在铺垫一个态势，尽量去尊荣鸳鸯，就是因为有事相求。

贾琏对鸳鸯说："这两日因老太太的千秋，所有的几千两银子都使了。几处房租地税通在九月才得，这会子竟接不上。明儿又要送南安府里的礼，又要预备娘娘的重阳节礼，还有几家红白大礼，至少还得三二千两银子用，一时难去支借。俗语说，'求人不如求己'。说不得，姐姐担个不是，暂且把老太太查不着的金银家伙偷着运出一箱子来，暂押千数两银子支腾过去。不上半年的光景，银子来了，我就赎了交还，断不能叫姐姐落不是。"大家不要以为这种人家就是大富大贵，每天花钱如流水，只顾享乐，其实他们背后有很大的危机和风险，这是不在其位之人所看不到的。而鸳鸯也知道这确实是唯一能够勉强应付的解决之道，后来也暗地帮助了他们。

更重要的是在贾琏骂小丫鬟之前的一段描述，当时贾琏找到这个房间来，"至门前，忽见鸳鸯坐在炕上，便煞住脚，笑道：'鸳鸯姐姐，今儿贵脚踏贱地。'鸳鸯只坐着，笑道：'来请爷奶奶的安，偏又不在家的不在家，睡觉的睡觉。'"原来鸳鸯来到这里以后，王熙凤是请她坐在炕上，表示凤姐把她当成贾母的分身来对待，结果她见到贾琏的时候，竟然动都不动，也不必行主仆之礼，连贾琏的用语都是"贵脚踏贱地"，如此之自贬，可想而知，鸳鸯在贾家真的是非比寻常的高贵。

我特别选乳母赵嬷嬷和鸳鸯这两个人物的特殊例子，是为了说明从座位的表现，也看得出来贾家真的是等级众多，又加上礼制与人情，所以错综复杂，有的时候得从这些细节里，才更能够清楚地了解到其微妙性在哪里。

大观园里的座位伦理

另外，"座位伦理学"也可以非常有效地帮助我们认识大观园。一般人以为大观园就是自由、平等、博爱的浪漫场所，好像在那里并没有礼教，没有外在的父权或君权制度的控制，但一些细微之处如果不把它们厘清，就很容易用自己的想象填补，填补出一个四不像的大观园。

例如有几段情节所呈现出来的座位伦理，意涵就不一样了。第三十一回这一段是读者非常熟悉的晴雯"撕扇子作千金一笑"，闹了一场之后，宝玉出去吃了酒。当时是夏天，怡红院的院子里设了凉榻，可以让宝玉在上面乘凉。结果宝玉一回来却发现只有他能睡的凉榻上躺着个人，他还以为是袭人，于是一面在榻沿上坐下，一面推他，问道："疼得好些了？"没想到那个人翻身起来说"何苦来，又招我"，原来是晴雯。宝玉将她一拉，就拉在身旁坐下说："你的性子越发惯娇了。早起就是跌了扇子，我不过说了那两句，你就说上那些话。说我也罢了，袭人好意来劝，你又括上他，你自己想想，该不该？"晴雯这个人是死不认错的，她非常倔强高傲，所以就转移话题说道："怪热的，拉拉扯扯作什么！叫人来看见像什么！"然后她突然又加了一句，说"我这身子也不配坐在这里"，她确实不该坐宝玉的凉榻，于是宝玉便说："你既知道不配，为什么睡着呢？"换作一般人也许就承认错误了，但晴雯嗤的一声又笑了，说："你不来便使得，你来了就不配了。"这话真的是强词夺理，而且全部都是歪理。

当然这是在怡红院，实质上虽然还是有尊卑之分，只因为这个地方完全由宝玉所主管，当他放任众人的时候，单单在这个房里，大家的平等就变得是可以的，可是当晴雯到别的房里去，甚至到王夫人或贾母的上房，她也绝对不敢这样。透过这个座位情况，可以看到晴雯真的是骄纵成性，连宝玉都说她性子越发惯娇了，不过宝玉自己是脱不了干系的，他是把晴雯惯坏的最重要的助力。

在怡红院乱坐座位的不只晴雯，在第三十五回"白玉钏亲尝莲叶羹"这段情节里，也包括了玉钏。当时宝玉挨打之后感到口渴，想要喝莲叶汤，那是以非常繁琐的程序做出来的，做出来之后便要送到怡红院去，本来是玉钏负责。玉钏的姐姐就是和宝玉打情骂俏，后来被王夫人撵出去而羞愧自尽的金钏。因为端过去要走很长一段路，玉钏觉得太累，所以把汤碗等物放在一个捧盒里，叫了一个婆子端了跟着，而她和宝钗的丫鬟莺儿两个就空着手走，这样比较轻松，一直到了怡红院门内，玉钏方才接了过来，同莺儿进去宝玉房中，做出这是她端来的样子。

人多多少少会好逸恶劳，会运用自己的一点点权势，占一点小便宜，这是人格上的灰色地带，玉钏也没有例外，有的时候小恶就不必太去追究。重点是下面，袭人几个见她俩来了，都忙起来，笑道："你两个怎么来的这么碰巧，一齐来了。"一面起来，一面就把那个汤接过来。请看这两个人接下来的作为，玉钏在一张杌子上坐下了，杌子比椅子低一等，椅子应该是袭人她们坐的，所以玉钏直接坐到杌子上。宝玉见了玉钏就想到她的姐姐金钏，他心怀愧疚，所以接下来一直在讨好这个玉钏。

单看玉钏的动作当然没有感觉，但请继续往下看，和她一起端汤去的莺儿，是宝钗一手调教出来的丫头，她当然非常知礼守分，非常了解什么样的表现是有分寸的，因此莺儿完全不敢坐，毕竟作为一个丫鬟，到了人家的房里，应该守住一个丫鬟的分寸，人家没有叫你坐，就不能坐。袭人便忙端了个脚踏来，脚踏比杌子更低一级，结果莺儿还是不敢坐。通过两人的对比，可知玉钏的表现非常高傲，已经逾越了分际。不过这里也不完全能够证明玉钏是一个不懂礼教的人，倒不如说，她这样的做法是要表达对宝玉的不满，一股义愤支撑着她，对宝玉房里的人才摆出这样的态势，她的无礼是有非常特殊的原因，当然她也只敢在怡红院这样放肆。

和玉钏一样，因为悲愤交加而违背了礼仪的还有袭人。袭人按理说是薛宝钗的重像，这么一个圆融顾大局的人，竟然也有一次完全是举止大变，神色非常，而且这也在座位上体现出来。第五十七回"慧紫鹃情辞试忙玉"一段，紫鹃骗宝玉说黛玉要回苏州，宝玉一听就失了魂陷入昏聩，奶娘李嬷嬷"看了半日，问他几句话也无回答，用手向他脉门摸了摸，嘴唇人中上边着力掐了两下，掐的指印如许来深，竟也不觉疼"，于是哭着说不中用了。大家一听都急疯了，当袭人知道这是和紫鹃一番对话后才发生的，她就连忙去潇湘馆找罪魁祸首，见紫鹃正服侍黛玉吃药，也顾不得什么，便走上来问紫鹃道："你才和我们宝玉说了些什么？你瞧他去，你回老太太去，我也不管了！"

袭人连一切礼仪礼数都不管了，因为她的心现在非常恐惧慌张，甚至于悲愤，宝玉都快死了，还理这些干什么！因此袭人"说着，便坐在椅上"，这些都是袭人平常不会做的事情。其实她一路下来都在违背礼数，首先，来到小姐的房内，礼仪上应该先问候小姐，而不是直接和下面的丫头说话，后来她还直接坐在椅子上，那也太大喇喇。于是黛玉也慌了，袭人从来不是这个样的人，一般是不可能丢掉那些礼数的，现在举止大变，已经全部都不顾了，表明事情非常严重。

还有一个非常独特的例子，是在第五十五回到五十六回，当时探春刚刚承担理家的任务，这是王夫人给她的机会。贾家这个大家族，尊卑主奴历及数代，彼此之间的关系错综复杂，所以就导致所谓"打狗要看主人"的情况，做事情会遇到种种关碍，处处有很多的忌讳。这么一来，大刀阔斧的改革就很困难，因为每个地方都会掣肘，要顾虑到这个人的脸面、那个人的立场，裁掉一个人的职位，背后会得罪一票人。而探春希望有非常的作为，要从哪边开头呢？古人有一句俗语"射人先射马，擒贼先擒王"，杜甫的诗早已提到过，改革一定要从最有权力的人那里下手，这样一来下面的人就没有话说，后续也即推动了。

在荣府里，掌权的是王熙凤，所以探春一开始的做法便是先树立一个箭靶，以她为主先下手，接下来就能够以一儆百，产生大家服从的效应。当然王熙凤不会亲自来，而是由平儿作为她的分身来配合探春的改革，平儿做了几件事情非常有趣。当探春正在进行多项改革的时候，吃饭时间到了，所以要去传饭，丫鬟们一听，忙出门命媳妇们说："宝姑娘如今在厅上一处吃，叫他们把饭送了这里来。"探春听说，便高声说道："你别混支使人！那都是办大事的管家娘子们，你们支使他要饭要茶的，连个高低都不知道！平儿这里站着，你叫叫去。"探春这个话听起来很费解，如果那些媳妇们都不该降尊纡贵，去做那些很低下的要茶要饭的活，那么平儿更不该去做，因为平儿的位阶比这些大娘们更高。探春这么做的用意，其实就是要拿最有权力的人开刀，如果连平儿她都能够压得下去，其他人统统都没有话说。

平儿深知探春的苦心，所以她也配合去做了。等平儿办完事回来进入厅中，这已经是到了第五十六回，探春、宝钗和李纨正议论一些家务，"见她来了，探春便命她在脚踏上坐了"，接着说到很多支出重重叠叠，也就是浪费，所以要革掉几项开支，问平儿同不同意。平儿当然都说同意，而且她非常会说话，都说二奶奶平常也想这么做，只是怕委屈了姑娘们，所以不好这么处理，姑娘今天这样想那就太好了。我读了很多遍之后，才发现探春叫平儿坐在脚踏上，而脚踏是坐具中最低阶的，比站着好一点点而已。

可见在这整个过程中，探春一方面故意派平儿叫人把饭送来，这是用跑腿婆子的低贱工作来贬低她，用以间接镇压凤姐。加上让平儿坐脚踏这样的位子，都是同样的做法，目的都是要透过对有体面的人开例作法子，来树立威信。探春绝对不讨厌平儿，甚至还很欣赏她，可是没有办法，一家子那么多的事情，一定要从最关键的切入点来掌握，平儿和凤姐就首当其冲。在开始改革的时候，从最有权威的人入手，这样才是真正的政治家的做法，探春有格局、有眼光，知道主从轻重，知道要从什么地方着手才是根本，所以她一直被认为是女中宰相。

旗人风俗

《红楼梦》的座位真的非常重要，"座位伦理"时时刻刻在一个大家族内部运作着，怎么坐、坐什么坐具都可以呈现出各个人的性格、地位，乃至于人和人之间的某些关系，下面的情节在《红楼梦》里出现过好几次。当贾母坐在炕或榻上，姐妹们坐在椅子上，或者吃饭的时候大家按位子坐，没想到经常站着侍候她们的，一个是王熙凤，一个是尤氏，还有李纨，甚至包括王夫人。这其实反映了清朝旗人的风俗。有一个清末民初的学者徐珂，他整理了一部《清稗类钞》，里面有很多珍贵的记录，其中提到了旗俗：

> 旗俗，家庭之间，礼节最繁重，而未字之小姑，其尊亚于姑，宴居会食，翁姑上坐，小姑侧坐，媳妇则侍立于旁，进盘匜、奉巾栉惟谨，如仆媪焉。……小姑之在家庭，虽其父母兄

嫂，亦皆尊称之为姑奶奶。因此之故，而所谓姑奶奶者，颇得不规则之自由。

现代学者杨英杰先生在《清代满族风俗史》里也有相关描述，这是一个很特别的风俗。

另外还有一个很特别的情节，出现在第四十三回贾母带领众人商议凑份子来帮凤姐庆生，当时全家所有等级的人都到了。坐在榻上的就是贾母了，"只薛姨妈和贾母对坐，邢夫人王夫人只坐在房门前两张椅子上，宝钗姊妹等五六个人坐在炕上，宝玉坐在贾母怀前，地下满满的站了一地"。其中，身为长辈的邢夫人、王夫人是坐在门前两张椅子上，而晚辈的宝钗等五六个姊妹却坐在炕上，显然座位更高一等，这也反映出小姑之尊的旗人风俗。

此外，书中接着说："贾母忙命拿几个小杌子来，给赖大母亲等几个高年有体面的妈妈坐了。贾府风俗，年高服侍过父母的家人，比年轻的主子还有体面，所以尤氏凤姐儿等只管地下站着，那赖大的母亲等三四个老妈妈告个罪，都坐在小杌子上了。"所谓"高年有体面"，就是年深岁久服侍过长辈的奴仆，因此有了体面，也所以她们有比椅子低一级的小杌子可以坐，反倒尤氏、凤姐儿等只管地下站着。可想而知，这种大家族既有森严的礼数，可同时又有人情的调节，当以人情为重的时候，虽然是主子，却对做奴仆的非常尊敬，如果只用今天每个人都平等的个人主义心态，或者单用阶级压迫之类的成见去理解，那实在是谬以千里。

综上所述，《红楼梦》座位伦理学即"炕／榻—椅子—小杌—脚踏—站立"的等差序列，其相关情节的表现可以整理如下：

1. 第三回：林黛玉入贾府后的拜望礼仪

2. 第七十五回：中秋夜时，贾珍夫妻于晚间过荣国府来的谦谨坐法

3. 第三十回、第五十四回：黛玉与贾母同坐的尊宠地位

4. 第二十五回：王夫人对贾环的平等心态

5. 第十六回、第七十二回：乳母如赵嬷嬷、大丫头如鸳鸯的地位

6. 第三十一回：晴雯骄纵成性与强词夺理的人格特质

7. 第三十五回、第五十七回：玉钏、袭人的悲愤违礼

8. 第五十六回：探春的理家新政，以树立威信

9. 第四十三回：独特的满族旗俗，多层次的主仆关系

对于以上这一类的例子，我们观察、感受得越多，便越能通过濡染累积而形成一种很微妙的直觉，更构成了正确的知识，从而更精准地进入《红楼梦》的世界。

第三章

畸零石与绛珠草：
红楼梦的神话操演

曹雪芹不只是用神话色彩或者神话元素来点染小说，他还把整个神话的架构挪借过来，使之构成整部书的叙事根基。让我惊讶的是，作者把传统上被用到烂熟的神话，将它整个的有机构成因子精准又全面地融入自己的作品中，不单是运用，而且又再加以"深化"，给它更深的意涵。换句话说，整部《红楼梦》吸收了传统的神话资源，但是又反过来丰富它、深化它。

士不遇与畸零石

这个单元要谈的即《红楼梦》的神话操演以及它的意涵。读过前五回就可以很清楚地知道，《红楼梦》的神话系统分为两大支，分别为了重要角色的塑造所用，第一支关于主角贾宝玉，他是整部小说的叙事中心，我们把它称为"石头神话"。

然而，叫作"石头神话"并不精确，因为它不是一般的石头，这块石头和它所牵连的其他神话元素是一个整体，也就是女娲补天的石头神话。在源远流长的文化传统里，女娲补天的神话从出现以后受历代的运用，已经被添加很多的文化意涵，这些文化意涵同时被曹雪芹所吸收，而其间的脉络到底如何？刘上生先生认为，《红楼梦》里作为贾宝玉前身的这块石头，不只是《红楼梦》本身的世界里的运用而已，它同时包含着自宋玉、司马迁、董仲舒、东方朔以来所形成的"士不遇"题材，以及苏轼、辛弃疾等以补天时被弃来自喻的历史悲愤。所以，《红楼梦》突破了它自己的小世界，与过去的文化传统相连接，进而扩大它的内蕴意涵。由此便足以显示，《红楼梦》不但像一部《百科全书》，更像一架显微镜，透过它可以看到很多我们所不了解的中国文化的深厚内涵。

只要上过中国文学史的课程，就知道宋玉为什么会和"士不遇"题材发生关联，宋玉在文学史上影响最大的作品之一，即《九辩》。《九辩》开创了中国的"悲秋"传统，对于秋天以"悲"这一负面情绪来加以感应，而这种负面情绪并不是人类与生俱来的，例如乐观、幸福的人看到秋天，所想到的是金黄色的景象，视之为收获的季节，带有饱满的沉重，这是乐观者正面的心态。但是，从宋玉开始，对秋天的情绪反应走向负面，包括了"士不遇"，也从此影响到后世的文人们，在四季流转中给予类型化的感知模式，称为"悲秋"。

《九辩》创造出"悲秋"的意涵，而为什么构成"悲秋"的具体因素之一是"士不遇"？因为宋玉穷愁潦倒、孤独无友。在古代，寒窗不止十年，唯一的人生价值标准、自我实践的准则就是做官，无论是个人的价值还是俗世理想的价值，都只有唯一的一条路——仕宦，所以，当"不遇"的时候，就是对整个人生的否定。"士不遇"在古人的书写中向来是反映最强烈的主要题材，当宋玉开创了这个题材后，历代就有许多文人的呼应与延续，因为这是很多怀才不遇者的共同遭遇，包括司马迁的《悲士不遇赋》、董仲舒的《士不遇赋》以及陶渊明的《感士不遇赋》，都是宋玉的直接继承者。总而言之，"士不遇"的悲哀几乎穿透了历代所有读书人的心灵，是他们共同的心声，因此很容易发生共鸣。

但讲到这里，还只是一般性的层次，"士不遇"的题材和女娲补天到底又是怎样连接在一起？关于这个问题，我们要先回顾女娲补天的神话：远古时代天塌了、倾斜了，洪水泛滥，秩序混乱，于是大母神女娲就出来炼石补天，这是基本的神话内容。而神话被后人加以运用的时候，在抒情言志的需要之下，文人会根据自己的理念去变动神话叙事的相关情节，再赋予它一些额外的象征意涵，使之符合自己所要表达的意义，于是在苏轼、辛弃疾的作品里，便开始以"补天石被弃"联结"士不遇"。原因在于：补天本来是一个神话，是对过去地球环境变迁的一种解释，到了人文的世界里，则用文化的需要来赋予它象征意义，而补天刚好可以和儒家的济世事业连接在一起。因为"天"可以代表天下、代表整个世界，而儒家对于知识分子的最高期许是胸怀天下，"经世济民"，知识分子在这庄严伟大的、鞠躬尽瘁死而后已的使命下，往往以此作为自己人生价值的最高目标。所以，"补天"便被赋予儒家的人文价值和政治理想，也就是济世理想的实践，那是知识分子终其一生所能够达到的最大的自我体现。

能够补天的那些石头，实现了自我实践，达到儒家的济世目标，完成了最高的存在价值，即没有"不遇"的问题。后来读书人在这个神话里面增加新的情节，在辛弃疾、苏东坡等人的笔下，开始设想女娲补天时，也许并不是每块石头都派上用场，可能有一些没有用上，因为这个世界已经改造完成，没有用的东西便被丢到一边。这些没能补天的石头就被用来隐喻、双关怀才不遇的文人的遭遇。

可是这些石头，绝对不是路边那种踢它一百遍也不会有反应、随处都可以看到的石头，它们是已经被炼造过、灵性已通的五色石。这块宝玉前身的通灵石头因未予采用而被弃在青埂峰下，它知道自己原来的价值在哪里，因而自怨自叹这个价值不能够实现，二者造成心理的巨大反差，这和怀才却不遇的文人有命运相通的地方。文人可以说是最精华的一种心灵，他们可以抒情，可以言志，可以参透并泄露这个世界的奥妙，更是维系国家的支柱，所以对他们来说，不能参与补天事业就是莫大的人生缺憾和失落，于是退而求其次地努力进行创作，即所谓"诗穷而后工"。怀才不遇的文人恰恰对应于灵性已通的石头因"见众石俱得补天，独自己无材不堪入选"，以致"自怨自叹，日夜悲号惭愧"。

曹雪芹在一开始为贾宝玉所设定的"畸零"处境，便借用了源远流长的"士不遇"传统，这是一种其来有自的历史悲愤，而曹雪芹本身也是处在此一悲愤之中——他深深以自己一辈子穷愁潦倒，无法真正在政治上实现济世的理想而惭愧。古代文人努力一辈子，就是为了展现自己的才华，因此倘若在宦途上受挫，那几乎是他们人生中最大的隐痛，我们如果不能体会这一点，就不能够真正理解他们的焦虑以及最剧烈的疼痛点。所以，我们一定要非常清楚地知道他们有一个非常单一、彻底的价值观，那就是补天的理想，一旦这个理想崩溃失落便等于人生彻底的自我否定。曹雪芹一开始用"补天石被弃"这一源远流长的历史悲愤加诸贾宝玉的前身，可想而知，《红楼梦》真的是"自愧而成"的一部书。

五色石

如果追踪神话来历，我们可以看到在《淮南子·览冥训》和《列子·汤问》里，都有女娲补天的原始神话，但是却没有上述的那些情节，包括炼石的数字、补天石的用与不用的区别。但请大家注意，女娲为了补天所炼造出来的石头，它有什么样的外观特征？在《列子·汤问》中提到："昔者女娲氏炼五色以补其阙。"可见这块石头绝对不是一般的石头，它是斑斓美丽的五色石。我第一次注意到这一点的时候，真的非常震惊，因为我们从小到大耳濡目染，以至于我们所想象的作为贾宝玉前身的那块石头，是被赋予天然率真的特性，该特性就成为幻形入世之后的贾宝玉的重要人格特征。而林黛玉是贾宝玉的灵魂知己，所谓的"天然本真"便成为宝、黛二人最重要、也是最主要的人格特质，甚至被抬高为整部小说所要彰显的最高人性价值。而当它被视为是崇高价值的同时，相对地也就容易贬低或排斥其他不一样的人格特质，薛宝钗首当其冲，即被视为虚伪藏奸，于是很多谩骂就投掷到她身上。

然而，这块石头是女娲炼造过的精品，已经不是处于很原始、很素朴的天然状态。首先，它的内在层面是灵性已通；其次，就它的外形来说，也是石头里最美的一种，即所谓的"五色"，这两个特质加在一起，这块顽石简直就和人文世界中一直被追求的珍贵玉石完全等同了。我赫然体会到，原来这块被弃而不用的石头，它已经受过锻炼，绝不天然，而且还会"悲号惭愧"。"悲号惭愧"是人文性灵的反应，《文心雕龙·原道》说："心生而言立，言立而文明。"有心灵，才能够说话，才会进行文学创作，通过种种的情志抒发以表达自我。因此，女娲的炼石补天根本上就是给了石头一颗心，给它高度的文明，所以它是通灵的，有喜怒哀乐的感受，有情绪的波动，有理想的追求，有对这世界的种种灵敏反应，它怎么会是原始天然的石头？

何况，它的外在形貌又是五色的，非常漂亮，而"美丽"在大自然界本身并不是价值，美丽的东西只有到人文的世界才会有价值，成为人们争逐的对象。关于这一点，我很喜欢举一个例子，台大校园里有很多黑冠麻鹭，同学们把它叫"大笨鸟"，我想问大家，在文学院的草地上，你觉得黑冠麻鹭会对一只蚯蚓感兴趣，还是会被翡翠耳环所吸引？对大自然里的鸟类来说，蚯蚓肥美多汁，有如珍宝，它们根本对翡翠耳环不屑一顾。简单来说，赋予美丽的东西以价值乃至于产生追逐竞争的，其实是人类世界才会有的现象。

总而言之，内在通灵而外在又有五色之美的石头，它等于就是"玉"。很多读者认为，石头是宝玉的前身，表示它天然本真，带有脱俗的灵性；等他进入人世以后，受到欲望刺激，宝玉的"玉"就谐音为欲望的"欲"，染上世俗的尘埃。这个说法是王国维开启的，后来影响很大，但是我有不一样的想法：宝玉从前身到幻形入世的所有阶段，根本上都是同一个东西，也就是"玉"，这个玉很特别，我为了要强调它的完整性，把它叫作"玉石"。"玉石"本身是可以通灵的，大家应该听说过很多玉的通灵传说，例如它会保护主人，当发生车祸的时候，主人身上佩戴的玉断掉或破碎了，可是人却毫发无伤等等。然而，"玉"本身的定义是"石之美者"，所以，玉本身也是天然的东西，不是人造的产物，它不但完全不等于欲望，甚至超越了世俗，是最神圣美丽的精品。

这同一块玉石，在神界无欲无求，因为自然界中万物平等，都有同样的价值，所以玉石在神界去灌溉绛珠仙草，充满了慈悲与平等的心情。只不过它虽然逍遥自在，但却觉得无聊，所以就静极思动，要来到人间受享荣华富贵。很不幸地，这块玉石进入人间之后，面临了很多的是非、很多的争夺，还有很多的无常，这些都和他自己本身的存在状态无关。从神界到俗世，宝玉的本质并没有改变，变化的是他所在的世界，因神、俗不同而引起的差异，也因此导致了不同的遭遇和命运。换句话说，宝玉的前身今世始终是一贯的玉石，没有所谓的从自然到文明、从本真到虚伪，或者是从无欲无求到欲望主宰的变化。

数字的玄机

值得注意的是，曹雪芹又赋予女娲补天这个神话一些新增的细节，而细节里面有魔鬼，首先是曹雪芹给了女娲所炼之石以很具体的尺寸，"高经十二丈、方经二十四丈"，并且告诉你总共炼造了三万六千五百零一块，这些具体的数字都有玄机。"高经十二丈"的"十二"从先秦以来就是一个非常重要的数字，它有很丰富的象征意涵，在先秦时代的天文学与人文学中，"十二"被视为"天之大数"。古人观察世界运行的种种现象，而天文运作都和时间的进展有关，至少区分出一年有十二个月，一天有十二个时辰，很多对这个世界运作法则的理解都是奠基在"十二"这个数字上。例如一年除了十二个月之外，还有二十四个节气（这是十二的倍数），所以"十二"就是代表"天之大数"，是能够涵括最多内涵的数字，这是它的第一个含义。

至于第二个含义，据脂砚斋所说，《红楼梦》里凡是"十二"都是对应十二金钗，且看第一回的批语："高经十二丈"是"总应十二钗"，"方经二十四丈"是"照应副十二钗"。果然，第五回太虚幻境的薄命司里，关于金钗的簿册分为正册、副册、又副册，每一册都是十二位女子的人生预告，而"方经二十四丈"的"二十四"则可以对应到二十四节气，这当然也是十二金钗的"十二"的倍数。所以"十二"这个数字所代表的，就是《红楼梦》中描述的形形色色的女性，希望把她们各式各样的美好及其不同的悲剧充分而完整地呈现出来。

此外，石头"高经十二丈"，说明这块石头是日月运行之下的天地精华，要经过日夜流转、一年又一年的锻造，才能够通灵；再者，补天石总共有三万六千五百零一块，故意有个"零一"是为了宝玉的畸零处境而专门设计的，刻意营造只有它一块石头没用的剩余感、废弃感，以显得更孤独、更悲惨。如果被丢弃的石头有十二块，大家可以互相取暖，个人的失败也就没那么明显，而"零一"便是要把宝玉的处境极端化，好让他的失败感、惭愧感加深，让他独一无二地去承担这失败的沉重命运。至于另外的三万六千五百块，这个数字立刻让人联想到三百六十五天，也就是一年，所以这几个数字：十二个月，二十四节气，三百六十五天，都和天文历算有关。

《红楼梦》研究的大家俞平伯先生对此也有类似的说法，可是我要做一个补充：三万六千五百零一块并不是三百六十五而已，它是三百六十五的一百倍，换句话说，三万六千五百就是"百年"的意思。而"百年"在《红楼梦》这一部家族小说中是非常重要的数字，如宁、荣二公所说的："虽历百年，奈运终数尽。"表明贾家已传承了一百年，无奈运数到了终止穷尽的时刻。那为什么是一百年的宿命呢？世间有许许多多的存在体，有的是朝代，有的是个人，有的是整个的历史，中国传统上认定每一个存在体都有生命的局限，有 500 年一个断限，有 30 年一个断限，也有百年的断限，500 年的断限是概称历史的大循环，30 年的断限则是指一代，而百年的断限就是指家族的寿命，所以"百年"基本上也呼应了宝玉所处的是贾家末世的局面。

另外，"百年"除了是家族命运的极限，同时也是人寿的极限，人的寿命即往往用"百年"作为概称，如"百年之后"就是委婉地代称死去以后。总而言之，三万六千五百这个数字不断在隐喻的都是和终结有关，不管是家族或个人，因此《红楼梦》这部小说真的是末世的挽歌。

祖父曹寅与《巫峡石歌》

另外，《红楼梦》对于女娲补天的神话运用，也不能忽略曹雪芹自身的家学渊源。现在大概都同意曹雪芹的祖父就是曹寅，而曹寅和康熙帝的关系非常密切，曹寅担任江宁织造的时候，康熙的几次南巡就是由他来接驾，所以曹家真的是有机会和皇帝接触、亲眼目睹内家风范的家族，其他一般的贵族却不见得有这种机会，更不用说中下阶层的潦倒文人。曹寅可以说是曹家登峰造极的一个先祖，他本人也有高度的文学素养，诗词造诣很高，有《楝亭集》传世；此外，曹寅在康熙的委托之下，和一批硕学鸿儒共同主持《全唐诗》的刊刻工作，这都足以证明曹寅的文化精英地位。

这部《全唐诗》搜罗了近五万首的唐诗，是后世了解唐诗的重要资料库，而刊刻工作是由曹寅以及相关的学者们共同主持的，也许是互为因果，曹家收藏了很多海内非常好的唐代诗集刻本。雍正五年，隋赫德查抄曹家后，很多东西都充公，但是查抄的清单里并不包含这些书籍，所以学者们合理地推论，曹雪芹在很小的时候多少经历过曹家最巅峰的繁华岁月，只是很快就幻灭了，后来在家徒四壁的情况下，他还保有不少珍贵的诗词版本，尤其是唐诗作品，这一批书籍都是曹寅当初在主持《全唐诗》编纂刊刻时所用到的。曹寅自己非常博学而风雅，眼界也非常高，他所收藏的那些唐人诗集常常都是最好的版本，这些在无形中都变成曹雪芹写作《红楼梦》时文思之奥府，不断参与他的创作，提升作品的意境。《红楼梦》和别的小说不一样，它的抒情性非常浓厚，其中有不少叙事的散文描述让人感到如诗如画，像诗、画般优美，都与他的家学渊源有关。

　　就在曹寅的诗歌里，对女娲补天的神话运用也和《红楼梦》有相似的地方。学者朱淡文先生就提到，曹寅的《楝亭集》中有好几首诗和石头有关，甚至和女娲所炼的石头有关，例如《楝亭集·诗钞》卷一里有一首《坐弘济石壁下及暮而去》，诗中云：

　　　　我有千里游，爱此一片石。徘徊不能去，川原俄向夕。浮光自容与，天风鼓空碧。露坐闻遥钟，冥心寄飞翮。

　　开篇便说"我有千里游，爱此一片石。徘徊不能去"，他不辞劳苦展开千里的游历，为的就是寻求喜欢的石头，当找到了那个心头所爱，便对着这一片石头流连忘返，一直坐看痴望，不觉时间流逝到夕阳西下，才不得不回家，由此可见，他真的是爱石成癖。不只曹寅对于石头的爱好已经到了一种耽溺的癖性，亲友们在回忆曹雪芹的时候，也提到他很喜欢收集怪石，可见祖孙两人都有共同的爱好。

　　曹寅有关石头的第二首诗叫《巫峡石歌》，诗中提到：

巫峡石，黝且斓，周老囊中携一片，状如猛士剖余肝。……娲皇采炼古所遗，廉角磨砻用不得。或疑白帝前、黄帝后，漓堆倒绝玉垒倾。风煦日暴几千载，旋涡聚沫之所成。胡乃不生口窍纳灵气，峻嶒骨相摇光晶。嗟哉石，顽而矿，砺刃不发硎，系春不举踵。研光何堪日一番，抱山泣亦徒涒涒。

可见曹寅的爱石不只是一般喜欢盆景、喜欢篆刻之类普通的文人爱好而已，他甚至在巫峡石中看出自己和他们的命运可以互相共鸣呼应的地方。而这里对巫峡石的描写真是让人感到似曾相识，所谓的"巫峡石，黝且斓"，那斑斓的石头不就是五色石吗？而"娲皇采炼古所遗，廉角磨砻用不得"这两句，又写到炼石后却成为不得用于女娲补天的一块畸零废弃物，同样都是被弃的遭遇，"用不得"也和"士不遇"相连结。

这块被遗落的巫峡石在这里好久了，因此"或疑白帝前、黄帝后，漓堆倒决玉垒倾"，其中的"漓堆"与"玉垒"都是四川巫峡附近的重要名胜，这句诗的意思是说，有人怀疑它是在白帝之前、黄帝之后，当这些山水都还不存在的时候，巫峡石就已经遗落于此处了，并且它也会永恒存在到山崩地裂的终点。然后曹寅接着说"风煦日暴几千载，旋涡聚沫之所成"，它受到几千年以来日月精华的锻造、波澜水流的打磨，可惜"胡乃不生口窍纳灵气"，曹寅质疑它何以没能生出口窍纳入天地灵气，但"峻嶒骨相摇光晶"，它的骨相是棱角刚硬，闪耀着晶亮的光芒，这和五色的外形是互相呼应的。

然而，问题在于它又是无用，"嗟哉石，顽而矿，砺刃不发硎，系春不举踵"，这块巫峡石冥顽而粗犷，不能用来磨刀，也不能用来春米，所以它只能感伤自己的无用，"砑光何堪日一番，抱山泣亦徒潼潼"，巫峡石深深地自愧、自责，徒然在山边哭泣，这更类似于宝玉前身的那块畸零玉石的自怨自叹、悲号惭愧了。从这个角度来看，《红楼梦》所采取的女娲炼石而丢弃一块未用的故事，和曹寅幻设出来的"士不遇"图景也可以互通款曲，彼此之间有着血脉相通的继承关系。

女娲：大母神

到目前为止，我们看到女娲补天的神话基本上都是外缘材料，从远古神话到曹寅的诗，虽然都和曹雪芹的创作有关，但却不等于是曹雪芹的创作内容。如果要真正地了解《红楼梦》到底是怎样运用女娲补天的神话，还是必得要回归到文本，从它的整体来着眼分析。石头神话的意义到底是什么？曹雪芹在运用过程中如何加以丰富化、深刻化，又给了它什么样的象征意涵，以至于可以帮助我们对这些角色和情节进行更丰富、更深刻的理解？

"女娲补天"这四个字所描述的故事里包含三个层次。首先，谁去补天？是女娲。她做了什么大事业？当然是补天。那么女娲用什么来补天？用石头。这三个层次全都被曹雪芹天衣无缝地交织在他的叙事架构以及人物性格中，这是令人赞叹的超越性才能。其中，女娲是构成这个神话的力量施用者，由她来担当重整宇宙秩序、恢复人间伦理的重责大任，所以她就是"大母神"。

"大母神"的含义，在西方神话学或宗教文化学乃至于心理学中都有阐述，坎贝尔（Joseph Campbell）等学者对于大母神的基本定义是：

大母神提供创造、繁衍、温暖以及保护，很有助于我们认识女娲的象征意义。而大母神还有另外的别称，一个叫作"太初之母"（primordial mother），一个叫作"大地之母"（earth mother），这两个名词都是对创造一切的大母神的最高礼赞，只是分别从时间、空间两个不同的范畴去呈现她的伟大。一方面，时间演化的序幕最初都是由这位母神所揭开，所有的生命都是在时间中展现，没有时间范畴，生命是不可理解的，也根本不可能存在，所以"太初之母"也是对大母神的最神秘、最奥妙的创造力的一个概念式说法。同时第二方面，生命的另一来源是大地，这么一来它又是在空间上负载一切、具有最伟大的承载力量的母神，所以叫"大地之母"，地母（大地之母）更是在各个民族的神话传说里最频繁可见的一个类型，如古希腊神话中的盖亚（Gaia），中国的则是女娲。

女娲之肠

女娲在中国传统神话的早期是具有高度创造性的女神，在古典文献中，有几个重要的女娲造型，如在最原初的《山海经》里，虽然女娲本身的造型并不鲜明，却已经突显出大母神的创造力。《山海经》是非常原始的神话留存，女娲最早出现于此，在《山海经·大荒西经》里记载：

有神十人，名曰女娲之肠，化为神，处栗广之野，横道而处。

　　晋朝的郭璞注："女娲，古神女而帝者，人面蛇身，一日中七十变，其腹化为此神。"这里间接点到女娲，主要的对象是和女娲相关而产生的十个神。我刚开始读到的时候非常疑惑，为什么这十个神叫作"女娲之肠"，而不叫别的名字？而且用一个构成生命体的肠器官来命名，它究竟会和《红楼梦》有什么关联？因为没有看到神话学者有相关说明，这些问题一直悬在心上，随着不断深入的研究，我发现或许可以进行以下的解读。

　　那十个神为什么叫作"女娲之肠"？原来大母神之所以有资格叫作"大母神"，是因为她不只创造人类万物，同时也创造所有的神，她是天神与人类万物等所有生命最初的来源，世间一切的生命都是来自这位大母神的给予，女娲是包括形而上的超现实存在或尘世中的人类都要敬畏、仰望的天神。而《山海经》这段关于女娲的间接文字，隐隐然暗合于西方对于大母神的诠释。

　　我们进一步探讨这十个神为什么叫作"女娲之肠"。晋朝郭璞在注《山海经》的时候，说女娲是"古神女而帝者"，这是来自非常早期的母系社会的神话产物，因为在母系社会时期中，初民对于两性生殖还没有概念，对他们而言，生命是直接从女性的肚腹里诞生出来的，女性的创造力便建立于此。女娲这位远古女神加上一个"帝"的头衔，就可想而知，这种创造力让她被先民们奉为最高的信仰，她是所谓的"首出御世"之神，一切都是从她所展开，整个世界是由她所统领。一个女性的概念可以和"帝"，也就是和最高的权力拥有者连上关系，这不会是父系社会的反映，所以女娲必然是非常早期的原始神祇。郭璞说，女娲这位"古神女而帝者"，她"人面蛇身，一日中七十变，其腹化为此神"，我们可以看到"其腹化为此神"这种说法与"女娲之肠"有一种逻辑推演的脉络。肠这个器官就在腹部，而胎儿也是在腹中孕育然后成型，最后诞生，所以生殖便如此这般地和肠发生了关联。

其实，郭璞所谓的"人面蛇身，一日中七十变，其腹化为此神"，每一句都证明了女娲确实是一位大母神，具有伟大的生命创造力。我们最熟悉的，是自古以来传说女娲抟土造人。先民们认为泥土本身即能够创造出生命，就好比植物依赖着土而生，而没有植物也不可能有其他的万物，所以追本溯源，土本身便是生命的来源，因此，有学者从神话学的原型观念来探讨，提出所谓的"土原型"。令人感到无比巧合的是，《圣经》里说上帝造人也是用尘与土，所以当人死了以后，尘归尘，土归土，这应该反映了人类极其相近的深层思维。

时至汉代，女娲造人的神话被增补与改造，说女娲抟土造人，后来觉得速度太慢，便以绳索浸入泥水中，再拿出来一甩，甩出许多的泥水滴，一滴等于一个人，人类的创造就增快了速度，数目也急速增加。这么一来，早期手工捏制的人比较精致，所以成为少数的贵族，而用泥水大量生产的是为平民，这显然是后来阶级观产生以后的说法。但很明显地，造人和造神还是不同的，造人用的是身躯形骸之外的土，而造神——和她具有同样血缘而具有世系关系的相关对象时，女娲就用她自己体内的某一个器官，如此便有如基因复制一般确保他们的神性。于是那"有神十人"从女娲之腹化出，又"名曰女娲之肠"，其实正意味着他们是来自女娲之肠。这便是"其腹化为此神"的真正含义。

女娲不只是创造出神，再进一步来看，她还创造出万物，这个秘密就在"一日中七十变"这句话里。关于"一日中七十变"有两种说法，一个说法是她一天变化七十种形态，另外一个说法是她一天中变化出七十种生物，以第二种说法比较好，因为第一种说法比较奇怪，女娲又不是要做表演的千变女郎，一天变化出七十种形态干什么呢？而她一天中变化出七十种生物，很快地，大地上就会处处欣欣向荣，充满万物，这和大母神创造、繁衍的力量是完全吻合的。

人面蛇身

然而这样一个具有高度创造性、有繁衍能力的大母神为什么是"人面蛇身"的造型，这又大有可以探讨之处。俄国伟大的文学批评家巴赫金曾经提到过一种怪诞风格，它来自某一考古发现，亦即罗马的壁画上的某些奇特造型，后来衍生出欧洲艺术的某一种派别，就叫作"怪诞派"。这种怪诞不只是指怪异而已，它确切是指人类、动物、植物不同的肢体局部互相融合所形成的那一种造型。对于这样一个现象背后所隐含的思维方式，巴赫金做了很好的诠释，他认为把人类、动物、植物的各种成分精巧地交织组合在一起，即大胆打破了生命的界限，也打破了我们很常见的静止感。

原来生命不是一以贯之的单一个体，而是流动的、无限变化的，当然也可以无限轮回，所以死就不再是死，而是另外一个生命的开始，只是换不同的造型。于是，在这样的怪诞风格中看整个自然界，便充满了无穷无尽、绵延不断的生命力。从某个意义来说，它体现了存在的灵活性、无限性，这种存在不是一种现成的、固定的状态，而是可以从一个形式不断向另外一个形式转化的这般快活的、随心所欲的、异常的自由，生命可以自由地打破界限，甚至打破生死之隔。而既然人和动植物都可以通过这种融合来体现上述思维方式，那为什么在我们的神话里，女娲的造型固定为"人面蛇身"？这其中还有别的深刻意涵，得要借助神话学中蛇的象征意义来作一个简单的说明。

在先民眼中，蛇这种动物绝对不是像我们今天一样，认为它代表邪恶，恰恰相反。蛇有几个重要的特点，使得它主要被当作神圣的动物来崇拜，第一个特点就是它会蜕皮，在先民们的眼中那仿佛死后复生。因为蛇在蜕皮的时候是不吃不动的，仿佛死了一般，当皮蜕掉之后，它长大了，又更强壮了，仿佛更新了一般，所以蛇蜕皮便带有高度的重生意义。

和蛇一样有再生象征的是蝉，在先秦到汉代有一个很特别的墓葬风俗，就是让逝者含着玉质的蝉一起入殓。现在我们都知道，蝉在树上产卵之后，孵化出来的幼蝉顺着树干向下爬，进入泥土里面，开始若虫的阶段，古人当然不知道它们在泥土中生活了多年，对他们来说，这些过程是跳跃性的，他们只知道蝉入了土之后还能出来，而且变化出另外一个更成熟的新生命，所以觉得这种昆虫具有重生的能力。蛇也一样，看起来有重生的力量，于是便关联到了母神的创造力。

另外，蛇本身可以水陆两栖，水的象征意涵更是和生命息息相关，不仅科学已经证明地球的生物最早来自海洋，生命的来源和水结合在一起，类似地，母亲子宫内的羊水让小生命在里面安静地孕育，因此，凡是与水有关的其他生命体，也在神话思维里被赋予高度的生命创造的功能。这么一来，蛇和大母神的创造力类似相关，"人面蛇身"便是在传统的形象思维里产生异类连结之后的一个结果。

　　"人面蛇身"还有另外一个取义的来源，亦即蛇是一种多产的动物，而由于蛇和人类的生活比较接近，所以先民们可以直接就地取材，观察到蛇的生态习性，他们可以很容易地发现蛇的生殖力相当高，一窝一窝的蛇蛋可以多达数十个，这对古人而言当然是多产的象征，于是蛇的多产也和大母神的功能连接在一起。最后，蛇之所以和女娲造型发生联系的可能原因，或许还在于蛇的样子细细长长，和肠的造型非常接近，这又和"女娲之肠"的形象思维相通。

　　那么，为什么蛇和肠在形状上的相似又会连动式地变成大母神的造型？关于这个问题，我们就要回到对"有神十人，名曰女娲之肠"背后的思维的考察了。我整理了几个要点，这几个要点刚好可以把这个问题说清楚。

　　首先，因为胎儿是来自腹部，而腹部里面又有肠，于是胎儿的诞生处便会和肠联系在一起，这个想法非常合理，因为我从女娲所创造的十个神就叫作"女娲之肠"，而找到直接的内证以及非常好的旁证，由此形成"肠—腹部—胎儿"的连动式推理，这是位置上的相关所形成的。第二，肠的形状也是人体里各个脏器中和蛇最接近的。我们刚刚所提到的各种形象的联想，也强化了蛇的生殖象征，回应了蛇的再生的神话意涵。

　　但其实，肠不只是因为位置在腹部，而被等同于孕育胎儿的所在地，肠本身已经被视为是一个生殖器官，是生命的孕生之所，这个功能是来自《黄帝内经》的旁证。《黄帝内经》里对于人的各种脏器的功能以及如何保养等，早就已经有非常丰富的说明与认识，其中说大肠是"传导之官，变化出焉"，古人发现肠本身可以把食物经过一些变化处理，然后形成另外一种东西让它排出体外，所以认为大肠具有

"传导"和"变化出焉"的功能，而小肠则是"受盛之官，化物出焉"，它接受食物之盛，加以消化吸收，同样具有变化的功能。

总而言之，"变化"是肠这个脏器的功能，而"变化"本身不也是生殖繁衍的奥妙吗？最有趣的是，肠所具备的传导运送和变化出物的现象，和生殖是完全一样的，简单地说，肠在功能上和女性的阴道类似，都有传导运送和变化出物的作用，于是乎，女娲之肠和人面蛇身就在形象上、功能上与象征意义上有了高度的重叠，从而一个作为神的来源，一个作为创造者的形象。

另外，我要提出关于肠作为生殖器官的一个直接内证。这样一个古老的神话思维，在文明发达之后当然是不被接受了，但是它依然活跃在民间话语里，也出现在《红楼梦》中。第六十回，贾环将他从芳官那里要来的蔷薇硝转赠给彩云，但被彩云发现那其实是茉莉粉，不过彩云也收下了，算是接受他的好意；可赵姨娘却因为自卑，觉得被芳官瞧不起，便鼓动贾环去宝玉房里闹。但是一闹就会发生事端，他们自己是处于不利地位的人，到时候一定会深受其害，于是贾环听了，不免又愧又急，又不敢去，只撺手说道："你这么会说，你又不敢去，支使了我去闹。倘或往学里告去撺了打，你敢自不疼呢？遭遭儿调唆了我闹去，闹出了事来，我撺了打骂，你一般也低了头。这会子又调唆我和毛丫头们去闹。你不怕三姐姐，你敢去，我就伏你。"三姐姐是谁？是贾探春，贾环是她同胞所出的亲弟弟。那时候的探春已经是当家的主管了，正在治理大观园，如果贾环去闹事，到时候探春是要出来做裁断的，以她公正的性格绝对不会偏私，结果一定是他们自取其辱，所以他说"你不怕三姐姐，你敢去，我就伏你"，这些话便隐含着"你怕你自己的亲生女儿"之意。这还得了，做母亲的尊严不是荡然无存吗？所以就截了赵姨娘的肺，赵姨娘立刻大喊说："我肠子爬出来的，我再怕不成！这屋里越发有得说了。"一面说，一面便飞也似往园中去，后续闹得一塌糊涂，十分不堪。在这里，赵姨娘说"我肠子爬出来的"，意思就是"我亲生的"，很形象化地比喻她和探春之间血缘相承的直接关系，可见"肠子"非常明显地被当作生殖器官。

其实，清朝时早已知道生殖器官是和子宫有关，可见中国人早已拥有这方面的妇科知识。但是，曹雪芹通过赵姨娘这样一个小人物而遥远地回应了过去的神话思维，使我们看到这一神话思维仍然潜伏在民间的遗迹，由此，那十个神为什么叫作"女娲之肠"，就得到《红楼梦》本身的一个直接的内证。

蛙女神

以上所述，是关于女娲的"人面蛇身，一日中七十变，其腹化为此神"的象征涵义，另外，关于女娲的"娲"字，很可能也隐含了相关的线索。

声韵学家做了一些考证，研究成果指出女娲的"娲"和青蛙的"蛙"在上古音的发音其实并不完全同一，不过它们在声韵上有若干近似处，"女娲"读起来很接近"女蛙"。借由声韵学的基础，配合蛙和蛇都有"水"的共同根源，那么蛇与蛙作为生殖的象征，在功能上就有相通的地方。考古人类学也提供了一个神话学的诠释，例如美国非常著名的文化人类学家马丽加·金芭塔丝（Marija Gimbutas）在重新建构欧洲历史发展的不同阶段时，提出一种看法，即欧洲在进入古希腊罗马时代之前，其实有一个女神统治的历史阶段。通过对罗马尼亚多瑙河边的地下出土文物的种种考察，她认定在那样一个古老的时代，曾经存在过由女神统治的母系社会。

她的看法当然会引起争议，不过，她从那些文物中所引申出来的母神诠释，我们倒是可以作为参考。《活着的女神》这部书是金芭塔丝死后由女儿所整理出来的，里面收集了一些在祭祀、崇拜的处所中所发现的地下考古文物，上面的纹饰就包括了蛙女神造型，显然蛙类动物和女神信仰密切相关。仔细推敲，"蛙"与"女神"关连起来的崇拜可以分析出三个原因：第一就是它的水栖环境，因为和羊水的孕育相似，这一点前面已经有所说明；第二，它们每年在春天出现，具有一种再生的想象，和蛇的性质很接近；第三，它们不但本身的样貌和胎儿长得很像，此外，也简直有如妇女分娩的姿势，古代的妇女分娩和我们现在不一样，她们是蹲着的，下面铺着草垫，所以胎儿出生叫作"落草"。总之，它不只与人类胎儿极度相似，还和女性分娩的姿势很相像。金芭塔丝认为，由蛙和胎儿、乃至女性分娩姿势的形象近似，也就形成了主管生殖与再生的女神崇拜。所以，除了蛇与肠，还有蛙女神的内涵的相通，这几点可以一并作为参考，用来理解女娲所具有的大母神崇拜意涵。

乱伦母题

不过，人类文明开始有礼教观念介入之后，女娲神话的内涵又产生了变异，也就是"乱伦母题"的导入。最晚到汉代，女娲的造型开始产生了一些微妙的变化。原本女娲补天或造人属于"首出御世"，她是所谓"孤雌纯坤"的单一女性神，本身即完全掌控了生育能力，创造力由她全部独立担当。但是到了汉代出现了一个巨大的改变，现代的考古队在全国各地，尤其是河南发现了这样的情况：在求子的神庙里，人们所崇拜的神祇往往是伏羲与女娲的交尾图，于画像石、画像砖上面也看得到。这个造型代表什么意义呢？

首先，交尾的象征意义就是繁殖，而有这样的图像出现，显示人类的文明知识开始把两性生殖的概念引入神话，于是女娲的生殖权力就被消减，让渡一半出去，她的大母神的地位当然随之降低。换句话说，当这样的神话出现的时候，女娲便由大母神降格为所谓的配偶神，那表示她已经丧失掉完全主导的能力了，而这当然也是进入父系社会之后才会产生的变化！不止如此，这些汉代石刻画像中常见的人面蛇身的女娲伏羲交尾图，女娲不仅只剩下一半的繁衍力，同时在空间方位上，她其实更被降格为屈尊于男性之下的女性神：伏羲往往是居左捧日，女娲是居右捧月，而在方位的伦理意义上，左为尊，右为卑，而日的阳性属性也当然凌驾于月的阴性属性。到了这个情况，男尊女卑的性别观念也使得女娲的母神地位大幅降低了。

其次，伏羲与女娲是兄妹婚，而兄妹婚也是神话里很常见的一种主题，那些故事大部分这么说：洪水来了，人类只剩下一对兄妹或姐弟，然后做弟弟或做哥哥的总是说为了大我要牺牲小我，为了人类繁衍的神圣使命，要求与他的妹妹或姐姐结为夫妻，他们于是就生下了一代又一代无数的人类。很有意思的是，这些画像石或画像砖上的交尾图，往往还会伴随着"结草为扇""帐面遮羞"的故事，因为这是乱伦关系，所以女娲遮起自己的面孔而无颜见人。

总而言之，女娲神话到了汉代发生了变异，而这个变异所产生的乱伦主题也同样被《红楼梦》所吸收。浦安迪认为和《金瓶梅》一样，《红楼梦》从开始到最后都笼罩在乱伦的阴影中，从而构成《红楼梦》一个很重要的吊诡，其中蕴含着深刻的内涵，这一点我们留待后面再细说。

神俗二界的母神递接

由女娲所引申出来的母神崇拜，究竟在《红楼梦》中又是怎样被运用的呢？梅新林先生在他的《红楼梦哲学精神》里有一个很有意思的说明，他认为女娲作为一个"孤雌纯坤""首出御世"的大母神角色，延伸到《红楼梦》里构成了明显的母神崇拜心理，此一母神崇拜心理贯透于神、俗二界，虽然分化出不同的两支系统，但是彼此又互相结合，甚至形成一个首尾相接的循环结构。

在神界的母神崇拜投射为两个重要的女神，第一位就是前面花了很多功夫在谈的女娲，而女娲所扮演的母神角色在功能上和别的女神有一些区隔，她属于"救世之神"，主要的职能是挽救这个世界的倾颓，重新恢复秩序。当女娲的工作完成之后，世界恢复了稳定的秩序，这个时候便由警幻仙姑来承接母神的功能。

警幻仙姑在第五回就出现了，她作为太虚幻境主要的掌理者，所司多达好几种女性的命运，《红楼梦》中的十二金钗包括正册、副册、又副册，无论是黛玉、宝钗，还是袭人、晴雯等，都被归类在太虚幻境中的"薄命司"，其他还有"痴情司""结怨司""朝啼司""夜哭司""春感司""秋悲司"等单位。换句话说，《红楼梦》所要刻画的是众多女性们各式各样的悲剧命运，这一点我们一定要深深地印在脑海里。曹雪芹并没有要刻意塑造哪一个人物，只为了讽刺或反对、否定他／她，他笔下的人物表现出各式各样的悲剧，在那个社会之中注定都要沦落，那当然表示会丧失掉生而为人的一种幸福，所以都入了"薄命司"及其他类似单位。警幻仙姑作为一个母神，她所掌管的就是众多女儿们的命运，所以她被称为"命运之神"，由此可见，警幻仙姑与女娲之间是有一些不同功能的区隔。

既然众多女性们都要下世为人，那么在她们所敷演的一段段悲喜故事里，我们依然可以看到母神在其中担当的身影。

首先最重要的就是贾母。身为位于贾府的金字塔尖的最高权威，贾母之所以能够在贾府中变成众星拱月的权力来源，一方面是由于儒家社会所赋予母亲的重要地位，而有了孝道的加持，本来在家庭中即地位崇高；另一方面也很重要的一点，在于她也是"孤雌纯坤"，换句话说，她是一位丧夫的妇女。由于传统社会中主张夫为妻纲，做妻子的必须臣服在丈夫的权威之下，当丈夫过世以后，妻子成为寡母，成为孝道集中的唯一对象，于是寡母便拥有更高的权威，这也是历史上会出现慈禧太后的原因。同样地，如果贾母的丈夫贾代善没有先她而死，贾母就不会在贾府享受到这样的地位，加上她的子嗣们又都非常孝顺，在这种种的前提之下，贾母才能够拥有那般至高无上的权威。因此"孤雌纯坤"的设定，是纵贯于神界到俗界的所有母神的一个必要前提。

"孤雌纯坤"的贾母作为命运之神，庇护着在她羽翼之下的众多孙子孙女们，也是由她赋予这些孙子、孙女们在一般父权规范之下所享受不到的自由与幸福，而直接受到她那有如圣旨般的庇荫的核心人物，就是男主角贾宝玉。宝玉因为贾母的宠爱，才可以在一个女儿的阴性世界里去享受无拘无束的自由，尤其在父子冲突达到高峰，即第三十三回"不肖种种大承笞挞"这一段中，他被父亲重重鞭笞到体无完肤，但这空前的冲突却同时让贾母以至高无上的母权介入，抵挡了父权对于宝玉的箝制，无形中让宝玉获得更大的放任。例如接下来到了第三十六回，一开始就讲到贾母布达的命令："你老爷要叫宝玉，你不用上来传话，就回他说我说了：一则打重了，得着实将养几个月才走得；二则他的星宿不利，祭了星不见外人，过了八月才许出二门。"结果宝玉得了令，便更加得意了，对所有一切的礼仪束缚完全可以置诸脑后，甚至连晨昏定省——这是大家族每天不可或缺的孝道践行——也都随他便了。由此可见，身为俗界母神的贾母给了宝玉一个不同的命运，这是非常明确的事实。

除此之外，还有一个大家以为楚楚可怜的孤女，事实上她和宝玉一样受到贾母至高无上的权威庇护，而享有贾府中几乎是一人之下、众人之上的宠儿的待遇，那个人就是林黛玉。她和宝玉始终是相提并论的两个宠儿，在贾母的宠爱之下，黛玉甚至在很多地方都具有和宝玉一样像挡箭牌、挡土墙那般的消灾免厄的缓解功能，这一点我们后面再详细说明。

作为命运之神的贾母，还有一项很重要的功能，在第二回冷子兴演说荣国府的时候就已经清楚交代："因史老夫人极爱孙女，都跟在祖母这边一处读书，听得个个不错。"因为贾母非常宠爱这些孙女儿们，所以把迎春、探春、惜春都带在身边，元春固然已经入宫去了，不过她入宫之前，从小也是在贾母身边长大的，所以，元、迎、探、惜四春都是在贾母身边受到非常良好的熏陶。这三春各有各的原生家庭的烦难纠结，在各自的原生家庭中，她们会受到很多干扰、束缚乃至于人性上的扭曲，幸而来到贾母身边，她们才享受到一段清净岁月，得到心灵的宁静，乃至于生活上的平安与幸福。若非如此，她们根本无法如我们所看到的那般展现出各自的风采。由此可见，贾母所发挥的作用，是在这些孙辈儿女们的成长中给予她们庇护，给予她们涵养健全人格所需要的成长环境。

只是贾母年事已高，终究要"退位"，依照前八十回很多的蛛丝马迹，她是在贾府抄家前后过世。贾母过世之后，贾家群龙无首，面临的是存亡危急、非常紧迫的状况，而贾府最后一线的女儿命脉也就是巧姐儿，将会面临很悲惨的命运，这时候会有另外一位母神般的人物出现，拯救她于危难之中，让她脱离火坑，至少获得一些平凡人可以拥有的幸福——那个人就是刘姥姥！

刘姥姥的角色设计绝对不是一个插科打诨的小丑，只是为了让生活在封闭僵化、礼教森严中的贾府女眷们，在日复一日呆板无趣的情况下得到开心解颐的调味剂而已，她绝对不只具有这样的丑角功能。从结构上来说，刘姥姥和贾母之间甚至形成一种母神递接，而且是彼此互补的关系——命运之神贾母退位之后，出现后继无人的状况，而那时候的贾府也已经坠入末世崩解的混乱，巧姐被拐卖而沦落到烟花巷，及时现身的刘姥姥给予巧姐不同的命运，从某个意义来说，她就是拯救巧姐的大母神。所以，刘姥姥最后的出现已经属于救世之神的姿态了。

以下这个表格，是我把梅新林先生讨论到的内容做了一个简表：

```
          神界                              俗界

      女娲 ⟶ （警幻仙姑）＝＝＊＝＝贾母 ⟶ 刘姥姥

    （救世之神）   （命运之神）       （命运之神）（救世之神）
```

　　从这个简表我们可以很清楚地看到，首先是救世之神女娲，然后由命运之神警幻仙姑来接手，这个命运之神又直接过渡到俗界，由贾母担任命运之神，敷演一段贾府数十年的繁华岁月。等到繁华烟消云散，最后面临末世的混乱，这时候救世之神也再度出现，那就是刘姥姥，于是整个神、俗二界的母神就形成一个循环式的递接系统。梅新林先生的这说法非常好，刚好可以解答为什么《红楼梦》以女娲补天来揭开序幕，其中的母神崇拜心理又是如何形成整部小说结构上、乃至人物关联上的支撑。

　　当然，这个母神崇拜系统其实还可以再给予扩充，而更加完整，那就是把王夫人、元春也加进俗界的命运之神系列里。其实，王夫人是贾母的最佳接班人，发挥了高度贵族的精神，可惜一直饱受粗心读者的误解；而元春封妃以后，更跃升为高于宁、荣二公的顶层皇族，她下谕让宝玉、宝钗等住进大观园，正是疼惜、庇护众女儿的温暖母神，因此完全有资格列入这个母神系统里。关于这一点的详细解说，请看《大观红楼》的第二册，此处不赘。

末世背景

　　回到上文中所提到的，女娲补天神话演变到后世，当性别意识、伦理概念介入之后，我们也可以看到在女娲的造人行动中，所蕴含的是"性意识的萌动"（鲁迅），《红楼梦》把它吸收进来，乱伦的阴影于是渗入其中。从某个意义来说，"乱伦母题"也是作为诗书簪缨之族的贾府，其礼教摇摇欲坠乃至于崩溃到无法维系时的一个象征。大家都知道，"乱伦母题"在《红楼梦》中被发挥得最典型、最淋漓尽致的情节，就是贾珍与秦可卿的"爬灰"事件，"爬灰"的意思即公公和媳妇通奸，这是所有乱伦里最匪夷所思、也被认为是最严重的一种。

"爬灰"事件出现在《红楼梦》比较前期的叙事场景里，让贾府一开始便笼罩于很不祥的阴影下，它被视为末世的表征之一，表示这个家族已经从内部的精神都开始堕落、开始腐化，才会发生这样的丑事。从大家族必须依靠伦理道德作为精神根基的意义而言，这个家族真的是已经没有办法再持续下去了，因为其精神力量都已经耗弱至此。

女娲补天神话的基本前提，就是末世背景的设定，我们接下来便进入石头神话的第二个最重要的层次。女娲之所以补天，是因为世界已经呈现出乱世的终末状态，整个世界要面临重新一轮的开始，可是在世界重新步入正轨之前，那种混乱非常令人忧心甚至忧愤。

我们来看一下女娲补天提供的末世的背景，并探讨什么是"末世"。"末世"是《红楼梦》里特定的用语，它其实不是泛泛之词，而是来自儒家、佛教、道教的一个专有术语。以宗教文化来说，道教从佛教那里吸收了末世的概念，于魏晋时期由道教的"天师道"提出来这个词汇，但其实在此之前，中国已经有"末世"之词，用来泛指世运的衰乱。而道教在用这个词的时候，同时会用到的是"末嗣"，二者都是用来表达终末的意思。由于道教比较晚出，常常吸收佛教的教义来充实它自己，所以，我们会发现佛、道有些观念是相通的，有些语词是互用的，如"末世""末嗣"便暗合于佛教"劫"的观念。

佛教讲"劫"，是说这个世界运作到了一定的时限，就会陷入崩坏的阶段，那时会有大风、大水、大火来毁灭这个世界，然后重新展开新的下一轮循环。这样一个佛教"劫"的观念和道教的"终末观"复合在一起，就产生了这样的一个语词，它指的是时间即将要迫近了，这个世界快要面临最终的混乱，所以它虽然是一个"未来式的预言"，但是那个未来已经迫在眉睫。这有点像张爱玲的名言，她说她的小说事实上是出自"思想背景里有这种惘惘的威胁"（《传奇》两版序），她感觉到这个世界正在破坏之中，还有更大的破坏要来，显然都隐含着末世的心理，一种世纪末的恐慌。

魏晋以后，"末世""末嗣"还有"劫数""劫运"等概念和语汇，已经变成道教各派的共同教义，它广泛涉及整个世界的终末，包括人伦、社会的失序，宇宙、天地的崩坏。《红楼梦》也是在类似的末世背景之下产生，所以它是一个时间迫近的"未来式预言"，虽然当下表面上还是太平盛世，可实际上即将要面临瓦解。对一个家族来说，"天地崩坏"就相当于整个家族的混乱和毁灭，一败涂地，第五回的《红楼梦曲》已经给出一个苍凉的预告："好一似食尽鸟投林，落了片白茫茫大地真干净。"这正是末世最后所看到的"空无"的画面。

那么，"末世"在《红楼梦》里究竟是如何体现的？这非常的重要。首先，"末世"一词出现在第一回，作者以贾雨村这一人物作为末世的预演，间接预告了贾家的未来：

　　这士隐正痴想，忽见隔壁葫芦庙内寄居的一个穷儒——姓贾名化，字表时飞、别号雨村者走了出来。这贾雨村原系湖州人氏，也是诗书仕宦之族，因他生于末世，父母祖宗根基已尽，人口衰丧，只剩得他一身一口，在家乡无益，因进京求取功名，再整基业。

贾雨村出场时，作者对他的家世背景做了一个交代，说贾雨村系湖州人氏，脂砚斋提示"湖州"其实是要谐音"胡诌"，呼应了前言的"真事隐去""假语村言"，而贾雨村的本名贾化（假话）也是在暗示这一点。可见《红楼梦》处处点醒读者，千万不要把它当作是一个历史实录，绝对不要对号入座，这部小说就是一个艺术的虚构。《红楼梦》作为一部小说，我们理应用艺术虚构的角度来看待它，无论它用了多少作者现实经历过的实事来作为创作素材。再看贾雨村"也是诗书仕宦之族"，这里的"也"字挺有意思的，《红楼梦》所描绘的贵族不是普通贵族，而是尊贵到可以直接上达天听的那一种贵族，相关人等绝对不是平民百姓，而是来自名门大家，都属于诗书仕宦之族，林黛玉的家族是这样，薛家是如此，史家亦然，甚至妙玉家也是。总之，书中重要的人物或角色，除了丫鬟之外，全部都是出于诗书仕宦之族，没有这样的家世背景，不可能真正养成一种平民或暴发户所无法望其项背的贵族气质，因为那是必须要经过历代的熏陶、修炼、累积才能形成的人格风范。这么一来，贾雨村"也是诗书仕宦之族"便显示出和贾家的同类性，同时对应于《红楼梦》中所聚焦的那几个重要家族。

更何况，贾雨村也姓"贾"，和宁、荣二府的贾家事实上是同谱，血缘关系非常亲近，只是分支之后各自有不同的盛衰发展，因此彼此越来越遥远，到此时已形同陌路。请特别留意"因他生于末世"这一句，它是用血缘关系暗示着他们作为同一族谱的亲人，共有着同样的命运：我们这一支先你们这一支走到了末世，你们也即将要步上后尘，所以贾家的末世是一个所谓"时间迫近的未来式预言"，它终究会踏上贾雨村这一支的后路。

至于一个家族走到了"末世"，到底有怎样的判别标准？其实下文说得很清楚，第一即"父母祖宗根基已尽"，也就是祖宗世代累积到他父母亲这一代的家产，都已经荡然无存，这一定是财务上的高度窘迫。除此以外，判定这个家族走到末世的另一个重要指标，那就是"人口衰丧，只剩得他一身一口"，这个家族人口非常单薄，不像以前那样的支脉繁盛。对古人来说，一个家族如果人丁众多，便表示这个家族兴旺，比较有足够的人才储备，甚至在家族败落之后，有才能的后人还能够顶天立地，让这个家族东山再起；如果只剩一身一口的话，势单力薄，要重新复兴家族的机会即相对渺茫。以上是判定一个家族的末世的两个条件，这一点非常重要，因为将来我们会看到贾府的末世，脂批也不断地以同样的定义来让我们看到贾府"落了片白茫茫大地真干净"的惨况。

末世中力挽狂澜的二钗

由此可见，作者在第一回便已经为"末世"做了一个很清楚的定义，只是我们没有发现而已，那么，贾府的末世有没有在小说中得到很明确的呼应？答案是有的，而且出现得非常耐人寻味。显然曹雪芹是一个严谨到各个细节面面俱到、没有一笔浪费的伟大小说家，就在第五回贾宝玉神游太虚幻境时，于薄命司看到了关于十二金钗的未来命运的预告，即"人物判词"。人物判词作为一种"谶"的表达，是对金钗们悲剧命运的简要刻画，并不包含人格特质，其中有两个人物和末世完全结合在一起，显然这两个人所要担任的救世功能是被特别凸显出来的。试看其中关于贾探春的判词：

> 后面又画着两人放风筝，一片大海，一只大船，船中有一女子掩面泣涕之状。也有四句写云："才自精明志自高，生于末世运偏消。清明涕送江边望，千里东风一梦遥。"

探春是何许人也？很多人对于探春的印象也许十分淡薄，毕竟一开始都被宝、黛的爱情所魅惑，只关心这一对小冤家的悲喜，关心他们的未来是不是幸福美满，于是把眼界局限在林黛玉身上。但事实上，探春是《红楼梦》后半部非常重要的一个支柱型的人物，从第五十五回开始理家起，她甚至表现得比王熙凤更有声有色，这是一个非凡的人物！

回到这段判词，作者几乎是画龙点睛般地给这个人物最精彩传神的写照："才自精明志自高，生于末世运偏消。"其中"末世"一词再度出现，下面两句指的是她要远嫁海外的命运，要脱离她非常眷顾并忧心不已的家族，而充满了孤臣孽子无力回天的无可奈何。探春有才有志，才志兼备，但是上天却不给她机会，因为她是一个女孩子，所以没能像宝玉一样留在贾家，把自己的才能贡献于这个家族存亡绝续的重大使命上，这就是探春一生中最大的悲剧所在。

在贾家面临崩溃的局面时，探春本来是有能力让贾家起死回生的，只可惜探春的悲剧就在于她是个女性，被褫夺了让这个家族绵延的责任乃至于机会。脂砚斋曾经感叹："使此人不远去，将来事败，诸子孙不至流散也。悲哉伤哉。"其中，脂砚斋说贾家事败之后"子孙流散"，正是前面所提到过的，家族末世的第二个判定的标准——人口凋零。如果探春在，她有能力、有办法发挥凝聚力，把这些土崩瓦解的众多子孙们重新团聚在一起，然后大家同心协力，这个家族就有可能东山再起，但她却只能含悲远嫁，所以脂砚斋对此真是感慨非常。

探春有才又有志，完全有能力去担负起宝玉所扛不了的责任和使命，但受限于女儿身，在古代男女不平等的社会结构里，必定要通过婚姻被转移到另外的家族，和自己的原生家庭几乎是彻底地断绝，因此在《金陵十二钗正册》中，探春的判词旁边所搭配的图就是风筝。而《红楼梦》前八十回中，和探春联结在一起的意象都是风筝，风筝最后的宿命便是断线，在天涯海角渺不可见，正相应于女子的婚姻，如同《诗经》所感慨的"女子有行，远兄弟父母"，"有行"即是出嫁。探春身为女性，也无法免于这样的命运，于是如此一个巾帼不让须眉的女性站在天涯海角，眼睁睁看着原来是有机会再活下去的家族就这样一败涂地，真的是痛彻心扉！

接着，我们在另外一个很有才干的女性——王熙凤——的判词中，再度看到了"末世"这个词：

> 凡鸟偏从末世来，都知爱慕此生才。一从二令三人木，哭向金陵事更哀。

"凡鸟"使用的是拆字法，把一个字拆开变成两个字，"鳳"字就变成了"凡鸟"；反过来把这两个字合在一起，即组成为凤（鳳）字，指的便是王熙凤，可惜这位了不起的凤凰是在末世才降临到贾府，所以只能起到一定程度的作用而已。关于王熙凤的第三句、第四句判词，在此暂且不要管它，因为那指的是王熙凤被休的下场，不过后四十回已经不见了，而高鹗的续书也没有回应这个暗示。

我们再仔细比对探春与熙凤这两位女性的前两句判词，可以发现她们的共同点有两个，首先是都身处"末世"，其次是两人都有很高的才华，而这个才华绝对不是林黛玉那种诗歌创作上的性灵的诗才，指的是"治世的干才"，是处理这个世界、安顿这个世界的实际才能。这两位女性都在末世里绽放光芒，是贾府在乌云密布的情况之下所镶上的金边，她们的才能让这个家族可以苟延残喘，还能够感受到一点生机。并且，这两位金钗的治家大权都是王夫人所给予的，一方面王夫人要陪着贾政去应酬很多外面的礼尚往来，而上流阶层的繁文缛节、贺吊往还是非常劳神又非常费时的，另一方面，王夫人本身确实也没有理家的才能，所以需要其他人才的辅助。在这种情况下，王熙凤毋庸置疑是一个非常好的人选，确实也在她的努力之下，贾家还过了好几年太平繁华的生活。同样地，探春是继凤姐之后，王夫人所指派的接任者，两位女性的才干和末世的背景刚好是连带的，只有在末世才有机会去充分展现治世干才，假如在一个很平稳运作的常态之中，即使有再大的才能，恐怕也没有尽情发挥的空间。

到了第五十五回，当贾探春终于有了机会，让她可以自我实践、发挥才能，她的所作所为果然让人眼睛一亮，在一番大刀阔斧之后，连王熙凤都说："好，好，好，好个三姑娘！"一连用四个"好"字来表达她的衷心赞叹。接着王熙凤和平儿讨论到贾探春釜底抽薪、深谋远虑的改革措施时，就说探春做得比她还要好，称赞她："虽是姑娘家，心里却事事明白，不过是言语谨慎。"探春这个人有为有守，不该出头或者事不干己时，绝对不会越俎代庖，也不会强出头，是一个非常懂得分际的女孩子。

王熙凤也看出来，这位姑娘平常内心是极深厚而不轻易外露的，显示出王熙凤的判断力与观察力也是高人一等，同时在她的判断标准里，探春比她强的另一个主要原因就在于探春知书识字。这真是真知灼见！没有读过书的人，即使再优秀，也只不过就是在一般层次上表现出一种独特的气质，而很难有充分的升华和高度的自我实践，也不容易把自我提升到另外一个层次。

关于这个道理，曹雪芹借由宝钗阐释得精彩绝伦，那也是我在《红楼梦》里最喜欢的段落之一，第五十六回中宝钗说："学问中便是正事。此刻小事上用学问一提，那小事越发作高一层了。不拿学问提着，便都流入市俗去了。"而学问当然是从读书来，不读书绝对不可能有学问，没有读书的人也绝对不会领悟到"落花水面皆文章"（宋·翁森《四时读书乐》）。王熙凤深刻了解到读书识字让探春的才干、眼光与种种措施都比她自己更厉害一层，可想而知，探春的作为绝对不是挖东墙补西墙式的，也不是头痛医头、脚痛医脚式的，那是王熙凤所采用的方式，探春是从根本上做调整、进行改革，当然影响会更加深远。

探春与王熙凤两个人都有治世干才，然而一个读书识字，所以不会流入市俗；另一个没有学问的熏陶，所以她的眼光只能够停留在表面，王熙凤之所以忘了采纳秦可卿临死前托梦所授予的永保无虞之策，应该也是这个原因。除了以上所说的共同点之外，这两位女性的前两句判词中还有一个差异，和读书也有一些连带性的关系，那就是探春有"志"，而王熙凤却没有。简单地说，所谓的"志"代表一种理想性格，它给人以一种人格的高度，赋予一个高远的视野与目标，使人不至于沦入一种短视近利之中，所以"志"其实就是一种理想，它可以让人活得高贵，甚至活得悲壮，这是一个非常重要的心灵力量与心灵高度。而探春既有治世的干才，又有高远的理想，所以这个人物所彰显出来的形象，真的得用一整个单元才能够充分阐述，希望大家可以从她身上得到更多的启发。

这么说来，有没有读书诚然可以让一个人的灵魂高度产生天壤之别，可以让一个人眼光有如此大的深浅不同，假如没有读书，便不可能有贾宝玉的"情痴情种"，不可能有林黛玉那种优美的性灵吟咏，当然也不可能有探春这样像英雄般焕发出来的高度心胸。总而言之，凤姐与探春的才华刚好与末世连结，因为在末世，治世的干才方能充分展现，同时说明了学问真的很重要，它可以让一个人活得更美、更深、更高、更优雅。

谈到这里，我们可以注意到，清代评点家西园主人和一般阅读《红楼梦》而深深着迷于林黛玉的人不一样，他挖掘出另外一个光芒万丈的人物——探春。西园主人深具慧眼洞见地指出：

> 探春者，《红楼》书中与黛玉并列者也。《红楼》一书，分情事、合家国而作。以情言，此书黛玉为重；以事言，此书探春最重。以一家言，此书专为黛玉；以家喻国言，此书首在探春。

西园主人认为《红楼梦》绝对不是一部言情小说，它是分"情"与"事"、合"家"与"国"而作，他用两个相对的语词来说明不同的人事范畴：在这里，"家"指的是一身一口，"国"则对应到整个大家族。

就"情"来说，当然这部书中林黛玉是最重要的，她的爱情悲剧贯穿始终，是引发读者不胜唏嘘的一个最重要的魅力来源，但是西园主人特别提醒我们，以"事"而言，探春则是最重要的。曹雪芹可不是在写《西厢记》，只有两人在组织欢愁，《红楼梦》的背景是整个簪缨世家，涉及非常庞大且繁杂的家族运作，就这个层次来说，探春才是最重要的，而不是黛玉。毕竟黛玉不姓贾，她只是以一个外姓亲属的身份寄居在贾家；探春则名正言顺，她才是真正在贾府的末世里可以力挽狂澜，形成中流砥柱的一个人物。

再看西园主人下面的引申非常精彩，他说："此作书者于贾氏大厦将倾之时，而特书一旁观叹息之庶孽，以见其徒唤奈何也。""庶孽"这个说法，一方面指探春是庶出，另一方面也是孤臣孽子的意思，探春在末世里，以非凡的才干来支撑贾家于不坠，这当然是孤臣孽子的一番苦心与忧心。总归来说，在《红楼梦》中，与"末世"连结一起的，首先是与贾府同谱的贾雨村，他的遭遇预告贾府将步上他这支贾姓的后尘，贾宝玉将是贾雨村的翻版；其二，直接面临末世，与贾府的倾覆连结在一起的女性，则是王熙凤与贾探春，她们两人在末世中力挽狂澜，各自彰显不同的性情气质，其重要性并不亚于林黛玉。只是因为受限于若干身处的客观环境，探春在小说前半部并没有太多发挥的余地，以致被一般读者给忽略甚至错判了，十分可惜。

"我们家赫赫扬扬，已将百载"

女娲补天是在末世的背景下展开，那么，贾家为什么会走到穷途末路的地步？除了子孙不肖之外，其实也印证了中国传统的世俗智慧——经过很长久的观察并累积而成的智慧，也就是富不过三代，三代的时间幅度差不多就是百年，这是对于人性发展的一个几乎八九不离十的精准判断。

中国古老的文化从对有机生命体的精密观察，发现其中存在着运数上的若干局限，例如司马迁著《史记》是为了"究天人之际，通古今之变，成一家之言"，他把整个人类的历史以及整体生命发展的可能性，都做了全盘的考察，发现天运会有盛衰起伏生灭之变化，于《天官书》中说："夫天运，三十岁一小变，百年中变，五百载大变。"很明显地，"五百载大变"指的是朝代兴亡，"三十岁一小变"指的是人的生命，在古人的观念里，一个世代就是三十年，而介乎其间的"百年中变"指的便是家族的生命。

《红楼梦》呼应"百年中变"的家族宿命观，这一点可以见诸几个文本证据，第一个证据是第一回女娲炼石补天时，炼造了三万六千五百零一块玉石，所剩的一块即形成贾宝玉的前身，"三万六千五百"对应的就是"百年"此一时间限度。第二个证据，在第五回宁、荣二公的灵魂再度显灵，他们关心家族的未来的命运，很努力地想要让家族起死回生，所以嘱托警幻仙姑将宝玉"规引入正"。那段话里提到："吾家自国朝定鼎以来，功名奕世，富贵传流，虽历百年，奈运终数尽，不可挽回者。故遗之子孙虽多，竟无可以继业。"这里清楚用到了"百年"一词。第三个证据是在第十三回，秦可卿死前托梦给王熙凤，特别传授给她一个非常深谋远虑的做法，让这个家族可以永保于不坠，甚至有东山再起的机会，其中特别提到："如今我们家赫赫扬扬，已将百载。"于此"百年"这个词再度出现。

第四个证据比较特殊，出现于第七十七回，作者并不是直接用数目来表达，而是透过物品的隐喻。当时王熙凤生病，配制调经养荣丸要用到上等人参，书中叙述道："王夫人命人取时，翻寻了半日，只向小匣内寻了几枝簪挺粗细的。王夫人看了嫌不好，命再找去，又找了一大包须末出来。"但这些都派不上用场，于是王夫人派人去问邢夫人，邢夫人说："因上次没了，才往这里来寻，早已用完了。"其实邢夫人就算有也不会给，她是一个非常吝啬苛刻的人，去和她要东西，她一定是这样回答。王夫人没办法了，只得亲身过来问贾母，贾母是贾家的最高权威，这些上好的东西，她的库房里都会收很多，此时，"贾母忙命鸳鸯取出当日所余的来，竟还有一大包，皆有手指头粗细的，遂称二两与王夫人。"王夫人出来以后就交给周瑞家的。这里"周瑞家的"是指周瑞的太太，古代是男主外、女主内，所谓"家的"指的就是家里的太太。在贾府这种大家族里，世世代代为奴的情况很多，所以他们往往一家人都是贾家的大小仆婢，做妻子的伺候内眷，做丈夫的就是跑外面，包括田庄、收帐，服侍那些少爷老爷出门，等等。

回到文本内容来看，当周瑞家的拿出去叫小厮送到医生那边，接着又命将那几包不能辨别的药也带了去，让医生认了并做记号。接着不久，周瑞家的又拿了进来对王夫人说道：

"这几包都各包好记上名字了。但这一包人参固然是上好的，如今就连三十换也不能得这样的了，但年代太陈了。这东西比别的不同，凭是怎样好的，只过一百年后，便自己就成了灰了。如今这个虽未成灰，然已成了朽糟烂木，也无性力的了。请太太收了这个，倒不拘粗细，好歹再换些新的倒好。"

王夫人听了，低头不语，半日才说："这可没法了，只好去买二两来罢。"也无心看那些，只命："都收了罢。"

"百年人参"就是贾家的一个象征，从外表看都是上好的，以当时来说，有谁能够和贾家这样的威势相比？第二回贾雨村不就说："去岁我到金陵地界，因欲游览六朝遗迹，那日进了石头城，从他老宅门前经过。街东是宁国府，街西是荣国府，二宅相连，竟将大半条街占了。大门前虽冷落无人，隔着围墙一望，里面厅殿楼阁，也还都峥嵘轩峻；就是后一带花园子里面树木山石，也还都有蓊蔚洇润之气，那里像个衰败之家？"然而，整个贾家的内部已经是在"朽糟烂木"的状态，快要成灰了，正所谓的外强中干，等到连外表都维持不住的时候，这个家族就会土崩瓦解、灰飞烟灭。

贾母自嫁入贾府至今，已经五十多年了，第四十七回她说："我进了这门子，作重孙子媳妇起，到如今，我也有了重孙子媳妇了，连头带尾五十四年。"可以说是贾府由盛而衰的一个持续的见证者和参与者，用她的房中搜寻出的"百年人参"来隐喻整个贾家的命运，便非常顺理成章。这么一来，贾母的死亡和贾家的终结应该差不多在同一时刻，也就是同步并行的共构情况。可想而知，宁、荣二公这样死不瞑目，极力想要谋求一个起死回生的办法，便是因为现在真的是危急存亡之秋，而唯一可能力挽狂澜的人选——贾宝玉显然担负不起这一重责大任，只能眼睁睁看着这个家族崩溃，所以在末世的背景之下隐含了"无材补天"，即儒家济世理想的落空。

假设探春不是因为女儿身而必须远嫁的话，贾家事实上是真的有希望重振的，然而，一线希望竟然因为"性别"这种很奇怪的理由就破灭了，可想而知，这个家族有很多无可奈何的叹息，在字里行间让我们也深深感慨。

"全书系自悔而成"

就此而言，我要补充一个非常有趣的情节，这段情节出现于第十五回中，而大部分的读者或者研究者对它的解读和我是不一样的。秦可卿的弟弟叫秦钟，有很多的文章解释说秦可卿谐音是"情可亲"或"情可钦"，而秦钟就是谐音"情种"，大加发挥地主张这对姐弟构成了贾宝玉的性灵知己，体现了反抗礼教的"爱的价值"。我以前常常读到这样的说法，但对此充满了疑惑，当自己重新做研究之后，才发现事实上刚好相反，秦可卿涉及严重的乱伦，这个名字应该是谐音"情可轻"；而秦钟谐音"情种"本身并没有错，但是要怎么去理解秦钟谐音"情种"的意义，那就有很大的不同。

脂砚斋便认为他的名字谐音为"情种"，乃是全书的大讽刺处，讽刺这种人怎么配称"情种"！且看他的批语：

设云秦钟。古诗云："未嫁先名玉，来时本姓秦，"二语便是此书大纲目、大比托、大讽刺处。

可见这个名字完全是一个反讽，我同意脂批的说法，原因在于脂砚斋的解读完全相应于秦钟的若干不当作为。

首先，和秦钟发生了云雨情的智能儿是个尼姑，试问：你如果真的爱一个人，会不顾她的身份、不顾她的处境，不顾做这种事情会对她带来什么样的危险，就一味只想要满足自己的欲望吗？更何况，秦钟在强拉智能儿初试云雨之前，在路上看到某个村姑，还不怀好意地和贾宝玉说："此卿大有意趣。"这让宝玉很不高兴，其实他与秦钟两个人十分要好，可是一听秦钟这么说，便立刻将他一把推开，义正词严地对他说："该死的！再胡说，我就打了。"而这些事件的整个背景，竟然都是在他姐姐秦可卿的丧礼途中！唯一的亲姐姐死了，这是她人生的最后一里路，秦钟却在送葬的队伍中一心猎取女色，追求情欲满足，这样的人真的配称为"情种"吗？

再来看秦钟死前所说的一段话，更证明作者对于秦氏姐弟的塑造，并不是如今天一般读者所以为的，是要用来彰显情的超越力量、反对用礼教来衡量。第十六回秦钟在临死前，对宝玉叮嘱了一番和他往日所作所为完全背道而驰的遗言，他说：

> 以前你我见识自为高过世人，我今日才知自误了。以后还该立志功名，以荣耀显达为是。

乍看起来非常突兀又荒诞，一般读者就以本能反应，认为那其实是反讽。但我对这段话有不一样的看法，所谓"人之将死，其言也善"，这才是秦钟最后真正的价值观所在。何况如果我们把整体再做一个考虑的话，秦钟临死前的这番遗言更明显不是反讽，如果有反讽意味，那应该是反讽他竟然叫作"秦钟"，这才是真正的寓意所在。

由此，我对秦钟的"钟"给出一个不同的解释，即这个"钟"是暮鼓晨钟的"钟"，它提供了发人深省的警示，是一种得要历尽沧桑之后才能够听得懂的命运劝告，而秦钟正是在临死前给了宝玉这样的一个劝告。宁、荣二公希望宝玉"规引入正"，走的不也是这样一条道路吗？透过秦钟名字的反讽，乃至于他临终前"人之将死，其言也善"的转折，其实也隐含着作者自己的悔恨之意，而这和全书的"呜咽如闻""全书系自悔而成"等，又有高度的一致性。

脂砚斋又说，如果秦钟临终时没有讲这几句话，他就不是玉兄的知己了，因此特别提醒我们："读此则知全是悔迟之恨。"

这个"恨"字还是在说明曹雪芹他们无力回天、不能够承担家族存亡绝续的使命，由此所产生的一种莫大的自责和憾恨。而小说家为什么在秦钟死前给他这样一段遗言，以这个角度来说就一点都不突兀，他只不过是比宝玉更早悔悟到这一点。

在此要特别提醒，《红楼梦》是一部带有高度自传性质的虚拟创作，这点毫无疑义，只不过，把家族经历过的各种大大小小的事情写进小说，这并不叫"自传式"的写作。很多文学批评家考察各式各样的自传式写作，还有一些学者从学理上的各种角度来发挥，都清楚指出用自传体写作的冲动，包括《红楼梦》在内，其实都是和一种"忏悔式"的迫切感有关，换句话说，写自传背后的动机往往就是"忏悔"。

余珍珠先生也同意这样的说法，她在读了《红楼梦》篇首的作者自白之后，认为："整部小说在一僧一道所干预下的佛道梦幻寓言里又蒙上一层儒家思想的罪恶感。"确实，全书处处"呜咽如闻"全是自恨的表达，都是出于同一个机杼，所以她又说："自我忏悔构成写作的原动力，写作又成为自我救赎的契机。"因此，作者是透过写作使那种悔恨得到宣泄和调整。浦安迪先生也持这样的看法，他说："很多人基于《红楼梦》的自传性质，而误以为贾宝玉只代表作者自身的本相，就是混淆了创作者跟主角之间的关系，殊不知自传体的虚构作品也常常带有作者内省自己往事的反讽意味。"

通过这些林林总总的说法，我们可以很清楚地看到《红楼梦》是在这般"忏悔式"的情况之下，展开对前尘往事的追忆叙事，这个叙事行动是一种自我救赎，曹雪芹才会一笔一笔地把它们写下来，那忘不了的都是他所刻骨铭心的，也因此没有一个细节是浪费的。就此而言，在这样的一个叙事行动中，所隐含的究竟是他在和自己所在的那个世界相对抗，还是他因为不能维系他所在的世界而深感悔恨？这两个答案天差地别，是我们要仔细去区别的大问题，我的理解是倾向于后者。总而言之，澄清这一点之后，对于那种把贾宝玉、林黛玉作为作者的代言人，作为他所要彰显的一种个人主义的《红楼梦》解读角度，恐怕必须要有一些调整。

主人公为什么叫宝玉

接下来我们再仔细看看宝玉的前身，也即女娲补天剩下的那块石头，它到底代表了什么？是"人格价值"还是"人格特质"？人们常常说宝玉、黛玉这种人比较着重性灵、比较真率，而给予他们很高的人格评价，并往往会援引庄子的"真人"说来作为这种人格价值的理论依据。

然而，"人格特质"与"人格价值"是两种不同的概念，不幸的是绝大多数的读者往往混淆这两个层次，对于某一种人格特质，因为自己比较喜欢，就给它贴上了很好的价值标签，然后努力地渲染它、张扬它。但真的是这样吗？我们来看看曹雪芹到底是怎样塑造那块石头的。

首先，这块顽石是三万六千五百零一块中偏偏就只剩下的那么一块，很明显地，作者要为这样的特殊人格特质设定一个天赋，而给了他"畸零"的处境，将他这种"正邪两赋"而无法归类的独特材质，给出了一个神话式的解释。就他"畸零"的处境来说，以中国文化的价值系统来看，这是非常符合道家观念的，如《庄子》里说："畸于人而侔于天。"意指违背于人情世道，可是却会合乎天道，那么就能恢复天性，不至于被人为所限，是为道家逍遥理想的落实。相较之下，那派上用场的三万六千五百块石头，每一块都发挥了补天的功能，然而它们的生命也被定型，一颗一颗被钉死在天空中，我们远远望去可以看到满天的星星，但每一颗闪烁的星星说不定都带有一种"我必须恪遵职守"的重量。补天石固然发挥了才能，也对稳定这个世界有了巨大的贡献，但是就个体来说，也同时受到了限制。

道家宣扬"无用之为大用"的道理，果然畸零石幻形入世之后，整天在贾府中、更在大观园里非常逍遥自在，从某个意义来说，"无用"对个体而言可以是一种"大用"，这个思路是道家所提供出来的，为了让人在现实世界中面对这样一个巨大的价值失落而无以自处时，给自己另外一条出路作为安顿之道。

不过，毕竟这只是一种解读畸零处境的角度，从另外的角度来说，这样的逍遥事实上也可以说是一种人才的浪费，是功能的停摆，难怪第一回中提到甄士隐的本名"甄费"，脂砚斋提示那是谐音"真废"，暗指这位"禀性恬淡，不以功名为念，每日只以观花修竹、酌酒吟诗为乐，倒是神仙一流人品"的乡宦，对国家社会其实真是没用啊！

诚如林语堂先生有一句非常有名的话，他说：中国传统文人往往在得意的时候是儒家，失意的时候就成了道家。怀才不遇真的是一种很高度的自我否定，当事者必须承受着心理上的莫大煎熬，因此，人在不能肯定自己的时候，一定会想办法找出安顿自己的办法，道家就提供一个很好的思想体系。同时，《红楼梦》里也是在验证不同的价值观，有的时候道家占上风，有的时候又变成是负面的自我悔恨，绞合在一起非常复杂，不是可以绝对判分的。

石头有另外一个重要的品性，那就是坚硬执着。宝玉的顽强当然不用多说，他抗拒着先祖规引入正的规划，可是终究也得面对家族的沦丧以及自我的无可安顿。单就石头执着的特性，可以参考几则传统文献对此一性质的说明来给予佐证，例如《吕氏春秋·季冬纪·诚廉篇》提到："石可破也，不可夺其坚；丹可磨也，不可夺其赤。"石头可以被击破，但无法夺走它的坚硬；"丹"是一种红色的石头，可以被磨到粉身碎骨，但是从中萃取出来的红色颜料依然是那么鲜艳，毫无褪色。这当然是有道德训示在里面，意指君子的德性即"造次必于是，颠沛必于是"，是人不可丧失的一种最根本的坚持，而它所借用的就是石头的天赋品质。另外，《淮南子·说林训》里也提到"石生而坚"，可见坚硬执着便是这类东西最鲜明、最重要的特色。

但是不要忘记，女娲用来补天的石头已经不是单纯的石头，是五色斑斓的，而且还通灵能言。我在《红楼梦》的文本里就找到一个非常有趣的证据，打破了我们学术界一般以为的石与玉的二分，即：石头被视为自然、性灵和真我；而玉被视为文明、人为和假我。其实并非如此，"石"与"玉"根本不是二分，而是同一个东西，从第二十二回宝玉、黛玉之间的参禅对话便可以得到印证。黛玉说：

宝玉，我问你：至贵者是"宝"，至坚者是"玉"。尔有何贵？尔有何坚？

黛玉用宝玉的名字做文章，说"宝"和"玉"这两个字各有它的特性，一个是"宝"字所对应的珍贵，一个是"玉"字所对应的坚硬，黛玉请问拥有这个名字的人，你到底能不能达到这个名字的符号象征的要求？结果宝玉回答不出来。

其实，"宝玉"这个名字的象征意义非常重要，在贾府（注意不只是宁、荣二府，还包括其他的旁支）"玉"字辈的这一代里，除了宝玉以外，全数都是单名，比如贾琏、贾珍，宝玉早死的兄长贾珠，以及宝玉同父异母的庶出弟弟贾环，其他还有同族的贾琮、贾琼、贾璠、贾珩、贾玑、贾琛、贾璘，全部都是单名。当我开始用研究的态度来看《红楼梦》的时候，便觉得很奇怪，为什么只有贾宝玉的名字是两个字的复名？这么看来，它是有很特殊的寓意的。

一般所谓"玉"是代表欲望与假我，宝玉的一生就是要否定世俗、否定礼教以回归真我，这种说法实在过于简化曹雪芹在命名上的深刻用心，如果是那样的话，他叫"贾玉"就好了，为什么要多一个"宝"字？显然不能够把"宝"与"玉"当成一个同义复词来看待，"玉"和"宝"是有所区隔的。黛玉便很清楚地表示"至贵者是'宝'，至坚者是'玉'"，二者有着不同的性质，"贵"代表了世俗的价值，是可以用金钱来定义的一种社会范畴。但只有在人为的世界里才有所谓的"宝"与"贵"的存在，这根本不是大自然已然的常态，所以，"宝"是世俗世界的产物；"玉"则不同，玉并不被视为假的、世俗的东西，更不是欲望的体现，它质性坚硬，这很明显是回应石头的基本性质。

由此看来，我们对于贾宝玉的"玉"要重新理解，原来他的"玉"具有石头的特性，即"质坚"，但是又因为它有五色的美好，来到人间之后，它又落入了"宝"的那一种范畴，所以宝玉的矛盾挣扎就在这里。

总之，宝玉这个人很特别，接下来我的说法可能颇具颠覆性，我认为宝玉根本上不是庄学意义上被襃扬的"真人"、具有人格最高境界的"至人"，宝玉其实是一个瑕疵品，他是一个成长不完全，也因此找不到真正自我定位的矛盾体。我在脂批以及石头神话的安排中，找到了符合这个说法的很多设计，很难想象在儒家文化和入世思想这样具有主宰性、笼罩性的文化氛围之内，有作家会写一部关于所谓畸零者的"真人"的小说来进行反叛。当然他会寻求另外一个人生价值的出路，但儒家价值观仍然是一个主要进路，以这部小说来进行自我忏悔，而道家思想则是一种补充、一种平衡，属于退而求其次。

就这一点来说，在对石头神话进行反思时，我们能很微妙地发现这个神话的内部结构实际上也符合这个思考角度，挖掘到作为一个儒家事业的落空者，他怎样深深地感到自我惭愧，即所谓的"悔迟之恨"。如果回到儒家的系统，还可以发现神话学提供了另外一个解读的角度，所以，我们特别分析出一个重点叫作"从补天时废弃不用背后所隐含的神话思考"。它事实上可能指向一个我们过去没有思考过的面向，那就是这一块被弃的补天石隐喻了一个人在成长过程中的认同失败，即在"脱母入父"的过程中发生了重挫，陷入进退失据的困顿中。在这困顿之中，每一个存在者必然要努力去寻求另外一条肯定自己的道路，而此时道家所提出来那套思维刚好就得到了契合的余地。

以神话学的隐喻来看，补天前的炼石所象征的，便是要脱离自然世界，进入父系社会以及由父系社会所形成的象征秩序中，去承受责任、担当义务，为世界的运作付出。但是一旦被弃之后，大家所走的正轨在它身上就突然之间断丧了，它因此进入进退两难的困境中，一方面，石头被锻炼得通灵，被赋予灵性，已经拥有了许多入世的知识与准备，它不可能再退回到母亲的怀抱，在子宫的羊水里继续享受那种混沌的自由，以及完全的无忧无虑，可是一方面，它又被摒弃于补天事业之外，所以它也不能够真正成为父系社会的一员。用这个神话学的隐喻来说，补天时的锻造与目的本来是意味着"脱母入父"，由自然到文明的一个过程。

荣格（Carl G. Jung）的大弟子诺伊曼（Erich Neumann），他那一部《大母神——原型分析》堪称是神话学方面的权威之作，书中所论刚好对这一个现象有非常高度的适用性，也有原则性的诠释说明。他指出，所谓的"脱母入父"，其实就是逐渐放弃母性的原型世界，去和父亲的原型世界相妥协、相认同，慢慢变成了在诸多规范之下运作的世界中的一员。与此同时，其本人也会成为一个现存秩序的维护者，他不能够太任性，不能够按照自己的意想和节奏为所欲为，这就是在文明世界里大家都共同遵守的规范，而石头的锻造和它变化的方向刚好符合这个神话学的隐喻。曹雪芹接受中国传统文化，在女娲补天神话的运用中转化出一个新的形态，而这个新形态刚好又符合神话学的解读，据此而言，这块补天石作为贾宝玉的前身，它所展开的这一个成长过程其实是横遭中断的，并没有完成。

有瑕之玉

清代评点家二知道人于《红楼梦说梦》中也提到："女娲所弃之石，谅因其炼之未就也。"本来要补天所用的玉石为什么会被抛弃不用？有没有一种可能是因为它本身并没有被百分之百地炼造完成，换句话说它是个瑕疵品，所以才被丢弃，被排除在完整的作业程序之外？顺着这个思路，我们逐渐发现曹雪芹在设计贾宝玉的前身即畸零石时，很多地方都暗示了瑕疵品的特质。

第一回在和绛珠仙草有关的另一个神话中，这块玉石再次出现，绛珠仙草和一位神界的人物即神瑛侍者，彼此之间建构出一个所谓的"木石因缘"。关于神瑛侍者和石头的关系，学术界对这个问题有好几种不同的说法，一般主张那是两个不同的角色，而周汝昌先生则认为神瑛侍者应是甄宝玉。但如果从全书的结构，尤其是宝、黛之间从前生到今世的因缘这般紧密相连的关系来看，绛珠仙草也就是林黛玉的还泪对象一定是贾宝玉，这么一来，神瑛侍者必须就是那颗畸零玉石。再者，在超现实的世界里，畸零玉石幻化为可以自由活动的神瑛侍者，这也并不违背情理。

神瑛侍者的住所叫"赤瑕宫"，其中"赤"的意思毋庸置疑，这种颜色在《红楼梦》里是非常具有主导性的、也可以说是男主角最偏爱的一种颜色，并且对应了绛珠仙子的"绛"字。而赤瑕宫的"瑕"字是玉字旁的，正好神瑛侍者的"瑛"也是以玉为部首，都和"玉"有关，再度证明玉、石基本上是合而为一的，始终就是玉石。但这个以"玉"为偏旁的"瑕"字却又代表了玉的不完美，它是瑕疵，也就是玉上面的斑点，代表了完美被破坏的一种缺憾。这块玉那么通灵又那么美丽，是五色石，可是其住所的名称却有一个"瑕"字，旁边还有脂砚斋的批语，说道："按'瑕'字本注：'玉小赤也，又玉有病也。'""玉有病"的诠释就是脂砚斋所提供给我们的一个非常准确的线索，脂砚斋说神瑛侍者之所以住在"赤瑕宫"里，为的是呼应宝玉前身的"玉"，而这块五色石事实上是有病的，它是不健全的，这和用神话学的隐喻来解读补天时被弃的处境刚好若合符契。

除了赤瑕宫的"瑕"字是代表"玉有病"之外，作者在书中还寓藏了很多的苦心设计，尤其是第二回"冷子兴演说荣国府"那一段，贾雨村用"气论"这一套理论来诠释贾宝玉这一类人物的人格特质时，抛出了所谓的"正邪两赋"说。所谓的"正邪两赋"不只是说这些人十分独特秀异，不能用一般的规范来分类他们、限制他们，更主要的意义在于"正邪两赋"所隐含的另外一个意思——他们其实是"病态人格"，即不是很健全，在正气中又杂有邪气，但又不是百分之百的大恶之人。在没有办法归类的情况下，作者用这样一套"气论"来作为解释。

他们为什么属于病态人格？其实很简单，因为他们事实上是没有办法归类的，他们自己也无法找得到很合适的身份认同，就像当代哲学家查尔斯·泰勒（Charles Taylor）所说的："'认同'不是'自己是谁'的描述性问题，而是'自己是什么样的人'之叙事。这样的叙事是关于个人如何陈述自己的'道德领域'的问题，借此传达出个人的意义和价值。"因此，"身份认同"关涉的其实并不是阶级、职业、伦理角色等这些外在的归属，真正的问题在于你自己到底是一个什么样的人？你为什么而活着？你存在的使命究竟在哪里？以及该怎样去实现自我？这些才是真正核心的问题。所谓的"身份认同"绝对不是指在这个社会上找一个安身立命的地方，然后去扮演应该要符合这个结构位置的一些角色，其实它是要不断回到内心，去问自己究竟想要做一个什么样的人的问题。

如果用"身份认同"来理解宝玉的进退失据、失败的"脱母入父"状态，可想而知，这个人不矛盾是不可能的。他享受这样一个富贵场以及其所带给自己的温柔乡，得到非常高雅的一种炫耀式的品味，这已经变成他性格中的一部分，但除此之外，他不知道自己该继续做什么，以至于读者会发现，宝玉在全书中往往流露一种不负责任之感，他常常说只要我活着一天，有姐妹陪我一天，管他以后不以后。然而，要继续享有贾府的富贵场和温柔乡所带来的性灵上的安顿，首先就该维持这个环境，就得要做一些所谓的经济仕途之事，而这又是宝玉不愿意的，换句话说，宝玉抗拒的是他非做不可的事情，抗拒的是他现在赖以存在的那一种生活的前提。

作者除了用赤瑕宫的"瑕"来隐喻宝玉的不健全性格，另外还有一条文本作为呼应。第十九回袭人回家省亲，宝玉想念袭人，偷偷离开贾府跑去她家探望，袭人也趁这个机会把宝玉的通灵宝玉拿下来，小心翼翼捧在手心让家人传阅，袭人在这段过程中讲了几句话："什么希罕物儿，也不过是这么个东西。"意思是她每天都能看到，不觉得有什么稀奇，这番话里隐隐然有一种自得的优越感。但是除此之外还有别的隐喻，脂砚斋在此提供了一个非常有趣的呼应，他说：

　　然余今窥其用意之旨，则是作者借此正为贬玉原非大观者也。

这是要告诉我们，这颗玉真的没那么了不起，不是大家都心向往之的理想人格，它根本达不到"大观"的标准。

"大观"在《红楼梦》里隐含着很重要的意义，浦安迪先生提供了一个很好的说法，他认为"大观"的意思就是非常丰富、包罗万象，这个世界最完备的一切都浓缩在这里，但是宝、黛二人"以'自我'求全的角度来看，终难自安于宇宙之大。……正因把宇宙全体视为圆满，个人生活才必然有缺，《红楼梦》中大部分情节都被这种关闭式的悲剧所笼罩，而痛苦的写照又是小说家之所长。不过《红楼梦》作者却再三表明，若将'自我'的世界误以为宇宙整体，那便如十九世纪评注家王希廉所说，乃是管窥蠡测了"。当他们太局限在自我的世界里，而误以为自我就可以含括整个世界，这当然就是一种反讽：住在大观园里的那一块玉，它事实上并非大观。如果从这个角度来说，也许曹雪芹在告诉我们，一切的个人主义者都有一点水仙花般的自恋，误以为自己就可以含括整个世界，而这么一来，他反倒落入到一种非常狭隘的自我中。

而我的研究成果则指出，"大观"这个词源出《易经》，自古以来都是用来赞美君王的美德所实施的王道，风调雨顺、百姓安乐、边疆部族近悦远来，用我们今天的话来说就是实现了乌托邦。从元春的赐名大观、为正殿所提的对联，在在都证明这一点，详细的论证就不在这里多说了。而宝玉被作者贬为"原非大观者"，便表示他"于国于家无望"，第三回嘲讽宝玉的《西江月》二词，并不是一般人所以为的明贬暗褒，而是如实的客观评价。

总之，"玉"其实并非大观的一种价值体现，贾宝玉和林黛玉这两个"玉"字辈，还有《红楼梦》中名字中带玉的，通常都比较自我，例如妙玉，简直是黛玉的极端化版本，这些"玉"字辈的人，他们真的是自我比较鲜明，带有浓厚的个人主义倾向。从这个角度来说，《红楼梦》的作者恐怕不认为这样的人叫作"真人""至人"，他们其实是另一种的自我迷失，是不能够在群体中得到真正自由的自我限制者。这是我们对石头神话所做的另一个角度的反思，当然，既然是反思，它所提供的解答就会和一般所看到的很不一样，让大家知道原来经典其实真的可以有很多的角度去进行理解，而且可以更深刻。

娥皇女英神话

在《红楼梦》中，关于林黛玉的神话有两支，一是娥皇女英神话，一是绛珠仙草，这两支又以非常独特的方式合而为一，首先是娥皇女英的神话，娥皇女英神话原来是附属于政治神话中的一个派生神话。娥皇、女英是为尧的女儿，后来嫁给了尧的接班人——舜，在儒家对于过去黄金岁月的造神运动之下，尧、舜、禹、汤已经变成了圣王的典范，是完美政治的代表人物。娥皇女英神话述说舜南征之后死于苍梧之野，娥皇、女英追之不及，于是殉情来表达对爱情忠贞不移的坚持。

将这个神话记录得最完整的，是南朝萧梁任昉的《述异记》，此一文本比较晚出，叙事情节也比较完整：

> 昔舜南巡而葬于苍梧之野。尧之二女娥皇、女英追之不及，相与恸哭，泪下沾竹，竹文上为之斑斑然。

传说娥皇、女英面临生离死别，绝望之下投湘江殉情而死，并成为湘水女神，死前所滴下的眼泪染在竹子上，斑斑泪痕随着竹子世世代代的绵延而永存于天地之间，见证他们不死的爱情，此种竹后来就叫作"湘妃竹"。

这个故事乍看之下无比地凄美动人，属于最浪漫的爱情神话之一，但其实，在尧、舜禅让的政治美谈中魅影幢幢，充满了不堪细究的若干阴暗面。首先，娥皇、女英虽共事一夫，但三人彼此之间感情非常深厚，可为什么舜去南巡的重大决策她们却毫无所知，一听到消息之后才在后面追赶，结果形成一种天人永隔的憾恨？用这样一个悲剧的方式去收尾，很显然背离常情。其次，舜的南巡是发生在晚年，而人到暮年，年老体衰，一般来说都不大会在这个人生的黄昏阶段去挑战自己的体力——亲征南方的蛮族，因为御驾亲征已经是对体力的重大挑战，而舜南巡的所在又是偏远潮热、充满瘴疠之气的苍梧，更显得不合常理。

我们可以注意一下苍梧的地理位置，根据中唐白居易被贬到九江时所作的《琵琶行》里写道："我从去年辞帝京，谪居卧病浔阳城。浔阳地僻无音乐，终岁不闻丝竹声。住近湓江地低湿，黄芦苦竹绕宅生。"从这几句诗就可以知道九江的地理位置，其地与苍梧所处的湖南地区纬度相当。在舜的年代，这些地方更是荒凉，有哪一个帝王会不惜他的千金之躯涉险到南方，去征讨一个不是那么重要的"有苗"？再来看一则史录，《礼记·檀弓上》云："舜葬于苍梧之野。"郑玄注："舜征有苗而死，因留葬焉。"这就更不合情理了，中国传统的生死观讲究"落叶归根"，就算客死异乡，也要让遗体回乡落葬，更何况是拥有帝王身分的舜！因此，其中恐怕保留了一个被儒家美化过却又最真实的政治密码，也就是说，尧、舜、禹之间的王位传承，并不是我们所艳羡的那一种"传贤不传子"的无私禅让，而是血淋淋、赤裸裸的权力斗争。

而"成者为王，败者为寇"，一旦权力斗争失败，就会立刻被流放，哪里有准备的时间，果然舜的妻子们很晚才得到消息，所以非常惶恐，如果是一般的君王亲征，妻子是不必惶恐到这种程度的。根据这样的历史密码分析，再从这一段里所描写的全部行动，以及她们的心理反映，应该可以得到最合理的解释。舜最后果然孤独一人死在苍梧，在九疑山尸骨无存，娥皇、女英才会这么难过，因为她们连帮夫君归返故乡安葬的希望都达不到，最后只好用殉情的方式来陪葬。

在著名的诗作《远别离》中，显示李白也是对这段历史持此怀疑的，此诗写道：

> 远别离，古有皇、英之二女，乃在洞庭之南，潇湘之浦。海水直下万里深，谁人不言此离苦？日惨惨兮云冥冥，猩猩啼烟兮鬼啸雨。我纵言之将何补？皇穹窃恐不照余之忠诚，雷凭凭兮欲吼怒。尧舜当之亦禅禹。君失臣兮龙为鱼，权归臣兮鼠变虎。或云：尧幽囚，舜野死。九疑联绵皆相似，重瞳孤坟竟何是？帝子泣兮绿云间，随风波兮去无还。恸哭兮远望，见苍梧之深山。苍梧山崩湘水绝，竹上之泪乃可灭。

李白写此诗的目的是进劝玄宗要以江山为重，尧、舜便是殷鉴不远的史例，其中的"尧幽囚，舜野死"反映的正是残酷的历史真相。值得注意的是，《红楼梦》里所运用的"娥皇女英神话"并没有政治意涵，也不全然是爱情范畴，曹雪芹取用的是"洒泪成斑"的意象，而且他的用法并非来自原始的神话故事，而是经过了李白《远别离》的加工之后所衍生出来的，所以必须把李白这首诗考虑进来，才能够对《红楼梦》中的"娥皇女英神话"有更精确的把握。

那么，李白又是如何加工的呢？请看《远别离》的最后两句"苍梧山崩湘水绝，竹上之泪乃可灭"，李白采用了娥皇、女英的原始神话，又非常巧妙地结合汉乐府诗的凄美想象，才将诗句与诗境打造得更为精致感人。汉乐府《上邪》诗说道：

> 上邪！我欲与君相知，长命无绝衰。山无陵，江水为竭，冬雷震震，夏雨雪。天地合，乃敢与君绝。

这份直到世界末日的天长地久被李白吸收之后，使得娥皇、女英的眼泪和死亡结合在一起，成为曹雪芹诠释林黛玉形象的一个关键所在，即林黛玉将"泪尽而亡"的宿命。

除此之外，李商隐《无题诗》的悲剧性格也表达出类似的感慨："春蚕到死丝方尽，蜡炬成灰泪始干。"其中，"春蚕到死"以及"蜡炬成灰"也呼应了形体的消亡。从这些诗例可以发现李白"苍梧山崩湘水绝，竹上之泪乃可灭"的思维，在李商隐那里得到更鲜明的体现，其间确实有一脉相承的关系：

> 形躯的消亡——泪水的枯竭
> 苍梧山崩湘水绝——竹上之泪乃可灭
> 春蚕到死，蜡炬成灰——丝（思）方尽，泪始干

由这样的对照，我们可以清楚看到"情"直接关联于"眼泪"与"死

亡"，成为一体三面的共同表述。

由此可见，林黛玉泪尽而亡的结局，是在神话阶段的前身就已经透过"甘露灌溉、绛珠还泪"的缘法设定好的宿命，而黛玉的死在《红楼梦》中也有一些迹象。例如第四十九回里，各家的亲戚都投奔到贾府来，大观园空前热闹，薛宝琴、李绮、李纹还有邢岫烟都来了，大家团聚一堂很是欢喜，林黛玉也替她们高兴，可同时又感伤自己的孤弱无依，书中写道：

> 黛玉因又说起宝琴来，想起自己没有姊妹，不免又哭了。宝玉忙劝道："你又自寻烦恼了。你瞧瞧，今年比旧年越发瘦了，你还不保养。每天好好的，你必是自寻烦恼，哭一会子，才算完了这一天的事。"黛玉拭泪道："近来我只觉心酸，眼泪却像比旧年少了些的。心里只管酸痛，眼泪却不多。"宝玉道："这是你哭惯了心里疑的，岂有眼泪会少的！"

此时故事走到了中途，黛玉的眼泪已经变少，快要干枯，则更接近"泪尽而亡"的宿命，作者在这里暗示她的生命也已经是处在风雨飘摇之中了。

潇湘妃子

除了娥皇女英神话之外，关于林黛玉还有一支"绛珠仙草"的神话，作者设定林黛玉的前身叫"绛珠仙子"，"绛珠"这个名号来历如何，也是学术界很热衷的一个课题，它其实与娥皇、女英一样也有一些元素上的重叠。脂砚斋于第一回"有绛珠草一株"句夹批云："点'红'字。细思'绛珠'二字岂非血泪乎。"脂砚斋认为"绛珠"是在投射"流泪成血、化而为珠"这样的意象。清代评点家姚燮《读红楼梦纲领》也说："泪一日不还，黛玉尚在，泪既枯，黛玉亦物化矣！"意思是说，只要黛玉的眼泪还没还完，她便还会活着；当眼泪哭干，黛玉也就走向死亡。换句话说，眼泪就是黛玉的生命线，直到泪水流到最后一滴，黛玉的生命气息也才会完全抽离散尽。

《红楼梦》是一部结构与其寓意象征始终紧密呼应的伟大著作，在第四十九回时，故事已经走到一半了，所以黛玉说："近来我只觉心酸，眼泪却像比旧年少了些的。心里只管酸痛，眼泪却不多。"这表示她的泪水已经逐渐枯竭，那么黛玉大概的死亡时间，恐怕就不是后四十回高鹗续书所安排的那样，于第九十八回"苦绛珠魂归离恨天，病神瑛泪洒相思地"才发生，而是还要更早，且看下文的说明。

关于黛玉、泪水、湘妃竹、绛珠草之间的关系，我们先看第三十七回大观园里初结海棠诗社的情节。结诗社是一件很风雅的事情，黛玉说："既然定要起诗社，咱们都是诗翁了，先把这些姐妹叔嫂的字样改了才不俗。"大家一听都欣然同意。就在各自或互相取名的过程中，黛玉因为学问好，头脑又非常灵敏，口齿更是伶俐，一有机会就要调侃别人，当探春自称"蕉下客"时便先被她调侃为一只鹿，叫大家牵了去做成肉脯配酒吃，但探春并没有生气，反而笑道：

"你别忙中使巧话来骂人，我已替你想了个极当的美号了。"
又向众人道："当日娥皇女英洒泪在竹上成斑，故今斑竹又名湘妃竹。如今他住的是潇湘馆，他又爱哭，将来他想林姐夫，那些竹子也是要变成斑竹的。以后都叫他作'潇湘妃子'就完了。"大家听说，都拍手叫妙。林黛玉低了头方不言语。

请注意黛玉的反应：以我们对黛玉性格的了解来推测，如果她不喜欢这个外号，她应该会怎么反应？她可能又要哭了，但结果是"林黛玉低了头方不言语"，显然她很接受这个别号。在《红楼梦》中，凡是黛玉低着头或不说话，通常都表示她喜欢，或认为还可以，并默许之。既然探春所援用的潇湘妃子是女神，她们的神话也是非常美丽浪漫的故事，所以黛玉没有理由不喜欢。当然，探春不会算命，她这番话不是为了要预告黛玉的未来命运，可是探春背后自有一位作者以此对黛玉的命运做出暗示："如今他住的是潇湘馆，他又爱哭，将来他想林姐夫，那些竹子也是要变成斑竹的。"这里其实藏着一些隐微的线索，假如从全书背后那个胸有成竹的作者的全局视野来考察的话，这就暗示了黛玉将来会泪尽而逝、青春早夭的命运，肇因便是对宝玉的担忧与思念。

探春口中的"林姐夫"一定是贾宝玉，不但作者是这样规划，书中各处也是很鲜明地在强化这一点，于是她想"林姐夫"，然后洒泪成斑，接下来病重而死。对于八十回以后的情节发展，学术界已经有一些很合理的推论，这些合理的推论是根据全书的情节布局而来，既然在第四十六回时，黛玉"说话之间，已咳嗽了两三次"，紧接着第四十九回便写到黛玉的眼泪变得少一些，可见病况日渐恶化，于是到了第七十九回是"一面说话，一面咳嗽起来"，那么她应该于第八十回后很快就走到生命尽头。

　　根据学者的考察，在第八十回之后没有多久，贾府即被抄家。抄家的程序是男女要隔离审讯，男子们集中在一处，女眷又是在另外一区，在这样见不着面的情况下，势必十分忧心悬念，而第四十九回时，她的眼泪已经不多了，所以抄家时，她的眼泪大概所剩无几，加上又非常担心宝玉，更是加重病情。从第四十多回一直到第八十回，至少有三次提到林黛玉才讲没几句话，就已经咳嗽了好几遍，黛玉的身体羸弱至此，完全没有办法负荷如此重大的精神压力，已经病势沉重的黛玉禁不住忧思挂心，终于溘然长逝。

　　等宝玉恢复自由回来以后，景物全非，他在早已人去楼空的潇湘馆前徘徊，眼前一片"落叶萧萧，寒烟漠漠"，内心无限悲戚。后来宝玉是在清醒自觉的状况之下，心平气和地和宝钗进入婚姻的，当宝玉过了一段非常短暂的婚姻生活，更领略红尘的种种喜怒哀乐，而终于大彻大悟，最后他才"悬崖撒手"。"悬崖撒手"是佛教用语，意思是求道之人有如在悬崖边的危急状态下，放掉对人世间的执着，在"不涉阶梯，悬崖撒手"的当下，弃舍"我执"，就可以飘然到一个自由的天地。"悬崖撒手"是《红楼梦》的评点者脂砚斋常常用到的一个词，这个词在甄士隐出家的时候第一次出现，而甄士隐是全书中第一位出家的人，也预告将来宝玉会走上这样一条出世的道路。

　　我们推测，曹雪芹对宝玉与宝钗的联姻设计也绝对不是高鹗所写的那样。续书中一边是热热闹闹的洞房，一边是苦绛珠魂归离恨天，就戏剧张力来说，确实在艺术上有很高超、很精彩的美学表现，但如果就《红楼梦》前八十回的暗示和作者预先设定的布局来说，恐怕续书的苦心是白费的。

绛珠仙草

回到林黛玉的神话，前面我们已经看到，除了"潇湘妃子"也就是娥皇女英的神话之外，还有一个是绛珠仙草的神话。而绛珠仙草的神话来源不像女娲补天那样明确，20 世纪 60 年代时，学者李祁考证说绛珠仙草就是《山海经·中山经》所提到的"蓇草"，再加上《文选·别赋》李善注引宋玉《高唐赋》（这段文字可能是佚文，如今《高唐赋》里并没有这一段）所云："我帝之季女，名曰瑶姬，未行而亡，封于巫山之台，精魂为草，寔曰灵芝。"其中所说的"未行而亡"意指没有出嫁便去世了，而这也是林黛玉的命运，故而"绛珠仙草"被等同于"灵芝"。

这说法在学术界很普遍地获得采信，但是我个人并不同意，原因在于这个推论的过程不太严谨，"绛珠"固然在隐喻上是指"血泪"，然而它到底是指红色的果实还是叶片上红色的斑点？在这个前提都没有办法决定的情况之下，就从六朝到《山海经》跳跃式地得出结论，还缺少一些证据；最重要的是，《山海经·中山经》里的"蓇草"是一种特殊的药草，功效是"服之媚于人"，服食它之后，可以"媚于人"，简单说就是取悦别人、讨人家的喜欢，而"媚于人"这个形象和黛玉简直是背道而驰。

在我看来，绛珠仙草不必有什么特别的神话来源，这只是曹雪芹用血泪的形象为林黛玉量身打造的一个神话，不一定要去比附过去的神话素材，甚至必须说，我经过研究以后，发现绛珠草上的血泪，恰恰相当于湘妃竹的斑斑泪痕，换句话说，绛珠草就是湘妃竹的另一个投射，绛珠草等于是仙界的湘妃竹，而湘妃竹就是人间的绛珠草。

此外，我们可以进一步注意到这棵绛珠仙草所植根、所生长乃至于夭亡的地点。根据第一回叙述，绛珠仙草长在"西方灵河岸上三生石畔"，三生石的"三生"表达的就是超越生死、绵延不断的追求与向往，重点在于"灵河"，我个人认为，"灵河"的意涵比较接近于佛教里的"爱河"，在《楞严经》中有"爱河干枯，令汝解脱"八个字，意指等"爱河"干枯，才真正能从这样陷溺缠缚的宿命中超越出来，这简直和黛玉的"泪尽而逝"如出一辙；又《般若心经事观解·序》云："众生迷心，受五蕴体。溺于爱河，中随风浪，漂入苦海，不得解脱，徒悲伤也。"事实上，"情"及其衍生出来的许多欲望会使人陷溺，有如渡一条河，一个不懂得游泳的人只能挣扎不已，然后灭顶，好比你渴望和谁永远在一起，或特别想要得到什么东西，一有这样的贪爱之心，就会执着而不离，犹如水浸染于物，透入内里，故而以"爱河"来加以比喻，"爱"是指七情六欲，"河"是指执着和陷溺。可河流只有到海才会消失，那么人也只有到死才能解脱，这样无明的一生，难怪会让清醒的人感到悲伤了。

如果从"灵河"也就是"爱河"的这一个理路来解释，刚好可以配合黛玉的"泪尽而逝"。我后来发现这样的想法原来脂砚斋早已提到过了，第三十五回回末有几句总评："爱河之深无底，何可泛滥，一溺其中，非死不止。"另外一位清末评点家华阳仙裔，在《金玉缘·序》中也有类似的说法："绛珠幻影，黛玉前身，源竭爱河。"只有等到"爱河"的水源枯竭之后，林黛玉的陷溺才得以解脱，那正是她眼泪流干、生命走向终点的时刻。

整体来看，为林黛玉所设计的娥皇女英以及绛珠仙草的神话，彼此之间有几个有共通的元素：首先都有很强烈的"情"贯穿始终，可是这个"情"带给她们的既不是生命的喜悦，也不是肯定了一种存在之幸福的莫大温暖，相反地，在娥皇女英和绛珠仙草的故事中，"情"都使她们充满着眼泪，最终也都导向死亡。你会发现这是"情—眼泪—死亡"三位一体的共构，而这又和女性的身份、女性的存在处境息息相关。

眼泪作为一种勒索

表面上，《红楼梦》是一部彰显女性价值的小说，宝玉常常贬低男性，觉得男性污秽肮脏，只有少女才会让人觉得清爽，女性甚至是廓清因人类文明而被污染的世界的一股清新力量，书上说："女儿是水作的骨肉，男人是泥作的骨肉。"作者不断谈到少女的钟灵毓秀，总之是要有别于被污染的男性世界。

但是，我在考察这个神话的过程发现一些迹象，以至产生很大的疑惑，从而发现《红楼梦》的女性神话不自觉地折射出曹雪芹自己都没有意识到的、也因此是根深蒂固于男性作家内心深处的性别歧视，他事实上仍然觉得女性是一个接受者、被给予者，是为了爱而牺牲甚至可以断送生命的"第二性"！

我们可以看到，女儿的"情"延伸出来的都是眼泪和死亡，是苦难、是悲哀，可是男性的"情"却并非如此，宝玉总是高高兴兴地付出，何尝坐困愁城？可见曹雪芹在著作过程中有着不自觉的"性别歧视"，并非如一般人所认为的"反传统、反礼教"。作者为林黛玉所量身打造的两个神话系统——一个是娥皇女英，一个是绛珠仙草——其实在结构或者构成要素上有完全重叠的地方，也就是说，女性的爱情和眼泪、死亡成为一体三面的共构表述，基本上构成了这两个神话系统非常一致的核心要素。不管这是曹雪芹自觉想要这样去塑造的，还是他不自觉地反映了潜意识中对女性生命形态的某种感知，总之，这种女性之爱是不够健全成熟的。

下面分两个层次来谈这个问题。首先是眼泪，眼泪代表了何种存在？哭泣过的人应该都深深知道眼泪被酝酿出来的心理状态，然而却不一定都知道眼泪所代表的意义，因为哭泣的原因形形色色。假设一个人经常用眼泪来作为情绪的表达，这个现象有没有一些心理学上的解释，可以让我们去理解其内心的一些幽微状态？眼泪背后隐含的心理的状况到底是什么？这样的人的心理需求是什么？下面我提供西方学者的一些相关思考，他们对这个问题的思考远超过我们。

史蒂夫·尼尔（Steve Neale）在对剧情像催泪弹一样曲折感人的通俗剧（melodrama）的研究中，他注意剧中人物的眼泪不只是象征着一种无力感。一般人以为眼泪就是弱势者或不幸的人无可奈何、感到委屈的时候才宣泄出来的一种表现形态，但其实眼泪更向着一个会有反应的他者去流，本质上相当于用眼泪向对方"挂号"，显示了一种"水仙子自恋式的力量"。这里有一个非常重要的限定描述词就是"有所反应的人"，如果对方对你的眼泪没有反应，那么你会很自动地（虽然不一定是刻意地）停止向他/她流眼泪。很有意思的是，一个很爱哭的人通常都是他/她一哭，周围便会给予回应，比如给予有形或无形的抚慰，所以说，眼泪变成了一种变相的情感需索。

在《红楼梦》中，眼泪从春流到夏，从秋又流到冬，终其一生流泪的人就是林黛玉，而她的眼泪对象基本上都是贾宝玉，只要她一哭，宝玉便立刻打叠起千百般的温言款语，一万声的"好妹妹、好妹妹"，耐心地慢慢劝她回转。

一般人没有注意到一件事情，那就是林黛玉在贾府中，其实是一个备受从上到下众人爱宠的宠儿，也因此让她发展出高度自恋的人格形态，这个宠儿基本上是有些随心所欲的，她的眼泪则是这种随心所欲的形式之一。有一段和妙玉有关的情节最足以说明这一点，身为黛玉之重像的妙玉，她的个性比黛玉有过之而无不及，在全书中，妙玉最不客气的对象，除了贾宝玉大概就是林黛玉，而在贾府里只有妙玉敢当面对黛玉呛声批评，我也是读了很多年、很多遍的《红楼梦》之后才赫然发现这一点。

这段情节是第四十一回刘姥姥逛大观园，在贾母的带领之下，一行人来到了栊翠庵，妙玉与宝玉、黛玉等去喝梯己茶，也就是藏起来只给自己人喝的最好的茶。而之前招待贾母时，妙玉特意用旧年蠲的雨水泡茶，那已经是行家都很喜爱的上好的珍品，于是黛玉很自然地顺势问她，现在这个茶是否也是旧年的雨水。没想到妙玉冷笑道：

> 你这么个人，竟是大俗人，连水也尝不出来。这是五年前我在玄墓蟠香寺住着，收的梅花上的雪，共得了那一鬼脸青的花瓮一瓮，总舍不得吃，埋在地下，今年夏天才开了。我只吃过一回，这是第二回了。你怎么尝不出来？隔年蠲的雨水那有这样轻浮，如何吃得。

这可是绝无仅有的奇景！关于宝、黛遭人白眼的情况，清末评点家姚燮已注意到，他在《读红楼梦纲领》中说："宝玉过梨香院，遭龄官白眼之看；黛玉过栊翠庵，受妙玉俗人之诮，皆其平生所仅有者。"当全书中最敏感、最脆弱的林黛玉面对如此毫不客气的奚落，我们会觉得这恐怕要引起重大灾难，试想：如果是宝玉这样说话，肯定就是世界末日。但是，黛玉这里的反应却出乎读者的意料之外，也完全和读者所认识的林黛玉背道而驰，她竟然完全没有生气，也毫不计较："黛玉知他天性怪僻，不好多话，亦不好多坐，吃完茶，便约着宝钗走了出来。"她默默退出现场，不把难堪放在心上，一场风波就这样无声无息地无疾而终。这不是很特殊的反应吗？

再进一步想：当所有人都对多心的黛玉小心翼翼，生怕哪一句话让黛玉听到之后会引发激烈的情绪反应时，只有妙玉完全不在乎她，用最直接、最激烈的语言当面贬低她，这种完全天壤之别的对待方式，很启人反思。更发人深省的是，当人家对黛玉小心翼翼地呵护时，她偏偏是最放纵自己的个性、最放任自己的情绪，眼泪特别多；可是当有一个人完全不理会、不体贴她的时候，她突然之间变得很独立、很成熟，眼泪也因此消失得无影无踪。

简单说来，这样的眼泪来自一种"水仙子自恋式的力量"，故而眼泪常常和自我中心是结合在一起的。有些爱哭的人，其实是因为太把眼光聚焦在自我身上，须臾不离自己的得失及喜怒哀乐的感受，所以才会用眼泪的方式很快地表达自己小小的一些感应，我们在现实生活中常常可以看到爱哭的人比较自我中心，通常也比较自怜与自恋。

奥地利心理学家阿德勒（Alfred Adler），虽然年纪只比弗洛伊德小几岁，但算是他的学生，后来并不满意弗洛伊德把所有人的性格问题以及各式各样的心理障碍，都归诸"力比多"（libido，即性力，泛指一切身体器官的快感）的不满足，他认为大多数人在人格成长上所遇到的问题，主要其实都是来自童年的经验。阿德勒最重要的、当然也最令人印象深刻的理论贡献，是他对于"自卑感"的分析，"自卑感"到底怎么来的？"自卑感"又要如何超越、如何转化为对成长进步的正面力量？阿德勒有一本书《自卑与超越》，里面提到自卑者尤其是受宠的孩子，在受到一些挫败的时候，往往会用两种方式来表达，那就是"眼泪"与"抱怨"，阿德勒把它们称为"水性的力量（water power）"。用"水性"来作修饰词，就表示此种力量不是那么刚烈，不是那么直接，不是立刻可以强烈感觉到，但那是通过一种比较柔软甚至潜在的方式对别人发出指控。眼泪是一种无声的抱怨，而抱怨可称为"眼泪的言语化"，这两种"水性的力量"在人与人的交往互动中出现的时候，就是破坏合作并将他人贬入奴仆地位的有效武器。

因此，从心理学的角度来说，眼泪不只是对有反应的人才会释放出来，当它释放出来的时候，也不只是流泪者在寻求心理抚慰，其实更是一种让自我凌驾于他人之上的方式。了解了这一点以后，将来当我们开始要掉眼泪，心里觉得这个世界如何不公的时候，真的要提醒自己一句话："世界并没有欠我。"这时，心理立刻就会舒缓很多，可以平和坦然。

在《红楼梦》中，林黛玉确实是最为"孤高自许、目无下尘"的，"孤高自许"还没有什么大问题，因为要怎么看待自己那是每个人的权利，但是如果因此而"目无下尘"，眼中根本没有别人的存在，那就不仅是"高傲"，而是一种"傲慢"，并不足取。这样的性格设定，和黛玉以眼泪相始终的神话设计也有内在相通的地方。

人类中心主义

不止如此，关于眼泪有时候反映的，是人格上还不够健全成熟的本质，我们要特别把眼泪与黛玉的情感形态结合在一起加以说明。就此，需要先对绛珠仙草神话再进行一个额外的分析，才能够接续到为什么在这两个神话里，女性的生命都被设定为和眼泪、死亡紧紧相连成为一个共构模式。

绛珠仙草的神话里其实隐含了好几个层次的歧视意识，首先，绛珠仙草神话源远流长，属于先民时期的植物崇拜，在当时的"万物有灵论"之下，先民觉得动植物都有非常超越的性质，绛珠仙草中有个"仙"字，即说明它是一株超越凡俗的植物，尤其在魏晋之后的传统仙话中，仙草与玉石往往并出且互相依存，玉石旁往往就长有仙草，另一旁可能还有醴泉，它们都具有长生不死的功效。

而小说中，与神瑛侍者合而为一的这块顽石作为仙境中的通灵存在，与名号中有个"仙"字的绛珠仙草，都是神圣空间中超凡脱俗的产物，而且它们并存的模式和传统的仙话是很接近的，不过曹雪芹在吸收了传统仙话的表达方式之后，他做了一些颇具颠覆性的转化和改造，神瑛侍者依然很活跃，同时拥有甘露可以来灌溉仙草。参照另一部古典长篇章回体小说《西游记》，里面提到"甘露"是观世音菩萨所有，装在她手中的净水瓶里；人参果树是神圣伟大的植物，它的果实也可以让人长生不老，观世音菩萨的甘露竟能让人参果树起死回生，同样的情况，神瑛侍者也用甘露来灌溉仙草，让奄奄一息的绛珠草获得了延续生命的能量。

然而，这样的情节安排中其实隐藏了一个非常不平等的性别结构。照理来说，绛珠仙草本来就应该是长生不死，可是在曹雪芹的笔下，它和凡俗生命一样也是会死亡的；神瑛侍者则依然拥有神仙特权，可见他们在仙话世界中本来平等的地位已经受到倾斜。作为女性前身的绛珠仙草不但被褫夺了长生不死的能力，而且更重要的是，它成为一个柔弱的接受者，必须接受外力的帮助才能生存，这里不但有性别差异，而且"施"与"受"的关系也完全符合我们一般所认知的性别的常态。原来曹雪芹在运用"仙话模式"的时候，他已经将玉石与仙草之间的平等关系，改造为一种"施"与"受"的不平等关系，这也完全符合他们幻形入世之后男女不同的心理、气质以及性别地位。

第二，绛珠仙草神话里也充满了一种"人类自我中心主义"或者"大人类主义"。作者说这绛珠草得到了神瑛侍者慷慨的灌溉，"始得久延岁月。后来既受天地精华，复得雨露滋养，遂得脱却草胎木质，得换人形，仅修成个女体"，初读《红楼梦》时，这几句话就隐隐然让我不安，后来经过仔细研究，发现其中确实大有问题。问题有二，首先，试看绛珠草脱却草胎木质而得以换成人形，这一转变向度暗含了一种"以人为尊"，把人类的生命形式当作万物最高级形态的傲慢思维，好像在形形色色的生命体中，只有人类才是一种最高级的有灵慧的特殊生命，所以草木才向人类的形式去转化。就这样，仙草原先的神圣性也被褫夺了，它被视为是不如人类的一个比较原始的、次等的生命形态。

然而，在中国的志怪小说背后有种怪诞思维，即认为生命体和生命体之间其实没有判然二分的界限，它们彼此之间可以互相转化，这样的一种"变形逻辑"最哲理式的呈现便是"庄周梦蝶"。庄子在提到这个蕴含"齐物"观点的梦境经验时，说他和蝴蝶是平等的，没有地位的高下之分，他甚至快意于自己能够突破人类没有翅膀的笨重身体而变身为蝴蝶，享受到一种栩栩然的逍遥自由，在庄子那里，明显有一种万物平等的齐物思想。

但除了庄子以外，人类的这种自我中心就在所难免了，它渗透在中国常见的小说中，其变形向度有着高度的倾向性。根据日本汉学家中野美代子的观察，她发现中国志怪小说中的"变形逻辑"，是从人类以外的其他生命形态变为人，其他物种努力地修炼进化，以人类生命形态为最高目标。中野美代子把这种变化模式叫作"向心型的变形逻辑"，它以人类为中心。相比之下，欧洲神话里的"变形逻辑"则是"离心型"的，脱离人类本位向动物变形，例如宙斯变成天鹅，达芙妮变成月桂树以摆脱宙斯的追求。

根本地说，中国文化很早期就奠定"人本主义"传统，"以人为尊"的思考模式已经是根深蒂固，《红楼梦》也承袭了这个文化特征。以"向心型"的变形逻辑来说，林黛玉的前身反而是一种次于人类的低等生物，如果将第二十八回林黛玉的抱怨和神话设计结合在一起，读者就更可以理解其中的意思了。这一回写元妃在端午节赏赐礼物给大家，结果只有宝钗和宝玉是同一个等级，黛玉则和探春、迎春、惜春等姐妹辈是一样的待遇，宝玉便怀疑是不是送错了，他问道："怎么林姑娘的倒不同我的一样，倒是宝姐姐的同我一样！别是传错了罢？"袭人回答说："昨儿拿出来，都是一份一份的写着签子，怎么就错了！"这里当然表达出元妃对于宝二奶奶人选的一种暗示，虽然是暗示却也很明显，又加上"金玉良姻"预言透过薛姨妈的转述已变成人所共知，于是黛玉心里很委屈，借这个预言表达说："我没这么大福禁受，比不得宝姑娘，什么金什么玉的，我们不过是草木之人！"

"草木之人"是在回应她的前世，那一株绛珠仙草，然而林黛玉并不知道自己是由仙草变来的，所以是作者安排让她说出"我们不过是草木之人"。在小说的陈述脉络下，"草木"非常明显地就是一个低于金玉、比较次等的物种，这其实与神界的那棵绛珠仙草被褫夺长生的权利，在变形逻辑中被降格为低人一等人的生命，其实都是互相呼应的。当然这一点不是一个大问题，毕竟小说的创作者和读者都是人类。

第二性

第二个让我非常不安的地方，在于"幻化人形"之后还加了一句"仅修成个女体"，绛珠仙草努力修成人形，然而作者用了"仅"字，这个字代表一种有所不足、带着缺憾的意思，这么一来，"仅修成个女体"这句话便意味着原来女性生命体是修炼不够完善时的劣等产物。由此进一步揭示了女性其实是次等人类，也就是西蒙・波伏娃（Simone de Beauvoir）所说的"第二性"，而这样的性别价值观事实上不但符合儒家的思想，同时也吸收了佛教的"转身"思想。"转身"概念在佛教经典中非常普遍，在佛教看来，女体比男体少修五百年，且带有更深的业障，因此有"男身具七宝，女身有五漏"之说，女性注定难以超脱苦海，遑论成佛。

再进一步阅读，我发现我的不安在持续扩大中。在前五回的叙事里，有几个女儿构成了她们父亲生命中最大的缺憾，比如第一回中，甄士隐出身苏州当地的望族，属于我们都梦寐以求的社会位阶，甄士隐的性格也非常完美，他"禀性恬淡，不以功名为念，每日只以观花修竹、酌酒吟诗为乐，倒是神仙一流人品。只是一件不足：如今年已半百，膝下无儿，只有一女，乳名唤作英莲，年方三岁"。大家注意到了吧，甄士隐的神仙生活中唯一的缺憾，竟然在于他唯一的下一代是个女儿，其中的逻辑我们都非常熟悉，我们就是在这样的一个文化圈长大的。

还不止如此，在林黛玉身上也再现了这样的性别差异观。第二回中，黛玉的父亲林如海进士出身，林如海之祖还袭过列侯，所以林家也是钟鼎之家、书香之族，但"今只有嫡妻贾氏，生得一女，乳名黛玉，年方五岁，夫妻无子，故爱如珍宝，且又见他聪明清秀，便也欲使他读书识得几个字，不过假充养子之意，聊解膝下荒凉之叹"。这一段叙述和关于甄士隐的那番话完全一样，女儿只不过是退而求其次的替代品而已！如果把这些观念全部整合在一起来看，我们真的还能相信《红楼梦》只有标榜女性价值的单一性别观吗？我们真的要这样简化小说中的复杂吗？

更值得深思的是，情感对女性而言，往往是构成危机的重大来源，甚至会毁灭她整个生命，不像对于男性来说，往往是让他们体会到幸福、感受到生命泉源的一种美妙体验，这就是为什么"情"和女性相结合的时候，往往会和眼泪、死亡共构的一个最根源的意识形态。法国存在主义作家西蒙·波伏娃在她的经典作品《第二性》中，对女性的各个方面具有非常犀利的洞察，也做了大胆直接的剖析，她指出"爱情"这个词对男女两性有完全不同的含义。男人的爱情是与他的生命不同的东西，对男人而言，爱情和生命是可以分开的，当他失去爱情的时候，生命还是可以好好地存在，如果有些男人在爱情中也产生了想要抛弃一切的愿望，他们准保不是男人。照西蒙·波伏娃的这个解释，有一些失恋的男人去自杀，那就表示他心理上比较像女人。而女人常把爱情当作生命中最重要或最高的目标，在爱情中通过沉迷于另外一个人而达到她自己的最高生存，因此为了爱可以牺牲很多东西，所以大多数女人在婚姻中变成某某人的太太，某某人的妈妈，从此之后她的自我就不见了，变成一个附属品。

波伏娃说，希望有一天这一切都会改变，女人能以强者而非弱者的态度去体验爱情，也就是说，在爱情中她不是为了逃避自我，而是为了要面对自我；她不是要去贬低自我，而是要去确定自我，认识自己究竟是谁？究竟想做什么样的自己？叩问自我存在的使命乃至意义在哪里？这些是女人自己应该去独立面对的问题，而不是透过爱情来解决掉这一切。她希望有那么一天，爱情对于女人就会如同对于男人一般，都变成生命的泉源而非生命的危机。波伏娃也语重心长地表达出她的忧虑：在这一天来临之前，爱情根本上是女性生命的祸根，这个祸根用一个最动人的形式来表现，沉重地束缚着女性，而女人则是不健全的，她对自己无能为力。由此可见，包括眼泪、爱情对于女性的意义，爱情给女性带来危机甚至导致死亡，这些背后其实都有一种对女性的刻板印象，以及对她们生命形态的限制。

我觉得波伏娃的说法可以很好地用来解释林黛玉的人格特质，黛玉整个人很偏执地投入在某一种自恋或自溺中不思解脱，反倒是在与妙玉的相处中，读者才看到黛玉的豁达、坦然与成熟，这真的是一个很值得思考的问题。我引述西蒙·波伏娃的话，除了是来阐述林黛玉的性格特质，其实更是要借机说明：每一个人都应该要独立面对自己人生的问题，不要把自己变成人生追求的附属品，而应该成为人生追求的主人。

少女崇拜意识

我意识到曹雪芹可能不自觉地反映了他潜意识里根深蒂固的性别歧视，还不只上述所言，此外，第二回冷子兴演说荣国府时，提到贾宝玉时所说："虽然淘气异常，但其聪明乖觉处，百个不及他一个。说起孩子话来也奇怪，他说：'女儿是水作的骨肉，男人是泥作的骨肉。我见了女儿，我便清爽；见了男子，便觉浊臭逼人。'"宝玉的这段孩子话，读者都已经耳熟能详，甚至成为《红楼梦》中女性至高无上之价值观一种标语式的经典表达。我们总认为这话彰显了贾宝玉——当然背后代表了曹雪芹——的少女崇拜意识，想让女性的那种清新、美好来驱散男性在竞争中所创造出来的污秽、浊臭，但这段话里其实有一个逻辑谬误，稍微有一点逻辑训练的人就会知道它的问题在哪里。

让我们仔细琢磨："女儿"在传统汉语里有两个意思，一个指人家的女性后代，另外一个就是指未出嫁的少女，很明显地，在《红楼梦》里说到女儿时大都是少女的意思。可是在宝玉的这段话中，"女儿"的比较对象不是同样未婚的十几岁青春少年，而是成熟生命形态的男子，是具有独立的责任权利义务等的社会成员，要忧心家族甚至家国等种种问题，根本不可能那么天真无邪地保有一种来自天然的清新。如果依照严谨的逻辑，对等的比较应该是"男人"和"女人"相比，"女儿"和"少年"相比，而宝玉却将成人阶段的男人与未出嫁的女儿作不对等的比较，其结果完全不能够凸显女性的价值，反而更证明女儿只是一个受限于特别的客观环境之下的生命形态而已。

因为未出嫁的女子生活在原生家庭里，人际关系非常单纯，不需要多少功利思考，其生活形态当然可以非常清新，可是不要忘记，当她出嫁之后，就要变成人家的太太、人家的媳妇，而且正常的话，一年之后就会变成人家的母亲。女性婚后进入陌生的大家庭里，便得面对很复杂的人际关系，其压力之大不是一个单纯的少女可以想象的。随着婚姻的到来，女性的心灵状态也会产生重大的质变，对宝玉而言，她的价值也就逐渐走向沦落，所以宝玉这段话赞扬的是女儿而不是女性，这是贯穿《红楼梦》的一种偏执的女性价值观。

尚未进入婚姻的女儿，因为没有经过现实生活的烦扰而保有心灵上的单纯，这就是宝玉追求的所谓"女性价值"。《红楼梦》里所彰显的女性价值很明确都是少女崇拜，我们可以参照另外一段宝玉的名言，就会更加清楚了，第五十九回怡红院的小丫头春燕转述宝玉的话说：

> 女孩儿未出嫁，是颗无价之宝珠；出了嫁，不知怎么就变出许多的不好的毛病来，虽是颗珠子，却没有光彩宝色，是颗死珠了；再老了，更变的不是珠子，竟是鱼眼睛了。分明一个人，怎么变出三样来？

在贾宝玉看来，那些婆子们、嬷嬷们不但又老又丑而且还发出臭味，这些人来到怡红院就会把屋子熏臭了。可见他不但有年龄歧视，鄙夷年老的女性，还有一个很特别的心态，即认为同样一个女性，"分明一个人，怎么变出三样来"，这话固然是浑话，大家倒也觉得没大差错，因为在古代的社会结构里，一旦女性的生命进入不同的阶段，确实很容易导致心灵素质的某一些损害，会使她逐渐堕落，即从无价宝珠到死珠，最后变成鱼眼睛，这个变化过程可以简称为"女性价值毁灭三部曲"，而女性价值毁灭的关键就在于婚姻。宝玉的少女崇拜便是如此产生的。

综观《红楼梦》整部小说，其中处处流露出一种浓厚的少女崇拜意识，例如在第七十七回抄检大观园之后，司棋因不正当的私情被撵出去，宝玉在路上偶遇，和她依依不舍地话别，但周瑞家的很不耐烦，不由分说就把司棋给拉出去了。宝玉虽然生气，却又恐怕她们去告舌，恨得只瞪着她们，看人已经去远，方指着恨道：

"奇怪，奇怪，怎么这些人只一嫁了汉子，染了男人的气味，就这样混账起来，比男人更可杀了！"守园门的婆子听了，也不禁好笑起来，因问道："这样说，凡女儿个个是好的了，女人个个是坏的了？"宝玉点头道："不错，不错！"

在宝玉看来，女儿和女人有本质上的重大区隔，虽然她们的生理性别都是女性，但是在宝玉的价值观里，女儿就是有至高无上的价值，而女人的可怕更大过于男人，"比男人更可杀了"。

从女性主义的角度来看，它其实隐含着一种价值观，亦即女性的完美形态是一种"婴儿女神"（baby goddess）的样态：青春的少女有着美丽的外表，而内在的性灵以及各种能力都还不够充分健全，所以最不会去自我争取，这样的女性最是可爱又乖巧。女性主义三大经典作家之一凯特·米利特（Kate Millett）即批判说：对男性而言，"完美女人必须是个可爱的青春前期的姑娘"，并嘲讽地称之为"婴儿女神"。

从这个角度来看，《红楼梦》中处处洋溢的这种少女崇拜意识背后，恐怕还是有曹雪芹作为一个男性作家不自觉的性别歧视，如果用贾宝玉的那一套价值观来衡量，那就会说王熙凤是被污染的，探春也是被污染的，不论是史湘云或者薛宝钗，只要劝宝玉去做一些经济仕途的事，他便认为她们都被污染了。但是，为什么这样就叫"被污染"？为什么女性就必须对世界一无所知，乃至于一无所求，那才叫作清新的，完美的？从平等的角度来说，女性也应该要有各式各样成长的机会，可以像男人一样成长为各式各样的姿态，可以和男人一样充分去发展潜能，而不需要受限在一个无知、天真、可爱的青春少女形象中。所以说，宝玉的价值观根本不能说是推崇女性，更谈不上以"女尊男卑"来挑战或颠覆传统的男权中心思想，甚至必须说，宝玉的价值观其实更巩固了传统的性别意识。

以上这些论述，是我对林黛玉的神话所提供的一个新思维，当然这些都不是唯一的解答，毕竟一部伟大的经典本来就不可能"一言以蔽之"，更不会只有单一主旋律。但是，这个新思考所发现到的潜在意义，却是一般人所忽略的，它们可以让曹雪芹创作中的复杂性更呈现出来，也让我们对这部小说有更完整的认识。

第四章

曹雪芹的塔罗牌

谶语式写作

在《红楼梦》的创作中，"谶语式"的表达策略非常重要，原因在于《红楼梦》是从追悼前尘往事的角度，将作者所经历过的一切以及他所认识的世界整合在一起的"胸有成竹"式的写作。既然是建立在幻灭的前提下，又站在回顾过去、表达眷恋与哀悼的立场上，因此，即便小说家叙写的事件正在发生或正在进行，他都已经很清楚地预知未来必然面临的结果，而这些结果几乎都是悲剧性的，所以他在写作的过程中往往透过"谶"，也就是一种预告的方式留下线索，以作为一种暗示。

这样的写法若是操作过度就会非常失败，因为它会让整部小说像是占卜书，幸而曹雪芹运用得很巧妙，不至于过度，因此为小说平添不少趣味。很多读者意识到这一点，在阅读《红楼梦》的时候，便好像在运算一个大型命盘，把《红楼梦》当作塔罗牌或者紫薇斗数，到处寻找一些蛛丝马迹当作证据，然后在文字线索里去研究这些人物到底被暗示了什么下场。很多读者的兴趣都在这里，因为人性就是很喜欢算命。

如果把小说当作这样一个命盘来看待，似乎也是一种阅读的乐趣，读者会好奇后面发生什么事情，于是在里面寻找蛛丝马迹去对号入座，进行种种猜测，这当然是很吸引人的一种读法，然而那会让我们误入歧途。《红楼梦》作者的关心点不是要让你去算命，他自己也不是为了算命或者要达到一种猎奇好异的心态，才运用这种"谶语式"

的表达方式进行写作。毋宁说，曹雪芹采用这个做法是要加强悲剧的宿命氛围和幻灭的无可奈何，但并不希望我们过度穿凿附会，这一点是我们首先应该要先厘清的。

然而要怎样才不会穿凿附会？只有认清曹雪芹运用"谶"的表达手法，我们才不会混淆它的分际，以至于做出错误的解读，这是我设计这个单元的原因所在。此外，在做相关研究的过程中，我获得了在研究之前意料不到的一个发现，那就是"谶"的制作背后竟然还隐藏了曹雪芹的一些价值观，"谶"已经不完全只是写作方式上一种有趣的手法而已了。

我之所以专辟一章说"谶"，是因为读者往往在类型混淆中对于小说文字做出很多错误的解释，而"避免错误"只是一种消极目的，除此之外，我们应该更积极地从小说中找到作者想要传达，而表面上看不到的更深刻、更幽微之处，这是我的双重目的。脂砚斋早已说过，《红楼梦》这部书的创作手法非常复杂，它吸收了传统各式各样的文化资料，所谓："书中之秘法，亦不复少。"又说："而其中隐语，惊人教人，不一而足。作者之用心，诚佛菩萨之用心，读者不可因其浅近而渺忽之。"

不止脂砚斋有这样的提示，后来的评点家周春也发现了第五回宝玉神游太虚幻境时，所看到的判词中有很多"隐语"，他在《阅红楼梦随笔》中说："十二钗册多作隐语，有象形，有会意，有假借，而指事绝少，是在灵敏能猜也。"他不但认可了《红楼梦》里有很多"隐语"，并提点出隐语的几种制作方式，包括象形、会意、假借，而绝少指事，这些词汇借用的是中国的六书，也就是六种造字法则，不过他不是在说造字，而是借以说明那些隐语的设计方式。

所谓的"隐语"是一种修辞方式，之所以特别称为"隐语"，原因在于它的表达式是用隐约闪烁的话来暗示本意，而本意是不直接说出来的，因此周春说"指事绝少"，隐语当然不会用直接指出事况的方式来表达。

"隐语"的类型有很多种，《红楼梦》里的隐语比较偏向于"谶"这一类，再看第二十二回的回目"制灯谜贾政悲谶语"，以及第七十五回的回目"赏中秋新词得佳谶"，都明确标有"谶"字。脂砚斋在第四十二回中也提到，刘姥姥为巧姐命名，用意其实也是在"作谶语以影射后文"，暗示后面会发生的事件。可见"谶"虽然属于"隐语"的一种，但"谶"所指涉的，是集中于对祸福吉凶的"预言"功能，即预告将来会发生什么事情，"预言"和"寓言"同音但是不同质，它们的意义事实上是很不一样的。关于"谶"的特殊之处，就在于"谶语"偏重于文字符号的多种解读的可能性，运用了周春所说的象形、假借、会意等方法，具体来说，包括了"拆字法""谐音法""别名法"等等。

总而言之，"隐语"是作者常用的一个秘法，而更具体来说，这个秘法是偏向于"谶"这个形态。

至于"谶"的运用，自古以来最有名的就是《推背图》，这种预言是关于历代变革之事的图谶，从宋代开始大量出现，风行于中下阶层。在第五回"宝玉看正册"一段，脂砚斋批云："世之好事者争传'推背图'之说，想前人断不肯煽惑愚迷，即有此说，亦非常人供谈之物。此回悉借其法，为儿女子数运之机，无可以供茶酒之物，亦无干涉政事，真奇想奇笔。"脂砚斋引用了"世之好事者争传'推背图'之说"作为类比，明示曹雪芹使用"谶"不是为了"煽惑愚迷"，而是借用《推背图》之法"为儿女子数运之机"提供一些很特殊、很巧妙的趣味。

　　至于曹雪芹为什么要制作这么多的谶语，《文心雕龙》所提出的一些说法可以代曹雪芹解释。首先，刘勰在《文心雕龙·正纬》里说，"谶"是要来表达一种"天命""神道"的观念，带有很强烈的宿命意味，然而又不止如此，"谶"的写法是"无益经典而有助文章，是以后来辞人，采摭英华"。换句话说，把"谶"的手法引进到文学作品里面来，想要增加的是一种文学的趣味，目的还是为了文学作品的艺术性，我们应该要清楚地认识这一点，而不要把小说里的那些"谶"以一种推演命盘的方式去阅读，否则就是买椟还珠。当然"谶"所隐含的天命神道观也被《红楼梦》吸收了，所以这些女子们注定有各式各样的悲剧，曹雪芹事实上是接受天命神道观的，他不认为个人可以突破自己的命运，也不认为可以自主选择婚姻，而脱离乃至于挑战、违背当时的社会文化体系。

　　在进入《红楼梦》里的"谶"之前，我们先来看古典文献中对"谶"的定义：

　　《释名》："谶，纤也，其义纤微而有效验也。"

　　《后汉书·张衡传》："立言于前，有征于后。故智者贵焉，谓之谶书。"

　　《四库全书·总目提要》："（谶）诡为隐语，预决吉凶。"

从谶谣到谶纬

　　中国文化从古到今堪称是源远流长，而且非常庞大复杂，那么"谶"到底有哪些具体的运用方式？从时间上来说，最早出现的"谶"的形态叫作"谶谣"，因为它是歌谣，可想而知，它一定是韵文形式。当我们考察先秦那些各式各样用以预决吉凶的韵文，会发现它同时配合着图画，文字旁边用一些图来作为辅助，于是这样的形态便叫作"图谶"。"图谶"的图和审美无关，它只是透过一个具体的形象，发挥和文字完全一样的暗示功能，所以基本上还是属于这一套符号系统里的一环。《红楼梦》中的"图谶"运用得最明显的，就在第五回，贾宝玉看到的那些人物判词旁边都有图画，那些图画都是辅助性的，以提供更多的资讯，使阅读者做出更正确的判断。

一般说来，这种"谶谣"有两个很重要的基本构成条件，一是它所用的语言包括图画，同样都发挥了文字符号的功能，二是一定出现在先前，而应验的事情则是在后来才发生，"言"和"事"之间是一种顺向落实的关系，因此它所进行的是一种预言式的先见之明。有一些学者在运用"谶"来解释的时候反用了这一原则，那就是很明显的误解，于是所得出来的结论便是错的。

"谶谣"从先秦产生以后，后世都会使用，举个例子来看，《三国演义》第八十回有一段情节说道：许芝上奏汉献帝，劝他在曹魏的权力中心许昌禅位，就引了谶语："'鬼在边，委相连；当代汉，无可言。言在东，午在西；两日并光上下移。'以此论之，陛下可早禅位。鬼在边，委相连，是魏字也；言在东，午在西，乃许字也；两日并光上下移，乃昌字也：此是魏在许昌应受汉禅也。"其中所运用的，就是很典型的"拆字法"。

两汉时代曾发展出另外一个谶的类型，叫作"谶纬"。"谶纬"完全都是朝代兴灭的政治预言，和改朝换代有关，由于曹家是曾经被抄家的，以《红楼梦》作者惧怕文字狱的心态来说，他当然避之唯恐不及，这一种谶绝不会在小说中出现。

历史上的诗谶

第三种谶出现的时间最晚，叫作"诗谶"，在《红楼梦》里有一些运用。不过很多读者把《红楼梦》中的诗都当成"谶谣"来用，其实是混淆了"谶谣"和"诗谶"这两种本质上完全不同的"谶"。

从"诗谶"形成的基本结构来看，就可以知道"诗谶"和"谶谣"是绝对不同的预言形式，二者的认证与解析方式也完全不同，大家一定要分清楚。

就我眼界所及，红学界在讨论"诗谶"的问题时，由于没有准确掌握到"诗谶"的形成及其性质，以致往往出现错误的运用。严格说来，"诗谶"在一开始被建立出来的时候，便已经规定了本质上是抒情诗的一种文学艺术，它和"谶"的连结只能够是"言"和"事"之间一种逆向追验的关系。也就是说，诗作为一种文字表达，亦即所谓的"言"，写作者在写诗的时候对于以后会发生什么事情，其实是完全没有预料到的，诗人根本不是为了预言才去写这首诗，诗之所以和后来的事件发生关联，是后人发现有这样的事情发生，再去诗人曾经做过的诗里去找相关的迹证，所以基本上是一种穿凿附会的"后事之明"。换句话说，诗歌本身并不能拿来作为"谶谣"式的解读对象。

现在来说明一下"诗谶"到底是怎么形成的。我自己所考察到的最早的"诗谶"，是出自于潘岳。潘岳，字安仁，他更有名的别名就叫"潘安"，是中国非常有名的美男子，而他的死法很有意思，形成了中国历代"隐谶"的类型之一。根据《晋书·潘岳传》的记载，潘岳品性上有亏，谄事贾谧，甚至不惜贬抑自己的尊严，等候贾谧出门时在大门外望尘而拜；他也曾经因为厌恶孙秀的为人，当面很直接地羞辱对方，当然人家嫌恨在心，等到有机会的时候就报仇雪恨。果然在司马伦自立为帝时，孙秀受宠而担任中书令，得势之后遂罗织罪名，说潘岳和石崇要谋反，将其夷灭三族。

石崇先一步被送往刑场，潘岳后至，两个临死的人，乍见故交旧友竟然踏上同一条道路，不禁有感而发，石崇对潘岳说："安仁，卿亦复尔邪？"你也遇到这样的状况呀？潘岳回答道："可谓'白首同所归。'"意思是说，想不到我们过去写的诗真是一语成谶，我们曾经在金谷园多么快乐地喝酒享乐，没想到其中所写的诗句竟然以这么奇特的方式来应验，那一句诗叫作"白首同所归"。在原先他们的《金谷诗》里，这句诗的意思当然是指"我们的欢乐岁月要持续到终老，白首相知，一起结伴回家"，没想到当他们以后事之明来重新理解过去所写的诗，这个"归"字就有了不同的意思，指人回到生命的归宿，死亡即为"大归"。

从此之后，这种"诗谶"越来越多，再如：南朝时期侯景叛乱，已经逼近台城，梁朝几乎要灭亡，在这样一个存亡危急之秋，人们想到过去梁简文帝曾经写过一首《寒夕诗》，里面有"雪花无有蒂，冰镜不安台"之句，这是非常纯粹的写景诗，"雪花无有蒂"其实只是在对歌咏的对象做一个非常巧妙的比喻。雪本身并不是花，但是它又像花一样美，所以叫作雪花，而如果是真花，就应该有花蒂，不是真花的雪花当然没有花蒂，所以说"雪花无有蒂"；同样地，冰镜指的就是月亮，月亮很像冰做成的明镜，当然它并没有镜台来托住它，所以"冰镜不安台"。

简文帝又有一首《咏月诗》提到"飞轮了无辙，明镜不安台"，与"冰镜不安台"很接近，其中的"飞轮"还是指月亮，月亮由东到西巡回天空一次，就好像飞轮奔驰过天际，但是却没有留下任何车轨的痕迹，这都是在做巧妙的比喻。简文帝所写的"明镜不安台"与"冰镜不安台"类似，当他在写诗的时候，纯粹就是对景物的模拟、双关，是一种巧妙的联想，完全没有要去预言的用意。直到侯景叛乱，后人重新去理解这些诗，却开始穿凿附会，认为这就是"谶"。

原本"无有蒂"的"蒂"明明只是下面的花托，但因为谐音的关系，"无有蒂"（无有帝）就表示皇帝都要消失了，这个国家要亡了。至于"台城"是金陵的中央政府所在，"不安台"的字面可以双关台城不安，即表示国家动荡。而"轮无辙"这三个字更被发挥，以邵陵王萧纶名字上的"纶"来谐音"轮"，喻指邵陵王不愿意好好认真地勤王，空有赴援之名而没有实质的行动，"轮无辙"被曲解为邵陵王的车轮只是空转，并没有留下车辙，所以导致国家灭亡。从上述的例子可以看到，这些解读都是所谓的后事之明，是穿凿附会的解读，并不是作者创作的当下所设想、所预知到的。

应该说，每个人都有他的个性，"诗谶"在形成之初，基本上所表现出来的就是诗人的个性，而我们现在有一个非常有名的推演，叫作"性格决定命运"，性格和命运当然有关系，而诗歌用来抒情言志，由此反映出诗人的性格，这才是诗歌和命运的关联所在。换句话说，"诗谶"并不是"谶谣"，并不用命盘式的操作去做文字上的预告，毋宁说，这些诗歌本身只是单纯的抒情言志，但由于创作者后来遇到了一些事情，好事之辈就大做文章，附会到先前的诗作上，于是形成所谓的"诗谶"。故而宋代王楙《野客丛书》便提醒道："诗谶之说，不可谓无之，但不可谓诗诗皆有谶也，其应也，往往出于一时之作。事之与言，适然相会，岂可以为常哉？"清楚说明解读诗歌时必须非常谨慎，不可以滥用。

勿把诗句当谶谣

整体言之，《红楼梦》里的韵文有"谶谣"也有"诗谶"，我们一定要清楚区分，否则混为一谈的结果，就是对其中的抒情诗作过度诠释，乃至于穿凿附会。

在《红楼梦》中，和传统的"谶谣"最接近的，即第五回的人物判词和第二十二回的灯谜诗。这种"谶谣"根本不是抒情诗，它们完全就是为了要透过文字符号来做命运的预告，不但没有抒情的性质，也没有文字艺术上审美的讲究，所以根本是一种非常粗浅，甚至是不登大雅之堂的文句，有点像打油诗。

《红楼梦》中大多数的韵文都是抒情诗，例如贾宝玉的《四时即事诗》，还有诗社活动中大家所作的几篇《白海棠诗》、十二首《菊花诗》、数阕《柳絮词》，尤其是林黛玉自己独处时所写的那些诗词，如《葬花吟》《秋窗风雨夕》《桃花行》等，都是非常标准的抒情诗。

对于这些抒情诗就不能用"谶谣"的方式来解读，否则会发生很多的问题，导致错误的理解。举一个很典型的误读来看，林黛玉在《葬花吟》里有两句很知名，"一年三百六十日，风刀霜剑严相逼"，这首诗既然是歌咏落花，林黛玉就把自己天生的感伤性格投射到花朵身上，去感受它飘零的命运。花朵是非常美丽的，它是诗人所认可的天地万物中的精粹，那么优美，那么引人怜爱，然而它最特别的一点，是它的生命周期极为短暂，如此美丽而脆弱的生命最能够引发诗人的感慨，尤其黛玉又是一个诗人中的诗人，她非常感伤，容易在周遭残缺的事物里去投射自我，产生一种物我合一的共鸣，于是化身为落花去感应落花所遭受到的命运。诗人本来就是在点染万物，抒发情志，而情志可以非常灵动，不必严守客观事实，甚至可以做一些夸张，连李白都会说"白发三千丈"，若把诗歌内容都当作客观写实的作品来推论，那当然不行。

同样的道理，黛玉说"一年三百六十日，风刀霜剑严相逼"，只不过是一个诗人主观的感慨，只是私下在某种情绪下夸张的感怀，因此加以拟人化的渲染。然而，有不少读者却把这两句诗独立出来，用"谶谣式"的解读来证明林黛玉作为一个孤女，寄人篱下、楚楚可怜，所以一年三百六十日，每一天都承受着贾府上下对她的折磨和压迫！把"风刀霜剑严相逼"竟然解读为所谓"贾府的恶势力"，再据此指控他们无情地残害柔弱的少女，所以林黛玉只好发出这般凄楚的哀吟。

如此的解读实在大谬不然，因为这两句绝非对个人命运的写实，而只是一个诗人感受到存在本身的美好，又面临无常的脆弱所发出的生命感慨，那并不能当作客观的事实，更不能当作是诗人处境的写照。我已经一再提醒，黛玉在贾府事实上是可以和贾宝玉并肩的宠儿，因此，这类的诗句只不过是一个诗人对于自己或者是他／她所投射的对象的一种主观的认知，而不是客观的反映。一个人可以其实很幸福，但在主观认定上还是觉得这世界对自己不好，形成一种偏执的角度，所以主观认知当然不能够当作客观事实，更何况这样的主观认知是透过落花经由抒情的写作而呈现出来，都不能够直接对应到具体的现实，因此这两句诗和"谶谣"是完全不一样的。毋宁说，"一年三百六十日，风刀霜剑严相逼"反映的是黛玉的性格，而不是她的处境，这种感伤的、偏执的性格才是她悲剧命运的导因。

此外，还有一句更有名的诗，是在第七十六回中秋夜大观园联句中出现的，当湘云和黛玉的联句已经到了创作的高峰，湘云作出"寒潭渡鹤影"这一脱化自杜甫的佳句，黛玉绞尽脑汁，把所有的才力都倾注到一句诗里面，才能和湘云的出句相抗衡，然后就无以为继，一边旁听的妙玉便出面打断她们，接着一行人到了栊翠庵，由妙玉把后面的诗续完。黛玉用以匹敌的那一句"冷月葬花魂"当然是全诗最为耸拔、最为动人，当然也最为警策的一句，以黛玉这么高的创作才华，为了想出这句诗已经把所有的脑力都用光了，所以肠思枯竭以至于后继无力。

有的版本上这一句作"冷月葬诗魂"，那是错误的，这和诗歌的对偶原则有关，假设没有诗学方面的知识，可能就没有办法正确判断。从诗学专业来说，上句是"渡鹤影"，下句当然是"葬花魂"才工整，试看"寒潭""冷月"都是形容自然界的景观物象，下面的"渡"和"葬"都是动词，而句末的"影"和"魂"都属于人类的抽象化形态，非常工整，至于中间的"鹤"是自然界的动物，对上自然界的植物"花"才算工对；反观"诗"与大自然的景物无关，和"鹤"并不成精致的对偶，所以是"葬花魂"才对。

尤其"花魂"这个词在《红楼梦》的其他地方又出现过三次，它几乎成为一个专有名词，用以表达对女儿的哀悼，所以绝对不是"诗魂"。还有更荒谬的说法，有人把这句抒情诗当作"谶谣"来解读，说

"冷月葬花魂"暗示了林黛玉以后会在大观园中投水自尽，这都是过度穿凿附会、想当然耳的说法。

让我们注意一下："冷月葬花魂"和前面湘云所对的那一句"寒潭渡鹤影"，两句都在描写池塘的景象，有鹤飞渡而过，在寒冷的水潭上留下一抹暗影，冷月投映在水面上，好像有一个花魂被葬送在水池中，这真的是非常"诗鬼"式的想象，处处魅影幢幢。如果把它当作"谶谣"来解读，认为花魂是女性的象征，意指林黛玉会投水自尽，那就太狭隘、太附会了。

我举这两个例子是苦口婆心，希望大家一定要注意《红楼梦》所吸收的"谶"有好几个类型，对这些类型要先明确区隔其所属，才不会混淆、乃至对抒情诗作过度的穿凿附会。全书中主要的诗句其实大部分是抒情诗，对于这些诗篇，应该直接感受诗人的特殊性格及他 /她的生命情调，比如说林黛玉就是感伤的、脆弱的、主观的，薛宝钗就比较沉着、稳健、温柔敦厚，而对于那些诗句本身便不能做符号式的解读，否则就会有很多的过度诠释之虞。

拆字法

再回来看"谶谣"的部分，对于喜欢猜谜的人性来说，确实有趣多了。关于"谶谣"的制作手法，大略包括：拆字法、双关法（一词多义，一语双关）、谐音法、别名法、关系法（社会关系或家庭关系）、特征法、五行法、生肖法、对象隐喻法、时间隐喻法、地点隐喻法、过程隐喻法、直言法、综合法等。前面列举的那几项其实都可以叫作

"关系法"或者"双关法"，因为它们透过各式各样的双关让人去找线索，然后得到相关的暗示。

上述的制作手法并非都被《红楼梦》所运用，曹雪芹主要运用了其中的几种，先看"拆字法"。第五回中宝玉神游太虚幻境时，在薄命司看到女儿们的命运预告，薄命司里的厨册是分门别类的，分正册、副册、又副册，从脂砚斋所留下来的讯息可知，这些簿册应该一共有五本，每一本有十二个人物，共涉及六十位女子的命运预告，但书中唯一完整提到十二个人物的只有正册，在此之前是由下而上，从又副册、副册慢慢引入到最重要的人物。宝玉先翻开又副册，之后再去开了副册的厨门，拿起一本册簿来揭开一看，看到的是香菱的图谶："只见画着一株桂花，下面有一池沼，其中水涸泥干，莲枯藕败，后面书云：根并荷花一茎香，平生遭际实堪伤。自从两地生孤木，致使香魂返故乡。"在这一段判词之后，作者说"宝玉看了仍不解。便又掷了，再去取'正册'看"，由此进入正册的部分。

正册一共有十二位女性。第一幅画是两个人的合图，不是单独绘制的，"可叹停机德，堪怜咏絮才"说的是宝钗与黛玉；其后的"二十年来辨是非"是元春的判词；接下来是探春，还有史湘云；而"一块美玉，落在泥垢之中"是妙玉的图谶；"恶狼追扑一美女"的美女是迎春；再来是一所古庙，有一个美人在里面看经独坐，这位是惜春；后面的冰山和雌凤，画的是王熙凤；然后"荒村野店，有一美人在那里纺绩"，这是巧姐儿的未来命运，可见高鹗的续书完全不符合这里的安排。接着"一盆茂兰，旁有一位凤冠霞帔的美人"，这个美人是李纨，"茂兰"则暗指她的儿子贾兰。最后一图画着"高楼大厦，有一美人悬梁自缢"，此人就是秦可卿。值得注意的是，其中还包括了巧姐，但她在《红楼梦》里根本没什么戏份，一直是个小娃娃，为什么也放在十二金钗的正册？假如以全书中的重要性来说，照理应该宁可把晴雯和袭人放进正册，但是作者并没有这样做。

很明显，金陵十二钗的身份有着一个共同性，即她们都是贵族千金、世家小姐，可见入选正册的女性，都必须是上层社会的大家闺秀。只有秦可卿比较例外，但她既然被朝廷官员所收养，又嫁入宁国府，当然就是世家媳妇，身份地位也属于贵族等级，属于很少见的阶级向上流动。此外，宝玉所看到的第一个女性判词是晴雯的，然后是袭人的判词，这两个重要的人物被归类在金陵十二钗又副册，她们的共同性在于都是丫鬟，而副册中，作者只让我们看到香菱一个人，这就是非常值得推敲的地方。很显然，这些女子分类的标准并不是人物的性格，也不是这个人物在书中的重要性，更不是用宝玉本身的主观好恶来做判断，而是用封建的等级制，所以在又副册中的都是身份非常低贱的丫鬟。丫鬟在那个时代完全没有人身自由，也没有法律地位，根本像一件物品，可以买卖；而正册中全部都是贵族小姐、大家闺秀，属于所谓的上层阶级。

五四以来，大家一直都以为曹雪芹创作的这部小说非常有革命性，是反对他所处的上层阶级，那已经畸形了几千年的封建礼教社会，但这个说法是错误的。我在研究的过程中越来越发现，《红楼梦》所反映、所支持的就是所谓的"封建礼教"，在很多地方，曹雪芹是按照那一套封建礼教观念去安排书中的人物和情节，不管是阶级观或者是价值观，分册的标准也清楚证明了这一点。

至于香菱被列入副册，属于一个很特殊的情况。香菱的原始出身也是上流社会，甄士隐家是地方上推为望族的乡绅家庭，所以论出身背景，她本来是有资格到正册的，然而她命运多舛，才五岁就被拐子给拐走了，从此不幸地沦落贱籍，失去了户口，也失去了法律上的保障，任由人口贩子买卖。香菱是《红楼梦》中最可怜的一个女孩子，由上流阶级沦落到很低贱的丫鬟或侍妾身份，变得很难归属于哪个等级，作者把她放在介乎正册和又副册之间的副册，可能是出于这样的原因。

回到"谶"的手法来看，我们以香菱为例，了解一下"谶谣"怎样运用"拆字法"。前两句"根并荷花一茎香，平生遭际实堪伤"只是一般描述，真正用到拆字法的地方是在后面的"自从两地生孤木"，"两地"即两个土，再加上一个孤木，合起来就是"桂"字。这里的第三句在暗示说，自从夏金桂被娶进薛家之后，可怜的香菱就要"香魂返故乡"，"返故乡"也就是死亡的意思，香菱一辈子所受的苦完全没有意义，这是让我们觉得最惨烈的所在。

当受苦可以让我们升华理想，让我们的存在更深刻，让人类文明或者是让我们的家族、国家能够更进步，那么这些牺牲都会很有价值，因而焕发出一种壮烈感。香菱的一生最让人感慨的是，她是白白被牺牲、白白被浪费的一个人，她的命运实在是太悲惨了，无论怎么努力，无论有再好的资质，来到人生这一遭却只是为了受苦。相较之下，黛玉的现实生活并不可怜，甚至如在天堂，当她自怜之时，将那份情绪转化成为诗情画意的诗词，所以她也在完成某一种自我，那个自我是她想要的一种艺术化的自我，所以还是确乎有一个价值在支持着她的生命。而像平儿还有其他悲剧下场的人，即使遭遇不幸，读者多少都可以感觉到她们所散发出来的某一种价值的光芒，不管这个价值最终有没有真正落实。只有香菱，她的性情最好，美丽又有才华，明明各方面都非常完美，然而她的存在就是莫名其妙为了受苦，在她身上，我深刻感受到一种命运的荒谬感。

"正册"的第一张图谶是林黛玉和薛宝钗的合图："只见头一页上便画着两株枯木，木上悬着一围玉带；又有一堆雪，雪下一股金簪。也有四句言词，道是：可叹停机德，堪怜咏絮才。玉带林中挂，金簪雪里埋。"其中，两株枯木合起来就是"林"，"一围玉带"的"玉带"，颠倒过来念就是"黛玉"，这也是用拆字法来暗示林黛玉。

此外，用到"拆字法"的还有王熙凤的判词，"凡鸟偏从末世来"的"凡鸟"，合在一起就是王熙凤的"凤（鳳）"，不止如此，再看第三句"一从二令三人木"，"人木"合成一个"休"字，预告王熙凤最后是会被休弃的。

从王熙凤的被休，我想做一点延伸。我们在上一章提到老嬷嬷们越老会越把钱看得重要，也就是越来越吝啬贪财。确实，一般女人结了婚以后容易丧失光芒，整个人的性情变得比较不可爱，但是回到过去的社会形态来看，其实传统的女性活在一个非常不公平的社会里，人活在那样的社会制度中，久而久之、不知不觉就会从宝珠变成鱼眼睛！

尤其在明清时期，有一种价值观叫作"女子无才便是德"，女子们除非有很特殊的家庭背景，否则几乎都是没有受过教育的，而一个人未受教育开发心智，就不用太期望她会有钟灵毓秀的表现，再加上如果她们所受到的待遇很不堪的话，人性中比较不好的那一面更会被强化出来。做人家的媳妇，公公婆婆的话必须什么都听，要百依百顺；妻子要以夫君为天，丈夫的"夫"字，被古人从训诂上附加了性别的不平等概念，说"夫"字就是天字上面凸出来一点，所以夫就是妻子的天；女性还要做人家的母亲，养孩子很辛苦，除了柴米油盐酱醋茶之外，还要喂奶、包尿布……简直不可开交。所以女孩子一旦进入婚姻中，她几乎是没有自我的，面对各种与自己的性灵涵泳、知识增长、人格提升完全没有关系的琐碎杂事，久而久之，性灵势必更加耗损，本来作为一个天真少女所拥有的那种自然清新当然就丧失殆尽。然而，如果只是这样子的话，她也许还不会变成鱼眼睛，她之所以会变成鱼眼睛，还有一个很重要的原因，那就是婚姻对她并不提供合理的保障，"七出之条"便是夫家用来休妻的尚方宝剑。

古时女性的婚姻堪称为"片面最惠国待遇"的"不平等条约"，所谓的"七出之条"，即是在合法的婚姻中，有七个可以名正言顺把妻子给休掉的理由，合乎法令、舆论的限度，只要有这七种情况，女性就可以被赶出家门，夫家的做法完全合法，而且社会舆论也支持。像七出之条这样的休妻运作，在先秦社会中早已经出现了，到了汉代的一些弃妇诗，例如"上山采蘼芜，下山逢故夫。长跪问故夫，新人复何如"，便应该是出于无子的缘故；至于南北朝的《孔雀东南飞》，更是很经典的爱情伦理家庭大悲剧。七书之条已经越来越普遍，形成一个主流，至于形诸文字变成法条，则是在唐代，可见唐代并没有一般人所以为的那么开放，它反而是七出明文化的时代！

七出的第一条是"无子"，生女儿并不算数，因为女儿是嫁出去的，不属于本家，不能继承香火。若无子，就得看夫家有没有情义，有情义的可以保留妻子作为嫡妻的身份，另外再纳妾，而如果夫家没有情义的就可以休妻，因为这是一条不成文的、后来也成文的规例！

七出的第二条是"淫佚"，关于这一条可不要从字面去看，因为其标准是非常含混的，连女性写诗填词，在某些时候都会被视为不贞的行为。宋代有一位与李清照齐名的女诗人朱淑真，一般人比较少知道，但是她对女性问题的思考其实比李清照要深刻得多，她说："女子弄文诚可罪，那堪咏月更吟风。"古人有一个很奇怪的观念——不只是中国的古人，西方人也是这样——他们觉得女人如果受太多的教育，反而会影响到她做一个贤妻良母。在明清的文人眼中，一个女人如果太爱好创作诗词，喜欢这类风花雪月的东西，这个人就是红杏出墙几率最高的！七出的第三条是"妒嫉"；第四条是"窃盗"，包含藏私房钱；第五条是"口舌"，除了搬弄是非之外，口才太好也是罪过，宋元时期有一篇《快嘴李翠莲》的故事便反映了这一点；第六条是"不事舅姑"。七出的最后一条是"恶疾"，如果妻子得了严重的疾病，那么也可以被休。仔细地看，每一条都属于"工具价值"，不把女人当作一个独立自主的人，似乎女人完全是为了服务男性而存在。

在这样的情况之下，七出之条有如尚方宝剑，古代的女人活在一个充满了不安全感的不平等处境里，她最后可以依靠的只有生儿子，可儿子不一定生得出来，也不一定靠得住，除此之外，她还能依靠什么？当然就是钱。那些鱼眼睛老妇人年纪越大越把钱看得重，一方面是人性使然，孔子便说过："及其老也，血气既衰，戒之在得。"人到夕阳黄昏阶段，本来就会有不安全感，于是更容易特别依赖物质的保障，更何况女人又处在这种没有保障的婚姻境况里，所以她的贪婪也有性别不公平的深层原因。

回到王熙凤的被休，那简直是对女强人的惩罚，因为她太能干、太突出，于是动辄得咎，七出全犯！她的"无子"是因为过于操劳，于是流产，失去了男胎；"淫佚"则是处理家务时，必须与其他男人频繁互动，第二十一回贾琏不就忿忿地说："他不论小叔子、侄儿，大的小的，说说笑笑，就不怕我吃醋了。以后我也不许他见人！"就看丈夫、婆婆计不计较。至于第三条"妒嫉"，凤姐的醋劲被称为醋缸、醋瓮，要用这个理由去休她，那简直轻而易举；关于第四条"窃盗"，凤姐的放账收利钱虽然是为了填补贾家的入不敷出，可是未尝不可以当作一条罪状。而第五条"口舌"方面，凤姐的伶牙俐齿根本连十个男人都说她不过，再看第六条"不事舅姑"，凤姐因为贾母、王夫人的委任而理家，于是就近住在贾政这一边，本房婆婆邢夫人早已心怀不满。最后，鞠躬尽瘁的凤姐罹患了严重的妇女病，也算是第七条的"恶疾"。这么一来，不就是七出全犯吗？

所以说，王熙凤展现出独一无二的女性悲剧，让我们看到巾帼英雄的杰出，以及身为女性的悲哀，令人感慨万千。

别名法

接下来再看一下别名法。"别名法"即在文字或图像所发挥的符号指涉上，不用对象的常见名称，而采取另外的别名来代替它，读者要懂得以这个方式迂回前进。宝玉在薄命司看到的第一幅图册，大家都已经知道是属于晴雯的：

> 只见这首页上画着一幅画，又非人物，也无山水，不过是水墨瀚染的满纸乌云浊雾而已。后有几行字迹，写的是：霁月难逢，彩云易散。心比天高，身为下贱。风流灵巧招人怨。寿夭多因毁谤生，多情公子空牵念。

　　在这个图谶中，主要便用了别名法。晴雯的"晴"字指天空放晴，而"霁月"也是要我们联想到"晴"这个字，因为"霁"的本义即是雨和雪停了，让日月的光辉绽发出来，所以它其实就是"晴"的别名。而晴雯的"雯"字是雨字头，指的是自然现象中水汽变化的形态，在图画和文字两方面都对应到"雯"字：图画部分"水墨瀚染的满纸乌云浊雾"的云、雾，文字部分"彩云易散"的云，都对应了"雯"。我要额外提醒的是"心比天高，身为下贱"这两句，"下贱"意指她的身份是非常低贱的、完全没有法律地位的丫鬟，而"心比天高"，很多人都解释为晴雯有高洁的心性，不屑于和别人争夺。不过根据我对她的推敲与理解，以及一直都被忽略掉的文本证据所隐含的讯息，"心比天高"并不是指心性的高洁、高傲，而是指她自视甚高，关于这一点，下文中会再详述。

　　第二个使用别名法的例子，出现于林黛玉和薛宝钗的合图，她们的判词里有"玉带林中挂，金簪雪里埋"，其中的"金簪"就是"宝钗"的别名，"金"当然是一种珍宝，而"簪"和"钗"都是女性插在头发上的一种装饰品，所以它们属于同义词，根本上就是别名。于是"金簪雪里埋"便是宝钗的图谶，而且这暗示着她将来会青春守寡，等于也是一种被活埋。

　　第三个可以补充的例子是香菱。香菱的图谶画的是"水涸泥干，莲枯藕败"，而判词第一句就是"根并荷花一茎香"，图画和文字说的都是水生植物莲或荷。香菱本名叫英莲（谐音"应怜"），香菱的"菱"与莲或荷一样，都是水生植物，故脂砚斋在第七回有一句批语："二字仍从莲上起来，盖英莲者，应怜也，香菱者亦相怜之意。此是改名之英莲也。"他说香菱的命名也是来自莲或荷，可见基本上也是别名法。

谐音法

到目前为止，我们可以看到"谶谣"的制作手法在第五回得到最集中的反映，也可以说，第五回根本上就是"谶"的精神笼罩之下的产物，其中用得最多的不是拆字法、别名法，而是谐音法。

谐音法的用例太多了，"一床破席"的"席"与袭人的"袭"谐音，另外黛玉的"玉带林中挂"，把"玉带林"颠倒过来就是"林黛玉"；而"金簪雪里埋"的"雪"字，很明显也是谐音薛宝钗的"薛"。至于元春的图册上"只见画着一张弓，弓上挂着香橼"，其中用到两个谐音，"弓"谐音宫廷的"宫"，告诉我们这个图主是和宫廷有关的女性，当时元春通过选秀女早就进宫了，而香橼的"橼"即谐音元春的"元"。

还有一个小地方也用到了谐音法，那是李纨的判词，第一句"桃李春风结子完"的"完"字谐音李纨的"纨"，尤其这句里还出现一个"李"字，合起来就是"李纨"，加上李纨的图上有一盆茂兰，指向她的儿子贾兰，这是运用了关系法——两人的母子关系，让读者联想到图主的身份。

接下来的这位女性，以书中所占的篇幅和宝玉的立场而言，其重要性比晴雯有过之而无不及，那就是袭人，她的图谶是：

> 画着一簇鲜花，一床破席，也有几句言词，写道是：枉自温柔和顺，空云似桂如兰，堪羡优伶有福，谁知公子无缘。

有一簇鲜花，正对应袭人的本姓"花"。她伺候贾母的时候叫作珍珠，贾母身边的丫头名字都很俗，到了宝玉这边时名字就取得很雅致，宝玉根据宋诗里陆游的"花气袭人知昼（原作"骤"）暖"，把她改名为袭人，"一床破席"当然也是用谐音法。然而这一句历来遭受到非常普遍而严重的曲解，这真是对袭人的人格践踏，于此必须多说一点。

从知名的红学家到普通的读者，也包括一些正在学习怎样做研究的研究生，他们在遇到这个图册的时候都非常一致地把它指向了负面的解释，其中之尤者是清末的一个评点家。我们先看朱淡文先生的说法，她说图册里有一簇鲜花，说明袭人性格中有非常芬芳美好的部分，可是作者也不掩盖对她的批判，那一床破席就表示这个人有很卑劣之处，"如破席般污秽卑陋"，这种意见很具代表性。而比她更早的清末评点家洪秋蕃，更给予袭人一种严于斧钺的贬谪，其《红楼梦抉隐》说："席而破，与敝帷盖同。然席虽微，一人眠之不破，多人眠之则破。"对袭人的再嫁冷嘲热讽，极尽刻薄之能事。评点者如此放任自己的好恶，不仅曲解事实，还过度地加以羞辱，这实在是一种人格谋杀，毫不可取。

我要以客观的立场说明几点情况，首先，这个"破"字可以拿来当作人格批判的形容词吗？在那十几个女性的图册里，包括作者的旁白描述，几乎九成以上用到的都是负面形容词。晴雯的图册里，用了"水墨潇染的满纸乌云浊雾"来形容，字面上比破席更强烈得多，但读者通常不认为这是在形容晴雯人格卑劣污浊，很明显，读者两百多年来都很偏心地站在晴雯这一边，所以出现了双重标准。

我们可以看看薄命司里所有的图册，其制作手法有没有大体上的一致性？比如晴雯的"又非人物，也无山水"，用的都是否定词，"不过是水墨潇染的满纸乌云浊雾而已"更不是正面的语词。参照袭人的"一床破席"，香菱的图上画着"水涸泥干，莲枯藕败"，再继续往下看林黛玉和薛宝钗的合图，黛玉是"两株枯木"，以下就不用再一一举例了。总而言之，这些判词在指涉图主的时候，使用的几乎都是负面的形容词，形容词后面才加上别名或者由谐音等所指涉的对象。就前述的这些例子来看，从晴雯、香菱到黛玉，这些负面形容词都不被用来指涉她们的人格特质，却只有针对袭人，读者特别以一种断章取义的方式来做负面的人格解释。其实正确地说，这些形容词都不是"人格表述"，而是"命运表述"，说明她们都有着悲惨的命运，呼应宝玉在"薄命司"看到金钗们的薄命。

再看袭人的判词："枉自温柔和顺，空云似桂如兰，堪羡优伶有福，谁知公子无缘。"所谓的"枉自"和"空云"完全不是对她"温柔和顺""似桂如兰"的否定，而是就宝玉的立场来说，这一个美好的女子与他自己没有结果，反倒让优伶捡到了便宜，这位优伶就是蒋玉菡。作者在这里其实是感到一种无奈和失落，并没有批判袭人的意思，反而是很大的赞美。

所以必须说，袭人的"一床破席"是以"席"字谐音暗示袭人，而"破"字则是和其他人物的形容词一样，包括乌、浊、涸、干、枯、败等，用以哀叹袭人的命运，虽然她的下场算是众金钗里最好的，但仍是免不了事与愿违的缺憾。

隐喻法

关于谶的制作手法，最精致的是"金簪雪里埋"这一句，只有五个字，却用了三种谶谣的制作手法："金簪"是别名法，"雪"是谐音法，而"金簪雪里埋"整体上又是用一个自然现象来作为类比，说明薛宝钗人生的处境和状态，可称之为"状态隐喻法"。

李纨判词中的"桃李春风结子完"也可以说是一个"过程隐喻法"，它同时暗示了李纨的人生由幸到不幸的变化过程，用的是大自然的现象——桃李是春天盛开，秋天结果实。在先秦时代，赵简子曾说："夫树桃李者，夏得休息，秋得实焉。"（刘向《说苑》卷六）种下桃李，在春天可以看到美丽的花，赏心悦目，夏天满树的浓阴，可以让人乘凉休息，到了秋天就结出果实，供大家享用，因此它们的德性比起梅花、竹子也不遑多让。以判词来说，桃李春天开花时非常春光洋溢，可以对应于一个女子风华最盛的美好青春，以及她婚姻美满的阶段。《诗经》早就建立了这样的双重指涉："桃之夭夭，灼灼其华，之子于归，宜其室家。"这样的青春美丽，和那种出嫁的婚姻幸福结合在一起。

可惜这种幸福在李纨身上并不长久。植物的生命若以一个年度作为衡量的话，在"秋得实焉"之后，它的生命就走到尽头，所以，经过春花、夏荫、秋实，到了冬天，桃李和其他的落叶树木一样，都进入表面上的死亡状态，前面的风华美丽也消失得无影无踪。曹雪芹便利用桃李的这种生物特性来进行双关：李纨在出嫁之后有短暂的婚姻幸福，但生了儿子以后，她人生中最完美的阶段就终结了，而一个女子之所以会在生子之后其婚姻幸福即面临终结，只有一个可能，那就是她的丈夫早死。对古代女性来说，成为寡妇真的是人生大不幸，因为寡妇完全丧失依靠，一生无所依托，就像无根的浮萍，只能看这个家族里公公婆婆愿不愿意体恤她、特别照顾她，于是幸福便完全操诸他人之手，所以这里的"桃李春风结子完"其实就是在隐喻李纨的人生过程。

还有一个例子，勉强可以归类为"过程隐喻法"以双关图主之不幸的，即元春的判词最后一句"虎兕相逢大梦归"。这一句在某些版本里写成"虎兔相逢大梦归"，应该是错的，虽然用"虎兔"也不乏有其谶谣制作手法的对应，那就是所谓的"生肖法"。根据这种生肖法，元春是死于虎年与兔年相交之时，所以她是死在冬天的尽头。但"虎兔"应是"虎兕"之误，从学术角度去考察，"虎兕"从先秦时代开始已经变成一个连词，频繁出现在诸子散文以及类似的古典文献中，"虎兕"是当时很常见的一个词语，虎与兕都是猛兽，二者相逢时互不相让，当然就是你死我活，都是非常激烈的斗争，生死攸关，很能形象化战国时代的纷扰。"虎兕相逢"应该也是一种双关，告诉我们元春是死于宫廷斗争，而宫廷斗争是非常惨烈的，败者不但为寇，恐怕还要抄家灭族。元春的死究竟怎样和贾府的抄家相关，由于没有后四十回，我们也无法检证。

十里街仁清巷葫芦庙

当然谐音在《红楼梦》里的运用非常多，我们现在要稍微扩大出去，说一说曹雪芹的顽皮，他在书中不断地运用到各式各样的谐音，让读者觉得非常有趣。不过我们要先特别提醒一下，由于汉字中同音字很多，近音字更多，如果穿凿附会，全书都可以做各式各样的联想，所以我们不能泛滥而要有所节制，脂批是最重要、也最直接的依据，如果没有证据，那就要非常小心谨慎。

先举一例子，第一回那一块无材补天的顽石被弃在青埂峰下，青埂就是"情根"的谐音。以情为根，说明主人公脱离了或者是被排斥在经世济民的家国事业之外，走上了一条无可奈何的出路，就是回到个人性灵以及对情感的追求，以自我安顿，这都是"情痴情种"的某一种独特模式。

另外一个非常好玩的地方，涉及《红楼梦》很复杂的思想辩证。我们总以为《红楼梦》里有一个单一价值观，即"以真为贵，以假为非"，认为曹雪芹是要透过贾宝玉来彰显情的真实与珍贵，而贬低人为的虚矫。不过，这个说法真的很幼稚，因为"真"本身是无法被定义的、内容有很多变化的一个语词。什么叫作"真"，什么叫作"假"，其中又有非常模糊的空间，以曹雪芹的思想深度，不可能会采取这么简单的二分法。

我找到一个非常有意思的证据，而在我有限的阅读经验里，没有看到其他学者注意到这个现象。请看第一回，当故事从神话进入现实世界，"当日地陷东南，这东南一隅有处曰姑苏，有城曰阊门者，最是红尘中一二等富贵风流之地"。姑苏就是苏州，《红楼梦》有很强烈的"苏州情结"和"金陵情结"，这两个城市是《红楼梦》里非常重要的地理空间，都有着特殊意涵，而"这阊门外有个十里街，街内有个仁清巷，巷内有个古庙，因地方窄狭，人皆呼作葫芦庙"，甄士隐家在葫芦庙旁，这是寓有含义的特殊安排，不是一个偶然的设计。

不过首先看葫芦庙的坐落：十里街与仁清巷，两个名称都大有象征意义，根据脂砚斋的提示："十里街"的"十里"和"仁清巷"的"仁清"分别谐音"势利"和"人情"，这就让我们深深感到一种完全不同于"真假二元对立"的思考方式。请看当甄士隐要回家的时候，他得先通过"势利"，然后再转到"人情"，而人情就是他家之所在。外面是势利的世界，回到家里让人觉得安心温暖，这很合乎人间常态，可是曹雪芹只有这样的意思吗？我认为他还有另外一层的含义：你要达到对人情的体认，便必须先通过对势利的认识与历练，甚至必须说，当一个人不懂得势利，没有对势利的高度觉察并洞识它的复杂，也就不足以认识到什么叫作真正的人情。因为对这个世界一无所知的人，他也不会了解真或情有多么可贵，这是一个非常辩证复杂的道理，所以赤子绝不可能了解最珍贵的真理，因为他其实一无所知。在某些学者的眼中，一无所知当然可以具有某种价值，可是这种价值绝对不是一种人文的价值。

西方学者多年前就已经提出，华人的读者最常陷入一种"脸谱式"的解读法，他们发现中国的戏曲中，在台上演戏的那些角色，每个人的脸上都画着脸谱，直接告诉台下观众这是一位好人或坏人。西方人对此不能理解，这些戏曲小说中的角色，怎么会把人性化约到这么简单的地步！脸谱式的二分法当然就是我们应该要破除的解读方式，曹雪芹绝对不可能在这么低的层次书写《红楼梦》。我们在第一章中便介绍过，在浦安迪先生看来，《红楼梦》是二元补衬（或二元衬补）的世界。总而言之，黑白、是非、善恶等，它们是互相补充的，是对方的一部分，而且彼此是在转化中，没有对方，这一方也无法存在。"势利""人情"的道理也是如此，甄士隐住所的安排，也在细节处微妙地呼应了全书的复杂思考。

接下来，甄士隐是住在葫芦庙旁，其中当然有含义。首先，从汉魏时期道教开始发展的时候起，"葫芦"就因为开口小、腹里大的特质，被用以象征别有天地，这里则是被曹雪芹借来代指红尘世间，而甄士隐住在庙旁，贾雨村住在庙里，刚好对应他们的某些性格，这真是巧妙无比的安排。书中描述：

> 这甄士隐禀性恬淡，不以功名为念，每日只以观花修竹、酌酒吟诗为乐，倒是神仙一流人品。……隔壁葫芦庙内寄居的一个穷儒——姓贾名化，字表时飞、别号雨村者，走了出来。

很明显地，住在葫芦庙旁的甄士隐比较脱俗，比较有神性取向，果然他也是《红楼梦》里第一个出家的人。脂砚斋评点甄士隐的出家时就用到"悬崖撒手"这四个字，后来还预告将来贾宝玉也会走上这一条路。至于住在葫芦庙内的贾雨村，这个人很懂得为官之道，逢迎巴结，甚至不惜陷害无辜之辈，手段残酷、忘恩负义，只为了要让自己飞黄腾达，所有对于那些小人儒（相对于君子儒）可以用上的负面语词都可以套用在他身上！

贾雨村刚好就和甄士隐形成鲜明对比，而这个对比恰恰对应于两人的住所空间上，让人感觉到葫芦庙可不是一座普通的庙，它就是俗世的缩影，代表了纷纷扰扰、庸俗肤浅的人间世。于是，住在葫芦庙内的贾雨村深陷其中，双脚沾满了世俗的泥泞也不想自拔，后来果然也差一点灭顶；至于住在庙旁的甄士隐则像是一个世俗的旁观者，俗语说"旁观者清"，他很快就洞察这个世界的虚幻、不实以及争逐的无谓，显示了《红楼梦》作者在此处的设计是饶富含义的。

只不过，伟大的心灵所看到的世界总是没有那么简单。请注意甄士隐姓甄、名费，合起来就是"真废"，真没用！这不是太有趣了吗？如果你认为，甄士隐就是要彰显所谓的"真"的价值，就是人性值得肯定的代表，而贾雨村就是一个很差劲的人，值得批判，这样的说法没有大错，但是如果只停留在这里，那便忽略了这部作品的丰富性。

甄士隐这种人，其实对这个世界并没有什么积极的、直接的、改革的贡献，他致力于构建心性的宁静、生活的稳定，但说起来对现实世界并没有什么作用。至于贾雨村，也绝对没有说一句"坏人"那么简单，因为他不但能领略智通寺这座破庙两边对联"身后有余忘缩手，眼前无路想回头"的深刻涵义，又能代替曹雪芹抒发深奥的"正邪两赋"论，岂是一个简单的负面人物？参考后四十回续书里，最后一回的最后一页有一个人在迷津中沉睡，又恍然大悟地醒过来，展现出一个觉醒者的姿态，那个人就是贾雨村。这处情节安排应该不太超出曹雪芹的计划之外，告诉读者，即便是几乎无可救药的一个人，他终究还是有一丝良心未泯，终究还是有觉醒的可能。所以《红楼梦》真的是"二元补衬"的结构，不要老是用黑白二分的方式来看待小说人物，否则一定会严重地削足适履！

葫芦庙坐落在十里街的仁清巷，此一安排当然也是饶富深意，它让我们知道势利与人情其实是辩证的，而不是二分的，它们彼此像街与巷一样，纠缠着不可分离，这就是我们人世间的真相。例如，父母对子女的爱就是完全无私吗？未必，可是这并不影响父母有那么深的爱。我们总是很素朴地执迷在一些不可能的、也没有意义的，甚至是很幼稚的完美中，总觉得要纯粹到完全没有一粒灰尘，才叫真正的可贵。然而可贵的东西可以有各式各样的形态，真正的伟大也可以有各式各样的内涵，当陶渊明受不了官场，他就挂官求去归园田居，这固然也是一种伟大，可是不辞官回乡的人，依然在官场中努力以一种和光同尘的方式生存下去，难道就不够伟大吗？陶渊明不也曾经被批评过不负责任吗？所以说，不要只拿一个标准去衡量世间万物，尤其那个标准根本是来自自己的好恶。

　　因为曾经发生过"葫芦僧乱判葫芦案"的故事，第四回中贾雨村为了他的仕途，便接受门子葫芦僧的建议，把人命关天的那一个冤案给草草打发掉了，所以"葫芦"在此即取了"糊涂"的谐音。人世间有很多真理是不彰的，是非也是被蒙混的，这当然也是很常见的现象，不过冯渊的事件颇可做一些进一步的探讨。冯渊的名字谐音于"逢冤"，这不仅是指遇到薛蟠带来的厄运，也包括他死后的冤屈，真正在追究这个案子的其实是冯渊的远房亲友，但是亲友们真正的目的非常清楚，不过想要借此多拿到一些钱，且看第四回原文写道："薛家有的是钱，老爷断一千也可，五百也可，与冯家作烧埋之费。那冯家也无甚要紧的人，不过为的是钱，见有了这个银子，想来也就无话了。"由此可见，贾雨村当然不公道，可是伸张正义的人，同样也不是出于公道。

　　贾雨村原名贾化，是要谐音"假话"，这也是在呼应甄士隐的"真事隐"，作者告诉你，他不是在写传记，不是在写历史记录，而是在写一部小说，所以书里面其实都是"假话"。再看贾雨村是湖州人氏，湖州其实也是谐音"胡诌"，以对应他的名字贾化（假话），这些都是作者的一再暗示，不要把这部小说去做索隐，去对号入座。此外，贾雨村表字时飞，谐音"实非"，有"实在不对"之意，这个小人当然有很多的缺点，可是我们在抨击贾雨村的同时，不要忘记，作者同时认为甄士隐也是"真没用"。所以我一再提醒大家，读《红楼梦》时不要把自己的好恶评价放进去，最应该先做的事情是客观而深刻地去认识它。

甄英莲案

"葫芦僧乱判葫芦案"的情节里，涉及了好几个谐音。那一段人命官司的来龙去脉是这样的：

> 这个被打之死鬼，乃是本地一个小乡绅之子，名唤冯渊，自幼父母早亡，又无兄弟，只他一个人守着些薄产过日子。长到十八九岁上，酷爱男风，最厌女子。这也是前生冤孽，可巧遇见这拐子卖丫头，他便一眼看上了这丫头，立意买来作妾，立誓再不交结男子，也不再娶第二个了，所以三日后方过门。谁晓这拐子又偷卖与薛家，他意欲卷了两家的银子，再逃往他省。谁知又不曾走脱，两家拿住，打了个臭死，都不肯收银，只要领人。那薛家公子岂是让人的，便喝着手下人一打，将冯公子打了个稀烂，抬回家去三日死了。

这个被拐卖的丫头就是英莲，也即后来的香菱，但为什么冯渊是买来作妾，而不是把她娶为妻子？因为英莲虽然出身良好清白，但是她五岁就被拐走了，一直养到现在大概是十二三岁，所以她根本是黑户，属于贱民阶层。而冯渊，他是乡绅之子，乡绅在地方上已经属于上流社会了，所以这里非常写实地反映了整个中国长久以来实施的"身份内婚制"。所谓身份内婚制，就是要在同一种身份、同一个阶级的情况下联姻，该制度之下有三种禁忌：士庶不婚、官民不婚和良贱不婚。相比于前两种禁忌，良贱不婚在历代得到了严格遵守，若有违反，通常会受到很严厉的惩罚。以甄英莲现在的身份而言，她根本上是无名无姓没有户口的，要和她缔结婚姻关系，只能是通过纳妾这种不被法律承认的方式。至于冯渊立誓再不结交男子，整个人完全转性，可想而知英莲的魅力有多大，并且他约定的方式是三日之后才过门，这其实等同于明媒正娶的婚仪，因为通常纳妾是一手交钱、一手交货，当天晚上就可以直接带回家的，足见冯渊是真心爱她，所以才如此地郑重其事。

这个故事让我感慨万千，同时对全书中其他数十个相关的例子进行通盘考虑，我发现了一个视野，那就是曹雪芹事实上是不赞成一见钟情的。"一见钟情"带有非常大的风险性，甚至很大的致命性。冯渊如此钟爱英莲，以至于彻底改性，其情感强烈到已经失去了某些现实逻辑，失去了个人的某一些理性原则，所以他付出这么大的代价，难怪脂砚斋在此评道：

谚云："人若改常，非病即亡。"信有之乎？

如果他没有那么爱英莲，便不会等上三天，也就不会节外生枝，导致拐子重卖给薛蟠，而薛蟠也要人不要钱，所以两个一争，冯渊就被打死了。这实在是很微妙，就因为爱得太深，导致他有这种执着，结果赔上了生命。全书中有其他很多的证据提示我们，凡是一见钟情、人为去努力的男女关系几乎都以失败收场。

另外一个表面上好像也是一见钟情的例子，最后却有皆大欢喜的结局，那是在第一回，这一组男女关系和谐音也有关。当时贾雨村和甄士隐在书房里聊天，刚好甄士隐出去接待另一个朋友，留贾雨村在书房里，"这里雨村且翻弄书籍解闷。忽听得窗外有女子嗽声，雨村遂起身往窗外一看，原来是一个丫鬟，在那里撷花，生得仪容不俗，眉目清明，虽无十分姿色，却亦有动人之处。雨村不觉看的呆了。那甄家丫鬟撷了花，方欲走时，猛抬头见窗内有人，敝巾旧服，虽是贫窘，然生得腰圆背厚，面阔口方，更兼剑眉星眼，直鼻权腮。这丫鬟忙转身回避，心下乃想：'这人生的这样雄壮，却又这样褴褛，想他定是我家主人常说的什么贾雨村了，每有意帮助周济，只是没甚机会。我家并无这样贫窘亲友，想定是此人无疑了。怪道又说他必非久困之人。'如此想来，不免又回头两次。雨村见他回了头，便自为这女子心中有意于他，便狂喜不尽，自为此女子必是个巨眼英雄，风尘中之知己也"。

到了第二回，贾雨村做了县太爷以后，就去甄士隐的岳父家找这个丫鬟，把她讨来做妾："又寄一封密书与封肃，转托问甄家娘子要那娇杏作二房。封肃喜的屁滚尿流，巴不得去奉承，便在女儿前一力撺掇成了，乘夜只用一乘小轿，便把娇杏送进去了。"曹雪芹在此非常俏皮，但是极为传神，从来没有人用屁滚尿流来形容高兴的程度，可知其中有弦外之音，说明封肃这个人很不堪，巴不得去奉承权贵，哪管这个丫头的死活。

而世事多么难料，"却说娇杏这丫鬟，便是那年回顾雨村者。因偶然一顾，便弄出这段事来，亦是自己意料不到之奇缘。谁想他命运两济，不承望自到雨村身边，只一年便生了一子；又半载，雨村嫡妻忽染疾下世，雨村便将他扶侧作正室夫人了"。整个过程发生了一连串的巧合再加上幸运，娇杏居然成了县太爷夫人，但这一切是当事人自觉之下的有所为而为吗？至少娇杏从来没有想过这个问题，她完全是无意的，没有去争取，没有要钻营，只不过是回头看了第二眼，结果反而得到一个好的结果，飞上枝头做凤凰！对贾雨村来说是一见钟情，不过却是基于误会，显然一见钟情的风险很大。尤其是这里也违反了良贱不婚的原则，可见作者为了要传达某一种吊诡或是反讽，他干脆就不顾现实原则。娇杏的谐音即"侥幸"，原来所谓的一见钟情所达到的幸福快乐的结局，完全是基于侥幸，是命运所给予的特殊优惠，所以作者恐怕不是在推崇婚姻自主、爱情自由。

另外请注意"喜的屁滚尿流"的那一位封肃，他也是后来甄士隐出家的一位推手。甄士隐不幸遇到火灾，整个家被葫芦庙的一把火烧光了，只得变卖田产来投靠岳父，没想到封肃把女婿的钱半哄半赚地侵占之后，便急着想把他扫地出门。甄士隐此时年老又贫穷，没有翻身的余地，整个人已经露出下世的光景，在这种情况之下，他出门散心，遇到了道士来度化他，于是飘然远去。这样一个岳父，如此势利又现实，他的谐音就是"风俗"，当然这个风俗指的是世风日下，人心不古的意思。

甄士隐的独生女儿也就是后来的香菱，她本名甄英莲，谐音即"真应怜"，脂砚斋说香菱的"菱"字也是来自莲与荷，而莲谐音为"怜"，香菱实为"相怜"之意，这也是有谐音的设计。因为对英莲一见钟情，情感强烈到飞蛾扑火，整个人都化为灰烬的冯渊，谐音就叫作"逢冤"，遭逢到天大的冤屈，那个门子便是用前世冤孽来做解释，一个突如其来的激情，结果就把这个人给烧毁了。

还有一例，在元宵佳节把小英莲弄丢的那个很粗心大意、不负责任的甄家仆人，他的名字叫作霍启，谐音"祸起"。我们可以注意到，第一回出现了三次月圆，包括元宵节和中秋节，都是月亮最圆满的时候，尤其元宵节更具有特殊的节庆意涵，也是最被明清的世情小说如《金瓶梅》善加运用的一个节日，因为元宵节特别具有节庆特性，能够去传达作者所要表达的人事的炎凉无常。在这个烟火灿烂、最热闹喧嚣的元宵节，霍启抱了英莲去看社火花灯，人那么多，充满闲杂人等，他竟然把一个小女孩随意放在路边，自己跑去上厕所，回来当然找不到人了，可怜的英莲命运就这样莫名其妙地完全改变，而霍启的谐音"祸起"，即灾祸从此而起的意思。

接着再做一些补充，脂砚斋提醒我们，元春、迎春、探春、惜春四个名字合起来，就是"原应叹息"，也是一种谐音法。又第五回贾宝玉在太虚幻境里受到警幻仙姑的招待，警幻带给他茶、酒、香这三样精品，它们都有特殊的名字，香料叫作"群芳髓"，这个"髓"字谐音为"碎"，茶和酒分别叫作"千红一窟（哭）"和"万艳同悲（杯）"。不管是"群芳""千红"还是"万艳"，这三个语词其实都是所有女性的意思，"芳""红""艳"本来即为女性的代名词，加个"群""千""万"的数量词就表示所有的女性，下面所接续的都是悲剧性的、负面的动词，可想而知，基本上警幻便是在暗示着，这些金钗们所演绎的是一阕女性集体悲剧命运交响曲，所有的女性都要葬送到悲剧中，呼应了那些金钗的簿册会放在薄命司的原因。

其他的"顽皮"谐音

贾府有三位清客，其姓名也都采用了谐音。清客依靠自己的学养依附于他人，以谋求衣食，算是读书人的一种降格以求，曹雪芹对他们好像不大有好感，所以这几位清客分别叫作詹光（沾光）、单聘仁（善骗人）、卜固修（不顾羞）。不过我觉得曹雪芹对他们略失严苛，读完前八十回，对于这些清客们出现的场合，我都做过推敲，其实这些清客们所说的话和所做的事未必都是不顾羞，未必都在骗人，有些还是很公道的。

　　还有一处人名的谐音，是我自己推敲出来的，后来发现清代解盦居士也持这一看法。在第三十五回，有人来回话说："傅二爷家的两个嬷嬷来请安，来见二爷。"宝玉一听说，就知道是通判傅试家的嬷嬷来了。大家都知道宝玉是很讨厌这种鱼眼睛嬷嬷的，没想到他这次竟叫人赶快把她们请进来，不要怠慢人家。傅试是贾政的门生，历来都是附骥尾于贾家，也是沾光之辈，"历年来都赖贾家的名势得意，贾政也着实看待，故与别个门生不同"，那边当然也常常找人来走动。而宝玉之所以会赶紧令两个婆子过来，就是因为他听说傅试有个妹子名叫傅秋芳，"也是个琼闺秀玉，常闻人传说才貌俱全，虽自未亲睹，然遐思遥爱之心十分诚敬，不命他们进来，恐薄了傅秋芳，因此连忙命让进来"。下面说道："那傅试原是暴发的，因傅秋芳有几分姿色，聪明过人，那傅试安心仗着妹妹要与豪门贵族结姻，不肯轻意许人，所以耽误到如今。目今傅秋芳年已二十三岁，尚未许人。争奈那些豪门贵族又嫌他穷酸，根基浅薄，不肯求配。那傅试与贾家亲密，也自有一段心事。"可想而知，傅试在打什么主意！由此看来，用谐音来理解"傅试"的命意，即谐音趋炎附势的"附势"，完全可以相通。而解盦居士《石头臆说》也认为："傅试者，附势也。"

　　另外，小说第二十四回中的卜世仁谐音"不是人"，曹雪芹对这个人的评价一点都不算苛刻。原来卜世仁是贾芸的舅舅，贾芸很小的时候父亲就过世了，孤儿寡母的家产便托给舅舅来照管，谁知等贾芸长大以后，才发现钱都被舅舅照管得不见了，显然是做舅舅的监守自盗、中饱私囊。没想到卜世仁讨了便宜还卖乖，竟然反倒责骂过来借钱的贾芸不长进，说："你但凡立的起来，到你大房里，就是他们爷儿们见不着，便下个气，和他们的管家或者管事的人们嬉和嬉和，也弄个事儿管管。"贾芸一听便赌气离了母舅家门，正在气头上没有看清楚，一头撞上了醉金刚倪二这个专放高利贷的人。不料倪二其实是一个血性的汉子，听清楚贾芸的情况之后，二话没说就借钱给贾芸，而且一个利钱不要。这件事情也是告诉我们，一个放高利贷的人可以在势利中有人情，但作为舅舅的卜世仁，明明是至亲的亲人，却在血缘人情中充满了势利。曹雪芹对人性之复杂，真是洞若烛火，这种辩证甚至矛盾才是《红楼梦》最伟大的地方，用黑白二分的简单逻辑去读这部小说，实在是买椟还珠了。

冰山一角式的引诗法

讲完了谶谣所使用的各种常用技巧，下面要谈另一种很独特的以诗为谶。但虽然不妨笼统地称为"诗谶"，其实它和一般的抒情诗又很不一样，抒情诗是诗人性格的流露，展现出一种性情风格及生命情趣，所以不能够就其字句去做穿凿附会的解读。相较于抒情诗式的诗谶，《红楼梦》在传统隐谶的基础上又有一个新的突破，那是以前完全没有出现过的一种设计手法，我称之为"冰山一角式的引诗法"，这个比喻和西方著名的小说家海明威不谋而合，他对他自己的创作手法也用了这么一个专有名词，我想它应该可以变成一个文艺批评的术语。

海明威的写作手法非常简约，在他看来，一个写作者如果能够删的文字就尽量删，当然不能删到读者看不懂，而是删掉之后还有许多余韵，让读者透过人情、事理的逻辑以及他们的文化底蕴去联想其中的内涵。海明威自己对于他这样的创作手法有一"夫子自道"，在《午后之死》一文中说："冰山之所以雄伟壮阔，就是因为它只有1/8浮在水面，7/8沉在水底。"因此，"冰山理论"已经变成海明威的小说创作手法上非常知名的一个专门术语了。以文学创作的角度及阅读效果来说，小说创作者确实不应该太啰嗦地把所有的东西都说出来，应该要信赖读者，让读者自己去联想、推敲，去创造、引申，小说家只要负责把1/8的东西写出来就好，下面深不可测的部分潜藏在文字的背后，读者自然能去领略。

"冰山理论"与《红楼梦》"谶"的制作手法是有相契合之处的，例如第六十三回掣花签的情节中，那些花签诗当然完全是为众多金钗们所量身打造。这是一种闺中游戏，花签是用象牙雕刻，上面镌着一句唐、宋诗，诗句旁会比配某一种知名的花卉。而花卉的生物特性、盛开季节或者是它的花形等，各方面的特点都可以被善于利用，和花签诗作对应；此外，同时还有一句四个字的概述。如此一来，根据每个人所抽到的花签，就可以从中领略到一种隐然的命运联系。

表面上看来，这是一个闺中的娱乐游戏，高雅又有趣，在无聊的生活中玩一些不同的花样，但是作者非常善于利用这样的游戏形态，借由花签诗来传达每一位抽到花签的金钗将来的命运。就此而言，花签上的诗句，正是浮在水面上的1/8，但实际上真正用来暗示这位签主命运的，是在其整首诗另外的7/8，没有引用到的另外七句或者是二句才是作者要暗示未来际遇的地方。既然隐藏在下面的才是真正的暗示所在，那么所用的那首诗就不能太生僻，所以曹雪芹选择的基本上都是名诗；因为是名诗，大家便有共同的知识基础，如此一来，看到花签上的那一句诗，就知道没有引的部分是什么，你的知识支援系统就会帮助你了解到，那海平面之下的7/8真正的意义在哪里。

对于《红楼梦》的"冰山一角式引诗法"，有学者称之为"歇前隐后"，即将一首诗的前后部分，有的隐藏起来，有的停歇掉，只露出引述的那一句。"歇前隐后"是一个传统的术语，而我们今天进行文学批评，除了使用传统术语之外，进一步借用海明威的"冰山理论"也未尝不可。

宝钗：任是无情也动人

我们接下来便具体说明曹雪芹对于"诗谶"的推陈出新的手法，其手法非常空前，恐怕也是绝后，即掣花名签。据第六十三回的描写，抽花签的顺序是依照常见的掷骰子，掷出几点算一算轮到谁，谁就去抽，然而既然是小说家的刻意安排，其间的顺序便不是纯任偶然，多少还是与这些金钗们的重要性以及其在整个叙事情节中所发挥的功能有关。

第一个抽到花签的是薛宝钗，花签上四个字的题字为"艳冠群芳"，既然是"艳冠群芳"，她当然是第一个抽到花签的，这支签所对应的就是牡丹花，正是所谓的"花中之王"。宋代以来，文人们或者是因为雅趣，或者是因为无聊，便把各式各样的花品进行排序，位于前几名的总是那几种，反映了文人集体的审美趣味，在历代的《群芳谱》上，第一名往往都是牡丹。何况牡丹是唐人最欣赏乃至举国轰动的一种名花，在盛唐的时候，牡丹还和历史上倾国倾城的杨贵妃"花面交相映"，李白就是在这种情况之下被唐玄宗召进宫来，对着眼前的名花、美人写了旖旎动人的《清平调词三首》，歌咏着"名花倾国两相欢"。

牡丹作为花中之王，又是唐代后妃等级的一种名花，所以"艳冠群芳"的"冠"字，其意义不只是在最大的集体审美公约数上作为第一名，它还代表了举国上下、贵贱一致的欣赏。以唐、宋文化来比较，在唐代那一个壮丽雄浑、积极向上的伟大时代，唐人会欣赏的花是抢眼夺目的，一眼就可以看到其美丽的牡丹；宋型文化则不一样，宋人重文轻武，比较内敛简约，所以更欣赏"濯清涟而不妖""可远观而不可亵玩"的莲花，莲花不是以富丽堂皇的外形来吸睛，而是以一种幽独的姿态来让人涵养、玩味。另外，还有梅花、菊花等，都是被宋代文人们所彰显、因而带有道德意涵的花卉。曹雪芹在崇尚牡丹花的时代寻找材料，他选的是晚唐罗隐的《牡丹花》，中晚唐时期牡丹花让全国为之疯狂，这简直是非常不可思议的现象，而这首诗用了和时代风潮背道而驰的一个非常罕见的例子来做文章，曹雪芹便善用这首诗，对书中的重要角色薛宝钗进行相契的双关。薛宝钗的花签上浮现出来的冰山一角是写着"任是无情也动人"，而诗句中的"无情"二字一直都被摘录出来，做断章取义的发挥，甚至说"无情"就是宝钗在"情榜"上的评价，这都是很简化的、带着成见的想当然耳。

脂砚斋好几次提到过：《红楼梦》全书最后模仿了《水浒传》108条好汉的"英雄榜"之类，对金钗们做一个排行榜，叫作"情榜"，但是已经残零不全。脂批留下一个线索，说贾宝玉是"情榜之首"，为什么宝玉是"情榜之首"？在第七十七回宝玉抒发过一段"万物有灵论"，他说："不但草木，凡天下之物，皆是有情有理的，也和人一样，得了知己，便极有灵验的。"因为宝玉性格中有一种宽广的博爱慈悲，于是赢得了曹雪芹的一个评论，叫作"情不情"。第一个"情"字是动词，指"用情来对待"，第二个"不情"是名词，指人类以外的无情之物，包括植物等等，宝玉这个人的心胸之宽厚，简直到了齐物的境界，他对一般的无情之物都能够以情相待，所以第三十五回说他"看见燕子，就和燕子说话；河里看见了鱼，就和鱼说话；见了星星月亮，不是长吁短叹，就是咕咕哝哝的"。

相对地，林黛玉在情榜上的按语是"情情"，第一个情字是动词，第二个情字是名词。相比于宝玉，黛玉的情感确实比较狭隘，对于能回应自己的有情对象，她才能够以情相待，其他则冷漠无感。黛玉的心灵首先聚焦在自我身上，然后聚焦在身边的少数几个对象，从宝玉、贾母，后来慢慢扩大到薛氏母女，但还是在很有限的亲友圈里面。就此而言，黛玉在情榜上只能排第二。

按照合理的猜测，第三名一定是薛宝钗，照脂砚斋的提示，他们三个人是《红楼梦》的"鼎足而三"，若缺一角，整部小说的整体叙事架构以及它所要表达的"二元补衬"的道理，便会有很重大的缺陷。问题在于情榜上宝钗的按语是什么，脂砚斋对此并没有留下任何蛛丝马迹，这样一来也很难去为宝钗下一个定论。然而很多读者非常有信心，他们看到花签诗有"无情"两个字，便认定情榜上第三名的薛宝钗，她的按语就是"无情"！他们不但直接用"无情"来作为宝钗的按语，而且把这个"无情"片面地解释为冷漠自私、冷酷无情。然而，这根本是一种想当然耳的任意推论。

我追踪过"无情"这个词汇在历代的使用情况，清楚看到其意涵绝非如此简单。例如庄子早就说圣人无情，到了魏晋时期更形成一个重大的文化课题，即有关圣人"有情""无情"的问题，所谓的"无情"本身和冷漠或冷酷是全然无关的，这个"情"字是在说偏私、情私，而圣人的境界高于我们凡人，能够超越个人的私心私情，也不受欲望的束缚，因此他是"无情"的，是"大爱无情"的表现。至于宋朝理学更说圣人廓然大公，以至无情，在在都是人格极高的境界。可见"无情"的历史意涵绝不是我们今天所以为的这么浅薄单一。何况这里的"无情"出自于罗隐的诗"任是无情也动人"，这一句里根本没有说牡丹花无情，所以绝对不能断章取义，更不能把"无情"这两个字单独抽离出来作为宝钗之人格的负面定调。

从修辞学、语法学等方面来理解，"任是无情也动人"只是一个"虚拟式的让步句"，其中所虚拟假设的现象是不存在的，它并不是事实，所以叫作"虚拟式的让步句"，这个让步只是姑且退后一步承认有这个情况，为的是要证明，即便到这种情况还是很动人，但实际上并没有这样的情况。

罗隐的原诗是一首非常典型的七言律诗，受过文学史或是诗选课基本训练的人都该知道：律诗的基本法则是中间两联必须对仗，对仗有几个精细的要求，包括词性要一样，名词要对名词，动词对动词，不止如此，在格律上还必须"平仄相反"，这是因为声律本身所造成的结果。另外还有一个很重要的，即上下两句的语法必须互相平行，上一句用什么句法，下一句就得用什么句法。而"任是无情也动人"位于第二联，也就是"颔联"，"颔联"是必须对仗的，所以要理解"任是无情也动人"这句话真正的意思，便必须上下两句一起合看。

它的上句是"若教解语应倾国"，这种"若教……应……"的语法即所谓的"条件分句"，它是复合句的一种形式。同样地，"任是无情也动人"也是如此，由"任是……也……"的条件分句所构成。用以叙述一个状况，比如"外面正在下雨"；也不是描写句或判断句，比如"花很美丽"或"这把伞坏了"，所以不能把"无情"当作一个认定，因为它既不是描写也不是叙述，更不是判断，当然不可以把这个"无情"直接拿出来，孤立地当作对薛宝钗的性格描述。

总而言之，"若教解语应倾国，任是无情也动人"这两句是"虚拟式的让步句"，意思是说，如果牡丹花懂得说话，那应该就会倾国倾城了，即便它很无情，也还是很动人。就语法平行的角度来说，牡丹既不解语，所以也并不无情，这些都只是退让到极致而做出的"虚拟式的让步"，为的是更强烈地传达分句后面所要表达的状况，也就是"倾国、动人"。好比说"即使你眼瞎耳聋，我都依然爱你"，眼瞎、耳聋、身残是目前没有发生的状况，重点在于强调不受这些影响的爱情，所以牡丹花的解语与无情也不应该被当作一个事实来认知。然而有太多的文章把"无情"孤立出来，断为薛宝钗的情榜按语，这是不合理的。

再者，如果这句诗可以直接把"无情"抽离出来解释的话，众人怎么可能异口同声说"巧的很，你也原配牡丹花"！何况薛宝钗的这一支签上又注着："在席共贺一杯"，试问有谁会共贺一个人无情呢？而且既然花签是闺中的游戏，它必须要迎合人们喜欢祥瑞的心理，如果"任是无情也动人"是在说抽到签的人无情，这实在太过违背签诗的设计原理。因此，我们可以非常确定这句诗毫无"无情"的意思，即使单独抽离来看，所谓的"无情"也应该偏向于圣人无所偏私的"大爱"。

现在再回到"冰山一角式的引诗法"，它和一般的"诗谶"不一样，作者特别借诗中描述的现象来双关签主的命运发展。让我们完整地看一下晚唐罗隐的这首诗：

　　似共东风别有因，绛罗高卷不胜春。若教解语应倾国，任是无情也动人。芍药与君为近侍，芙蓉何处避芳尘。可怜韩令功成后，辜负秾华过此身。

　　前两句描写了牡丹花的雍容华贵，"绛罗"是指它的红色花瓣层层叠叠，像绫罗绸缎堆在一起，很是富丽浓艳；又好像不胜春光的烂漫，呈现出一种慵懒的气息，这么美的花朵虽然并不解语，但还是倾城倾国，哪怕无情也会很动人。接着重点在"芍药与君为近侍，芙蓉何处避芳尘"，这个"君"是诗人对牡丹的尊称，他现在抽离出来，与牡丹形成对话。在《群芳谱》里，牡丹的一个强大敌手，往往和牡丹争第一的就是芍药。"芍药与君为近侍"意指芍药与牡丹最能够符合主流权威的审美观，或者也可以解释为：连芍药都作为牡丹您的贴身侍女，这样的解释同样突显出牡丹的绝世地位。无论哪一种解释为是，这两种花都属于被捧在掌心上，被追捧、被娇宠、被争夺的对象，是世俗评价上的佼佼者。如此一来，"芙蓉何处避芳尘"，芙蓉在牡丹与芍药的赫赫光芒之下，简直退无可退，要退避到何处，才能够免除你们光芒的威逼？

　　然而即便如此，牡丹终究还是要遭遇到悲剧的命运。且看最后这两句"可怜韩令功成后，辜负秾华过此身"，罗隐用了唐代一个很有名的故事：在中唐的时候，唐宪宗元和年间有一个名叫韩弘的官员，他是一个非常虔诚的修道之人，致力于追求出世的价值。他游宦在外很久，到了晚年，有一天回到长安永崇里的私宅，却发现他家的院子里里外外种了许多牡丹，他极为生气，下令把那些牡丹全部铲除，他自己也不住在家里，而是一个人在附近的一个小茅屋修道，完全不问世事，不和世俗相混，独守空闺的妻子便形同守寡。罗隐通过这个典故，叹息国色天香的牡丹也依然不能免除这样一个沦落的命运，对于修道成功的韩令，牡丹再美、再倾国倾城，在他的眼中也一样是弃如粪土，依然被白白辜负，此之谓"辜负秾华过此身"。

以《红楼梦》的叙事内容来说，"可怜韩令功成后"这一句很明显对应的是贾宝玉，当最后宝玉领略世间的空幻而大彻大悟，选择悬崖撒手而出家，宝钗才二十年华就要一辈子守活寡，岂不是白白辜负她的青春，整个人生的价值就被浪掷了。可见这些签诗表面上摘取最美好的那一句作为浮现出海面的一角冰山，但是金钗们的悲剧则隐含在海面下的冰山底层。

探春：日边红杏倚云栽

第二个抽签的人是探春，她"伸手掣了一根出来，自己一瞧，便掷在地下，红了脸，笑道：'这东西不好，不该行这令。这原是外头男人们行的令，许多混话在上头。'众人不解，袭人等忙拾了起来，众人看上面是一枝杏花，那红字写着'瑶池仙品'四字。"请大家注意"瑶池"二字，这是西王母的所在地，所以这枝杏花是仙境的奇品名花。签上写着："日边红杏倚云栽。"注云："得此签者，必得贵婿，大家恭贺一杯，共同饮一杯。"在这段描述中，对于探春的反应，我们要特别加以说明，《红楼梦》所写的是真正的大家闺秀，她们要谨守的分寸就是不能涉及非礼的男女关系，因此，虽然"贵婿"只是未来婚姻的一个暗示，但全书中只要涉及婚恋，对于未出阁的清白的年轻小姐来说，便是必须避之唯恐不及的。所以探春一看到"必得贵婿"就红了脸，婚姻是父母之命，媒妁之言，自己怎么可以去涉及相关的想象甚至主动追求！接着众人笑道："我说是什么呢。这签原是闺阁中取戏的，除了这两三根有这话的，并无杂话，这有何妨。我们家已有了个王妃，难道你也是王妃不成。大喜，大喜。"于是大家要向探春敬酒，"探春那里肯饮，却被史湘云、香菱、李纨等三四个人强死强活灌了下去。"曹雪芹描写得太生动了，很有画面感，大家的脑海里有没有浮现那个景象？而强灌探春的众人中还包括香菱，显然她们日常在这种私下的场合里还挺平等的。

至于探春的花签诗"日边红杏倚云栽"，出自晚唐高蟾的《下第后上永崇高侍郎》，全诗如下：

> 天上碧桃和露种，日边红杏倚云栽。芙蓉生在秋江上，不向东风怨未开。

"天上"和"日边"就和"瑶池仙品"的"瑶池"一样，都是用仙境来代指皇室，诗中的碧桃和红杏与人间凡种不同，它们的植根之处不是我们脚下所踏的土壤，而是天上的云层，象征地位的崇高。由"贵婿"二字，读者便知道探春的婚嫁对象必定身份非凡，加上又有"王妃"的暗示，看来探春日后确实是要嫁入皇室的。

只不过，虽然探春嫁了贵婿，地位崇高，就一般人来说应该是一个很美满的姻缘，然而，对于有志于挽回家族命运的如此才志兼备的女性而言，却藏着一个必然的悲剧命运，即她必须从娘家也就是她的母胎所在被连根拔起，如《诗经》所说的"女子有行，远父母兄弟"。

在《红楼梦》的众多金钗里，作者唯独在探春身上不断强调远嫁是其悲剧的核心，可见她的悲剧核心和别人不一样，她的苦痛在于明明有才有志，可以为自己的家族做出力挽狂澜、存亡绝续的贡献，偏偏身为一个女儿就要被迫飘然远去，在天涯海角眼睁睁地看着家族崩溃沦落，这个痛彻心扉将跟着她一辈子，成为终身的遗憾，这是探春非常独特的悲剧形态。诚如第二十二回脂砚斋所说："使此人不远去，将来事败，诸子孙不至流散也。悲哉伤哉。"所以高蟾这首诗的第三四句"芙蓉生在秋江上，不向东风怨未开"，表面上是说芙蓉在春风吹拂之下才能够绽放，然而它错时而开，注定含苞而不能开花，便隐喻探春作为一个女性，白白地丧失以她的实力所能完成的功业。

《红楼梦》最了不起的地方就在于：它把女性所面对的各式各样的困境、痛苦以及悲哀，通过不同的角色将之典型化地呈现出来，让每一种悲剧都有它特定的形态，并得到非常鲜明的展现。在探春身上，我们看到婚姻即出嫁对女性所造成的巨大创伤与价值落空，而这个类型的悲剧在别人身上便没有刻意被凸显。例如黛玉很早就已经寄住在亲戚家，并且是公认的宝二奶奶，所以对于出嫁似乎没有这种恐惧，没有这种剧烈的剥夺感，至于迎春、惜春、湘云等姑娘，小说家也从来没有去触及这个问题。

李纨：竹篱茅舍自甘心

探春之后抽花签的是李纨，签上"画着一枝老梅，是写着'霜晓寒姿'四字，那一面旧诗是：竹篱茅舍自甘心"。其中处处都充满了道德寓意，和她身为寡妇那守贞自适的德性息息相关，"竹篱茅舍自甘心"意指即便在这样一种恬淡寡欲的寡妇处境下，完全被剥除现实中种种声光色的绚烂，她依然都能够自得其乐。对古代女性来说，死了丈夫以后她的生命幸福便注定要断绝，不应该对存在还充满好奇和兴趣，更不应该去追求存在的快乐，否则就是不守妇道，就会被人所非议，寡妇最好总是一副槁木死灰的模样。

"槁木死灰"一词出现在第四回，当时的李纨其实差不多也才二十出头，但由于她从小接受"女子无才便是德"的教育，只不过读了《女四书》《列女传》《贤媛集》等三四种书，认得几个字，"因此这李纨虽青春丧偶，居家处于膏粱锦绣之中，竟如槁木死灰一般，一概无见无闻，惟知侍亲养子，外则陪侍小姑等针黹诵读而已"。很明显地，通过"因此"这两个字，作者挑明了这个人物的性格和她所受的教育之间的直接因果关系。"因此"二字的意义所在是我推敲了很久才发现的，后来我更注意到《红楼梦》非常强调读书和后天教育对一个人的塑造力量，而不是完全由先天基因决定的，这也正解释了李纨为何能做到"竹篱茅舍自甘心"的境界。

签诗旁边注云："自饮一杯，下家掷骰。"请看看李纨此刻的反应，李纨笑道："真有趣，你们掷去罢。我只自吃一杯，不问你们的废与兴。"这是用某一种道德所划的界限，欣然和周遭的世界两不相干，但不要忘记，李纨居处于锦衣玉食的贾家，眼前充满了各种生活情趣，她必须透过精神力量来营造出简约素朴的身心环境，因此只能过一种独立的、孤岛般的生活。没想到李纨却甘之如饴，彻底内化到"不问你们的废与兴"这般的程度，"不问你们的废与兴"，意指我已经是世外的独行之人，你们那个世界的兴衰荣枯与我无关，我只在我的世界里自得其乐。

李纨的花签诗来自宋代王淇的《梅花诗》：

> 不受尘埃半点侵，竹篱茅舍自甘心。只因误识林和靖，惹得
> 诗人说到今。

第一句的"不受尘埃半点侵"正呼应了寡妇波澜不兴的心境，而最后的两句应该不是李纨命运的暗示，毕竟寡妇的生涯几乎是一以贯之，大概终身如此，显然这首签诗比较特别，我揣摩了很久，在此试图解释一下。"只因误识林和靖，惹得诗人说到今"，出自林和靖"梅妻鹤子"的典故，他以梅花做妻子，以白鹤为儿子，整个人逍遥于世俗之外，林和靖也因此写了非常有名的《山园小梅二首》，其中的名句"疏影横斜水清浅，暗香浮动月黄昏"历来传诵人口。但也因为梅花名声在外，反而不能够安然地享受那孤立于世俗之外的清幽宁静。照这样说来，我总觉得曹雪芹有一点点用这首诗来自我解嘲的意味，曹雪芹就好像林和靖，而老梅般的李纨不幸认识了曹雪芹，结果被写在小说里，害得她成为被我们研究的对象，袒露在众人面前，反而丧失她应有的独立清净。

下面这支签诗是史湘云所抽到的，"湘云笑着，揎拳掳袖的伸手掣了一根出来。大家看时，一面画着一枝海棠，题着'香梦沉酣'四字。那面诗道是：'只恐夜深花睡去。'"史湘云的花签诗引自苏轼的《海棠》：

> 东风袅袅泛崇光，香雾空蒙月转廊。只恐夜深花睡去，故烧

高烛照红妆。

必须说，这整首诗与"冰山一角的引诗法"没有对应关系，其中看不出具体的命运预告。从黛玉道："'夜深'两个字，改'石凉'两个字。"以打趣白天时湘云醉卧的事，再配合"香梦沉酣"的题字，这支花签似乎着重于传达签主的性格特征，因此选用"只恐夜深花睡去"的鲜明形象，而削弱了命运讯息。这一点和黛玉的情况很类似。

麝月：开到荼蘼花事了

下面是麝月所抽的花签"开到荼蘼花事了"，春天百花盛放，初春、仲春、暮春都有花儿陆续开放，而通常开到荼蘼花的时候，便表示春天马上要结束，如此繁华美好的一场花事就要终结，即将进入"绿叶成荫子满枝"的夏天，这带有一点点不大吉利的味道，所以宝玉愁眉忙将签藏了，他不喜欢落花春去的悲剧意味。但是表面上它其实还是很美好的一个描述，所以签上题的四个字是"韶华胜极"，这是签诗应该有的性质。只是毕竟花事已了，所以注云："在席各饮三杯送春。"再深入地看，那四个题字"韶华胜极"也隐含着老子所说由盛而衰的原理。

至于为什么抽到荼蘼花的是麝月，其中有很重要的安排，可惜因为前八十回来不及写贾家被抄没之后的惨况，麝月担任"花事了"的角色便来不及彰显，而必须透过脂批才能够理解。当百花都已经消歇，春天结束之后，荼蘼花的作用是什么？这得看麝月这支花签诗的完整描写，"开到荼蘼花事了"也是来自宋代王淇的诗，即《春暮游小园》：

> 一从梅粉褪残妆，涂抹新红上海棠。开到荼蘼花事了，丝丝
> 天棘出莓墙。

春天面临结束时的时机和景观，当然可以隐喻人生乃至家族的命运。第二十回的脂批告诉我们："袭人出嫁之后，宝玉、宝钗身边还有一人，虽不及袭人周到，亦可免微嫌小敝等患，方不负宝钗之为人也。故袭人出嫁后云'好歹留着麝月'一语，宝玉便依从此话。可见袭人出嫁虽去实未去也。"可见将来贾家被抄之后，袭人也在一种不得已的情况下被拍卖，幸而被蒋玉菡娶去，且袭人在出嫁前苦口婆心，要求宝玉一定要留下麝月来照顾他，不然她不放心。换句话说，袭人是薛宝钗的分身，而麝月又是袭人的分身，这点可以从第二十回宝玉心想麝月"公然又是一个袭人"得到证明。原来当百花流落，连袭人都不得不被迫离开宝玉，最后留下来还在宝玉身边守候的，也是宝玉的最后一朵花，就是麝月。

至于最后一句"丝丝天棘出莓墙"，天棘是一种细于丝杉的藤蔓，故又称蔓青丝，杜甫《巳上人茅斋》即曾经用过这一植物的典故（"天棘蔓青丝"），这种植物出自佛书，寺院庭槛中多植之，便带有佛教出家的意涵。如此说来，该签诗即暗示了麝月会一直留在宝玉身边，直到宝玉出家后继续守着宝钗，主仆两个人相依为命，这一方面延续了袭人的苦心，一方面不辜负宝玉；宝钗这么好的一个人在守活寡的悲惨命运中，还有人可以陪伴在身边，这是出于作者的怜悯，而让麝月将来负担的角色功能。

香菱：连理枝头花正开

接下来轮到香菱，"香菱便掣了一根并蒂花，题着'联春绕瑞'，那面写着一句诗，道是：'连理枝头花正开。'注云：'共贺掣者三杯，大家陪饮一杯'"。这明显是有关夫妻恩爱、非常完满的诗句，然而香菱的命运当然不是冰山的这一角，而是隐含在海面下的那部分。"连理枝头花正开"出自朱淑真的《惜春》，朱淑真和李清照一样，是很重要的宋代女性文学家，曹雪芹引用的这一句是非常经典的"冰山一角式的引诗法"的实践，全诗说道：

> 连理枝头花正开，妒花风雨便相催。愿教青帝常为主，莫遣纷纷点翠苔。

在中国传统的语言象征里，"连理枝"都是用来表示夫妻恩爱的比喻，白居易《长恨歌》中也说"在天愿做比翼鸟，在地愿为连理枝"，所以"连理枝头花正开"是最美好、最灿烂、最幸福的时刻！

但是，香菱有过"连理枝头花正开"的时刻吗？这是一个大问题，作为一个现代人，我们如何才能够真正理解香菱到底在想什么，以及她的生命经历过什么样的变化，产生了怎么样的思考？相信绝大多数的现代读者都不认为香菱是爱着薛蟠的，然而，《红楼梦》的文本证据却告诉我们相反的答案：香菱是很爱薛蟠的！第四十七回有一个很重要的证据，当时薛蟠对柳湘莲调情，结果被毒打了一顿，"薛姨妈与宝钗见香菱哭得眼睛肿了"，作者只有这么一句话，可是请大家注意，香菱对于薛蟠受伤的反应是"哭得眼睛肿了"，那得要伤心到极点，哭得非常惨烈，而且要痛哭很久才会哭到眼睛都肿了。《红楼梦》里还有一个女孩子，也是因为心爱的人被毒打，而哭到眼睛肿得和核桃一样，她就是宝玉挨打以后的林黛玉。由黛玉的这个例子，我们获得一个很有力的旁证，即香菱显然是真正爱薛蟠的，否则她不会哭到这种程度。

证明这一点之后，我们便要继续推论：香菱为什么会爱上薛蟠这样一个不学无文又好色的大老粗？这正是我们必须要打破的一个迷障。试想：薛蟠有没有优点可以让别人喜欢他？清代有一位很有名的《红楼梦》评点家涂瀛，他对薛蟠的赞语真的很精彩，不被一般的成见所限，而能实事求是地去挖掘薛蟠的优点，于《红楼梦论赞·薛蟠赞》中说："薛蟠粗枝大叶，风流自喜，而实花柳之门外汉，风月之假斯文，真堪绝倒也。然天真烂漫，纯任自然，伦类中复时时有可歌可泣之处，血性中人也，脱亦世之所希者与！晋其爵曰王，假之威曰霸，美之谥曰呆。讥之乎？予之也。"此说确实十分公允而中肯，令人大开眼界。

《红楼梦》的文本确实是这样描述薛蟠的，第四十七回他被柳湘莲毒打后，他的反应很值得注意，他说："原是两家情愿，你不依，只好说，为什么哄出我来打我？"他很痛恨柳湘莲用诈术来骗他，因为他自己始终是一个诚实坦荡的人，从未欺骗诱拐。总而言之，涂瀛所说的"天真烂漫，纯任自然"这八个字，薛蟠完全担当得起，更必须说，在《红楼梦》的所有人物里，论哪位最率真、最代表真性的绝对无伪，真的是薛蟠排名第一，薛蟠完全不做任何的修饰与包装，他连最不堪也最"不足为外人道也"的那种内在欲望，也都直接表现出来，真的是里外如一到完全透明的程度。

严格说来，真正纯任自然的人其实是薛蟠，所以他会有一些可歌可泣之处，会有一些血性的行为，试看柳湘莲因为尤三姐的自刎事件而出家，当时哭得最伤心，还满城去找柳湘莲的，就是薛蟠！从仇人化为亲人，其中的关键便是薛蟠在贩货过程中遭遇打劫，差一点没命，幸好柳湘莲出面救了他，结果两个人尽弃前嫌，还结拜为兄弟。可想而知，薛蟠这个人其实是非常爱朋友的，并且是两肋插刀的那一种。故而涂瀛说"血性中人也，脱亦世之所希者"，这么一来，我们终于找到薛蟠让人喜爱的优点了。

另外，再揣摩一下香菱是在什么样的处境之下遇到薛蟠的？最初冯渊来买她，她很高兴并感叹说"我今日罪孽可满了"，显然和拐子生活在一起叫作"罪孽"，相当于活在地狱里，她被毒打到怕了，整个过去的幼年记忆完全丧失。她那时候当然不了解冯渊，只知道有人要买她，那就可以脱离拐子的魔掌，可见她的处境堪称水深火热，任何买她的人都是救命恩人。没想到等待的三天中节外生枝，被转卖给薛蟠，害得冯渊也送掉一条命。可是无论如何，对于这两个人，香菱都不认识，不管谁买她，终究真实的是被买去之后的生活。当薛蟠买了她之后，刚开始确实是很疼爱她的，而且他是苦求薛姨妈，才非常正式地摆酒请客，把香菱收为妾的，这样的郑重其事和冯渊并不相上下。只是后来第十六回透过凤姐之口，我们知道他"过了没半月，也看的马棚风一般了"，意思是薛蟠又开始心有旁骛，没有专情于她，却并没有说因此不疼她甚至虐待她。

试想，一个女孩子经历了七八年的灾难，每天活在暴力威胁之下，除了恐惧还是恐惧，突然有一天有人要买自己，终于可以脱离苦海，又来到了薛家这种人家，直接感受到的就是一个完全不同的物质环境，加上又受到宠爱，很快地被正式纳为妾，被视为一家人。香菱从孤苦无依的一个人，没有朋友，没有亲人，没有任何依靠，没有任何希望，而突然之间有了亲人，有丈夫，有婆婆，有小姑，不再挨饿受冻，也不再有人拳脚相加，这一家人都对她那么好，而这一切是谁给她的？是薛蟠。中国人说"恩情"，"恩"和"情"本来是连接在一起的，何况薛蟠确实有很可爱的地方，也从来没有打过香菱，只有到第八十回的时候，因为娶进来的夏金桂挑拨离间和教唆陷害，薛蟠才打了香菱一两下。因此，"连理枝头花正开"也证明香菱确实有过夫妻恩爱的幸福。

这再度告诉我们，对于《红楼梦》中的人物，尽量不要在积非成是已久的成见中去理解，一定要回归到文本里面来，才能够对人物做出比较真实而准确的认识。

然而很不幸的是，香菱的人生并没有停留在这里，她很快会坠落到另外一个悲剧的深渊，即"妒花风雨便相催"，很明显"妒花风雨"是指夏金桂。可怜的香菱，只能够一心希望有人可以为她做主，来抵挡风雨的摧残侵袭，这就是第三句的"愿教青帝常为主"，其中，"青帝"即"春神"，这句诗原来的意思是说，希望春天永远不要离开，不要让她美丽的花瓣纷纷飘零，落在青苔上化为尘土，此即第四句的"莫遣纷纷点翠苔"。

这整首诗非常精巧地双关到签主的命运，香菱唯一的庇护者当然是薛蟠，他相当于香菱的"青帝"，于是香菱期望薛蟠能为她做主，为她张开庇护之伞，让连理花不要飘零。但显然愿望是落空的，没想到薛蟠实在是个没用的人，反而被夏金桂辖制到雄风尽失，所以香菱终究还是要被活活折磨致死，应验了"自从两地生孤木，致使香魂返故乡"的谶语。

黛玉：莫怨东风当自嗟

继香菱之后抽花签的人，是黛玉。在《红楼梦》里，牡丹的签主是薛宝钗，芍药则并不是谁的代表花，而芙蓉很明确是林黛玉的代表花，黛玉抽到的花签就是芙蓉，另外还有黛玉的重像——用传统评点的用语，即所谓的影子或影身——晴雯，其代表花也是芙蓉。晴雯去世后，贾宝玉为她写了一篇《芙蓉女儿诔》，便足以证明其代表花是芙蓉，这也正是为什么在第六十三回中，袭人乃至麝月都抽了花签，晴雯却没有参加，原因很简单，芙蓉的花签只有一支，当然必须安排给黛玉。而宝钗那句签诗所隐含的"芙蓉何处避芳尘"一句，对应到现实思维，以社会的主流价值来说，黛玉是无法和宝钗相比的，包括她们的家庭状况、健康情形、性情涵养，以古人的标准而言，黛玉确实不占优势。

不过，黛玉的悲剧并不在这里，因为贾母的疼爱，她始终是个宠儿，也是"准宝二奶奶"，那么，真正的关键就是她自己的性格了，因此，那支签上画着一枝芙蓉，题着"风露清愁"四字，所关联的一句诗则是"莫怨东风当自嗟"，清楚显示黛玉的感伤性格才是她悲剧的根源，并不是外在的因素使然。而黛玉看了签诗之后的反应是"也自笑了"，可见黛玉自己也意识到这一点。据此，黛玉的这支签并没有太多身世上的隐喻，基本上是对她特殊人格特质的一种呈现。

袭人：桃红又是一年春

　　最后一位掣花签的是袭人，抽到的是一支桃花，题着"武陵别景"四个字，用的是和桃花有关的旧诗"桃红又是一年春"，来自谢枋得的七言绝句《庆全庵桃花》，属于一首咏物诗，而"武陵别景"用的是陶渊明《桃花源记》之典故，大家耳熟能详，并且用个"别"字，很明显它是"别有天地非人间"（语出李白《山中答问》），是和现实世界的残破、悲哀、痛苦不一样的美好仙境之所在。由此可见，从签诗到题字都和桃花有关，同时呈现出和陶渊明的原始典故息息相关的意义。

　　那么，袭人抽到桃花，其寓意何在？很多学者或读者在自己的成见的引导之下，选择性的取材都是不利于袭人的相关文献。其实，对于桃花的解释，传统以来诗词所累积的意涵是非常丰富、多面的，但是成见会使人削足适履，只刻意选择对桃花比较负面的描写来进行解读。例如杜甫《漫兴》这一组诗歌咏春天的景色，其中有两句"颠狂柳絮随风去，轻薄桃花逐水流"，春天的生机突破了宇宙的秩序，要去迸发，要去弥散，要去做各式各样的延伸、扩张。杜甫从这一点切入，歌咏春天的常见风物，用非常佻达的语气来呈现那活泼盎然又有一点张扬脱序的春日景观，所以他把柳絮随风飞舞用"颠狂"来形容，以"轻薄"描写桃花的随波飘流。然而这只是一个很特殊的角度，而且是杜甫在某一种很特殊的心境里所做的特别诠释，因此很罕见，并不能代表桃花所有的、主要的意涵，偏偏有学者就举这样的诗句，以证明曹雪芹是在讽刺袭人轻薄，不能从一而终，并没有为宝玉守贞。很明显地，这是一个选择性的取样和恶意的诠释。

　　既然表现在文学创作中的桃花意涵那么多，我们就必须回归到文本脉络里，因为文本本身会做一个限定，可以作为正确的指引，在这样的指引之下，我们对桃花意象的判断才会比较公允。而文本讲得很清楚，"武陵别景"以及"桃红又是一年春"的原诗，都继承了陶渊明的《桃花源记》，用以歌咏桃花"得其所哉"的一种庆幸。《庆全庵桃花》全诗云：

　　　　寻得桃源好避秦，桃红又见一年春。花飞莫遣随流水，怕有渔郎来问津。

　　这和袭人的整个生平曲折是非常吻合的，同时也对她未来的命运做出指示。"寻得桃源好避秦"一句，明确是在《桃花源记》的乐园模式之下去运用；而"桃红又见一年春"，曹雪芹写成"桃红又是一年春"，这是一字之误，曹雪芹在引述旧诗词的时候常常会有一字之差，但对词意的理解并没有影响。从"又"是再一次的意思，很多人就认为"桃红又见一年春"指的是袭人再嫁蒋玉菡。

　　早在两三千年前的《诗经》，便书写了"桃之夭夭，灼灼其华，之子于归，宜其室家"之句，桃花很明显隐含了女子婚嫁的义涵，所以此处的"又见一年春"可以影射袭人会有二度的婚姻。只单单就这一句而言，确实也对应到我们所知的袭人的人生变化，这样的说法没有问题，可是回到谢枋得这首诗的整体脉络，便会发现有一点出入了。假设说"桃红又见一年春"指的是再嫁蒋玉菡，那么下面这两句就会很奇怪了，所谓"花飞莫遣随流水，怕有渔郎来问津"，可以很清楚地感受到第三句和第四句用的是未来式，意谓将来花落以后会随水流去，那是飘零或沦落的悲剧命运。所以他用个"莫遣"，表示悲剧命运是可以扭转的，只要有一个力量中途承接下来，这朵花就不会有"随流水"的厄运，而这个转机就是"有渔郎来问津"，伸出双手捧住这一朵飞花，珍而惜之视为掌上明珠，让这一朵落花有所依归，她的整个人生便有了很大的改变。如果把整首诗的脉络作通盘考虑的话，那么显然"又见一年春"恐怕不是再嫁蒋玉菡，否则的话，下面这两句就很奇怪了，怎么又"怕有渔郎来问津"，难道她会再嫁给别人吗？这显然很不合理。

在我看来，"又见一年春"应该解释为袭人来到贾家，这是她的第二个春天，这个春天不一定是指婚姻，因为第一句"寻得桃源好避秦"中的"避秦"告诉我们，在"桃红又见一年春"之前，袭人身处如同秦末之乱的艰苦处境中，找到桃源之后，这朵桃花可以再度盛开，迎接她生命中美好的春天。据此说来，这里的"又见一年春"指的是贾府所提供给她的安定生活，而"避秦"指的是解决家庭的困境，第十九回很早就告诉我们，袭人在来到贾府之前，本家是非常艰难的，那几乎是全家要一起饿死的惨况，袭人才会被卖到贾家来做丫鬟。贾府中那些丫鬟奴仆的来源主要是两种，一种叫作家生子，即家里原来的奴仆彼此婚配之后再生下来的小孩，奴仆的孩子当然还是贾家的财产；另外一种是由外面买进来的，通常人家会卖儿鬻女，让自己的儿女去为人奴仆，当然都是父母贫困到无以为继，只好出此下策，袭人就是属于后一种。

可是，当袭人在家听说母兄要赎她回去，她竟然死都不愿意，宁可在贾家为人奴仆，也不愿意以一个自由人的身份回家，这不是非常奇怪吗？所以在读《红楼梦》的时候不要放过这些奇怪的地方，只有这些奇怪的地方才会指引我们，真正去了解贾府到底是一个什么样的地方。原文中袭人是这样说的：

> "当日原是你们没饭吃，就剩我还值几两银子，若不叫你们卖，没有个看着老子娘饿死的理。如今幸而卖到这个地方，吃穿和主子一样，又不朝打暮骂。况且如今爹虽没了，你们却又整理的家成业就，复了元气。若果然还艰难，把我赎出来，再多掏澄几个钱，也还罢了，其实又不难了。这会子又赎我作什么？权当我死了，再不必起赎我的念头。"因此哭闹了一阵。他母兄见他这般坚执，自然必不出来的了。况且原是卖倒的死契，明仗着贾宅是慈善宽厚之家，不过求一求，只怕身价银一并赏了还是有的事呢。二则贾府中从不曾作践下人，只有恩多威少的。且凡老少房中所有亲侍的女孩子们，更比待家下众人不同，平常寒薄人家的小姐，也不能那样尊重的。因此，他母子两个也就死心不赎了。

大家要知道，贾府中亲侍主子的女孩子又叫大丫头、副小姐、二层主子，袭人之所以这么样眷恋贾府的生活，除了与宝玉有很深的感情之外，和现实环境所能提供给她的有如桃花源般的乐园生活，也是有关联的，连晴雯都是如此，第三十一回宝玉要撵她出去时，晴雯便说"我一头碰死了也不出这门儿"，可见人同此心。所以"避秦"指的应该就是花家当年几乎要饿死的艰困处境，"桃源"则是指贾府，到了贾府之后以为终生得所。

但是天有不测风云，人世无常，没想到贾府会被抄家，恰恰对应于谢枋得的第三句诗"花飞莫遣随流水"，原来即便在桃花源中，终究还是有可能会遇到铺天盖地而来摧毁乐园的重大灾难。当灾难来临的时候，这一朵桃花就要随水流去，从此葬送在污浊泥泞的现实世界，然后过着悲苦的生活，但如果万幸的话，或许还是会有别的转机，第四句"怕有渔郎来问津"便是一个转机。如果从袭人生平的曲折转变而言，我认为"渔郎"才是对蒋玉菡的影射，他中途把这一朵飞花接到手里，捧在掌心，果然袭人的下场基本上算是比较好的。

不少学者和读者严厉批判袭人在贾府被抄家后再嫁，这是很不公允的，毕竟袭人是"妾身未明"，身份上仍是丫鬟，贾府抄家后是被买卖的物品，她自己完全没有决定权。何况即便是妻子，成为寡妇后不再别嫁，就一定是"贞"吗？这其实都是现代人拿着自己所反对的礼教观点去做的不公批判而已。这里要特别补充一点：大家对袭人、宝钗有着各种好恶，然而，以儒家思想而言，"礼不下庶人，刑不上大夫"，包括了对知识分子的要求与优待，相对之下，对平民百姓"礼"的要求则较宽松，遑论奴仆丫鬟阶级。因此，传统礼教是不要求侍妾守节的，可现代人却反而要不必守节的人得守节，以致给予严厉的批评，这不是比封建更封建、比礼教更礼教吗？现代人所主张的"反封建、反礼教"又到哪里去了？怎么这样双重标准、自我矛盾呢？

再注意脂砚斋的一段话，他说第十九回的这段情节是："补出袭人幼时艰辛苦状，与前文之香菱、后文之晴雯大同小异，自是又副十二钗中之冠，故不得不补传之。"这就给我们留下线索，原来"又副册"中的第一名是袭人，而"桃红又是一年春"便是我们所看到的最后一句花签诗。

总而言之，第六十三回的花签诗总共有八句，我们详细说了六句，至于史湘云与林黛玉的两句则偏向于性格呈现，而不是命运写照。如果做整体观察的话，会发现这些花签诗中有六句是出自于宋诗，另外两句是出自晚唐，而晚唐在诗歌写作的手法上、内容的倾向上，和宋诗是一脉相承的。所以严格说来，《红楼梦》中的八句花签诗所呈现的，全部都属于宋诗的写作特征，曹雪芹之所以不用盛唐诗，反而是偏好宋诗，这实在和宋诗的写作特征有关，但是因为说来话长，我们不要节外生枝，就暂时交待到这里。

第一次戏谶：宁府排家宴

曹雪芹的创新还不止"冰山一角式的引诗法"，更包括一种前所未见的"戏谶"手法，他从"戏曲"的范围取材，主要是采用剧名及剧目，亦即戏曲或剧码的名称，就之望文生义，并透过有顺序的组合来呈现对贾府集体命运的预告。

这第三种"戏谶"的表达方式，也是曹雪芹首创的，而"戏谶"必须被安排在一个符合现实逻辑的背景之下，让它很自然地出现，并透过作者别有心裁的安排，与全书中"谶"的氛围吻合无间。至于什么样的现实原则可以让戏目剧码呈现得很自然呢？那就是节庆之类的场合，如庆生、贺寿或者是拜神。以贾家这种贵族世家而言，遇到这一类的场合，他们理所当然要请戏班子，尤其是自己家里蓄养的戏子，在现场随时可以粉墨登场，进行各种娱乐表演，这是贵族世家才会有的财力，因为要养这样一大批的人，必须有雄厚的资本才能够支撑。贾家也蓄养了一批女戏子，其中还有一些被赋予重要的戏份，如龄官、芳官、藕官等。

就在这些庆生、贺寿、拜神之类的喜庆场合中，作者常常设计以三出为主的戏码依序演出，注意一定要依序，因为排列组合的顺序基本上是分别对应贾家集体命运的不同阶段，亦即贾家的命运是以一种直线型的时间而有了变化。所谓的直线型时间，是由过去、现在和未来这三个时态所构成，而贾家的命运也一样，在这样一个顺时单向的进展过程中，贾府出现了肇基、荣盛以及衰亡的运势变化，或者用佛教的语词来说，即"成"→"住"→"坏空"三个阶段，曹雪芹便以三出为主的戏码对贾府的集体命运进行预告。而这个预定的命运，就是这个家族走向衰亡的悲剧发展。

对此，我做了一个系统的整理，在整理的过程中，真是不禁赞叹曹雪芹的才高八斗，小说中主要有四处用了这样一种"戏谶"的手法。

第一次是出现在第十一回的宁国府。贾府的故事背景包括宁、荣二府，二者是一体共命，是命运共同体，所以这两府之间有一个必然的连带关系，"戏谶"也同样都对应到两府的相关情节。这一回的回目叫作"庆寿辰宁府排家宴，见熙凤贾瑞起淫心"，既是"宁府排家宴"，地点当然是在宁府，而这次的家宴是安排在花园里。宁国府的花园叫"会芳园"，我们以后谈大观园专题的时候会说明这个花园非常重要，攸关大观园的先天宿命。会芳园的"会"是会集、汇聚的意思，"芳"当然和花有关，表示花园里有许许多多的花卉，园子里自然也有一些亭台楼阁。

书中描述王熙凤摆脱掉贾瑞之后，便来到排家宴的地方，和那些下人们有一番对话，"说话之间，已来到了天香楼的后门，见宝玉和一群丫头们在那里玩呢"。由此可见，会芳园里有一座天香楼，女眷们就是在这里看戏。而天香楼是什么地方？那是秦可卿和她的公公贾珍通奸的场所，之后可卿也是在天香楼上吊自尽，以死赎罪，因此作者原本想要安排的第十三回回目即"秦可卿淫丧天香楼"。然而，脂砚斋介入了曹雪芹的创作，他认为秦可卿在死前给王熙凤托梦的那一番话深谋远虑、充满智慧，不忍心她死得这么难堪，因此"命芹溪删去"，删掉之后变得隐隐约约，其实很多地方还是逗漏消息的。

可见天香楼隐藏着不可告人的秘密，偏偏女眷们看戏所在的地方就是天香楼，凤姐"款步提衣上了楼"，邢夫人、王夫人便命凤姐再点两出好的，"凤姐儿立起身来答应了一声，方接过戏单，从头一看，点了一出《还魂》，一出《弹词》，递过戏单去说：'现在唱的这《双官诰》，唱完了，再唱这两出，也就是时候了。'"

敏感一点的人便领悟得到，"也就是时候了"这一句话在情节中具体指涉的是什么，而象征的寓意又是什么？以当场的具体情境来说，指的是天色晚了，今天也玩够了，庆生活动差不多可以结束了，大家可以散场回家；如果从整部小说"谶"的寓意而言，它指的就是家族的寿命也差不多到终结的时候。从戏码剧目上演的顺序来看，这些戏第一出是正在唱的《双官诰》，凤姐接下来点的是《还魂》和《弹词》。这个顺序组合大有深意：首先是《双官诰》，"诰"指皇帝的封诰，"双官"对应到贾府的话，指的是荣、宁二公（贾源、贾演），就贾府的生命演化而言，《双官诰》明显对应于宁国公贾演与荣国公贾源的创建贾府。第五回宁、荣二公之魂嘱托警幻仙姑的时候，提到"吾家自国朝定鼎以来"，二公当初以军事上的战功彪炳获得勋爵，也符合清初封赏爵位的历史实况，可见贾府的创建、富贵传流的百年基业，和整个朝代的肇建是同时进行的。而荣、宁二公一个叫贾源，一个叫贾演，隐喻了发源和演化的意味，这就是《双官诰》所对应的贾府生命的第一个阶段。

"创建"永远是最令人炫目，也是最精彩的部分，因为它从无到有，简直像宇宙创造一样壮丽，然而壮丽之后总是要回归平凡，好比女娲补天之后，整座宇宙便依照既有的秩序日复一日地按常轨去运行，不容易有可歌可泣的重大事迹出现。宁、荣二公奠下基业之后，这个家族开始了将近百年的发展，在祖先的庇荫之下，他们的勋爵可以代代世袭，再依照随代降等的原则，贾赦世袭的是一等将军（见第三回），贾珍代父亲贾敬世袭了三品爵威烈将军（见第十三回），这就是《还魂》的含义。虽然《还魂》这出戏实际上演的是杜丽娘还魂，属于爱情故事，但是，曹雪芹在进行"戏谶"预告的时候，主要是用"名目"来望文生义，而不是和戏剧的内容直接相关。所以，《还魂》指的是宁、荣二公之魂的庇荫乃至对家族命运的关切。

也确实在整部《红楼梦》里，宁、荣二公有过两次还魂。第一次出现在第五回，他们拜托警幻仙姑带领第四代的继承人贾宝玉"规引入正"，因为宝玉是唯一的希望，但是他现在一副顽劣不堪的模样，所以两位祖先的心灵非常不安，忍不住从坟墓里爬出来，为这个家族的未来操心，真的是死不瞑目。第二次还魂是在第七十五回，又发生在宁国府，当时贾敬过世，子孙们要哀戚守丧，根本不应该有任何娱乐，可是贾珍这个不肖的纨绔子弟，竟然偷偷摸摸地笙歌达旦，和妻妾彻夜玩乐："原来贾珍近因居丧，每不得游顽旷荡，又不得观优闻乐作遣。无聊之极，便生了个破闷之法。日间以习射为由，请了各世家弟兄及诸富贵亲友来较射。"其中的"习射"是旗人的风俗，他们的贵族子弟是被要求能骑马打仗的，必须有武士的训练，不过到了乾隆时期已经有点松弛，而贾珍太奸巧，找了一个符合他们文化要求的很好听的借口，其实是招大家来聚赌玩乐，"因此在天香楼下箭道内立了鹄子。皆约定每日早饭后来射鹄子"。大家有没有注意到，"天香楼"这个地点又出现了，可卿的淫丧、纨绔子弟不守礼法的浪荡作为，都发生在这里，这是作者费心的设计。

贾珍除了白天聚赌外，到了半夜还在继续玩乐不休，结果"那天将有三更时分，贾珍酒已八分。大家正添衣饮茶，换盏更酌之际，忽听那边墙下有人长叹之声。大家明明听见，都悚然疑畏起来"。以今天的钟点来对应的话，三更是深夜十一点到凌晨一点，对日入而息的古人来说，已经是深夜了。接着"贾珍忙厉声叱咤，问：'谁在那里？'连问几声，没有人答应。尤氏道：'必是墙外边家里人也未可知。'贾珍道：'胡说。这墙四面皆无下人的房子，况且那边又紧靠着祠堂，焉得有人。'"所谓的"家里人"，就是指家里奴仆辈的人。贾珍说"这墙四面皆无下人的房子"，这句话对应的是建造大观园的往事，本来花园外面有一些下人们的群房，而为了建造大观园已经整个拆掉，并打通会芳园和荣国府的东大院，然后才整合成大观园的基地。至于贾氏祠堂的位置，在此必须做一个简单的补充：古人以东为尊，宁国公是哥哥，所以宁国府一定在东边，而荣国府在西边。贾氏宗族现任的族长是宁国府的贾珍，这当然和宁国公是兄长有密切关系，所以祠堂也比较靠近宁国府。

回到文本叙述，当时贾珍"一语未了，只听得一阵风声，竟过墙去了。恍惚闻得祠堂内槅扇开阖之声。只觉得风气森森，比先更觉凉飒起来；月色惨淡，也不似先明朗。众人都觉毛发倒竖。贾珍酒已吓醒了一半，只比别人撑持得住些，心下也十分疑畏，便大没兴头起来。勉强又坐了一会子，就归房安歇去了。次日一早起来，乃是十五日，带领众子侄开祠堂行朔望之礼，细察祠内，都仍是照旧好好的，并无怪异之迹"。次日乃是十五日，对这种贵族家庭来说，初一、十五是非常重要的家祭节日，贾珍作为族长，必须带领众子侄开祠堂行朔望之礼。于是贾珍趁这个机会仔细检查，发现祠堂内都是好好的，并无怪异之处，他以为是自己"醉后自怪"，凌晨的灵异事件就这样打发掉了。

但这真的是自己妄想的幻觉而已吗？不是的，他们是真的见到了鬼，也就是祖宗的灵魂。这一次宁、荣二公是在祠堂外面还魂，看着这些不肖子孙显然已经无药可救，贾珍身为一族之长竟然如此之不堪，二祖眼看着自己费尽心血所创建出来的百年基业即将毁于一旦，可想而知内心中多么惨痛，可这是没有办法避免的宿命，只能够哀声长叹，他们一路回到祠堂里面，还发出开门、关门的声音。

请大家注意两件事，首先，把第七十五回和第五回做比较的话，宁、荣二公之魂在第五回时还把一线希望寄托在宝玉身上，但是到了第七十五回已经连话都不说了，只能化成一声长叹，显然已经是到了绝望的地步。这两次还魂之间隔了七十回，先是希冀犹存，终而绝望无言，两位先祖逐渐走向悲剧的认知，这个家族的倾灭也就势成必然，这便是第三出戏叫作"弹词"的原因。

"弹词"的含意还是得要回到戏剧的内容，才会比较容易理解，它说的是安史之乱爆发以后，唐玄宗曾经非常宠幸的一个歌手李龟年的故事。李龟年晚年流落到了江南，还曾经在此和杜甫相遇，二人都是经历过开元、天宝盛世的才艺人士，再度相逢时却已国破身老，于是不胜唏嘘，杜甫为此写了一首非常有名的《江南逢李龟年》："岐王宅里寻常见，崔九堂前几度闻。正是江南好风景，落花时节又逢君。"杜甫的遣词造句非常含蓄，可是耐人寻味：春天衰退了，我们的青春也远去了，国家也几乎面临灭亡了，一切都在"落花时节"里不言而喻，他是如此温柔敦厚地表达此一无限的哀痛。

杜甫这时所看到的李龟年，和在长安炙手可热时的意兴风发完全不能相比，毕竟人都要面临老去的命运，从开元年间到天宝十五年，已经过了四十几年，期间人也老了，那时曾经的青春华茂和飞扬跋扈早已荡然无存。只不过李龟年更是可怜，他随着国破也丧失掉一切曾经拥有的荣华富贵，流落到江南以后，又穷又老又潦倒，只能靠他天赋的才艺卖唱为生，比如谁家有娶亲、宴会等场合，需要歌手来唱歌助兴的，就把他请过来演出，国破家亡前后的两种生活简直是天差地别。而白头老翁的苍凉歌声，更是令人不忍卒听。

《弹词》这一剧目预言贾府的沦落，不过，贾府的沦落首当其冲也最具体而微的代表人物，就是贾宝玉，所以《弹词》是借唐玄宗宠幸的李龟年，从宫廷帝王婆俉而权倾一时，却在安史之乱后变成在民间席间卖唱的歌者，以对应宝玉最终沦落到帮更为生的发展。有一个说法认为宝玉落魄到以帮更为生，"帮更"只是约雇人员，连正式的更夫都谈不上，这份工作完全没有生计保障，收入也非常微薄。脂砚斋就用十个字提到，贾家抄家之后宝玉过的日子是"寒冬噎酸齑，雪夜围破毡"，寒冷刺骨的冬天，他吃的不是以前在大观园享受到的茄鲞、莲叶羹，而是已经发酸发臭的剩菜；外面在下雪，零下的温度里，他只有破破烂烂的一条毯子勉强保暖，那种透骨的冷真会让人终夜难以入睡，这便是宝玉在贾家抄没之后所过的贫困生活。

总归来说，透过宝玉这般的个案具体而微地辐射出贾家的败落，凤姐所谓的"也就是时候了"便一语双关，告诉我们当天的庆典来到了收场的尾声，同时也是贾府的运势即将走到终点的暗示。因此，凤姐所点三出戏按次第是:《双官诰》(创建)——→《还魂》(庇荫)——→《弹词》(衰亡)，正对应了贾府的由盛而衰。这是小说中第一次的戏谶。

第四次戏谶：清虚观打醮

接着我们跳过顺序，先来看全书的第四次戏谶，出现在第二十九回贾母去清虚观打醮祈福的场合。这一次的戏谶实在太明显了，且看这回的叙述：

> 这里贾母与众人上了楼，在正面楼上归坐。凤姐等占了东楼。众丫头等在西楼，轮流伺候。贾珍一时来回："神前拈了戏，头一本《白蛇记》。"贾母问"《白蛇记》是什么故事?"贾珍道："是汉高祖斩蛇方起首的故事。第二本是《满床笏》。"贾母笑道："这倒是第二本上? 也罢了。神佛要这样，也只得罢了。"又问第三本，贾珍道："第三本是《南柯梦》。"贾母听了便不言语。

中国的宗教常常有现实交换的意味，人们向神灵祈福，就要贿赂神明，用演戏来酬神，以赢得神的欢心。在神前拈戏是用抽签的方式，其中即有神意的表达。头一本是《白蛇记》，一般人看到白蛇，会联想到的是白娘子、雷峰塔，作者也很怕我们误会，所以让贾母来代替我们发问，贾珍回答说是"汉高祖斩蛇方起首"的故事。据《史记》记载，汉高祖刘邦还没有发迹之前，只是地方上的一个亭长，有一天走在乡间，遇到一条大白蛇盘踞在路上，他就抽出剑来把白蛇给斩杀了。后来有一个老妪在斩蛇的地方哭得很伤心，有人问她为什么哭，她回答说："吾子，白帝子也，化为蛇，当道，今为赤帝子斩之，故哭。"原来白蛇是她的孩子，也是白帝的化身，对应于当道的秦朝；而白帝在阴阳五行相生相克的循环中，注定要被赤帝子所取代，刘邦正是赤帝子化身，所以他才可以斩白蛇、取代秦朝，这其实就是朝代兴革的隐喻说法，应该是刘邦为他自己的政权所建立的"君权神授"的神话解释，所以我们可以推测，这个故事的流传是在刘邦即位之后。这个故事非常有名，因为它说的是一个平民当了帝王的发迹故事，民间很喜欢看这类的剧码，而"汉高祖斩蛇方起首"正好对应到贾家家业的创建。

第二本《满床笏》，读者望文生义，都可以看出是一个大吉大利的故事，典出唐代崔神庆父子的荣华富贵，不过一般在戏场上演的主角不是崔神庆，而是位极人臣的郭子仪。故事叙述郭子仪每一次家聚时，七子八婿把身为高官所持的笏板拿出来放在床上，排得满满一床，这里的"床"不是睡觉的床，而是"桌案"的意思。这便表示一个大家族非常发达、兴旺，家族成员个个都是功名富贵，贾母当然一听就知道在说什么故事，笑说："神佛要这样，也只得罢了。"这种语气，带有却之不恭的意味，其实心里非常高兴。但是，没想到贾珍说第三本是《南柯梦》。神佛先给了《满床笏》，接下来就告诉你，这不过是一场梦，终究会化为泡影，贾母大概也隐约感觉到不祥的意味，所以便没有言语了。我们可以很清楚地看到，至少这两次的戏谶非常明显都是单线进展，是对贾府从创建──兴盛──灭亡的命运预告。

第二次戏谶：元妃省亲

关于《红楼梦》中的戏谶，以上是两个很明显的具体例子，而另外一个例子要多花一点功夫来谈，即第十八回元春回来省亲时所点的四出戏。

脂砚斋和曹雪芹有着一样的成长背景，甚至是一样的思想价值观，同时他对于曹雪芹写作的许多奥妙处也都别有会心，所以他提供的很多批语对我们的帮助很大。然而就元春点戏的这个部分来说，我们有一点不同的意见。元妃点了四出戏，依照顺序是《豪宴》《乞巧》《仙缘》《离魂》，脂砚斋在批语里分别提到各出所对应的象征，说道：第一出《豪宴》是"一捧雪中伏贾家之败"，第二出《乞巧》是"长生殿中伏元妃之死"，第三出《仙缘》是"邯郸梦中伏甄宝玉送玉"，第四出《离魂》是"牡丹亭中伏黛玉死"，"所点之戏剧伏四事，乃通部书之大过节、大关键"。

脂砚斋的意见当然是非常值得参考的，然而在对这组戏的理解上，依照全书"以戏为谶"的整体定位，也根据戏曲专家的研究，我愿意采用不同的说法。徐扶明先生发现《豪宴》和《仙缘》，也就是第一出和第三出戏，都是由昆曲老生来扮演主角，老生蓄着长长的胡子，有年龄和人生的资历。在古代戏曲里，这一种男人通常不是在家里享受含饴弄孙之乐，而是官场的政治要角，所以老生的戏一般都是和政治有关，和朝代兴亡变幻有关，涉及大历史的叙事。至于第二出《乞巧》和第四出《离魂》则又不一样，《乞巧》演的是杨贵妃和唐玄宗的爱情故事，"七月七日长生殿，夜半无人私语时"，而和《乞巧》一样，《离魂》演绎的也是爱情故事，所以其主角当然是小旦。

从《豪宴》《乞巧》《仙缘》到《离魂》，其实是两组戏交错交织而成的，这个交织绝对有其特殊意义，换言之，政治和个人在此巧妙地连结为一，甚至互为因果。《豪宴》应该是指家族鼎盛的"满床笏"的局面，但是最后到了《仙缘》的阶段，也就是宝玉丧失了世俗的荣华富贵，飘然远去，前后形成了极端的反差，可是中间又夹缠着一位女主角在爱情中由受宠到最后死亡的故事，所以我们非常合理地推测，这基本上是把贾家的由盛而衰，和元妃个人在宫廷中由受宠到薨逝的两个层次结合在一起，而且二者之间互有因果关系。

换句话说，元妃的受宠和贾家的鼎盛是同时并进的，也是彼此烘托、相互帮衬的，而元妃的死亡也和贾家的衰落、抄家结合为一。这样的解释一方面符合曹雪芹隐微的苦心，也符合《红楼梦》中"以戏为谶"来暗示贾家集体命运的手法。

元妃在宫中的际遇究竟如何和贾府的命运互相牵连，甚至彼此成为命运共同体，相关的细节如今当然已经无法得知。不过，就在第七十二回的时候，王熙凤非常操心家计已经入不敷出，以致日有所思、夜有所梦，当家者对于家计窘况的担心乃变形到她潜意识里，成为晚上做梦的题材。她梦见有宫中的太监来和她要一百匹锦，那可是一大笔天价的财富，王熙凤便问他说，你是哪一位娘娘派来的？那个太监又不肯说，所以不像是他们家的元妃所要的，王熙凤当然不肯给，没想到太监竟然强行抢夺，就在这样的争夺之中，噩梦便醒过来了。

由此看来，在这个梦境之前与之后，作者其实已经开始把笔触延伸到宫中，尤其是聚焦在太监的勒索上。巧合的是，凤姐才刚刚说完这个梦境，立刻就有人回报"夏太府打发了一个小内监来说话"，贾琏只好回避，因为他如果不回避的话即首当其冲，很难婉拒，而由一个妇道人家来推托或做一点转圜，反倒比较容易圆满解决，王熙凤就在当场派人把昂贵的首饰拿去典当，再拨一部分钱来打发太监。这件事暂时落幕之后，贾琏感慨说道："这一起外祟何日是了！""昨儿周太监来，张口一千两。我略应慢了些，他就不自在。将来得罪人之处不少。这会子再发个三二百万的财就好了。"可想而知，贾家此时已经是油尽灯枯，但是外面的勒索又变本加厉，固结在王熙凤的潜意识里化成噩梦，真的是日夜纠缠的烦忧，也免不了"将来得罪人之处"。

由此可见，家有皇妃固然是"烈火烹油，鲜花着锦"，让贾家得到皇亲国戚这种荣耀光辉的地位，可是世间的道理总是祸福相倚，随着此一荣耀而来的，是很多吸血鬼攀附着这样的机缘，几乎是名正言顺地到曹家的财库里去挖墙脚，就在第七十二回中，我们清楚看到宫中太监的魔爪是如何伸进来的。太监是被阉割的、很羞耻的残缺者，但他们竟然可以对王妃的家族进行这种堂而皇之的勒索！由此看来，拥有权力地位并不意味着可以为所欲为，恰恰相反，有了权力地位同时也必须负担其他的义务，甚至还得负担原来所想象不到的为难，这就是人间世情的奥妙之处。

连太监都可以做出这样的勒索行为，而贾家却没有办法拒绝，因为这帮人不能得罪。当然贾家不是不可以回绝这些太监，也当然可以得罪他们，可是他们心里的不悦与憎恨，很可能就会转嫁到元妃身上。有人认为元春身为贵妃，是皇帝宠爱赏识的对象，身份低下的太监哪里敢对她怎么样！这种想法显然是非常不了解宫廷中的政治生态，也非常不了解人际关系的矛盾复杂。那些表面上没有权力的人，有时却很微妙地拥有隐含在角落里的其他权力，好比太监固然是卑微低下的小人物，但是竟然拥有另外一些无形的权力，因为比起贵妃，太监们与皇帝的接触更密切、更频繁，如果太监挟怨报复，在皇帝耳边三言两语，贵妃的地位就很有可能不保，所以他们反而变成别人忌惮、谄媚的对象。由此可见，原来宫廷中的那些是非、权力纠葛还不止是政变这一种明显的事例，事实上还有很多我们想象不到的为难。

关于元妃的命运和贾家的命运结合在一起，透过太监的例子，只是轻描淡写地点到而已，可是背后的影响非常深远，可想而知，元春与贾家是二而一的命运共同体。从这个角度来说，这一组戏中老生和小旦的主戏互相交织，也可以纳入暗示贾府命运的"戏谶"系统里来。因此，元妃点戏之次第：豪宴——乞巧——仙缘——离魂，其间的复杂情况可以表列如下，呈现出它们之间所组成的微妙之处，它们的寓意就会更加清楚：

　　豪宴（鼎盛）——仙缘（衰亡）：昆曲老生：政治——贾府由盛而衰

　　乞巧（受宠）——离魂（薨逝）：昆曲小旦：爱情——元妃由受宠而薨逝

第三次戏谶：宝钗庆生

第三组戏谶不属于典型的戏谶，不过我还是列在这里给大家参考。在第二十二回薛宝钗庆生时点的戏，其顺序分别是《西游记》《刘二当衣》，还有《鲁智深醉闹五台山》，主要是其中的一支《寄生草》，勉强说来，这三出戏还是可以被放在贾府集体命运的暗示上。《西游记》之所以被放在第一出，是因为它具有一种成长小说的特质，孙悟空原先是一个完全没有教养的野孩子，大闹天宫，完全不服管束，后来被如来佛的掌心收服，受罚去随着唐僧取经，一路上经过非常艰苦的取经之路，最后脱胎换骨。不过作者只提到说宝钗点的是其中的一折，也不确定点的是哪一折，若从喜欢热闹的贾母的反应来看，宝钗点的这一折戏应该还是对应于贾府如日中天的情况。

接下来是王熙凤所点的《刘二当衣》，这出戏本身是充满谑笑科诨的热闹戏，其实也是投贾母之所好。故事大约是说，有一个已经没落的刘二官人，他到当铺去当衣服，在戏剧家的巧思下整个过程南腔北调，诙谐滑稽，有点类似京剧的《十八扯》，从头扯到尾，总之里面就是插科打诨，尽量制造笑料，像大杂烩那样任意穿插各种戏曲段子，令人目不暇给，贾母听了这折戏"果真更又喜欢"。

在我看来，这出戏当然是延续着贾府的热闹，可是不要忘记，它的剧名是"刘二当衣"，实际上正对应了贾家虽然表面上仍旧非常荣盛，可是早已在典当度日了，王熙凤已经数次或典当或变卖贵重物品，以勉强支撑贾家的架子。第六回中把第一次来到荣国府的刘姥姥吓一大跳的"金自鸣钟"，绝对是西洋传来的高档洋货，当时只有贵族上层人家才有可能拥有，可到第七十二回，透过王熙凤的描述，我们得知它已经被卖了五百六十两银子，其他的例子就不赘述了。

《刘二当衣》的戏名和剧情，正好可以对应于贾府历经百年之后，现在已经到了外强中干这一种实质上很勉强的状态。作者在第二回便已经很明确地告诉我们，"如今外面的架子虽未甚倒，内囊却也尽上来了"，连藏在最里面的钱袋都不得不掏出来，果然后面甚至还偷老太太的东西去典当，才能暂时解决眼前青黄不接的难关，那真是山穷水尽。可想而知，这出戏如果放在戏谶的典型系统里来看的话，作者是要用反面的手法来暗示贾府在繁盛掩盖之下的真相，热闹中其实包覆着已经在勉强支撑的辛酸，所以《刘二当衣》实在很符合"戏谶"的手法。

第三出戏就是《鲁智深醉闹五台山》的《寄生草》，它的内容是写鲁智深出家去也：

> 漫揾英雄泪，相离处士家。谢慈悲剃度在莲台下。没缘法转眼分离乍。赤条条来去无牵挂。那里讨烟蓑雨笠卷单行？一任俺芒鞋破钵随缘化！

这支《寄生草》非常重要，可以说是宝玉在成长过程中第一次得到的思想启蒙，让他知道，原来在富贵场之外还有一种"落了片白茫茫大地真干净"的选择和可能性。像宝玉这样从小到大没有过匮乏日子的人，是不可能会想要去出家的，而《寄生草》透过文字所展现出来的人生志趣，第一次触及宝玉以前从未被触碰过的深层内心，这是他很重要的第一次思想启蒙。从"宝玉听了，喜的拍膝画圈，称赏不已"的反应，可想而知，宝玉是由衷被深深触动并产生巨大的心灵共鸣，他从这阕词里感受到一种非常强烈的震撼，使得他的内在都为之激动起来，所以形诸肢体语言，这真的是他灵魂深处第一次莫大的启蒙经验。

从"戏谶"的三段式演进模式而言，宝钗生日宴上以《寄生草》收尾，和前面的《弹词》《南柯梦》一样，都预示着虚幻的、短暂的、穷愁潦倒的归趋。这一组戏放在戏谶主题里来谈，应该还是说得通的，只是也许没有那么典型而已。

后四十回中的戏谶

从第二十九回之后，一直到第八十回，戏剧基本上就不被用来作"戏谶"这样精致的运用了，它又变成点缀式的、草草带过去的一种题材而已。比如第五十三回到第五十四回，贾府过新年，这是一年中最重要的节日，当然要热热闹闹，家班也出来搬演各式戏剧，戏目涉及《西楼·楼会》，还有《八义》中的《观灯》八出，以及《惠明下书》，还有《牡丹亭》的《寻梦》，看起来颇为杂乱；第七十一回贾母的八十寿庆更是草草说点几出吉庆戏文，就一笔带过去了。所以很微妙的是，自从第二十九回之后，作者便不再极力运用戏谶的手法。

续书者其实注意到了这样的"戏谶"手法，但是在续书中运用得不太一样。如第八十五回黛玉生日，凡是小姐太太的生日都是重要的节日，一定有戏曲的搬演，所以生日那天，黛玉打扮得如同嫦娥下凡一般，含着带笑地被大家簇拥着到宴席上，最后点戏的时候，首先是点了两出吉庆戏文，续书者继续描述当时的情况：

> 乃至第三出，只见金童玉女，旗幡宝幢，引着一个霓裳羽衣的小旦，头上披着一条黑帕，唱了一回儿进去了。众皆不识，听见外面人说："这是新打的《蕊珠记》里的《冥升》。小旦扮的是嫦娥，前因堕落人寰，几乎给人为配，幸亏观音点化，他就未

嫁而逝，此时升引月宫。不听见曲里头唱的'人间只道风情好，那知道秋月春花容易抛，几乎不把广寒宫忘却了！'"第四出是《吃糠》，第五出是达摩带着徒弟过江回去，正扮出些海市蜃楼，好不热闹。

其中，《蕊珠记》里的《冥升》演的是嫦娥下凡成为蕊珠，和男主角谈恋爱，结果乐不思蜀，不想回到天庭了，可是神仙一旦结婚，即丧失了仙籍。神仙最重要的特权就是不老不死，蕊珠来到人间玩耍一遭还不够惬意、还不满足，竟然想天长地久留在人间，那便会和凡人一样，注定要老死，那么前面漫长的修炼不都尽付东流了吗？于是这时候观世音及时出面来点化蕊珠，提醒仙女"人间只道风情好"，来到人间被男女风情所惑而陷溺，"那知道秋月春花容易抛"，秋月春花这样美好的岁月其实容易飞逝，留恋的结果只是一场空。

古典文献里说到"风情"，通常指的都是男欢女爱，观世音点化她说：你来到人间自以为正在享受恋爱的欢愉，希望幸福长长久久，可是你哪里知道，不但青春是一本太匆促的书，幸福也是会慢慢改变的，更何况生命短暂而必然趋向死亡，现在这个美好的片刻不可能是永恒的。但是你被迷惑了，你误以为只要留在人间和心爱的人结婚，就可以永远拥有幸福，这根本是一种迷妄，是一种想当然耳的错觉，也是人心的贪婪所致。观世音对蕊珠的点化便是让她未嫁而逝，这叫作"冥升"，让她死后升天，当然前提是必须"未嫁"，因为一旦结婚即确确实实落入肉体凡躯，再也没有回头的可能。蕊珠就在千钧一发之际没有进入婚姻，跟随着观世音回返仙班。

这个故事很像女主角林黛玉的生平，黛玉不也是注定要未嫁而逝？何况黛玉来参加生日宴的时候，续书者说她的打扮宛如嫦娥下凡，而蕊珠又是嫦娥下凡的，可知双方的对应非常直接而明显，简直是百分之百的一致。

第四出是《琵琶记》的《吃糠》，说的是一个吃糠自餍的娴淑妻子，这种故事在古代很多，大约的模式都是丈夫因为打仗或追求功名而长久在外，妻子守着寒窑非常困苦，用糟糠一类的粗粝食物为生，又尽心尽力地孝养婆婆，等待这个良人回来。这和薛宝钗很相像，宝钗不正是注定在宝玉出家之后守活寡，面临类似的女性处境吗？

至于第五出"达摩带着徒弟过江回去"，简称"达摩渡江"，来自明代张凤翼《祝发记》第二十四出，"祝发"的意思就是断发，即剪掉头发，在后来中国的文化语境里指的便是出家。而达摩之所以折苇渡江为的是点化主角徐孝克，这里很明显又是量身打造以对应贾宝玉。

据此而言，显示续书者也领略到前八十回"以戏为谶"的用心，并且也做了若即若离的模仿，但他把这些戏的寓意限定在个人上，而不是作为集体家族命运的暗示，便显示出原著和续书之间的不同。

"千里搭长棚，没有不散的筵席"

原作者曹雪芹对于大家族由盛转衰的刻骨铭心，直接透过戏目剧码的排列来呈现，此外我还注意到，全书中有三个俗谚被反复使用，这是一个很罕见的现象。因为曹雪芹对于文字的巧妙、语言的精密、人性的丰富、世界的千姿百态，其掌握的程度超越我们凡人不知凡几，达到了我们几乎不可想象的境界，但是竟然有三个谚语是反复被用到的，可见不是江郎才尽，而是另有情衷，以致在在流露出对大家族由盛转衰的痛彻心扉。

第一个是"千里搭长棚，没有不散的筵席"，分别出现在第二十六回（红玉）、第七十二回（司棋），这个歇后语我们直到今天都还在使用，因为世事无常、生死荣枯，本都是人们必须要能坦然面对的存在的真相。《红楼梦》是述说一个家族兴亡的故事，百年的繁华弹指即逝，令人不堪回首，当然更是感慨万千。

另外一个是"胳膊折了往袖子里藏"或"胳膊只折在袖子里""胳膊折在袖内"，分别出现在第七回（焦大）、第六十八回（贾蓉）、第七十四回（王熙凤）。这种大户人家有很多有苦说不出的状况，有很多的礼教禁忌，以及我们所不知道的压力，所以常常在打落牙齿和血吞，例如七十四回抄检大观园，傻大姐拾得十锦春意香袋，王熙凤首先采取的策略是"暗暗访察"，不要宣扬，以免外人知道，此即"胳膊折在袖内"。对于豪门贵族，我们只看到光鲜亮丽，但其实庭院深深，有太多阴暗的角落是一般人不能想象的。我之所以数度读到"胳膊折在袖内"时都会感慨万千，是因为隐隐然感到曹雪芹他们是历练过那样的生活的，他们需要练习自我压抑与忍耐约束。曹雪芹不惜浪费笔墨引述三次，因为那真是来自他生命经验里非常痛楚的自然流露，他们受了很多的委屈，即便是辛酸的血泪，也不能随意表达出来的。西方有一句话说得很好，那就是"每个人都有他的地狱"，你有你的地狱，我有我的地狱，每个人都有他生命中的难关，真的是有苦说不出的那种为难，所以我们要尽量地了解、宽容，才能够善体人意。

第三个被重复使用的俗谚就是"百足之虫，死而不僵"，这也是贵族世家才会呈现的状态。他们有很深厚的底子，有很宏大的架子，所以耐力比较强，但是实质上恐怕已经是外强中干，这也是以这样的家族为写作对象时，小说家感慨最深的重点之一。第二回冷子兴演说荣国府的时候，第一次出现"百足之虫，死而不僵"的说法，可见外人也深深了解这种家族有他们独特的韧性，可是这个独特的韧性不足以让他们真正具有存活的能力，而只不过是在勉强支撑，所以才会有"末世"情境出现。其次，在第七十四回抄检大观园时，探春道："这是古人曾说的'百足之虫，死而不僵'，必须先从家里自杀自灭起来，才能一败涂地！"探春悲愤到引述了这个俗语之后，便掉下泪来，可见她的痛心疾首。由此可知，贵族大家庭有超越我们一般人所了解的痛苦和压力，这是读者应该要好好体认的。

传情小物件

所谓"物谶"，即针对男女之间的婚姻关系，利用一个小物件进行彼此的关联暗示。

整体来说，以一个小对象来缔结男女关系，可以有三种范畴，包括"联姻""关情"和"涉淫"。"关情"，指情人之间以一种信物表达彼此的情意，甚至是用来定情的。而"涉淫"，则是男女在淫欲关系下回馈的礼物。另外一种是"联姻"，在三种男女关系里，带有"谶"的意义的其实只有"联姻"，因为贵族阶层的婚姻必须靠父母之命、媒妁之言，当事人是没有自主权甚或不被允许有自觉意识的，在这种状况下"谶"才有发挥的空间。既然"谶"一定是当事人所不知道的一种预告，如果事先就知道，"谶"即失去了意义，所以只有"联姻"类才能使用到"物谶"。

一般地说，在小说、戏曲里，使用和故事情节或者主题有关的道具，并不是《红楼梦》的首创，那其实在明代便出现了，可这些道具基本上是中性而空洞的戏剧符码，没有太大的结构功能，常常只是作为非戏剧性的因素被运用，它们的重要性不是内在的，而是外加的，从而也是非必要的。可是在《红楼梦》里，这些小道具就成为戏剧行为的本身，而且也受到戏剧行为的影响，和人物的行为丝丝入扣地结合在一起，甚至互为表里。

我们先看一下小物如何被曹雪芹继承，并使之成为"关情"和"涉淫"的戏剧行为，具有连接的功能。原来这种做法已经有很长久的历史，甚至有很高度的民间普遍性，所以也被小说中的人物自觉地去理解、去运用，例如在第二十一回，因为女儿生病，王熙凤和贾琏要分房，才隔房了几天，贾琏就不安分，出现各式各样的不正当行为。等到贾琏搬回来，"平儿收拾贾琏在外的衣服铺盖，不承望枕套中抖出一绺青丝来"，这一束头发便是女方送给他的定情物，被平儿当作把柄，和贾琏之间有一番精彩的对话，没想到贾琏却趁机把它抢回去了。

平儿是一个很公平、很公道的女孩子，从不趁人之危，也绝对不会用这个把柄来要挟贾琏，所以她没有向王熙凤报告，反倒是王熙凤对她的丈夫了若指掌，所谓"知夫莫若妻"，她问平儿："可少什么没有?"平儿道："我也怕丢下一两件，细细的查了查，也不少。"凤姐道："不少就好，只是别多出来罢?"平儿的回答很有趣，她说："不丢万幸，谁还添出来呢?"凤姐便冷笑道："这半个月难保干净，或者有相厚的丢下的东西：戒指、汗巾、香袋儿，再至于头发、指甲，都是东西。"平儿正要回答，贾琏赶紧在旁边做了一个杀鸡抹脖子的动作，意思是：千万不要说出来，否则我会被杀掉，我会死！这真是一个很传神的表达。

王熙凤非常了解她的丈夫，而且她知道这种行为不会让东西减少，而是会增加——增加的是贴身使用的东西，甚至就是身体的角质化部分。头发和指甲没有生命，把它剪下来不会痛，可是它又代表人的分身，是身体的一部分，于是常常被用来代表自身，就和戒指、汗巾、香袋儿这类贴身的物品一样。这是王熙凤的理解，她的理解并没有错，只不过王熙凤虽然也是大家闺秀，却不曾接受诗书教养，因此，她所想到的东西都充满了下层俗文化的民间气息，都是一般很常见的物件，和受过诗书教育的女性会用来传情、定情的东西就不大一样。

我们来看另外一位女孩子，即第三十二回的林黛玉。这一回情节中，宝玉在清虚观里得了一个赤金点翠的麒麟，他别的都不要，只因史湘云也有一个类似的麒麟，他就喜欢上了这个麒麟，放在身边带着。黛玉看到了，心里感到不安起来，因为他们偷偷读过禁书，都知道才子佳人小说中是小物串成了男女的私情，所以她心下忖度着：

> 近日宝玉弄来的外传野史，多半才子佳人都因小巧玩物上撮合，或有鸳鸯，或有凤凰，或玉环金珮，或鲛帕鸾绦，皆由小物而遂终身。今忽见宝玉亦有麒麟，便恐借此生隙，同史湘云也做出那些风流佳事来。因而悄悄走来，见机行事，以察二人之意。

黛玉所思、所想的物件不是下层俗文化的反映，而是富贵人家有高度典藏价值的珍玩贵器，同时还有才子佳人小说所带来的引人模仿的行为套式。在第二十一回和第三十二回，不管是几乎目不识丁的王熙凤，还是饱读诗书的林黛玉，她们从生活经验或是阅读经验中都清楚地知道，身边的小巧玩物或来自身体一部分的小东西都可以促进男女之间的亲密关联。这里当然不是婚恋，而是"恋"，这个"恋"包括肉体的、爱情的，其中都具有很自觉的连接关系。在这样的背景下，王熙凤和林黛玉所言的，以小巧玩物遂终身和关系撮合的这类经验，《红楼梦》里一共用了八个例子来回应，可是这不叫作"谶"，因为都带有当事人的自觉。

关情一：宝玉的家常旧手巾

我们先说"关情类"，指没有涉及形而下的肉欲层次，只以内在真情彼此确立与互相连结的部分，总共有四个案例。第一个例子是很多人所疑惑的：为什么林黛玉收到了晴雯带来宝玉所给她的一条旧手帕，她整个人会忽然那么激动，脸上的颜色赛若桃花之类，导致疾病由此萌生，还写了三首题帕诗？半新不旧的手帕这段情节，正属于"关情类"的案例。

在第三十四回中，挨打受伤的宝玉很挂心黛玉，便派晴雯去看望她，晴雯很了解黛玉的个性，回答说就这样没头没脑、莫名其妙地逛到那里，人家问起来不知道要怎么回答，不是显得很奇怪吗？所以或者是送个东西，或者是拿个东西，才比较自然。宝玉想了一想，伸手拿了两条手帕子撂与晴雯，笑道："也罢，就说我叫你送这个给他去了。"晴雯道："这又奇了。他要这半新不旧的两条手帕子？他又要恼了，说你打趣他。"晴雯深知黛玉的个性很敏感、很自卑，这半新不旧的手帕子给了她，她会觉得是看不起她，所以才把用旧的东西给她用。宝玉明明也很了解黛玉，可是他非常有自信地说："你放心，他自然知道。"晴雯听了，只得拿了帕子往潇湘馆去，先是看到了潇湘馆的小丫头春纤正在栏杆上晾手帕。

附带一提，林黛玉所用的丫鬟们的名字都有一个共同特色：美丽与哀愁、脆弱而短暂。首先，与她情同姊妹的一个贴身大丫头叫作"紫鹃"，紫鹃在贾母那边当差的时候叫"鹦哥"，到了林黛玉这里改名叫紫鹃，文雅得多，也哀感缠绵得多；另外一个是黛玉从自己的故乡苏州带来的丫鬟，叫作"雪雁"，在冰雪里飞翔的雁，令人想到王尔德（Oscar Wilde）的《快乐王子》里被冻死的燕子。这一回里又出现了一个叫"春纤"，春天是很美好的，可是加上了"纤"字，就表示春天很脆弱，宛如摇摇欲坠、一息尚存、即将熄灭的灯火一般。可见林黛玉的审美情趣都偏向于美丽与哀愁，集中在非常脆弱而短暂的美丽事物上。

回到文本，当春纤让晴雯进门时，黛玉已睡在床上，问是谁来了，晴雯连忙回答说是晴雯。人家小姐都已经入睡了，这个时候如果不是大丫头的话，就会被请回去了。接着黛玉问道：

"做什么？"晴雯道："二爷送手帕子来给姑娘。"黛玉听了，心中发闷："做什么送手帕子来给我？"因问："这帕子是谁送他的？必是上好的，叫他留着送别人去罢，我这会子不用这个。"晴雯笑道："不是新的，就是家常旧的。"林黛玉听见，越发闷住，着实细心搜求，思忖一时，方大悟过来，连忙说："放下，去罢。"晴雯听了，只得放下，抽身回去，一路盘算，不解何意。

大家要特别注意，晴雯在送帕的过程里始终搞不清楚状况，这样的情节设计非常重要，因为《红楼梦》致力于推翻才子佳人小说中很多不合情理的安排，抨击此类小说充满了不合礼教的追求，使得真正的情操堕落了、混淆了。而才子佳人故事中很常见的套式之一，就是必定有个在男女之间穿针引线的角色，即小姐的贴身丫鬟，也只有贴身丫鬟才能与小姐那么亲密地生活在一起，变成她的分身，深入闺阁内部去促成非礼教的关系。这种丫鬟在才子佳人故事中有各式各样的名字，其中最有名也因此成为代表的名字，便是"红娘"。

红娘是一个很积极主动的促进者，并且她并非只是促进男女的单纯恋情而已，从唐朝的《莺莺传》开始，这一类的丫头们穿针引线所促进的，其实都是非礼教的男女肉体关系。而《红楼梦》已经很具体地指出，大家闺秀发生那种事情，那就是身败名裂，只有一条死路可走，这也是为何秦可卿必得上吊。对上层阶级来说，贞洁是闺秀最重要的一件事，发生这样的事情真的是死路一条，所以才子佳人故事的不合情理便在这里。偏偏那一类的故事在说书人的设定中，女主角都是尚书或宰相的女儿，因此，贾母在第五十四回即一条一条、从各个角度来批判这种才子佳人叙事上的不合情理，是谓"破陈腐旧套"，这是曹雪芹想要批判、改造甚至加以推翻的一大重点。表面上，《红楼梦》也设计了才子佳人和丫鬟的三角关系，有人便以为晴雯担任了传情大使，然而，晴雯这个当事人是毫不自觉的，她根本不知道她在做什么事情，只以为是送个东西，以至暗暗疑惑这一趟不晓得在干什么，这和红娘不但了若指掌并且积极去促进的做法完全不一样。如此一来，便洗净了那一种情色的色彩，这是《红楼梦》一个非常重要的设计。

确切来说，晴雯根本就不是红娘，她完全不担任这一种非礼教的、也可以说是不正当的行为，只不过宝玉确实有这样的一个意图，所以"黛玉体贴出手帕子的意思来，不觉神魂驰荡"。我们大部分的读者包括研究者都只停在这里，然后开始发挥林黛玉是怎样的情根深植，那个"情"怎样构成了她内心中最重要的如同生命一般的核心，后来甚至变成她致命的一个关键因素。然而只有这样吗？我要请大家好好地把每一个句子都看进去，就会发现林黛玉的感受真是五味杂陈，七上八下的，心里非常复杂，其中涉及很多的考虑，包括可喜、可悲、可笑、可惧、可愧。

首先，她的第一个反应是："宝玉这番苦心，能领会我这番苦意，又令我可喜。"你喜欢的人表示他也喜欢你，当然可喜！可见这条手帕就是一个定情物。但值得注意的是，林黛玉思考了半天，然后才体会出手帕的意思，这个理解的前提是她读过才子佳人之类的故事，所以才能够领略这个意思。也因为他们两人有共同的阅读基础，以至于宝玉很有信心黛玉是可以理解的。

然后，黛玉心里又想："我这番苦意，不知将来如何，又令我可悲。"为什么她会觉得可悲？请注意她现在到底在想什么问题，这一点是我们必须要回到古代的礼教社会，才能够理解的：大家闺秀的婚姻是要"父母之命，媒妁之言"，可是林黛玉的父母安在哉？所以她的未来是无法做主的，没有家长能够帮她订下这门亲事，第三十二回便挑明了她在内心中的独白："父母早逝，虽有铭心刻骨之言，无人为我主张。"因为黛玉她"不知将来如何"，所以又觉得很悲哀，宝玉的这番情意恐怕不能够直接连结到婚姻，这当然是一个莫大的遗憾，其可悲之处就在这里。

接着黛玉内心又继续思忖："忽然好好的送两块旧帕子来，若不是领我深意，单看了这帕子，又令我可笑。"为什么可笑？显然她担心自己会错意，把对方想成对自己有情意，那这个女生就太丢脸了，所以觉得很可笑。

以上固然都没有问题，然而只有这样吗？曹雪芹并不是在写一般的才子佳人故事，不是只就两个人来组织欢愁，黛玉活在一个上千人的家族里，在非常讲究身份、名节的上层贵族社会，一个少女私下接受这样的私情馈赠，是非常严重的悖德行为。因此，最重要的是下面这个心理反应："再想令人私相传递与我，又可惧"，这才是一个非常标准的，也是大家闺秀必有的反应，因为她们从小就在吸收、内化这一套价值观，结果今天遇到的事情却悖离了她的价值观，所以她当然觉得很可惧。大家必须注意到，这样的反应才真正反映了黛玉作为一个贵族小姐应有的教养。

显然黛玉和我们不一样，和才子佳人的故事更不一样，哪有那么简单，以为只要有了爱，人们就自然可以随心所欲！所以黛玉现在觉得很害怕，万一被人家发现怎么办？黛玉在这个手帕传情的事件里，内心中其实有一块角落是感觉到害怕的，这手帕要是被人家发现的话，那真的是身败名裂。换句话说，林黛玉若不害怕，反而像崔莺莺般地去勇于追求，那就太奇怪了！因此，注意到黛玉的这个心理反应，才能真正了解《红楼梦》中上层社会的整体价值观，和他们的思考重点在哪里。

我必须再一次强调，《红楼梦》绝对不是在写一般的才子佳人小说，然而手帕还是具有传情的意义，这是他们从才子佳人小说里学来的。对于充满了不安全感，总是对宝玉百般试探的黛玉而言，手帕当然意义非凡，这让她好像吃了定心丸一样，从此之后确认了宝玉对她的感情，她也就不再每天都活在一种不确定的状况之下。由此可知，她的敏感多疑，甚至她的那种尖锐刻薄，很多是来自这样的不安全感，所以说每个人都有他自己的地狱！

总之，手帕对宝、黛二人而言，只有"关情"的层面，他们一直到最后都没有涉及任何非礼教的接触，这是一定要放在脑海里的。

关情二：红玉的罗帕

第二个"关情"的例子即小红（红玉）和贾芸，他们的传情之物一样是手帕。大家可以发现手帕是很好用的，因为手帕是古代人们随身带着的必备小东西，最容易就地取材，又带上主人的气息，形同分身。关于小红（红玉）和贾芸的"关情"，老实说，这对男女是各有盘算，其实在"情"中是带着势利算计的。小红掉了手帕，当然不是故意的，但是这条手帕被贾芸捡到，贾芸推测这一定是某个女孩子掉的，因为大观园里住的只有女孩子，所以贾芸怀了鬼胎，也有了一些非分之想。后来在因缘际会之下知道是小红掉的，他就心生一计，想出狸猫换太子的办法和小红接触，方法是找一个小丫头，让她做穿针引线的工作，首先，他拿出自己的手帕交给小丫头，要她拿去问问小红姑娘，这是不是她的？而这个小丫头的名字很重要，她叫坠儿。且看第二十六回的描述：

> 原来上月贾芸进来种树之时，便拣了一块罗帕，便知是所在园内的人失落的，但不知是那一个人的，故不敢造次。今听见红玉问坠儿，便知是红玉的，心内不胜喜幸。又见坠儿追索，心中早得了主意，便向袖内将自己的一块取了出来，向坠儿笑道："我给是给你，你若得了他的谢礼，不许瞒着我。"

坠儿便把那条实际上是贾芸的手帕拿去给小红，而小红看到以后的反应是什么？真是令人大吃一惊，试看第二十七回坠儿和小红的对话，坠儿说："你瞧瞧这手帕子，果然是你丢的那块，你就拿着；要不是，就还芸二爷去。"接着小红说："可不是我那块！拿来给我罢。"坠儿又道："你拿什么谢我呢？难道白寻了来不成。"这真是大有蹊跷，小红对自己每天使用的手帕会认不出来吗？当然认得出来，可是她看到这条明明是贾芸的手帕，却一口断言是她失落的那一块，岂不是暗藏心机吗？

在传统上层社会，男女之间交换信物其实就是一个非礼教的行为，而在非礼教的行为上这一组男女又各怀鬼胎、各有算计：小红想要借机攀高，虽然贾芸算不上龙凤，可是他好歹是个良民，更是贾家的旁系子孙，如果她能够有这么一个出路，即可以脱离丫头的贱籍身份；而十八岁的贾芸已经到了适婚年龄，有些关于求偶的考虑也是很正常的。所以，这一对男女都不是那么简单，都是很精明、很懂得算计的人物，也算般配。

最堪玩味的，是这个穿针引线的人名叫坠儿。表面上，"坠儿"的名字是取义于项链的坠子，《红楼梦》里很多丫头的取名也和首饰有关，然而坠儿的这个"坠"字事实上是双关，把"坠"字单独来看待，就有堕落的意思，脂砚斋有一段批语便指出这一点："坠儿原不情。也不过一愚人耳，可以传奸，即可以为盗。"脂砚斋直接说她这是"传奸"的行为，而既然可以"传奸"，那么也就能偷盗，果然后来她暗中偷了平儿的虾须镯，东窗事发后她便被撵了出去。大家有没有注意到，坠儿这个小角色在小说中的主要两段情节，都是不正当的行为，都是非法的悖德之举，一次是帮人家穿针引线，撮合不应该有的男女关系，还开口要讨谢礼；另一次是干脆自己去偷盗，所以这个"坠"字事实上隐含了道德堕落的意思。也正因为如此，曹雪芹嘲讽似地，让平民身分的贾芸和贱民等级的小红，作为《红楼梦》里真正模仿了才子佳人模式的男女，而在其间有如红娘般穿针引线的人，就是"传奸为盗"的坠儿。可见这一类红娘的角色，已经很接近所谓的"淫媒"。

在《红楼梦》中，唯一模仿红娘这类"淫媒"角色的人物并不是晴雯，我们刚刚看到晴雯是非常清白的，她在二玉之间的关系里始终都完全不涉及悖德、非礼教的行为；有这样的行为、也有这样的意图的人是坠儿，她正扮演了红娘的角色，而给她一个"坠"的名字，显然作者的讽刺就在其中。据此而言，《红楼梦》事实上是极为正统的，是站在传统的儒家伦理价值观上的，这和我们一般所以为的很有革命性是恰恰相反。但是话说回来，这一对男女在前面的这二十几回实在是不怎么让人欣赏，尤其小红更是很精明、很势利、很会算计，她最先想下手的人是宝玉，那段话实在太精彩了，我们来看一下，因为这很可以呼应小说中想要传达的所谓"二元补衬"的道理。

一开始，第二十四回出现小红这个人物的时候，作者便做了一个介绍：

> 原来这小红本姓林，小名红玉，只因为"玉"字犯了林黛玉、宝玉，便都把这个字隐起来，便都叫他"小红"。……这红玉年方十六岁，因分人在大观园的时节，把他便分在怡红院中，倒也清幽雅静。……这红玉虽是个不谙事的丫头，却因他原有三分容貌，心内着实妄想痴心的向上攀高，每每的要在宝玉面前现弄现弄。只是宝玉身边一干人，都是伶牙俐爪的，那里插得下手去！

原来，宝玉身边的那些人占据了大丫头的地位，都觉得宝玉是她们的"禁脔"，彼此组成联合阵线有如铜墙铁壁，外面的人如果想要打进这个核心圈子，就会被她们联手排挤。第二十四回、第二十七回便清楚告诉我们，这些组成联合阵线的人主要是晴雯、秋纹、碧痕、绮霰等，主要是第二十七回：

> 晴雯一见了红玉，便说道："你只是疯罢！院子里花儿也不浇，雀儿也不喂，茶炉子也不烧，就在外头逛。"红玉道："昨儿二爷说了，今儿不用浇花，过一日浇一回罢。我喂雀儿的时侯，姐姐还睡觉呢。"碧痕道："茶炉子呢？"红玉道："今儿不该我烧的班儿，有茶没茶别问我。"绮霰道："你听听他的嘴！你们别说了，让他逛去罢。"红玉道："你们再问问我，逛了没

有。二奶奶使唤我说话取东西的。"说着将荷包举给他们看，方没言语了，大家分路走开。晴雯冷笑道："怪道呢！原来爬上高枝儿去了，把我们不放在眼里。不知说了一句话半句话，名儿姓儿知道了不曾呢，就把他兴的这样！这一遭半遭儿的算不得什么，过了后儿还得听呵！有本事从今儿出了这园子，长长远远的在高枝儿上才算得。"一面说着去了。

所以，小红事实上是被晴雯、秋纹、碧痕、绮霰等努力阻挡，一直不让她接近宝玉的，尤其是晴雯，大家一直以为晴雯是个高洁的孤立分子，被袭人党给排挤、陷害，这真是一个完全颠倒的说法。只要我们认真、仔细地看这段情节，就可以发现她们事实上是同一阵线，是姐妹淘，是所谓的"利益共同体"，晴雯还是最排挤、打压小红的一个。

除了这件事情之外，我们也要注意一下，红玉为什么被叫作"小红"或"红儿"？曹雪芹说是因为她的"玉"字犯了讳，但这只是一个表面的理由，试想贾府中还有个丫鬟的名字是带"玉"的，却没有这个问题，那便是"玉钏儿"，为什么玉钏儿就不用去忌讳？我认为这里所谓的避讳，真正的理由其实是因为小红这个人太势利、太精明、太世故，她不适合拥有"玉"这个字。

大致而言，《红楼梦》中名字有"玉"的人通常比较个人主义，比较精神取向，也比较不同流俗，包括林黛玉、贾宝玉、甄宝玉、妙玉，还有茗玉。茗玉是第四十回刘姥姥杜撰出来的一个早死的、美丽的姑娘，另外还有一个十分温柔体贴，在舞台戏场上是反串小旦的优伶，蒋玉菡。还有玉钏儿，她也是很有个性，面对宝玉时根本就一副不讨好权贵的样子，和她的姐姐金钏儿完全不一样。

所以，有"玉"这个名字的人通常是比较精神性、比较有个性的一类，虽然个人主义不一定值得赞美。请注意我们这里没有涉及价值判断，只说它的表现特质，而红玉当然不是这类人，所以她不应该有"玉"这个名号，而作者用"避讳"这样一个很正统的理由把"玉"字隐去，其实便是暗指她不适合"玉"这个字。同样地，贾芸这个人也很会巴结贿赂，所以赢得了在花园中种树管工的机会，就在这样的人格特质之下，很微妙地，这两个人的感情其实都充满了势利的算计。

然而最有趣的是，这两个人在前八十回的戏份很少，形象也不是很正面，但作者给了他们这样一个篇幅，目的并不是要批评他们，反而是为了在贾家被抄没之后给他们很重要的任务，让我们更了解人性的复杂。在第二十四回，贾芸很意外地受到了醉金刚倪二的青睐，主动免息借钱给他，而一般说来，我们对于放高利贷的人总会以为他们视钱如命，没想到倪二却是一个义侠，仗义助人！正是所谓"人情中有势利，势利中有人情"，可见世间、人性真的是很难用二分法去单一论断。

脂砚斋就第二十四回醉金刚的这一段文字给了暗示："伏芸哥仗义探庵。"又说："此人后来荣府事败，必有一番作为。"预告将来贾芸会仗义探监，为贾家付出很大的努力。大家想想看，人性都是"雪中送炭者少，锦上添花者多"，虽然这也毋需感慨，毕竟每个人都必须自保，只要不去害人，我们都可以了解和接受，也不用太过感慨世态的炎凉。但也正因为如此，当一个大家族倾倒，只剩一片瓦砾的状况下，能雪中送炭的贾芸、小红夫妇，岂不是更令人肃然起敬？

雪中送炭是非常难能可贵的，这种人品真是非常的高贵，值得我们赞赏。然而吊诡的是，这个高贵之举竟然是由之前又势利、又钻营的贾芸夫妇来担当，便十分发人深省了。贾芸那时候已经娶了小红，其中的过程势必更为曲折，究竟一个爷们儿该如何打破"良贱不婚"的原则，竟然可以娶一个丫鬟！这个情况牵涉到各种复杂的机缘，在贾家彻底败灭的过程中，恐怕是很难安排的，我看到最好的编剧是台湾华视版《红楼梦》连续剧，那段真的非常精彩，把小红之所以能够嫁给贾芸的理由铺陈得非常合情合理，而且让我们看到王熙凤的地位与她处事的某些艰难。

总而言之，当贾家败灭之后，贾芸和小红能够"仗义探庵"就很难得了，他们冒着风险，只不过是想要回报贾家、主要是王熙凤给过他们的恩惠。那份人生很难得的点滴之恩，让人没齿不忘，一有机会便图报回馈，这当然是非常难能可贵的一种人格高度，而这个人格高度竟然出现在我们觉得很势利、很精明、很会算计的人身上，这确实是曹雪芹所要警示读者的地方。

前面我们已经看到，甄士隐的宅第和贾雨村所住的葫芦庙，是要通过势利街、人情巷才能抵达，所以，势利和人情本来就不是可以用一眼、用一时、用一件事来论断的。想当初，刘姥姥受到王熙凤帮助的时候，王熙凤何曾想过刘姥姥会给她回报？或王熙凤何曾存心想要他们回报？但是人生太难预料，在贾家一败涂地之后，伸出援手仗义相助的人，一个是刘姥姥，一个是贾芸和小红这对夫妻，还有一个是因为把枫露茶给李嬷嬷吃，而被宝玉撵走的茜雪！

茜雪被撵这件事，在前面的第十九回只有一句话带到，幸而脂批留下一些线索，让我们看到原来人性是这么的耐人寻味！第二十回畸笏叟夹批道：

> 茜雪至"狱神庙"方呈正文。袭人正文标昌（目曰）："花
> 袭人有始有终。"余只见有一次誊清时，与狱神庙慰宝玉等
> 五六稿被借阅者迷失，叹叹！

其中，"茜雪至'狱神庙'方呈正文"一句，说明她真正的故事
其实是在后四十回，可惜稿件已经迷失不见。透过这段批语，我们知
道在贾家败落之后，茜雪也是仗义前来相助的人，这实在太感人了，
茜雪并没有挟怨报复，没有因为当初为了一碗茶就把她给撵走而怀恨
在心，反倒把贾府以前给过她的恩惠放在心上。曹雪芹真的是感慨很
深，告诉我们，看一个人千万不要只看一件事、只看一时，人性真的
太复杂、太幽微，不是那么简单就可以看透的。

当贾家被抄的时候，男方要审问，女方也要另外监禁，"狱神庙"
大概是监禁这些人物的地方，另外贾芸和小红"仗义探庵"的"庵"
也应该是他们被监禁的所在。从"狱神庙慰宝玉等五六稿被借阅者迷失"
可知，此稿不是在曹雪芹死后才不见的，可能在传抄过程中就已经遗
失了，令无数的红迷们扼腕不已。

还有在第二十七回中，当红玉对凤姐表示："只是跟着奶奶，我们
也学些眉眼高低，出入上下，大小的事也得见识见识。"这一段脂批又
提到了："且系本心本意，狱神庙回内方见。"他说这真的是红玉的本
心本意，而这个本心本意学到的东西将来会回馈给贾家，要到狱神庙
那一回才能够看到。所以"狱神庙"在脂批中出现了三次，这是贾家
事败之后，一个很重要的关键地方，而关键人物就是贾芸和小红、茜

雪以及刘姥姥。

脂砚斋在第二十七回的回末总评里更进一步提到："凤姐用小红，可知晴雯等埋没其人久矣，无怪有私心私情。且红玉后有宝玉大得力处，此于千里外伏线也。"由此可知，原来小红在怡红院是一直被晴雯等人给埋没了，我们前面不是说她们组织成铜墙铁壁，把宝玉当作她们的"禁脔"，不容别人染指吗？因为宝玉是人中龙凤，越靠近他就越有更多的特权和好处，所以每个人都想要分一杯羹，那么既得利益者当然会尽量排挤，以确保独占和垄断。

小红是很有才能的人，被人家这样埋没当然心有不甘，所以"无怪有私心私情"，这个"私心私情"就是和贾芸的那一段，她要另谋出路。从脂砚斋的角度来说，小红被我们所鄙夷的那一种非礼教、不道德的行为，甚至太多盘算、权谋的部分，他觉得还是情有可原的，每个人都有每个人的地狱，走进他的地狱才会知道他受到什么煎熬，而他做的这些事情或许也就不是那么罪大恶极。

何况，小红日后有宝玉的大得力处，此即千里之外的伏线，所以将来她真的会仗义探庵、探监，在那风声鹤唳的时刻发挥非常重要的作用，真的是一片赤胆忠心，这个人真是难得。大家想想看，如果没有脂批留下这段话，我们对小红的印象势必非常负面，可见要认识一个人真的很难，所以千万不要断章取义，不要孤证引义！

有趣的是，脂批不是只有一个人的评语，各个评者因不同的阅读进度也出现了评论上的落差，第二十七回有一段批语提到，脂砚斋非常讨厌小红，如同我们一般读者看到的，于是骂她是"奸邪婢"，他说："奸邪婢岂是怡红应答者，故即逐之。前良儿，后篆（坠）儿，便是确证。"这个评者认为小红不配在怡红院当差，不配做宝玉的手下，所以要把她逐出去，连同之前的良儿，后来的坠儿，这些人都不配待在这里。但是接着畸笏叟就反驳了："此系未见'抄没''狱神庙'诸事，故有是批。"他说此论者会这样评论，是因为没有看到后面抄没时狱神庙的故事，所以才会对小红留下负面的印象；如果看完整部小说，对小红就会有一番别开生面、全新的认识。

你看这些批语非常有趣，评者之间还在互相反驳、对话，但也由此可见，原来世事难料，人性也幽微到很难用三言两语来断定，对一个并不是很了解、也没有下功夫去认识的人，就不要妄下断言，尤其不要随便批评，批评人家只是在泄露自己的无知和自以为是，小红便是一个很好的例证。我常常觉得多给别人余地是对的，这倒也不是期待我们给人家余地，对方将来就会回报我们，而是说原来人真的都有他的地狱，他在这个地狱中可能过分愤激，或可能做出一些也许不是那么公道的表现，但有的时候可恨之人确实有其可怜之处，这个不为人所知的"可怜之处"便值得悲悯。所以我们给人家余地，多宽容别人是好的方向，当然这不是要我们做"乡愿"、滥好人，而是因为深知我们了解的太少，所以应该谦虚地自觉我们所知道的真的不够多，因此不妄下断言、不轻易批评。

关情三：妙玉的绿玉斗

再来看第三组"关情"类，这一组是各位很熟悉的，发生在妙玉和宝玉之间。第四十一回刘姥姥逛大观园，到了栊翠庵这一站，妙玉拿出她所典藏的茶杯给黛玉和宝钗用，一只茶杯叫作"㼏瓟斝"，上写的是"晋王恺珍玩"，王恺是和石崇斗富的权贵，他的茶杯由晋代传到了清代简直价值连城；杯上又有"宋元丰五年四月眉山苏轼见于秘府"的一行小字，连苏东坡都在宝库里见过，可见这只杯子身价非凡。这只杯子是给宝钗，另外一只杯子叫作"点犀䀉"，则是给黛玉，妙玉接着"将前番自己常日吃茶的那只绿玉斗来斟与宝玉"。

请各位注意，男生一般比较大而化之，女孩子的心态就比较在意这种细节了，女同学们会随便把自己用的杯子给其他男同学用吗？应该很少吧！何况妙玉是那么的洁癖，根本是极端版的林黛玉，而她竟然愿意给宝玉共享自己日常的茶杯，那便表明必有芳心暗许。可宝玉这时有点迟钝，他竟然说："常言'世法平等'，他两个就用那样古玩奇珍，我就是个俗器了！"

他不知道妙玉是不能这样刺激的，更可能是他根本不知道这只茶杯是妙玉自己使用的，果然妙玉立刻说了很辛辣的尖锐话："这是俗器？不是我说狂话，只怕你家里未必找的出这么一个俗器来呢。"连贾家都未必有，那就显示妙玉也是公侯富贵之家的出身，这一点毫无疑问。宝玉这个人果然伶俐乖觉，立刻知道要见风转舵，他赶紧说："俗话说'随乡入乡'，到了你这里，自然把那金玉珠宝一概贬为俗器了。"妙玉听如此说，十分欢喜，显然妙玉是喜欢宝玉的。

再看第六十三回，宝玉生日的时候大家又玩耍、又喝酒，结果都醉倒了，一觉黑甜不知所之，等到醒来的时候发现砚台下压着一张粉色的信笺，一看原来是妙玉送来的生日贺卡，妙玉竟然记得宝玉的生日，而且不忘给他一个祝贺！大家都知道，妙玉是不把别人放在心眼中的，她瞧不起所有的人，根本对所有的人都不假辞色，单单只对宝玉另眼相看，当然女儿家的心思可想而知。尤其妙玉用的笺子是粉色，虽然这应该是纸张原本的颜色，但小说家在别的地方从来没提到，却对妙玉的这张纸加以标示，非常微妙的情思就更泄露出来！

而妙玉的最后下场是什么？在《红楼梦》的手抄本里有一个版本叫"靖藏本"，脂砚斋在第四十一回留下了一段很错乱的眉批："他日瓜州渡口劝惩不哀哉屈从红颜固能不枯骨□□□。"周汝昌先生重新做了校读："他日瓜州渡口，各示劝惩，红颜固不能不屈从枯骨，岂不哀哉！"

那么这段话到底是什么意思？意思是，将来贾家被抄没，大家都要流散，真是所谓的"树倒猢狲散"，连袭人都被拍卖，那些寄住在贾家大厦的人当然也失去了庇护，然后才知道贾家所给予的是"风雨不动安如山"的保障。一旦失去了这棵大树，面临天崩地裂的局面，财富足以自我安顿的妙玉，连能不能带着财产走都很难说，显然贾府真的是给了她发展那极端化的个人主义的温床。

于是，当妙玉失去了贾家的庇护之后，便流落到瓜州渡口，一个前途茫茫、不知所之的歧路迷津，脂砚斋说，在这里老天爷就要体现公道了，该惩罚的即惩罚，该补偿的即补偿，所以刘姥姥得到了补偿，巧姐得到了救赎；可是妙玉这么的个人主义，这么的极端自我，那就去品尝一下没有自我是什么滋味。天下不是为了你一个人而打造的，所以人要有一点节制，有一点平衡是对的；谦逊一点，收敛一点，束缚自我一点是好的，"各示劝惩"很明显是对妙玉这个人的惩罚，因此红颜必须要屈从枯骨。

那么，"红颜屈从枯骨"是什么意思？"枯骨"只能解释为老人。出于传统对人体"骨"的概念，这早在汉代就已经有了，尤其在六朝前后，包括道教、中医等更是明确，他们认为骨骼中的津液会随着身体的健康状况，以及年龄的盛衰而有盈枯之差异，年纪越大，骨骼中的津液即会越枯竭。所谓的"枯骨"表示他骨中的津液已经干枯，这便是老人的意思。"红颜屈从枯骨"意指委身给一个老人，这个老人大概是有点官职或者身份地位的人，年龄大到这种程度，妙玉恐怕只能做妾这一种。

妙玉原是那么洁癖，简直到了匪夷所思的地步，连刘姥姥喝过的茶杯都嫌脏，宁可把它砸碎，现在却要"红颜屈从枯骨"，那该是何等的不堪！但是当一个人流落到没有办法生存的时候，以前最厌恶的肮脏都觉得是一种依靠了。

关情四：晴雯的指甲与贴身小衣

在第七十七回，晴雯被撵出去了，然后宝玉去看她，这真是李商隐所说的"人世死前惟有别"（《离亭赋得折杨柳》），而这个"别"不只是生离，也注定了是死别，根本是临终前最后的一次见面，所以晴雯几乎是没有顾忌。

谚语说"人之将死，其言也善"，但同时也是"其言也真"，因为没什么好隐藏的了，反正已经要死了，一切都没有了，再也没有什么好忌讳的，所以此刻晴雯所说的都是她的真心话。希望大家仔细推敲他们的每一句话、每一个心念的转折，双方到底在想什么？为什么是在这样的片刻中浮现了这个想法？这些都很有意义，值得我们仔细读一下。

晴雯和宝玉透过指甲以及贴身衣物作为情感的表达，这就是"关情类"的第四项。这一段情节有非常丰富且多层次的意涵，一般人都把它当作两人之间亲密难舍的诀别，因此为之深深动容、感慨万千，当然这些感受都非常正确。然而，我自己在阅读与思考过程中发现了一些不同层次的意义，人性真的有很多层次，每一个层次可能也会有不同的面相，毕竟"人"本来就是复杂的存在个体。

第七十七回是两人最后的一次见面，他们彼此也心知肚明，以致这一次的见面充满尖锐的痛苦乃至于深沉的无奈。对于这一段情节中两个人的哽咽难言，紧紧握住手舍不得放开，却又注定要结束的那一种悲痛，读者都可以尽量去体会。然而我所要说的，对于不少读者而言很可能是非常颠覆性的，我多年来常常停下来思考，将我所认识到的人性、我自己以及很多人的生命体验反馈在阅读过程上，发现确实有一些东西是单纯在关心感觉的时候会被忽略的。

试看当宝玉、晴雯从乍见面的哽咽——一种既震惊又非常悲痛的感受中走出来，慢慢恢复了一点现实感，重获了语言的能力，彼此之间再进行对话，这个过程当然是惊心动魄，曹雪芹把这个过程感受处理得非常好，让人感到荡气回肠，许多读者也就停留在这里，烙烫出牢不可破的刻板印象。然而，像曹雪芹这样反映人性、反映这个世界运作的种种复杂性的伟大创作者，往往在细节中去呈现人性的幽微，去建构他的叙事的丰富度。所以细节很重要，如果不仔细读，这些东西就会被忽略掉，很多重要讯息便掌握不到。所以，让我们来看作者所描写的细节，思考一个问题：当开始恢复语言能力之后，他们的第一句话以及首先关心的是什么？答案并不是对于过去曾经有过的美好记忆的沉思或者品味，不是对于未来失去对方，人生将有巨大空缺的恐惧。

晴雯首先恢复语言能力，她哽咽了半日，方说出"我只当不得见你了"这半句话来，接着的第一句整话是要"喝茶"。原来在生离死别的极端时刻，对当事人而言，更直接迫切的感受与需要，其实还是生理性的。我们来看当时的场景，晴雯道："阿弥陀佛，你来的好，且把那茶倒半碗我喝。渴了这半日，叫半个人也叫不着。"宝玉听说，忙拭泪问："茶在那里？"晴雯道："那炉台上就是。"

宝玉说得很清楚，晴雯自幼上来是娇生惯养，从来没有受过委屈，这在当时的丫鬟里是非常罕见的待遇，显然宝玉和她的相处是小心翼翼，努力地迎合她。何况宝玉的天性本就是做小伏低、言语缠绵，很懂得设身处地替别人设想，尤其是为了让少女开心，他简直可以把自己低到尘土里去开出花朵，所以听到晴雯说要喝茶，他很自然地去找茶。但是，"宝玉看时，虽有个黑沙吊子，却不像个茶壶。只得桌上去拿了一个碗，也甚大甚粗，不像个茶碗，未到手内，先就闻得油膻之气"。

这类茶碗在怡红院是看不到的，宝玉觉得晴雯本来是娇生惯养到金枝玉叶的程度，便犹豫这只茶碗是不是可以拿给她喝，这是宝玉作为护花使者首先会体贴到、会想到的问题。但看到现场只有这样的碗，"宝玉只得拿了来，先拿些水洗了两次，复又用水汕过，方提起沙壶斟了半碗。看时，绛红的，也太不成茶"。当宝玉还在做这种细致步骤的时候，晴雯已经忍耐不住了，扶枕道："快给我喝一口罢！这就是茶了。那里比得咱们的茶！"晴雯非常渴，想赶快喝一口水，水的品质在所不计，完全不再像过去那样计较。宝玉还是舍不得，自己就先尝了一尝，也没清香也无茶味，还一味苦涩，这个茶能喝吗？不要忘记他们是出自公侯富贵之家，这种东西他们平常连看都看不到，怎么可能会喝过。

宝玉尝毕之后才递给晴雯，而"晴雯如得了甘露一般，一气都灌下去了"！宝玉注意到晴雯前后判若二人，这个落差太大，此刻心中便发出了感慨或省思，作者把他内心的独白都显发出来，宝玉心下暗道："往常那样好茶，他尚有不如意之处；今日这样。看来，可知古人说的'饱饫烹宰，饥餍糟糠'，又道是'饭饱弄粥'，可见都不错了。"饥饿的时候连糟糠都很好吃，饭吃撑了就想吃粥，这正是常人的庸俗人性，也呼应了第六十一回大观园专属厨娘柳家的所言："细米白饭，每日肥鸡大鸭子，……吃腻了膈，天天又闹起故事来了。鸡蛋、豆腐，又是什么面筋、酱萝卜炸儿，敢自倒换口味。"这样"饥餍糟糠"的人性，此刻即活生生地体现在晴雯身上，宝玉看在眼里，成为古人智慧的印证。

从晴雯临终前的表现来看，晴雯也只是个普通人，当她的生活非常顺遂的时候，便和一般人一样养成骄纵的习气，对于食、衣、住、行有了特别的挑剔，但是一旦失去客观环境的支持时，她也和一般人一样，只要能活下去就好，再劣等的粗茶也可以喝了。而真正的高洁君子并非如此，他们会有着一种高度的自我提升与训练，如孔子所说的"君子固穷，小人穷斯滥矣"。

宝玉省思到的这番道理是很常见的人性，不过对于这段情节，我其实最关切的是另外一种经验，也就是在即将失去一个你非常珍爱甚至是失去不起的对象时，当面临这样重大失落的时刻，一般人会有什么样的心理反应？眼前这个人即将要从你的掌心流失，再也回不来，他／她的生命在倒数计时中，你感受到幻灭正分分秒秒地逼近，即将有一颗炸弹要猛烈爆发，把你的世界炸得粉碎。失去挚爱的感受，一是至大的悲痛，一是至大的恐惧。"至大"的"至"字是一个极端的程度副词，在这种处境中，人会被这种非常强大的感受给笼罩，整个的心等于是架空的，纯然被强烈的痛苦、悲哀、恐惧所湮没吞噬。在这种状况下，人们事实上没有余力也不可能有一丁点剩余的心思去体会或者反思到人性的本质问题。

所以，宝玉当时的反应实在是很特别，他竟然在这种绝大的悲痛与恐惧之中，还有余力去省思晴雯表现出来的一般人性，我觉得这正是最发人深思的地方。虽然说得过度明确就会把一些幽微心思过分夸大，然而，我一定要用实在的语言把其中的道理说清楚。在我看来，宝玉对晴雯的感情还没有到多么深刻的地步，如果感情够深，对方是一个你失去不起的珍爱的人，在即将要失去这个人的时候，事实上没有心灵空间来抽离自己，把对象当成是一个观照的客体，然后省思她身上所反映出来的一般人性，并对一般人性的肤浅平庸发出感慨。就像一个母亲在和儿女诀别的时候，不会想到他们有哪些性格缺点，一个情人在和爱侣分手的当下，不可能去观察他／她的人性弱点，道理相通。

宝玉接下来一面想，一面流泪问晴雯："你有什么说的，趁着没人告诉我。"那就是要问她的遗言了。在这种椎心泣血的时刻，还能够有足够的意志力去问对方的遗言，老实说，那绝对不是悲痛至极，处于动荡翻搅到失去控制能力的心理状态，而是还在一个可以接受事实的理性之下。晴雯呜咽道："有什么可说的！不过挨一刻是一刻，挨一日是一日。我已知横竖不过三五日的光景，就好回去了。"如果有过类似的经验就会知道，在死别之前还有这样的对话，可见这两人并不是处于被悲痛与恐惧所彻底湮没、心神涣散的境界。我们以前纯粹只感受到他们之间的深情难舍，而这一幕确实可以让我们稍微做一点斟酌。

接下来晴雯又说："只是一件，我死也不甘心的：我虽生的比别人略好些，并没有私情密意勾引你怎样，如何一口死咬定了我是个狐狸精！我太不服。"一般读者只注意到这几句话，便开始为晴雯抱不平，和她站在同一阵线，又因为她的不服以死亡作为前提，所以读者特别为她感到愤怒，对造成她这个局面的直接、间接甚至不相干的因素展开抨击，而王夫人就挨骂最多。但是，我希望大家不要只停留在这里，请再往下看晴雯所说的话："今日既已担了虚名，而且临死，不是我说一句后悔的话，早知如此，我当日也另有个道理。不料痴心傻意，只说大家横竖是在一处。不想平空里生出这一节话来，有冤无处诉。"其中，"担了虚名"指的是什么，我们等一下再分析。

再接着看，"晴雯拭泪，就伸手取了剪刀，将左手上两根葱管一般的指甲齐根铰下"。一个服侍主人的丫鬟，指甲竟能够长到像葱管一般，长达二三寸，可见不是一般的丫鬟。连我们这种不做丫鬟的人都养不起这样的指甲，因为长指甲让人处处做事很不方便，何况一个丫鬟得要打理主人的食、衣、住、行各方面的琐事，把指甲养得这么长，在做事的时候不弄断，那几乎是不可能的。可想而知，晴雯真的像娇贵的小姐一样，几乎就是过着千金小姐般养尊处优的生活，"两根葱管一般的指甲"便是一个很重要的证据。

然后，晴雯"又伸手向被内将贴身穿着的一件旧红绫袄脱下，并指甲都与宝玉道：'这个你收了，以后就如见我一般。快把你的袄儿脱下来我穿。我将来在棺材内独自躺着，也就像还在怡红院的一样了。'"这段情节也很感人，令无数的读者深受触动，为之一掬悲伤的眼泪。

晴雯在这里将一件旧红绫袄赠与宝玉，和宝玉送给黛玉的定情物一定要是半新不旧的手帕，其道理是相通的。因为用过或穿过的衣物带有个人的印记和气味，以及使用后留下来的痕迹，也就等于是他／她的延伸，这才真正具有个性化的意义，成为这个人的化身。

当然，从道理上来说，主仆之间有这种传情的行为，其实是违反礼法的，因此晴雯说"论理不该如此，只是担了虚名，我可也是无可如何了"。而宝玉听说如此，也立刻宽衣换了衣服，藏了指甲。晴雯又哭道："回去他们看见了要问，不必撒谎，就说是我的。既担了虚名，越性如此，也不过这样了。"

整体可见，"担了虚名"这一句在短短的一段话里重复了三次，连张爱玲都很喜欢，于是写进她的《倾城之恋》。回到《红楼梦》的文本脉络里，足见唯一让晴雯临终前觉得死不瞑目的事情，就是"担了虚名"，她并没有诱惑宝玉，没有做任何不应该做的事情，却背负莫须有的罪名，并且为了这个罪名而死，这绝对是读者同情晴雯的原因所在。可是请大家留意，晴雯所说的这句话：

> 不是我说一句后悔的话，早知如此，我当日也另有个道理。

假如时光倒流，一切可以重新开始而结局不变的话，晴雯会怎么做？从话语的上下脉络来看，她不甘心的很明显是"担了虚名"，而如果是担了"实名"，她便不会这么不甘心了。于是，晴雯认为既然"担了虚名"，那么就化虚为实，交换贴身的内衣，做出男女私情的表达，也就不会那么冤枉。她还告诉宝玉说不用隐瞒，"回去他们看见了要问，不必撒谎，就说是我的。既担了虚名，越性如此，也不过这样了"。可见她关心的不是礼法的问题，礼法是君子在关心的，一般人并不在意这个问题，对晴雯来说，她关心的是自己是不是"名副其实"，而不是所做的事情对不对，如果为了自己做过的事情而得到这样的下场，她就不会那么委屈不甘，至于所做的事情到底对不对，她并不在乎。所以她所谓的"当日也另有个道理"，那个道理应该会让她和小红的做法相差不远，即以"私情密意勾引"宝玉。

这么一来，我们接下来要追问一个问题是：当日晴雯没有实际去"私情密意勾引"宝玉，是因为她洁身自爱而真的不想做，还是事实上她根本不必做？这里有一句话很重要，透露出当初晴雯没有那么做的原因，其实是"不料痴心傻意，只说大家横竖是在一处。不想平空里生出这一节话来，有冤无处诉"，显然晴雯认定两人永远会在一起，那当然就不必做任何勾引的举动，谁知道她竟然要为没有做过的事付出这样的代价！早知如此，当时就会另外有不同的做法。换句话说，晴雯所担的虚名是"不必做"，而非"不愿做"。

只有回到文本本身和当时的历史背景，才会理解晴雯的"大家横竖是在一处"这句话到底代表什么意思。经过我对整部《红楼梦》所做的全面考察，发现所有的丫鬟任凭再怎么娇惯，再怎么样受到主子的信赖和宠爱而不可或缺，终究都是一定要嫁出去的，通常是配给小厮，二人婚后生的小孩就叫"家生子"。最好的例子是鸳鸯，鸳鸯是贾母晚年生活里最信靠、最依赖、最不可或缺的助手，所以贾赦要娶鸳鸯的时候便引发了贾母空前的震怒，而在第七十回中清楚提到，贾府每过一段时间便会整理一下家里的人口簿册，看看哪些人的年龄到了，那就是该要发配的时候，这一次鸳鸯也在发配的名单上。只因为之前贾赦闹过一番强娶的事件，鸳鸯誓死不嫁，所以暂且不处理她的发配问题。可想而知，凭是再怎样得力的助手，丫鬟就是丫鬟，到十七八岁就得要进入发配的名单，这根本是贾府运作的一条铁律，没有人不知道。

此外，因为贾家是宽厚人家，所以还有另外一个做法，即开恩让丫鬟回自己的家，让父母去给她们自行聘嫁，这是很多小丫鬟所寄望的。第六十回春燕便转述宝玉常说的话："将来这屋里的人，无论家里外头的，一应我们这些人，他都要回太太全放出去，与本人父母自便呢。"连犯了严重风化罪的司棋，都是"赏了他娘配人"（第七十七回），足为其证。

然而最奇怪的是，晴雯竟然会觉得"大家横竖是在一起"，很明显只有一个可能，那就是做了宝玉的妾。只要纳为妾，当然两个人即横竖在一起了。在晴雯的认知里，将来她肯定是宝玉的妾，这句话很明确地表露出她有一种"准姨娘"的自觉，而这个自觉使得她不必再做任何私情密意勾引的举动，因为这地位本来就该她所有，所以何必再多此一举，用一些不好的手段去争取。

至于晴雯之所以会有"准姨娘"的自觉，当然也不是她自己在凭空妄想，事实上确实有这个迹象，书中也有隐微的暗示。不要忘记晴雯是贾母指派给宝玉用的，这个做法就已经隐隐带有储备姨娘的意味，同样是贾母赏给宝玉使唤的袭人，也是如此，最明显的证据在第七十八回，当王夫人把晴雯撵走之后，她向贾母回报："宝玉屋里有个晴雯，那个丫头也大了，而且一年之间，病不离身；我常见他比别人分外淘气，也懒；前日又病倒了十几天，叫大夫瞧，说是女儿痨，所以我就赶着叫他下去了。"贾母听了以后，是这样说的："晴雯那丫头我看他甚好，怎么就这样起来。我的意思，这些丫头的模样爽利言谈针线多不及他，将来只他还可以给宝玉使唤得。谁知变了。"

首先要注意，王夫人作主撵出晴雯，但还得要向贾母报备，从这件事便可想而知，因为晴雯是贾母给的，照理来说，最后的去留决定权应该在贾母，因此王夫人自作主张做了这个决定之后，必须和贾母说明原委，这就是他们家的礼数。与此同时，读者也可以了解到晴雯是贾府最高权威贾母指派给宝玉的，因而特别有一种宠遇的地位。当然，贾母既然退位了，即很尊重当家者王夫人的理事权力，所以支持王夫人的决策，这是贾母的智慧。

另外还要注意一下贾母所说的"将来只他还可以给宝玉使唤得"这句话，宝玉现在不就在使唤晴雯了吗？为什么还要加个"将来"？可见这里的"使唤"其实就是做妾的意思。当然妾的地位和丫头其实也差不多，在六十回中，赵姨娘和芳官一群人吵起来，那一场纷争轰轰烈烈，芳官说了很难听的话，用上一个歇后语："梅香拜把子——都是奴几"，"梅香"这个名字听起来就很像小丫头，"拜把子"是结为兄弟姐妹的意思，既然是丫头们结拜，所以答案即它的下半句"都是奴几"，大家都是奴才。芳官用这个歇后语，意思是你赵姨娘和我其实差不多，你也不要在我面前逞威风，不要摆什么姨娘的架子，所以赵姨娘气死了，才会吵得一塌糊涂。

贾母用"使唤"二字，便是把姨娘或妾的真实地位表现出来，而很明显，贾母是有意让晴雯将来给宝玉做妾的，贾母的这番话是一个很明确的证据。多数读者不喜欢袭人的主要原因，在于她是全书中唯一与宝玉发生肉体关系的，大家都认为她不择手段、出卖身体而大肆抨击。然而，第六回明白叙述："宝玉亦素喜袭人柔媚娇俏，遂强袭人同领警幻所训云雨之事。"文中的"强"字证明袭人是被迫的，在古代社会中，主子"强"的行为是合法的，丫鬟根本没有反抗的权利，彼时法律规定，丫鬟不过是"物品"，生杀皆可予夺，何况是名节。再者，更值得注意的是，"袭人素知贾母已将自己与了宝玉的，今便如此，亦不为越礼"。因此，就这二点而言，袭人和宝玉的初试云雨根本是合情合理又合法，读者不应该以自己的成见和现代的价值观去抨击。

和袭人的情况一样，晴雯"横竖在一起"的认知不是自我感觉良好的主观意愿，而是客观上确实有一定程度的保证，所以晴雯也并没有过份的作为。然而她用"痴心傻意"来形容自己，那是回顾过去却发现事与愿违的后悔之言，其实当日的认知有凭有据，并不痴傻。理解这个情况之后，我们就可以明白，晴雯之所以没有私情密意勾引宝玉，无论其客观与主观原因是什么，都不能够忽略晴雯"痴心傻意"的"心意"，在于已经有了贾母的保证，宝玉又那么宠爱她，对于宝玉身边的姨娘位置有一点势在必得的心态。

就此而言，一个人的品性是不是高洁，是不是真正有一种"造次必于是，颠沛必于是"的原则坚持，必须回到他／她的环境来观察。大体来看，晴雯始终有那么一种光明磊落，固然是非常好的，读者之所以那么喜欢她，是完全有道理的。只不过事情并没有这么简单，单就人格评价而言，是否足以给晴雯那么高的评价？这是一个很大的问题。晴雯事实上并没有足够的人格高度和意志强度，只不过是面对这样的一个虚名，她就极度不甘愿，以至在临死之前用尽她奄奄一息的微小力气，只是为了把虚名化为实际的行动，做出"私情密意勾引"的非礼之举，这一点也谈不上有"造次必于是，颠沛必于是"的人格高度。

总之，晴雯是一个很可爱的人，她真的是丫鬟中最漂亮的一个，如果大观园进行选美比赛的话，她一定会赢得后冠，其他的手艺也都兼具，所以才能深获贾母的喜爱，然而是不是真的足以给她那么高的一个人格位置，恐怕还得再仔细思考。这是我们在阅读中可以停下来，然后根据知识和人生体验再去多做一些思考的地方。

综观上述"关情类"的小物整理如下：

（1）小红、贾芸——罗帕（第二十四回）

（2）宝玉、黛玉——家常旧手巾（第三十四回）

（3）宝玉、妙玉——绿玉斗（第四十一回）

（4）宝玉、晴雯——指甲、贴身小衣（第七十七回）

多姑娘的青丝

所谓的"涉淫类"其实也不是"谶"的使用，因为这都是当事人在自觉情况下的意志表现，当然并不属于"谶"所涵盖的范围。不过既然要把这个系统做一个完整的说明，就还是把这个部分略述一下。

"涉淫类"总共也有四个案例，第一组比较简单，即贾琏和多姑娘幽会时的一绺青丝。多姑娘名字中的"多"字是来自她所嫁的丈夫"多浑虫"，第二十一回写道："荣国府内有一个极不成器破烂酒头厨子，名唤多官，人见他懦弱无能，都唤他作'多浑虫'。"多浑虫恰好是晴雯的姑舅哥哥，来到贾府以后，"一朝身安泰，就忘却当年流落时，任意吃死酒，家小也不顾。偏又娶了个多情美色之妻，见他不顾身命，不知风月，一味死吃酒，便不免有兼葭倚玉之叹，红颜寂寞之悲。又见他器量宽宏，并无嫉妒炉枕之意，这媳妇遂恣情纵欲，满宅内便延揽英雄，收纳材俊，上上下下竟有一半是他考试过的"（第七十七回）。

前面第二十一回说她是"多姑娘"，到了第七十七回却改了名字，变成"灯姑娘"，书中说："若问他夫妻姓甚名谁，便是上回贾琏所接见的多浑虫灯姑娘儿的便是了。"很明显地，在写作上出现了前后不一的错歧情况，但作者应该不是偶然出错而是刻意为之的，曹雪芹绝对不是写到快第八十回，写得太累了照顾不来，以至于写错了。现在限于篇幅不够，其中的深意我们暂且不表。

秦可卿的发簪

第二组涉及前八十回已经被删掉的一段重大文字，那就是秦可卿和贾珍之间"爬灰"的关系。这些内容在目前小说里已经大部分找不到了，不过由于脂砚斋点名透露，大多数的读者都知道实有其事，所以纳入"涉淫"这个系统里来看。

秦可卿和贾珍之间用来传情的小物是"发簪"。脂评系统的"靖藏本"在第十三回前面有一段总批，提到第十三回"秦可卿死封龙禁尉"，其原来的回目是"秦可卿淫丧天香楼"。至于这段情节为什么被删，畸笏叟说明道："老朽因有魂托凤姐、贾家后事二件，岂是安富尊荣坐享人能想得到者，其事虽未行，其言其意，令人悲切感服，姑赦之。因命芹溪删去'遗簪''更衣'诸文，是以此回只十页，删去天香楼一节，少去四五页也。"秦可卿能够在死前为贾家的命运这样操心，提供一个长治久安之道，可见这个人是有智慧的，而且是真正爱贾家的。假如王熙凤采纳可卿托梦所给的建议的话，贾家不至于一败涂地，可惜王熙凤因为没有读书，不知道这件事情是如此攸关深远，还依照既有的运作方式。贾家后来遭遇到了没有人能够预想得到的重大变故，突然之间就这样崩塌，而畸笏叟是深知其间的一切过程的，因此对秦可卿充满感佩，也不想让可卿以这么难堪的罪行与罪名退场，为了保有秦可卿的人格尊严，所以命曹雪芹删去。

曹雪芹删掉的内容包括了"遗簪"与"更衣"这两段，天香楼那一节也少去四五页，这一回就只剩下十页。现在看到的第十三回是出于这样的原因而删改之后的产物。不过现在看起来，曹雪芹删得不甘不愿，故意留下一些线索，让读者隐约觉得其中必有蹊跷。

也因为畸笏叟的介入，作者一改秦可卿的猝死暴毙，让秦可卿好像是在病榻中缓慢步向死亡。首先是让她生病，表面上看起来是妇科方面的问题，是喜、是祸尚不确定，很多医生来看都搞不清楚状况，后来找到一个高明的太医张友士，张太医说话非常含蓄，其实意思是到了春天就不行了。到了第十一回，贾家人心知肚明，大概都有心理准备，何况王熙凤去看了这位闺中好姐妹，出来后和秦可卿的婆婆尤氏说"你也该将一应的后事用的东西给他料理料理"，尤氏回答道："我也叫人暗暗的预备了。就是那件东西不得好木头。"所谓"那件东西"就是棺木。这时，凤姐看到的秦可卿"虽未甚添病，但是那脸上身上的肉全瘦干了"，无论是生什么病，已经瘦到皮包骨一般，可是看起来精神还好，这并不是好事，因为这叫作"恶体质"。

"恶体质"是医学上的专有名词，当人体根本没有办法吸收营养，以致它内部的机能运作能量都来自燃烧肌肉，肌肉一直被消耗，直到最后人就不行了。这种"恶体质"是一个漫长的消耗战，是任何一个生命体都承受不了的，不过这个过程足够长，身边的亲友也都有相关的知识和心理准备，会意识到这个病人其实是没有救的了，因此对于秦可卿的死，贾家上下都已经是在信念上、感性上、事实上都可以接受了，最后果然敲起了丧钟。贾家这种钟鸣鼎食之家，人口众多，吃饭时要敲钟，才能让大家听到，同样地，他们要传递丧音，是用云板敲四下，第十三回写道："二门上传事云板连叩四下，将凤姐惊醒。人回：'东府蓉大奶奶没了。'凤姐闻听，吓了一身冷汗。"这里连叩四下的"四"即谐音"死"，所以是丧钟。

照理来说，秦可卿是在一个漫长的生病过程中消耗殆尽，大家也都有了心理准备，后面的描写应该顺着人情之常去发挥，不过曹雪芹大概有点抗拒心理，有些地方故意不删，留下了启人疑窦的地方。例如下一段里写道："彼时合家皆知，无不纳罕，都有些疑心。"可是，既然一个人都病了那么久了，大家已经说要准备"那件东西"，对于做好准备的事情又怎么会有些疑心？所以在我看来，这些矛盾的地方都是曹雪芹故意未删干净的，其中也隐含了某些讯息。

"纳罕"和"疑心"是众人对一个突如其来、超乎意料之外的情况的反应，所以秦可卿应该是"淫丧天香楼"，当天晚上她到天香楼去上吊自尽，原因当然是爬灰之事所致。在这种诗礼簪缨之族里，贞洁就和生命一样重要，而与公公私通那简直是只能以死来赎罪的罪大恶极。所以大观园里出现绣春囊，也真的是天大的灾难，王夫人那么紧张，手段那么激烈，不是没有原因的，这一定要回到贾家的家族背景里来理解。

秦可卿一死，全族的人都来了，贾珍是当家的，也是族长，居然"哭的泪人一般"。儿媳妇死了，做公公的哭得泪人一般，这不是太违反人性之常吗？别人看在眼里，大概也觉得不成礼，逾越了一定的分际。接下来，人家问他到底要怎么样料理后事，贾珍竟然拍手道："如何料理，不过尽我所有罢了！"为了一个媳妇的死，竟要倾家荡产，这成何体统！人是有远近亲疏等级之差的，尤其在丧礼上，那也是做给人家看的时候，就得按照一般人可以理解的等差去行事，然而他竟然说要"尽我所有"，不管是情感的反应上，还是丧事的规模上，都已经远远超过应有的分际。甚至连买棺材，贾珍都是不惜重本，用了连一千两银子都买不到的"樯木"，那可是薛家铺子里才有、王爷等级使用的棺木，贾珍却非要用不可。贾政劝他说："此物恐非常人可享者，殓以上等杉木也就是了。"但"此时贾珍恨不能代秦氏之死，这话如何肯听"，而这好像也是情人之间才会有的反应。

作者在第十三回留下一些启人疑窦的地方，点点滴滴还不止如此。再看后面的一段情节。秦可卿的丧事需要人来打理，但因为宁国府宽松已久，下人非常怠惰，整个家里像乱麻一般完全没有秩序，所以非要有一个人来整顿。宝玉问贾珍说这些事情都已经安妥了吗？"贾珍见问，便将里面无人的话说了出来"，宝玉便笑道："这有何难，我荐一个人与你权理这一个月的事，管必妥当。"就向贾珍推荐了王熙凤，贾珍一听大喜，立刻去邀请。可见贾珍自己一开始也没有想到这个人选，反而是宝玉，表面上一副完全不操心什么应酬事务的富贵闲人，一心只想在温柔乡里享受少女们的美丽和清新，可是他看人眼力之准，将周遭的人完全看在眼里，而且有非常正确的判断，从荐举凤姐的这一件事，便证明了宝玉比起贾珍来，看人派任更加切当，可以让每一个人的才能各安其位，得到最好的发挥。由此看来，《红楼梦》里的人物都不是很简单的单面向，如果读者不愿意把他们当作活生生的人来看待的话，就一定会削足适履。

贾珍得到了宝贵的人选，立刻跑来荣国府请托了，"贾珍此时也有些病症在身，二则过于悲痛了，因拄个拐踱了进来"。这样悲痛到要拄着拐杖，羸弱到无法自持，堪称是"哀毁过礼"，这个词通常是指尽孝到最高境界才会有的一个情况，在魏晋时期有一个标准的例子，那就是阮籍，当母亲死讯传来，他悲极吐血，是为"哀毁过礼"。因而贾珍的这些反应，在在证明他与秦可卿之间绝非一般的公媳关系，而是有着其他深切交关的情感。

不止如此，还有一个更有趣的地方，当贾琏远道回来以后，王熙凤向他报告这一段时间她处理家务的情况，提到可卿的丧事，她说："况且我年纪轻，头等不压众，怨不得不放我在眼里。更可笑，那府里忽然蓉儿媳妇死了，珍大哥又再三再四的在太太跟前跪着讨情。"她对于秦可卿的死用了"忽然"来形容，可见是措手不及，这也显示了秦可卿的死并不是寿终正寝。

以曹雪芹的功力，他不可能在做一个情节的更动之余，没有照顾到其他的细节而让它们合理化。所以我怀疑对于畸笏叟的介入，曹雪芹大概有一点小小的抗议，以至他把主情节是删了，但是其他的细节就留着给读者们自己去领会，让他们疑惑其中也许还有被掩盖掉的真相，而被掩盖的真相便是公媳之间确实有不伦的关系。这个不伦的关系涉及"遗簪"和"更衣"的情节，今天已经看不到了，"遗簪"大致是男女在互通款曲的时候，有意或无意地遗落一个发簪让对方捡到，而成为一种定情的表示，所以我把发簪当作他们"涉淫"关系的小物。

然而，所谓"涉淫"当然也是过分简单化的说法，请大家思考一个问题：秦可卿和贾珍之间到底是怎么发生这样的一种关系的，其中有没有情感的基础？

目前一般的读者、研究者常见的反应，是认为作者绝对站在秦可卿这一边，而把她塑造成一个很有才华、很美丽又纯洁的女性，否则她怎么能够跻身于十二金钗之列！但是，秦可卿当然还是得"淫丧天香楼"，就此可以做一些文章，比如她是被迫的，不要忘记她的出身很卑微，是孤儿院领回来的弃婴，后来竟然能够和贾家这样一个簪缨诗书之家联姻，于是有很多人便推论说，贾珍应该就是运用他的权力来压迫秦可卿就范，弱势的秦可卿没有办法抗拒，被迫与之有不伦的行为，东窗事发之后只好一死了之。这种说法是很常见的，是站在维护秦可卿的一片好意上所做的推论。在不违反秦可卿必须"淫丧天香楼"的情况下，很多人愿意采用这样的理路，我觉得是很可以理解的，但不表示这就是正确的。

对此，我有不同的想法。现在读者所面临到的最大难题，就是我们与《红楼梦》中人根本不活在同一个阶层上，用我们习以为常的那一套生活观去作为诠释的基础，往往就会出错。我们必须要回到事件现场，理解他们的整体环境，才能做出比较正确的判断。例如主张这两个人之间，一方来压迫另一方，而彼方只好就范，这是现代人在充满个人主义的情况下所设想的"架空式的真空状态"才有可能发生。所谓"架空式的真空状态"，就像之前引述过的《西厢记》故事，只针对两人组织欢愁，没有别人的存在，但贾府的整个生活运作完全是不一样的状况，贾珍对可卿的片面逼迫根本不大可能发生。

因为这种贵宦世家的任何一个太太、小姐，每天二十四小时身边至少都围绕着一二十个人以上，还包括贴身的，因为要喝茶，就需要有人倒水；要换衣服，也需要有人帮忙，而且她一天要换很多次，晨昏定省时要换，用餐吃饭也要换，有客人来了要换，医生来看病也要换，周围随时有很多人在服侍这些琐杂的小事。不仅如此，门外还有人守候，比如怡红院在晚上睡觉的时候，门口阶梯外即有人在坐更，也就是守夜，里面的人在说话，外面听得清清楚楚。第五十一回便写到，宝玉和丫鬟们说话聊得很晚，外面的嬷嬷就咳嗽示意，说时间晚了，姑娘们睡罢，明儿再说。可见里里外外是相通的，随时都有各种大丫头、二等丫头、三等丫头，还有老嬷嬷们鱼眼睛辈，那么多的人随时环绕在身边，周围几十双眼睛在看着，要逼奸谈何容易！

在这种情况下，不伦之恋要发生，唯一的可能一定是"和奸"，双方合意。果然第五回太虚幻境中可卿的判词说"情既相逢必主淫"，便清楚证明了这一点，也是在这样的前提下，才有可能在如此频繁的人际互动中找到缝隙，而且还需要有别人的配合才能成事，这些人就是贴身的丫鬟，贴身丫鬟时时刻刻和主子在一起，所以必须得要有她们的配合。再看秦可卿死的时候，两个贴身丫鬟的反应非常奇怪，一个叫瑞珠的丫鬟触柱而亡，让亲族赞叹不已，但主仆之情会强烈到主子死了，丫鬟也跟着去死，这是几乎没有的事。就连续书后四十回里写到黛玉死后，情同姊妹的紫鹃很伤心，她把黛玉的丧事料理完毕后，自己便选择了出家，顶多是如此，相较之下，瑞珠的做法很极端，极端到违反人性了。至于宝珠的反应也很奇怪，她自愿担任义女，"誓任摔丧驾灵之任"，将来也是要为秦可卿守墓的，果然第十五回送葬之后，宝珠留在铁槛寺中执意不肯回家，一个年轻的小姑娘，她的终身可能就葬送掉了。会有人因为主仆情深而愿意葬送一生，乃至葬送生命吗？不能说绝对没有，但显然极为罕见，所以我的推测是：这两个人作为秦可卿的贴身丫头，应该是参与了贾珍公媳之间的不伦事件。秦可卿自尽后，这个世间还留有见证者，这两个丫头大概也担心贾珍不会善罢甘休，所以她们做了这么极端的反应，彻底脱离是非圈。

　　我刚刚提到他们双方之间是情投意合，这又有一个问题出现了，贾珍到底有何魅力吸引秦可卿？虽然在现实世界中，爱情的发生有时候是不问理由的，没有理由的才是真正的爱情，不过我们现在是要理解人家的爱情，只好从外在去找一些理由，找一些条件。首先，贾珍一定长得很好看，他的儿子贾蓉不就是长得很俊美吗？用常理来思考，这种绵延百年的富贵人家，他们婚娶的对象不但门当户对，而且还可以进行选择，透过他们的财富、地位便可以进行基因的改良，所以通常这种人家的后代都是男的俊、女的美。如第七十九回写薛蟠娶亲，香菱描述道："前儿一到他家，夏奶奶又是没儿子的，一见了你哥哥出落的这样，又是哭，又是笑，竟比见了儿子的还胜。""我们奶奶原也是见过这姑娘的，且又门当户对，也就依了。"此处不但说明了富贵人家择偶的门当户对，也说明了薛蟠俊美的外表，贾珍亦是如此。

　　另外一点，请不要一想到公媳通奸，就联想到六七十岁鸡皮鹤发的老头子，那可差得太远了。回到文本世界的真相，贾珍这个时候才三十出头，证据在第七十六回，当时贾府一家人在中秋夜团圆，到了半夜，贾母让尤氏早点回去休息，尤氏笑道："我今日不回去了，定要和老祖宗吃一夜。"贾母这时候有点老不正经，居然对尤氏说："使不得，使不得。你们小夫妻家，今夜不要团圆团圆，如何为我耽搁了。"尤氏听了脸就红了，笑道："老祖宗说的我们太不堪了。我们虽然年轻，已经是十来年的夫妻，也奔四十岁的人了。况且孝服未满，陪着老太太顽一夜还罢了，岂有自去团圆的理。"《红楼梦》的叙事基本上是按照时间进展的，第七十六回时"奔四十岁"，大概就是三十七八岁，而秦可卿之死发生在第十三回，应该是更早个几年。这么说来，贾珍和他的儿媳妇之间发生爱恋，那个时候贾珍才三十出头，秦可卿的年岁在二十左右。她和王熙凤很要好，王熙凤已经是二十来岁了（第六回刘姥姥曾说过她大不过二十岁）。所以女方二十岁，男方三十几岁，既年轻又俊美，而且不要忘记他是一家之主，同时也是个风月场中惯了的人，很懂得调情，很懂得女人的心。如果回到文本里来考察，设身处地为贾珍想一下，只要把他看儿媳妇的伦理眼光转化一下，改用男人看女人的眼光来审视秦可卿，一个男人发现到秦可卿很有魅力，其实是很自然的事。

他们这段恋情的开端，应该是贾珍突然之间发现自己的儿媳妇很美，这个时候色字头上一把刀，于是展开热烈追求。而秦可卿之所以没有拒绝，除了外在的原因，应该还有内在的原因，此内在原因当然不是我们现在要说的了，以后再谈。

回到第五回，其中判词的第十一组即最后一组，是关于秦可卿的，开头两句"情天情海幻情身，情既相逢必主淫"，所谓"情既相逢必主淫"正是一个最明确的证据，而且一连用了四个"情"字证明秦可卿和贾珍之间是以情感为基础的。

因此把发簪放在"涉淫类"，其实有一点为难，原因在于他们之间是有情感基础的，但是毕竟二人逾越了"情"的纯洁性，以致可卿必须付出生命来偿还罪孽，所以我还是把它归于这一类。

尤二姐的槟榔

还有另外一个"涉淫"的例子，即第六十四回的贾琏和尤二姐，两人之间打情骂俏、欲迎还拒的表现都非常精彩，我觉得也许可以提供一个很好的参照，让我们具体地联想贾珍和秦可卿之间所发生的情事。试看贾琏想要调情，一步又一步的技巧真的是一个风流成性的人才能够掌握到的，而尤二姐的行为显然也是一个风流女性才会有的，她之前把嚼了一嘴渣子的砂仁吐在贾蓉的脸上，换作我们，当下的反应应该是赶快把它擦掉，但贾蓉不是，他居然用舌头都舔着吃了。这样的场景，恰恰正是李后主《一斛珠》所说的"烂嚼红茸，笑向檀郎唾"，尤二姐确实是一个洋溢风情的女性。

这个风情女性，也确实颇有风尘行径。在第六十九回有一段叙述，当尤二姐死前，在大观园里饱受折磨的时候，尤三姐托梦让她用剑斩了王熙凤，所用的理由就是："自古'天网恢恢，疏而不漏'，天道好还。你虽悔过自新，然已将人父子兄弟致于麀聚之乱，天怎容你安生。"所谓"麀聚"，用文言文解释比较文雅一点，也就是"两牡共乘一牝"，"牡"是指雄性动物，"牝"是"牝鸡司晨"的"牝"，指母的。由此看来，贾珍、贾蓉父子和她们恐怕都有关系，所以，尤二姐、尤三姐确实在德行上不是没有可以非议的地方，绝对不是一般读者所以为的，纯粹只是被男性玩弄、欺凌的可怜女性。

再看贾琏对尤二姐的挑逗，如以下的这段描写：

此时伺候的丫鬟因倒茶去，无人在跟前，贾琏不住的拿眼瞟着二姐。二姐低了头，只含笑不理。贾琏又不敢造次动手动脚，因见二姐手中拿着一条拴着荷包的绢子摆弄，便搭讪着往腰里摸了摸，说道："槟榔荷包也忘记了带了来，妹妹有槟榔，赏我一口吃。"二姐道："槟榔倒有，就只是我的槟榔从来不给人吃。"贾琏便笑着欲近身来拿。二姐怕人看见不雅，便连忙一笑，撂了过来。贾琏接在手中，都倒了出来，拣了半块吃剩下的撂在口中吃了，又将剩下的揣了起来。

读到"槟榔"二字，脑海里绝对不要出现以前在台湾看得到的血盆大口画面，台湾会出现这么可怕的景象，是因为在槟榔里加了石灰，嚼一嚼便会变成很可怕的红色，吐出来才有那样一种怵目惊心的画面。《红楼梦》里的槟榔纯粹就是槟榔，大概是他们这种阶级也会带着的小玩意，它之所以构成这一对男女之间传情的媒介，用个不很精确的类比，槟榔有一点像是他们的口香糖，是闲暇无聊时一个吃不饱的零食，放在嘴里可以打发时间。何况槟榔有清香的味道，可以闻香，我考察过《本草纲目》和相关的草药古典文献，槟榔事实上是有很多功效的，也可以作为一种养生的用途，所以他们会随身带着槟榔荷包。

在这里，槟榔变成了半强迫、半推半就的定情物，贾琏"拣了半块吃剩下的撂在口中吃了"，这岂不就是间接接吻的意味吗？说得直接一点，都涉及体液交换的行为。贾琏收下了槟榔荷包之后，也偷偷把腰带上的九龙玉珮丢给尤二姐，尤二姐暗暗收下了，这也形成了一个交换。请注意交换行为是很重要的。贾琏和尤二姐交换的小物件很明显是涉淫类，不用多说。

第四个和"涉淫"有关的，是司棋和潘又安的绣春囊，可以说，把蛇带进伊甸园的罪魁祸首就是司棋。美国汉学家夏志清先生便曾经说过，绣春囊好比跑进伊甸园的蛇，它正是让乐园崩溃的一个主要原因。绣春囊后来被发现，果然导致了王夫人下令抄检大观园，当然也同时造成了司棋、芳官、四儿还有晴雯被撵出去，这是大观园的第一次重大打击，也造成了一个小规模的离散，而离散将越来越变本加厉，最终导致乐园完全崩溃。

不过必须澄清一下，司棋与潘又安之间还是有情感基础的，只不过他们确实是涉及形而下的肉欲层次，所以我还是把他们归在"涉淫"一类，不比"关情"类就纯粹限于情感的交流而已。

讲到这里，综观"涉淫"类的小物，可以整理如下：

（1）贾珍、秦可卿——发簪（第十三回）

（2）贾琏、多姑娘——头发（第二十一回）

（3）贾琏、尤二姐——九龙玉珮、槟榔（第六十四回）

（4）司棋、潘又安——绣春囊（第七十三至七十四回）

物谶：金玉良缘

前面的"关情"和"涉淫"这两类，是当事人带有自觉意志所进行的活动，并不能称为"谶"。只有当事人不知不觉，受到超越的力量所主宰，才是真正的"谶"，我们在本节真正进入到所谓的"物谶"，即"联姻小物"。

婚姻是一个很神圣的、有关继承家嗣与宗族绵延的重大事件，究竟作者对此是怎样去安排的，其后果又如何？我整理以后发现，作者在"联姻"类特别用了"谶"的手法去进行他的叙事策略。有别于"关情"和"涉淫"都是当事人自觉甚至刻意去经营出来的男女关系，"联姻"则与之不同，它不像我们现代人所推崇的那样，由当事人自主，这是我们得要坦然面对和客观思考的问题。曹雪芹毕竟活在两百多年前，是在他的阶级、他的文化背景里去看待婚姻的价值，以及婚姻所应该被要求的内涵，没有必要或义务来配合我们现代人的观念。

我一共整理出联姻小物的八个例子，第一个是大家最熟悉的"二宝联姻"，也就是由金锁片与通灵宝玉所共构的"金玉良姻"。

在谈这个案例之前，我先补充一点：历来读者往往一面倒地反对薛宝钗，推崇并喜爱林黛玉，许多人参与这个阵营，做林黛玉的啦啦队员来摇旗呐喊，我年少时虽然对薛宝钗完全没有恶感，不过也觉得和我自己不是很投合，所以敬而远之。但是这几年我开始在思考，并赫然发现，有的时候我们的好恶不完全是由我们个人所决定，也不是在理性的引导之下所做的客观的判断，而常常是在不自觉的情况下，被某些人性本能或者时代思潮所牵引，于是在主流意见之下对薛宝钗有所反感。这种反感已经造成一种"哈哈镜"的效果，使得读者看到相关情节时会给予扭曲的解释，或者视而不见，用一句成语来形容就叫作"亡铁意邻"。

这个故事出自《吕氏春秋·去尤》：有一个人的斧头不见了，心里怀疑是他的邻居偷的，在这样的成见之下，觉得邻居真是一副小偷的样子，一举一动、一言一行就是做贼心虚。后来他找到斧头了，这下子他当然知道是自己冤枉了别人，之后他再去观察邻居，却怎么看怎么觉得对方的一举一动都是光明磊落。其实对方完全没有变化，始终都是同一个模样，可是在成见引导之下的眼光就会让人看到截然不同的形貌。"意"字就是臆测的"臆"，在臆测之下，你的感觉也真的很真实，可是真实的感觉不一定等于真实的事实，很多人总以为只要自己的感觉是真实的、真诚的，是发自内心的，它就可以变成一个真理，然而这是非常严重的范畴混淆。就在"亡铁意邻"的情况下，很多对于薛宝钗的理解都是过分的穿凿附会，用成见来加以扭曲。

在第八回，我们看到在形而上的超越力量之下，金锁片与通灵玉形成一种"对偶"状况。这个"对偶"不只是"金"和"玉"在世俗价值上的相提并论，而是连上面所镌刻的文字都产生非常精确的呼应。首先，这一对语词所蕴含的意义看起来都是颂圣祝祷的吉祥话，通灵玉正面镌刻的是"莫失莫忘，仙寿恒昌"，意指不要遗失了它，就可以长命百岁，这当然是一般很常见的希望超越死亡的心理；金锁片上写的是"不离不弃，芳龄永继"，表达了同样的意思。"不离不弃"和"莫失莫忘"刚好对照成一组，"仙寿恒昌"与"芳龄永继"更是同义词，差别只在于一个是男性特质，一个是女性范畴，都是在追求生命的永恒。连宝玉看了，也念了两遍，又将自己的念了两遍，对宝钗笑道："姐姐这八个字倒真与我的是一对。"大家要注意，这样有感而发的人是宝玉，并不是宝钗。这时旁边的丫鬟莺儿稍微提供了金锁的来历："是个癞头和尚送的，他说必须錾在金器上——"话没说完，便被宝钗打断了。

就这段情节，我要提醒两件事，第一，这种对偶情况其实不是人为的，更精确地说，它完全来自神谕，由一种超越形而上的力量所主导，并合乎自然之道，相当于天作之合！一般总以为"自然"即是天生如此，不能有人为的干预，否则就是违反自然，就是伪（虚伪），然而这种理解非常单一而狭隘。熟悉中国文学史的人会知道，六朝时期的文人对于"自然"二字发展出不同的内涵，中国最伟大的文学批评家刘勰，便在他的《文心雕龙》里非常清楚地写道："造化赋形，支体必双；神理为用，事不孤立。"人有双手双足，才能够维持平衡，而这是造化亦即宇宙自然所给予的，这种成双成对的现象就反映出"神理"。所以至少在六朝，他们把"自然"的概念用在诗歌的写作上，并不觉得对偶是人为的造作，相反地，他们是在模拟自然，把造化的某一种均衡力量移用到人为的活动里，让艺术的表现合乎自然。如果在这个背景中来理解金、玉在文字上的对偶，那说不定要表现的是"自然之道"，是在追求超越个人的某一种真正的自然，这是一个很有意思的课题。从这一点再次证明，要理解《红楼梦》没有那么简单，它的背后有源远流长、非常丰富而复杂的文化宝库与艺术涵养，以今天望文生义的方式去理解，恐怕是会误入歧途。

第二点，就在"亡铁意邻"的心态之下，很多人批评宝钗对通灵玉那么好奇，是因为有"金玉良姻"的预告，所以一心一意想要做宝二奶奶，把心思都放在他那块通灵玉上。这样的解释可以说是厚诬古人，对人家实在太过冤枉！请问对于贾宝玉的通灵玉谁不好奇？毕竟它是宝玉落草时衔在口中的，简直是一则传奇，连第十九回袭人回娘家后，宝玉偷偷溜出贾府去花家去看她，袭人因为知道大家都对宝玉的通灵玉非常有兴趣，还特别把玉小心翼翼地拿去让大家看了一遍。这完全是人情之常，而《红楼梦》写的就是人情之常，林黛玉也很好奇，她到贾府的当天晚上即问起玉了，袭人原本要拿出来给她看，只不过黛玉初到贾府时是非常体贴入微的，和后来我们看到的那一种"目无下尘、孤高自许"非常不一样，她当下体贴袭人说现在太晚了，明天再看，那么很自然地，第二天黛玉应该就看了通灵宝玉。黛玉来贾府的第一天便对玉表示好奇，读者觉得她会有什么意图吗？宝钗到第八回才想到要看，已经很不追随俗情了，显示她是不太会为社会流俗所干扰的一个人，要不是刚好宝玉来看她，彼此之间有一番对话才顺便提到这一块玉，否则我们没有机会看到上面所镌刻的字句。

潜在的"二宝联姻"

因为要和"二宝联姻"做一个呼应，所以我把宝玉和宝琴放在联姻物谶的第二组。简单地说，宝玉和宝琴这一组在小说中是作为"二宝联姻"的投影和巩固而设计的，以作为潜在的"二宝联姻"，换句话说，是真正的"金玉良姻"的支援。

首先，宝玉和宝琴这两人之间有一个非常微妙的关系，虽然是透过小丫头开玩笑的时候没有避忌而随口说的，不过其中确实隐含了某一种联想思维，即小丫头四儿所言，同日生的就是夫妻。四儿自己也和宝玉同月同日生，所以她以此开个玩笑，当然这个玩笑已经逾越分际，一个小丫头凭什么和少爷是夫妻？所以，后来王夫人在抄检大观园前所得到的情报资料，其中一条罪状就是这句话。《红楼梦》里，和宝玉同日生日的另外一人正是宝琴，据此他们本来就有成为夫妻的潜在可能性。

除此之外，宝琴是贾母最宠爱的一位少女。书中非常明确地告诉我们，第三回林黛玉来到贾府之后，贾母无比地疼爱她，把她带在身边，迎春、探春、惜春三个嫡系的孙女反倒靠后，交给王夫人照顾。从种种迹象来着，黛玉和宝玉完全是平分秋色，都是贾母的心头肉，但宝琴一来，黛玉连同宝玉都倒退变成第二名。作者很有戏剧技巧，在第四十九回中，他先不让宝玉直接见到宝琴，而是透过其他的人来做一种烘托，由许多第三者的眼光来告诉我们，宝琴真是美到无人所及，如袭人笑道："他们说薛大姑娘的妹妹更好，三姑娘看着怎么样？"探春道："果然的话。据我看，连他姐姐并这些人总不及他。"三姑娘就是探春，请不要忘记探春眼光是很精准的，品位是很高的，所谓"连他姐姐并这些人总不及他"，意指连她的堂姐薛宝钗以及大观园里其他的少女们统统都比不上她，所以袭人听了很诧异，笑说："这也奇了，还从那里再瞧好的去呢？我倒要瞧瞧去。"对大家来说，在大观园里看到的已经是天下一流人物，钟灵毓秀，怎么可能还有更好的呢？没有亲眼看到，很难想象人外有人的道理。

但世间的道理确实就是人外有人、天外有天，探春说："老太太一见了，喜欢的无可不可，已经逼太太认了干女儿了。老太太要养活，才刚已经定了。"小说家也补充道："果然王夫人已认了宝琴作干女儿，贾母欢喜非常，连园中也不命住，晚上跟着贾母一处安寝。"这简直就是黛玉最初的待遇，但宝琴的地位更有过之，因为这时已经有一个现成的大观园可以住，二玉都已经迁进去了，而贾母却要把宝琴紧紧地留在身边，这样的爱宠其实是非常强烈入骨的。至于"宝琴和贾母一处住"到底是怎么个住法，第五十二回里写道："贾母犹未起来，知道宝玉出门，便开了房门，命宝玉进去。宝玉见贾母身后宝琴面向里也睡着未醒。"透过宝玉的一双眼睛，我们看到宝琴和贾母是一床睡的，可见贾母对宝琴真是爱到心坎儿里了。

另外在第四十九回，众金钗正说着话，只见宝琴来了，湘云看着宝琴，欣赏了半天，其中有惊艳也有微微的羡慕，然后坦然又客观地笑说："这一件衣裳也只配他穿，别人穿了，实在不配。"很多时候，是人在穿衣服，不是衣服在穿人，穿衣服的人若是衬托不起这件衣服，整个人包在华丽高贵的衣服里，反而会萎缩到变成一团影子。换句话说，这件衣裳如果是一般的姑娘去穿的话就会被压垮，如果是刘姥姥去穿的话则会糟蹋了这件衣服，别人一定会觉得那是菜市场买的！

宝琴到底穿了什么，让湘云如此之惊艳？书中如此描述：宝琴披着一领斗篷，金翠辉煌，宝钗忙问："这是哪里的?"宝琴笑道："因下雪珠儿，老太太找了这一件给我的。"香菱上来瞧道："怪道这么好看，原来是孔雀毛织的。"接着和贾母同一家庭出身的湘云，便告诉我们真正的答案："那里是孔雀毛，就是野鸭子头上的毛作的。可见老太太疼你了，这样疼宝玉，也没给他穿。"那么，哪一种野鸭子头上的羽毛会金翠辉煌呢? 那应该是台湾也有的候鸟，叫作"绿头鸭"，因为是候鸟，所以会飞到宜兰等各个河流的出海口，现在已经有一些被人类驯养成家禽了。

通过《红楼梦》的描写，可见贵族世家的炫耀性消费有两种类型: 一种是用"物以稀为贵"的材料，例如熊掌、鱼翅，它本身就是非常昂贵的东西，可是贵族世家不可能每一顿都用这样的食材，所以，上层阶级的炫耀性消费还有另外一种形态，即以大量消耗人力、物力的方式制作出来的物品。《红楼梦》里最有名的两道食物，一道是"茄鲞"，其实就是茄子，却用了十来只鸡来配它；另外还有一道"莲叶羹"，做工非常繁复，而材料也只是常见的荷叶。这便是这种富贵人家的手笔，他们不一定是用很昂贵的食材，但是会用各种方法，比如耗费大量的人工、大量的物资才能做出一件产品。用野鸭子头上的毛做的斗篷真的会比较保暖吗? 未必，但是野鸭子头上的毛色，是非常漂亮、像翠玉一般的绿色，绿得发光，显得金翠辉煌，非常炫目。由于野鸭子的头很小，斗篷又是所有衣服里面积最大的，可想而知，要做成这领斗篷得用掉多少只野鸭子，这是它非常昂贵的另一个原因。

这领斗篷无疑反映了贾母对宝琴的宠爱，宝钗便感叹说："真俗语说'各人有缘法'。我也再想不到他这会子来，既来了，又有老太太这么疼他。"正说着，贾母的丫头琥珀就走来了，她来宣达"圣旨"："老太太说了，叫宝姑娘别管紧了琴姑娘。他还小呢，让他爱怎么样就怎么样。要什么东西只管要去，别多心。"请注意看宝钗接下来的反应：

> 宝钗忙起身答应了，又推宝琴笑道："你也不知是那里来的福气！你倒去罢，仔细我们委曲着你。我就不信我那些儿不如你。"

这话实在很像黛玉的口吻，对不对？有点微微的嫉妒，隐隐不是滋味的那种感觉，这种多心酸话本来是我们最熟悉的林黛玉的风格，宝钗很少有类似的反应，这大概是绝无仅有的一次，而针对的人物就是薛宝琴。可见宝琴一来，简直立刻冲上了排行榜第一名，连平常不是很在意的宝钗都微微地感受到一种威胁。

再看第五十二回，贾母命鸳鸯又拿一件氅衣给宝玉，宝玉看时，"金翠辉煌，碧彩闪灼，又不似宝琴所披之凫靥裘"，"凫"是鸭子，一种短脚的水鸟，"靥"即是头脸，原来宝琴的那一领斗篷就叫作凫靥裘。接着只听贾母笑道："这叫作'雀金呢'，这是俄罗斯国拿孔雀毛拈了线织的。前儿把那一件野鸭子的给了你小妹妹，这件给你罢。"这件雀金呢才是真正用孔雀毛织的，虽然比不上凫靥裘，但它的织工也非常精细，后来宝玉不小心让手炉迸出的火星烧破一个小洞，没想到拿出去外面却没有人能补，连京城里御用的工匠都不敢接，因为从来没有见过这样的华服，更没有那样的技术，怕弄坏了赔不起，最后还是靠手艺最精巧的晴雯勉强补得看不出来。

宝玉和宝琴这一组，先是透过同日生日就是夫妻的这样一个暗示，再加上他们都受到贾母同等的至高宠爱，给予这两件不世出的、非常罕见的昂贵斗篷来互相映照，同样的金翠辉煌，有如成双成对，所以"雀金呢"与"凫靥裘"共构的是一桩潜在的"金玉良姻"，而它在《红楼梦》全书布局中最大的功能，就是作为"金玉良姻"这个俗界因缘的补充、巩固与加强。

果不其然，宝琴是贾母在前八十回里唯一真正开口，显露出为宝玉说亲求配之意的对象，故事发生在第五十回。不过在此之前，很多的迹象都显示，贾母在日常生活中自然流露出来的心意，并且为贾府上下人所共知的宝二奶奶的人选，其实是林黛玉。可那只是贾母的一个心意，也许一以贯之，但却也没有明确说定，忽然之间来到贾府的宝琴条件实在太好，贾母心中完全被她占据，就先把黛玉放到一边了。"贾母因又说及宝琴雪下折梅比画儿上还好，因又细问他的年庚八字并家内景况"，一个长辈问起孩子们的这些背景资料，其实都是父母之命、媒妁之言的前置作业。在他们这种上层社会，婚娶之前当然要先看看这两个孩子在命格上是不是可以配合，所以才会问起年庚八字的问题。

只要是在这种环境中长大的，当下便会知道贾母的用意是什么，因此"薛姨妈度其意思，大约是要与宝玉求配"，她没有猜错，果然如此！问题是宝琴已经许了亲，而贾母并没有明说，根据上层社会的礼节，当人家并没有明说时，就不可以明白地加以拒绝，否则即会失礼。所以薛姨妈便隐隐约约、半吐半露地婉转推却，说可惜这孩子没福，一方面是她已许了梅翰林的儿子，二则重点是她的父亲过世了，母亲又是痰症，所谓的"痰症"在《红楼梦》里意指重病到已经意识不清。换句话说，父亲去世后，唯一做主的是母亲，可是母亲意识不清，不能够再表达意见，所以这一场婚姻就是无法再更换了。

这时，凤姐也不等薛姨妈说完，便跺脚说："偏不巧，我正要作个媒呢，又已经许了人家。"贾母笑道："你要给谁说媒？"凤姐儿说道："老祖宗别管，我心里看准了他们两个是一对。如今已许了人，说也无益，不如不说罢了。"贾母实际上也知道凤姐的意思，大家等于都在演戏。怎么说呢？原来，薛姨妈无论说得再怎样不明不白，实际的意思就是在推辞，而被拒绝总是不好受的，凤姐跳出来便是要帮贾母解除尴尬，故意说是她自己要作媒，这么一来，被拒绝的就不是贾母，而是王熙凤自己，也即可以把尴尬移到自己身上，帮贾母挡掉这一场尴尬。这是王熙凤很精细、很体贴，很懂得人情幽微的一个表现，她会那么得贾母的宠爱，能够把家管得这么好，那真的是观察入微、也体贴入微才有办法做到，这件小事正证明了这一点。

联姻小物：巧儿的佛手

接下来的一组物谶，是板儿与巧姐的婚姻暗示。在第五回关于巧姐儿的人物判词里，已经提供了一些线索："一座荒村野店，有一美人在那里纺绩。其判云：势败休云贵，家亡莫论亲。偶因济刘氏，巧得遇恩人。"这便是巧姐儿的未来写照。判词的意思是说，世态炎凉，一败涂地之后就不要再提过去是多么炙手可热，因为现实是非常残酷的；当家破人亡之后就不要再说什么血浓于水，亲人可能比那路上遇到的陌生人更为可怕，因为他们会在你最致命的地方给你一记痛击。这里所说的"亲"即王仁，巧姐儿的舅舅，据说他趁着混乱把巧姐拐卖了，这是最为罪恶的残酷人性。《红楼梦》里把亲人之间的算计甚至陷害写得是入骨三分，也让我们觉得非常惊悚，反而一个放高利贷的、只不过是街坊邻居的倪二，却是那般地热血助人，两相对比，难怪令人感慨万千。

可怜的巧姐被拐卖以后变成什么样子，因为现在续书不完全照曹雪芹的安排，再加上原来的稿子也已经遗失了，所以产生了多种推论，我比较认可以下这个推论的版本。

首先，根据"偶因济刘氏，巧得遇恩人"的判词，我们可以推知巧姐儿遇到人生灾难的一个救赎点，是在很巧合的情况下发生的，她遇到了刘氏（刘姥姥），因为她的母亲过去不经意间救助过刘姥姥，刘姥姥感恩在心，一辈子没有忘记，所以反过来回报给恩人的女儿，自己也变成了恩人。这位刘姥姥只因为人家给过她一饭之恩，于是在偶然的机会下遇到了沦落的巧姐，便尽力把她拯救出来，"巧得遇恩人"的"巧"字除了有巧合之意，还暗合了巧姐的名讳，而这个名字又刚好是刘姥姥给取的，简直天衣无缝。

若按照高鹗的写法，故事就不一样了，前后也不一致。续书第一百一十八回说，因为贾政不在家，家里无人主持，那些不肖子孙即胡作非为，连对自己的亲外甥女都敢下这种毒手，平儿非常紧张，但她只是一个丫头，没有办法阻止，刚好刘姥姥来吊丧，平儿便对她诉说这个烦恼，两个人共同想出一个计策，就是由刘姥姥把巧姐私藏到乡间，躲开灾难，因此保全了这个家族里最小的一个女孩，等到第一百一十九回贾政回来之后，刘姥姥才将巧姐完璧归赵。在这个时候，刘姥姥顺便向贾政提亲，说乡下有一户大财主，当然和贾府的规模不能比，但是在他们乡间也属于一等一的人家，衣食无虞，生活非常稳定，如果巧姐嫁给这个大户人家也挺不错的，贾政也同意了，最后巧姐就是这样的一个结局。然而，续书完全不符合前八十回的安排，第五回中的图谶已经很明确地告诉我们，巧姐过的不是少奶奶的生活，她得亲自纺织，那是庶民乃至穷人家的家庭主妇才会做的事，可见她后来是生活在贫困的环境中。

那么巧姐的下场到底如何？请留意第一回道士唱了道情《好了歌》以后，甄士隐所做的进一步注解。"道情"是道士所唱的劝世歌，是从唐末五代开始流行的一种宣教方式，可以说将宗教和民间的娱乐相结合，后来又变成一种说唱文学的题材。那些游方道士周游天下，虽然落拓潦倒，可他们其实是有智慧的人，透过他们所唱的歌词来点化世人，这就叫作唱"道情"。一听便大彻大悟的甄士隐当下立刻作了《好了歌注》，曲文里所涉及的，很可能都是《红楼梦》中具体人物的具体遭遇，而不只是一般性的无常之感。例如其中的"择膏粱，谁承望流落在烟花巷"，意思是说，富贵之家为自家千金所选择的婚配对象，都是和自家门当户对的膏粱子弟，谁知道世事如此难料，千金小姐到最后却是流落到了花街柳巷。这两句应该就是影射巧姐的命运，可怜的巧姐被拐卖之后非常凄惨，变成了雏妓，遭遇到简直是非人的待遇，幸好有刘姥姥来救她。在残酷的现实中，终究还是可以看到一点点光明，这便是巧姐儿的母亲王熙凤过去种下来的善因所结出的一个善果，让她唯一的女儿不至于在人间终身受苦。

至于这整个的因缘究竟如何连接，以及巧姐和刘姥姥到底有什么关系，答案就隐藏在第四十回里。当时刘姥姥第二次来到荣国府，有机会去逛大观园，一行人来到了探春的房中，作者借此介绍了屋中的陈设："左边紫檀架上放着一个大观窑的大盘，盘内盛着数十个娇黄玲珑大佛手。"因为板儿在这里已经有点熟了，他就要摘白玉比目磬旁边挂着的小锤玩，丫鬟们忙拦住他，然后他又要佛手吃，探春便捡了一个与他说："顽罢，吃不得的。"佛手其实是一种南方的水果，大小和造型有点像握拳，只是弧度比较圆润，呈现温润的鹅黄色，所以叫"佛手"，也叫"佛手柑"，它带有香气，可以提炼出香精油来，但由于水分很少，难以入口，这也是探春会说"吃不得"的原因。探春的房间摆了数十个鹅黄色的佛手，目的之一是自然熏香，第二个功能则是做装饰品，尤其佛手作为南方的产物，到了北方变得昂贵，恰好可以显示这种大户人家的气派。探春竟然把佛手这种昂贵的装饰品给板儿拿去玩，这也是贵族大家的手笔。

而读者并没有发现，此处已经先埋下了一个伏笔，到了第四十一回，佛手再度出现了，"忽见奶子抱了大姐儿来"，奶子就是奶妈，而我们要注意，到目前为止巧姐还没有名字，一直只叫"大姐"。"大姐儿因抱着一个大柚子玩的，忽见板儿抱着一个佛手，便也要佛手。丫鬟哄他取去，大姐儿等不得，便哭了。"小小千金哭了，那可不得了，所以"众人忙把柚子与了板儿，将板儿的佛手哄过来与他才罢。那板儿因顽了半日佛手，此刻又两手抓着些果子吃，又忽见这柚子又香又圆，更觉好顽，且当球踢着玩去，也就不要佛手了。"脂砚斋说这是"小儿常情，遂成千里伏线"，所谓的小儿常情乃至一般人性，都是觉得别人的东西比我们自己的好，别人分到的那一块蛋糕一定比我们的大，但在这里，作者当然不只是细腻入微地描述各种人性，他其实是要借以埋下"千里伏线"：一个线头现在已经埋下来了，千里之外你会看到它的另外一个线头，告诉你原来一路会这样的发展。

另外，关于板儿"又见柚子又香又圆"然后就不要佛手的这一段，脂砚斋批云："抽（柚）子即今香团之属也，应与缘通。佛手者，正指迷津者也。以小儿之戏，暗透前后通部脉络，隐隐约约，毫无一丝漏泄，岂独为刘姥姥之俚言博笑而有此一大回文字哉。"脂砚斋提醒我们，柚子又香又圆的"圆"字与"缘"谐音，用以告诉读者这里有因缘的设计。至于为什么要用佛手，脂砚斋说，因为佛手可以指点迷津，以后遇到了人生的重大灾难没有办法解决时，佛手就会引领巧姐走出迷津，也迎向光明。

我认为在众多可以表现富贵的摆设品中，曹雪芹特别选用了佛手，其实最重要的原因是取义于字面的名称："佛"代表慈悲，"手"代表一种引渡的指引，一双手可以牵引你离开悲哀的深渊，引领你走向人生的正道，因此，就佛手直接作字面上的解释，那么它便有"慈悲引渡"的含义。如同美国神话学家约瑟夫·坎贝尔（Joseph John Campbell）所说："菩萨代表慈悲，有了它的帮助，生命才有可能。生命是痛苦的，但是慈悲是生命可能继续的原因。"这么一来，更接近将来巧姐沦落到烟花巷之后，会有一双慈悲的手把她救度出来的情节走向，我觉得这个解释也许更加契合。总而言之，原来这一大段小孩子之间的琐碎小事其实是要埋伏这两个人的未来。

再者，为什么可以推断巧姐会沦落到烟花巷，除了《好了歌注》的线索之外，第六回的一段描写也很重要，而这一段如果没有脂砚斋的提醒，我们还真的看不出来。当刘姥姥第一次来到荣国府的时候，她是要来"打抽丰"（或曰"打秋风"），就是伸手要钱，而有正常心智的人，一般来说都会觉得很不好意思开口，那真的很令人羞愧。贫穷本身不是重点，重点在于周围的人所投射的眼光。乞食是对人性很严酷的考验，会产生很大的心理压力，因此刘姥姥经过了一番招待，还是一直没有开口，周瑞家的便提醒她要赶快把握机会，不然就错过良机了："没甚说的便罢，若有话，只管回二奶奶，是和太太一样的。"一面说，一面递眼色与刘姥姥。刘姥姥会意，未语先飞红了脸，只得忍耻半吞半吐地说到家道如何艰难，虽然没有直接明说，王熙凤当然一听就意会出来，在王夫人的交代之下，便把要给丫头做衣裳的二十两银子送给了她。

　　请注意"忍耻"这两个字，在叙事的脉络下清楚表示刘姥姥当下必须向人家开口要钱的羞愧，但羞愧是成不了事的，所以一定要压抑住那个感觉，才能够在现实逼迫之下完成这一趟求生的任务。很特别的是，脂砚斋在"忍耻"旁边留下一段批语："老妪有忍耻之心，故后有招大姐之事，作者并非泛写。且为求亲靠友下一棒喝。"意思就是说，刘姥姥是一个大母神，她有高度的勇气和意志力，足以超越强烈的羞耻本能，而能够周全四方去做最应该做的事情。我们大多数人都知道什么事该做、什么事不该做，可是常常意志力不够，而刘姥姥则是有大勇气、大意志力的人，所以能够"忍耻"，能够按捺住个人强烈的心理不适反应，而就客观事实去掌握最应该做的事，并好好地努力去做。也正因为她有这样的性格，将来才会有"招大姐"的可能性。

　　"招大姐"就是把巧姐聘娶回家，而那是必须要忍耻去做的，显然此事并不寻常，把巧姐娶进他们家之所以得要克服心理障碍，应该是对象的问题，换言之，这时候的巧姐已经不是清白的完璧之身，以一般的社会眼光来说，她恐怕已经有污染的印记了，由此正可以与《好了歌注》的"流落在烟花巷"联系起来。无论如何，这个时候的巧姐应该已经惨遭毒手了，她既非清白又蒙受抄家罪名的身世，只要是良民都会对她敬而远之，哪里会有安身之处？而刘姥姥了不起的地方便在这里，她偿还的恩惠远超过贾家给她的，先是为巧姐赎身，那是要付出一大笔金钱的，还不止如此，我揣摩刘姥姥的心态，她应该会想到这样一个女孩子将来的依靠，现在虽然救得了巧姐一时，却救不了她一世，而要得以终身可靠的长久之计，唯一的方式就是让板儿娶她，这么一来巧姐便有了归宿，可以名正言顺地受到这一家的照顾。

刘姥姥的考虑和决策应该就是这样，她在贾府见过巧姐，虽然过了个几年，但是巧姐的样子还认得出来，如同甄英莲五岁被拐了以后，过了七八年仍然可以被以前的邻居认出来。也许刘姥姥是在一个机会下出门，很偶然地路过妓院，巧姐刚好出来倒水或者是打杂，被刘姥姥一眼认出来，当然刘姥姥也知道贾家已经被抄，所以才想尽办法把巧姐救出烟花巷，这正呼应了所谓的"巧"字。

巧姐的命名

这个"巧"字确实是作者胸有成竹的事先安排，绝非毫无逻辑的巧合，算是作者的故意弄巧。第四十二回刘姥姥逛完大观园，在贾家受到很优厚的招待也满载而归，终于到了临别的时候，王熙凤提到大姐儿又生病了，而这个女儿从小就很难照顾。富贵人家的子女往往都很娇嫩，这叫作"贵格难熬，贵命难养"，可见老天爷很公平，每一个人的配额是一样的，你的人生太富贵了，寿命就短一点，这样才会公平，王熙凤当然也知道这个道理，因为这是古人的一个基本逻辑。女儿从小这样生病，做母亲的也很担心，于是她除了直接请刘姥姥想想看，如何可以帮大姐儿养好这场病之外，进一步的期望是请刘姥姥帮忙起个名字。而这又代表什么意思呢？那代表刘姥姥是巧姐的再生父母，所以堪称意义重大。

从神话时代开始，到各式各样的原始部落时期，再一直到我们现代的文明里，命名都是一件非常重大的、带有很深层意义的人文活动，命名常常代表了宣示所有权，同时也给被命名者以人格意志，对他/她的独立性的存在加以认定。王熙凤把女儿的命名权给了刘姥姥，这就是给刘姥姥很大的尊敬，因为这种大户人家的命名权通常都交由全家最有权力、最德高望重的人，比如祖父母，或至少是家中的长辈，可王熙凤却竟然交给了刘姥姥，这便显示出她对刘姥姥的信赖以及托付。而命名本身还有一个功能或意义，即宣示所有权，在这样的意义之下，刘姥姥对于巧姐儿的命名，也暗示了将来刘姥姥会照顾巧姐儿，巧姐儿归属到刘姥姥的家庭里。

在这个命名的过程中，王熙凤说明自己的想法是"一则借借你的寿；二则你们是庄家人，不怕你恼，到底贫苦些，你贫苦人起个名字，只怕压的住他"，既然贵命难养，那就用一个贫苦人家来为她命名，这么一来就可以骗过天上的神，不找她的麻烦。刘姥姥随即询问大姐儿的生日，凤姐回答说："正是生日的日子不好呢，可巧是七月初七日。"这是从先秦时代以来的一个迷信，只要日月数字是重叠的，大家便觉得这个日子不好，例如战国时期有一个很有名的公子孟尝君，因为是五月初五出生，被认为克父，便是根据这样的一个逻辑。凤姐他们也很烦恼，出生日子很不好，表示这个孩子天命就不好，可是还没有想到可以用什么方法帮她后天转运，所以拖到现在还没有命名，显然是大有苦衷的。然而，把这样一个重大的任务交给了素昧平生的刘姥姥，可想而知，其间的用心真是良苦。刘姥姥一听便连忙笑道："这个正好，就叫他是巧哥儿。这叫作'以毒攻毒，以火攻火'的法子。"果然刘姥姥是一个大智若愚的人，她拥有很明晰的智慧，很懂得判断，勇于选择，也有很强的韧性、高度的执行力。

试看她建议"巧哥儿"的原因是"以毒攻毒，以火攻火"，这个逻辑背后所蕴含的意义，即是要勇于面对厄运，不要害怕，你越害怕厄运，就越会使得它的势力坐大，恐惧也会削弱你的勇气与力量；害怕和逃避只会让自己陷入更不利、更不幸的局面，但是如果勇于面对它、挑战它、不畏惧它，便有机会去克服它。刘姥姥真是心智健全的智慧老人，她的心胸开阔，眼界是看向整个世界的，所以她不会总是把眼光放在个人的得失、个人的感觉上，而是综观全局，坦然面对厄运。好比王家已经没饭吃了，其他的人只是白白地坐困愁城、担忧恐慌，可是于事无补，只有刘姥姥想出办法，也愿意到贾家来打抽丰，解决了全家这一年的危机。可以说，刘姥姥是从大地里生根长出来的一棵巨树，她是来庇荫别人的，所以不怕风吹雨打，她勇于直面上天给她的所有考验，所以也才能够长得这么坚强。刘姥姥为巧姐命名的逻辑背后所蕴含的心态，足以让刘姥姥填补贾母逝世之后所留下来的母神空缺，成为另外一位救世的大母神。

此外，刘姥姥又有一番金口预告，而这个预告当然一语成谶，她说："姑奶奶定要依我这名字，他必长命百岁，日后大了，各人成家立业，或一时有不遂心的事，必然是遇难成祥，逢凶化吉，却从这'巧'字上来。"脂砚斋给这段话一句批语："作籤（谶）语以射后文。"另外又有一段评论流露出批书人深深被触动的一种感同身受的伤心，他说将来巧姐"'应了这话固好'，批书人焉能不心伤？狱庙相逢之日始知'遇难成祥'，'逢凶化吉'实伏线于千里。哀哉伤哉。此后文字，不忍卒读"。因为他知道巧姐的命运很悲惨，此后的文字令人不忍卒读，所以哀伤一触即发。

在曹雪芹精致的设计里，这些有关巧姐命运的点点滴滴"伏线于千里"，全部都串联在一起之后，我们可以很清楚地勾勒出巧姐到了第一百二十回的结局的整体线索。从第四十回一路到后面，最后会有一个我们看不到的尾巴去收场，那就是狱神庙相逢之日，而第四十二回几乎是一个中间点，从前面宝、黛的浪漫爱情——有点像孩子在斗气一样的爱情主轴，到了第四十二回左右便进入到贾府内部的各种人际纠葛，与此同时很多的灾难都逐渐浮现出来，所以让人不忍卒读。

湘云的金麒麟

接着来看第四则物谶，即史湘云和卫若兰的联姻小物。卫若兰在正文中其实只出现过一次，于第十四回秦可卿出殡时，各路的王公贵族在路边设棚来祭拜，送葬队伍真的是绵延不断，铺天盖地，其中就有"锦乡伯公子韩奇，神武将军公子冯紫英，陈也俊、卫若兰等诸王孙公子，不可枚数"。卫若兰第一次、也是唯一一次的现身就在这里，可是他将来会在史湘云的终身大事上成为最重要的人物。

史湘云有一个随身带着的金麒麟，让宝玉存了一份心，当第二十九回张道士收集了各个道士送的贺物来给他的时候，他只挑了一个赤金点翠的麒麟，因为宝玉觉得湘云有，他自己也想要有一个。不过宝玉虽然挑了和湘云可以成对的佩戴之物，却竟然不小心在大观园里遗失了。不久到了第三十一回，湘云和她的贴身丫头翠缕一路说话，一路就碰巧捡到了，首饰金晃晃地在那里，翠缕把它捡起来，"湘云举目一验，却是文彩辉煌的一个金麒麟，比自己佩的又大又有文彩。湘云伸手擎在掌上，只是默默不语，正自出神"。

这只金麒麟目前是属于宝玉的，它比湘云的又大又有文彩，那么如果要分性别的话，宝玉遗失的这一只是属于公的。而这一段情节刚好接着湘云和翠缕论阴阳的那一大段话，麒麟的出现事实上是在这个脉络下的印证，将"阴"和"阳"落实在具体的动物身上，即是"公"和"母"的区分。原来翠缕一直很想知道阴阳的道理，就问了很多，猛低头又看到了湘云宫绦上系的金麒麟，便问道："姑娘，这个难道也有阴阳？"史湘云回答说："走兽飞禽，雄为阳，雌为阴；牝为阴，牡为阳。怎么没有呢！"翠缕又问湘云的金麒麟是公的还是母的，湘云说她也不知道，等到过一会儿，那只"文彩辉煌"的金麒麟出现时，她们就明白了，湘云自己的是母麒麟，捡到的那个是公麒麟。

在这个过程中还有一个很好玩的反应，可以在此做个补充。当翠缕问道："这也罢了，怎么东西都有阴阳，咱们人倒没有阴阳呢？"请注意这时湘云照脸啐了一口，说："下流东西，好生走罢！越问越问出好的来了！"湘云居然这么生气，又是为什么呢？其实，这和麒麟分出公母之后，她默默不语而出神的反应是出于一样的原因。人有没有阴阳的问题涉及了性别之分，而性别往往会牵连情色，那可是闺阁女性的禁忌，所以湘云生气翠缕怎么问出这个不应该问的问题。但翠缕是一个完全不认识字、没有任何受过教育的小丫头，根本没想到这一点，她就觉得何必那么生气，这只是顺着刚刚一路下来的问题而已啊，所以不疑有他地笑道："这有什么不告诉我的呢？我也知道了，不用难我。……姑娘是阳，我就是阴。"翠缕真的是"思无邪"的一个小姑娘，只因湘云自己想太多，所以才会那么生气，可怜的翠缕白白地被吐了一口口水。

听到这里，湘云拿手帕子握着嘴呵呵地笑起来！她这样子笑，是因为和她原先设想的不一样，翠缕把人的阴阳想成主仆关系而不是男女关系，看来是她误会翠缕了，所以她自己才会不好意思地笑起来，同时对翠缕的天真可爱感到很有趣。其实依照其出身与教养，史湘云绝对没有想太多，她会那样想是非常合理的，因为这就是他们世家大族培养出来的女性应该有的性别禁忌。没想到突然地上出现了一只公麒麟，和她的母麒麟正配成一对，也就涉及女性的婚配问题，这下子岂不是刚好落入她先前的禁忌思维了吗？但史湘云不知道其中有什么玄妙的上天意志，再加上又涉及阴阳这一敏感话题，也就默默不语地出神。

这段情节正是第三十一回的重点，也反映在回目上："因麒麟伏白首双星"，"白首"意指白头偕老，而"双星"到底是什么意思？有一个说法也许可以参考，即"双星"指牛郎星和织女星，表示他们将来会结为夫妻，但是会长久地分离，而果然第五回《红楼梦曲》关于史湘云的《乐中悲》也说到这一点。只是，牛郎星又是指谁呢？根据庚辰本的回末总评，脂砚斋说："后数十回若兰在射圃所佩之麒麟，正此麒麟也。提纲伏于此回中，所谓草蛇灰线，在千里之外。"他们这种旗人家族都会有骑射上的训练，平常要进行一些行军作战的基本演练，所以连最幼小的贾兰都曾在大观园里拿箭追杀一只小鹿，同样地，卫若兰身为王孙公子，平常也有这样的训练机会，就在射圃这个地方，他佩戴了一个麒麟，而根据脂批，这只麒麟就是被史湘云捡到的麒麟，所以说"草蛇灰线，在千里之外"，意谓前面的情节通常要远到结局的时候，这条线索才会再冒出来！

由此可想而知，整个过程期间应该还有一点点曲折，有红学家这样推想：被史湘云捡到的这个麒麟是宝玉的，当然要还给宝玉，于是宝玉配戴在身上，但可能因为和其他的公子哥儿们有一些交际应酬，结果一不小心掉在射圃的地方，然后被卫若兰捡到了，他要物归原主，宝玉却觉得这只麒麟既然被他捡到，就是一种命中注定，所以便把它送给了卫若兰，从最后的归属来说，金麒麟是在卫若兰手中。这么一来，湘云"因麒麟伏白首双星"的对象并不是宝玉，而是卫若兰，卫若兰才是湘云最后所嫁的如意郎君。虽然有一些《红楼梦》连续剧或者其他续书，采用的是湘云和宝玉后来再度结缡，即湘云确实嫁给了卫若兰，可是后来她早寡，千辛万苦地回来以后，和宝玉、宝钗夫妻重逢，所以就被收留。但这些编剧都已经无可验证，因为卫若兰射圃的文字根本迷失无稿，换句话说，原来是有底稿的，但是后来都不见了，这也成为无数红迷们的椎心之痛。

蒋玉菡的茜香罗

我们再来看第五个联姻物，即蒋玉菡和袭人的茜香罗与松花汗巾。第二十八回，宝玉和蒋玉菡在初见之下一见如故，就互相交换贴身的东西，以表示十分亲近，不过他忘了身上系的松花汗巾是袭人的，不该给人。而蒋玉菡送给宝玉的茜香罗原来是北静王赐给蒋玉菡的，这是很珍贵的宝物，夏天系上身之后会觉得浑身清凉芳香。宝玉回家以后觉得很愧疚，便把蒋玉菡送给他的茜香罗硬塞给袭人，作为补偿，宝玉又是劝解又是哀求，袭人才勉强系在身上，等宝玉一走又把它解下来，从此茜香罗就变成压箱底的东西。

蒋玉菡和袭人交换茜香罗与松花汗巾的这一事实，是当事人在无意中进行的，它们将实现的是未来的婚姻联系。后情的大约发展如下：贾家抄家之后袭人也遭到拍卖，最后被蒋玉菡买去。蒋玉菡只知道他买的丫头是宝玉很看重的，单纯只是希望可以代替宝玉尽心，在洞房花烛夜收拾东西时，才发现袭人带过来的陪嫁品里竟然有一条茜香罗，而他当然认得出来，因为那是他当初送给宝玉的，这么一来袭人才领悟到姻缘天注定，早在多年前便已经有了这样的一个神谕，所以两人也就接受了结亲的命运安排。

在反对将袭人污名化的人物论观点中，清朝评点家二知道人（蔡家琬之号）的意见是比较客观公允的。他说：

> 袭人为宝玉妾，妾身未分明也。宝玉潜逃，袭人无节可守，嫁与琪官，夫优妇婢，非凤随鸦也，又何足怪。

缺乏名分的袭人根本连守节都做不到，就算她坚持要守节，只会让大家觉得很奇怪呢。而她嫁给琪官，并没有贬低身份，算不上彩凤随乌鸦，因为做丈夫的是优伶，是身份很低贱的戏子，做妻子的也是身份很低贱的婢女，二人根本就是同一个阶层的联姻，算是门当户对。二知道人还说"一束茜香罗不俨然纳彩在昔乎"，可见他也看出来了，茜香罗属于一个很明确的物澂，有点像纳彩，也即是聘礼，这段姻缘已经聘定在先，将来只不过是执行这样一个上天的神谕。

并且在贾家沦落之后，蒋玉菡、袭人夫妇和小红、贾芸夫妇，以及茜雪、刘姥姥等都是热心肠的人，很难得地在狱神庙雪中送炭，可惜原稿不见了，具体情节不得而知，幸好脂批留下一个很重要的线索，指出本来作者给那一回编拟的回目是"花袭人有始有终"，见诸批书者之一畸笏叟于第二十回所说：

> 茜雪至"狱神庙"方呈正文。袭人正文标昌（目曰）："花袭人有始有终。"余只见有一次誊清时，与狱神庙慰宝玉等五六稿，被借阅者迷失，叹叹！

袭人实属难得，她在被迫离开的时候，哀求宝玉夫妇一定要留下麝月，以代替自己照顾好宝玉，离开之后看到宝玉夫妻落难，则又和蒋玉菡一起回来照顾她过去的主子。

在第二十八回"茜香罗俨若纳彩在昔"的这一段，脂砚斋也有一段回末总评："'茜香罗'、'红麝串'写于一回，盖琪官虽系优人，后回与袭人供奉玉兄宝卿得同终始者，非泛泛之文也。"从中可见，不但作者本来的盖棺定论就是袭人有始有终，连脂砚斋都说蒋玉菡夫妇在后文中会供奉宝玉和宝钗，他们是有始有终的人，内心的真情不会因为外在的荣枯得失而变异；加上"供奉"两个字，可见他们诚心诚意、非常尊敬过去的主子，即便宝玉夫妇现在落难到比自己还不如，他们也没有白眼相看，实在是了不起。

总而言之，我们不应该流于形式主义，不要用有没有改嫁、是不是自杀这些外在行为作为袭人是否有情、至情的人格判断；也不要太早就对一个人下断言，因为有考验才能看出一个人真正的本质，所以唐太宗诗里说"疾风知劲草，板荡识忠臣"，疾风和板荡、造次与颠沛都很容易让一个人改变，所以一个人真正的自我是要在很艰难的千锤百炼之下才能打造出来的。而所谓的"花袭人有始有终"，正是认证袭人的贞节！原来，真正的贞节在于内心，在于"造次必于是，颠沛必于是"的心意，这就是袭人被赞美为"有始有终"的关键。

接下来简略谈一谈邢岫烟和薛蝌的联姻，其婚谶之小物是第五十七回邢岫烟的冬衣。邢夫人算是邢岫烟的姑姑，但是这个姑姑实在太吝啬、太苛刻，把邢岫烟的二两月钱给克扣掉一两，再加上身边还有其他很多的吸血鬼，邢岫烟没有办法应付，只好把御寒的冬衣给典当了。后来被细心的宝钗发现，好心要帮她赎回来，没想到一看到当票就忍不住笑起来，说是"闹到一家子去了。伙计们倘或知道了，好说'人没过来，衣裳先过来'了"。邢岫烟这才知道，原来她去当衣服的那一家当铺是薛家的产业，而那时候的邢岫烟已经和薛蝌谈好了亲事，是由贾母出面来帮忙牵线的。而邢岫烟的冬衣到了薛家去了，她则从薛家拿回了一张当票，其中呈现出一种交换的关系，这也是和婚姻有关的一种有意味的交换情节。

探春的风筝

还有一组"联姻"类的物谶，是关于探春的部分。探春的婚姻预告在第五回的人物判词里已经出现过："画着两人放风筝，一片大海，一只大船，船中有一女子掩面泣涕之状。也有四句写云：才自精明志自高，生于末世运偏消。清明涕送江边望，千里东风一梦遥。"之所以画着"两人放风筝"，因为这是和婚姻有关的，两个人才结得成婚。这是第一次出现风筝的意象，而且这个风筝的意象同时还结合着其他的环境因素，比如船和大海，可想而知，探春的婚姻是"天涯海角"式的远嫁。

有学者做过女儿出嫁之后归宁的相关研究，研究成果指出，女儿出嫁之后，当然有回到原生家庭里稍获慰藉的机会，但不会是新年，因为新年需要在夫家团聚，大概只有在端午等几个很少数的节日。然而，表面上虽然有合法归宁的机会，但实际上很多的现实因素使得女儿在出嫁的第一年之后，几乎即很少回娘家了。首先是因为路途遥远，如果嫁得很远，单单来回的时间就不够用，很多人便干脆放弃回家；其次，在正常的情况下，出嫁一年通常就会生下小孩，而婴儿绝对不适合让女性带着一路跋涉回娘家，因为这对幼小的孩子来说太危险，婆家也不会允许；加上家务繁忙，柴米油盐酱醋茶缠身，小小婴儿的各种啼哭、索求需要照顾，根本无法脱身，更何况是千里迢迢嫁到天涯海角的。

探春这个事例让我们很极端地看到，一个女儿出嫁之后是如何像断线的风筝一样渺不可寻，从此和她的原生家庭一刀两断。这并不是她的情感选择，也不是她的意志选择，而是迫于现实不得不然的结果。

从判词中的第三句"清明涕送江边望"来看，探春的出嫁应该就是在清明节，她先走水路，再到海边，真的是一个迢迢无尽的旅程，然后便一去不复返，所以下面说"千里东风一梦遥"，只有在梦中才能够魂返故乡。试想：一个十几岁的少女，突然之间被连根拔起，被移植到天涯海角，要应付一个陌生的、复杂的人际关系，再加上完全不同的生活环境，女性在这样的"过渡仪式"中，其实是遭受到很严峻的考验的。那是人生非常重大的一个挑战，成功的人也许可以像王熙凤，失败的人也许就成了贾迎春。

在人物判词后面的《红楼梦曲》里，其中有一支是专门针对探春而歌咏的，曲名就叫作《分骨肉》。在探春身上，作者反反复复强调出嫁对女性所带来的心理创伤，这个"分骨肉"简直是活生生的人伦悲剧！我们总觉得父子亲情应该要加以尊重、呵护，然而，婚姻这个制度却让占人口一半的女性去承受如此不人道的对待，而始终没有被反省，这就是传统社会的性别结构下很不可思议的盲点。《分骨肉》中哽咽道："一帆风雨路三千，把骨肉家园齐来抛闪。恐哭损残年，告爹娘，休把儿悬念。"前面两句是从女儿的角度写到告别家乡亲人，下面又以女儿的口吻，想到父母亲失去女儿的心境，一个如同掌上明珠的女儿就这样一去不复返，那真的是撕裂般的苦痛，因此安慰父母亲放宽心，不要挂念，"自古穷通皆有定，离合岂无缘？从今分两地，各自保平安。奴去也，莫牵连"，彼此再也照看不到对方，再也无法互相扶持，就如同无根的蓬草，天涯海角，各自寻求出路。

对于探春的出嫁，全书中不断提及，反复加以强调，我们先看其他相关的部分，再来做一个统合性的说明。首先，第二十二回的灯谜诗其实也是每位金钗的命运预告，可谓"谶谣式"的灯谜，而探春所做的灯谜是："阶下儿童仰面时，清明妆点最堪宜。游丝一断浑无力，莫向东风怨别离。"于此，"清明"再度出现，所以这个节日确实是她出嫁的时间点，我们还可以发现，断线的意象在这里很清楚地浮现。《红楼梦》里提到过，在清代，放风筝的最终目的都是要把它剪断，所以只要出现风筝，就隐含着必然要断线的宿命，这一点详见下文。

第六十三回，探春所抽到的花签词是一句唐诗"日边红杏倚云栽"，暗示了探春这一只断线的风筝虽然从此飘零到天涯海角，但她的所在位置是众人之上，所以是"倚云栽"，配合下面的注说"得此签者，必得贵婿"，众人也开玩笑说"难道你也是王妃不成"，可见探春的归宿是王爷等级的贵婿。这当然是作者在胸有成竹的情况下，透过种种细节所泄露出来的天机，读者会发现这只风筝不是落在平凡人家，而对象是大略可以被考察出来的。

在第七十回中，作者简直费尽了笔力来描述风筝，虽然表面上是闺中女儿的琐碎游戏，但当然不是闲闲笔墨而已，放风筝这一段把探春的婚姻预告做最集中的描绘与呈现。一开始，风筝的出场是衔接得非常天衣无缝的，因为众人正在填词，突然窗外有一阵声响把大家吓了一跳，出去一看，原来是一个断线的风筝飞落到他们窗外，挂在竹梢上了，大家的注意力便顺势被引到了风筝上去。紫鹃看上了这只很齐整的大蝴蝶风筝，想要留下来，探春就嘲笑她说：

> "紫鹃也学小气了。你们一般的也有，这会子拾人走了的，也不怕忌讳。"黛玉笑道："可是呢，知道是谁放晦气的，快掉出去罢。把咱们的拿出来，咱们也放晦气。"

可见在清朝，放风筝的目的不只是为了取乐而已，其中还有一种仪式性的作用，就是要祈福禳灾。放风筝原来是要"放晦气"，风筝放得越高越远，当用剪刀一剪，让它远远飞走的时候，便会把病根、灾难还有不幸也一并带走。于是大家接着各自搬出自家里的风筝，而闺中很悠闲、很美丽的那一面就像图画般地展现出来。在这里，风筝的造型皆有各自不同的意义，且看探春的凤凰风筝：

　　探春正要剪自己的凤凰，见天上也有一个凤凰，因道："这也不知是谁家的。"众人皆笑说："且别剪你的，看他倒像要来绞的样儿。"说着，只见那凤凰渐逼近来，遂与这凤凰绞在一处。众人方要往下收线，那一家也要收线，正不开交，又见一个门扇大的玲珑喜字带响鞭，在半天如钟鸣一般，也逼近来。众人笑道："这一个也来绞了。且别收，让他三个绞在一处倒有趣呢。"说着，那喜字果然与这两个凤凰绞在一处。三下齐收乱顿，谁知线都断了，那三个风筝飘飘摇摇都去了。众人拍手哄然一笑，说："倒有趣，可不知那喜字是谁家的，忒促狭了些。"

　　根据学者的研究，在清代，放风筝这种民间游艺活动简直到了巅峰状态，他们在风筝造型上所下的功夫已经到了玩物丧志的地步，风筝造型之精致、繁复，比剪纸有过之无不及。大概数十年前，大陆突然出现一本号称是在故纸堆里找到的署名曹雪芹的书籍，那本书里绘制了各式各样的风筝，有江北系统，有江南系统，令人大开眼界。这个新发现轰动一时，可惜经过更专业的学者考证，那本书有可能是伪造的，并非曹雪芹的手笔，不过从这个现象，我们多少可以知道曹雪芹在这一方面的造诣很深，他天文地理无所不通，是一个博学多闻的创作者。至于所谓的"玲珑喜字带响鞭"，正反映出清人对风筝艺术还发展出一种新的审美方式，让风筝不只是视觉的欣赏，更具备听觉上的享受，于是这只造型为"玲珑喜字"的风筝，上面还系上一串中间镂空的、长长的鞭子，当风筝飞得很高，风吹过这些孔隙时就会发出声音，在半空中如钟鸣一般，声音很惊人，气势很盛大，拥有这样带响鞭的风筝的恐怕也不是一般人家。

对于这段情节，读者必须领略作者的匠心独运，两只风筝与另一个"喜"字风筝缠绕在一起，其中的象征意义再明白不过，显示这两只凤凰风筝会联姻成亲。凤凰在中国的政治文化系统里，它的象征意义就是和皇室有关的身份，再把"日边红杏倚云栽"考虑进来，可以确定探春是嫁作王妃，但又不同于元春的皇妃。清代王公贵族之多超过我们的想象，像康熙帝，单单儿子即有三十几个，但不是每个王爷都炙手可热，绝对有荣枯之别，而探春所嫁的对象应该非中央所在，是比较疏离、不被宠爱的王子。她出嫁的时候得要搭船，三千里风雨到海疆，因此学界一般认为探春所嫁的是海疆的藩王。不过也有人坚持探春是嫁给南洋如越南、马来西亚那一带的番王，所以要搭船过海，称之为"杏元和番"。我觉得这实在太悲惨了，而且探春的身份也不具备和番的条件，应该还是取前者为佳。虽然以清朝的制度而言，王爷并不能离京，似乎没有戍守海疆的藩王，但曹雪芹是在写小说，有一定程度的虚构的权力，所以他还是可以故意这样写。那么多皇子分布在全国各地以护卫中央，藩王应该就是受封或派驻在海边的王子，他比较没有权力，但他还是皇室的成员，拥有尊贵的身份地位。

我想探春远嫁是作者刻意的安排，要让探春凸显婚姻制度对女性所造成的强大冲击。女子远嫁的那种心情，在《诗经》时代早已经有所反映，例如"女子有行，远兄弟父母"，这两句在《诗经》出现过两三次以上，有时是写作"女子有行，远父母兄弟"，字词颠倒，但意思完全一样。"行"就是女子于归出嫁，对古人来说，那才是女性终身的归宿，女性在娘家只是个过客，父母短暂地把她抚育长大，最后还是得拱手让人，而"远兄弟父母"或"远父母兄弟"都是在说明女子出嫁之后内心所遭受到的强烈撕裂感。

除了《诗经》外，唐代元稹为他死去的大姐所写的《夏阳县令陆翰妻河南元氏墓志铭》，是流传下来为数很少的、显现女子出嫁心情的文献之一，靠着家族成员很私密的记录，女性的生平、内在情感等各种点滴，才雪泥鸿爪般地留下一些资料。文中写道：

> 将诀之际，子号女泣，问其遗训，则曰："吾幼也辞家，报亲日短，今则已矣，不见吾亲。亲乎，亲乎！"西望而绝。

这一段遗言，我第一次看到时就感到非常心酸。在传统社会里，女子刚刚进入青春期没有多久便会被嫁出去，英国是这样，美国是这样，中国也是这样。这一个十三四岁即被嫁掉的女性，临终前揪心惦记的是自己来不及奉养父母，以后再也没有机会见父母一面了，"不见吾亲。亲乎，亲乎！"——对双亲的殷殷呼唤，就是她余音袅袅、椎心泣血的最后遗言，那望向西方家乡的最后一眼又是多么凄凉！透过这段话，我们看到女性在婚姻中所遭受到如割裂般的疼痛，这是终其一生的空缺，一直到死为止都深深感到遗憾。

尤其探春对这个家族的兴亡抱有高度的关切和使命感，她明明有能力让贾家起死回生，可是偏偏必须远嫁，眼睁睁看着远方的家族山崩瓦解、灰飞烟灭，心中该是何等地沉痛！汉学家曼素恩（Susan Mann）的研究指出："在中国的家族体系中，女儿生命周期的这个关键性特征引起了一些心理上的创伤，它们直接抵触西欧和北美的精神科医师和心理学家所指认的性别模式。在大多数的西欧与北美社会中，必须经历与母亲分离之创伤的是儿子；这种创伤成为影响其性别认同的基础经验。……在盛清家族中，女儿，而非儿子，承受着分离所造成的创伤。女儿在成长的过程中，便知道她们终究必须'出嫁'而进入另一个家族；相对地，儿子则可以指望与母亲维持长久而亲密的关系，直到死亡将他们分离为止。"作者在书中至少三四次凸显探春的风筝意象，主要的用意也就在这里。

唯一失败的联姻物谶：柳湘莲的鸳鸯剑

第六十六回柳湘莲与尤三姐的鸳鸯剑，也是一种联姻小物。鸳鸯剑是一雄一雌、成双成对的两把剑，有如夫妻。当尤三姐表明非柳湘莲不嫁的时候，贾琏在路上遇到了柳湘莲，就立刻和他谈成了这门亲事，又向他索讨一个聘礼。柳湘莲因为一个人潇洒在外，身无长物，便把随身携带的传家之宝——一对鸳鸯剑给了贾琏，尤三姐看到后非常高兴，觉得从此之后终身有靠，整个人也发生了一百八十度的转变。之前尤三姐有浪荡的举止，但是当她认定一个人，并也做了这样一个抉择之后，随即真的非礼勿动、非礼勿言，等于脱胎换骨，但没想到最后竟是一场悲剧。

讲到这里，倘若我们以结婚与否作为成功的标准来看，在所有联姻物谶的这些情节中，唯一失败的就是柳湘莲和尤三姐。现在一则一则地验证一下：宝玉和宝钗是成功结婚的；而第二组宝玉和宝琴之所以没有谈成，那是出于特殊的原因，即作者很明确地只是要把它作为金玉良姻的一个投影乃至巩固和加强，所以这一组暂且不表。可是其他像板儿和巧姐、史湘云和卫若兰都是成功结合的。虽然今天看不到后面的四十回，不过蒋玉菡和袭人、探春和海疆藩王（见下文），还有邢岫烟和薛蝌，他们的婚姻都实现了，唯一失败的便只有柳湘莲和尤三姐这一对。

这个现象实在是太有趣了，在这八组中，除了宝玉与宝琴这一对不算外，其他的联姻都是属于父母之命、媒妁之言的结果，或者是超越个人意志的某一种上天的安排。只有柳湘莲和尤三姐是出自个人意志的抉择，是当事人自己选择的对象，这和我们今天所谓的婚姻自主岂不是最吻合的一种情况吗？但是他们在《红楼梦》的世界里却是失败的，而且结果非常惨烈，必须付出生命作为代价。试看柳湘莲给了鸳鸯剑之后，一路上慢慢激情冷却下来，思前想后越来越觉得不妥，怎么还在奔波的道途上便急着说起亲事，而且由女方主动提亲，然后忙忙地不给时间考虑，也没有什么纳彩、问名一整套正式的过程，直接就索讨聘礼。他总觉得这样太匆忙，匆忙之下的抉择很难说是理性的，他便想要了解一下状况，于是找到宝玉来问个仔细。

照理来说，宝玉应该是很妥当的一个人，因为在我们的心目中，宝玉是对女孩子很细心、很体贴、很维护的一个人，可是在这里却有了出人意料之外的状况，尤三姐最终落得要拔剑自刎，有一半以上的原因竟在于宝玉所说的一番话。柳湘莲找到了宝玉，问他尤三姐的底细究竟如何，她到底是一个什么样的人？可见对于结婚对象，男性最在乎的重点还是她的人品，娶妻要娶贤，娶妾要娶美，所以叫"贤妻美妾"。柳湘莲才刚提到贾琏在路上帮尤三姐求亲的事情，宝玉便笑说："大喜，大喜！难得这个标致人，果然是个古今绝色，堪配你之为人。"宝玉特别强调尤三姐的优点是"绝色"。柳湘莲听了却感到很疑惑，连宝玉这样见多识广的人都说尤三姐是古今绝色，照理来说，拜倒石榴裙下的人应该不计其数，她为什么偏偏选上我？还有：

> 况且我又素日不甚和他厚，也关切不至此。路上工夫忙忙的就那样再三要来定，难道女家反赶着男家不成。我自己疑惑起来，后悔不该留下这剑作定。所以后来想起你来，可以细细问个底里才好。

请大家注意，宝玉下面的回答十分关键，他说道："你原是个精细人，如何既许了定礼又疑惑起来？你原说只要一个绝色的，如今既得了个绝色便罢了，何必再疑？"宝玉再三强调尤三姐的绝色，而且说你原来就是要绝色的，如今已经完全满足这个要求了，何必还要再多想！这些话都有余韵无穷的空间，让人家去做揣测，反倒更添疑虑。所以柳湘莲立刻追问说，你既然连贾琏偷娶尤二姐都不知道，又怎么知道尤三姐是个绝色？宝玉解释说：

> 他是珍大嫂子的继母带来的两位小姨。我在那里和他们混了一个月，怎么不知？真真一对尤物，他又姓尤。

这里有几个字眼都非常刺眼，首先，宝玉说"混了一个月"，试想，和自己心中所崇敬、珍惜的对象一起相处，会用"混"这个动词吗？他敢说"我和林黛玉从小混到大"吗？不会！用"混"这个字眼，便显露出宝玉对尤氏姐妹的态度其实并不是那么尊重，更何况男女有别，宝玉是一个男子，怎么可以和一对没有出嫁的姐妹混一个月，这就更启人疑窦。

再看宝玉又用了"尤物"二字，这绝对是一个负面的语词，因为"尤物"即所谓红颜祸水的那一种美人，这更暴露出宝玉对尤氏姐妹的真正评价，虽然之前是非常温柔体贴，但是在内心里其实是瞧不起她们的。果然湘莲听了，跌足道："这事不好，断乎做不得了。你们东府里除了那两个石头狮子干净，只怕连猫儿狗儿都不干净。我不做这剩忘八。"这里脂砚斋给了批语："极奇之文，极趣之文。《金瓶梅》中有云'把忘八的脸打绿了'，已奇之至，此云'剩忘八'，岂不更奇。"所谓的"干净"意指贞洁，"忘八"是乌龟的别称，在风月场合中便代指嫖客，那么可想而知，"剩忘八"是何等的难听，所以宝玉一听就红了脸，因为宁国府的贾珍父子毕竟是他的亲人，自己的亲人被说得那等肮脏污秽，当然连带到自己，多少会觉得不好意思。柳湘莲"自惭失言，连忙作揖说：'我该死胡说。你好歹告诉我，他品行如何？'"大家看，他最终要问个究竟的，还是到底尤三姐是一个什么样的人，他真正在乎的并不是绝色的容貌，而是品德。

请注意此刻柳湘莲都挑明了问，这也是宝玉可以澄清的最后一个机会，然而他不但没有澄清，还给了最终一簧，更把尤三姐给逼到了死路，他竟然说："你既深知，又来问我作甚么？连我也未必干净了。"这等于是间接承认尤三姐不干净，品行不好，所以柳湘莲是就此才决意要退婚，并导致尤三姐绝望自刎，殉情而死。

整体来看，在《红楼梦》的物谶系统中，八个联姻的案例里只有尤三姐的情况是失败的，追求爱情自主、婚姻自主的有心人反而不能够如愿。由此可见，《红楼梦》所追求或者是所呈现的价值观，和我们现代人所以为的其实很不一样。

婚恋天定观

最后，我们将所有的"联姻"类物谶与"关情""涉淫"类进行对比，可以看出《红楼梦》里隐含着的价值观。联姻类的八个例子中，除了宝琴和宝玉这一组是作为对金玉良姻的巩固与加强，剩下的七个里只有柳湘莲和尤三姐那一组未能结缡，其他都是成功联姻，反映出"姻缘天注定"的观念。除此之外，对同样的婚恋价值观，从全书的其他部分还可以得到很清楚的说明，比如第二十五回，王熙凤和贾宝玉因马道婆作祟而中邪，命在旦夕，贾赦到处想办法救治，却毫不见效，于是贾政劝贾赦道："儿女之数，皆由天命，非人力可强者。"虽然这里针对的是性命，但所谓的命数当然也涵盖了婚姻，天命不是人可以去勉强、去改造的，这是天命观在书中的第一次体现。

到了第七十九回，迎春被他的父亲许嫁给孙绍祖，贾母心里并不乐意，不过"想来拦阻亦恐不听，儿女之事自有天意前因，况且他是亲父主张，何必出头多事"，贾政也反对，他"深恶孙家，虽是世交，当年不过是彼祖希慕荣宁之势……并非诗礼名族之裔，因此倒劝谏过两次，无奈贾赦不听，也只得罢了"。就在这样的状况下，迎春活生生走入了宿命的地狱而惨遭灭顶。第一次出现的"儿女之数"比较宽泛，包含未来的各种命运，这次贾母所想的"儿女之事"则是狭义的，限定在婚姻上。可见"父母之命，媒妁之言"之上还有一个超越的、形而上的天命在主宰，父母之所以做出这样的选择，背后有所谓的"天意"。

于是，在第五十七回中薛姨妈说：

　　自古道"千里姻缘一线牵"。管姻缘的有一位月下老人，预先注定，暗里只用一根红丝把这两个人的脚绊住，凭你两家隔着海，隔着国，有世仇的，也终久有机会作了夫妇。这一件事都是出人意料之外，凭父母本人都愿意了，或是年年在一处的，以为是定了的亲事，若月下老人不用红线拴的，再不能到一处。

　　"月下老人"来自唐传奇《定婚店》，有学者认为它是唐人小说里唯一最具有鲜明的命定观的一篇，当然这个说法也有其他的学者不表赞同，无论如何，这里的"月下老人"就是指人为力量所不能超越、不能改变、不能抗拒的一个天命。薛姨妈对黛玉所说的这段话，常常被读者误会，其实薛姨妈完全没有针对性的讽刺或示威，她只是在体现那个时代、尤其是贵族上层社会一般性的价值观，同时这也是普遍的事实或现象。

　　把书中这三段文本综合起来，读者可以很清楚地看到，其实《红楼梦》对婚姻是抱着这样一个不能靠人为争取的天命观念。

　　不止原书的文本如此说明，第一回还有脂砚斋的一段话也可以作为注解。这段脂批解释了娇杏为什么可以嫁得成贾雨村，并且从此以后命运两济，被扶正为正室夫人，原因就在于她"是无儿女之情，故有夫人之分"，娇杏能够有如此的好归宿，竟然必须归功于她没有任何私情，换句话说，如果她有私情、起心动念，甚至着手去做各种钻营的行为，恐怕便得不到正室夫人的身份，不能够嫁得如意郎君。脂砚斋的意思是说，婚姻的基础不能够已有"儿女私情"在先，这和我们今天的价值观真的很不一样。

　　同样地，评点家话石主人《红楼梦精义》也发现到："犯淫与情，都无结果。"而"淫"与"情"的一个共通点，即其中都有人为的主观意志，都有自主性的追求，可是它们的结果都是落空的。果不其然，"关情"类和"涉淫"类里面的双方关系都是无疾而终，如妙玉传情给宝玉，但她后来要屈从枯骨；司棋和潘又安也是被拆散的结局，司棋在后四十回甚至撞墙自杀；宝玉和黛玉的爱情当然也幻灭了，黛玉未嫁而逝，林林总总，其他不一一举例。只有"关情"类的小红和贾芸那一组最后是终成眷属的，因为作者要让他们夫妇二人在贾家抄家之后有一番作为，否则他们便没有发挥的余地，那是一个很特殊的例外。再看"联姻"类的关系建立，都是命定天成，其中没有个人的主观意愿，结果也大部分是成功的，唯一失败的那一组，即柳湘莲和尤三姐，明明都已经下聘说定，却终究很惨烈地失败，原因就在于已经涉及私情。

综观《红楼梦》中"联姻"类的物谶，可归纳为以下几项：

（1）宝玉、宝钗——由金锁片、通灵宝玉所共构的金玉良姻（第八回）

（2）宝玉、宝琴——由凫靥裘、雀金呢所共构的潜在的金玉良姻（第四十九、五十二回）

（3）板儿、巧姐——佛手、柚子（第四十、四十一回）

（4）史湘云、卫若兰——金麒麟（第三十一回）

（5）蒋玉菡、袭人——茜香罗、松花汗巾（第二十八回）

（6）探春、海疆藩王——凤凰造型之风筝（第五、二十二、六十三、七十回）

　　a. 风筝—（a）婚姻，（b）性格的清朗高洁

　　b. 凤凰—（a）身份地位，（b）高度理想的坚持

（7）邢岫烟、薛蝌——衣服、当票（第五十七回）

（8）柳湘莲、尤三姐——鸳鸯剑（第六十六回）

在"联姻"类中，促成双方婚姻的暗示的小物件，基本上是"二物相对"，我称之为"映照组合模式"，比如凫靥裘和雀金呢、一对金麒麟，堪称天作之合。另外一种是"二物互换"，这也是一种对等交流模式，例如巧姐和板儿，你给我你的佛手，我把我的柚子给你；还有袭人和蒋玉菡的茜香罗和松花汗巾，亦属此类。归纳三类关系之小物的连结，可以清楚地看出《红楼梦》对才子佳人小说婚恋模式的悖逆：

关系类型	促成力量	主观意愿	品物的主要关联方式	结果
联　姻	命定天成	无	"二物相对"的映照组合模式 "二物互换"的对等交流模式	成功
关　情	人为作用	有	"一物二手"的转移联系模式	失败
涉　淫	人为作用	有	"一物二手"的转移联系模式	失败

相比之下，"关情"类和"涉淫"类不但都有个人的主观意识在里面，而且主要的形式是"一物二手"，我身上有东西转移到你身上，你的东西转移给我。在这种转移互换的关联模式里，它的身体接触性的暗示成分会比较高，甚至进一步到体液交换，这已经象征性地让两人结合。当然，因为这类情感是双方的自主意识去发动的，情欲交合更是双方去共同形成的，自然而然就会选择让双方彼此共享的品物。例如在"关情"类里，手帕重复出现了两次，一次是黛玉与宝玉，一次是小红与贾芸。有学者发现，手帕在很多爱情故事中具有"示情"以及

"传情"的作用，可想而知，这便是"关情"类的特点。头发指甲更是身体的一部分，但是又可以脱离身体而独立，可以作为凭借，和别的身体和周围的环境产生交际行为，这么一来当然更宜于情色的演绎。

这里要补充的一点，是第十九回宝玉小厮茗烟和卍儿的偷情，我没有把它纳入"涉淫"类，首先是基于这一组与小物并没有关系，但是就涉淫而言，这一组的情况确实值得考虑，为什么他们逾越了道德界限，却没有受到惩罚？不比小说中其他人只要"涉淫"即须付出很大的代价，甚至得丧失生命。我们读《红楼梦》，时时刻刻不要忘记的是，书中的世家大族对于礼法、道德的讲究和一般平民是很不一样的。先秦时代早已经"礼不下庶人"，没有受过教育的平民都不被礼教所要求，更何况是奴仆。奴仆对主家而言根本是物品，打个不太恰当的比喻，如果说你家的茶壶和茶杯发生关系，你一点都不会想要追究它们的。

我借用的是民国初年一位奇才辜鸿铭所举的例子，他受过西方洗礼，但回到中国之后反而无比复古，他认为三妻四妾完全合理，所采用的逻辑是：一个男人三妻四妾，就有如一个茶壶要配好几只茶杯。这个推论明显是犯了"错误类比"的逻辑谬误，因为茶壶和茶杯是没有生命的，爱怎么配都可以，而人是有情感、有意志的，也因此会受伤害，当然不能类比。从儒家礼教观念来说，奴仆也好，平民也罢，由于没有受过教育，不懂文化，所以在文化位阶上和动物是差不多的，对他们也不会有礼教上的要求，茗烟和卍儿之所以没有受到任何的惩罚，原因就在这里。

"门当户对"的合理之处

整体来看,《红楼梦》在这一点上是对之前流行了一百多年的才子佳人小说所进行的悖逆和反拨,才子佳人故事很符合一般人、尤其是青少年的想象,即自由恋爱、婚姻自主,所选择的都是自己真心喜欢的人,才子佳人小说就是因这种心理补偿作用所产生出来的一种文类。《红楼梦》与之基本上是背道而驰,它反而非常传统地回到"父母之命,媒妁之言"的系统中,这一点当然发人省思。

我们先不要急着去比较谁更有先进思想,谁更具有革命意识,用来证明哪一部书比较符合我们现在所认可的标准,因为那已经附加自己主观的好恶进去了。我比较想做的事情,是先客观了解《红楼梦》为什么会呈现出这样一个主流的主张?

其实,《红楼梦》所反映的,正是我们现代人急于摆脱的传统价值观,关于其中的描述所呈现出来的种种现象,我接下来试图替它提出一些解释。首先要说明,我个人是喜欢现在这个时代的婚姻选择的,在我们这个时代,可以选自己喜欢的人,虽然自由恋爱并不保证一定会婚姻美满幸福。毕竟恋爱刚开始,不必管柴米油盐酱醋茶,几乎完全脱离日常的例行脉络,可以花前、月下、湖边,把最美好、最精华的那一面和对方最美好、最精华的方面互相激荡,因此火花四射,而恋爱最有魅力之处就在于这里。可婚姻是生活,充满了无止尽的琐碎日常,并不是只有爱就能够支撑,它还需要很多别的东西,而我们这个时代的好处在于:就因为这个对象是自己选的,因此让每一个人学会自己负责,并且学习怎么样去认识对方,同时也认识自己,毕竟人一定要能够自己做判断,自己去对人生作出选择,并为选择的后果负责,这样一来，自我人格便会越来越成熟。

根据学者的研究，以所谓的自由恋爱作为前提的婚姻范式，是从17世纪才开始于英格兰，而在别的地方发生得更晚，中国是经历了一两百年痛苦的社会改革和思潮推动才慢慢形成的，在没有相应的社会条件去执行婚姻自主的状况下，婚姻就只能靠"父母之命，媒妁之言"。即便到了现代，我们以为可以超越"爱"以外的外在条件，以纯心灵、纯精神的互相共鸣和吸引作为择偶的条件，不过有两位西方学者，一个是米契尔（Mitchel），一个是赫特（Heit），他们做了很多的调查和研究后却发现，以今天来说，我们的择偶还是在不自觉甚至自觉的情况下，依照"同质理论"（compatibility）来进行的，人们往往会选家世背景、社会地位和经济能力比较类似的人为婚恋对象，当然也兼具彼此生理的吸引力。

不可否认地，爱情中当然有很多神秘的、也不是理性所能够解释的因素在起作用，可是"同质理论"提醒我们，说不定很多的时候已经有某一种操作机制在帮我们做筛选，我们虽然表面上身处多元开放的环境，可以自由选择，其实还是在一个被筛选过的环境中与他人进行互动。换句话说，当我们以为是在自由恋爱的时候，"自由"二字可能要打上引号，因为"同质理论"早就在我们的内心中发挥作用。

"同质理论"看起来抵消或者羞辱了爱情的崇高，不过，英国伦敦大学金史密斯学院取样1300对夫妻进行分析，结果发现俊男的另一半通常是美女，有钱人的另一半通常也是有钱人，多数夫妻也大都是在同一个年龄层，但他们仍然可以彼此相爱，婚姻幸福。为什么要在同一个年龄层？因为人生阶段一致，夫妇所感兴趣的生命课题也比较接近。英国认知心理的治疗师费德曼认为，就这一点来说，人类和动物并没有太大的差别。而孟子早已指出"人之所以异于禽兽者几希"，所以人在择偶的时候，其实不会随便选，一定会选各种条件和自己比较类似的人来做另一半，这是一般普遍的现象，当然不绝对都是如此，因为人的可贵便在于有很多其他个别性的、超越性的追求，但我们是在研究那些建立在一个比较大的共识之上，而且有施行效力的社会制度，它能提供足够的幸福保障，使得自身能够持之以恒。

按照这个标准来说，中国传统里的"门当户对"有其合理性，并不能粗糙地用"买办婚姻"加以否定；而且根据相关统计，门当户对的婚姻的幸福比例，并不比自由恋爱的婚姻来得低，可见门当户对确实是有它的合理性的，因为夫妇之间比较容易有共同的价值观，生活习惯也会比较接近，很多人都没有想到后面这一点，其实那对于维系婚姻而言是一样重要的。因为夫妻生活在一起难免磕磕碰碰，到处都有可能发生冲突，日常的琐碎虽然很小，但是多如牛毛，所谓的滴水穿石，爱情经不起这样的耗损。心理学家弗洛姆在《爱的艺术》这本书里已经很清楚地告诉我们：爱情不是一个强烈的感觉，爱是一种意志，是一种许诺，必须懂得了解和尊重，要光靠感觉去维系爱情，那注定会失败。婚姻是生活，一天 24 小时分分秒秒的相处，如果没有共同的生活习惯和人生价值观，真的维持不了多久。

以贵族世家上层社会来说，要求门当户对还有一个很重要的理由，因为他们的礼节比一般人更多、更讲究，如果之前没有在这样的家族成长、生活过，一下子面临那么多微妙的人情世故，时时刻刻都是压力，一般人肯定承受不了。新进来的成员若不能适应，势必会导致这个家族出现很多问题；如果就在同一个阶层进行选择，新人进来之后很快便可以融入家族运作，林黛玉刚到贾家立刻即能配合，正是这个原因。另外，现代的婚姻往往是迎来一个陌生人，不知道这人个性怎么样，脾气怎么样，而门当户对意味着彼此认识，甚至是世代联姻的家族之间进行婚配，这家的儿子和那家的女儿可能从小就有一些接触，有一些了解，大人是看着他们长大的，将来娶进来或者嫁出去，会比较容易降低彼此适应上的困扰。

门当户对是一个很大的问题，也是一个还可以再思考的问题，因为背后牵扯太多的社会因素、文化因素，还有人性因素，所以古人说的也不见得没有道理，对他们来说，幸福的门当户对就是结了婚之后才开始谈恋爱，其实古代的成功例子也很多。据此而言，《红楼梦》中由"物谶"来加以主导的联姻，透过天命施展于"父母之命，媒妁之言"来加以运作，其背后会不会有社会的原因，或者是生物的原因，都需要我们再多做研究。

第五章

贾宝玉的启悟

　　这一章开头，我们先来谈谈《红楼梦》所吸收的另外一个传统文化或传统文学的资源，即所谓的"度脱模式"。为什么要先谈"度脱模式"，原因在于《红楼梦》本来就被视为一部"悟书"，其中开展了贾宝玉这位男主角内在成长的过程。这个成长当然不是一般意义上的成长，如果从"度脱"或所谓"悟"的切入点来看，整部小说很明显是要超脱红尘世间的种种烦恼，从迷妄中解悟而成仙成佛，属于一个非常标准的"悟道主题"，例如唐传奇《枕中记》《南柯太守传》都是有名的悟道作品。

　　我在研究"度脱"时，赫然发现《红楼梦》里绝无仅有地使用过一次这个专有名词，它出现在第一回，当时一僧一道穿梭于神界、俗界，作为两个世界的中介者，他们负责的就是点化世人。书中提到"情痴色鬼，贤愚不肖者"一干人等都要入世的时候，道人顺便说："趁此何不你我也去下世度脱几个，岂不是一场功德？"在这里，"度脱"一词开宗明义即出现了。

"度脱"的来龙去脉

　　我们必须追本溯源，先了解一下"度脱"在训诂上的意义，再进一步说明"度脱"背后有什么样的佛教意涵，又如何成为道教的用法，并分析元杂剧中度脱剧的铺排方式，然后再看《红楼梦》怎样加以超越，具体在贾宝玉身上去开展度脱的过程。《红楼梦》不但集大成，并加以融会贯通成为一个非常庞大的有机整体，同时它又对每一项传统因素都加以超越，给予更深、更丰富的内涵，青出于蓝、后出转精，这才是《红楼梦》的创新之处，而不在于它和我们以为的传统不一样，或者其价值观更接近于现代人。换句话说，曹雪芹是继承了传统再加以创新，并不是破坏式的反对传统。

望文生义，"度脱"就是度化世人，使之得解脱，早在六朝便有这个词汇，这个词汇后来进入文学里，又经过长久的演化，形成一种特定的题材，我们可以用度脱剧作为参照。自日本汉学家青木正儿针对元杂剧的"神仙道化"题材，而提出"度脱剧"这个类型后，学界陆续进行了各种层次的相关研究。所谓"度脱"者，为"得度解脱"之略称，该词汇已习见于六朝之佛、道文献，诸如《礼佛唱导发愿文》的"故欲洗拔万有，度脱群生"，贺琛《条奏时务封事》的"至于翾飞蠕动，犹且度脱，况在兆庶"，连在天上飞的、在泥土里蠕动的，那些表面上没有什么灵性的飞鸟、昆虫都可以得到解脱，何况是万万千千的民众。又陶弘景《真诰·运题象》也说"度脱凶年，赖阿而全者"，例子很多。总而言之，"度脱"的基本定义即是度一切苦厄、解脱一切执着烦恼。

"度"是佛教最重要的概念之一，其梵语是就算不信佛教的人都听过的"波罗蜜多"，本义是"到彼岸""度无极"，亦即脱离正在沉沦受苦的此岸，到另外一个永恒美好的涅槃彼岸。所以这个"度"字同时具有三点水的"渡"的含义，苦海慈航，包含了普渡众生、济世助人的双重作用。其实道教也有类似的用法，不过，道教有很多的概念实际上是从佛教中借过来的，以这个"度"字而言，《隋书·经籍志》即言："道经者……授以秘道，谓之开劫度人，然其开劫，非一度矣。"可见多次度脱是道教的特色。毫无疑问，"度脱"的"度"是佛教的基本教义，也融合了道教的阐释，基本上都是要来拯救人生的苦难，以超离尘世而脱然无累于心作为终极目的。如果能做到这一点，让人从根本上获得解脱，便有如道人所说的"度脱几个，岂不是一场功德"。

以上是"度脱"概念的基本背景，至于它被用来作为一个戏剧要素，究竟如何组织，又有哪些相关的、系统性的有机结构，这就是下一步所要介绍的。"度脱剧"，作为一种故事的陈述，其中关于行动的描写、情节开展的叙事过程，包含了一些构成要素，这些相关的几项基本要素都在《红楼梦》里得到很鲜明的印证，但是《红楼梦》又进一步加以超越。

以元杂剧的"度脱"题材而言，首先，必定有一个能够去度化别人的人，当然这个人一定要很有智慧，愚者不可能度化别人；其次，还必须有被度者，并通过他来刺激、警示还在沉沦中的人们，让我们看到人有觉醒的可能性。另外，这两者之间会形成戏剧关联，即得要有度人的行动，"度人者"和"被度者"之间会有一些互动关系，这些互动关系也有不同的类型。上述种种基本要素彼此连接，而且依序组合，形成了具有一个过程性的既定模式：被度者通过度人者的帮助，经过度脱行动，最后成功悟道，成仙成佛，获得永恒的生命。这大概是所有的度脱剧最终的结局。

度人者与被度者

对"度脱"有了基本的、整体的掌握之后，还有更精细的内涵要进一步来谈。首先，被度者通常具有什么样的特色？以《红楼梦》而言，曹雪芹关心的是"正邪两赋"的人，第二回对此有一大段的说明：正气构成大仁者，邪气构成大恶者，而正、邪两种气偶然抟合在一起，此不能消彼，彼也不能长此，二气就这样顽抗搏斗，以矛盾统一的方式形成一种特殊的生命形态，书中把它叫作"正邪两赋"。《红楼梦》里的主要角色基本上都是正邪两赋的，有这样一种特殊的禀赋，度脱剧也有一点类似，对于面目模糊的芸芸众生，那些彼此可以不断地互相代换，不会给人留下深刻印象，也不会在历史上留下痕迹的人，基本上是不会去特别关心的。因此，被度者通常要有一些很特殊的来历，不能是平凡人。

根据相关学者的研究，被度者往往"本为仙者"，因为过错而被贬谪到人间来走一趟，面对死亡的恐惧，负荷失去的痛苦，在得失荣枯之间起伏辗转，对仙家而言，去承受这样的折磨可以说是莫大的酷刑。另一种情况是被度者"有神仙之分"，这种人有特殊禀赋，从而特别聪慧灵敏、特别能够颖悟，你得先有神仙成分等待着被召唤出来，神仙才会要来度化你，让你真正脱胎换骨、成仙成佛。第三种被度者很特别，是"鬼妖物而为仙者"，木精草妖历经数百年、数千年的修炼，只差一步就可以由魔鬼变成天使，因此也可能是度化的对象。

这与《红楼梦》的"正邪两赋"之人也有呼应的意味，"正邪两赋"之人就是很特别的人，例如贾宝玉，其前身是一块通灵顽石，还会开口说话，也有半神半仙的意味，而林黛玉的前身是绛珠仙草，连一位不是那么重要的角色尤三姐，用剑自刎而死之后，给柳湘莲托梦时，也提到"今奉警幻之命，前往太虚幻境修注案中所有一干情鬼"，看来她的来历也是太虚幻境。所以，《红楼梦》中被度脱的人物多少都有仙界的、非凡的出身来历，回应了传统度脱剧的脉络。

接着再来看度人者。元代度脱剧里的度人者多半都是仙佛人物，例如钟离权、吕洞宾、蓝采和、月明尊者、布袋和尚等，他们才有资格以居高临下的姿态，引导沉沦世俗中的被度者步入正途。如果用西方的神话学来理解，他们都是所谓的"智慧老人"（the wise old man），而这个名词是分析心理学家荣格所归纳出来的。智慧老人出现在各式各样的传奇小说甚至历史故事中，往往在男主角遭遇到难题、困惑，甚或生死交关、命悬一线的时刻，智慧老人就会出面，给他们指点迷津，甚至让他们起死回生。

关于被度者和度人者之间的互动，当然一定是度人者来引导被度者，一次又一次，让他从迷障中获得不同程度的苏醒，因为人毕竟在世间沉沦太久，所以常常不是一次就能够被点化成功。如前文所述，《隋书·经籍志》在提到"度脱"时说："然其开劫，非一度矣。"可见多次度脱是道教度人的特色，表现在元代度脱剧上，度化行动则规格化成为三次，这是由元杂剧的结构所决定的。元杂剧基本上都是四折，第一折一定要做个开宗明义的基本交代，有哪些人物，有什么背景，接下来的那三折里，每一折都有一次度化，到了第四折，在最后一次的度化中得到彻底的成功，故事也就结束。《红楼梦》吸收了这样的叙事要素，不过，由于《红楼梦》实在比度脱剧要伟大而且杰出太多，没有这种结构上的限制，以贾宝玉为主的度化当然可以不限于三次，也因此更丰富、更深刻。

元代的度脱剧还呈现出一个普遍特色，那就是度人者和被度者之间的关系其实是不平衡的，它比较凸显度人者超越凡俗的神奇伟力，所以是以度人者为中心；相对地，度脱剧对于被度者的内心琢磨得不多，以致被度者比较暗淡、比较被动，他们的内在变化也因此相对容易被忽略。

这些要素或种种特点到了《红楼梦》里，一方面被加以吸收，另一方面则被超越。毫无疑问，一僧一道就是《红楼梦》中的度人者角色，但是书中又不止把度人者限定在一僧一道上，并且粗略读过《红楼梦》的读者都知道，一僧一道作为度人者虽然非常重要，是结构上不可或缺的，而且也常常发挥关键性的作用，然而毕竟不是全书的主轴，真正的主轴还是各色被度者，其中最为重要的当然是贾宝玉，因为整部书就是环绕着他而开展的。从这点来说，曹雪芹弥补了度脱剧的一个缺陷，他让被度者内心的细微变化，以及他成长启悟的深刻过程，像《创世记》一样地展现出来，这便是《红楼梦》最引人入胜的地方。从中我们可以看到一个人的内在是如此丰富，又如此幽微，他会经历什么样的微妙变化，而这样的变化又牵动到多少关于人的价值和社会互动关系，乃至于文化认同的问题，这些都是被度者才能够展现的。曹雪芹充分把叙写重点放在被度者身上，这是《红楼梦》非常成功的地方。

脂砚斋也清楚认识到《红楼梦》和度脱模式的关联，第二十五回宝玉遭遇到人生中出家之前唯一的一次濒死经验，已经有人说要准备棺材了。作为局外人，我们知道他一定会化险为夷，可是对身历其境的当事人来说，却是空前的灾难，宝玉的生命遇到了最大、最沉重而且很可能不可逆的一种破坏。那一场救度过程，让我们看到一僧一道才能够解救他的生命，当一僧一道赶来救治宝玉的时候，那僧手擎美玉持颂消灾，而感慨"沉酣一梦终须醒，冤孽偿清好散场"之处，脂砚斋留下一条重要批语："三次煅炼，焉得不成佛成祖。"我们可以看到脂砚斋清楚地提到了三次度脱行动，而且度化的终极目标就是"成佛成祖"。

度人者：一僧一道

在第二十五回，明显是一僧一道担纲了度脱任务，而脂砚斋在第三回的眉批说："通部中假借癞僧跛道二人点明迷情幻海中有数之人也。非袭西游中一味无稽，至不能处便用观世音可比。"也就是说，一僧一道点化工作的开展，绝对不是模仿套用《西游记》，因为《西游记》里，每当到了完全一筹莫展的绝境时便把观世音找出来，然后什么问题都解决了，当然以《西游记》本身的系统来说是自成脉络，但是从《红楼梦》的角度而言，这种做法太无稽、太简便了。就《红楼梦》而言，必须要有人性和叙事的逻辑，要彼此能够互相照应而自圆其说，不能突然天外飞来一笔，所有的难题全都解开，否则实在是太方便、也太取巧的一种方法。脂砚斋又告诉我们："菩萨天尊皆因僧道而有，以点俗人。"意思是，就算在《红楼梦》里有"菩萨天尊"，也是因为僧道而产生，并非凭空出现。所以，一僧一道发挥这样一个神奇的功能，其目的是点化宝玉等人。

然而，一僧一道作为度人者其实并不是那么简单，在全书中的不同阶段，他们出现时也有不同的形象造型。在第一回，一僧一道是穿梭于神、俗二界的使者，可以沟通这两个不同的世界，又不会不合逻辑地去干预世界的运作。请特别注意一个现象，当石头还在神界，还没有到人间涉足泥泞的悬崖边的时候，一僧一道首次现身，他们是这样的形象："俄见一僧一道远远而来，生得骨格不凡，丰神迥异。"石头见了他们之后，也以"二师仙形道体，定非凡品"加以赞美。

接下来笔锋一转，甄士隐做了一场梦之后又醒过来了。甄士隐是《红楼梦》里第一个出家的，而且书中描述甄士隐"禀性恬淡，不以功名为念，每日只以观花修竹，酌酒吟诗为乐，倒是神仙一流人品"，可见他属于所谓的"有神仙之分者"，才可能在梦中目睹一僧一道把那块石头携往红尘的一段神奇过程，一般凡人根本不可能做这样的见证者。一僧一道在甄士隐的梦境中交代种种来历之后，"甄士隐俱听得明白，但不知所云'蠢物'系何东西。遂不禁上前施礼，笑问道：'二仙师请了。'"很明显，这时候的一僧一道还是在仙界中，所以依然保留"骨格不凡，丰神迥异"的神界形象，被甄士隐称为"仙师"！故事接着说：

　　那僧道："若问此物，倒有一面之缘。"说着，取出递与士隐。士隐接了看时，原来是块鲜明美玉，上面字迹分明，镌着"通灵宝玉"四字，后面还有几行小字。正欲细看时，那僧便说已到幻境，便强从手中夺了去，与道人竟过一大石牌坊，上书四个大字，乃是"太虚幻境"。

甄士隐这时候身处介乎神与俗之间暧昧的过渡阶段，还没有资格到仙界，正因为如此，他能够看到玉石的正面"通灵宝玉"四个字，但是他看不清或者说没资格看到背面的小字。等到他大彻大悟出家之后，才会有所谓的天眼神通，可以里外洞彻分明，上下左右、远近前后都看得清清楚楚。

等他梦醒过来，所梦之事就已经忘了大半，这时他看到了来至俗界的一僧一道，"那僧则癞头跣脚，那道则跛足蓬头，疯疯癫癫，挥霍谈笑而至"，所谓的"挥霍"不是今天表示浪费的意思，而是指他们旁若无人、肆无忌惮的气势。原来当他们来到俗界时，整个形象便为之不变，以俗人的眼光来说，就是转化成既肮脏又丑陋的形象。

参照第二十五回一僧一道赶来救治垂死的宝玉的时候，作者用了两首诗，更加详细地描述一僧一道的畸陋的俗界形象："那和尚是怎的模样：鼻如悬胆两眉长，目似明星蓄宝光，破衲芒鞋无住迹，腌臜更有满头疮。那道人又是怎生模样：一足高来一足低，浑身带水又拖泥。相逢若问家何处，却在蓬莱弱水西。"

智慧老人到了人世间，他要用一种丑陋不堪、被排斥的边缘人的形象，其中当然有来自中国传统的道家思想，尤其是庄子笔下的"畸人"概念。我们在神话专题说过这块石头的畸零的处境，并引述庄子的"畸于人而侔于天"来说明，它是残缺于人世的标准，但是却合乎天道的完美。《庄子》一书中往往让畸人，即畸陋形残之人作为传递智慧的媒介，其中有一个人叫"啮缺"，顾名思义就是缺了门牙。缺了门牙，说起话来会不清不楚，可是庄子告诉你，有些话不能说得太清楚，在这样的缝隙中泄露出来的恐怕才是天机之所在。另外还有一个人叫作"支离疏"，他的长相更奇特，是肩高于顶，五官朝天，可是他因此得到一种比较充分的主体性，甚至拥有我们所没有的自由与智慧，在自由之地去建构他的自我，这叫作"形残而神全"。相对而言，我们大多数的俗人是"神残而形全"，看起来都很正常，但是内在的残缺恐怕不足为外人道也，我们有痛苦、有迷茫，自己都无法面对自己。一僧一道到了世间的时候也继承庄子的畸人系统，以畸陋的形象出现，启示人们只要打破肉眼的限制，就能够看到隐藏在表面之下的东西，而那才是真理之所在。

一僧的度化对象

一僧一道以度人者的姿态在小说中出现，然而度人者与被度者双方之间到底有什么样的对应关系，更值得推究。

一僧一道表面上都是同时出现，但是如果更精细地来看，他们在展开度脱行动的时候，有着所谓的性别分工，也有方式上的不同，并直接影响到它的成效。以性别的差异而言，一僧度化的对象全部都是女性。第一回中，一僧一道看见甄士隐抱着英莲，那僧竟然大哭起来，向士隐说道："施主，你把这有命无运、累及爹娘之物，抱在怀内作甚?"那僧又念了四句言辞，当然就是对香菱未来命运的一个预告："惯养娇生笑你痴，菱花空对雪澌澌。好防佳节元宵后，便是烟消火灭时。"意指父母对儿女的这份痴情让人陷溺，让人无明，也让人受苦。可是这个时候的甄士隐还不能看破人世执着的虚妄，做父亲的看着粉妆玉琢的小女儿，心中多么快乐，干嘛莫名其妙就送给一个浑身脏兮兮的，不知道从哪里来、也不知道要去哪里的和尚!甄士隐当然不愿意给，所以这次由僧出面的度脱，它的成效是失败的。

接着是黛玉，第三回黛玉有一段自述：

我自来是如此，从会吃饮食时便吃药，到今日未断，请了多少名医修方配药，皆不见效。那一年我三岁时，听得说来了一个癞头和尚，说要化我去出家，我父母固是不从。他又说："既舍不得他，只怕他的病一生也不能好的了。若要好时，除非从此以后总不许见哭声；除父母之外，凡有外姓亲友之人，一概不见，方可平安了此一世。"疯疯癫癫，说了这些不经之谈，也没人理他。如今还是吃人参养荣丸。

可见也是由癞头和尚出面度化她出家，黛玉必须出家才能根治这与生俱来的疾病，退而求其次，癞头和尚让黛玉"除父母之外，凡有外姓亲友之人，一概不见"，这么一来，她才不会牵动内在固结的情根，而保持身心的安然无恙，从这点来说，就和出家修行是没有差异的。另外，黛玉吃的是人参养荣丸，显示她的精气神不足，人参养荣丸是外来滋补的，其实并不能根治她的疾病。由此可见，和尚这次的出动也以失败告终。

另外在第七回中，借由周瑞家的和宝钗的一段对话，读者知晓了宝钗的病源来历。宝钗说：

再不要提吃药。为这病请大夫吃药，也不知白花了多少银子钱呢。凭你什么名医仙药，从不见一点儿效。后来还亏了一个秃头和尚，说专治无名之症，因请他看了。他说我这是从胎里带来的一股热毒，幸而先天壮，还不相干；若吃寻常药，是不中用的。他就说了一个海上方，又给了一包药末子作引子，异香异气的，不知是那里弄了来的。他说发了时吃一丸就好。倒也奇怪，吃他的药倒效验些。

宝钗和黛玉其实如出一辙，都是从胎里便自带病根，只是黛玉的病根特别深重，所以保命方法也比较极端，需要出家或"外姓亲友之人，一概不见"，而宝钗的病根比较浅，所以还可以用药物来压制，这位和尚便提供给她一个药方，制成了我们都很熟悉的"冷香丸"。请注意宝钗"幸而先天壮"这句话，这就是她和黛玉不一样的地方，黛玉先天即有不足之症，所以怯弱不堪，而宝钗的"先天壮"不只是说她的身体比较健壮，从另一角度来说，也是指她的资质禀赋比较健全，不会有太多的情感动荡导致身体不能承受，从而产生比较严重的病症，换句话说，宝钗这个病并没有致命性。

冷香丸的药料本身并不奇贵，但是都要非常凑巧，而且要十次、二十次的凑巧，简直需要奇迹。可是奇迹竟然发生了，一二年间就配成功了。这副丸药如此费劲，花费这么长的时间，还要等待这么多的机缘才能够酿造出来，显然应该要发挥很大的功效才值得去努力，也让读者隐微地期待、想当然地有一种推理，即这样的海上方对治的疾病应该很严重。果然周瑞家的听完这番话之后，便代替读者来问："这病发了时到底觉怎么着？"宝钗道："也不觉甚怎么着，只不过喘嗽些，吃一丸下去也就好些了。"谁能想到，发病时只不过是"喘嗽些"呢？这是什么了不起的病吗？费了那么大的功夫，所疗治的居然只是家常便饭的小症状，岂非割鸡用牛刀，小题大做吗？何况冷香丸只能治标、无法治本，只是暂时压下来而已，因此虽然和尚所提供的海上方被接受了，但实际上薛宝钗的病还是会不断地发作，就这个结果来说，和尚的度化行动也不算成功。

综上所述，以这一僧的范畴来说，他负责的对象全部都是女性，而且几乎全以失败告终。

一道的度化对象

我们再看一下他的伙伴的工作情况如何。这位道人的度脱行为也是在第一回就出现了，而且这场行动堪称大成功。甄士隐受到了很多非常人所能够想象的打击，首先是失落了唯一的女儿，作者虽然只用"昼夜啼哭，几乎不曾寻死"简单带过，可那都是椎心沥血之痛，没有经历过的人无法体会，那对为人父母者是多么惨烈的伤害，是终身不能痊愈的创伤。祸不单行，第二个打击接踵而至，隔壁葫芦庙炸供失火，导致他家被烧成一片瓦砾场，一生所努力经营的家园就那样化为灰烬，整个人简直是被连根拔起，无依无靠；接下来只好投到岳父那里，谋取一个暂时的安栖，但是岳父竟然从中诈骗，把他仅存的一点积蓄完全掏空。

甄士隐受了连番沉重的打击，他整个精神、心灵的状态其实已经到了一个临界点，这个临界点就是他会被点化的关键点。此时跛足道人出现了，口里唱着《好了歌》，甄士隐听了便迎上前来，问道："你满口说些什么？只听见些'好''了''好''了'。"那道人笑道："你若果听见'好''了'二字，还算你明白。可知世上万般，好便是了，了便是好。若不了，便不好，若要好，须是了。"甄士隐正在他顿悟的临界点上，被这个话一点拨，果然瞬间心中彻悟，并以《好了歌注》作为回应，之后说了一声"走罢"，然后"将道人肩上褡裢抢了过来背着，竟不回家，同了疯道人飘飘而去"。

到了第十二回，道士又出现了，这时候他的度脱对象是贾瑞。贾瑞因为起淫心，整个人陷溺在色情想象中不可自拔，最后快要死了，这位道士大发慈悲，不忍心他就这样地肮脏难看而死，所以现身出来化斋，口称专治冤业之症。贾瑞偏生在内就听见了，直着声叫喊说："快请进那位菩萨来救我！"如果是那一类盲目无明之人，对这种智慧的空谷足音大概也是听而不闻，而贾瑞偏偏又听见了，其实是有机会活命的。道士告诉他说，这一面"风月宝鉴"只能够看背面，绝不可以看正面，因为正面是假，背面才是真，"要紧，要紧！三日后吾来收取，管叫你好了"。

没想到贾瑞执迷不悟，他一定要看正面，因为正面是美丽的凤姐，背面却是恐怖的骷髅，贾瑞看到凤姐在招他进去，便一再地云雨无度，最后他就很难看地脱精而死，这简直是《金瓶梅》中西门庆死法的再现。《红楼梦》事实上一直在超越《金瓶梅》的很多内容，极少保留者之一便用在贾瑞身上，让我们看到原来肆欲陷溺是极为恐怖的力量，可不慎哉！从表面上看，救度贾瑞这个行动是失败的，然而这并不是道士的问题，不同于给宝钗的海上方不够强而有力，以致不能治本，其实这面镜子是可以治本的，只因贾瑞自己执迷不悟，那就怪不了别人了，因此这次的行动本身不见得算是失败。

再来看第六十六回，道士又出手了，这时度脱的是柳湘莲。在此之前贾琏代尤三姐提亲，说定亲事之后柳湘莲越想越不对，求证于宝玉时，一听三姐是来自宁国府，便想当然耳地做出退婚决裂的选择，结果导致尤三姐自刎而死，谁能想到行为浪荡的女性心灵却非常贞洁？此时三姐的死亡便让他深受震撼。人在极度的震惊之下反而会有一种冷静，反而看得很清楚，他哭着说："我并不知是这等刚烈贤妻，可敬，可敬。"这时候他认可尤三姐是他的妻子了，这是他用意志与情感来给尤三姐的一个追赠，也可以说是对这个女性最后的盖棺定论。柳湘莲"伏尸大哭一场"，又买了棺木，把丧事料理完毕。办完这一切事情之后，人生才真正重新开始，痛苦也才要开始，"出门无所之，昏昏默默，自想方才之事"。

在这样剧烈的震荡冲击之下，突然之间你所熟悉的世界瓦解了，一切你所认知的价值观颠倒了，这个世界已经完全退回到一种混沌状态，你不知道人生该怎样再继续走下去，该如何自我定位，就是在如此的茫昧处境中，道士在这个关键时刻出现了。且看文本叙述：

> 湘莲警觉，似梦非梦，睁眼看时，那里有薛家小童，也非新室，竟是一座破庙，旁边坐着一个跏腿道士捕虱。柳湘莲便起身稽首相问："此系何方？仙师仙名法号？"道士笑道："连我也不知道此系何方，我系何人，不过暂来歇足而已。"

道士的这三句话其实大有玄机，他说的不是他自己，而是人的存在本质，也就是说，我们真的不知道自己为什么会被抛掷到这个地方来，不知道自己究竟是谁，来到人间又不过是暂时的逆旅，终究要离开寄居的旅社，把这个世界让给新来的其他人，所以人生的根基真的是一片虚空。"柳湘莲听了，不觉冷然如寒冰侵骨，掣出那股雄剑，将万根烦恼丝一挥而尽，便随那道士，不知往那里去了。"柳湘莲步上甄士隐的道路，往彼岸而去。

"内在超越"与"外在超越"

对于一僧一道在度脱行为中的性别分工，其实清末的评点家和大陆学者梅新林都有注意到，但是我想要进一步厘清其中更细微的差异。以一僧来说，他的被度者从甄英莲到林黛玉再到薛宝钗，都是女性，他在度化这些女性时用的方式，以性质而言都是符咒和法术，总是突如其来地念个咒语、施个法术，然后说一些警醒的话语，就要度脱的对象立刻出家，按常理是很难如愿的，而且他现身的时机也不对。那个和尚每次出现，我都觉得他注定会失败，因为他都是出现在日常生活中，人家还过得好好的，好比甄士隐抱着粉妆玉琢的女儿，非常幸福，在这种顺遂的日常轨道中就要把人家的女儿抢走，是不可能成功的。

既然僧人比较偏向于符咒法术的度脱方式，其度脱性质便属于"外在超越"，即不是让当事人从内在领悟。这个所谓的"外在超越"，是我借用自余英时先生在中国思想史中的一个概念，余先生认为：和西方以上帝为外在超越的对象不同，儒家属于内在超越，也即用内在的力量来提升自己。这里我使用"外在超越"，意思是指用来超越自己的命运、或者提升自己的人格等的力量是来自外在，而不是由被度脱者的内在产生的。僧人每次出现，都是想用外力强行把当事人带走，这个力量就不是内发的，当然充满膈膜，无法深入。只有被度者自己想透了、认清楚了，度人者再出现，这时才会有顺势的成效。

相比之下，道士度脱的对象都是男性，他采取的方式也不是那种预言或符咒，他用带有高度智慧的言语机锋加以暗示，让被度者自己去体会，所以其度脱性质属于"内在超越"。更重要的是，道士现身的时机都是当事人遭受了很多的打击，整个人即将蜕变而出的非常处境，内外一旦浃洽契合，就很容易度脱成功。

总前述所言，这里以表格示之，会更清楚明白：

一僧——甄英莲（第一回）、林黛玉（第三回）、薛宝钗（第七回）

一道——甄士隐（第一回）、贾瑞（第十二回）、柳湘莲（第六十六回）

度人者	被度者	主要方式	现身时机	度脱性质	基本成效
一僧	女性	符咒法术	日常生活	外在超越	失败
一道	男性	言语机锋	非常处境	内在超越	成功

最后，必须再作一番提醒。被道士度脱成功的对象中并无一个女性，隐含在这样的差异之下的，是一般读者没有注意到的性别意识，《红楼梦》其实仍然持男尊女卑的性别观，女性是没有解脱的资质的，因此书中出家的基本上都是男生，惜春是一个例外。但是惜春的出家根本不是自我解脱，而是由于她很偏执的个性，她不是认识到这个世界的虚妄，而是嫌恶这个世界的肮脏，所以惜春的出家是一种很特别的类型，以后留待人物论的时候再说。至于芳官等的出家，也不属于甄士隐、柳湘莲之类，本质上也不是由智慧所致。这么说来，佛教的"女身观"又隐然可见。

启悟过程

被度者和度人者都已经在列，接下来最重要的过程，就是度人者与被度者之间所展开的"启悟过程"。

根据西方的宗教神话学者艾里亚德（Mircea Eliade）所提出的启悟理论，人生中凡是一些跳跃性的成长经验，在相关仪式的开展过程中往往都会有死亡与再生的象征符号出现，原因在于：死亡是再生之前的必要经历，唯有通过死亡阶段才可以获得新的生命，进入生存的另一个境界，换句话说，即使得被启导者在一个更高的生命模式里重生。据此而言，人就在启悟中不断地成长，同时领略更高的智慧，并进入更完善、更超越的生存模式。当然，所谓的死亡与再生，往往是以一种象征的形态出现，死亡意指旧有的我死去，而崭新的我诞生，这样的过程当然不是只有一次，而且带领被启悟者重生的这些度人者或者启导者，也并不是单一的角色便能够全盘担任。

即使在传统的度脱剧里也有这样的例子，如马致远的杂剧《邯郸道省悟黄粱梦》，从该剧的标题，便清楚反映出它就是所谓的度脱剧，意谓人生不过是黄粱一梦，要人从中醒悟，要舍离人世的污秽、短暂、迷幻，而进入一个澄净空明充满智慧的世界。这部剧中的启悟导师就是钟离权，他一共有四次化身，分别化身为高太尉、樵夫、院公、邦老等不同的身份，针对男主角吕洞宾进行度脱。《红楼梦》也是如此，一僧一道固然始终如一，但是担任启悟导师的角色绝不仅限于他们。还有更重要的一点，即传统度脱剧的写作重心往往是片面地强化度人者的巨大主导力，所以比较忽略被度者的内在心理，而《红楼梦》对于传统度脱剧的超越，在于把叙事的重点放在被启悟者极为细致复杂而且充满了灵光乍现的心理反应上，而不是在启悟者改造人们时那一种巨大的、超凡脱俗的能力上。在我看来，作者把启悟的重心都放在贾宝玉的意识变化上，这是《红楼梦》最有意义的地方之一，也是《红楼梦》非常重要的一个突破与超越。

中国文学中的度脱模式从元杂剧一路下来，到《红楼梦》中结晶出最复杂、也最深刻的启悟主题，如果用西方深造有得的相关理论来对启悟主题加以阐发，我们便能够对其中所蕴涵的具有普遍性与本质性的、有关于每一个人的成长课题，有更深入的了解。这里借由马尔卡斯（Mordecai Marcus）的一篇文章《什么是启悟故事?》的理论，认识一下《红楼梦》中所掌握到的超越文化、超越国度的人性普遍意义，该文中写道：

> 启悟故事所要表现的，可以说就是故事中年轻主角经历过的，无论是他对于自我世界认识的重大转变，还是性格上改变，还是两者兼有。这些转变，必会指示或引领他迈向成人世界。故事中不一定有某种仪式，但至少有某些证据，显示这些转变似乎是有永久的影响的。

迈向成人世界是非常重要的成长方向，我们的成长不是顽固地扩张自我，相反地是要突破幼年非常单一的心灵，而扩大到了解这个世界的全面性与丰富性。贾宝玉的成长历程几乎完全符合这些对于启悟故事的描述，所以接下来我们按照贾宝玉的启悟经历，依序来看他如何重新认识这个世界，同时也改变自己的某些价值观，以及他整个的人生最后是通往怎样的一个成人世界。

宝玉的性启蒙

关于宝玉的启悟历程，我搜寻整部小说的叙事内容，发现总共有四次启蒙，每一次的启蒙都有各自不同的重点，包括身体的，也包括思想的，当然涉及了爱情和婚姻的观念。

首先，宝玉所面临的第一个成长经验是身体方面的。一般而言，人类的心智成熟相对于身体的生理成熟，是比较晚发生的，在人类的成长过程中，身体的成熟是最快出现的，而宝玉的启悟经历的第一步就是所谓的"性启蒙"。"性启蒙"虽然标志着生理的成熟，但在小说中并不只有这样的含义，意义也更严肃得多，从贾宝玉这一个案而言，他生而为公侯富贵之家的继承人，性成熟更是需要得到首先认证。第五回中，宝玉的这一趟太虚幻境之旅是来自宁、荣二公的嘱托，希望借由警幻仙姑的超越能力将他规引入正。这一次的度化显然在精神层次上是失败的，整个梦境由兼美所引导的云雨情来收结，回到现实人间后又通过袭人加以具体实践，简直是对温柔乡更深的陷溺。

书中为什么会有这么奇怪的设计？我们必须注意到，这一次启悟是宁、荣二公所安排的，它和整个家业的存续密切相关，所以有着非常严肃的宗旨在里面。宁、荣二公的那番话说明这些子孙里只有宝玉略可望成，所以要使之醒悟过来，以便他可以承担这个家族的命运。对一般读者而言，他们的嘱托是如此地曲折离奇，话中的某一处最让人百思不得其解，宁、荣二公之魂说：

> 无奈吾家运数合终，恐无人规引入正。幸仙姑偶来，万望先以情欲声色等事警其痴顽，或能使彼跳出迷人圈子，然后入于正路，亦吾兄弟之幸矣。

又警幻仙姑也说："故引彼再至此处，令其再历饮馔声色之幻，或冀将来一悟，亦未可知也。"

用"情欲声色""饮馔声色"等感官刺激来引导一个人解脱，这实在是有一点火上加油的味道，若不是真的很有慧根或有足够的契机，这个人可能会越陷越深，反而迷途更远。而读者可以发现不管是宁、荣二公或者警幻仙姑，也并没有认定这样的方法是百分之百有效，只是有一些成功的或然率。这种做法在汉赋的写作上早已展现过，即所谓的"劝百讽一"，他们寄望的是最后的"讽一"能够发挥作用，让一个人在无限的欲望扩张、绝对的感官沉溺中领略到不过如此，以达到彻底解脱，其成功率当然很低，所以加个"或"字可以看出来宁、荣二公心中也有无限忐忑。用这么奇怪的方式，迷途更远的几率恐怕会更高，但此外也确实没有别的办法。

接下来我要做一些解释，看看是否还有一些我们原来没有想到的意义。首先，除了回应传统汉赋"劝百讽一"的结构之外，根据相关学者的研究成果，这样的启悟模式也是明清的悟道小说常常采用的，称为"空结情色"，亦即在情色的经历之后，最终以"空"作为其总结，让人领略到无限的虚幻。而其中所隐含的一个逻辑在于"导欲增悲"，先让人的欲望无限扩张，将其引导到一般人容易陷溺的方向，但是走到极致，赫然会发现其中是无限荒凉，在这样的情况下领悟到了人世的空幻本质。换句话说，如果连这般可以迷途更远的欲望都不能让人更往前一步，那就可以真正豁然开悟，不再被欲望所影响。

此种手法真的是风险很高，但是一旦能够落实，其效果便会非常彻底，因为这个人已经变成金刚不坏之身，领悟到了一切不过如此而已，从此之后就可以解脱掉所有的魔咒，而终于能够完全做自己心灵的主人。《金瓶梅》也是采用这样的做法，原来欲望的扩张到最后的荒凉是如此之可怕，让读者在这个导欲的过程中由衷增添了一种终极幻灭的悲哀，因而从中解脱。当然，这一点说来简单，但是其过程也很复杂，完全是出自创建家业的祖宗的一番苦心。换句话说，"历饮馔声色之幻"的度脱过程其实有很严肃的意涵，绝对不是为了刺激销路，让读者被其中声色展演所吸引，而因此故作姿态写进来的廉价内容。

其次，再参考西方理论对于这种启悟故事所进行的一些剖析，主人公领略到所谓的"云雨"过程，历经了"性"的启蒙仪式，就等于确立了宝玉具有传宗接代的能力，因此也让他的继承人资格得到承认。对于这一点，我自己也是在经过很多年的疑惑之后才发现的。学生时代的我们都爱看"罗曼司"，既然是"罗曼司"便有传奇性质，往往是麻雀变凤凰的模式，比如普通女孩被某个公爵看上了，从此过着幸福快乐的日子，以满足读者的缺憾心理。可是就在这种千篇一律的情节模式里，我依然发现其中自觉或不自觉地流露出那些贵族们在挑选妻子时的微妙心理，当时觉得很奇怪，为什么对这些上层阶层的人而言，挑选妻子的首要考虑都在于这位女性能否生出继承人。那时候的我只想到这些人都很封建传统，然后用如此简单一句的抨击把这个问题一笔带过。

然而，通过研读《红楼梦》时的反复思考，我才真正了解到，对于贵族来说，他的家业传承是超越所有家庭成员之上的优先考虑，因为那是常人所无法想象的庞大家产，包括文化资本、经济资本，乃至于家族的集体记忆，这些东西能不能传承下去是他们最念兹在兹的。犹如普列汉诺夫（1856—1918）所指出："氏族的全部力量、全部生活能力决定于它的成员的数目。"因此，身为一个合格的继承人，他不只是要有能力和志气，还要能够再生出下一代的继承人，否则在他身上这个家族还是会断掉，林如海不正是一个前车之鉴吗？这一点非常重要。何况在贵族世家，他们生出来的小孩并不见得都是很健康的，相关研究指出，连清朝皇族的婴幼儿夭折率都很高，年轻早死的也不少，难怪古人都希望多子多孙，以确保子孙的延续、家族的兴旺。据此而言，宝玉的性启蒙经历，一方面就是要凸显宝玉可以担任家族继承人的功能。

通过了性启蒙之后，宝玉也进一步变成了"父亲"，因为他有资格去生育下一代。另外，宝玉的父亲身份也在小说中获得印证，第二十四回写道，贾芸虽然年纪比他还大个四五岁，但是主动认他作父亲，由此展演出宝玉的父亲权力。而父亲的权力范围有很多层次，我们从学界的相关研究可以看到：成为父亲在现实意义上来说，就是可以拥有财富、权力、名誉和女人，从这个定义而言，成为父亲对宝玉来说太重要了。当然在宝玉身上，所谓的"拥有女人"绝对不是皮肤滥淫式的，但却可以看到他以另一种形式体现出父亲的权力。首先，宝玉虽然还是个少年，在启蒙仪式之后，他仍然给一群少女围绕着，不久更住进了大观园，成为温柔乡之主。宝玉从小给自己取了一个外号，叫作"绛洞花主"，"绛洞"明显是女儿国的意思，尤其用个"花"字更明显，宝玉要做这些女儿们的主人，当然这个主人不是为了要宰制她们、剥削她们，而是要护卫她们、怜惜她们。无论如何，这个"主"字还是很清楚地展现出宝玉所拥有的父亲权力，而被视为大观园主人的宝玉，在担任主人之前，要经过性的启蒙仪式，这让我们更加体会到为何这一场性启蒙仪式是如此重要。

另外，我们还应对性启蒙有更加本质性、普适性的认识。对西方世界而言，人类由懵懂无知进而具有伦理道德观等知识，有一个关键性的步骤，亦即在能够认识这个世界之前，会经过一个类似的遭遇，而这个遭遇可以推溯到人类的祖先亚当和夏娃的故事。这个故事非常复杂，其中隐含很多重大的主题，如凯特·米利特（Kate Millett）所指出的"原始朴真的消逝、死亡的降临，以及对知识的首次有意识的体验，所有这一切都与性紧密相关"。这让我们开始认识到，原来这其中并不纯粹只是欲望的满足而已，还包含很多对于人类某些成长议题的深刻认识。

必须说，神话是对于人类某些处境与遭遇的一种本质性的解释，而且往往是用象征的手法来展开，我们一旦破解表面的荒诞，就可以掌握到它内在犹如真理般的智慧，所以匈牙利一位心理分析人类学家吉扎·罗海姆（Géza Róheim）说："在神话中，性成熟被视作一种剥夺了人类幸福的不幸，被用于解释尘世中为何会有死亡。"亚当和夏娃住在伊甸园内，那里充满了原始的朴真，洋溢着幸福，但等到有了知识以后，一切都不一样了，他们被驱逐出乐园，进入到短暂的、无常的、有战争、有劳苦、充满痛苦的世界里，最终还要面对死亡。这就把性成熟界定为人类从幸到不幸的关键，它使人从原始朴真的童年乐园中被逐出，进入充满了压力、痛苦乃至灾难的成人世界。

确实，在整部《红楼梦》里，情欲和死亡都是结合为一的，最极端的例子是秦可卿，她的人物判词说"情天情海幻情身，情既相逢必主淫"，"情"与"淫"发生在不对的身份关系上，造成一种让家族崩溃的重大危机，所以"漫言不肖皆荣出，造衅开端实在宁"，家族崩溃的破口其实是在宁国府，而从《红楼梦》其他的一些例证里，也可以看到余音不断的各种间奏和回应。

让大观园毁灭的导火线便是"绣春囊"。绣春囊入侵大观园，所揭露的当然就是性意识的启动，而只要一有性意识出现，作为乐园的大观园即会面临毁灭，一如亚当与夏娃吃到了知识的禁果，也涉及性成熟的范畴时，这个乐园本质上就必然要崩溃。绣春囊也因此被汉学家夏志清比喻为侵入伊甸园的那一条蛇，从某个意义来说，那条蛇对夏娃的诱惑启动了乐园一系列的崩溃，而绣春囊也确实带有这样的含义。尤其还应注意一件事，宝玉一天到晚最担心、最惶惶不可终日的，就是女儿们得要出嫁，而这样的心理背后也在回应以下的主题：性成熟会带来死亡，带来幸福的终结。女儿在洞房花烛夜之后，从此踏入婚姻中的重重磨难，甚至导致她们从光彩辉煌的宝珠变成没有色泽的死珠，再变成干瘪的鱼眼睛，由此可以发现，女儿变成女人、由幸到不幸的转捩点也是和"性"有关。

假设把这些相关情节都联系在一起的话，性启蒙之所以会在宝玉身上被特别凸显出来，成为他成长的第一步，便有了一个更深层的意涵，亦即：成长也就是幻灭的开始，开始认识到人世间很多的虚妄，很多的痛苦。这一场性启蒙展现出宝玉的性成熟，虽然这使宝玉的继承人资格获得保证，也让他成为一个象征意义上的父亲而拥有享受温柔乡的权力，然而，另一方面也负面地让宝玉脱离了无邪的童年乐园，进入成人的准备期，要开始承担成人的艰巨，面临幻灭的痛苦。我们可以看到其中所隐含的认知逻辑在于：原来对宁、荣二公来说，"情欲声色"可以提供"警其痴顽"的作用，让宝玉领略到世间的真相，"痴顽"就是儿童式的无知无识，这和亚当与夏娃的故事所衍生出来的道理互相契合。

宝玉性启蒙的启悟导师是警幻仙姑的妹妹兼美。于第五回的末尾，宝玉已经看了很多泄露天机的判词，但是他都还不能领悟，所以警幻只好退而求其次，采取"饮馔声色"的办法，"送宝玉至一香闺绣阁之中，其间铺陈之盛，乃素所未见之物。更可骇者，早有一位女子在内，其鲜艳妩媚，有似乎宝钗，风流袅娜，则又如黛玉"，并且对宝玉说：

> 再将吾妹一人，乳名兼美字可卿者，许配于汝。今夕良时，即可成姻。不过令汝领略此仙闺幻境之风光尚如此，何况尘境之情景哉？而今后万万解释，改悟前情，留意于孔孟之间，委身于经济之道。

这位兼美很特别，从书中对她的形象描绘来看，很明显是集宝钗与黛玉两者之美融于一身，她几乎就是女性最完美的典范。

可是宝钗和黛玉二人各擅其长，各有鲜明的特色，如何将两者融于一身？只能说，在人世间充满分殊差别的认知结构下，人们所不能够理解的矛盾统一，只有在神仙世界此一不可思议的形上超越界才能完成，才能体现"兼美"这样一个独特的矛盾结合。另外，这位兼美的存在也是一种象征性的价值观，《红楼梦》里有很多的地方，包括怡红院的若干设计，还有林黛玉的某些性格改变等，都在趋近或再现"兼美"的理想，甚至宝玉心中理想女性的最完美的极致，也是"兼美"的体现。

麻烦的是，兼美字"可卿"，这就导致很多的误会，因为她和秦可卿同名。其实兼美虽然字可卿，然而她和现实世界的秦可卿绝不可以等同为一，二人还是不同的存在个体。这一点小说家说得很清楚，宝玉在梦境中尽享旖旎风光而终究还是要在噩梦中醒来，从仙界过渡到现实世界时，他大喊："可卿救我！"当此之际，"却说秦氏正在房外嘱咐小丫头们好生看着猫儿狗儿打架，忽听宝玉在梦中唤他的小名，因纳闷道：'我的小名这里从没人知道的，他如何知道，在梦里叫出来？'"这里呼应了宝玉最初进入可卿房中入梦前的那一小段情节，当时宝玉进了秦可卿的房间，便有四个丫鬟作伴，在床边陪伴他入睡。"秦氏便吩咐小丫鬟们，好生在廊檐下看着猫儿狗儿打架。"

请注意，在宝玉入睡前和梦醒后，秦可卿竟都在做同样一件事情，这如何可能？然而中国传统的悟道小说，从六朝开始到唐传奇，如《枕中记》《南柯太守传》《樱桃青衣》，都是用"梦"作为启悟的媒介，主要好处就是它可以在很短的时间发生，却浓缩很多东西进去，弗洛伊德在《梦的解析》里，也提到了梦的"浓缩机制"，因此形成了"黄粱一梦""南柯一梦"之类的成语。梦可以很短暂，因此宝玉在太虚幻境经历了那么多，结果梦醒后，秦可卿还在嘱咐小丫头们看着猫狗，不要让它们打架。另外，从这段情节描述还可以看到，秦可卿一直都在户外，她和宝玉两不相涉，只是恰好和宝玉梦中的性启蒙导师同名。当然，同名的安排便表示这两个人之间还是有若干的关联，那个关联就在于这两个可卿都是爱欲女神，在仙界、人间互相呼应。

第二次启蒙："幻灭美学"

接下来，宝玉要继续接受几个启蒙历程，分别由不同的人来担任他的启悟导师，在心灵层次上发生飞跃性的进展。前面已经出现宝玉的第一次人生启蒙，也就是性启蒙，其中隐含的道理都是带有象征意义的，但并未明确被他自己甚至读者所意识到，而此后的三次启蒙经验，宝玉都是在自觉的层次下开展了崭新的认识，并为他的性格和价值观带来本质性的变化，读者可以看到宝玉一步一步地走向成人的境界。

第二十二回是宝钗过生日的情节，在清代王府的生活中，过生日是非常重要的节庆活动，通常在这些日子会安排演戏，这里的叙事完全符合当时上层社会的习俗。到了上酒席的时候，贾母又命宝钗点戏，她点的是《鲁智深醉闹五台山》，此时宝玉从剧目的名称上望文生义，打趣她"只好点这些戏"，这个语气隐含了对宝钗的品味的不以为然，宝钗就说："你白听了这几年的戏，那里知道这出戏的好处，排场又好，词藻更妙。"宝玉还是很执拗地说"我从来怕这些热闹"，于是宝钗在他的再度质疑中进一步做了说明："要说这一出热闹，你还算不知戏呢。你过来，我告诉你，这一出戏热闹不热闹。——是一套北《点绛唇》，铿锵顿挫，韵律不用说是好的了；只那词藻中有一支《寄生草》，填的极妙，你何曾知道。"说到这里，宝玉便心动了，凑近来央告说：

> "好姐姐，念与我听听。"宝钗便念道："漫揾英雄泪，相离处士家。谢慈悲剃度在莲台下。没缘法转眼分离乍。赤条条来去无牵挂。那里讨烟蓑雨笠卷单行？一任俺芒鞋破钵随缘化！"

熟读《红楼梦》之后，这段情节了给我一个全新的冲击，宝钗这个人的人格层次真是丰厚而深刻。宝钗从一开始点戏，一直到后来念那段《寄生草》给宝玉听之前，她事实上都在大家的误会中，老人家听戏就是爱热闹，宝钗为了体贴贾母，所以才投其所好，然而却被宝玉误会。但是，宝钗在人家的误会中依然自得其乐，她知道这出戏不只是热闹而已，那只是表面，其内在有很深层的"幻灭美学"，可若非宝玉一再央告，她也不会去宣扬这阕词有多好。当因为别人的无知甚至误会而饱受一种负面的观感时，这个人还能够像《论语》所说的"人不知而不愠"，那当然是"不亦君子乎"，宝钗是真正的君子！

当别人误会自己、不理解自己的时候，依然可以淡定怡然，不因此而有得失起伏之心，这是因为她真正知道自己的价值以及自己所看到的价值是什么，所以不需要去求告和辩解，不需要去改变别人的成见，因为她自己的内在无比充实而强大。《红楼梦》在非常多的地方都反复强调宝钗的这一特质，何况宝钗自己是一个道道地地的儒家信徒，却可以去欣赏和儒家判然有别的佛道的幻灭意趣，能够领略和她现在所遵行的价值观南辕北辙的意义，那是多么宽广的胸襟！更难得的是，她又能在热闹中看到虚无，堪称具有悟道者的禀赋，所以宝钗绝对有资格来担任思想启蒙的角色。

回到《寄生草》这一支曲子，从审美上来看，它的词藻如"赤条条来去无牵挂"之类，其实有点俚俗，很像元曲的那种白话，因此它的妙处是在思想上的，宝钗所极力称赞的"填的极妙"，主要是指在这一支《寄生草》里所体现出来的"幻灭美学"。读了以后便领略到一种深刻的无常，这种无常让人从繁杂中脱离出来，进入空灵阔朗的境界，茫茫的旷野会带来无限的悲凉感，不过也可以带给我们心灵的洁净。果然，宝钗将这一阕词念完之后，宝玉"喜的拍膝画圈，称赏不已"，这就表示那一种震撼力是直透内心，并由内而外形成了肢体语言，除了赞美宝钗无所不知之外，绝对还让他的心灵受到了启悟亮光的普照，而感应到一种光明的欣喜。

林黛玉却看不下去了，她很不客气地说："安静看戏罢，还没唱《山门》，你倒《妆疯》了。"湘云听得都笑了。林黛玉的这个反应，乍看之下一般会以为她本来就很爱吃醋，只要是宝玉对她的假想敌薛宝钗有任何赞美，她一定会拈酸泼醋，但是我总觉得这一段的深意不止如此，黛玉之所以打断宝玉"拍膝画圈"的称赏，恐怕是因为她内心中隐隐然感觉到一种更深的威胁。宝玉和宝钗本来是人生意趣有着重大分歧的两个人，所以宝玉一开始对于宝钗点戏的审美品味，根本是抱持着否定甚至是讥讽的态度，但是当宝钗念完《寄生草》之后，宝玉居然是如此强烈地共鸣，两个人在生命归趋以及审美意趣的层面上，竟然发生了绝无仅有的一次全然的契合。两条遥遥对望的平行线瞬间在这一个突如其来的契机里发生了交汇，而且还擦撞出灿烂的光亮，照亮了宝玉从来没有意识到的思想角落，这么敏感的黛玉对此会没有感受吗？她作为宝玉青梅竹马的知己，从来没有涉足到的宝玉的心灵一角，却被宝钗开启了门扉，这样的思想交汇再继续下去，那两个人可能就会在黛玉看不到的地方发生共鸣，所以黛玉在这里的反应有点像吃醋，但又不止如此而已，她更可能也感受到一种惊慌。

接着又因为那演戏的十一岁小旦长得像林黛玉，史湘云率直地说了出来，以至引发了一场儿女纷争。整体来看这一回的情节发展，其间有一个理路井然的脉络，首先是宝钗说戏，引出了《寄生草》，接下来发生琐碎的儿女纷争，再来是宝玉从这些儿女纷争中产生了参禅的心灵回应，然后写下了一些类似悟道的言论："你证我证，心证意证。是无有证，斯可云证。无可云证，是立足境。"宝钗看完后，就说："这个人悟了。都是我的不是，都是我昨儿一支曲子惹出来的。这些道书禅机最能移性。明儿认真说起这些疯话来，存了这个意思，都是从我这一只曲子上来，我成了个罪魁了。"宝钗看罢便把它撕了个粉碎，并叫丫头们把它给烧了。

这段话很清楚地表明，宝玉这次的思想启蒙确实是由宝钗来担任，当然主要是借由《寄生草》，宝钗在莫名之中担任了宝玉的思想启蒙的导师，可是事后却又深深自责，回归到她原来的儒家性格，即肯定这个世界的真实性，要把自我的价值安顿在现实俗世上。而最值得注意的是，此时黛玉与宝钗的反应居然非常一致，黛玉也认为这些所谓的禅机话头是"痴心邪话"，呼应了宝钗所说的"疯话"，两人以同一阵营的姿态，对幻灭美学做了一种贬抑化的处理，所以，黛玉和宝钗实际上是同道！并且，她们在对宝玉的诘难中引述惠能以及神秀非常有名的话头，但那基本上只是聪明人对于语言文字的运用，并不是智慧的反映，因此，虽然可以用这些道书禅机的话头辩驳得宝玉无言以对，可是她们自己并没有真正悟道。所以宝玉最后的一段想法很重要："原来他们比我的知觉在先，尚未解悟，我如今何必自寻苦恼。"换言之，读得懂这些禅宗语录不代表真的大彻大悟，这完全是不同的层次。读者看完了全书，便会发现宝钗与黛玉两个人直到最后始终都没有解悟，这与和尚对女性的度化全数失败，也可以互相呼应。

这一次的"听曲文宝玉悟禅机"不过是儿女之间的小小纷争，犹如大海上的一朵浪花，这朵浪花虽然被激发出来了，但很快地又归于平静，宝玉受到钗、黛的质疑后便笑道："谁又参禅，不过一时顽话罢了。"于是众人回归到日常轨道上，和好如初，也不再触及日常世俗之外的超越界。然而，这次的启蒙毕竟已在宝玉的内心中埋下了一颗种子，这颗种子等到日后的因缘际会便会萌芽，甚至开花结果，那就是宝玉最终的"悬崖撒手"。

这一段情节也让我赫然发现，宝钗的性格层次之丰富乃至深不可测。有学者认为，整部《红楼梦》有三个人生视点在交错进行，甚至同时存在，那就是"空""情""色"。"空"是立足于宗教哲学的一个形而上角度，展现出对这个世界清醒认识的一种"灭情观"，才会"赤条条来去无牵挂"，这当然主要是由一僧一道作为代表，后来度脱的对象包括甄士隐、柳湘莲，也都进入以"空"为主要认识角度的人物行列。但最有趣的是，一般被认为很务实的、着重于世俗取向的薛宝钗，她也有这样的一个精神素质，当大家都觉得这出戏不过是热闹戏的时候，只有她能够在热闹中看见虚无，在繁华中看到空幻，洞彻到人生真的很短暂，而且是很空幻的本相。换句话说，这是悟道者所特有的禀赋，所以宝钗也才能够担当得起宝玉初次思想启蒙的导师，虽然宝钗很快又回到主流的价值观，然而确确实实，这个人有一些寻常读者所看不到的深刻面向。

当然这样一种"赤条条来去无牵挂"的领悟，终究会成为宝玉最终的人生价值观，也让这个故事走向了所谓"空结情色"的"空"之结局——"落了片白茫茫大地真干净"。放眼全书之格局，可以看到第二十二回所种下的种子，最后开枝展叶成为这个世界的主要画面。

第三次启蒙：情缘分定观

宝玉的第三次启蒙是发生在第三十六回的"情缘分定观"，由在书中很重要但出现次数不多的龄官来担任启蒙者的角色，她也是无意间带给宝玉一个重大观念的改变。当时宝玉自己看了两遍《牡丹亭》，犹不惬怀，就想要去梨香院找水平最高的龄官唱给自己听。宝玉从小到大一直是人中龙凤，是众人细心呵护甚至巴结讨好的对象，没想到龄官的反应和他以前所习惯的完全不同，"只见龄官独自倒在枕上，见他进来，文风不动"。如果换作别的女孩子，一定会立刻起身招呼他，甚至好好伺候他了，结果龄官却连理都不理，而此时宝玉还在以自我为中心的状态，身处水乳交融、人我不分的世界，所以他依然想当然耳地坐在龄官的身边，又陪笑央求她起来唱《袅晴丝》。"不想龄官见他坐下，忙抬身起来躲避，正色说道：'嗓子哑了。前儿娘娘传进我们去，我还没有唱呢。'"直接给了宝玉一个硬钉子，而且避之唯恐不及的肢体语言更表现出对宝玉的嫌恶。宝玉现在认出她就是那天在蔷薇花下画"蔷"的那一个少女，但他从来未曾有过这般被人弃厌的待遇，清末的评点家姚燮已经注意到："宝玉过梨香院，遭龄官白眼之看；黛玉过栊翠庵，受妙玉俗人之诮，皆其平生所仅有者。"对他来说，整个过程中的点点滴滴都是前所未有的经验，所以就讪讪地红了脸，只得出来。

我们几曾看过宝玉如丧家之犬，如此地落魄？随后宝玉终于发现龄官之所以对他如此之厌弃，是由于她别有独钟之人，即她在蔷薇花下画蔷的"蔷"所指涉的贾蔷。一直以来，宝玉都是所有女孩子们围绕的中心，所有人都爱他、疼他，没想到龄官对他的世界观凿下了一条裂缝，让宝玉清楚地知道，他既有的世界会面临崩溃的一个缺口出现了。这件事对他打击很大，"那宝玉一心裁夺盘算，痴痴的回至怡红院中"，他的心活跃起来了，开始去认识到他以前没有经历过的经验中所隐含的意义，所以一进门便对袭人长叹，说道："我昨晚上的话竟说错了，怪道老爷说我是'管窥蠡测'。昨夜说你们的眼泪单葬我，这就错了。我竟不能全得了。从此后只是各人各得眼泪罢了。"

回想在昨天晚上，宝玉还对袭人许下心愿："我此时若果有造化，该死于此时的，趁你们在，我就死了，再能够你们哭我的眼泪流成大河，把我的尸首漂起来，送到那鸦雀不到的幽僻之处，随风化了，自此再不要托生为人，就是我死的得时了。"请大家注意，这是宝玉第二次说出类似的愿望，第一次是在第十九回，后来在第五十七回、第七十一回也有类似的说法，并在续书的第一百回再度出现。如此频繁地讲到"死"，而且是彻底的"化灰化烟"，这并不是他厌弃这个世界，也不是他对这个世界失望的一种逃避方式，刚好相反，"化灰化烟"对他来说正是他人生最完美的一种结束的方式，条件即这些女孩子都在身边，大家的眼泪只用来埋葬他，她们的情、她们的生命都以宝玉为中心。换句话说，宝玉要得到她们全部的爱，在这样的情况下死去，他的人生便是在最完美的状态中落幕，那就最为圆满。

这几回所体现的，是特属于宝玉的一种最理想的人生终结方式，叫作"化灰化烟"的死法，余英时先生说得非常对，他发现宝玉"化灰化烟"的死法其实是一种"乐园的永恒化"的表示。对此，第一百回竟然也有一段回应，当时宝钗和袭人谈到探春要远嫁，宝玉在里面听到了，哭倒在床上，两人吓了一跳，赶忙进来看他，宝玉两只手拉住宝钗、袭人道："为什么散的这么早呢？等我化了灰的时候再散也不迟。"所以说，续书值得我们再去研究，我不认为续书是在没有曹雪芹的影响下的妄自撰述，它其实还是有延续到前八十回的若干线索，可惜违错的地方还是太多。

很显然，宝玉的贪心是他要在广度上极力追求"情"的全备皆有，却突然发现龄官不属于他的乐园的一员，以致他的世界开始有了缺憾，所以他对袭人说"我竟不能全得了"。宝玉终于认识到，每个人都只有自己一个人孤独的道路可以走，不可能永远厮守相伴，"自此深悟人生情缘，各有分定，只是每每暗伤'不知将来葬我洒泪者为谁？'"宝玉从所谓"幼儿的自我中心"进入成人式的孤独感受中，这是他另外一个意义的成长。

令人感慨的是，对于一个有灵性的人而言，这样的一次经历就可以把他推进到对人生更本质性的认识，原来一直以来集万千宠爱在一身的生存状态，并不是可以持续到永远的人生常态，宝玉从龄官对贾蔷的情有独钟而领悟到每一个人的情缘都有分定，也意识到自己以前的无知，因此承认过去父亲贾政对他的批评。第十七回，贾政领着一群人去游大观园，到各处题撰，在这个过程里，贾政批评宝玉是"管窥蠡测"，显然这个批评是被宝玉放在心里的，所以当龄官的这件事发生后，便落实成为他非常真实而痛切的体悟：原来作为一个个人是这么有限！我们看这个世界永远是以管窥天，只能用自己的角度看到这个世界很小的一部分，所以才会误以为世界只围绕着自己旋转。

这个体悟形同在宝玉几近于幼儿"以世界一切皆是为我"的世界观中凿下了裂痕，使他从自我与世界没有区隔的混沌整体中，开始意识到了分离和界限，是对前一次启蒙中"赤条来去无牵挂"之孤独意识的进一步落实，也以"成人式"体证了人类存在的孤寂本质。果然不止龄官，环绕着宝玉的许多女性也各有各的出路而都背离了宝玉的中心，例如贾赦误会鸳鸯的意中人是宝玉，结果鸳鸯非常清楚地表明她根本就不想嫁人；至于尤三姐，她情有独钟的是柳湘莲；另外还有一个我们百思不得其解的彩霞（或称彩云），作为王夫人身边的得力丫头，但她的心上人竟然是猥琐卑鄙的贾环，可见情感这种东西真的是非理性的，不是简单地用各种条件就可以推算的。这些点点滴滴都让宝玉逐渐认识到，原来每一个个体再优秀、再美好、再丰富也还是非常有限，所以不能全得整个世界，那些接踵偏离宝玉的女子都一步一步地重创了宝玉的价值观，让他陷入不能全得的缺憾。

但是，一个人若能认识到一种"自我不足感"，就有机会可以产生"超越自我的丰富感"，一如浦安迪所指出，"进入"大观园的同时还要能够"出来"，而"可以从园里的圆满性延伸到园外庞大宇宙的周全性"，否则宝、黛二人以"自我"求全的角度来看，终难自安于宇宙之大。因此，其实《红楼梦》的作者再三表明，若将"自我"的世界误以为宇宙整体，那便是管窥蠡测了，而评点家王希廉也曾经用"管窥蠡测"这个成语来表示过此一思想。

就在这样的一个遭遇下，宝玉终于认识到，他应该要重塑一种超越自我的宇宙观，该宇宙观也是作者透过这个情节所要表达的：先有自我的不足感，才能够进入超越自我的丰富感。这看起来很微妙而有一点吊诡，其实不然，一个人只有认识到自己的有限，才能够超越自我，也才能够逐渐往宇宙逼近，而得到那一种的丰富和广大。

总之，当宝玉开始感受到人类的存在是以孤独为本质，而有"不知将来葬我洒泪者为谁"的荒寂之悲，这时他就已经把之前"赤条条来去无牵挂"的孤独意识进　步地落实。所以，宝玉启蒙的过程是一层又一层地深化，也一层又一层地逐步达到他的内心，心灵上从此进入异乡，也就一步一步要变成情感世界的畸零者，在"情"的全幅版图逐渐地缺块并裂解之后，他最后会走上一条出家的道路，彻底投入"情"的虚空之中而结束了尘世的旅程。这便是龄官的"情缘分定观"

带给宝玉的另一个影响。

整体来看，宝玉在最后彻底投入"情"的终极虚空之前，先是在广度上对"情"的全盘皆有的极力追求发生了崩溃，接着宝玉最后、也是最重要的一个启蒙经验，则导致他从另外一个角度，在深度上全心执着于"情"的唯一不二的层次上发生了质变，他会更进一步地从儿童自我中心的状态中走出来，以一个成熟的姿态进行"去中心化"，而达到和周遭世界的观点相协调。

第四次启蒙：真情揆痴理

宝玉的第四次启蒙是发生在第五十八回，故事中"藕官烧纸"的启蒙意义重大，它解释了宝玉和宝钗之间的关系并不是续书所描写的那样戏剧化，其实宝玉在失去黛玉的情况下是心平气和地迎娶宝钗，但要能够做到这一点，宝玉必须要先有一个思想的准备期。在第五十八回，藕官甘冒大不韪在大观园里烧纸钱，这个行为是触犯禁忌的，后果可能会非常严重，宝玉出面来解救了藕官，藕官也衷心感谢他，所以才愿意把相关的内情以芳官转述的方式来说明。当宝玉询问芳官时，芳官笑道：

> "你说他祭的是谁？祭的是死了的菂官。"宝玉道："这是友谊，也应当的。"芳官笑道："那里是友谊？他竟是疯傻的想头，说他自己是小生，菂官是小旦，常做夫妻，虽说是假的，每日那些曲文排场，皆是真正温存体贴之事，故此二人就疯

了，虽不做戏，寻常饮食起坐，两个人竟是你恩我爱。药官一
死，他哭的死去活来，至今不忘，所以每节烧纸。后来补了蕊
官，我们见他一般的温柔体贴，也曾问他得新弃旧的。他说：
'这又有个大道理。比如男子丧了妻，或有必当续弦者，也必
要续弦为是。便只是不把死的丢过不提便是情深意重了。若一
味因死的不续，孤守一世，妨了大节，也不是理，死者反不安
了。' 你说可是又疯又呆？说来可是可笑？"

这里芳官告诉我们，藕官和药官这一对同性情人假戏真做，此即
这一回回目所说的"杏子阴假凤泣虚凰"，意指两假相逢竟也创造出真
情，故谓"茜纱窗真情揆痴理"。这让我想到，当我还是一个很初级的
《红楼梦》读者的时候，对于太虚幻境的门联"假作真时真亦假，无为
有处有还无"，总以为"真"是一个最重要的绝对价值，而把这两句理
解为现实世界都是"以假为真"，感慨人人都把"真"隐藏起来，"假"
就攻占了这个世界。但藕官烧纸的这段情节给了我一个完全不同的体
会，原来"真"并不是唯一的价值，不仅"假"确实可以变成"真"，
而且"真"也不一定是来自"真"，它可以来自"假"，所以真、假之
间根本上是模糊不清的辩证关系。必须说，《红楼梦》的作者并没有反
对"假"，也不一定只遵从"真"，曹雪芹决不会以为世间就这么简单，
而以二分法看待世界。

从情感上而言，藕官和药官就是实质的夫妻，药官一死，她哭得
死去活来，至今不忘，所以每节烧纸，后来因为戏场上的角色不能没
有人来扮演，所以补了蕊官，却也"一般的温柔体贴"。对藕官来说，
这个世界有一些超越个人之上的更高价值要遵守，只要我们守住内心

的那个点，便不至于被其他的外在处境所窒息或排挤，此即"不把死的丢过不提便是情深意重了"。藕官的一番话十分振聋发聩，她觉得不应该从外在是否续弦再婚，是否为失去的爱人殉情而死来判断真情的程度，相反地，只要心里并没有把旧人淡忘，而能够一直抱着同样的真情与痛切的悲悼之心，那就是情深意重。这样的思考角度，让人们的心真正获得了判断真情的定义权，也才真正把握到情的本质，而不至于受外在的形式所干扰。

千万要注意的是，切莫以为"不把死的丢过不提"这很简单，或者以为续弦再娶比较容易。藕官所谓"若一味因死的不续，孤守一世，妨了大节，也不是理，死者反不安了"，表面上好像是在反对孤守一世，走一条比较容易的道路，但事实上，"孤守一世"其实比续弦以后又"不把死的丢过不提"要容易得多。试想：选择孤守一世的话，没有外在的干扰，没有其他分心的对象，可以在一世的虚空中尽情地耽溺于对已逝者的执着与追忆，在追忆中，那个人的幻象会越来越美丽，越来越强烈，所以孤守一世并不困难；但如果已经续弦或再娶，有了不同的生活要面对，必须分心在繁杂的人事上，内心中的那个影子因此容易淡去，这其实是一个更大的挑战。因此，在经过很多人世的观察和思索之后，我有这样的一个体悟：当面对各式各样的生活变化，内心还能够去守住一个已经不存在的幻象，不丢过、不忘掉他／她，事实上要比孤守一世更加艰难。

其中的道理还包括时间的考验。智利诗人聂鲁达（Neruda）曾经有一首诗《今夜我可以写出》，诗中说："如今我确已不再爱她。但也许我仍爱着她。／爱是这么短，遗忘是这么长。"人本身就是一种很健忘的动物，时间是一个非常可怕而独裁的霸主，它很容易让我们淡忘很多东西，因此再深刻的悲哀，再坚贞的执着，也会在时间中慢慢消退。这种消退本身不一定不好，因为它也让人拥有很多的可能性，我们之所以能在绝望中死里逃生，很多时候便是靠着遗忘的能力来帮助自己重新站起来的。然而，对于爱的坚持来说，时间是我们要面对的一个没有多大胜算的敌人，所以说，藕官的"便只是不把死的丢过不提便是情深意重了"这句话真是至理名言，它代表了比"孤守一世"还要更强韧、更不被磨损的一种真情。因为"情"已经真正融入你的生命里，变成你的一部分，你不会刻意去提到他／她，可是你永远记得他／她，这是对于"情"最大的、真正的深刻体现。

《红楼梦》透过宝玉对藕官烧纸钱的这一段体悟，告诉我们：内心的执着和外在的要求事实上是可以并行不悖，"情"的定义权应该要回归到我们的内心，不应该从外在的形式来判断它是不是至情，尤其不应该用"生"和"死"或者和谁结婚这个问题来决定内在有没有至情。

从很单纯的心灵看来，情感一定要纯粹而且要非常强烈，因此它必须百分之百而具有高度的排他性，这样才叫作"至情"，以至它和父母之命、媒妁之言的婚姻造成了冲突对立，而为了坚持自己情感的纯粹，往往就会以死亡作为收结，因此很多文学作品会歌颂为情而死的激烈表现。但是这一路的逻辑推论，背后隐含了很多我们不自觉的大问题，导致我们对爱情的某些想象不知不觉步入歧途，甚至走进了险路。《红楼梦》给我们一些警示，它从一个更高层次的视野看到情与理的调和，提出了一个从来没有在别的作品中出现过的独特名词，叫作"痴理"。"痴"这个字通常用在对情感的陷溺和执着上，所以有"痴情""痴心"之类的说法，都是指情感的某一种非理性的耽溺或坚持，然而曹雪芹竟然把"痴"这个极端感性的形容词，去和一个表面上客观、冷酷到排除人情的"理"字相结合，这真的是一个非常高度的矛盾统一。

在此之前，著名的剧作家汤显祖标举"情在而理亡"，他认为二者不容并存，"情"应该要一往而深，深到生者可以死，死也可以生，这样才叫作"至情"。但是，曹雪芹用藕官的例证告诉我们，汤显祖这样的情感认识失之偏颇，甚至荒诞，同时也不免于一种定义上的独裁。如果这个定义真的存在的话，那么全世界到现在为止没有一个人有"至情"，因为并没有人死后复活，能做到的人都是宗教上的神迹，或小说中虚构出来的。

我们必须认识到，人不是独自一个活在世界上，总是要面对和他者的种种复杂的交涉关系，在这个过程中，要达到人我之间的圆满协调，并不是靠个人的自我坚持就可以做到的。对于这个"痴理"，藕官除了"大道理"之外，还提到所谓的"大节"，然后还有一个"理"字，这三个词反复出现，正是要告诉读者，个人对群体有相对的义务和责任。在这里，藕官除了从婚恋的角度给予宝玉一个新的概念，也帮助宝玉从儿童式的自我中心解脱出来，从而明白一个成熟的人不会只看到自己，他会同时看到自我和别人之间那一种微妙又平等的关系，彼此都必须付出，彼此都具有相对的义务。所以，宝玉听了以后的反应，诚然是一种启蒙之后的醍醐灌顶："宝玉听说了这篇呆话，独合了他的呆性，不觉又是欢喜，又是悲叹，又称奇道绝。"显示出心中有莫大的强烈共鸣！

宝玉如此强烈的反应，和他听薛宝钗念《寄生草》后的反应几乎是如出一辙。俞平伯先生早已发现了这一点，他指出：藕官的这番表白以及她和另外这两位戏子之间的关系用的是"交互错综法"，也就是告诉读者，藕官的意思即代表了宝玉的意思，藕官和药官的关系便是宝玉和黛玉的关系，藕官和蕊官的关系则相当于黛玉死后宝玉和宝钗的关系。让我们认真地想一想，宝玉娶宝钗就叫作得新忘旧吗？就代表对黛玉的背叛吗？绝对不是。作者明白地告诉我们，嗣续之事乃家族大事，是为"大道理"，是为"大节"，所以一定还是得另娶，只要不忘记死者，就算是情深意重。

藕官的专情和续弦可以兼容并蓄、新人和旧爱可以共存无碍的新婚姻观，正表现了自我和外在的伦理世界是可以兼美、兼具的，这也让宝玉在爱情和婚姻万一发生脱节的现实处境中，可以有新的对待之道，对于"真情"与"至情"，便不是在"全有"和"全无"的两个极端中进行排他性的选择，也对原先"化灰化烟"的死法有了一个新的认识。

宝玉在经过这样一个启蒙之后，他又用同样的逻辑让芳官反馈给藕官，告诉她真正的"痴理"可以有更高的境界，因又忙拉芳官嘱咐道：

"既如此说，我也有一句话嘱咐他，我若亲对面与他讲未免不便，须得你告诉他。"芳官问何事。宝玉道："以后断不可烧纸钱。这纸钱原是后人异端，不是孔子的遗训。以后逢时按节，只备一个炉，到口随便焚香，一心诚虔，就可感格了。愚人原不知，无论神佛死人，必要分出等例，各式各例的。殊不知只一'诚心'二字为主。即值仓皇流离之日，虽连香亦无，随便有土有草，只以洁净，便可为祭，不独死者享祭，便是神鬼也来享的。你瞧瞧我那案上，只设一炉，不论日期，时常焚香。他们皆不知原故，我心里却各有所因。随便有清茶便供一钟茶，有新水就供一盏水，或有鲜花，或有鲜果，甚至荤羹腥菜，只要心诚意洁，便是佛也都可来享，所以说，只在敬不在虚名。以后快命他不可再烧纸。"

如果连有没有续弦再娶都是无足轻重的外在形式，为什么还要坚持用烧纸钱的方式来纪念死者呢？那岂不是又落入你自己所反对的那种形式主义吗？宝玉建议藕官的方式则更彻底，更完全以"心"作为真情的判断，"只在敬不在虚名"，所以连纸钱都不用烧了。此后，宝玉把他所了解到的个体最真实、也最本质的部分扩充到原来没有涉及的范围，那就是婚姻、恋爱之间的冲突。

于是我们可以合理地推测，将来宝玉在面对黛玉死亡，却因为家族的生存需要而必须迎娶宝钗的时候，这一份启蒙就发挥了作用。续书透过一悲一喜的极端对照，将宝玉迎娶宝钗写得十分有戏剧张力，但实际上不大符合前八十回中，作者为宝玉的整个思想成长所做的铺陈，既然宝玉已经有了这份认知，便可以把它实践在自己的生命中，将来在人生里遇到仓皇流离、遭逢无可奈何之际，这时依然坚守住那份心，但是和外在的环境却可以用"痴理"来取得协调。

所谓的"痴理"，简单来说就是"情理兼备"，即"情"和"理"可以同时兼顾，而且穷尽其无限的内涵，"情"在"理"的要求之下还是可以做到"至情"，不一定会被"理"所压制磨灭。藕官所体现出来的"痴理"观，其实推翻了汤显祖对"至情"的定义，所谓"情在而理亡""一往而深，生者可以死，死可以生。生而不可与死，死而不可复生者，皆非情之至也"，曹雪芹根本不认同才子佳人小说所展现的那一套所谓"真情"，因此，他创造出"痴理"这一个从来没有出现过的语汇，告诉我们这个世间复杂辩证又可以协调统一的微妙的圆满。这是对于痴情的反拨，让我们认识到"情"与"理"之间可以并存的那一种兼美的世界。

这也使宝玉最终的出家不是逃避而是超离，不是抗议而是了结，故成为迈向度脱的最终一步。

从"两尽其道"到"各尽其道"

对于藕官所展示的"情理兼备"的"痴理"观，《红楼梦》还提供了另外一个同义的专有名词，叫作"两尽其道"。

第四十三回时，由贾母领头，大家凑分子来帮凤姐儿庆生，有一个人离席不见了，让全家上上下下都很紧张，那个人就是宝玉，他偷偷换上了素服，出去私祭金钏儿。金钏儿投井自尽，宝玉有一半的责任，他心里一直还记得她的生日。这一回生与死的并列与渗透，是《红楼梦》的叙事里常常可以看到的一种手法，让我们在欢乐中看到萧索，在生的欢愉中看到死的悲哀，然后互相交织、辩证发展，这是遍及《红楼梦》全书的一种常见的笔法。

当时宝玉因为内心挂念着这件私事，便嘱咐了茗烟，两个人私下跑出去，来到一处叫作"水仙庵"的地方。虽然茗烟不知道宝玉悼祭的是谁，但是他非常了解宝玉，所以他还代替宝玉说了一番祝祷："我茗烟跟二爷这几年，二爷的心事，我没有不知道的，只有今儿这一祭祀没有告诉我，我也不敢问。只是这受祭的阴魂虽不知名姓，想来自然是那人间有一，天上无双，极聪明极俊雅的一位姐姐妹妹了。二爷心事不能出口，让我代祝：若芳魂有感，香魄多情，虽然阴阳间隔，既是知己之间，时常来望候二爷，未尝不可。你在阴间保佑二爷来生也变个女孩儿，和你们一处相伴，再不可又托生这须眉浊物了。"说毕又磕几个头才爬起来，这番话简直是宝玉的知己与代言人，宝玉没听他说完就撑不住笑了，还踢他一脚，这一对主仆真的很可爱。

茗烟当然还要兼顾现实，也必须为自己的安全设想，以免被家长怪罪，所以他开始劝宝玉：

> 咱们来了，还有人不放心。若没有人不放心，便晚了进城何妨？若有人不放心，二爷须得进城回家去才是。第一老太太、太太也放了心，第二礼也尽了，不过如此。就是家去了看戏吃酒，也并不是二爷有意，原不过陪着父母尽孝道。二爷若单为了这个不顾老太太、太太悬心，就是方才那受祭的阴魂也不安生。

其中，茗烟劝宝玉尽心以后就得回家，以免家人不放心，而对长辈的尽孝道和对死者的尽礼是可以兼容并存的，这不正是藕官所谓的"或有必当续弦者，也必要续弦为是"吗？如果一味放任自己的心情而让长辈担心，那便是偏废了伦常责任，会导致 "方才那受祭的阴魂也不安生"，这又和藕官的"若一味因死的不续，孤守一世，妨了大节，也不是理，死者反不安了"根本如出一辙，可见这段话简直就是藕官烧纸钱的前导。

宝玉当然知道茗烟是担心回家之后受到责罚，所以笑道：

你的意思我猜着了，你想着只你一个跟了我出来，回来你怕担不是，所以拿这大题目来劝我。我才来了，不过为尽个礼，再去吃酒看戏，并没说一日不进城。这已完了心愿，赶着进城，大家放心，岂不两尽其道。

宝玉也知道在私情之上还有人伦的道理，所以说"拿这个大题目来劝我"，所谓的"大题目"又等于是藕官所说的"大道理"，显示他并没有为了执着于私情，就罔顾家族伦理。

由此可见，这段话和藕官烧纸钱，以及她和菂官、蕊官之间的三角关系里所呈现出来的道理完全一致。宝玉所说的"两尽其道"告诉我们：对内在的情可以用虔诚来坚持，但是它并不妨碍在现实世界人伦体系中的安顿，这也就是"痴理"的真正内涵，"情"和"理"是可以兼备的，两方都可以同时好好地实践而不偏废一方，这么一来人生其实更为圆满。

不只如此，"两尽其道"更可以运用在重重牵绊、充满许多为难的生活网络里，而扩大为"各尽其道"。书中第四十七回，萍踪不定的柳湘莲又出现了，宝玉便拉了柳湘莲到厅侧小书房中坐下，问他这几日可到秦钟的坟上去了，湘莲道：

"怎么不去？前日我们几个人放鹰去，离他坟上还有二里。我想今年夏天的雨水勤，恐怕他的坟站不住。我背着众人，走去瞧了一瞧，果然又动了一点子。回家来就便弄了几百钱，第三日一早出去，雇了两个人收拾好了。"宝玉道："怪道呢，上月我们大观园的池子里头结了莲蓬，我摘了十个，叫茗烟出去到坟上供他去，回来我也问他，可被雨冲坏了没有。他说不但不冲，且比上回又新了些。我想着，不过是这几个朋友新筑了。我只恨我天天圈在家里，一点儿做不得主，行动就有人知道，不是这个拦就是那个劝的，能说不能行。虽然有钱，又不由我使。"

大户人家的主子辈事实上很可怜，他们几乎没有行动自由，虽然男性在传统世界里相对已经拥有比较多的自由了，宝玉是个男孩子，还可以往外面跑一下，但是在这种贵族世家，宝玉也是不由自主的，出门一定要先禀告，得到长辈的同意才可以，此等规范之严格不是我们今天所能想象的。读者一定要注意宝玉是在一个怎样的环境中生存的，否则对他的很多做法都会做出错误的判断。这时，柳湘莲就安慰宝玉了，他说："这个事也用不着你操心，外头有我，你只心里有了就是。……这个事不过各尽其道。"所以，宝玉虽没有行动自由，无法把心意付诸实践，也不必懊恼，而柳湘莲虽没有钱，却可以用实际的行动去付出，"各尽其道"，大家都一样可贵，重要的是"只心里有了就是"。

很明显地，《红楼梦》中处处实践了"痴理观"，其中最具代表性的一个情节，即袭人后来嫁给蒋玉菡，这件事其实正是"痴理观"的绝佳体现。

脂砚斋已经告诉我们，袭人出嫁之后，留下了麝月继续照顾宝玉和宝钗，所以麝月是袭人的分身，以至于袭人"虽去实未去也"，袭人的心意透过麝月永远留在宝玉身边，虽然她在现实的限制下必须要另嫁，然而这并不违背她纯洁的心灵以及她对宝玉的至情。假如读者不了解整部《红楼梦》里这种"情理兼备""两尽其道"的观念，就很容易在"情""理"对立的简化架构里去批评袭人不够专情，不够忠贞，而事实上脂砚斋对袭人的评论完全都是正面的，都是感慨赞叹她的为人。很多读者很不自觉地用现代人的感觉去看，对于袭人这个人物便只能抓到一个错误的幻影。

"女人不在年龄中生活"

综观宝玉的四次启蒙经验，给他以心灵成长的启蒙老师，其性别上都有同一归属，她们都是女性——兼美、宝钗、龄官、藕官。这或许是因为女性在真实世界里受到了环境更大的刺激和压力，她们必须要更懂得生存之道，因此比宝玉这样的一个天之骄子认识得更深，在对人情事理的体验上，她们走在更前面，也走得更早。但是，她们终究没有到达悟道的境界，小说中最后悟道的都是男性，由这一个现象来看，《红楼梦》还是有很明显的性别不平等意识。

整体而言，宝玉的四次启蒙中除了第一次之外，都清楚蕴含了一种跳跃式的"精神顿悟"，而"精神顿悟"正是成长小说的典型特征，主人公在探索的过程中突然获得对人、社会等一种真理性的认识，产生了人生观和世界观的根本转变。

所谓顿悟（epiphany），原来是基督教神学的术语，用来表示上帝在人间显灵，爱尔兰大作家乔伊斯（James Joyce）借之表示世俗世界的启示，并定义为"精神的突然显露"（sudden spiritual manifestation），其间，事物的本质或姿态向观察者散发出光芒。乔伊斯把顿悟本身看作一种体裁，即启示是突然发生的，是一道闪光，是精神超越了平庸麻烦的生活而不断显现的过程，精神从自然中显现，突然的启示向人传递出一种超验的信息，照亮了他对人之存在的理解，或他自己要走的路。衡诸宝玉的各次启悟过程，整体上更表现出浦安迪所言："就启蒙的次序而言，无论是顿悟还是渐悟，动态的情状仍宛然在目：从无知到获得真理。"

以一个人的成长作为主轴的叙事作品，叫作"成长小说"，这个概念来自德文，后来延伸到英美文学。西方的成长小说有其发展史，涉及各式各样的成长内涵，著名文论家巴赫金对"成长小说"如此定义：

> 另一种鲜为人知的小说类型，它塑造的是成长中的人物形象。这里主人公的形象，不是静态的统一体，而是动态的统一体。主人公本身的性格，在这一小说公式中成了变数。主人公本身的变化具有情节意义；与此相关，小说的情节也从根本上得到了再认识、再构建。时间进入人的内部，进入人物形象本身，极大改变了人物命运及生活中一切因素所具有的意义。这一小说类型从最普遍涵义上说，可称为人的成长小说。

《红楼梦》和欧美的成长小说有一个共通的特色，那就是主角都是男性，基本上没有属于女性的成长小说，很少有人会写女孩成长的过程。汉学家桂时雨（Richard W. Guisso）便说过："五经在谈及女人时，很少视之为人，而几乎完全是以'女儿''妻子'和'母亲'等理想化之生命循环中的各种角色处理之。"桂时雨以儒家的"五经"作为研究对象，发现在"五经"里，女人通常都是以附属性的身份被提到，她被视为妻子、母亲和女儿。换句话说，女性不是一个独立的个体，她们是依附性的角色，这使得女性只被视为某一种完美的生命循环中的各个身份和阶段而已，她们自己本身并不成为单独的个体，无法拥有独立发展的轨迹，也就谈不上有什么成长。

我之前读到过法国的让－皮埃尔·内罗杜（Jean-Pierre Néraudau）所写的《古罗马的儿童》，发现古罗马在性别意识上与中国古代有惊人的高度巧合，即涉及成长或者教育问题的时候，所针对的都是男孩子，对他们来说，女人生命中也没有成长阶段，不像男孩有所谓的成年礼，有各式各样身份的变化，标志着他们不同的人生进阶。由于女性的生命只与妻子、媳妇、母亲这几种角色有关，其一生中最重要的时间便是成人和结婚的日子，因此对女性来说，从童年向青少年的过渡没有任何社会意义。女人最大的一个变化就是结婚，结婚之前是女儿，结婚之后变成了媳妇、妻子和母亲，对女人来说只有这么简单的一个过渡仪式，正如让－皮埃尔·内罗杜说"女人不在年龄中生活"，也因此没有所谓的成长叙事可言。

一如汉学家华如璧（Rubie S. Watson）对中国社会中的性别研究所指出的，相较于男性透过取得新名号、新角色、新关系与新特权来加以标划的生命周期，妇女的生命则维持着模糊暧昧的情形。换句话说，年龄的变化对女人来说差异不大，因为没有什么成长可言，她一生中就是分成婚前、婚后这两个阶段而已，不像男人，年龄带来很大的差别，比如二十弱冠、三十而立、四十不惑等等，因此我们会发现这种启悟故事或者是启蒙的对象，常常都是男性。

总而言之，《红楼梦》的性别意识绝不单一，它绝对不是现代人所认为的一首女性主义的颂歌，相反地，它内在纠结很多既传统又封建的价值观，呈现出互相交锋甚至互相牵扯的状况，要靠我们现在的努力把它爬梳出来，而不能想当然耳地以单一的概念去认知。这是我们藉由宝玉的启蒙而牵引出来的几个面向，供大家思考。

一见钟情的"下场"

在之前有关"物谶"的单元中提到，《红楼梦》事实上非常传统，它认定婚姻必须要经由"父母之命，媒妁之言"，只要犯"情"与"淫"，只要有私情、违背礼教，便不会有好下场。在这样的情况下，爱情要怎样产生，又能如何安顿？换句话说，在接受礼教的情况下，当然就不可以承认有私情，可是如果私情还是在个人的世界里产生了，这时候该怎样去看待它？怎样让它和礼教共存？这实在是很难解决的两难问题。由于礼教根本不接受在婚姻之前有任何私情，只要礼教一加进来，爱情是没有地位的，所以在本节中，我们只能够先撇开礼教的问题，单纯来看《红楼梦》中的几种爱情形态，以及作者所认可的较为理想的爱情是哪一种。

我简单把爱情分成三个类型，前两个类型都是《红楼梦》里所呈现出来的，第三种类型在《红楼梦》里也有，但比较淡薄，这部分是我偷渡了我个人的看法，供读者参考。

第一种爱情形态，是让现代人心向往之、充满魅惑的一种，那就是"一见钟情"。现代人相信直觉，相信超越任何衡量与计算、完全诉诸内心的某一种强大的感性所选择的对象，它看起来才是最纯粹、最没有任何杂质的一种爱情。不过我在前几讲提到过，即便在今天，人们的择偶常常也在潜意识里用所谓的"同质论"去进行，那是一种变相的门当户对，只是当事人自己并不自觉，而把它包装在自由恋爱之下。

其实，"一见钟情"是建立在空泛的、模糊的、不确定的、强烈的感性之上，这样的"一见钟情"会有什么样的结果当然因人而异，既然我们是在研究《红楼梦》，那就来看看《红楼梦》如何呈现"一见钟情"的结局。全书中第一个"一见钟情"的案例，即贾雨村和娇杏，两人的故事以喜剧收尾。贾雨村对娇杏有片面的一见钟情，可是娇杏本人则完全无意图、无谋虑，她只是被动接受上天的安排，就此而言，它和今天所谓的双方情投意合并不一样。另外，对于以喜剧收尾的这一组人物，作者透过很多手法来暗示他的不同意，例如他给了两句的评论，是为"偶因一着错，便为人上人"。娇杏飞上枝头做凤凰，当了县太爷的夫人，这对一个丫头来说当然是意外的惊喜，"偶"字说明一切都是出于偶然，其中完全是运气的因素，"得之我幸，不得我命"，显而易见得不到的情况更多。而且作者认为这个偶然是建立在"一着错"上，不但贾雨村把娇杏的回头误会为对他有意，是错，连娇杏回头看两眼陌生男人，脂砚斋都说那是错。换句话说，这桩喜剧是一个美丽的错误，再美丽它都是错的。

这让我联想到现代人的自由恋爱，虽然它尊重了每一个人的主体性，也设计了一套婚姻制度，让每个人都可以尽量选择最适合自己的伴侣来共度终生，可是有太多是因为误会而结合，因为了解而分开。很多的恋爱失败，甚至很多的婚姻失败，最终的原因就是发现彼此不适合，显然很多的美好缘分一开始很可能都是建立在美丽的错误上，所以说"一见钟情"风险很高。现在有离婚制度，对夫妻双方的伤害与打击不至于那么大，但是在古代，问题便会非常严重。所以，娇杏其实是谐音"侥幸"，她真的是运气太好，贾雨村不但因为误会而爱上她，而且婚后她更是顺利地被扶正，不是人人都可以这么侥幸的，其他的一见钟情就没有这么好运了，错误和不幸的几率更高。

书中的第二组一见钟情发生在第四回，冯渊一眼看上了甄英莲，结果为了她而彻底改变自己的性向，他本来是个同志，后来变成异性恋，这在现实世界里也非常罕见。在今天的价值观下，我们会被爱情的极端强度所发出的光芒所眩惑，这种强烈的爱情会被歌颂，如果能够像杜丽娘那样为爱情而死甚至复活，那更是伟大的至情。不过从冯渊的下场，作者似乎在告诉读者：不应该改变你自己，在每个人的成长过程中所形塑出来的某一种习惯、某一种价值观，这就是现在的你自己。如果因为一场突如其来的迷眩，而让强大的爱情完全改变自己，那恐怕就是灾难的开始，因为你已经变得不是你，失去了正常的轨道，接下来势必就会有不正常的遭遇，所以冯渊之死，其中说不定是有一些弦外之音的。显然一见钟情背后隐含着很高的偶然因素与不确定的成分，它的风险之高甚至可能会让当事人为之丧命，换句话说，一见钟情在看不清楚的情况下，有可能遇到的并不是甜美的颂歌，而是可怕的灾难。

例如尤三姐动心于柳湘莲，是发生在五年前，而且是匆匆一面的情况下。固然她并没有看错人，可是这两个人之间从未真正相识，对方也根本不了解她，所以柳湘莲当然很容易听信传闻，认定出自宁国府的都不干净，以至于坚持要退婚，在各种误会下导致了尤三姐的香消玉殒。一见钟情的背后真的有太多不稳定甚至很不可靠的因素，在这么多不确定的情况下，因为一见钟情而要进入到一辈子的婚姻，那是非常令人感到惧怕的冒险行为。所以说，一见钟情的速度与强度，在大多数情况下不会把当事人引领到光明照耀的天堂，尤三姐和柳湘莲便是一个很好的例证。

尤其一见钟情之后，双方的关系进展也会在加速度的推进下，滑入"情"与"淫"混淆不清的误区之中，以致发生更严重的问题。感情升温太快，在没有真正的认识下很快就进入所谓的情欲交合，在讲求女性贞节观的传统社会中，女性往往必须付出惨烈的代价，变成一个被社会唾弃的败德女性，那么这个人将来如何在社会中立足？

下面这个例子很有趣，第十九回宝玉在撞破了茗烟和卍儿的幽会之后，叫卍儿赶快跑，不要让人家发现，然后问留在现场的茗烟说："那丫头十几岁了？"茗烟的回答竟然是："大不过十六七岁了。"我们也许觉得这句话没什么，可是宝玉比我们更精细，比我们更严格，他对茗烟说这样是不对的：

> 连他的岁属也不问问，别的自然越发不知了。可见他白认得你了。可怜，可怜！

显然茗烟这个男人并没有真正爱卍儿，没有替她设想，没有深入她的内心，对她根本都不了解，显然他其实只是把对方当作一个泄欲的对象，她却这样轻易地献身，还以为这个叫爱情，真是傻女孩！所以宝玉连说两个"可怜"，余音袅袅，感慨不已，他觉得卍儿太可怜了，是在糟蹋自己。脂砚斋对此也做了一个呼应，他在第五回批注："作书者视女儿珍贵之至，不知今时女儿可知？余为作者痴心一哭，又为近之自弃自败之女儿一恨。"这个卍儿就是搞不清楚自己的珍贵，她不应该把自己物化，用所谓的爱情来包装，结果把自己变成性对象，所以脂砚斋替"自弃自败的女儿"惋惜，怎么不好好尊重自己，令人感到可悲。

日久生情

必须说，《红楼梦》超越了包括《牡丹亭》《西厢记》在内的男女浪漫爱情故事的叙事模式，那么曹雪芹改用哪一种方式来提醒我们，爱情可以在什么样的情况下发展成为人生中自我完成、自我提升，而且让当事人能获得更高幸福的一种方式？这便是下面所要讨论的内容。曹雪芹所提出的另外一种爱情形式，即"日久生情"，他侧重的是情感的深度、长度和厚度，而不再是让人炫目的强度，当然更不包括爱情的加速度。爱情的加速度使得人们跳越过漫长的心灵探索，而很快地落入形而下的肉欲交合的层次，还误以为那就是爱情，《红楼梦》正是透过卍儿和茗烟的偷情来呈现出这个道理。

关于这个道理，德国学者布鲁格（Walter Brugger）清楚指出：爱（Love）乃是心灵的整体状态，"尤其不应该把爱与纯本能的冲动（即使是升华的冲动）视为一事……冲动本身原以满足其嗜欲为能事，而把对方视为满足嗜欲的方法，爱则是以肯定价值及创造价值的态度把自己转向对方"。这段话虽然说得非常简单，但却非常彻底而中肯，做了本质上的区分。真正的爱是一种心灵的整体状态，是要用肯定价值和创造价值的态度把自己转向对方。爱对方，就一定会把对方放在第一位考虑，不会只考虑自己的欲望，一定会去设想对方是否因此过得更好，还是因此受到伤害。

但令人惋惜的是，有很多人总把"爱"和"欲"混为一谈，觉得"欲"就是"爱"的一种延伸、一种方式，其实是在模糊中偷渡很多的杂质而不自知。在不了解的状况下，往往使欲望趁隙而入并变成一种障眼法，其实最终只是要让自己的本能欲望得到满足，这是对"爱"很大的亵渎。当然，这并不表示说在"爱"中不允许欲望的存在，也不是把"爱"和"欲"视为对立互斥的二分，只是必须在本质上很清楚地掌握到二者的差别在哪里，要先分清楚本质，知道关键在哪里，重点在哪里，否则混淆这个差别之后会导致很多人间悲剧的发生，不仅失去了追求真正的爱情的机会，尤其女性最容易受到伤害。

《红楼梦》的世界更是如此，例如贾珍和秦可卿的爬灰事件是一场乱伦，双方一起参与这样的情色冒险，果然秦可卿必须死，而贾珍却毫发无伤，他连一丁点社会舆论的抨击都毋须面对。还有，第十五回秦钟在尼姑庵里勉强智能儿就范，说什么"好人，我已急死了。你今儿再不依，我就死在这里"。他没有考虑到智能儿的身份，她的处境，当他做这样的勉强之事时，完全没有去想智能儿将付出多大的代价，没有把对方的幸福、安全列为优先考虑。

而秦钟"急死了"的一段话其实前有所承，一千年前有一个很知名的爱情文本，便是以这样的方式写成的，那就是《莺莺传》。张生很急切地要对莺莺一亲芳泽，莺莺一开始是用大家闺秀的方式加以拒绝。而在两人之间穿梭、传诗递笺的红娘便发出疑惑，她对张生说，你和莺莺家是有亲戚关系的，论起亲来，莺莺是你的表妹，这已经是一层的方便；第二，你又救了崔氏母子全家，在乱军中这一对孤女寡母还有一个小儿子，差一点要惨遭劫掠，幸亏张生和贼军的领袖认识，由他出面才使这一家幸免，因此，如果你开口求婚的话一定可以得到应允，为什么不直接提亲呢？张生回答说，我如果求亲的话当然没有问题，但是婚姻大事，繁文缛节太多，又要纳彩，又要问名，等到洞房花烛夜那一天，我早就渴死了，你们只好到枯鱼之肆（卖死鱼的店）找我了！每次看到这里，我立刻都会想：那你就死吧！可偏偏这种人一定不会死，他还想继续染指更多的女孩子呢。

我有时觉得，中国的文化传统有其自身局限，它对于爱情的理解常常是混淆不清；而西方的爱情小说例如《简爱》，则比较着重在男女的彼此认识，然后去经历一些考验，遇到生命中各式各样的困顿和难关，这个过程让彼此的感情更深刻，完全不急于乱来，重点是心灵互相接近的那个过程。但中国的爱情故事一般并不是这样，从《西厢记》到《牡丹亭》，都是一见钟情，即使男性缺席都没有关系，女性可以做一场春梦，然后就生死以之，还可以复活，还被当作伟大的爱情。这是中国的文化及其社会结构所产生的一种很奇怪的不良影响，所以我们并不苛责。但是以今天的角度来说，它绝对不是我们所定义的爱情，这一定要分清楚，"爱"与"欲"不一定对立，也不一定不能相容，但是二者的本质真的是截然不同，绝对不可相混。

宝黛的爱情本质

当我们超越了一见钟情的强度和速度的追求之后，回归生命的本质，就会认知到日久生情在深度、长度与厚度上的珍贵。试看《红楼梦》中所提供的日久生情的典范，我们前面提到过的藕官和药官便属于这一类，芳官说她们是"寻常饮食起坐，两个人竟是你恩我爱"，两人所体现出来的，是在日常生活中建立起来的深厚感情，而宝、黛之间的情感发展其实更是如此。因此，宝、黛的爱情发展过程中有一个关键词，那是以前我最初读《红楼梦》的时候实在不能接受的，都故意把它跳过，假装没看见，因为它和我们年轻心灵想象中的爱情很不一样。

就在第五回，其实曹雪芹非常清楚地告诉读者，即便宝、黛有木石前盟这样的前世因缘，然而在幻形入世之后，落脚在现实人间的爱情，其发生与发展也是在某一种真实的状况之下，而合乎人性逻辑。书中说：黛玉"自在荣府以来，贾母万般怜爱，寝食起居，一如宝玉，迎春、探春、惜春三个亲孙女倒且靠后；便是宝玉和黛玉二人之亲密友爱处，亦自较别个不同，日则同行同坐，夜则同息同止，真是言和意顺，略无参商。"这里的关键词就是"友爱"，对于这个词，读者似乎很容易地以本能给予抗拒，因为伟大的爱情难道不应该是不知所起、突如其来、不讲任何条件，而且没有任何爱情之外的成分吗？但曹雪芹却说他们是"友爱"，也就是彼此志同道合、气味相投，有很多的观念、思想、价值观都可以契合，这是构成朋友的基础，其实也才是发展出爱情的基础。

另外请注意，宝、黛的"亲密友爱"是在"日则同行同坐，夜则同息同止，真是言和意顺，略无参商"的状态中去实践而累积形成的，所以有日常生活的深厚基础，这个提法此后至少还有两次反复出现。文本一再告诉我们，二玉的爱情就是从小到大的青梅竹马之情，在日常的点滴累积中才会如此深厚，换句话说，宝、黛的爱情是在日常生活中发展出来的伦理式的情感。伦理即人和人之间的关系，这两位作为表兄妹，又有这般每天同行同止的生活基础，所以才形成不可取代的感情。

这一点是宝玉自己都认定的，在第二十回，他对林黛玉说：

> 你这么个明白人，难道连"亲不间疏，先不僭后"也不知道？我虽糊涂，却明白这两句话。头一件，咱们是姑舅姊妹，宝姐姐是两姨姊妹，论亲戚，他比你疏。第二件，你先来，咱们两个一桌吃，一床睡，长的这么大了，他是才来的，岂有个为他疏你的？

宝玉的意思是，黛玉你是先来的，先来先赢，而且你和我在血缘上更亲近，在我的心中，无论如何宝钗都不可能越过你的次序。这番话中根本没有提到所谓的爱情，可黛玉却因此吃了定心丸，由此亦可见两人之间的情感是以伦理为基础的。

到了第二十八回，宝玉和黛玉之间又有了一番的对话，他说：

> 凭我心爱的，姑娘要，就拿去；我爱吃的，听见姑娘也爱吃，连忙干干净净收着等姑娘吃。一桌子吃饭，一床上睡觉。丫头们想不到的，我怕姑娘生气，我替丫头们想到了。

黛玉刚来荣国府的时候，是和宝玉一起住在贾母房中的，但并不是在贾母寝卧的套间暖阁内，而是在暖阁外的碧纱橱，黛玉在碧纱橱的内床，宝玉睡在外床，中间只有一层槅扇做很单薄的区隔，确实就是一床的延伸。宝玉真的是体贴入微，关心黛玉缺什么，哪里不足，别人想不到的都先替她想到了，这才是他们所认为的爱情，所以宝玉又对黛玉说：

> 我心里的事也难对你说，日后自然明白。除了老太太、老爷、太太这三个人，第四个就是妹妹了。要有第五个人，我也说个誓。

大家有没有注意到，林妹妹在他的心里排在第四位，而前面三个人都是家庭伦理关系中的尊长，分别是祖母、父亲和母亲，可见对于他们来说，爱情必须排在亲情之后，尤其是对尊长。今天对爱情有很多现代式的、孤立的坚持，认为爱情至高无上、独一无二，导致我们无法从《红楼梦》所在的社会背景去认识它，以至于往往断章取义，符合我们价值观的才加以推崇，对传统的部分视而不见，于是落入以偏概全，这真的是对《红楼梦》的莫大扭曲。

宝、黛幼年所开展的初始阶段的感情本质，其实是"友爱"，两人自幼气味相投，从小就十分契合，而这样的契合年增日长，那份伦理式的感情透过日常生活的基础逐渐累积，量变导致质变，他们的情感便发生了变化，从亲密友爱变成是男女之间的情爱。

这个变化一方面是年龄所致，二方面是见闻的增长，当然就爱情来说，他们的启蒙老师算是旁门左道了。变化的契机发生在第二十九回，作者叙述说，宝玉"及如今稍明时事，又看了那些邪书僻传，凡远亲近友之家所见的那些闺英闱秀，皆未有稍及林黛玉者，所以早存了一段心事，只不好说出来"。年龄增加后，接触到各种人事物，然后才能够获得不一样的成长变化，如弗洛姆《爱的艺术》所说：爱是一门艺术，并非天赋而更需要学习。以宝玉和黛玉的情况来看，主要是他们一住进大观园之后，茗烟帮他偷运了《西厢记》、武则天、杨贵妃等外传野史，就是那些讲述男女爱情的小说故事让宝玉知道，原来异性之间可以有这样的感情，和一般的友爱是不一样的。同时宝玉开始做比较，"凡远亲近友之家所见的那些闺英闱秀，皆未有稍及林黛玉者"，这又和现在所迷眩的那一种爱情观，即不知所起、不顾一切，眼前就只有那一个不能比较、也无法取舍的独一无二的对象完全不同，宝玉对黛玉的爱情是经过比较的，虽然这种比较不一定是外在条件上谁更有身份地位，宝玉看重的应该还是对方的聪明灵智所能够触及的深度，以及是否能够和他心灵相通，但话说回来，以他对容貌的重视，也应该包括了谁更漂亮这一点。

《红楼梦》的"至情"

当宝玉的情感本质从友爱发生变化，成为爱情之后，"只不好说出来"，可见宝、黛之间的爱情固然很深，不过，他们不但始终没有落入本能冲动的满足，甚至连形之于口，即在口头上做一番言语的表达，都未曾有过。他们根本说不出口，即便有一次宝玉真的忍不住，话说了半截，又勉强把它吞下去，可是已经惹恼了黛玉。事情发生在第六十四回，当时宝玉来探望黛玉，看到她脸上带有泪痕，于是笑道：

> "我想妹妹素日本来多病，凡事当各自宽解，不可过作无益

之悲。若作践坏了身子，使我……"说到这里，觉得以下的话有些难说，连忙咽住。只因他虽说和黛玉一处长大，情投意合，又愿同生死，却只是心中领会，从来未曾当面说出。况兼黛玉心多，每每说话造次，得罪了他。今日原为的是来劝解，不想把话又说造次了，接不下去，心中一急，又怕黛玉恼他。

果然黛玉一听也恼宝玉说话不论轻重，这是因为当时有非常严格的礼教禁忌，如果表露私情，那是甘冒大不韪，他们从小在这样的环境中长大，不会逾越雷池半步。这一点要回归到宝玉的阶级归属及其身份教养，他们所被要求的和我们现代人是完全不一样的。

就此而言，我还要再补充一点，即第五十七回"慧紫鹃情辞试忙玉"，当时紫鹃为黛玉的未来而担忧，她一直盘算黛玉以后该怎么办，结果她就去测试宝玉的心意，说林妹妹要回苏州去，导致宝玉像失了玉一样，发了失心疯。这件事情过后，紫鹃的心里反而比较笃定，她知道宝玉对黛玉确实是很真心的，于是自言自语地说道："一动不如一静，我们这里就算好人家，别的都容易，最难得的是从小儿一处长大，脾气情性都彼此知道的了。"这段文字反复都在强调，漫长的时间累积所造成的情感厚度，在于它让两者"脾气情性都彼此知道的了"。作者根本觉得爱情绝对不是一种强度的爆发，它要的是细水长流，彼此才能在人生将来的日常生活里互相扶持、互相体贴，所以紫鹃引了一个俗语："万两黄金容易得，知心一个也难求"，此一俗语也适合紫鹃不识字的丫头身份，不比才子佳人小说里的丫鬟，一开口都是之乎者也。

我们下面再举几个例子，大家对宝、黛平常的互动便能有一个更清晰完整的轮廓。第六十三回众人聚集在怡红院抽花签，宝玉说"林妹妹怕冷，过这边靠板壁坐"，又拿个靠背给她垫着，十分细腻体贴。第四十五回宝玉冒着雨，打着伞，拿着琉璃瓦的提灯，专程来到潇湘馆，一见到黛玉就先问："今儿好些？吃了药没有？今儿一日吃了多少饭？"对很多人而言会觉得很不耐烦的这些问话，在《红楼梦》的世界里，却让宝、黛的爱情得到最美的体现，可见宝玉多有耐性，连这么琐碎、这么微不足道的小事，他都放在心上。显然曹雪芹认为，真正的爱情就是体现在这么琐碎的日常生活中，所以能够和人生一样长久。

再看第五十二回，宝玉去看望了黛玉之后，正要迈步离开，突然刹住脚步又回头问黛玉："如今的夜越发长了，你一夜咳嗽几遍？醒几次？"对此，脂砚斋也有一段批语，说道：

此皆好笑之极，无味扯淡之极，回思则皆沥血滴髓之至情至神也。岂别部偷寒送暖，私奔暗约，一味淫情浪态之小说可比哉。

脂砚斋用"扯淡"这个词来描述他们之间的互动，他觉得在书中很多描写宝、黛互动的情节都是淡淡写来，有点像白开水，可是事后再去回想，却很有一番甜美的滋味，真真叫作"换我心，为你心，始知相忆深"（顾夐《诉衷情》），设身处地用对方的心去设想，才知道这中间有多么深厚的爱，是从最内在的精髓里焕发出来的温情，这才叫作"至情至神"，达到"沥血滴髓"的境界。因此，"偷寒送暖，私奔暗约，一味淫情浪态之小说"怎么可以与宝、黛的爱情相比！此处又在贬低《西厢记》《牡丹亭》那些才子佳人小说了，脂砚斋觉得根本不必涉及什么"待月西厢""春梦幽媾"之类的，这就是至情。

于此出现了一个非常重要的关键字，即"至情"。尤其在《牡丹亭》特别是舞台上的昆曲演出这般风靡的今天，脂砚斋和《红楼梦》却告诉我们，或许"至情"不是汤显祖那样的定义。脂砚斋透过《红楼梦》的叙事，从里面萃取出"至情"这个词汇，就是在和《牡丹亭》做一个对话，而这番对话其实是为了批判《牡丹亭》的"至情观"。

我们来回顾汤显祖的表现，他不但创作了《牡丹亭》，另外还特别地写了一段文字，说明他所塑造的杜丽娘具有什么样的意义，那是《牡丹亭题记》里非常著名的一段话："情不知所起，一往而深，生者可以死，死可以生。生而不可与死，死而不可复生者，皆非情之至也。"此即非常著名的"至情观"。

然而比较一下宝、黛爱情的发展及其实践状态，会发现非常明显的不同。对《红楼梦》的作者而言，《牡丹亭》是在追求爱情的强度甚至是情欲混淆，"情"只是一件浪漫的外衣，其实里面包裹的都是欲望，再加上包装了"生"和"死"，于是就打动了许多素朴的读者。其实，"为情而生，为情而死"在虚构小说里是非常廉价而方便的方式，读者在阅读中需要一些迷眩的奇趣，很容易被这样的情节描述所吸引，于是模糊了虚构与现实。而《红楼梦》遵守的是现实法则，它告诉读者，"至情"就是在日常生活中慢慢累积而产生，体现在琐碎平凡的各种生活面相里，而且回思之时还可以让人感到沥血滴髓的那一种动人力量。

由此可见，我们要尽量抛弃自己不知不觉被这个时代所影响的一些观念，重新去思考我们到底要的是什么？那看似强大壮丽的爱情，其实包装的是很浅层、很生物性的欲望部分，缺乏真正的人格力量。最发人深省的是，汤显祖要人以死来证明至情，和要人以死来守住贞节，又有么不同？难怪有学者提醒大家，这种主张其实可以称为"情教吃人"，本质上和他所批评的"礼教吃人"并没有不同；而汤显祖的主张甚至比"礼教吃人"更残酷，因为他不仅要人以死证明至情，还要人以复活来证明至情，所谓的"死而不可复生者，皆非情之至也"，即隐含了这个意思。但稍有理性的人都知道，要人复活是根本不可能的事，连汤显祖自己也没有做到，凭什么可以做这种定义呢？

喜欢《牡丹亭》的人可能一下子不能接受以上的解读，这我完全理解。但是学习成长就是要像毛毛虫的化蛹和破茧而出一样，那是很辛苦的过程，你要反对浅俗的自己，你要超越既有的自己，那真的是拆肌裂骨般的痛苦，可是没有这种痛苦，人就不会有真正的成长。

绛珠仙草的"报恩"

就宝、黛前世的因缘而言，很多人常常把它解释为"情不知所起"，其中有一个所谓前世的、神秘的，也因此是命定到连生死都不能够动摇的执着。但请大家注意作者描述木石前盟时，绛珠仙草和神瑛侍者的互动事实上和爱情毫无关系，与杜丽娘的"不知所起"完全不一样。首先，第一回提到："西方灵河岸上三生石畔，有绛珠草一株。"一般人看到"三生石"，心里难免展开浪漫的幻想，即前生、今世、未来都执着不悔的那一种真情。可是，"三生石上旧精魂"的典故来自唐代，它所涉及的三生之情，是圆观和尚与儒生李源之间数十年的知己之情，根本与爱情无关。三生之情延续下来，体现在宝、黛的关系上，果然前世完全是恩惠的关系，而到了幻形入世之后，他们一开始也是在一个合乎伦理的恰当背景上累积出亲密友爱，这种感情本质是一以贯之的，显然也都不是爱情。

对于绛珠仙草和神瑛侍者的这段神话，我们暂且撇开性别不平等不谈，请注意一下二者之间的关系。试看神瑛侍者之所以灌溉绛珠仙草，完全是出于对弱势者的博爱和仁心，根本不是爱情；同样地，绛珠仙草受到神瑛侍者的灌溉之后，"只因尚未酬报灌溉之德，故其五内便郁结着一段缠绵不尽之意"，绛珠仙草认为，在她酬报完灌溉之德以前，不应该脱离人间的轮回，所以要随着凡心偶炽的神瑛侍者入世。绛珠仙草还说："他是甘露之惠，我并无此水可还。他既下世为人，我也去下世为人，但把我一生所有的眼泪还他，也偿还得过他了。"这里的"惠"就是恩惠，很明显地，"德"与"惠"都是在恩义的范围内。所谓点滴之恩，涌泉以报，这是一种非常美好的儒家人格，儒家是把人格里最美好的那一面开展到极致，我们虽然不一定做得到，但却可以好好去体会，心向往之。

绛珠仙草所说的相关动词，包括"酬报""偿还"，都属于回报的概念。而"报"在中国传统中是一个非常重要的观念，根据美国华裔历史学家杨联陞先生的研究，加上其他学者探讨中国文化中一些重要的观念之后，发现"报"不是普通以为的一种互相的回报关系，从先秦以来"报"即是一直支配各种人际关系的重要法则，而它的根本性精神是"礼尚往来"。当别人对自己有恩惠时便要回报之，否则通常会受到社会的批判，甚至排挤与驱除，所以不报者几乎没有立足之地。而恩惠有几种，第一种是救命之恩，第二种是一个人在事业、生活中遇到很大困境的时候，有人伸出援手；另外还有一些小恩小惠，因此回报也会有不同类型，比如金钱的回报、身份地位的帮助，当然也有用生命来回报的。

回到宝、黛的前世来看，两者之间的关系是建立在救命之恩的基础上，绛珠仙子要用她唯一拥有的眼泪来回报，眼泪还完了，自己的报恩义务便完成了，就可以脱离生命的循环，所以曹雪芹为宝、黛的感情在前世的设定，完全是在儒家的伦理框架中的。入世后，宝、黛在现实中从亲密友爱的友情，最后转化成为心灵相属的知己伴侣，也完全是一种恩义的深化。简单地说，曹雪芹融汇了一些佛教的观念，以及道教的贬谪观，如评点家话石主人所言："化灰不是痴语，是道家玄机；还泪不是奇文，是佛门因果。"不过，作者在根本上还是为宝、黛的爱情建立了一个属于儒家系统的恩义与德惠的报偿基础。就此而言，曹雪芹事实上是一个儒家的信徒，在爱情的范畴也没有例外。

曹雪芹煞费苦心的设计

《红楼梦》是中国文学史上，唯一一部以写实方式叙写贵族家庭的小说，在充满森严礼教的上层社会，所谓的"礼教大防"便是"男女授受不亲"，然而，宝、黛竟然可以有这样得天独厚的环境去培养他们的感情，作者的一番设计可谓煞费苦心。《红楼梦》的进步性正是在这里，它在一个根本不可能有这种爱情发生的情况下，创造了一个非常合理的环境，让宝、黛缔造出符合我们今天所认识的爱情，足证作者伟大的创作才能，让他用非常合乎现实原则的策略开展合情合理的虚构。

首先是贾母的宠爱，因为在中国传统中母权是最高的。这也显示出任何一个文化里，都不可能只有单一性别的绝对被压抑或绝对被牺牲。这几十年来，有一群学者重新思考明清社会的性别不平等背后，有没有一些复杂的互补方式是我们所不知道的，他们发现，作为第二性的女性，在中国文化里有另外一种方式得到补偿，那就是"多年媳妇熬成婆"。丧偶的女性作为一个母亲，会因为儒家所崇尚的孝道而获得至高无上的权力，她对于自己的儿子即拥有超乎我们一般想象的影响力与决策力。母权的微妙之处在于，它使女性被压抑、被损害的同时获得另外一种补偿，尤其在贾府的世界，贾母是最高权威，第三十三回贾母一生气，连身为人祖又是工部员外郎的贾政都还得跪在地上，苦苦叩求认罪，当时母权之高涨不是我们今天所能想象的。所以贾母一声令下，黛玉便可以和宝玉"日则同行同坐，夜则同息同止"。

可是这样还不够，作者又开发了另外一条出路，也就是让元春封妃。当然元春封妃不是为了这个目的而已，但其中确实有一个目的，即让她回来省亲，以便创建一个省亲的园地，而为宝、黛的日常相处创造更自由的环境。从道理上来说，省亲之后的大观园会怎么被处置？第二十三回说得非常清楚：

> 如今且说贾元春，因在宫中自编大观园题咏之后，忽想起那大观园中景致，自己幸过之后，贾政必定敬谨封锁，不敢使人进去骚扰，岂不寥落。况家中现有几个能诗会赋的姊妹，何不命他们进去居住，也不使佳人落魄，花柳无颜。却又想到宝玉自幼在姊妹丛中长大，不比别的兄弟，若不命他进去，只怕他冷清了，一时不大畅快，未免贾母王夫人愁虑，须得也命他进园居住方妙。

作者将元春设定为一个心胸非常开放的、多元包容的女性，所以让元春利用她的皇权下了一道解除令，让大观园有限度地开放：只有家中能诗会赋的姊妹才能住进去，又特别交代宝玉也可以进去一起读书。这么一道"皇令"下来，自然也排除了那些没有资格进去的人的嫉妒。宝、黛住进大观园之后，他们的互动愈加密切，而且不违反禁忌！

从母权再到皇权，至高无上的权力一压下来，宝、黛之间的密切相处就得到合法的机会。曹雪芹动用了他在那个时代和阶级合乎礼教原则的操作策略，让宝、黛的知己式爱情能够合理又合法地展开，这些策略都是非常符合现实原则的。小说中的这些故事虽然在现实中不会发生，但是在叙事逻辑里却完全合情合理，这就是曹雪芹非常厉害的地方，他在现实中去创造一个超现实的世界，可是这个超现实世界又合乎现实逻辑。

只不过，即便在作者的妙笔安排下，宝、黛的爱情达到日久生情的深度、厚度与长度，可是当这样的爱情在发生、滋长的同时，事实上是不被他们的礼教社会所允许的。试看宝玉始终没有把爱形之于口，他从来不敢就此和黛玉之间做任何言语上的交流，正因为这是违反禁忌的。关于这一点，我们可以注意一段情节，当第五十七回"慧紫鹃情辞试忙玉"的时候，宝玉开始发疯，全家又闹得鸡犬不宁，后来发现宝玉这么重大的精神崩溃，其肇因竟然是林妹妹要回家！如果众人发现他们之间产生了违背男女之防的私情，那将会引发非常严重的后果，难怪事发之后，"黛玉不时遣雪雁来探消息，这边事务尽知，自己心中暗叹"。

黛玉"心中暗叹"的这个"叹"字，不只是感叹宝玉一片真情的正面意思而已，还包括一种惊险过关的惊叹，所谓："幸喜众人都知宝玉原有些呆气，自幼是他二人亲密。如今紫鹃之戏语亦是常情，宝玉之病亦非罕事，因不疑到别事去。"其中幸好没有被怀疑到的"别事"，正是指男女私情，原本那是很容易被猜测到的方向。可是他们竟然化险为夷，关键就在于薛姨妈的引导。当时薛姨妈立刻说宝玉的反应很正常，因为他们从小一起长大，当然会这么伤心，以至于大家对这件事情的认知还是着眼在他们的"亲密友爱"，而"亲密友爱"便是他们从小到大的一个障眼法，保障了他们接下来平安无事。

黛玉竟然要庆幸没有被人家发现真相，显示私情确实是干犯禁忌的，黛玉也从来没有想要做一个违规自主的革命烈士。正是因为宝、黛那种从小到大超越常理的"日则同行同坐，夜则同息同止"的生活背景，才使得二人已经"变质"为爱情的关系没有被发现，也使得他们没有遭遇到任何责难。在这里，《红楼梦》一如既往地既超越时代的现实限制，又符合那个时代的现实原则。

告别"两人份的自私"

在当时的时代限制下，宝、黛不得不爱得那么辛苦，然而作者已经给他们很多超越那个时代所能够认识到的爱情的深度，而既然我们已经脱离那个时代的限制，现在的我们其实可以有更高的追求。接下来我会进一步分享一些自己关于爱情的想法，我们也许可以从一个更宽广的眼界和对生命的认识的视窗，来发现爱情究竟可以在生命中发挥什么样的影响，扮演什么样的角色。

　　爱情正面的那个部分，被人们所歌颂的那个部分，确实是呈现出人类很可贵的一种坚贞之情，它体现为一种永恒的痴心。情人们总是很贪心，在很多歌颂爱情的篇章里都祈祷要爱一辈子，甚至还要生生世世长相厮守，犹如唐玄宗和杨贵妃"在天愿作比翼鸟，在地愿为连理枝"，汉乐府《上邪》诗也提到"我欲与君相知，长命无绝衰"。然而，从另外一个角度来认识的话，也许可以再思考：假如没有足够的人格高度，以及生命视野的广度，那么永恒的痴心所落实下来、所成就的婚姻家庭，可能只不过仅仅是两人份的自私。

　　对于这个问题，我真的是困惑了很多年，虽然不断地观察我身边遇到的人，困惑却越来越深。我的疑惑在于，有的人在他们的家庭里都是好太太、好丈夫，也是好妈妈、好爸爸，至少我从一个外人的眼光来看，他们都承担得起爱情的检验。可是这么多堪称好太太、好丈夫的人，他们对邻居、对同事却是那么残酷，他们会联手仗势欺人，会写黑函，会背地中伤别人，这真的让人困惑，为什么你既是一个好太太、好丈夫，可也是一个小人，你会嫉妒别人，用不好的手段去陷害人家？而这种现象非常普遍。

　　后来《爱的艺术》这本书提供给我一个很深刻的解答，原来这些人的爱，其实只是"两人份的自私"！弗洛姆说："通常，人们都把它误认是占有性的依恋，我们常常可以发现两个'相爱'的人对于任何别的人都不再感到爱。事实上，他们的爱只是两人份的自私。"换句话说，情爱即便是心灵的整体状态，它还是非常狭隘的，因为是排他性的，非普遍性的，只限于两个人之间的情感，以致他们的爱只不过是一种非常狭隘的爱，一种自私自利的爱。他们之所以是好爸爸和好妈妈，因为那些孩子是他们的延续，所以还是属于自己的一部分，他们还是只爱着自己。同样地，当他在爱他的妻子或她在爱她的丈夫时也一样，因为双方是生命共同体，或者说是利益共同体，所以爱对方也等于是爱自己，扩而充之，两人份的自私就可以成为四人份的自私、八人份的自私，或者像贾府是千人份的自私。总而言之，我终于体会到了爱常常是非常狭隘的，所以弗洛姆才会说它是一种自私。

对现代人来说，我们更要呼吁爱情对人格的提升，要让我们的爱情超越自私性，进而达到一个更宽广的境界。把这个道理说得很透彻的，是法国作家圣埃克苏佩里（Antoine de Saint-Exupéry），他所著的《小王子》闻名遐迩，但实际上《风沙星辰》这本书写得更好，它原来的法文书名是《人类的大地》。这本书从高空鸟瞰整个世界，以无边无际之胸襟来看待人的存在，既有哲学家的深度，又有诗歌般的优美，还有宗教家的悲悯，所以这是我极力推荐的一本书。我所引述的只不过是其中俯拾可见的那些箴言佳句中的一段：

　　生命教给我们，爱并非存于相互的凝视，而是两个人一起望向外在的同一个方向。

人不要只彼此守着父子、兄弟、夫妻这种小小的世界，你的心一定要开放出来，不然你同时就是一个小人，有的时候人为了护卫自己人，会变得非常可怕，这不是我们所乐见的。若要在爱中超越两人份的自私或者四人份的自私，请学会一起望向外在的同一个方向，看到这个世界更宽广、更优美、更真理的一面。

类似的理念在杜甫的一首诗《自京赴奉先县咏怀五百字》里也有提到，当然杜甫的自我期许和一般人是非常不一样的，所以他能够成为中国最伟大的诗人。诗中提到一个对比："顾惟蝼蚁辈，但自求其穴。胡为慕大鲸，辄拟偃溟渤。"回头看看那些人都只像蝼蚁，蝼蚁的心愿很小，汲汲营营于去建造或保存自己的小小巢穴，全部的人生理想只限定在把这个小世界经营好，但为什么不学习大鲸鱼，常常想要纵浪在大海中？杜甫的期许，是一个人的人格要往上提升，要往无限去延伸，不应只守在一个小小的巢穴里，虽然那里很温暖，有很珍贵的家人，可是不应该让自己的心灵与眼界只限定在那里。哪怕是功成名就的医生、律师或 CEO，如果你的心完全只是限定在自我的成就、自己家族的延续或锦衣玉食的追求，那么即使你在这个现实世界里再怎么成功，在杜甫的定义里都只是蝼蚁辈而已。

对于人与人之间的关系，我很喜欢用两棵树并存向上生长的比喻，这两棵树站在一起，肩并着肩，枝叶交握，但它们都一直往高空生长，并没有互相倾斜，彼此纠缠成一团低矮的灌木丛。也就是说，两个相爱的人要望向外在的同一个方向，不要限溺在互相凝视中，否则彼此都只会窒息。两个人的分量只是全人类的七十多亿分之二，如果望向外在的同一个方向，却可以拥有整个世界，拥有整个宇宙。这样一来，我们可以是一个好爸爸、好妈妈、好丈夫、好妻子，同时也可以是一个君子，即便对自己的敌人，都可以有非常优雅宽阔的风范，这才是我们所应该要追求的。

最后，我要引述《圣经·哥林多前书》所言："爱是恒久忍耐，又有恩慈，爱是不嫉妒，爱是不自夸，不张狂，不做害羞的事，不求自己的益处，不轻易发怒，不计算人的恶，不喜欢不义，只喜欢真理，凡事包容，凡事相信，凡事盼望，凡事忍耐。爱是永不止息。"这段文字很多人都熟悉。想想看，宝玉对黛玉确实有着恒久的忍耐，不过宝玉作为一个男性，毕竟整个文化还是给他更多的视野，所以他比原先走在他前面的女性又走得更远，到达了终极的彼岸而获得最高的智慧。整部小说铺陈的，是宝玉如何在那么深的爱情中超越出来，迎向一个更宽阔而无限的世界。

或许我们由这样一个理解就会知道，宝玉的出家并不是逃避，更不是受到打击之后，没有办法面对这个世界的一种鸵鸟式的出路，他其实是走向了整个豁然开朗的解脱之道。原来爱不仅止于此而已，它是一种宗教的升华，同时也是自己整个人格向世界的开放。

第六章

大观园的园址与辟建

大观园实在太重要了，所以我先说明一些背景，然后再进一步解释大观园特殊的细部安排。

就整体来说，《红楼梦》是一阕回首前尘的咏叹调，它所哀惋的对象，第一个即个体生命的青春之美。普遍的看法都认为，青春是人生中最美好的一个阶段，不过这个"最美好"我要打上引号，因为青春固然很美，然而由我现在的人生阶段来回顾，我真的觉得青春的同时要付出一个代价，那就是"无知"。人生便是这么微妙，当你拥有青壮华茂的时候，内在心灵其实是不成熟的，且所知极其有限；而当你越来越成熟的时候，则要面对生命正在逐渐消退的恐惧和无奈。不过对一般人来说，青春真的是人生中充满了探索的好奇与发现的惊喜的阶段，所以整部《红楼梦》也极力渲染了青春的各式各样的美好。

当然，这些青春的个体绝对不是孤立存在的，从畸零石先天的入世意愿，一直到后天的成长、性格的形塑，基本上都归属于一个非常特定的阶级，那就是贵族。安顿这个青春之美的环境，是一个如此精美华丽的贵族家庭，而这个贵族家庭也不能孤立存在，它毕竟落脚在现实人间，并且其中所含括的一切存在，所有的人、事、物终究都会归于空幻与寂灭，这使得青春的美也染上了更复杂的意味。所以整部《红楼梦》的讯息含量是如此庞大，它所触及的人类心灵的深度，是过去小说中所难以找到的。

纸上园林

　　整部《红楼梦》所聚焦的青春之美，以及贵族家庭各式各样的优雅精致之美，所具体化的对象主要即是"大观园"。贵族家庭里礼教森严，自我和个性是被削弱的，要展现青春的那种自由甚至放纵，便必须另辟一个特殊的空间，这就是《红楼梦》为什么要有一个大观园的原因。在整部小说的空间规划中，大观园的设计正是让少男、少女以今天所肯定的一种自由状态去展现出他们多样的个性，充分探索他们各自的独特性。

　　大观园的象征意义实在是非常多，历来的论述也有非常精彩的抉发，以下这三段引文都来自清末著名的评点家二知道人。二知道人对《红楼梦》的评点，常常给我们耳目一新的深刻启发，他在《红楼梦说梦》里提到：

　　　　大观园之结构，即雪芹胸中邱壑也：壮年吞之于胸，老去吐之于笔耳。

　　大观园事实上就是"雪芹胸中邱壑也"，它是伟大作家心灵的产物，来自作家整体的人格、他对这个世界整体的认识，乃至于是他整个世界观与人生观的投射，必须说，大观园虽然运用了很多现实的材料，但总体上是一个虚构之所在。确实，一个作家如果没有现实世界中各种人、事、物的基本材料，是不可能创作的，即便是在写所谓的架空小说，还是要取材于现实世界的种种具体知识，不过，伟大的作家当然不会受限于既有的基础材料，他要重新加以融会贯通并加以改造，这基本上才是赋予这部作品真正的生命力，使之成为伟大作品的原因所在。

大观园是不可能还原的，它之所以不可能还原，有好几个层次的因素，第一，它本来就是虚构的，其材料来自许多不同的现实环境，是曹雪芹依照叙事需要，才把它们援用进来。所以在整部小说中，如果把大观园当作有一个确切的地图来加以追踪觅迹的话，会发现曹雪芹这里写的和那边写的竟然并不一致，不乏互相冲突的地方。其实，大观园根本不是建立在一个完整的具体模型上的，在很多的细节甚至方位上，作者是根据当时叙事的需要去加以运用，所以有的时候不见得会配合整体的一致性。

第二，脂砚斋是曹雪芹现实材料来源的亲眼见证人，连他都说，大观园事实上就是一个"胸中邱壑"的体现，因此，任何还原大观园的企图都注定会失败。我们很清楚地看到，从清末到现在的一百多年来，试图绘出大观园图的那些努力，它们彼此之间常常是差别很大的，A的大观园图和B所画的，是南辕北辙到简直完全不一样的园子，原因便在于这是"胸中邱壑"的一个虚构产物。曹雪芹当然不是一朝一夕去构设这样的大观园，他是"壮年吞之于胸"，整个人生都在观察、思考，进行各种审美的、知识的、文化的、社会的以及人心的探索，然后把它们吞纳于胸中，等到整个内在发生汇通之后，老去才"吐之于笔"，形诸小说，这是一个非常漫长的过程，其中融合了他对现实世界、对人生百态的各种认识。因此，大观园绝对不是有一个客观的图样，并一丝不苟地按照那个图样去一砖一瓦建构出来的，它根本上就是所谓的"纸上园林"，换句话说，是虚构的特殊空间。

所以，我们不需要去寻找客观的大观园图，因为这将是一个注定失败的努力，倒不如就事论事，很实际地在每段情节里看作者如何根据他的需要，或者为了人物性格的呈现，或者为了某些情节的塑造、某些情境的体现，去安排大观园的山水景物与亭台楼阁。历经"壮年吞之于胸，老去吐之于笔"的漫长时间，作者终于创造出他心目中可以让他所爱的这些少男少女们尽力绽现自我生命风华的一个美好乐园，所以二知道人又说：

> 大观园与吕仙之枕窍等耳。宝玉入乎其中，纵意所如，穷欢极娱者，十有九年，卒之石破天惊，推枕而起，既从来处来，仍从去处去，何其暇也。

对中国传统传奇小说有一点接触的人都知道，"吕仙之枕窍"出自唐传奇《枕中记》。《枕中记》中有一个智慧老人叫作吕翁，他给男主角卢生一个枕头，让他好好休息，那个枕头有一个很特殊的设计，"窍其两端"，也就是它的两端有洞。卢生倚枕而卧，那个枕窍竟然变得很大，可以容纳他的身躯，他穿越进去之后发现别有洞天，枕头里面完全是不一样的世界，所有的现实愿望全部实现。这个枕窍就像一道门槛，经过这样的通路之后，人可以从现实进入一个神圣的乐园，因此这个枕窍的功能非常重要，西方学界有非常多的精彩阐述，我们在此不暇多说。而门槛意义的设计，当然不一定要用枕窍来体现，凡是这种很狭小、但可以沟通两个完全不同世界的通道的设计，都可以具有类似的功能，引领我们超凡入圣，从现实的、困厄的、有限的、悲伤的世界，进入一个美好的、永恒的、体现生命最完满状态的世界。它在我们耳熟能详的另一个乐园文本中也出现过，那就是陶渊明的《桃花源记》。《桃花源记》里有类似的设计，那位渔人从一个变动的、杀戮的、兴亡的现实世界，通过了一个小山口，“林尽水源，便得一山。山有小口，仿佛若有光。初极狭，才通人”，越往前走，眼前赫然别有洞天，来到一个永恒静止的世界。

甚至于宫崎骏的动画片《千与千寻》里也有类似的设计，千寻和父母从人类的世界通过小隧道进入到一个魔法世界，最后也是通过那个出口，才回到现实世界来。其实这样的设计是超越时间与文化的，而且俯拾可见，因为它体现了人类内心中的一种追寻（quest），人类的存在就是处于不断的追寻中，而在追寻的过程中，会遇到很多的困厄及试炼，要经过很多的转换，因而此类设计形成一种几乎是非常普遍的共通模式。

中国传统的乐园书写源远流长，曹雪芹继承了这样的文化传统，可是他又超越这个文化的个别性而带有普世的永恒性，大观园就形同这些悟道类小说中，追寻生命的洗礼乃至于欲望满足的所在，所以宝玉“入乎其中，纵意所如，穷欢极娱”，尽情品尝这个温柔乡带给他最唯美的极致生活。“卒之石破天惊，推枕而起，既从来处来，仍从去处去”，最后梦醒觉悟，完成了自己的悟道过程。二知道人还说：

> 雪芹所记大观园，恍然一五柳先生所记之桃花源也。其中林壑田池，于荣府中别一天地，自宝玉率群钗来此，怡然自乐，直欲与外人间隔矣。此中人呓语云，除却怡红公子，雅不愿有人来问津也。

所以大观园堪称是专门为贾宝玉所打造，完全是配合他的需要所产生的乐园，既然它是一座枕中园林，作者当然可以不必迁就现实世界的限制，但是他要根据现实的逻辑原则，从他的需要出发，给予园中各种存在物以高度的象征性。

大观园的象征意义

根据学者的研究，大观园在《红楼梦》里有六个基本的象征意义，包括：（1）人间至极的富贵；（2）骨肉完聚；（3）处子的纯洁与喜悦；（4）诗情的优美；（5）宗教化的圣殿；（6）"春"的净土，这个说法甚为简洁扼要，可以参考。

首先，大观园确实象征了人间至极的富贵，对此，我在经过长久的观察和思考之后，认为需要做一点加强说明与补充。我们前面讲述过，整部《红楼梦》是建立在对富贵场和温柔乡的受享意识上，然而现代读者在阅读《红楼梦》的过程中，仍不自觉地用自己的意识框架给出一些不符合作者本意的诠释，认为贾宝玉在十九年"纵意所如"的生活中，否定富贵场而倾向温柔乡。诚然，贾宝玉确实常常提出一些反体制、反正统的言论，例如给那些读书人取了一个外号叫"禄蠹"，再加上宝玉常常觉得凤姐、探春何必操那么多心，不像他只管安富尊荣，能够每日好好过这般自由自在的生活，那便是他的造化。宝玉这种种荒诞不经的言语与行为，令读者很本能地跳入一个坑，认为宝玉反对既有的那套科举制度与读书人升迁的现实基础，也就等同于反对富贵场。

但我经过多年的思考和仔细的检验辩证之后，发现这个说法是不对的。宝玉表面上反对读书，可他并非没有道理地把所有读书行为都推翻，最明显的证据，是黛玉的潇湘馆布置得像个书房，当刘姥姥进来的时候，还误以为是哪个公子哥儿的书房呢，这么一来不就自相矛盾了吗？他最爱的黛玉和他性灵相通，然而黛玉学识丰富，岂不和他的主张形成了冲突！当然这里并没有冲突，其中的道理简单来说，宝玉其实从不反对读书，他反对的是把读书当作功名利禄的敲门砖，例如他在第三十六回说的"学的钓名沽誉，入了国贼禄鬼之流"，他觉得这样是亵渎了读书。

必须说，读书才能开发我们的性灵，让我们的眼界更开阔，使我们的灵魂得以提升，因此，虽然不读书确实还是可以做一个好人，可是就会和形上的超越界完全绝缘了。薛宝钗有一句至理名言，她说任何事情如果"不拿学问提着，便都流入市俗去了"，而学问当然是从读书中来，并且宝玉即便扬言要烧书，然而他仍然留下了《四书》，第三十六回说道："除四书外，竟将别的书焚了。"足见他对儒家经典的态度还是诚心诚意的。

所以准确地说，宝玉反对的不是富贵场，他反对的是维持富贵场的责任和义务。在富贵场中的人事实上非常繁忙，公私应酬非常多，红白大事，各式各样的礼尚往来，有很多不得不去遵从的繁文缛节，宝玉所抗拒的是这个范畴。应该注意的是，他的温柔乡是被包括在富贵场之中的，这样的温柔乡需要非常庞大的经济资本来维持，因此，没有富贵场就不可能有温柔乡。这也是宝玉不可能反对富贵场的原因之一。

宝玉对于富贵的态度绝不可能自我矛盾，他既全心陷溺于温柔乡，也深刻享受着富贵场提供给他的各式各样精致且充满高度审美品位的物品，喝的是枫露茶、葡萄酒，吃的是莲叶羹、茄鲞、螃蟹宴等，这些可不是他所反对的，他甚至从来没有想过会失去。当贾府被抄家之后，脂砚斋留下十个字的批语："寒冬噎酸齑，雪夜围破毡。"将来事败之后，宝玉要过如此艰难的生活，这样的对比实在是让人不胜感慨。我们也可以在明末清初一位小品大家的作品中看到类似的心情，他们的感受是相通的，那个人就是张岱，他所写的《西湖梦寻》《陶庵梦忆》，和《红楼梦》几乎是如出一辙。

在既有的富贵场锦上添花的，就是大观园，因为荣府出了一个皇妃，出于省亲的需要，所以要盖一座大观园，至少在表面上把荣国府的荣华富贵带到顶峰，所以说大观园确实象征人间至极的富贵。第十三回秦可卿在死前托梦给王熙凤，她说："如今我们家赫赫扬扬，已将百载……眼见不日又有一件非常喜事，真是烈火烹油、鲜花着锦之盛。"指贾家既有的荣华富贵已如天上的云层，民间难以想象，但是又有"烈火烹油、鲜花着锦"的更上一层楼，所以更是火力四射，越加富丽繁华，这"喜事"便是指元春的封妃。

元妃提升了贾家的荣华富贵，除了"烈火烹油、鲜花着锦"之外，小说在另外一个地方还透过很特殊的品物意象来加以体现，那是在第三十一回，史湘云来到了贾府，和大家应酬完了之后，她与贴身丫头翠缕两个人走在大观园里，主仆对着眼前的景象有一番对话。翠缕道："这荷花怎么还不开？"湘云道："时候没到。"翠缕问道："这也和咱们家池子里的一样，也是楼子花？"湘云回答道："他们这个还不如咱们的。"翠缕又发现那边有棵石榴，"接连四五枝，真是楼子上起楼子，这也难为他长"。湘云便说了一番道理，她说："花草也是同人一样，气脉充足，长得就好。"从原文中可以看出，史家的池子里是荷花开出了楼子花，以荷花这个品种的开花盛况来说，似乎贾家不如史家，然而贾府开出楼子花的是石榴花，它正好是元春的代表花，而且"接连四五枝，真是楼子上起楼子"，这就显示贾家的气脉充足胜过于史家，因此诞生了一位皇妃。

第五回贾宝玉神游太虚幻境的时候，他看到的元春判词正是出现了石榴，所谓"榴花开处照宫闱"，不过此处"楼子上起楼子"的描写根本是非写实的虚构，自然界不可能有这种情况。所谓的"楼子花"并不是并蒂，不是在旁边再开出花来，更不是沿着枝条一路开花，那都太普通了，它是因为花蕊基因突变，从花心里再开出一朵花。早在唐诗里便已经开始歌咏楼子花了，并以荷花居多，称之为"重台荷花"，因为他们觉得这好像起楼台似的，一层一层往上建筑，所以把它叫作"重台"，而荷花的楼子花虽然也算罕见，但在自然界还是比较常见一点。到了清代的《红楼梦》，则把它叫"楼子花"，比较口语化一些。

在自然界里，楼子花只要开一层，就已经是非常罕见的奇观了，可是曹雪芹为了他的创作需要，居然虚构出一个现实世界绝无可能的"楼子上起楼子"，还接连四五枝，这样开起花来真不得了，其花团锦簇实在是难以形容，但另一方面，母株当然不可能承受得起如此的重量，这令人联想到元春封妃实质上对贾家所带来的沉重的经济负担，盖一座大观园便已经耗费无数，所以第五十三回贾蓉说再省一回亲，那就精穷了。

原来在贾府中，石榴花和"楼子上起楼子"的奇迹完全都是为了对应元春的封妃。贾、史、王、薛四大家族共存共荣，他们都已经是人间荣华富贵的极致，可是极致中还更有极致，比起史家的重台荷花，贾府的石榴花还要更上数层楼，那就是作者要给贾府塑造出来的一个非凡形象，这个非凡的形象便体现在元春封妃的荣耀上，而元春的封妃又体现在石榴花接连四五枝"楼子上起楼子"的特殊设计。因此，石榴花正开放在大观园里，体现了元春和大观园是共同体，彼此具有直接的因果关系，所以说大观园象征着人间至极的富贵。

就大观园的第二个象征意义而言，它又是骨肉完聚、乐享天伦之地。元春进入宫中以后即很难出宫了，由此在贾家的生活世界里，元妃几乎是永远缺席。于第五回太虚幻境《红楼梦曲》中，探春的那一支叫作《分骨肉》，而骨肉分离的情况早早已经在元春身上呈现出来，若要让家族成员再重新团聚，使这个家族的人伦再度完整起来，只能让元春回家省亲。而大观园的建造，也确实是出于皇帝体恤父母爱子女的舐犊之心，以及子女思念父母的孺慕天性。因此，大观园本身的意义就是要让元春与家人能够弥补失去的天伦之乐。

除了元春之外，我特别还要另外补充一个人，那便是迎春，她的悲剧出现在第八十回。可怜的迎春，非常不幸地许给了孙绍祖，突然之间嫁入凶神恶煞般的家庭，被当作丫头一样地折磨。这么一个柔弱的侯门千金，她真的没有办法承受，好不容易等到归宁可以回门，"那时迎春已来家好半日，孙家的婆娘媳妇等人已待过晚饭，打发回家去了。迎春方哭哭泣泣的在王夫人房中诉委曲"，没有孙家这些人的监视，迎春才敢说衷心话，那真是形同囚犯的处境啊。请人家注意迎春倾诉心中的痛苦烦难的对象，并不是她那一房的嫡母邢夫人，而是王夫人，可见王夫人事实上是这些少女们的第二个母亲，她如同一个大母神般护卫着她们。

迎春也只有在这里才能得到一些温暖，所以哭哭啼啼地在王夫人房中诉说委屈，那孙绍祖好色、嗜赌、酗酒，将家中所有的媳妇丫头个个淫遍，简直像西门庆。她哭诉道：

> 略劝过两三次，便骂我是"醋汁子老婆拧出来的"。又说老爷曾收着他五千银子，不该使了他的。如今他来要了两三次不得，他便指着我的脸说道："你别和我充夫人娘子，你老子使了我五千银子，把你准折买给我的。好不好，打一顿撵在下房里睡去。当日有你爷爷在时，希图上我们的富贵，赶着相与的。论理我和你父亲是一辈，如今强压我的头，卖了一辈。又不该作了这门亲，倒没的叫人看着赶势利似的。"

现场听了迎春的哭诉后，王夫人和众姊妹无不落泪，相比之下，邢夫人根本不关心她的死活，可是没办法，对迎春的处境王夫人只得用言语劝解，给她一点安慰。想来真是令人感慨万千，古代女人的命是很苦的，即便迎春的娘家有这样的声势地位，却依然无法改变嫁出去的女儿的命运。于是迎春就哭了，她说："我不信我的命就这么不好！从小儿没了娘，幸而过婶子这边过了几年心净日子，如今偏又是这么个结果！"由此可见，王夫人提供给她几年幸福快乐的生活，如果不是到了王夫人身边，可怜的迎春甚至不知道什么叫作幸福的滋味。

王夫人一面解劝，一面问她想在哪里安歇。迎春说："乍乍的离了姊妹们，只是眠思梦想。二则还记挂着我的屋子，还得在园里旧房子里住得三五天，死也甘心了。不知下次还可能得住不得住了呢！"迎春的心愿好卑微啊，只要能够在她的屋子里再住个三五天，她就死也甘愿了，再看她又说"不知下次还可能得住不得住"，恐怕她有一点点敏感地意识到自己活不久了，因为那样的日子是过不下去的，她根本没有任何的武装，没有任何的防备力量，遇到那样的凶神恶煞，她只有"一载赴黄粱"的命。王夫人听了迎春的心愿，便特别安排她住回紫菱洲，一连住了三日，迎春才往邢夫人那边去，而"邢夫人本不在意，也不问其夫妻和睦，家务烦难，只面情塞责而已"。据此便确确实实可以证明，王夫人才是迎春内心中以及情感趋向上真正的母亲，而大观园的紫菱洲就是迎春的家园，是她的心灵归宿。

大观园的第三个象征意义，是大家很容易可以揣测出来的，即"处子的纯洁与喜悦"。元春作为一个解铃人，有限度地开放大观园的居住权，而居住者都是未婚的少女以及充满女儿气的贾宝玉，她们都是洋溢着青春之美的佳人，其中只有一个例外，那就是李纨，但是李纨也并没有违背这个原则，因为她已经丧夫。换句话说，以她的处境而言，她也是单身女性，而且是才二十出头的年轻女子。传统社会里，那些早婚又早守寡的女性真是非常可怜，她们的心灵处境是非常孤绝而没有安全感的，也因此贾母特别照顾她，给她很多优待，目的也是想要弥补她心灵上、生活上的这个永远的无底洞。总而言之，大观园象征了处子的纯洁与喜悦，所以里面很少鱼眼睛所带来的纷扰，而充满了珍珠般的光芒。

大观园所具备的第四个意义，便是充满了"诗情的优美"，园子里最主要的群体活动，甚至个人活动，就是作诗。结诗社可以说是大观园最空前、也最鼎盛的活动，它让所有成员都以艺术的形式连结在一起，形成纯粹审美的互动，而这份诗情的优美，作为艺术上美感的体现，更让大观园显得精雕细琢。不止如此，诗歌是非常特别的文字产物，严格说来，它是性灵的升华，因为它让人在凡俗世界里的种种思虑，透过非常严格的格律和规范以及一个积淀深厚悠久的抒情传统，而进入超越现实的、全然是性灵活动的世界。

据此，我要补充一个非常值得注意的情节安排，曹雪芹塑造了香菱这么一个角色，便是要血淋淋、赤裸裸地，让读者无从回避地看到一个这么美好的女孩子，她的一生竟然完全是白白被摧毁的悲剧，莫名其妙地受苦，然后莫名其妙地死去，即使拥有再美好的品质、天性与外貌，依然就这样被可怕的现实给完全抹灭掉，没有留下任何的价值与启示，没有推进这个世界的一分一毫。而这样的生命价值又在哪里呢？香菱从没有受过教育，拐子不可能会花钱培养一个要卖掉的女孩子，后来她被薛蟠买回家以后又当奴婢又当侍妾，整天忙着侍候别人，在这样的情况下，她真正流露出她人生的唯一心愿，便是要住进大观园。而住进大观园之后，她最想做的就是学写字、学作诗，然后立刻拜林黛玉为师，可见读书写字这件事有多么重大。

如同前面我们提到过的，倘若一个人没有学问，就会流入"市俗"去了，同样地，香菱即使有再好的天性与资质，如果没有学会写字、不会写诗，那么她还是一个市俗的人。因此，香菱学了诗之后，宝玉非常高兴，他甚至用了一个常人觉得陈腔滥调、可是非常有道理的成语，说："这正是'地灵人杰'，老天生人再不虚赋情性的。"很显然，香菱只有来到大观园，才能够把她的性灵开发出来，写出非常优雅的诗。可是优雅的绝对不只是形式，优雅就是人的灵魂造型，那样的诗歌意境，是诗人的灵魂要在那优美的、玄奥的、有如天启的灵妙瞬间，才能够产生的。所以香菱是在"地灵"的环境下学了诗之后，才成为"人杰"，才真正进入一个有灵魂的层次，正如圣埃克苏佩里在《风沙星辰》一书中最后总结所说的："只有灵魂，只有它在黏土上吹一口气，才能创造出人类。"

香菱的故事告诉我们，一个人可以透过很多的努力，让自己看到与这个现实世界不一样的景深，而不只是停留在眼前所见的、粗浅有限的世界而已。诗歌是中国文化里最优美、最深邃的一部分，只要我们受过一点教育，便可以用文字穿透现实，进入一个不被现实所左右的无限美好的世界。香菱就是看到诗作为灵魂出口的可能性，透过写诗，她可以解脱现实的那些烦难、沉重的杂务，以及蒙蔽双眼的俗事。她这么热爱写诗，有些读者认为她是想要模仿上层社会的生活，我觉得这个看法谬以千里，实在把人的心看得太小了。我们在这里感受到的是，香菱迫不及待、专心致志地学诗，因为诗歌是对粗糙现实的升华和进化，在里面可以看到内在灵魂的活动和艺术美感的提炼，所以它是一个人深陷在现实迷茫中的时候，可以开启的精神出口。香菱终于可以在写诗中感到她灵魂的跃动，她可以呼吸一口形而上的优美世界的新鲜空气，所以读者会觉得她在诗歌中复活，不再是深陷在现实泥泞中的一个可怜女孩子而已。

大观园的第五个象征意义是"宗教化的圣殿"，来源于皇权神圣不可侵犯的礼教，这是大观园绝对不可能豁免的。如果不从这个方面去谈大观园，只会一厢情愿地把它当作一个所谓的桃花源，与世隔绝，自由自在，甚至如同一般小说的后花园般可以大胆地谈恋爱，但大观园绝非如此，作为皇权的体现，它神圣而不可侵犯，充满了许多禁忌。

首先，外面的男子是不能进去的，当然有一些少数的例外，比如医生，另外还有贾芸，他去过怡红院，而且负责在大观园各处种树。种树正是外在世界对大观园不可或缺的一种现实介入，当种树工人进入的时候，各地要围起幕布，因为男女有别，不能让这些男子与少女们有任何接触，甚至是视觉上的接触。

另外一个禁忌是大家非常熟悉的，即第五十八回藕官烧纸钱，那真的是莫大的犯忌违禁，所以她被婆子逮到的时候，那婆子就要以此为把柄来找她的麻烦，幸亏被宝玉阻拦下来了。但是严格说来，以现实世界的礼教而言，藕官的所做所为确属对大观园的污染，等于是冲撞这里的神圣性。藕官和这个老婆子之间的冲突其实是建立在这个基础上，可见连大观园里也都充满了很多的矛盾，所以它绝对不是一个完全自由平等的地方。

大观园的第六个象征意义非常重要，它象征了"春的净土"，充满了春天的美好与兴旺，创造与希望。这一点其实透露在很多地方，例如贾家第四代的嫡系女性名字中都有一个"春"字，那叫作"桃名"，从元春、迎春、探春到惜春，说明她们是同一辈分的堂姐妹。这个"春"字事实上挺俗的，连第二回贾雨村听说四春的名字后，都忍不住质疑道："更妙在甄家的风俗，女儿之名，亦皆从男子之名命字，不似别家另外用这些'春''红''香''玉'等艳字的。何得贾府亦乐此俗套？"但因为《红楼梦》本身有它自己的体系，必须采取特别的设计，所以对这个"春"字，我们要还原到它最本质的那种美好和创造来体会。

大观园相对而言确实比较自由，里面有很多可爱的动物，美丽的植物，还有如青春之泉般的沁芳溪。在我看来，有一个西方理论对此可以非常贴切地加以阐述，即加拿大文学批评家诺思洛普·弗莱（Northrop Frye）的"原型（archetype）论"。西方文学理论家或批评家们非常博学，当他们提出一个理论的时候，必定是建立在很庞大的文献基础上，所以归纳出来的理论就有高度的适用性，当然不表示百分之百地适用，因为毕竟还有个别文化的差异，可是在很多地方确实可以帮助我们更理解《红楼梦》这部作品。

人们所生活的这个世界，有一年四季的循环，每一天有晨昏时辰的变化，每个个体都有生老病死不同的人生阶段，诺思洛普·弗莱发现，在时间之流中，各种存在样态可以彼此发生对应与类比，而这个对应与类比往往以非常系统性的方式一致地出现。例如凡是写到黎明的，常常相关的内容便会以春天为背景，而里面所叙写的活动以及内涵，也常常和诞生有关，诞生当然是从无到有的伟大创造。同样地，如果写的是日午这样的时辰，背景常常即会对应到夏天，这时候人类的活动与心境往往会和胜利相关，这就叫作类比一致的系统性呈现。而黎明和日午对应到春夏原型，往往会通往正面的喜剧境界。

除了人类之外，大地上还有其他的动物、植物与矿物，以及流体，这才是整个世界的全貌，可惜人类总是忘记这一点。在各个境界中，这些不同的存在物会同步类比地出现连带的表现，例如：春夏原型所对应的喜剧境界里，人的世界就会是座谈、围叙，大家围坐在一起很开心、很安全，充满了和谐的秩序，没有冲突和混乱，人和人之间拥有非常稳定的、温暖的、正面的友谊以及爱情。同样地，人类周遭的动物会是温驯的羊群、飞鸟或猫咪，它对应的写作内容也会是田园牧歌意象，恬静优美，心境非常安详，这些都是相关的表现。至于植物世界就会是花园，常常出现玫瑰或者莲花，莲花在西方尤其在佛教里也是极乐净土的象征。再看不定型的流体，大约便是河流和小湖泊，想想小河流水的景象，既美丽又可以带来源源不断的生机，例如杜甫在四川成都草堂的时候所写的《客至》："舍南舍北皆春水，但见群鸥日日来。花径不曾缘客扫，蓬门今始为君开。盘飧市远无兼味，樽酒家贫只旧醅。肯与邻翁相对饮，隔篱呼取尽余杯。"这条河流当然是平静而丰饶的，带给河边所有的生命存在以丰沛的滋养，而这首诗写到春水、群鸥、花径与友谊，非常一致地呈现了春夏原型的世界。

至于矿物的世界，意指城市、建筑物、庙宇或石头，而石头常常就是闪闪发光的宝石。城市、建筑物可以遮风避雨，让人类觉得很安全，是一种人群秩序的体现，同样地，大观园中的建筑物犹如母体般好好护卫着金钗们，是她们修复伤口的所在，迎春便是一个好例子。闪闪生辉的宝石则是无人不爱，所以点缀着宝石的地方，也是人类乐园的所在。不只如此，同时还可以发现在喜剧境界里的东西，几乎都可以看成是发光或火热的，连树木都是这般。在大观园里，树真的是到处生辉，上面还可以张灯结彩，尤其她们有一个很特别的风俗，第二十七回说当进入芒种节的那一天，就要饯祭花神，在花园中每棵树上系上了各式各样的彩带，五彩缤纷，非常繁华，大约都是体现出这样的意象。仔细审视，大观园历历符合这样的春夏原型。

负面来说，秋冬原型即会对应到悲剧境界：秋天的原型对应于黄昏和死亡。冬天的原型对应的是黑夜，相关的人类状况或存在状况则是死亡之后的解体，回归到空无。其悲剧境界所体现出来人的世界往往是革命、反叛、无秩序、无政府状态，那是非常恐怖的，还有被遗弃的、孤独的领导者。至于动物的世界，很明显就会变成对人有致命的伤害、让人觉得恐惧的猛兽，包括蛇或者是西方的恶龙，甚至是水中的怪兽等。植物世界更会出现吃人的树等，在《哈利·波特》里也有这种邪恶的树，整辆汽车被那棵浑拼柳甩成一堆废铁，真的是很惊悚。可见这些相关意象，确实是具有非常高度的普遍性。

同样地，在悲剧境界里，不定形的流体世界不会是河流，不是小桥流水，而是诡谲多变的海洋，尤其是海啸，能残暴地吞噬很多生命。再者，悲剧境界中的矿物世界会是沙漠、废墟这种没有生命力而且充满了荒废感的所在，同样也可以用杜甫诗来印证秋天原型。杜甫晚年在夔州避难，年老体衰，心中充满了国破和生命无所归趋之感，其《登高》云："风急天高猿啸哀，渚清沙白鸟飞回。无边落木萧萧下，不尽长江滚滚来。万里悲秋常作客，百年多病独登台。艰难苦恨繁霜鬓，潦倒新停浊酒杯。"鸟儿本来是温驯优雅的，可是在那样的狂风席卷中，它已经在挣扎、在抗拒，恐怕马上会被吞噬，而"无边落木"感觉上就是一棵棵的死亡树，"不尽长江滚滚来"其实更像汹涌的海洋。再看"客"字所呈现的，正是一个人流离失所的处境，"百年多病"则充满了老年、疾病、死亡的意象。

虽然大观园是一个"春"的净土，体现的是春夏原型，可是大观园终究会崩溃，所以到了后期，我们发现到它所出现的相关意象，已经逐步转向了秋冬原型的悲剧境界。例如早期在潇湘馆出现的动物是燕子，第二十七回黛玉吩咐紫鹃说："看那大燕子回来，把帘子放下来，拿狮子倚住。"怡红院养的则是仙鹤。到了大观园后期，第七十六回湘云和黛玉在园中做中秋诗时，却出现了一个非常悚动的意象，当湘云要继续联句的时候，黛玉指着池中的黑影对她说，"你看那河里怎么像个人在黑影里去了，敢是个鬼罢?"湘云就说："可是又见鬼了。我是不怕鬼的，等我打他一下。"然后她弯身捡了一块小石片，向池中打去，"只听打得水响，一个大圆圈将月影荡散复聚者几次。只听那黑影里嘎然一声，却飞起一个白鹤来，直往藕香榭去了"。白鹤事实上是非常优美的动物，可是在这里它却被渲染出一种非常阴森的鬼魅般的形象。

在此之前，第七十五回贾珍和妻妾等在中秋前夕，喝酒狂欢到三更半夜，忽然听到墙下有人长叹一声，让大家毛骨悚然，因而草草结束活动，那确实也是他们祖宗的鬼魂。由此可见，《红楼梦》的叙事到了后半阶段，诸如鬼怪、野兽之类阴森的事物已经开始逐步出现了，种种与前面看到的春夏原型不同的意象，确实走向了弗莱的原型理论的悲剧境界，在在预告大观园即将步向毁灭。这就告诉大家，世间所有的存在都是在生灭变化中，尤其大观园是人力刻意营造出来的，所以它终究不能免除世俗力量的收编，而要回归到现实世界。

元妃省亲：辟建大观园的契机

辟建大观园的契机是否充分合理，大大考验了作家曹雪芹叙事的能力。第十六回安排元春要回家省亲，这便在现实逻辑上给了创建大观园一个非常合理的原因，因为皇权是至高无上的，它可以凌驾父权乃至世间社会一切的存在，所以无论贾家的经济状况再怎样艰难，都得努力去营造一座美轮美奂的大观园。脂砚斋在这里有一段批语说："大观园用省亲事出题，是大关键事，方见大手笔行文之立意。"他认为曹雪芹这样的安排非常合理，并且强而有力。

不过需要注意的是，既然大观园正是因为皇权的派令而产生，大观园在本质上就不可能脱离世俗的权威。以往备受读者推崇的所谓的情爱自由、显发个性，其实都得要臣服于礼法以及世俗权威之下，这是大观园在先天上不可避免的前提。如果不先接受这一点，谈大观园便会是架空之论，是一厢情愿的渲染，不见得符合真相，尤其大观园的基址也在告诉我们，大观园根本就是建筑在现实的土壤之上的。无论从哪一个切入点看，曹雪芹都在暗示我们：大观园绝对不可能脱离现实，它可以是一个暂时的休生养息之地，但始终受到现实原则的支配，只是这个现实原则稍微有些放松，让园中人可以多一些自我的空间，但那只不过是法外开恩。犹如第五十六回贾母曾经说过：

> 你我这样人家的孩子们，凭他们有什么刁钻古怪的毛病儿，见了外人，必是要还出正经礼数来的。若他不还正经礼数，也断不容他刁钻去了。就是大人溺爱的，是他一则生的得人意，二则见人礼数竟比大人行出来的不错，使人见了可爱可怜，背地里所以才纵他一点子。若一味他只管没里没外，不与大人争光，凭他生的怎样，也是该打死的。

在贾府这种人家，他们的自由是以这样一种"背地里所以才纵他一点子"的方式才可能拥有的。

就大观园的基址来说，有一些红学家透过文本虚构和现实世界的对应关系做过一些推演，告诉我们，大观园如果从现实的考虑来看，大概会是什么样子。第十六回说："从东边一带，借着东府里花园起，转至北边，一共丈量准了，三里半大，可以盖造省亲别院了。"脂砚斋批云："园基乃一部之主，必当如此写清。"根据戴志昂先生《红楼梦大观园的园林艺术》一文所做的考察，他指出："我国旧日量地，叫'步亩圈丈'，上面所说的三里半，可能是指园地四周边长三里半市里正等于一千七百五十公尺。""姑且再具体地假定大观园园地东西长 475 米，南北长 400 米，由此得出原地面积是 190000 平方米，比北京北海静心斋面积大 24.6 倍，相当于北京中山公园面积的 89%，作为私园看，是很大了。"

不过，我的兴趣不在于大观园现实上到底如何，因为大观园是一座"纸上园林"，只要能够从艺术的原则和哲理的深度把握到它就足够了，所以更重要的是，作者到底是怎样来规划这个大观园的基地？首先必须说明，根据脂砚斋的说法，大观园的形状不是正方形，也不是长方形，它的西北凸出一块，这是故事的主要舞台，且看脂批的原文：

> 诸钗所居之处只在西北一带。最近贾母卧室之后，皆从此"北"字而来。

凸出的这块非常重要，因为第一，贾府分东边的宁府和西边的荣府，凸出的这一块其实紧邻西边的荣国府，接近贾家的权力中心——贾母的居处。第二，西北这一区聚集了大观园中最重要的建筑群，包括怡红院、潇湘馆都在这里。不过，脂砚斋的说法如果对应到《红楼梦》的实际描述，也还是会出问题。所以我们切莫死于句下，不要把这些话都当成是具体的呈现，它其实只是在告诉我们：在象征意义上，贾母和这些少女们的关系是非常亲密的。读者会有点疑惑的原因就在于，为什么西边比较靠近荣国府呢？因为大观园横跨宁、荣二府，所以它的东边靠着宁国府，西边紧临荣国府，这是它很有象征意义、也很奥妙的地方。

针对大观园的兴衰、生灭，还有它所散发出来的那种挽歌般的深沉悲哀，我必须再做一点补充。大观园是太虚幻境的人间投影，这已经是一个基本常识，第五回贾宝玉神游太虚幻境时，在"仙花馥郁、异草芬芳，真好个所在"的几句话旁边，脂砚斋批了这么一句："已为省亲别墅画下图式矣。"省亲别墅当然就是大观园。我觉得这句话实在太重要了，它使得我们对大观园象征意义的研究，有极为精确的依据。换句话说，所谓的"仙花馥郁、异草芬芳"，不只是仙境的展现而已，而是将来大观园的基本图样，所以大观园根本上便是人间仙境，它和天上的太虚幻境是天上人间互相对照，而且有从天上移转到人间一以贯之的过程。

就此而言，这样的大观园作为一个仙境，那当然是乐园了，尤其是为贾宝玉而量身订做的乐园。然而，在大观园那么多的象征意义里，其实都具备了一个根本的核心，即大观园在起造的开端，便已经注定是要幻灭的，这种幻灭感从一开始就笼罩在大观园里，所以我们说它是青春之美的挽歌、贵族家庭的挽歌以及尘世人生的挽歌，都必须在这一点上，我们才能够善加体会。

第十八回大观园已落成，元春回来省亲。贾府在这一回抵达声势的巅峰，众女儿的命运也在这里走入转折点，脂砚斋留下了一段话，说大观园的工程公案里有另外一个很深沉的含义："至此方完大观园工程公案，观者则为大观园废尽精神，余则为若许笔墨，却只因一个葬花冢。"为破解大观园各式各样的奥秘，我们下面将有多个单元要谈，诚如脂砚斋所说的"若许笔墨"，然而他却认为耗费这么大的笔墨，调动这么多的资源，考量甚至迁就这么多的现实逻辑，去创造出如此的大观园，结果竟是"只为一个葬花冢"！而凡是对《红楼梦》有一定了解者，都必然熟悉"葬花冢"。

"葬花冢"第一次出现在第二十三回，当时元妃下了谕令，让众女儿们和宝玉一起进去居住，作者先用一个泛泛的笔墨，说宝玉心满意足，再也没有别项的可求之心，于是写了《四时即事》诗，歌咏春夏秋冬四季在园中过着猜枚、斗草、簪花之类快乐无忧的生活。不过大观园才一开幕，它最重要的一个具体活动，亦即比较有意义的、不是泛泛的乐园心态描写的活动，竟然就是黛玉葬花，她拿着花帚、肩上担着花锄，锄上挂着花囊，对宝玉说："你看这里的水干净，只一流出去，有人家的地方脏的臭的混倒，仍旧把花遭塌了。那畸角上我有一个花冢，如今把他扫了，装在这绢袋里，拿土埋上，日久不过随土化了，岂不干净。"可见大观园一落成便宣告它将来的死亡，所以大观园根本上是为了幻灭而建造的。

说得更本质一点，大观园让人看到它这样美好，浓缩了生命最精华的存在状态，让人眷恋不已，但是它其实在一开始就已经注定要毁灭，所以它是为了毁灭而建造。可想而知，这个过程中事实上有无比的辛酸、无比的恐惧，当然也有无比的无奈。葬花的意象，也即是毁灭的意象，这个意象在整座大观园里徘徊不去，并且渗透到它的每一个角落。

我们已经知道辟建大观园的契机是元春要回来省亲，从这个本质上来说，它也注定不可能长久，因为元春也不是不死的火鸟，人总是会死的。而且在处处危机的皇宫中，后妃的压力非常大，日日充满惊疑悬念，生命是很脆弱的，尤其古代医疗卫生各方面的条件不比今天，所以她们的平均寿命都很短。往前的六朝唐宋时期就不用说了，即便到了明清，除开一些例外不谈，后妃、公主的平均寿命大概也只有三四十岁。参考第五回中元春的人物判词有"虎兕相逢大梦归"一句，"虎兕"这个词汇从先秦时代便出现了，在中国传统文献里代表的就是权力斗争，一种政治恶斗，所以恐怕元春遭遇到的是意外的猝死。再看人物判词的第一句说"二十年来辨是非",可见她入宫一共二十年,以清代的选秀女制度而言,元春所属的内三旗系统是"年满十三岁亦选秀女",则元春当初入宫的年龄约在十三岁,再加上二十年,可以推算出来,元春一共活了三十三岁而已,比杨贵妃还早死,杨贵妃死时三十八岁。在这种状况下,为了她回家省亲而建造的大观园,又能够存在多久?以上所列举的情况,处处都让我们看到大观园天生注定了短暂而脆弱,而且必然要面临幻灭。

苑囿式园林

补充这一点之后,我们回到大观园的基地选择问题,关于这个基地的选择,更是充满了负面的暗示。脂砚斋说"园基乃一部之主",也就是说,整部《红楼梦》最重要的已经不是大观园了,而是大观园的基地,他认为大观园的坐落之处实为整部小说的根本主旨,这就太攸关重大了。我们要去考证的问题,当然不是大观园在现实世界中究竟位于何处,而是在《红楼梦》的文本世界里,作者怎样给它一个坐落的地方?而那个坐落的地方在《红楼梦》的内部系统里,作者又给了它什么样的象征意义?

谈大观园的基地安排之前,我先补充一个基本概念,而这个概念是很多红学家谈大观园问题的时候,都不小心忽略掉的。大观园之所以为非现实建构的纸上园林,有一个很根本的原因,那就是它实际上不可能出现在私家府邸中,例如大观园里有很多带围墙的独立院落,比如怡红院、蘅芜苑、稻香村、潇湘馆、紫菱洲、暖香坞和栊翠庵等，但这样的设计是很奇怪的。

藏云（这很明显是笔名）是第一个以大观园作为文章篇名的红楼梦研究者，他的《大观园源流辨》那篇文章写于1935年，距今已经将近九十年，他早就看出来大观园非常特别，从基本的园林知识可知，园林在中国历史中有两个系统，一种是私家园林，当然也是富有的世家或权贵才有能力去营造的园林。但私家园林的基本形态是单栋的固定建筑物，包括堂、馆尤其是楼、亭等，这些再加上山、水、石头、植物互相搭配。也就是说，私家园林中的建筑物都是一栋一栋独立的，而且通常这种建筑物四面透空，会有很多的门窗，甚至仅仅只有柱子，故而里外相通。换句话说，私家园林的功能是让人短暂地在里面游憩，无法在里面居住的。在堂、馆、楼、亭中，可以欣赏一览无遗的景色，当工余之暇或者是有朋友来造访，就到园林里休生养息或休闲娱乐，但是不可能在那边过夜，因为它完全没有生活设施。

可是大观园并非如此，它根本是一个独立的生活空间，少爷、小姐们一年四季都住在里面。就此而言，《红楼梦》事实上是将私家园林与另外一套园林系统相结合，那套园林系统非常独特，它来自皇家园林的设计，叫作"苑囿式园林"，"苑"字一定是指宫廷的花园，所以叫作"宫苑"。这种苑囿式的园林都是在大自然中兴建不同的建筑群，因此拥有庞大的基地，其中有山、有水、有花草树木，也会坐落着一些由院墙围出来的独立院落，各个建筑群的生活设施非常完善，有起居室，有各式各样的配备，所以人可以长期居住在那里。

清代的皇家园林正是这种设计，包括大家非常熟悉的颐和园和承德避暑山庄，以及已被焚毁的圆明园，另外还有畅春园，康熙皇帝晚年便是在畅春园起居、听政，他每年有一半的时间在此居住，最后也于该园内的清溪书屋去世。此外，雍正、乾隆两位皇帝都住在圆明园，雍正帝就是在雍正十三年的农历八月二十二日，暴卒于圆明园九洲清晏殿，那是历史上非常重要的事件。可见圆明园、畅春园与皇帝生活的关联度，甚至比紫禁城的乾清宫更紧密。

相较于私家园林，怡红院、蘅芜苑、稻香村、潇湘馆这种由院墙围出的独立院落呈现出显著的差异，而与皇室宫廷的苑囿类型相仿，这么一来，大观园根本不是苏州的拙政园、网师园之类的江南园林，反而比较像皇家苑囿的那一种等级。换句话说，大观园的建筑是融合了庭园式、苑囿式这两种系统而成的，对私家来说，这种设计非常奇怪，现实世界不可能允许这样一个皇家园林出现其中，那就可想而知，大观园绝对是纸上园林。

当然，根据艺术上的需要，作者完全有权力通过虚构手段，来传达他所认识到的人生和宇宙的道理，所以他刻意使大观园兼具了皇室宫苑与私家园林的复合性质。可是如此一来，园中人势必要受制于君权和父权的支配，因为它本是皇权直接影响的产物，而且不要忘记大观园又是附属于宁、荣二府，所以它绝无可能是一般读者所以为的自由乌托邦。小说人物生活在大观园里，常常还是不断地受到自我和伦理世界之间的深刻纠结，我们要认识大观园，便不能不认识它的双重性甚至是多重性，它是如此之复杂，绝不是简单的二元对立。

世界不是这样黑白二分的，曹雪芹作为一个伟大的小说家，更不可能幼稚到以为有一个地方纯粹是真，有一个地方纯粹是假，大观园里是永远的自由快乐，外面的世界就是肮脏、污浊，就是权威、封建、压制。如果用一种非常简单的逻辑来看《红楼梦》，它势必会被简化，读者也当然看不出它的复杂和奥妙，而人生与这个世界都是非常复杂的，层次非常丰富，并且奥妙到难以言诠，这就是为什么我们要努力认识它的原因。

大观园的园址

了解到这点之后，再来看作为"一部之主"的园基的安排，实在是发人深省。让我再强调一次，任何的归纳基本上都要来自文本，任何推论一定都要有充分的证据，不能自己想当然耳。第十六回元春封妃以后，很快要省亲，而省亲就必须要有一个独立空间，因为皇妃是皇家成员，是神圣不可侵犯的，不容和一般的非皇室产生混淆。那么，到底要选哪个地方来盖造省亲别墅呢？贾蓉便回话了，他说"我父亲打发我来回叔叔"，他的父亲即贾珍，这里的叔叔是高他一辈的贾琏，因为贾政也把家务事交给他和王熙凤来管，所以贾琏是荣国府当家的。要注意，他们一层一层都必须以如此高度的伦理尊卑来建构彼此之间的权力义务关系，而"老爷们"就属于更高的伦理等级了，那指的是贾赦和贾政，当然文字辈的还有宁国府的贾敬，不过他不问世事，根本不住在家里，所以不用提他。老爷们已经议定了，"从东边一带，借着东府里花园起，转至北边，一共丈量准了，三里半大，可以盖造省亲别院了"。

这是一个基本空间的大约说明，请注意东、西的坐落方位，所谓"借着东府里花园起"，东府宁国府本来就有一个花园，叫作会芳园，它对于园基如此之重要，也带有非常本质的意涵。这个花园的名字以及重要特色，可以参看第十一回，当时宁府（该府被柳湘莲批评为只有门口两个石狮子干净，连猫儿狗儿都不干净）在庆寿辰、排家宴，王熙凤、王夫人等便到会芳园接受尤夫人等的招待，小说家以一段非常漂亮的骈文来描述这个花园的景致："黄花满地，白柳横坡。……疏林如画，西风乍紧，初罢莺啼，暖日当暄，又添蛩语。"充满了抒情的意境。因此"凤姐儿正自看园中的景致，一步步行来赞赏"，试想王熙凤是何等人家出身的小姐，竟然对于眼前的这个花园还一步步欣赏，可想而知，它真是如同人间仙境了。此时贾瑞想来做情色的试探，也就是所谓的"起淫心"，地点正是在会芳园，王熙凤虚与委蛇一番，终于把这个色胚给敷衍掉之后，继续往前走，有几个婆子急急忙忙过来找她，因为尤氏急着要等她来点戏，"说话之间，已来到了天香楼的后门，见宝玉和一群丫头子们在那里玩呢"，由这句话可知，他们看戏的地点在天香楼。

读者由此知道，原来天香楼就在会芳园里，而且整个贾府由盛而衰命运的预告正是在这个地方泄漏出来的。贾瑞在会芳园对王熙凤起淫心，天香楼则是秦可卿因公媳乱伦后来自缢的地方，脂砚斋对此给了一段批语："'秦可卿淫丧天香楼'，作者用史笔也。老朽因有魂托凤姐贾家后事二件，岂是安富尊荣坐享人能想得到者，其言其意，令人悲切感服，姑赦之，因命芹溪删去'遗簪''更衣'诸文。是以此回只十页，删去天香楼一节，少去四五页也。"可见这会芳园实在不是一个好地方。

而乱伦事件一直是笼罩在贾府的倾灭过程中一种纠缠不消的力量，倘若伦理上不以乱伦为耻，连心都败坏到这种程度了，那这个家族绝对是没有救的，这一点很值得我们思考。当然会芳园很大，大观园的基本用地只是把会芳园的一部分纳入进来，并没有包括天香楼，此外第七十五回还提到，贾珍为其父贾敬守丧却完全不悲凄，竟然还私下偷偷地玩乐，与妻妾们笙歌达旦，后来引发了祖宗的叹息，那段情节就发生在会芳园丛绿堂中。

可见会芳园天生便是充满了负面象征的地方，再看第十三回秦可卿死了之后，丧礼办得极尽铺张，当然也不能说贾府特别豪奢，因为这是他们这个阶级非如此不可的。前面先说了一大篇非常浩大的人力布置之后，接着提到"停灵于会芳园中"，不过会芳园那么大，到底停放在哪里？文中说："因忽又听得秦氏之丫鬟名唤瑞珠者，见秦氏死了，他也触柱而亡。此事可罕，合族人也都称叹。"此事当然可罕，没有哪一对主仆的关系是好到"你死后我也活不了"的地步，连紫鹃对林黛玉这般忠心耿耿，彼此深情如姐妹，也没有做到这种程度。所以瑞珠的死让人颇感怀疑，这和贾珍对秦可卿的死表现得过分悲哀一样，都完全超乎人性的情理。她与另一个丫鬟宝珠，恐怕都是掩护秦可卿与贾珍之乱伦事件的不可或缺的助手，当这件事情东窗事发之后，秦可卿得死，旁边的这些人大概一个都逃不掉，也是在这样的情况下，她不得不以死避祸。

然而无论如何，至少表面上要掩盖，所以贾珍就以孙女之礼来殓殡瑞珠，"一并停灵于会芳园中之登仙阁"，换句话说，会芳园里除了天香楼之外，还有一个叫作"登仙阁"的地方。"登仙"本来是吉祥的意思，毕竟人最向往的便是可以长生不死、羽化登仙，但是这里的"登仙"很明显有双关的意味，用来喻指死亡，所以登仙阁成了停灵的地方，设计得十分巧妙。这一整段反复强调的是两个核心，即色情与死亡，乱伦与淫心即是色情，"淫丧"的"丧"和"停灵"都是死亡，所以色情和死亡是纠缠在一起的孪生体，它告诉我们，一个不正当的情色关系必然会导致毁灭。

简单地说，会芳园所提供的基地有两种非常可怕的力量作为大观园的先天性质，也是大观园终究不能摆脱的、已经变成它的血肉一部分的因素，那就是情色和死亡，而有了这两样东西，大观园这块美丽的净土又怎么能够长久呢？小说一开始的众多设计，都注定大观园永远摆脱不掉现实丑陋的干扰，这现实的丑陋不是所谓的封建专制，而是人性本身的败坏。

对大观园基址大致做了这样的圈定之后，贾琏说："多谢大爷费心体谅""正经是这个主意才省事"，他认为这个基地选得很好。贾琏他们当然不会关心省亲别墅的象征意义，务实最重要，或者说合乎那个世界的现实原则是最重要的，第一个原则是省事，盖造容易，因为就在自家的土地上，如果选一个比较远的郊外，单单是那些土木材料、各种人员的运输，便须增加很多的花费。第二个原则是选另外的地方"且倒不成体统"，他强调说："你回去说这样很好，若老爷们再要改时，全仗大爷谏阻，万不可另寻地方。"可见他不只是贪图省钱省事，而是还要照顾一个所谓的"体统"。元春是回府省亲，看望自己的亲人，所以一定要在自己的家才有意义，否则的话就会不成体统。

出于这两个理由，使得贾家必须在宁、荣二府既有的府宅里去找一个比较适合的地方，所以东府把会芳园辟出一部分。会芳园在东府的靠西边，临近荣国府，它可以和西府这边所提供的区域连成一体。除此之外，宁、荣二府有一个非常重要的家族精神中心，那就是宗祠，它一定是位于两府中间的。且看书中的描述，他们开始要具体付诸行动：

先令匠人拆宁府会芳园墙垣楼阁，直接入荣府东大院中。荣府东边所有下人一带群房尽已拆去。当日宁、荣二宅，虽有一小巷界断不通，然这小巷亦系私地，并非官道，故可以连属。

很明显，宁府的会芳园与西府之间事实上是有围墙隔开，所以现在把围墙打掉，便可以拨出一块空地，和西府这边连在一起。

其次，原来西府的东大院临近贾赦旧居，由于居长的一定是住东边，所以荣国府东大院即长房贾赦的住所，第三回写贾赦"其房屋院宇，必是荣府中花园隔断过来的。进入三层仪门，果见正房厢庑游廊，悉皆小巧别致，不似方才那边轩峻壮丽，且院中随处之树木山石皆在"。于此脂砚斋批云："为大观园伏脉。"可见贾赦旧居也构成大观园基址的一部分。

其三，东大院外面本来有一道围墙，沿着这道墙有一片"下人群房"，下人们住的地方绝对不可能是在深宅大院里，故而贾府的围墙外面盖造了下人们的居住空间。关于荣国府的人丁，在第六回有过描述："按荣府中一宅中合算起来，人口虽不多，从上至下也有三四百丁。"这还不算女眷和小孩，整体统计起来，正是第五十二回麝月所说的"家里上千的人"。除了日常贴身服侍各个主子的人员之外，大部分的仆人是住在围墙外的下人群房里，围墙外建造起来的空间里要住这么多人，当然很是拥挤、简陋。

其四，两府之间还有一个小小的空间，也要考虑进来：当日宁、荣二宅已经分房，所以各自独立，两府的宅邸之间以一条小巷界断不通，这样可以多少保留两家的独立性。既然小巷子是私有的，并非官道，所以打通小巷重新规划，是没有问题的。

由此可见，营造工程的第一步是打通基地，拆除的部分包括会芳园西边的围墙、荣府东边所有下人一带群房，和界断两府的小巷，会芳园便直接通到荣国府东大院。小说继续描述大观园的基址：

> 会芳园本是从北拐角墙下引来一股活水，今亦无烦再引。其山石树木虽不敷用，贾赦住的乃是荣府旧园，其中竹树山石以及亭榭栏杆等物，皆可挪就前来。如此两处又甚近，凑来一处，省得许多财力，纵亦不敷，所添亦有限。

这些描写很清楚地告诉我们，此一东大院确实即是贾赦的旧园，连这个基地上既有的山石树木都可以就地使用，不用再添加，诸如此类的设计当然都有象征意义。

无可奈何的先天性质

从整个大观园的基地选择来说，宁国府的会芳园提供的是情色与死亡，而荣国府这边所提供的，一是下人群房，一是贾赦的旧园，那当然也有现实意义的取向。通常来说，下人群房基本上近乎拥挤吵闹的违章建筑，它提供的是生活最浅层的人性内涵。一般服侍人的奴仆是不可能接受过教育的，连晴雯、袭人都不认识字，这么一来，就算有几个比较脱俗的灵魂，但是整个空间主要停留在生活浅层，因此它所表现出来的便都是生活的本能或者原欲。那些吵吵闹闹、纷纷扰扰，唯一的意义只不过是把生活过下去而已，这就是庸俗的现实世界。当然，很多人也可以把荣华富贵无限升级，不过再怎么升级，倘若缺乏精神的提升，依然也只是在生物本能和生命原欲上停留而已，这是下人群房这个基地所提供的一个先天规定。

其次，东大院的部分接近贾赦旧居，或者甚至就是贾赦旧居的一部分，这里便有辐射污染的意味。清末的二知道人，他的很多红学批评相当有真知灼见，其中把贾府里的一干男性做了有趣的比喻，说贾家到处可以看到的各种好色之徒，贾赦是"色中之厉鬼"，亦即说他太好色了。因此甚至连说话很公道、很懂得分寸的平儿，都忍不住针对贾赦要强娶鸳鸯的这件事发表批评，她说"真真这话论理不该我们说"，确实一个下人不可以批评主子，可是"这个大老爷太好色了，略平头正脸的，他就不放手了"（第四十六回）。结果贾赦强娶鸳鸯不成，"终久费了八百两银子买了一个十七岁的女孩子来，名唤嫣红，收在屋内"（第四十七回），这种做法，连贾母都实在看不下去。

如此一来，被贾赦摸过的东西当然都被污染了，隐藏在东大院土壤里的，就少不了"色中之厉鬼"所留下来的"罂粟花"的种子，将来可能在什么特殊机缘的灌溉之下，恶之花便会再度绽放，反过来摧毁这个女儿的净土。大观园的基地选择真有这样的含义，而且是人性里最庸俗、最肤浅的内容。

在此可以补充说明的是，贾赦所住的东边院落，虽然在伦理上是长兄的方位，但实际上它并不具备很尊显的意义。第三回林黛玉刚刚进贾府拜见母舅的过程中，透过黛玉的眼睛，我们所看到的贾赦居处，"度其房屋院宇，必是荣府中花园隔断过来的"，由此看来，荣国府本身也有一个花园，贾赦所住的地方是一个独立的院落，是借了荣府花园特殊的走向，再用隔断的方式形成的独立院落，"不似方才那边轩峻壮丽，且院中随处之树木山石皆在"，所谓"轩峻壮丽"，指的就是贾母那边，那叫作大房、正房，位于整个荣国府的正中间，贾政与她住在一起。

奇怪的是，贾赦身为贾母的长子，他竟然不是和贾母住在"轩峻壮丽"的荣国府正房、大房，反而是另外独自住在东边，于是有学者做了一些推测，其中一个看法认为贾赦是庶子，非嫡母所生，所以才不被重视，但这是不可能的。第二回"冷子兴演说荣国府"中说得很清楚，荣国公的爵位一路承袭下来，在文字辈这一代就是由贾赦袭爵的，而在世袭制度上，绝无可能由庶子来继承，因此这个推测不但不符合清代的袭爵规范，甚至违反中国传统上公侯伯爵身份传承的原则，所以贾赦绝对不可能是庶子。

我认为有一个解释是最合理的，那就是贾赦嫡长子的身份固然没错，可贾母是全府的最高权威，她比较喜欢贾政，而且贾政也确实比贾赦更值得疼爱和信赖，假如这个家交给贾赦来管，恐怕不用三天就倒了。再加上他的妻子邢夫人整天都在克扣，连她的侄女邢岫烟住进大观园，王熙凤特别怜惜她，所以比照其他小姐们的月例，每个月也给她二两，结果邢夫人居然还克扣了其中的一两，逼得岫烟得典当度日。至于邢夫人帮着贾赦要强娶鸳鸯，目的也在于鸳鸯是贾母的钥匙，如果拿到这把钥匙，后面有多少东西就可以通到他们家去了。夫妻二人整天都在打这种算盘，真的是非常贪婪自私的一家人，用流行的话叫作"不是一家人，不进一家门"。贾母的眼光是很锐利的，她并不因为母亲的身份而双眼被蒙蔽。

传统中国文化中虽然是以嫡长为尊，但是因为母权至上，寡母其实是有选择权的，金寄水在《王府生活实录》里，至少反复提到两次，说他们家地位最高的就是祖母。当然她必须是丧夫的，可是无论如何，这种年长的正福晋，她们在家族中的权力是最高的，慈禧太后的掌权也是基于这个原因。因此贾赦虽然袭了爵，但实际上他在这个家族里的地位不高，因为贾母比较冷落贾赦，连带地反映到贾赦的住所上，其建筑便比较小巧别致。荣府东大院的大观园部分应该就是利用了贾赦所住的旧园，而不只是临近，其中的山石、树木更是直接就地取材。大观园作为全部小说之主的园基，竟然鬼影幢幢，无处不渗透着肮脏丑陋的人心和人性，这样一来，它的毁灭也是迟早的事。

我总是忍不住有一个比喻式的想法：大观园的土壤里固然绽放出很美丽的花朵，可是里面夹杂着一些罂粟花，随着毒性慢慢成熟，最终发挥了强大的威力，以至于大观园最后也会因为情色的关系而导致它本身的死亡。不要忘记大观园毁灭的一个最重要的征兆，甚至是它由盛而衰的里程碑就是抄检大观园，而抄检大观园的直接原因，便是绣春囊的出现，美国汉学家夏志清就干脆把绣春囊比喻为侵入伊甸园的那一条蛇。大观园即先天注定了其自身不可能长久，因为时间会让人成长，而成长必然带来性成熟，我们可以很清楚地看到情色与死亡是怎样由前身到现实，如此之纠缠，如此之复合在一起。

上述大观园的先天性质，有一位后来弃学从商的旅美学者裔锦声也注意到了，她说："曹雪芹用诗词、用画面、用造园家的专业知识，清楚地告诉读者，大观园是建立在秦氏的会芳园和贾赦在荣国府一个旧花园的废墟上。"而且她认为"自我纵容"是这两个园子的共性，他们都自我纵容，不守这个世界的礼教或者一些基本规矩，过分纵欲，甚至导致他们个人的败坏和死亡。她说："根据小说的前几章，精美的会芳园是宝玉被诱惑的起始，也是贾瑞对王熙凤产生欲火的场所。"

之所以说会芳园是宝玉诱惑的起始，乃因第五回宝玉睡在秦可卿的房里，做白日梦神游太虚幻境，结果就遇到了警幻仙姑之妹秘授云雨之术。

当然这里必须更正的是，所谓"精美的会芳园是宝玉被诱惑的起始"，这句话其实不够精确，因为秦可卿的卧室并不在会芳园，不过这整个说法大致还是可以说得通的。依脂砚斋的指示，会芳园的天香楼确实是秦可卿淫丧的地方。

从秦可卿的房间摆设来看，秦可卿的纵欲个性是更被明确化了的，她会和贾珍有这样的不伦关系，与她高度的性需求恐怕也脱离不了关系，所以她的人物判词有"情既相逢必主淫"一句。第五回提到，秦可卿房中"案上设着武则天当日镜室中设的宝镜"，这看起来好像无关痛痒，其实不只是在房间里装上镜子，全屋都是和情色有关的刻意设计；"一边摆着赵飞燕立着舞的金盘"，赵飞燕在历史上声名狼藉的原因当然不在于她身轻如燕，而是在于她的好色和纵欲。在东汉到魏晋时期，有一些相关的传闻，都指向说赵飞燕是一个非常淫滥的女性，她的入幕之宾可以上从公卿大臣，下到御厨里送菜蔬的拉车小子。

只不过我也要特别提醒大家，文学家在利用赵飞燕的历史形象时，并不是都在说她的好色，否则第二十七回的回目"埋香冢飞燕泣残红"就会发生很严重的问题，该回目是借赵飞燕来比喻林黛玉，那不可能有淫秽的意涵，绝不可以与第五回的运用混同，否则会导致很多无谓的纷扰。

回到秦可卿的房中，赵飞燕立着舞过的金盘里"盛着安禄山掷过伤了太真乳的木瓜"，乳房这种部位已经让人产生不当的联想，何况又与安禄山、杨贵妃有关。事实上，和安禄山有染的是杨贵妃之姐虢国夫人，但很多人绘声绘影添加了很多没有事实根据的传闻，其中就包括安禄山和杨贵妃有染，甚至添油加醋，说他们的性爱关系过于激烈，安禄山的手抓伤了杨贵妃的胸口，留下了抓痕。而唐代的宫中女性，她们穿的衣着都是袒露胸口的，因此杨贵妃非常烦扰，最后她想出了一个遮掩的办法，把原来贴在额头上的花黄改贴在胸口，以便遮住抓痕，避免丑事曝光，没想到出乎意料之外，竟然因此在宫廷中引发新一波的时尚流行。

　　总之，这是很有趣的传闻，而曹雪芹便用了这样的传闻，为的是要烘托、塑造秦可卿的淫荡，但我必须为杨贵妃说句公道话，她并没有做这样的事，我们绝对不能够用祸水来污染她。也因为这样一个没有事实根据的荒诞传闻，还留下了一个常用的成语，叫作"禄山之爪"，这个词比现在新闻报道里用的"咸猪手"要文雅太多了。在曹雪芹的设计下，秦可卿应该就是一个好色的女性，下面所谓"设着寿昌公主于含章殿下卧的宝榻"，也容易产生情色的联想，宝玉入房看到这些，便含笑说"这里好"，脂砚斋也批道："摆设就合着他的意。"当然宝玉是属于"意淫"，和可卿的皮肤滥淫不同。

　　总而言之，从一开始会芳园这个花园即被情淫所污染，与乱伦、死亡联系在一起，有了这样不清不白的基础，大观园怎么可能是清白纯净的呢！或者说它确实是清白纯净的，然而却维持不了多久。并且大观园里的建材和用品有一部分是来自贾赦旧园里的山石、树木，都是贾赦的旧物，已经被他污染了，这个"色中之厉鬼"竟然对大观园也产生了如此深远的影响，也实在是令人始料未及，所以大观园的基地设计真的是用心良苦，寄托了曹雪芹的一种玄妙的感叹。

外来的“污染”

　　大观园不只是在建造之前便已经埋设了许多可怕的污染源，甚至在它开始营建之后、还没有正式省亲之前，作者也还透过一些蛛丝马迹告诉我们，这个大观园永远摆脱不了外界现实千丝万缕的渗透，包括那些“先入园者”。原来在元春省亲之前，即有一些人先进来住在里面了，换句话说，大观园不纯粹是这些可爱纯净的少女们的净土，在她们之前早已有闲杂人等先一步来到这个地方“据地为王”。

　　大观园的封闭性不是绝对的，外在污染还是有很多的管道可以入侵。与张爱玲关系密切的宋淇先生，是一位持论比较中肯的《红楼梦》研究者，他有一段话值得我们参考，他认为：前八十回中只有贾芸和胡太医等少数例外，其余如贾政、贾琏等都没有进过大观园。他这个说法指的是第二十三回之后，实际上贾政在元春回来省亲之前便带领一批清客进去到处题撰，所以这个说法要稍微修正一下。不过宋淇接着说，“然而花园在建造落成之前，其实已经免不了男性的进入甚至支配”，这是非常正确的观察。

　　大观园从起造算起，总共耗时多久才告竣？根据《红楼梦》的文本内证，大观园总共盖了一年，证据在第四十回，当时刘姥姥逛了大观园之后很羡慕，说如果有人也照着这个园子画一张，让她带回家去，不仅可以向乡亲们炫耀，让他们知道她到过像皇宫一样的地方，而且给他们见识一下，“死了也得好处”。贾母便很高兴地说，惜春这个小孙女很会画画，明儿便叫她画一张。其实惜春只会画写意，宝钗曾说道：“我有一句公道话，你们听听。藕丫头虽会画，不过是几笔写意。”这么一来，难怪惜春觉得压力沉重，所以就向诗社告假，不当副社长了。第四十二回，诗社社长李纨找大家来一起商议，应该要给惜春多少日子的假，她说："我给了他一个月他嫌少，你们怎么说？"结果黛玉又发挥她刻薄的本能了，她说："论理一年也不多。这园子盖才盖了一年，如今要画自然得二年工夫呢。又要研墨，又要蘸笔，又要铺纸，又要着颜色，又要……"这里很清楚地告诉我们，大观园总共盖了一年。

而这个营建的过程全部都是由男性所主导，所以，当第十六回写到基地的规划时，顺便还提到，因为"贾政不惯于俗务，只凭贾赦、贾珍、贾琏、赖大、来升、林之孝、吴新登、詹光、程日兴等几人安插摆布"。这段话非常重要，让我们看到大观园整体的规划与布局，乃至所有的一切，其实已经免不了男性的介入甚至支配，包括男性家长、男性资深管家、男性清客，他们指挥统筹了一切。

其中，在大观园落成之后、元妃正式省亲之前，首先进入大观园的人是贾赦，且看第十七回的描述："又不知历几何时，这日贾珍等来回贾政：'园内工程俱已告竣，大老爷已瞧过了，只等老爷瞧了，或有不妥之处，再行改造，好题匾额对联的。'"可见在贾政去参观之前，大老爷贾赦已经先进去了、看过了，当然他是长兄，在现实世界中是有这个权力的。然而以大观园的设计来说，贾赦已经瞧过了大观园，意谓着他已经先行入侵，何况大观园里的一些东西本来就是他污染过的，这完全都是一致的设计，让我们再度看到一个无可奈何的先天本质。

此外，第二个人物便是贾珍。贾政不惯于俗务，都让其他人来安插摆布，而贾赦也只在家高卧，懒得多管，所以真正作为整个园子起造的负责人和工程的掌控者，乃至于图样的保管者，事实上都是贾珍。

工程真的是一门很专业的大学问，尤其建造一座大地方更是很麻烦的，琐琐碎碎的事务多得不得了，第十六回中有一段说明，提到凡是有什么"芥豆之事，贾珍等或自去回明，或写略节；或有话说，便传呼贾琏、赖大等领命"，可见整个工程的指挥、安插、摆布都是贾珍，他统筹调度，以至于对园子的里里外外是了若指掌，尤其在工程告竣之后，最为显现出来。当时，贾政领着一行人在游园过程中，最后一站来到了将来的怡红院，它简直像迷宫一样："只见这几间房内收拾的与别处不同，竟分不出间隔来的。"无论是在神话学、原型理论的分析，或者是在中国传统文化里，于主角由迷而悟的必经过程中，往往会具体地表现在迷宫的设计上，所以怡红院里里外外都设计得犹如迷宫。

其中"四面皆是雕空玲珑木板，或流云百蝠"，整个怡红院的设计堪称隔而不绝、通而不透，"贾政等走了进来，未进两层，便都迷了旧路"，"左瞧也有门可通，右瞧又有窗暂隔，及到了跟前，又被一架书挡住。回头再走，又有窗纱明透，门径可行"，结果到了门前，却遇到一面大镜子，转过镜子去，门子越发多了。就此脂砚斋批云："所谓投投是道是也。"

最后带领大家走出迷宫的人正是贾珍，他笑说："老爷随我来。从这门出去，便是后院，从后院出去，倒比先近了。"说着，贾珍带领大家"又转了两层纱橱锦槅，果得一门出去，院中满架蔷薇、宝相。转过花障，则见青溪前阻"，整座大观园的水最后都是流到这里来，这当然有象征意义，容后再说；此时大家已经到了后院了，刚刚脱离了室内的迷宫，现在却又遇到第二层的迷宫，不但青溪前阻，又"忽见大山阻路"，众人都说"迷了路了"，不知道该怎么出去。这时带领大家走出迷宫的又是贾珍，他在前面引导，众人随他，"直由山脚边忽一转，便是平坦宽阔大路，豁然大门前见"，这个"大门"就是大观园的入口。

由此可见大观园的设计，基本上也不脱离宁、荣二府的"中轴"原则，整座大观园坐北朝南，建筑基地的主要轴心一定在正中间，即省亲别墅之所在，元春回来省亲时就是在这个地方落脚，那是皇权的中心。而怡红院的设计非常奇怪，从怡红院的后院出来，再绕过一座山脚便看到这条宽阔的大路及大门，可见后门比前门离园子的大门更近。但这怎么可能呢？对此，我们下一个单元会补充说明。

总而言之，带领大家里里外外走出迷宫的人都是贾珍，显示整座大观园的一丘一壑、一山一水全部在贾珍的掌握之中。更有甚者，连图样都是由他所掌控，在第四十五回为了惜春应命画大观园，宝钗建议道："原先盖这园子，就有一张细致图样，虽是匠人描的，那地步方向是不错的。你和太太要了出来。"照着图样去画，当然容易许多。然而，在大家去向王熙凤要这张图样时，王熙凤却说："那图样没有在太太跟前，还在那边珍大爷那里呢。"可知图样始终都放在贾珍处。

由此可见，贾珍才是大观园真正的规划者，甚至大观园整个擘画的蓝图都是放在他那里，大观园所有的秘密，他掌握得比别人更透彻，一山一石、一花一木都在他的掌握之中。贾珍是胆敢逾越最森严的伦理禁忌，和儿媳妇发生乱伦关系的人，然而他竟然比任何人都要更了解大观园，这真的是太令人意外了。由此看来，里外之间的纠葛，所谓的洁净与污染，园里与园外，这根本上是一个没办法厘清的问题，所以绝对不能用非常简单的二分法来看待大观园的存在。

先入园者当然不是只有贾珍和贾赦这两位男子，只要是人工建筑物，若久而久之无人打理，很快就会蒙上厚厚的灰尘，门窗也将坍塌腐朽，尤其大观园是皇妃省亲的地方，将来元春或许还会再回来省亲，所以必须积极维修保持，就此而言，大观园从落成之后，即必须进行非常完善的维持，也当然要安插许多的人力进来。就在第十七回，其实已经隐约带到了，当贾政要领着一群人进去巡视和题联匾额的时候，贾珍得要先去园中知会众人，这句话告诉我们：在元春回来省亲之前，其实园中已经住着众人，即各种婆子、丫鬟，她们负责洒扫，修剪花木，这是大观园要长保如新所不可或缺的人力安排。当后来大观园成为千金小姐们生活起居的地方，这些千金小姐们的日常活动更需要非常多的人力来协助，所以大观园始终有来自现实土壤的一群人在支撑，它绝对不是一个悬空的空中楼阁，不是天上的仙境，它牢牢地植根于现实人间之中，连它的维持都不能例外。

那些提前进入大观园的"众人"，当然大多数是名不见经传的，因为她们只不过是小说舞台的背景而已，但是其中有一个人物，因为将来在贾府事败之后会有一番作为，所以作者特别花了一番笔墨，让她在第二十四回隆重出场，"原来这小红本姓林，小名红玉，只因'玉'字犯了林黛玉、宝玉，便都把这个字隐起来，便都叫他'小红'"。黛玉和宝玉的名字这么尊贵，身份比较低的人不能与之重名，可是贾府中也有一位得力的丫头，她的名字一直都有一个"玉"字，始终没有因为避讳的关系而隐起来，那个人就是"玉钏"，足见避讳这个理由并不充分，在《红楼梦》里其实有冲突的地方。所以很明显，小红的避讳有一些特殊的含义：小红的性格太善于谋略，太懂得刁钻，眼观四面，耳听八方，尽力把握各种可以让自己向上流动的机会，这样的人太世俗，她不配拥有"玉"的名号。

重点在于，小红是所谓的"家生子"，是荣国府中世代的旧仆，祖先好几代都是在荣府为仆，她的父母现在收管各处房田事务，贾家的经济来源主要即来自这样的庄田。"这红玉年方十六岁，因分人在大观园的时节，把他便分在怡红院中，倒也清幽雅静"，偏生这一处所后来又被宝玉占了，所以她获得了近水楼台的机会。对红玉来说，这个机会从天上掉下来，她当然会用十二分的努力去把握，所谓："这红玉虽然是个不谙事的丫头，却因他原有三分容貌，心内着实妄想痴心的往上攀高，每每的要在宝玉面前现弄现弄。"红玉千方百计地想让宝玉注意到她，那也许就有机会破格拔擢，进入怡红院的权力圈，当然最好可以当上姨娘，这是她们最完美的出路。只不过"宝玉身边一干人，都是伶牙俐爪的，那里插的下手去"，那些形成统一阵线的主要有晴雯、秋纹、碧痕这些人，或者也可能包括麝月、袭人在内。

这么一来，第十七回写贾珍先派人入园子去知会众人，而到了第二十四回便突出"众人"中一个极其鲜活的人物，那就是小红；红玉的例子让我们看到，大观园落成之后，立刻便需要众多的人力来进行保持和维护，红玉即是其中之一。这些人隐身在幕后，但却是大观园有秩序的、合理合情的运作不可或缺的基本条件，这实在发人深省。特别是千金小姐们表面上非常尊贵，受到别人的服侍，但同时也受到这些下人们的牵制，因为一旦没有下人们，她们就没有行动能力，甚至没有生活的能力，这些婢仆之辈构成了大观园的生活基础，如此一来，这些人物所带来现实生活浅层的那一面，也就无可避免。

大观园中的生活固然有诗社那种优雅的活动，但到了第五十回以后，我们看到各房丫鬟、婆子们的明争暗斗，她们为了利益的关系，而彼此心怀嫉妒、愤怒，甚至采用各种手段，所以大观园不可能免于现实的纠葛，诚所谓只要有人的存在，就有江湖。

先入园者贾宝玉

不过，大观园毕竟是为宝玉以及一干水做的女儿们所量身打造的，所以还有一个先入园的人是绝对不可或缺，如果没有这个人物，那么大观园和现实人间就没有差别了，这个先入园者即贾宝玉。我们由此可以看到有一股力量对现实世界展开了非常努力的抗拒，抗拒的过程极其悲壮，也构成了一种史诗般的美丽，这是《红楼梦》最吸引人的魅力所在。在第十七回，"可巧近日宝玉因思念秦钟，忧戚不尽，贾母常命人带他到园中来戏耍"，原来宝玉早已经常跑到园中去玩耍散心，大观园是可以让他解除现实烦忧的一块乐土。如果从整个大观园的构设来看，宝玉确实也是一个先入园者，是对大观园进行理想力量之净化的重要人物，假如没有这股力量来抗衡由贾赦、贾珍或者园中各式各样婢仆所构成的现实力量，那就会让大观园更脆弱，存在的时间更短暂。也确实宝玉始终如一地努力着，尽量延续大观园这块乐土的生命。

从宝玉出生之后，他的心愿便与众不同，抓周的时候都只取脂粉钗环，而他的毕生愿望也是做众女性们的护花使者，小说中有许多相关证据，例如第三十七回园中在举行诗社的时候，众人各自取外号，透过薛宝钗的调侃，读者得知宝玉旧日自称为"绛洞花主"，"绛"是红色的意思，而红色在性别结构里，通常都和女性相对应，"绛洞"便有点像仙窟、仙境、女儿国的缩影。"绛洞"中遍开着无数美丽的花朵，而宝玉是百花的主人，所以他不只是护花使者，更是一个为众多女儿所围绕的温柔乡之主。据此而言，他当然有特权先进到园中，因为这本来就是为他所量身定造的一个乐园。

换句话说，大观园其实便是宝玉的"绛洞"，园中住着各式各样美好的女性，也就是"绛洞"中所开的花，这些花都是围绕着宝玉而存在。不只如此，脂砚斋也给我们一些很重要的线索，同样在第十七回，脂砚斋有一句回前的总批："宝玉系诸艳之贯，故大观园对额必得玉兄题跋，且暂题灯匾联上，再请赐题，此千妥万当之章法。"这个"贯"字和"绛洞花主"的"主"其实是同义词，"诸艳"当然是指众多的少女。以整部小说的叙事而言，贾宝玉的确是一个重要的主轴，不过从现实世界的伦理规范来说，脂砚斋也提醒我们，宝玉并不是握有大观园真正权力的终极主人，所以他只是"暂题"，后续还必须"再请赐题"，亦即要再请元春做最后的定夺，这里面的权力关系是层级式的。大观园作为荣国府的派生物，荣国府和皇权的关系又如此千丝万缕，所以必须要"千妥万当"，我们千万不要忽略掉他们的文化脉络和阶级特性。

不止如此，在脂批里我们看到小说中原本有一个非常重要的东西，可惜今天的《红楼梦》文本中已经完全看不到，那就是"情榜"。根据学者的考证，情榜应该是模仿《水浒传》中一百零八条好汉的英雄榜之类，对全书中重要人物的总汇与终评。虽然情榜如今已经看不到，但透过脂批，我们知道宝玉是"情榜之首"，与脂砚斋对宝玉的"诸艳之贯"的定位是非常一致的。宝玉之所以能够位居情榜之首，当然不只是因为他是男主角，更是因为在对"情"的认知和体现上，宝玉更宽广、更没有界限，用脂砚斋的概括之言即"情不情"，前面第一个"情"字是动词，后面的"不情"是名词，意指对花草动物之类的不情之物都以深情相待。

小说在第三十五回和第七十七回，都很清楚地反映了宝玉这种泛施众爱的博爱精神，不要忘记他的前生是神瑛侍者，看到有一棵草快要枯死，便用甘露灌溉它，那时候他未必对这棵草情有独钟。从前生到今世，宝玉的天性一直是怜惜弱小，他愿意为这些受难的生命扛起他们的重担，这就是宝玉的基本性格；他的"情不情"使得他不但跨越性别，而且跨越物种，他的爱贯穿于天地之间，绝对不只是狭义的爱情而已。

我曾经听过一个学者，用一个很有意思的宗教比喻来说明宝玉的这种博爱，他说"宝玉犹如耶稣基督，要为世人扛起十字架"，这个类比当然不是那么精确，不过确实道出了宝玉的爱无比宽广，可以超越性别，超越物种。他看到天上的星星，就对星星说话，看到河里的鱼，就和鱼说话，这是一个很值得努力的方向。从本质来说，个人都很渺小，所以要超脱出来，要望向外在的无边无际的方向，这样才会活得更优美一点。

此外，情榜的第二位为林黛玉，她是范围较窄、有特定对象的"情情"；情榜之三为薛宝钗，读者常以"无情"来将宝钗定案，其实是错误的望文生义。就算以"无情"一词来阐述宝钗的个性，那也不是现代一般意义上的"无情"，自庄子、六朝玄学到宋儒理学中，"无情"都是圣人的境，因为"有情"便会落入狭隘、偏私的格局中，而"无情"则是超越一般私情的境界，如南朝宋刘义庆《世说新语·伤逝》所说："圣人忘情，最下不及情，情之所钟，正在我辈。"其中的"忘情"即是"无情"，也就是圣人的境界，非平凡人所能达到。

除了"绛洞花主""诸艳之贯""情榜之首"之外，宝玉还有一个类似的头衔，即"总花神"。花一直都是美丽女性的代表，尤其《红楼梦》里有两个同义的词汇"花魂"和"花神"，更是象征少女美好纯净的灵魂。这两个词汇倒也不是曹雪芹的独创，"花魂"这个词在清代之前就偶尔有一些诗文用过，例如宋朝时，胡寅《和信仲酴醾》有"花魂入诗韵"之诗句，又据称吴妓盈盈所作《伤春曲（寄王山）》说道："一旦碎花魂、葬花骨，蜂兮蝶兮何不来？"再有元朝郑元祐《花蝶谣题舜举画》诗云："花魂迷春招不归，梦随蝴蝶江南飞。"可见并不少见，只不过不比《红楼梦》中用得这么集中，而且被给予如此丰富鲜明的象征意涵。

"花魂"最著名的出场当属第二十七回的《葬花吟》，不过在此之前，第二十六回作者以一个全知的视角描述林黛玉时，便已经先出现这个用词："原来这林黛玉秉绝代姿容，具希世俊美，不期这一哭，那附近柳枝花朵上的宿鸟栖鸦一闻此声，俱忒楞楞飞起远避，不忍再听。真是：花魂默默无情绪，鸟梦痴痴何处惊。"这是"花魂"第一次在小说中出现。当"花魂"在《葬花吟》中再度出现时，更是非常浓墨重彩的反复强调，令读者印象鲜明："昨宵庭外悲歌发，知是花魂与鸟魂？花魂鸟魂总难留，鸟自无言花自羞。"其中重复出现了两次"花魂"，由此可知，它寄托了非常美好的一种理想，一种灵魂的状态。我想到张爱玲所说的"每一个蝴蝶都是从前的一朵花的鬼魂，回来寻找它自己"，这是一个非常美的比喻，很可能是受《红楼梦》的影响，它背后隐含的意义在于所谓"花魂"就是花精灵，它可以超越形体，拥有这朵花的精华，所以形成一种美好的另类的存在。

我们已经看到两回的"花魂"，还有另外一次，那是在第七十六回，只是由于《红楼梦》版本的问题，我们在市面上所看到的用词常常是被篡改过的，以致被某些人忽略。在庚辰本中，林黛玉和史湘云一起做大观园的中秋夜联句，其中所创作的警拔之句形成了诗谶，暗示她们的将来会面临悲剧的命运，主要是湘云那句又天然、又现成的绝佳出句"寒塘渡鹤影"，令黛玉绞尽脑汁，终于写出足以相抗衡的对句"冷月葬花魂"。大家要注意，其中不是"诗魂"，而是"花魂"。

从中国文学传统中形成对句运用的操作原则来说，能够和"鹤影"相对的是"花魂"，而不是"诗魂"，因为联句活动必须要工对，"工对"的意思就是要非常精工，完全合乎最严谨的对偶法则。但"鹤"与"诗"，一个是大自然具体的动物，一个是人为抽象的文字形态，这两者是不能形成工对的，因此用"诗魂"去对"鹤影"便违背这个原则。很明显地，这里的"冷月葬花魂"和"葬花冢"前后呼应，因而我们难免或隐或显地感受到有一阕哀悼的悲歌，始终徘徊在大观园的各处之中。

小说中还有"花神"这个词，而"花神"和"花魂"基本上是同义词，但层次上有一点点不一样："花魂"是抽象的概念，"花神"则比较具体化，它可以对应到不同花种的姿态、芳香、形体，因此相对具有个性化的特征。"花神"这个词最早出现在第四十二回刘姥姥逛大观园的相关情节中，刘姥姥带来的是颠覆大观园或荣国府既有的森严秩序的一种欢快，一种脱序的自由，然而任何脱序都要付出代价，享受自由相对地也会有另外的损失，因为违背她们基本的生活节奏，所以给身体与精神都带来额外的负担和损害。刘姥姥逛完大观园之后，有一些人连续生病，先是贾母受了风寒，后面隔了几回才又连带提到，正是因为贾母高兴了，多在园中游玩了几次，而本来就很容易生病的黛玉便病得更重了。

生病的还有巧姐，身为母亲的王熙凤很担心巧姐的身体，她感到刘姥姥来自乡土，具有泥土的韧性和生命力，尤其又是一个积古的老人家，人情世态历练多了，培养出很多生存的智慧，所以她就向刘姥姥请教。刘姥姥给了她很多的建议，首先是认为，也许小孩子眼睛很干净，到花园里便"撞客"了，看到什么不干净的东西，所以才会生病。一语惊醒梦中人，王熙凤立刻叫平儿拿来《玉匣记》，让小厮彩明来念，他翻了一回念道："八月二十五日，病者在东南方得遇花神。"凤姐一听，觉得正是如此，所以笑说："果然不错，园子里头可不是花神。"这里便有了双关的意涵：大观园各处百花盛开，有各式各样美丽的精灵在活动，而那些少女们事实上也是另类的花神。

"花神"的概念，不是我断章取义，进行自由联想所产生的，《红楼梦》中文本给予了非常一致的呼应，例如第七十八回提到晴雯过世的一段。这一段也是一个很好的例子，体现出《红楼梦》内有很多作者一两句话带到的描述，其实背后饱蘸了血泪、辛酸与痛苦，没有经历过的人，只看到那一两句话真的不痛不痒。以人生而言，那是值得庆幸的，但"无知"也会让你不了解如此复杂痛苦的心灵，它正炽热燃烧着的到底有哪些真切蚀骨的苦痛。

第七十八回作者对晴雯临终前就有这样一番描述，当时宝玉非常心疼着急，想知道晴雯在生死关键时刻的情况，他便带了两个小丫头到石头后面问话。一个小丫头说："晴雯姐姐直着脖子叫了一夜，今日早起就闭了眼，住了口，世事不知，也出不得一声儿，只有倒气的分儿了。"接下来让我非常意外的是，宝玉听到以后，所关心的并不是有没有人在帮助晴雯，有没有人至少握着她的手给她一点力气，他问的居然是晴雯"一夜叫的是谁?"小丫头很老实地说："一夜叫的是娘。"晴雯临死前叫娘，这表示晴雯真的很痛，痛到难以忍受，于是本能地呼喊那个从来没有见过的娘，正如《史记·屈原贾生列传》所说："夫天者，人之始也；父母者，人之本也。人穷则反本，故劳苦倦极，未尝不呼天也；疾痛惨怛，未尝不呼父母也。"但没想到宝玉并不满足这样的答案，他根本不了解晴雯的痛苦，一心希望晴雯死前是叫他的名字，显然宝玉真的还太小，还只是一个在温柔乡中长大的小少爷，他对人生的痛苦体验事实上是不够的。所以说，很多人把宝玉塑造成一个伟大的革命英雄，那都是言之过甚。

从宝玉希望晴雯死前叫他的名字，可见他真的是情感的自我中心主义者，希望所有人的爱都汇集到他身上，因此宝玉拭泪继续追问道："还叫谁？"当小丫头非常诚实地回答说："没有听见叫别人了。"宝玉就很不满，骂小丫头糊涂，没有听清楚。旁边另外一个小丫头"最伶俐"，请注意"伶俐"这个词在《红楼梦》里经常出现，它不见得是好的意思，因为"伶俐"的人会察言观色、投其所好，临场编出很多让对方满意的答案，如果是粗粗笨笨的丫头，则只会实话实说。

这个伶俐的小丫头听宝玉如此说，便上来说"真个他糊涂"，接下来虚构了一段凄美动人的情节，也投合了贾宝玉这位痴公子的心，这个小丫头胡诌道：晴雯"拉我的手问：'宝玉那去了？'我告诉他实情。他叹了一口气说：'不能见了。'我就说：'姐姐何不等一等他回来见一面，岂不两完心愿？'他就笑道：'你们还不知道。我不是死，如今天上少了一位花神，玉皇敕命我去司主。'"这位痴公子听了，不但信以为真，还继续追根究底，说："这原是有的，不但花有一个神，一样花有一位神之外还有总花神。但他不知是作总花神去了，还是单管一样花的神？"这下子把那个丫头给问住了，因为她本来就是胡诌的，"恰好这是八月时节，园中池上芙蓉正开。这丫头便见景生情"，回答说是芙蓉花。

在《红楼梦》的系统里，花可以对应到具体的人物，各种花品都有司主的特定对象，而宝玉因为听信了这番胡诌，后来跑到芙蓉花前面去吊祭晴雯，写了一篇非常感人的《芙蓉女儿诔》，可见芙蓉花神就是晴雯，与此同时，还有一个超越各路花神的总花神，很明显地，总花神当然只能是"绛洞花主"宝玉。不过，《红楼梦》里有一个更重要的角色——林黛玉，她的代表花也是芙蓉花。晴雯和黛玉共用同一种花，因此，她们彼此之间具有"重像"的关系，用西方的术语来说，也就是 the double，即"分身"或"替身"的意思，意指在小说中作为主要人物的分化而不断强化她的那些次要角色。

就在这段情节中，有一个地方需要特别说明。自古以来，芙蓉花有两种，一种是陆生的木芙蓉，秋天开花；一种是水生的，即荷花、莲花之类的水生植物。而此处的"池上芙蓉"究竟是哪一种呢？从字面来看，似乎属于水生芙蓉，也就是荷花，但农历八月已经到仲秋了，气温降低，万物衰飒，是"无边落木萧萧下"的季节，那时候整个池塘湖面已经是一片残破了，不可能有荷花盛开。

再看宝玉一心凄楚回到园中，猛然见池上芙蓉，想起小丫头说晴雯做了芙蓉之神，所以他又嗟叹了一番，又想起晴雯死后他并没有到灵前祭拜，如今为什么不到芙蓉前一祭呢？这又尽了礼，又比俗人到灵前祭吊更别致。请大家注意，他还是要尽礼的，因为"礼"根本就是人和人之间一种很真诚的表达方式。宝玉便做了一番准备，他用晴雯素日所喜之冰鲛縠一幅，以楷字写成诔文，"于是夜月下，命那小丫头捧至芙蓉花前。先先行礼毕，将那诔文即挂于芙蓉枝上"，它明明是池上芙蓉，怎么会有芙蓉枝呢？

更何况，当他念完《芙蓉女儿诔》之后，仍然依依不舍，小丫头催至再四，他才回身，忽然听到山石之后有一人笑道："且请留步。"二人听了，不免一惊，那小丫鬟回头一看，却是个人影从芙蓉花中走出来，她便大叫："不好，有鬼。晴雯真来显魂了！"吓得宝玉也连忙去看，原来这个人是林黛玉，她从芙蓉花影中走出来，当然即是芙蓉花神，足证黛玉与晴雯根本是共用同一种代表花。可是假设黛玉所走出的芙蓉花影是池上荷花的话，这下子林黛玉就会变成洛神了，得凌波微步，这当然是不可能的。

很明显地，这里的芙蓉一定是陆生的木芙蓉，而"池上芙蓉"在传统诗词中，确实曾经被用来形容水边的木芙蓉，宋朝杨公远有一首题为《池上芙蓉》的诗："小池擎雨已无荷，池上芙蓉映碧波。"其中说，水池上已经没有荷花了，却还有"池上芙蓉"和绿波相映，这正是水边木芙蓉花的倒影，也恰恰是秋天的景色。

只不过，虽然这一点应该是没有问题了，但我还是要特别补充一下，其实仲秋八月还是有荷花盛开的，当然不是在寻常百姓家，而是在北京玉泉山下的皇家圣地，即今天的颐和园昆明湖里，明朝吏部尚书王直《西湖诗》歌咏道："玉泉东汇浸平沙，八月芙蓉尚有花。"这就足以证明，贾家的水池中秋天还可以开出荷花，那并不是不可能的，天下之大，无奇不有，此处提供一则资料作为参考。

除了第七十八回之外，提到"花神"的地方还有第二十七回，其中描写闺中兴着一个"祭饯花神"的风俗，因为过了芒种节，夏天就来了，花神得要退位，且看原文道："原来这日未时交芒种节。尚古风俗：凡交芒种节的这日，都要设摆各色礼物，祭饯花神，言芒种一过，便是夏日了，众花皆卸，花神退位，须要饯行。"换句话说，春天再好、花神再美，都有消失结束的一天，这也暗示着园中的女儿们势必离开大观园。

就宝玉这个人物而言，他之所以具备先入园的资格乃至于特权，因为他本来便是这里的主人，其号包括"绛洞花主""诸艳之贯""情榜之首"，还有所谓的"总花神"，一再指向同一个象征意义，亦即宝玉身为理想世界，也就是纯情的代表，他是要进入园中进行净化工作，抗拒世俗的入侵和污染，致力于维护这个女儿净土。可惜这个抗衡的过程注定了此消彼长，最后导致大观园的毁灭，也让读者再三感慨那悲剧的宿命。

宝玉作为一个"悲剧英雄"，他在努力抗衡"众花皆卸，花神退位"的宿命，其间所散发出来的光芒与热烈，便是构成《红楼梦》最大的魅力之一。

第七章

大观园空间巡礼

沁芳溪

大观园是一个正反辩证、矛盾统一的存在，它既有世俗的现实基础，又有纯情的、理想的追求，这也体现在大观园的水流设计上。

水流的设计背后不仅有一个来自中国传统园林艺术的总原则，更重要的是，曹雪芹为大观园设计的这条水流还有更高的用意，已经超越了园林本身的需要。我们先回顾一下第十六回，其中提到，会芳园除了提供部分园地作为大观园的基址之外，它还"从北拐角墙下引来一股活水，今亦无烦再引"。也就是说，会芳园有一股外来之水，以园林的设计来看，它承袭了"山"与"水"自然元素的再现，两者互相搭配，使它灵动变化，这些固然是园林不可或缺的设计，不过大观园的水还有更高的意义，这种布局也是特别针对《红楼梦》本身一个更高的象征需要，脂砚斋便提点了它的重要性。

脂砚斋说："园中诸景最要紧是水，亦必写明方妙。"又说："此园大概一描，处处未尝离水，盖又未写明水之从来，今终补出，精细之至。"总而言之，脂砚斋指出水源是非常重要的。就方位而言，会芳园所提供的园地处在东边，而其北拐角墙乃引泉而入的地方，则从整体来看，它是位于大观园的东北方，这股从东北方引入的泉水流经了整个园区。脂批在此又提到："究竟只一脉，赖人力引导之功。园不易造，景非泛写。"会芳园从源头引泉而入之后，流经大观园的始终就是一条溪流，由于它曲折蜿蜒，所以可以配合各处安插的屋舍，与屋舍的主人互相烘托，产生彼此映带的形态。目前所看到的这几段脂批都在告诉我们：第一，水源很重要；第二，园中只有一脉之水，但因流经各处，所以园中处处未尝离水。就此来说，大观园中水流的意义实在非常深长。

关于由外引泉而入的现象，作者也并不是一般性的泛写，因为对于这种贵族阶级，连建筑园林都有很特殊的规定。据金寄水所说，王府的花园有一些是建在郊区，虽然也有建在北京城里的，不过如果要从外面引水进园，便需要经过皇上的特赏才行。他举了一个例子，像醇亲王府花园中有一座恩波亭，这正是皇帝特许之后才建造的。由此看来，会芳园能够从北拐角墙引水进来，也是一种享受特权的体现，所以，大观园连水怎么来的，背后都有皇权在操作。

由于水在大观园里是这么重要，它根本就是这些女儿的化身，所以我们在这里做一个补充：大家可能还没有那么清楚地意识到，这一脉流经大观园各处的水流是有名字的，宝玉给它取名为"沁芳溪"或称"沁芳泉"，又由于其水源是引水的，调节水流的闸口也因此连带被命名为"沁芳闸"。在第十七回中，贾政"引客行来，至一大桥前，水如晶帘一般奔入。原来这桥便是通外河之闸，引泉而入者。贾政因问：'此闸何名？'宝玉道：'此乃沁芳泉之正源，就名沁芳闸'。贾政道：'胡说，偏不用沁芳二字。'"对于这一段描写，一般人都认为是贾政对宝玉过度严苛的表现，相对而言，我们现代人非常放任小孩子，把孩子当作天使宝贝，又觉得孩子有人权，应该要平等，所以才产生了今天的教养模式。可是回到传统的文化脉络下来认识的话，就会了解到贾政必须这样对待宝玉，这并不是我们今天所以为的压抑钳制孩子、挫伤孩子自尊的父教，那只是我们现代人的投射和想象而已。这样的教育其实有合情合理的地方，请不要忘记贾家是公侯富贵之家，贾家的继承人是含着金汤匙诞生的，他们连从小呼吸的空气都是最尊贵的，而这种孩子如果不严厉教养，便很容易失控，变成纨绔子弟，所以在人品上，他们会受到非常严格的要求，父亲那么严厉地教养小孩，就是要让继承人不要失控乃至崩坏。

有人说贾政对宝玉充满了语言暴力，特别伤害他的自尊云云，其实这根本谈不上语言暴力，那只是一种说话方式而已，重点不在于那些词汇，而在于态度。何况贾政并没有真正反对宝玉所主张的，后来对宝玉的题联也全部加以采用，可见他只是不愿意当场给这个孩子过分的自信，以免让孩子妄自尊大。由此可以看出，宝玉实质上是受到肯定的，宝玉自己当然也知道。所以这里有一个很微妙的平衡，如果不是生活在那种家庭背景下的人，很难察觉到那个微妙之处：首先是让你知道必须要谦虚，你并不是最好的，虽然别人可能也觉得你还不错，可千万不要误以为你就变成了真理，这样人才会懂得谦和有礼。

那么，为什么这条活水叫作"沁芳"，并且连带地引泉而入的总源头，也跟着叫作"沁芳闸"呢？"沁"是水的一种很缓慢的渗透作用，是浸润其中、缓慢加以渗透的水分子作用，它和淹没、冲击的形态是不一样的。而"芳"很明显是来自花朵的香气，甚至连它本身也变成了花朵的代称。对此，宗教学和神话学中都有非常清楚的阐发：水的根本象征意义就是"净化"，因为通过水的作用，可以洗掉旧有的污秽，甚至洗脱去除旧有的生命，使之从中再生，因此水具有除垢禳灾，让人重新再生的净化意义，所以基督教里有"洗礼"，人进入水中代表重生和复活。至于花，同样具有文人墨客所歌咏的最重要特性，它大概也是世间万物中最美丽的一种形态，因为它的开放时间很短暂，所以引发人对美好却势必短暂的感慨。因此，文人墨客笔下对于花的歌咏简直是多得不可胜数，而《红楼梦》里最感人的大概也就是《葬花吟》了。由此可见，水的净化是内在性的作用，而花的美丽是一种外显性的视觉感受，这两者的综合体其实也正是"少女"，两者的关系可以列表如下：

$$\left.\begin{array}{l} 沁——水——净化（内在）\\[2em] 芳——花——美丽（外在）\end{array}\right\} 女儿$$

我们在此回顾一下宝玉的名言，"女儿是水作的骨肉"，女儿能带给他的灵魂以清新的吹拂，并能够使他解脱现实世界的污秽和让人窒息的粗浅。再加上少女特别有一种青春之美，其外在的美丽让人觉得赏心悦目，她们就是人间最美丽的风景之一。总而言之，"沁芳"即是女儿的代名词，也因此这条流经园中各处的水脉，一定会遍及各个女儿所住的重要处所。

溪水之流经大观园各处，见于第十七回，在贾政引领一行人到处去巡游和题名的过程中，他们停驻的地方包括稻香村、蘅芜苑、怡红院，而第一站则是潇湘馆，且看作者对它的描述：

> 忽抬头看见前面一带粉垣，里面数楹修舍，有千百竿翠竹遮映。众人都道："好个所在！"于是大家进入，只见入门便是曲折游廊，阶下石子漫成甬路。上面小小两三间房舍，一明两暗，里面都是合着地步打就的床几椅案。从里间房内又得一

> 小门，出去则是后院，有大株梨花兼着芭蕉。又有两间小小退
> 步。后院墙下忽开一隙，得泉一派，开沟仅尺许，灌入墙内，
> 绕阶缘屋至前院，盘旋竹下而出。

这说明潇湘馆也有泉水流经它的后院，盘桓竹下，水与竹子这两种天然的元素汇集在潇湘馆之中，和未来的屋主林黛玉的某些性格其实也是互相映带、互相定义的。宝玉说潇湘馆是元春回来省亲时第一站驻跸的地方，由此可见它的地位非常重要，如此重要的地方将来给黛玉住，足证黛玉在贾家的宠儿地位。

潇湘馆因"这是第一处行幸之处，必须颂圣方可"，而需要题撰的四字匾额，古人已经有现成的，宝玉便说不必另外拟，莫若"有凤来仪"四字。这句话也带有双关，在省亲这个具体事件中，"有凤来仪"的"凤"指的是元春，以颂扬她皇妃的身份地位，但皇妃只是短暂在此盘桓，享受亲情的天伦之乐，当她离开之后，长久住在这里的则是林黛玉，所以黛玉也是凤凰。

在《红楼梦》里，有"凤凰"称呼的人还有三个，其中一个是王熙凤，根据第五回她的图谶"后面便是一片冰山，上面有一只雌凤"可证，且她在贾府里号令上下，大权在握，也是贾母所倚赖、喜爱的人物。此外，贾宝玉也被视为"凤凰"，第四十三回中，他私自去祭奠金钏，全家因此已经天翻地覆，最后玉钏看到他回来了，便说："凤凰来了，快进去罢。再一会子不来，都反了。"当宝玉一进去，"众人真如得了凤凰一般"。再者还有一只"凤凰"，那就是贾探春，不仅因为探春的风筝正是凤凰造型，而且她同样被比喻为凤凰，将来也是嫁作王妃的。

全书总共有屈指可数的五只凤凰，包括元春、凤姐、宝玉、黛玉、探春，都是尊贵无比、才华洋溢、超凡脱俗的，其中，黛玉不但内在灵魂与才华超越凡人好几等，连她在贾府中的地位也是一等一的，所以才能成为凤凰之一。

至于凤凰之所以能够在这个地方落脚，乃是因为潇湘馆种的是一大片翠竹。关于凤凰和竹子的联结，两千多年前有一个非常重要的典故，那就是《庄子·秋水》里鹓鶵的故事。鹓鶵即凤凰，凤凰高高飞在天上，"非梧桐不止，非练实不食，非醴泉不饮"，所谓"练实"是竹子的果实，但竹子一辈子只开一次花，开完以后整株植物就枯死。而鹓鶵非练实不食，显然是宁缺毋滥、择善固执，也因此竹子的特性便和凤凰的高洁联结在一起，同时也隐喻这些和竹子有关的凤凰们，其内在心性上的高洁脱俗。美丽清新的沁芳溪则是在此"盘旋竹下而出"，可见潇湘馆的风景何等清幽雅洁。

我们现在要对这条水流做一个完整的说明，而水流的整体设计有很深刻的悲剧意涵在里面。这条本身具有净化意义的水流，很不幸地来自外在的现实世界，它是引外来之水，这就给外在现实力量提供了入侵的管道，让世俗的污染随着水流渗透进来。原来大观园落成之后，它并不是完全封闭、自给自足的孤立世界，而依然不断受到外在力量的渗透。"沁芳闸"作为里、外之间水流的调节中心，我忍不住给它一个象征性的说明：这个沁芳闸有点像世俗与乐园的交界，也可以说是外在现实与大观园之间的一道门槛。这道门槛虽然很小，但它毕竟使得里外两个世界有了相互渗透的机会，所以里外之间并不是截然划分的。"沁芳闸"告诉我们，现实始终有一个入侵的通道，使得内在的理想世界不能够完全免于外在力量的干扰，如同终究会有绣春囊出现在园中，正因为大观园还是有很多不那么密不透风的出入口。

这条水流只有一脉，它最后会汇集到怡红院，接下去就是流出园外。文本描述道，当贾政一行人离开怡红院的时候，前面有青溪斜阻，众人诧异这股水又是从何而来？贾珍遥指说："原从那闸起流至那洞口，从东北山坳里引到那村庄里。又开一道岔口，引到西南上，共总流到这里，仍旧合在一处，从那墙下出去。"那个"闸"即沁芳闸，这条水流从东北一路流到怡红院，中途经过稻香村，所谓"从东北山坳里引到那村庄里"，"村庄"就是指稻香村。

大观园的水是由外引入的，在经东北方的"沁芳闸"调节之后，它流经大观园各处的重要场所，所以我们把它称为"青春之泉"，但园中有一个地方与众不同，那便是稻香村。稻香村设计得一洗富贵气象，非常朴实，简直是最为乡间的偏远风光。书中说："转过山怀中，隐隐露出一带黄泥筑就矮墙，墙头皆用稻茎掩护。……里面数楹茅屋。外面却是桑、榆、槿、柘，各色树稚新条，随其曲折，编就两溜青篱。篱外山坡之下，有一土井，旁有桔槔辘轳之属。下面分畦列亩，佳蔬菜花，漫然无际。"这里完全是要刻意违背贾府的阶级特性，孤立地创造出一个富贵场中寡妇的孤岛，非常一致地全部是中性色调。在这片田园风光里，贾珍说："此处竟还不可养别的雀鸟，只是买些鹅鸭鸡类，才都相称了。"接着大家进入茆堂，"里面纸窗木榻，富贵气象一洗皆尽"，可是宝玉就不以为然了，他说这个地方"不及'有凤来仪'多矣"。

宝玉觉得潇湘馆虽然也是人工建造出来的，不过它尽量合乎自然之道，而稻香村却是人力穿凿到了极点，完全和周遭格格不入，实在太突兀了。在此，宝玉违反了父子相处的常态，居然大胆地发挥了一长段的见解，他说：

> 此处置一田庄，分明见得人力穿凿扭捏而成。远无邻村，近不负郭，背山山无脉，临水水无源，高无隐寺之塔，下无通市之桥，峭然孤出，似非大观。争似先处有自然之理，得自然之气，虽种竹引泉，亦不伤于穿凿。古人云"天然图画"四字，正畏非其地而强为地，非其山而强为山，虽百般精而终不相宜……

我觉得这一段要不是让宝玉出于一种强烈的义愤，以致他忘了严父在前，就是曹雪芹很刻意地要借助宝玉来抒发一段对于礼教吃人的不满。其实礼教不一定吃人，礼教之所以会吃人是因为它僵化了，被不合情理地加以极端化操作，例如"沁芳泉"是流经稻香村的，可是这里却又说"临水水无源"，因此，它的象征意义是非常清楚的：无源之水也即一滩死水，此处的水并不流动，它的生命是停顿的。李纨青春丧偶，才二十出头，只因为她丈夫死了，就要一概无见无闻，活得槁木死灰，这简直是违反人性，让她活得像行尸走肉，这是没有道理的事情。

宝玉是在抗辩这样一个被过分实施的、不合理执行的教条，所以他说"峭然孤出，似非大观"。稻香村这个孤立的现象，完全是被人力塑造出来，而违反自然之道的所在，所以"似非大观"岂不是一个很大的反讽吗？稻香村坐落在大观园，然而大观园里唯一被宝玉批评为"似非大观"的就是稻香村。因为他觉得礼教对于寡妇过分苛求到不合情理的地步，剥夺了她追求生命成长的机会和追求人生幸福的可能。

宝玉通常在父亲面前，其实都是不太敢说话的，一副老鼠见了猫的样子，这是小说中绝无仅有的一次，宝玉竟然会在父亲面前这样滔滔不绝，这真的是非常奇特的安排，由此可知这段话绝对是曹雪芹的用心良苦，他真的是有一种压抑不住的义愤，所以忍不住宣泄出来。简单来说，稻香村这个地方是沁芳溪的流动状态中最奇特的一处，这是要来呼应李纨因青春丧偶而被迫槁木死灰地生活的过度压制。而大观园的"青春之泉"只有在稻香村这个地方才枯竭，成为"临水水无源"的一滩死水，这和李纨身为寡妇而必须槁木死灰的礼教压抑是互相映衬的。

另外根据贾珍所说的："又开一道岔口，引到西南上，共总流到这里，仍旧合在一处，从那墙下出去"，很明显，怡红院应该是在大观园的西南方，靠近大观园的大门，沁芳溪从东北流到西南，所以才能够流遍大观园。但很不幸的是，沁芳溪终究要流入外面的现实世界，这股水从外面的现实世界而来，本来就不能免于现实力量的入侵，最后又要流到外面的世界去，这也象征女儿们无法永远受到大观园的庇护，终究要流落于外，从而受到现实世界各式各样的性别压迫。

至于这条水流从大观园东北方引进来，最后由西南方流出去的推论，相关证据在第二十三回。宝玉也是一个惜花的使者，当他看到桃花落了满地，恐怕被人践踏，于是就把花瓣兜起来，"宝玉要抖将下来，恐怕脚步践踏了，只得兜了那花瓣，来至池边，抖在池内。那花瓣浮在水面，飘飘荡荡，竟流出沁芳闸去了"。回来见地上还有好多，宝玉又要再处理，刚好遇到黛玉，她正"肩上担着花锄，锄上挂着花囊，手内拿着花帚"，这真是一个非常诗情画意的形象。宝玉便很高兴地说："好，好，来把这个花扫起来，撂在那水里。我才撂了好些在那里呢。"在这里，落花就是女儿命运的投射，落花流到园外的世界，即如同女儿被逐出乐园，终究要在现实灾难的泥泞里饱受痛苦，这也是宝玉一生都放在心上的一种男性原罪，所以他不断在用他的力量进行救赎，却又因为总是顾此失彼，因此他也非常苦恼。

而对于黛玉来说，流出园外也实在是她终极的命运，为了阻挡这个宿命，她便退而求其次，黛玉道："撂在水里不好。你看这里的水干净，只一流出去，有人家的地方脏的臭的混倒，仍旧把花遭塌了。那畸角上我有一个花冢，如今把他扫了，装在这绢袋里，拿土埋上，日久不过随土化了，岂不干净。"从逻辑上来看，唯一避免流落到园外现实世界的方法，即永远不要踏出园外，而要做到这一点，实际上只有一个办法，那就是死亡，所以黛玉注定是要青春夭逝，未嫁而亡。

事实上，人必然会成长，会有现实世界的各种牵绊和责任，以及千丝万缕的纠葛，如何能够完全不和这个现实世界发生关联呢？如果一直抗拒社会，那最终就只能以很可悲的方式结束人生，也即青春夭亡，让人生冻结在一个永不长大的阶段，从而不必进入婚姻，不必跨入现实的门槛去遭受现实的压力。在此，我们很清楚地看到，这些水流设计都是女性集体悲剧命运交响曲的另外一种具体体现。

但就在这里，我们遇到了一个小问题，不知道这是曹雪芹的失误，还是我没有掌握到他微妙设计的用意。我们之前提到过，沁芳闸是由东北引入的流水的总源，但是水流出去的地方很奇怪，前文说是沁芳闸（"竟流出沁芳闸去了"），但显然沁芳闸并不在怡红院这里，为什么同一个水源，它可以既引入水，又可以把水排出去？假如说，从水利工程上可以实现引水与排水的双轨并行，那么总汇到怡红院又是一个奇怪的设计，因为怡红院位于大观园的西南方，与东北方的水源有方位上的悬隔。就此我没有办法给它一个周全的解释，所以我还是采取旧有的态度，亦即把它当作一个象征，而不需要用一种符合现实逻辑的方式去加以对应。

至于为什么大观园的水流总汇到怡红院，然后再流出园外？理由便在于贾宝玉是大观园最重要的一个人物，大观园可以说是为他量身打造的，透过《红楼梦》的文本和脂砚斋所提供的一些资讯，可以很清楚地再做一个统合，显示这样安排的意义。我们不要忘记宝玉是"总花神"，各种花最后都万流归宗，他又是"绛洞花主""情榜之首""诸艳之贯"，"主""首""贯"这些用字都告诉我们，他是统合众女性的一个中心力量，所以大观园的水流都要总汇到怡红院。

不只如此，在水流总汇到怡红院的这一节中，有两段很重要的脂批，其中一段说"于怡红总一园之看"，其中的"看"字是什么意思？由于脂砚斋有时候字很潦草，甚至常见别字，于是学术界对于这个草体的"看"字有不同的揣测，有人认为这个字可能不是"看"，而是"首"，因为二者字形很像。另外有学者说也许这个字是"水"字，因为"水"字的草书和"看"很接近。如果是"于怡红总一园之首"，对应的就是"情榜之首""绛洞花主""诸艳之贯"；如果是"于怡红总一园之水"，则和水流汇总到这里，刚好可以互相呼应。总而言之，不管是"看""首"还是"水"，意思大致一样，脂砚斋告诉我们贾宝玉的关键地位，他既是整部小说叙述的主轴，也是大观园活动的中心，所以说这是"书中的大立意"，水一定要总汇到这里来。

关于水流总汇到怡红院的意义，在第四十六回还有一段脂批："通部情案，皆必从石兄挂号，然各有各稿，穿插神妙。"这是"于怡红总一园之水"的另外一种说法，"挂号"就是指大观园中的每个人物都与宝玉有若远若近、或直接或间接的关系。换句话说，这些人都和宝玉或多或少有着若干的关联，但是她们又有自己非常鲜明的个性，有她们独特的生命风姿，也有她们与众不同的个人悲喜，这需要我们以个案的方式逐一加以研究和分析。

简单说来，大观园中的水流设计，基本上有这样的一脉可循：外来之水——→沁芳闸——→沁芳溪（流经园中各处）——→怡红院（汇总）——→流出，而水流经过的各处又都有其价值和象征意义。水流以它的先天特质，来回应大观园的本质和大观园各个重要居住者的独特性，但是这当然不够，曹雪芹还用非常精密的多样手法加以皴染和强调，让我们对于各个屋主的特殊性更加印象深刻。

山石：以蘅芜苑为例

有关山石设计，我觉得最丰富、最值得阐述的一处是蘅芜苑，且看文本对蘅芜苑的叙述："度过桥去，诸路可通，便见一所清凉瓦舍，一色水磨砖墙，清瓦花堵。那大主山所分之脉，皆穿墙而过。"蘅芜苑被大门口的大主山所分之支脉所构成的大玲珑山石阻隔，而且"四面群绕各式石块，竟把里面所有房屋悉皆遮住"。这个设计真的是大堪玩味，有很多象征意义可谈，实际上会延伸到蘅芜苑的其他设计以及薛宝钗的整个人格特质上，这里先聚焦在山石设计做进一步的延伸。

蘅芜苑的山石设计是宝钗性格的一种外显的具体化，而关于宝钗的个性，在第八回就已经透过贾宝玉的眼光，而有了非常重要的十六字箴言："罕言寡语，人谓藏愚；安分随时，自云守拙。"此处有两个重要的关键词，一个是"藏"，一个是"守"。"藏"字表示宝钗大智若愚，她的聪明是不外露的，而且是她自我控制到不把自己的聪明才智显露于外，所谓"人谓藏愚"，意即人家都知道其实她很聪明，但是她并不显露于外，所以人家会觉得她是一个韬光养晦、内敛深沉的人。至于"自云守拙"的"自云"，更显示她是在自主意志之下对自己所进行的人格追求，其人格境界即为"守拙"，坚守一种朴实无华的格调。这是我们非常熟悉的薛宝钗形象。

正如同蘅芜苑的"蘅芜"两个字，稍有中国文学史常识的人都知道，这是来自屈原对其高洁芬芳的人格所做的香草比喻；同样地，"守拙"与"藏愚"也有着属于中国文化脉络的渊源，在传统最优秀、最精英的读书人的志业传承中，它一直被加以延续，成为人格的最高理想。

"守拙"一词最早出现在陶渊明的诗文之中，而陶渊明是古今隐逸诗人之宗，备受推崇。日本汉学家冈村繁先生发现，陶渊明之前的潘岳在其《闲居赋》里对守拙的态度渲染得更为强烈，极力正面呈现这样一种人格形态，虽然潘岳谄事贾谧是历史上非常丑陋的一幕，但是，我们先不谈潘岳这个人是不是伪君子，因为人本来就很复杂，不能那么简单地去论断，而"守拙"此一人格追求与生活态度，确确实实在陶渊明的诗篇及其生活中得到很彻底的落实，他在和世俗郑重告别的重要诗篇《归园田居》第一首中宣称："开荒南野际，守拙归园田。"陶渊明不是故意和世俗唱反调，他并非自以为是地认定"举世皆浊我独清"，也非常清楚这样的选择究竟要付出怎样的真实代价，却很愿意一肩扛起，所以"守拙归园田"就很令人感动。这里的"守拙"当然多少有一点反讽的意味：世俗充满了奸巧诈伪，而他自己确实比较"笨拙"，不能适应这个社会那么复杂的机心斗巧，这种人实在是不适合于这个世界立足，但没关系，他要守护自己的一片真淳，回到天性所适合的那一个单纯的、生生不息的园田之中。可见陶渊明复杂的人生辩证都投射在"守拙"这两个字里。

历史上，不只陶渊明在做着"守拙"的坚持，在继陶渊明之后三百年，"守拙"此一心志有了一个强壮有力的继承人，那便是中国最伟大的诗人杜甫。杜甫有 1450 多首诗，而且集中创作在他 40 岁之后的人生阶段，就在他 40 岁之后、59 岁过世前这十几年的时间，"拙"字被反复运用，总共出现达 28 次之多，这是一个非常惊人的数字和比例，其中的 27 次全部涉及个人的人生态度和自我评价，而且还进一步创造出"养拙""用拙"等相关词汇。由此可见，"拙"代表了一种不容消磨的人格内质，不但要守住它以避免被扭曲、被根除，杜甫甚至还要去培养它、加强它，用它来为自己的人生安身立命，可想而知，杜甫对这个"拙"字可以说领略甚深，并且把它发扬光大。

杜甫在宋代之后几乎被神圣化，所以被称为"诗圣"，他这种人格坚持对于后来一千多年的传统知识分子不可能没有影响。曹雪芹正是在这样的中国文化传统之下长大的，他读过的书比现今的专业学者还要多上许多，当他用陶渊明所创造、后来由杜甫发扬光大的"守拙"这个词，放在他笔下的薛宝钗身上，难道不是继承这样的传统！如果我们在不了解传统文化的背景下，就把"藏愚"与"守拙"当作伪君子来理解，这对于曹雪芹塑造薛宝钗这个人物的学问和苦心其实是莫大的冤屈。

当然也必须说，曹雪芹在塑造薛宝钗这个人物的时候，所采用的切入角度确实和描述林黛玉不大一样，当写到林黛玉的时候，基本上都会描述她内心的活动，甚至是很隐秘的、不足为外人所道的心思，作者都不吝于做充分淋漓的呈现；但是到了薛宝钗这里，我们比较常看到的是她外在的表现，她说了什么话，做了什么事，而很少触及她内在心理或主观情绪的那一面。前八十回中，薛宝钗唯一哭泣的那一次，是第三十四回薛蟠冤枉她对宝玉有私情，宝钗哭了整整一夜，第二天眼睛还是肿的；另外，宝钗带有赤子之心、非常纯真可爱的反应也只有一次，亦即第二十七回扑蝶的那一次。而唯一一次酸溜溜地觉得自己的优势地位好像被威胁了，虽然不见得那么在意，可是当下真的稍稍感觉到不平，则是在第四十九回宝琴刚来贾府的那一次，让读者觉得宝钗这个人果然也是有血有肉的，多多少少难免有一点点拈酸吃醋的地方。

林林总总这样算起来，我们普通人非常人性化的反应在薛宝钗身上确实是比较少看到，用叙事学的术语来说，曹雪芹在塑造笔下的薛宝钗时，他采用的是"外聚焦"的角度，也就是从外部来描写，读者所看到的便是这个人物呈现在众人眼前的形态。有人说，曹雪芹采用这样的描述方式，就表示他讨厌薛宝钗，但这种推论实在是非常的跳跃，而且很明显已经有一个成见在主导着结论。薛宝钗这个角色是《红楼梦》四百多名可考的形形色色的人物之一，且这四百多名可考的人物各有生命的风姿，在这么多人中，要了解作者是如何看待薛宝钗所呈现的独特生命形态及其人格意义，便必须从整体来考虑，不能把这个人物孤立地凸显出来，因为这样做的话就没有参照系，会导致不能够做客观的评价。

薛宝钗多处都是以"外聚焦"的叙事角度来呈现的，这其实解释了为什么历来读者对于薛宝钗很容易产生一种防备的心理，总觉得她虚假，与林黛玉的那种坦率似乎形成鲜明对比。就人类的交往本身来观察，在现实生活中，人和人之间的交往看起来总好像蒙着一层迷雾，人与人不能互相了解，最多只能做粗浅或泛泛之交，即使我们愿意也无法对别人推心置腹，何况我们从小到大也多多少少受到一些欺骗与背叛，深刻发现了日久不一定能见人心，但利害冲突的当下就必见人心，以致产生了所谓"逢人且说三分话，未可全抛一片心"的警语。根据英国作家 E. M. 福斯特在《小说面面观》里的说法，我们之所以会喜欢读小说，正是因为人与人的相处不可能完全透明，然而小说中的人物却是完全对读者开放的，读小说的时候，读者便可以稍稍放下现实生活中不自觉树立起来的心防，获得一种轻松的补偿。所以说，读者之所以比较喜欢林黛玉，乃因为作者描写了她的大量心理活动，对读者而言她似乎是透明的，因此可以放心亲近。

可曹雪芹对薛宝钗的描写是一种外聚焦，她再现了现实中人和人之间相处的状况，读者只看到她的行动，而不知道她心里在想什么，因此把现实世界中困惑或恐惧的鬼影转移到她身上，用我创造的一个词来说，这是对于"面具"的恐惧心理。尤其薛宝钗又是以藏愚守拙为人格追求，读者望文生义，更容易认定这个人就是表里不一、富含城府心机，很自然地把在现实生活中人和人之间的不信任投射到她身上。

但是，宝钗把她的好恶情绪以及某些评断放在心里而不直接表露出来，这样一种深沉内敛的性格究竟是好还是坏，并不能用非常简单的小孩子式的判断就加以盖棺定论。当我们在思考到底一个人该不该表里如一的时候，事实上涉及好几个复杂的层次，必须说，"表里如一"不一定是好的，"表里不一"也不一定是不好的，人有非常复杂的各种状况，不能一概而论，我们不妨一步一步地抽丝剥茧，仔细思考问题在哪里。

人们通常有一个共识：所谓的表里如一即表示所言所行是忠于自我的，因此是真诚而可贵的。然而这就产生了很严重的问题，什么叫"自我"？幼儿园时期的自我和现在的自我当然不一样，同样地，心情平静、领略到存在的幸福感时的自我，和遭受威胁、感到恐惧焦虑时的自我也不一样。那么请问，"忠于自我"的自我到底是哪一个自我？如果只是跟随自我感觉的变化，而做出不一样的反应行为就叫作忠于自我，就表示是人格的境界很高，那真的是一种小孩子式的、幼稚的理解。

1900 年，弗洛伊德发表了世纪之作《梦的解析》，这部著作影响深远，当然他的理论不是不能挑战的，也不是完全正确的，可是他富有启发性地告诉我们，先不管随着时间发生变化与时俱进的那个动态范畴，只看静态的人格结构就已经有好几个层次了。简单地说，一个人的人格结构基本有三个层次，第一个层次是所谓的"本我"（id），它处于潜意识的状态，活跃在我们没有意识到的底层，但我们可能有很多东西是受到它的影响。"本我"受到快乐原则的支配，追求的是各种原始欲望的满足，也可以说就是非常生物性的部分，最有意思的是，"本我"并不只限于"食、色，性也"这种很本能的层次，它还包括情绪。

柏拉图的《对话录》里有一段话特别精彩，但从来没有老师教过我们，我们的教育里完全没有这个层次，导致我们对自我、对人的认识常常停留在表面，我后来读到这句话的时候简直是醍醐灌顶。柏拉图说：你以为是你在发脾气，是你在生气，在抒发这个情绪，你错了，其实是情绪攫住了你。这个"攫"字实在是非常形象化，就好像老鹰的爪子钳住一只猎物，猎物完全无所遁逃。类似地，当人在情绪的控制之下时，即有如小鸽子被握在鹰爪里无法动弹，完全被它支配，甚至被它操纵生死。原来不是你在生气，而是生气的情绪控制了你，所以我们常常说控制不住自己，在情绪的影响下，不理性地做出一些冲动的举动，事后情绪恢复，不免后悔莫及，这种感觉我们都经历过。佛教里也把愤怒时发的火叫作"无名火"，"无名"就是人不自觉的、不能控制的，它来自一个很深、很黑暗的地方，但是它却凌驾了你，这和希腊哲学家所说的完全是异曲同工。情绪潜藏在一个人所意识不到的底层，和"食、色"一样都是人的本性，人往往会不自觉地受到它的控制，因此，当你生气的时候，是不是必须情绪爆发才叫作表里如一，这就是可以思考的问题。

如果人只有"本我"的话，那也实在太可怜了，幸好人还有其他层次，即"自我"（ego）和"超我"（super-ego）。"自我"属于人格结构中的心理组成部分，即现在意识到的自我，会有一些情绪，有一些纷乱的思维，可能会感觉到某些好恶，觉得冷或者热，决定要去吃什么等等。"超我"则是最高的人格层次，属于人格中道德的部分，"超我"遵循的是完美原则，自觉地努力不逾越禁忌，不去触犯界限，将最好的自己表现出来。"超我"使得人能够独立于潜意识的"本我"之外，不被本能所控制，也不停留在当下的感觉上，当人要发脾气的时候，可以停下来想一想，该不该发这个脾气，以及发这个脾气可能会有什么后果。

人都有"本我""自我"和"超我"这三个层面，很难说哪一个层面是我们唯一该追求的，事实上人生追求也不可能只限定于一个层面，只是将对自我结构的这一认识运用到《红楼梦》里，我们会非常吃惊地发现，《红楼梦》里至少有三个代表人物分别对应着三种不同的自我。从某一意义上看，这三个人都是忠于自我的人，可是他们彼此却非常不同。我以前说过，《红楼梦》里表里如一的人物包括薛蟠，他确实是忠于自我，完全不假修饰，可是他忠于的是受到快乐原则所支配的"本我"，不但放任好色的本性，而且完全直接暴露也不以为耻。我阅读美国学者莱昂内尔·特里林（Lionel Trilling）所写的《诚与真》一书之后，赫然发现薛蟠的这种率真其实属于法国文学中的真诚，也就是像卢梭在《忏悔录》中所做的那样，承认自己的那些伤风败俗并惯惯要加以掩饰的特性和行为。薛蟠确实很真诚，也有他很可爱的地方，但这种可爱不代表可以作为人性的价值，否则这个世界会变成野兽乐园。

再者，林黛玉和晴雯的率真，也往往被视为表里如一，甚至被现在很多崇尚自我的人标举为所谓的"个人觉醒"的代表人物。精细地看，这两个人的忠于自我，都是在所谓"ego"的层面，黛玉一直耽溺在个人的主观感受里，所以不断地钻牛角尖，酿造出许多的泪水，尤其当她产生嫉妒或没有安全感时，便会歪派别人，宝玉往往首当其冲。晴雯更是一个随时会爆发的情绪火药库，连脾气最好的宝玉都曾经被她激怒。可以说，自我的感觉是她们最在乎的，也很可能是绝大多数的读者最看重的，因此她们会比较容易受到读者的喜爱，也就理所当然了。

而第三种忠于自我，即真诚于"超我"，代表人物则是薛宝钗。事实上，宝钗便属于英国式的真诚，特里林指出，英国式的真诚要求人在交流的时候不要欺骗或误导，此外就是要求对于手头所承担的不管什么工作，都要专心致志。所以英国式的真诚不是按照法国文学的方式来认识自己，不是公开自己的卑劣羞耻之处，而是要在行为举止上，也就是你的身份、职业以及各种的伦理角色上，即马修·阿诺德所谓的"差事"方面，和自身保持一致。照这个定义来看，宝钗确实是真诚的，她有着英国式的真诚，当她是个女儿的时候，就很可爱地撒娇，为母亲分忧解劳；当她是人家的晚辈的时候，便谨守分寸，乖顺体贴；当她是朋友的时候，即给予朋友们各式各样的帮助，如同《论语·公冶长》中孔子所说的："老者安之，朋友信之，少者怀之。"纯粹是儒家最高境界的一种体现。

但宝钗不只是把她的角色扮演好而已，她的真诚更是出自忠于道德良知的自我，她是由衷去实践的，并没有前后不一，更没有表里不一，她是从内而外地去实践自己所认为的人应该要有的道德高度。我们当然都知道后四十回不是曹雪芹的手笔，然而，我觉得其中有两句话确确实实简洁扼要地表达出宝钗的道德境界，那是第一百零八回里，贾母在评论宝钗的时候所提到的，她觉得宝钗这孩子很不错，"受得富贵，耐得贫贱"，这八个字非常精彩地触及宝钗的性格核心。宝钗这个人的性格无比均衡，不被外在的是非或得失所动荡，而有一种非常稳定的心性，此种"不以物喜，不以己悲"的境界，也直接体现在她所填的柳絮词里，所谓"万缕千丝终不改，任他随聚随分"，这样的诗句只有具备高度的自我认知与心灵稳定性的人才能写得出来。可叹很多读者却偏偏只看到最后那两句"好风频借力，送我上青云"，并且断章取义，说宝钗一心想要做宝二奶奶，攀附富贵。可是这两句话怎么能够做那样的解释呢？其中的"青云"并不是指富贵，会以为青云只代表富贵，那是现代人的无知，何况宝钗本身就在富贵之中，身为贾、史、王、薛四大家族的成员，嫁给宝玉只算是门当户对，哪里称得上是"上青云"？读者可不要把自己小家碧玉的心思套在大家闺秀身上。从整阕词的前后脉络来看，一来是诗学上的需要，二来是感到不应被悲凉的情调所浸润笼罩，她觉得应该鼓舞起来，学会正面思考，所以才故意作翻案文章，把柳絮说得明朗飞扬。

回到"受得富贵，耐得贫贱"这八个字的评论，我越来越领略到它是对宝钗的一个最高赞美，事实上两句话是化自儒家经典《孟子·滕文公》所说的："富贵不能淫，贫贱不能移，威武不能屈，此之谓大丈夫。"当我还在读中学的时候，对人性真的是一无所知，内心只有一种朦朦胧胧的对于超越的向往，对于"大丈夫"的这三个条件，我的第一个反应是"威武不能屈"最难做到，因为我们从小看很多可怕的电视剧，里面有忠臣被诬陷下狱，遭到严刑拷打，这些情节对小孩子来说简直是惨绝人寰，那实在是个人无法承担的一种恐惧。然而随着年龄增长，对人性有越来越深的认识，我现在的想法是，这三个条件里最难的是"富贵不能淫"。

试想：如果一把大刀就直接架在你的脖子上，那是一种立即发生的威胁，但人只要内在有一股气，其实还是可以抵挡得住，不愿屈服；同样地，身处贫贱时，生活会随时随地提醒你现在是这样的状况，所以相对容易产生自觉，也就有机会锻炼心志，抵挡环境的压力而不改变自己的节操。但人在富贵时，是完全没有压力的，因此也没有任何迹象，更没有人会提醒你，而它对于人的影响是潜移默化的，一切都是那么顺心如意，那么舒适自在，有谁能察觉它的渗透呢？既然很难察觉，也就难以抗拒，久而久之，当发现镜子里的我已经和原来的自己不一样了，那时候一切都来不及了，回不去了。当你没有内在强大的心灵武器时，便很容易被渗透，尤其那些种子已经是深植在脑海里，人怎么可能去扼杀慢慢成型的那一种思想！所以说，"受得富贵，耐得贫贱"真是大丈夫的境界，也是对宝钗的最高赞美。

而要达到这种英国式的真诚，比起黛玉、晴雯、薛蟠之类的率性，不知要困难多少倍，也因此更是庄严厚重。美国哲学家特里林在他的论证里提出了一个发人深省的认识，他说："如果真诚是通过忠实于一个人的自我来避免对人狡诈，我们就会发现，不经过最艰苦的努力，人是无法到达这种存在状态的。"中国传统文化里其实也有类似的看法，金朝元好问在评论陶渊明的时候同样提到类似的见解，他在《论诗绝句》中说："一语天然万古新，豪华落尽见真淳。"一般文学史会认为"豪华落尽见真淳"是指陶渊明在对抗西晋以来的唯美文学，而把文字的精雕细琢等这些外在形式的追求视为"豪华"，但读了特里林的文章之后，我终于更明白元好问的意思。"豪华落尽见真淳"刚好与近一千年后的美国哲学家特里林的认识，古今中外互相呼应，他是指一个人，包括一个诗人，如果要实现"真淳"便必须经过最艰苦的努力，也就是"豪华落尽"的这个过程，把太多的装饰、太多自以为是的情绪、太多误认为的自我全部拿掉，这也近乎我常常分享的一个道理：越是伟大的人，越会勇于缩小自己！

总而言之，如果说林黛玉的那种真诚是小孩子式的真诚，薛蟠的真诚是所谓法国文学式的真诚，那么薛宝钗的这种真诚就堪称为英国式的真诚。其实这三种真诚，我们每个人身上多少都有，因此"如得其情，则哀矜而勿喜"（《论语·子张》），我们对此应尽量给予同情的理解，可是如果抽离来看，薛宝钗的真诚实在可作为每一个人去追求的良好目标。爱尔兰的著名诗人叶芝（William Butler Yeats）说"文明就是力求控制自己"，就这个标准来说，只有薛宝钗能做到这一点，所以她是真正最文明的人。

这样的薛宝钗也经过"豪华落尽"的艰苦努力的过程，她不是一出生便达到"大丈夫"境界的。第十七回提到，蘅芜苑是"一所清凉瓦舍，一色水磨砖墙，清瓦花堵"，当然事实上怡红院、秋爽斋或潇湘馆，其屋舍的建筑材料也应该都有砖瓦，不过此处的重点在于作者在叙事过程中刻意为这一座独特的建筑物所设计的视觉效果，比如潇湘馆外有千百竿翠竹，流水灌园而入，盘桓竹下而出，所以我们看到的是水竹氤氲，它的视觉效果就是天然、自然。

蘅芜苑则不然，第四十回贾母带领刘姥姥逛大观园的时候，路过一站又一站，来到了蘅芜苑，"贾母因见岸上的清厦旷朗"，"旷"指的是空旷开敞，"朗"则是明朗之意。蘅芜苑是大观园中各个建筑群里占地最大者之一，可是如果塞了很多东西，便不一定会给人以开朗的感觉，所以"旷朗"的第二层含义，是表现出薛宝钗真的是一个非常简朴的人，她没有过多的外表装饰。贾母问是不是薛姑娘的屋子，众人回答是，"贾母忙命拢岸，顺着云步石梯上去，一同进了蘅芜苑"，显然蘅芜苑从外面看是所谓的清凉瓦舍，有水磨砖墙，"四面群绕各式石块"，以及作为路径的石梯，完全都是人工创造出来的产物。当作者凸显蘅芜苑的建材质地时，当然就有他的特殊用意，砖、瓦、石事实上是同类产品，都具有规格化的实用性质，而且是为了实用而去制作出来的，所以也可以说是充满了人为的性质，这已经是很有象征意义的了，更重要的一点是，既然是人为产品，它产生的过程即发人省思。

对蘅芜苑这样的一个视觉设计，其实也隐含着宝钗的成长过程。要创造瓦和砖，过程中要经过陶冶、铸模、烈火焚烧，那需要有上千度的高温，才能够彻底改变天然的本质，类似地，"超我"的养成当然要经过一段人文化成的过程，也就是文明的过程。宝钗并非一出生便是这样的一位大家闺秀、完美淑女，小说中有两段相关文字为证，在第四十二回"蘅芜君兰言解疑癖"一段中，宝钗看到黛玉已经诚心认错，也就不想穷追猛打，反而用所谓的"兰言"来劝慰黛玉，她说：

> 你当我是谁，我也是个淘气的。从小七八岁上也够个人缠的。我们家也算是个读书人家，祖父手里也爱藏书。先时人口多，姊妹弟兄都在一处，都怕看正经书。弟兄们也有爱诗的，也有爱词的，诸如这些《西厢》《琵琶》以及《元人百种》，无所不有。他们是偷背着我们看，我们却也偷背着他们看。后来大人知道了，打的打，骂的骂，烧的烧，才丢开了。

通过这段话可以知道，宝钗是受到严格的教育过程才发生了转变，其结果是她认可了礼教的观念。有不少人用冷嘲热讽的口吻说，宝钗居然好意思去指责黛玉，她自己还不是偷看杂书。不过，这种嘲讽是很没道理的，算得上是欲加之罪，一个人小时候做的事情，等长大之后认为是错的，而且也真的改变了，并用同样的标准来劝戒别人，这个人事实上是里外一致的，他并没有使用双重标准，所以用这样的方式来批评薛宝钗的人，他们的逻辑是很不够精确的。其次，宝钗在这里一点都没有收伏黛玉的意味，如果宝钗视黛玉为情敌，就不应该把黛玉变得更符合女教观念，免得黛玉得到长辈的欢心，而变成更大的劲敌，所以会这样批评宝钗的人，也是连真正的权谋都不懂。

总而言之，在上述这段话里可以看到，宝钗的性格确实早先和黛玉是一样的，也即所谓的"天然之性"，但是在她七八岁的时候由于外力的塑造而发生了质变，产生了内在的彻底改变。对照一下，李纨则是一出生就受到那样的教育，所以她根本没有选择的余地。再看黛玉是心服口服，否则不会一再求告："好姐姐，原是我不知道随口说的。你教给我，再不说了。"这证明黛玉根本是传统妇德女教观的信奉者，只是由于某些原因使得她能够放任自我（ego）的一面，也只不过是偶尔犯错，但是一旦宝钗祭出那个价值观之后，黛玉立刻就诚心地认错。

林黛玉的真正转变发生在第四十五回"金兰契互剖金兰语"，这一段基本上是第四十二回的延续，发生在几天之后，黛玉对宝钗大发感叹：

> 你素日待人，固然是极好的，然我最是个多心的人，只当你心里藏奸。从前日你说看杂书不好，又劝我那些好话，竟大感激你。往日竟是我错了，实在误到如今。细细算来，我母亲去世的早，又无姊妹兄弟，我长了今年十五岁，竟没一个人像你前日的话教导我。

由此看来，如果说宝钗的成长过渡仪式是发生在七八岁的时候，那么黛玉的则是发生在十五岁。黛玉很清楚地知道为什么她自己的个性会这么放任，原因在于"母亲去世的早，又无姊妹兄弟"，没有母教的引导，又没有姊妹兄弟的互动，从中学会怎么分享、怎么忍让、怎么互助的经验，所以她才会如此孤僻，不能和人家相处。

薛宝钗的个性成长变化和蘅芜苑的山石景观可以产生一种非常巧妙的呼应，其间到底有没有穿凿附会，我自己想了很久，觉得不妨把它当作一种平行的对照来看。当然作家不见得是刻意做这样的设计，但如果能够因为这样的解释而让我们对于小说，无论是人物或其他情节安排有更深的认识，那就是一个很好的参考。

大观园各处初拟名

一直以来，读者对于大观园各处的命名有所误会，大多以为是由贾宝玉所主宰，因为他被视为大观园的主人。但宝玉不是主人，大观园并非为他而创造的；在小说所奠基的现实逻辑中，大观园是为元春而造的。同样地，也只有元春才有权力有条件地开放大观园。

其实，对大观园各处的命名，还有居处的空间配置关系，甚至一些其他微小的设计都在告诉我们，生活于大观园中的少男少女们，他们只不过是在礼教稍微松动而给予余地的情况下，感受到化外的快乐和自由，但在他们背后仍有一个终极的主导者，这是在贾府这样的阶级背景下绝对不可能豁免的。对此，我们一定要回到他们的生命史和生活状态中来理解。

一般而言，命名的意义其实很重大，笼统地说主要分为两个层次。首先是具有命名权力的人，他通常地位最高，而且拥有最大的主权。新生命诞生之时，具有命名权力的通常就是家族里地位最高的人，例如父亲或者祖父母，这是一个很常见的现象。

第二，被命名的对象会因此被赋于独一无二的生命，甚至被赋予一个真正能够让它存在的灵魂。在《圣经》还有中西方古老的神话中，命名都是非常庄严而且重要的活动，因为一个抽象的原理或者不存在的概念，会透过命名而化为真实。有一个最显明的例子即是《圣经》，《圣经》里上帝说要有光，于是就有了光，这意味着语言、文字本身，事实上有一种具体赋形、转化创造的力量，命名更是如此。我读大学的时候，台大有一位西班牙籍的神父教拉丁文，他告诉学生《圣经》的比喻：草原上的牧羊人，对于他所养的每一只羊，都能够辨别它们各自的特色，因此，每一只羊也都有自己的名字。西方文化里认为一个生命体只要有了名字，它就是独立的个体，就是有灵魂的，对于有灵魂的对象，当然要用独一无二的方式去对待它。

命名活动从神话时代到现在，其实都是具有非常复杂、深刻之意涵的文化活动，大陆学者纳日碧力戈在《姓名论》里谈得最为言简意赅，他说："对于那些姓名体系具有重要社会功能的族群来说，命名是一种动员，是一种维系，也是一种教育。在命名过程中，族群成员以自己的社会活动和心理活动，表现社会的结构和传统的权威；强调群体和个人的义务，联络感情，交流讯息。同时，命名活动也是对社会行为方式、分类知识、文化观念等方面的再现和调适，是新旧势力矛盾、对抗的过程。"这段描述比较抽象，我们要仔细去体会、去印证，才会了解到，命名的确是人类的各种社会动员中，虽然看不见，但是攸关重大的一项活动。

因此我们如果观察这几十年来关于命名潮流的不同变化，便会发现它也反映了时代的价值观。像我们那个时代女生的名字，很明显通常是来自两大范畴：一个范畴就是美丽，所以常见"美、丽、秀、娟"等字眼；另一个范畴则是来自妇德，所以名字里有"淑、贞、媛、慧"等，这些用字彼此再产生各种的组合。到后来，大家觉得这实在俗气，所以又开始有了新的变化，到现在甚至走向了中性化，从名字上看不出性别。由此可见，当大家都使用同一类的名字时，再好听的名字都会显得俗气。

杜甫就是一个很好的例子。和陶渊明一样，当他们变成父亲的时候，都很平凡，杜甫为他的头胎儿子取名为"宗文"，以文为宗，这反映了唐代注重科举，也包含诗歌创作的主流价值观；第二个儿子，就叫作"宗武"。在初盛唐时期，对读书人来说，一生中最高的成就便是文武全才、出将入相，可以带兵打仗，又可以治理国家。综上所述，命名具有非常深刻的象征，而且在不同的文化和社会群体中，可以通过命名，考察出很多隐蔽在表象之下内心的幽微秘密。

命名行为体现了文化观念的再现与调适，甚至有新旧势力的矛盾和对抗的过程，而这些都表现在大观园的命名上。以下我简单举几个例子。大家都知道，大观园中几个重要处所的命名，似乎都是由宝玉展示命名权，试看在第十七回，贾政作为一个严父，他处处压制宝玉的气焰，然而最后还是采用了宝玉所题的那些联额。但是随着我对《红楼梦》越来越熟悉，越来越不满足于表象的时候，我就发现事情并没有那么简单。表面上看起来是宝玉命名的，但其实他并没有决定权，这才是真正的关键。

第十八回先透过元春回来省亲的眼光，看到各处所题的联额"皆系上回贾政偶然一试宝玉之课艺才情耳，何今日认真用此匾联？"书中时常提点读者，贾府是世代簪缨之族，具备深厚的教养，所以他们绝对不会去做那些不登大雅、暴发新荣的事情，而贾政之所以会做出让人家以为是暴发户的行为，不是没有原因的。也显然曹雪芹和贾政都深怕被误会，所以在小说中立刻加以说明。

下面一段说明原委的文字非常重要："贾妃未入宫时，自幼亦系贾母教养。后来添了宝玉，贾妃乃长姊，宝玉为弱弟，贾妃之心上念母年将迈，始得此弟，是以怜爱宝玉，与诸弟待之不同。且同随祖母，刻未暂离。"更实质地说，元妃和宝玉的关系与其说是姐弟，不如说是母子，元妃等于是一个"替代母亲"，甚至是"替代父亲"，负责对宝玉的启蒙教育，这也是明清读书人家庭中常见的现象。由此可想而知，元春的文化修为必定很高，她真的是出身世家名门，绝对不是泛泛之辈，她不是只因贤德才被选为贵妃。

因此，"那宝玉未入学堂之先，三四岁时，已得贾妃手引口传，教授了几本书、数千字在腹内了。其名分虽系姊弟，其情状有如母子。自入宫后，时时带信出来与父母说：'千万好生扶养，不严不能成器，过严恐生不虞，且致父母之忧。'眷念切爱之心，刻未能忘。"元春这时候已经是凌驾于父权之上的代表皇权的一员，传达这样的圣谕，其实会带给贾家父母另外一个压力，推动着他们对这个孩子进行更严格的教育。由此可知，并不是因为贾政和他儿子有仇，所以才摆出一副严厉的样子。

请大家再看同一回的另一段文字叙述：

> 贾政闻塾师背后赞宝玉偏才尽有。贾政未信，适巧遇园已落成，令其题撰，聊一试其情思之清浊。其所拟之匾联虽非妙句，在幼童为之，亦或可取。即另使名公大笔为之，固不费难，然想来倒不如这本家风味有趣。

"偏才"就是正统教育之外的那些文艺才华，对读书人来说，最重要的是四书五经，要走的是学问经济之路，在这正统教育之外，可以写一些诗词颐情养性，但那只是"偏才"。虽然这个"偏"字有一点贬义的味道，可是不要忘记，塾师是在称赞宝玉，所以我们如果以为正统读书人全部都是又顽固、又迂腐，致力于打压性灵，那就落入了现代人建构出来的黑白二元的对立观。塾师是背地赞美的，当然这是因为他不希望宝玉在学习过程中本末倒置，毕竟读书还是要有轻重缓急，可他还是肯定了这种才华。贾政听了如果不高兴，应该会说让宝玉这匹野马收心回来，不要再浪费力气在那些"偏才"上，但贾政的反应却是要借这个机会来测试一下。

而宝玉这个时候是虚岁十二三岁，相当于小学五六年级的小朋友，请注意年龄是很重要的评价基准，因此贾政说宝玉所拟的匾联"虽非妙句"，但"在幼童为之，亦或可取"。贾家是何等人家，要大手笔聘人题匾联，也是很容易的，但贾政"想来倒不如这本家风味有趣"，意指这些文字是我们家里的孩子，和元春流着同样血脉的子孙所写出来的，那当然可以相得益彰。

其次，贾政的考虑是："更使贾妃见之，知系其爱弟所为，亦或不负其素日切望之意。因有这段原委，故此竟用了宝玉所题之联额。那日虽未曾题完，后来亦曾补拟。"元春是回娘家省亲，当然题撰要用自家的风味，再加上元妃切望这个幼弟能够有所长进，现在这些手笔就是要让元妃看了之后心里得到安慰，所以贾政做出让宝玉为大观园初步命名的决定，是出于面面俱到的考虑。很明显，宝玉虽然题了名，但是否采用这些名字的决定权在贾政手中。假如说命名真的是一种主权宣示的话，那么宝玉根本不是大观园的主人，因为他上面还有父权。由此可见，大观园之所以采用宝玉的命名，原因之一是本家风味，其二是投合元妃的心理。

值得注意的是，这里留下一个"补拟"的小小尾巴，到了遥远的第七十六回才做交待，让我们知道当时进行初拟工作的还有各位姐妹。湘云和黛玉在中秋夜联句，逛到了凹晶溪馆和凸碧山庄，在二人的对谈过程中提到，原来"凸碧"和"凹晶"这两个名字其实都是黛玉拟的。湘云说这山之高处就叫"凸碧"，青绿色的山，加个"凸"字便非常形象化，而"碧"字变成名词来使用，都有"化俗为雅"的功效。从宋代的诗评以来，一直到《红楼梦》的创作中，"化俗为雅"都是作者力求在文字上有所超越、有所翻新的一种追求目标，这不只是用一般性的审美趣味来炼字造句，如果可以把一些听起来就很讨厌的俗字用得非常高雅，让人家耳目一新，更是才华很高的一种表现，所以整部《红楼梦》里"化俗为雅"的情况非常多。

就此，我再举一个例子，黛玉写的《白海棠诗》里"偷来梨蕊三分白，借得梅花一缕魂"已经变成名句，正是因为用"化俗为雅"的手法创作出诗眼。梨蕊的白、梅花的魂现在灌注到白海棠身上，这当然非常新鲜，因为打通了花和花之间的界限，彼此可以精神交流、互相映衬，更产生非常感人的力量。不过这两句诗的灵感，事实上是来自宋代"梅须逊雪三分白，雪却输梅一段香"（卢梅坡《雪梅》），从数字的用法到概念都从后者脱化而来，黛玉这两句诗化俗为雅的具体用字在"偷"和"借"，尤其是"偷"这个字，如果单独使用，我们的第一直觉一定是反感，但是黛玉把它用在打通植物之间的隔阂，让它们的精神彼此焕发、交流映照，整体呈现了非常美好的精神激荡，它也就成为精彩的诗眼。由此可知，《红楼梦》所继承的是非常庞大而深厚的文学与文化的大传统。

"凹晶溪馆"的取名也是一样，黛玉把那些建筑物所在的地势特征加以形象化，湘云领会其中的用意，解说道：

> 这山之高处，就叫凸碧；山之低洼近水处，就叫作凹晶。这
> "凸""凹"二字，历来用的人最少。如今直用作轩馆之名，更觉
> 新鲜，不落窠臼。可知这两处一上一下，一明一暗，一高一矮，
> 一山一水，竟是特因玩月而设此处。有爱那山高月小的，便往这
> 里来；有爱那皓月清波的，便往那里去。只是这两个字俗念作
> "洼""拱"二音，便说俗了，不大见用，只陆放翁用了一个"凹"
> 字，说"古砚微凹聚墨多"，还有人批他俗，岂不可笑。

《红楼梦》所追求最高的审美原则，就是要新鲜、不落窠臼，也即
不落俗套，所以"新"这个字，便是《红楼梦》里最常用的一个审美
用字。黛玉立刻接了话了，她说：

> 也不只放翁才用，古人中用者太多。如江淹《青苔赋》，东
> 方朔《神异经》，以至《画记》上云张僧繇画一乘寺的故事，不
> 可胜举。只是今人不知，误作俗字用了。实和你说罢，这两个
> 字还是我拟的呢。因那年试宝玉，因他拟了几处，也有存的，也
> 有删改的，也有尚未拟的。这是后来我们大家把这没有名色的也
> 都拟出来了，注了出处，写了这房屋的坐落，一并带进去与大姐
> 姐瞧了。他又带出来，命给舅舅瞧过。谁知舅舅倒喜欢起来，又
> 说："早知这样，那日该就叫他姊妹一并拟了，岂不有趣。"所以
> 凡我拟的，一字不改都用了。

原来大观园中的景点太多，大大小小不可胜数，只能择其要者而命名，次要的或者是根本不重要的就来不及拟。因此，在省亲那一天的重大仪式结束之后，便有较多的时间让其他人来参与命名活动。

请留意"注了出处"这四个字，因为具有决定权的人，不一定比这些人有学问，要看典故来源恰不恰当，再看用这个典故之后所创造出来的名字是不是适合，所以不仅要注明出处，还要写这个房屋的坐落，由此才能通盘考虑所拟的契不契合。黛玉的性灵是《红楼梦》中最突显的，也是读者最能够领略的，只要她的作品出现，宝玉一定说是第一名，而现在连贾政都很欣赏黛玉那种清新脱俗的性灵风采。只不过，包括黛玉的拟名都得先"一并带进去与大姐姐瞧了"，因为元春是皇妃，代表至高无上的皇权，因此一定要由她来做终极的决定，只因元春是回到家里省亲，所以她把皇权暂时让出位置，希望作为一个女儿，能够尊重父亲，于是才又带出来给贾政看，等于表示由贾政来决定。黛玉说"凡我拟的，一字不改都用了"，由此我们可以合理推测她的言外之意：不是她拟的那些名字，贾政就多少有一些修改了。由此看来，具有删改权的人除了元春，还有贾政。所以，大观园第一优位的主人是元妃，第二优位的则是贾政。

大观园的真正主人

林黛玉、贾宝玉他们是实质的初步命名者，也因为他们是大观园的真正活动者和居住者，所以在元妃的疼爱之下，由他们初拟的大部分名字最后还是成为大观园各个处所的标志，这些命名都有他们个人的痕迹。不要忘记，名字会为一个对象赋予灵魂，而大观园的存在，当然和这些姐妹包括贾宝玉，是互相呼应的，基本上就是他们自我的延伸，但必须说，他们并不是大观园真正的所有人。

在命名的决定者方面，元春代表的是君权，贾政代表的是父权，此二者是整个传统社会赖以建立、不可或缺的基本伦理架构，基本伦理架构是那个时代不可能摧毁的，我想连我们今天也不可能完全摧毁，而且也没有必要摧毁。何况假如摧毁这样的伦理架构，一定会导致自我的毁灭，这是非常吊诡的事情，而大观园毁灭的原因之一，正是它再也无法维系它内部的伦理秩序。

在第十八回中，元春省亲之日对大观园的命名进行删改，这种行为从另一意义来说，元春是以一个大观园之外的权威，对大观园内部的某些主观意志造成一种干扰，甚至是钳制，但从另一个角度来说，这却是对大观园的支持和加强，否则她怎么会让这些姊妹们住进去，她修改后的名字又怎么会和未来的屋主更加地契合！书中说："元妃乃命传笔砚伺候，亲搨湘管，择其几处最喜者赐名。"她亲自去题名的，都是她最喜欢、当然也是大观园中最重要的地方，果然比宝玉的初拟更好。另外整座园子的名称也不是宝玉自己取的，原初宝玉起的名字叫"省亲别墅"，而元妃赐名改作"大观园"。

一般以为，"大观"表示宇宙之丰富全部都被包容在一个园子中，因此，它是最完美圆满之所在的概念；但更根本地说，"大观"其实是"王道"的意思，元春用以歌颂皇恩，这一点非常重要。而贾宝玉虽然是整部书的男主角，但他只是这么多的交互关系里的一员而已。这个命名调节的过程，确实也就是权力展现的动态过程，其间新旧势力的对抗和彼此之间价值观的颉颃与调节，都在命名的过程中体现出来，这才是它重要的象征意义所在。

试看林黛玉所住的屋舍，在宝玉的命名之下原来叫"有凤来仪"，但是它变成我们今天所熟悉的"潇湘馆"，这也是经过元春的修改的。"潇湘馆"这个名字比"有凤来仪"更精美，所以关于好坏或者是得失之间，有的时候不能只根据书中主角的观点来做判断。而宝钗的住所，宝玉原初命名为"蘅芷清芬"，也是在元妃的笔下，改头换面成了"蘅芜苑"，在我看来，元春改得确实比较好，因为宝玉的用法有点稚气与傻气。后来成为李纨住所的"杏帘在望"被元春改作"浣葛山庄"，其后因为元春看到了宝玉应制所写的"颂圣诗"（实为黛玉捉刀），她觉得那写得更好，所以从善如流，根据其中的一句"十里稻花香"，而把"浣葛山庄"改成了"稻香村"。

此外，初拟名时，宝玉把将来的怡红院取名为"红香绿玉"，同样在第十七回中，众清客提出建议，从古代的典故里取了很多的成语给贾政做参考。宝玉听了道："妙极。"又叹："只是可惜了。"众人问："如何可惜？"宝玉道："此处蕉棠两植，其意暗蓄红绿二字在内。若只说蕉，则棠无着落；若只说棠，蕉亦无着落。固有蕉无棠不可，有棠无蕉更不可。"原来"红香绿玉"所对应的，一个是芭蕉，一个是海棠。

书中写到"院中点衬几块山石，一边种数本芭蕉"，"本"就是株、棵、支的意思，它本来是中国使用的一种数量词，后来流传到日本，这种用法保留在日文里，一支铅笔就叫"一本铅笔"，所以这里"数本芭蕉"是数棵或数株芭蕉的意思，而因为芭蕉只有大片的绿叶，泛出光泽，便叫作"绿玉"。"那一边乃是一棵西府海棠，其势若伞"，它的树冠层枝叶很茂密，看来这绝对不是小幼苗，它"丝垂翠缕，葩吐丹砂"，开出红艳的花朵，所以才叫"红香"。当时众人赞道："好花，好花！从来也见过许多海棠，那里有这样妙的。"贾政解释说："这叫作'女儿棠'，乃是外国之种。俗传系出'女儿国'中，云彼国此种最盛，亦荒唐不经之说罢了。"由此可见，贾政对这些"荒诞不经"的所谓"偏才"知识竟也了如指掌，我们真的给贾政太多的偏见，把他负面地扁平化，这是极其不公道的。至于西府海棠本身并不是荒诞不经的杜撰，在王公贵族的府宅里就有现实的蓝本，它目前还种在北京存余无多的王府里，据说已经生长了几百年，那是非常珍贵的品种。

请特别注意"蕉棠两植"一词，它暗中保留了"红""绿"两个字在内，可见宝玉觉得这是一个各有千秋、分庭抗礼而缺一不可的安排，如果只说芭蕉，则海棠就没有着落，如果只说海棠，那么芭蕉也没有着落，有蕉无棠不可，有棠无蕉更不可。于是贾政问："依你如何？"宝玉道："依我，题'红香绿玉'四字，方两全其妙。"贾政摇头说："不好，不好！"不过后来他还是采用了，理由如前所述。这里有两个词事实上是同义互文，一是"蕉棠两植"，一是"两全其妙"，意指它们要共同存在，才能建构出真正的完美。回想先前在太虚幻境里，体现出真正完美的女子不就是"兼美"吗？她又风流袅娜，又鲜艳妩媚，可谓"钗黛合一"。所以此处的"蕉棠两植"其实便是"两全其妙"，也正是"兼美"，亦即"钗黛合一"。

大多数人在各有所爱的情况下，很容易对不爱的那一方有过多的贬抑，也有过分的距离，而因此不能够欣赏它的美，但是曹雪芹作为一个超越的作家，他并不偏袒笔下的任何一个角色，这才营造出真正的复调小说的深厚和复杂。我们不断在小说中看到，作者在很多地方要彰显的就是"兼美"的价值，若要两全其妙，其实必须是钗、黛要合一。

恰似第五回对"兼美"的描述是："鲜艳妩媚，有似乎宝钗，风流袅娜，则又如黛玉。"很明显地，"红香"偏向于鲜艳妩媚，是对应于"钗黛合一"中的宝钗，而"绿玉"所对应的当然就是黛玉，二者不只共享一个"玉"字，"绿玉"这个词本身就等于黛玉，因为"黛"是青黑色，即很深的青绿色。就此而言，《红楼梦》里不但有类似的文本证据，而且给我们更多的内在讯息，提示二者的一致性，即第三回中，林黛玉第一次进荣国府的时候，宝玉问黛玉有没有表字，黛玉说无字，宝玉笑道：

"我送妹妹一妙字，莫若'颦颦'二字极妙。"探春便问何出。宝玉道："《古今人物通考》上说：西方有石名黛，可代画眉之墨。况这林妹妹眉尖若蹙，用取这两个字，岂不两妙！"探春笑道："只恐又是你的杜撰。"

事实上，这真是他的杜撰，于是宝玉便笑说："除《四书》外，杜撰的太多，偏只我是杜撰不成？"由此可见，对于儒家的经典《四书》，他不但不认为是杜撰，还根本认为就是圣人的精神所在，要去仔细研读，所以真的不能说《红楼梦》或贾宝玉是反儒家的，这中间有很多的层次一定要分清楚。

在宝玉所杜撰的《古今人物通考》里，"西方有石名黛，可代画眉之墨"这句话是此处的重点，"黛"是很深的青黑色，所以它和绿玉的"绿"字相通，它不是纯黑色，却可以代替画眉之墨，因为即使以今天的化妆术来说，用纯黑色画眉都觉得太重。住在大观园里的金钗们，只有一个人是不用画眉毛的，因为她本身就是浓眉大眼，五官鲜明，那个人即薛宝钗，她"唇不点而红，眉不画而翠"。至于"西方有石名黛"这一句，"黛"连质地也都和宝玉产生了很紧密的关联，宝玉的前身不就是一块玉石吗？而玉本身也是石头材质，只是因为是美石，所以才叫作"玉"。因此，"绿玉"等同于"黛玉"，简直是毫无问题。

原来对宝玉来说，一个女性或者一个人的完美，其实必须要以"蕉棠两植"来体现，不能偏废任何一方，所以他才拟成"红香绿玉"。但这样的心愿只有在仙境里才有可能实现，因为它是矛盾的，在现实世界是不可能的，其中的道理类似于坐了椅子就大概不能再坐桌子。

"红香绿玉"本来是要两全其妙，但是元春以皇权介入之后，使得两全其妙的均衡发生了倾斜。她先将"红香绿玉"改作"怡红快绿"，把一个非常重要的关键字"玉"给隐没了，其后又名曰"怡红院"，这么一来，连"绿"这个属性也都完全消失不见，而变成了"红香"独大，这个过程的涵义读者自然都可以想象得到。当元春省亲完毕，回到皇宫之后，叙事时间很紧凑地来到了端午节，第二十八回端午节皇妃有赐礼，全家上上下下重要的人物，统统都有一份礼物，可是礼物会依照层级而有不同品项的差异：老太太是最高等级，其次则是太太和老爷一个等级，再次就是宝玉和宝钗，黛玉反而降一级，和众姐妹同等。宝玉回到怡红院发现礼物是这样安排的时候，他便觉得很奇怪，第一个反应是："这是怎么个原故？怎么林姑娘的倒不同我的一样，倒是宝姐姐的同我一样？别是传错了罢?"袭人回答说这怎么可能弄错呢？因为每一份礼物都是写好了签子，名条都在上面，一份一份清清楚楚，是不可能弄错的。

元妃的心意很明显，她属意于宝钗。回过头来看她对怡红院命名的调节情况，已经隐隐然显露出她的取舍，也就是说，她比较肯定"红香”型，所以只让宝玉所住的屋舍以“怡红”为名，后来顺理成章，在礼物上便区隔出这个差异。不过我要提醒的一点是：元妃虽然属意宝钗将来做怡红院的女主人，但是并不代表元妃更喜欢宝钗，这是两个层次的问题，然而一般人却很容易混淆。

其实，删掉“玉”这个字的人不只是元妃而已，当初在元妃省亲时，大家各自应制作诗，宝玉刚作完潇湘馆和蘅芜苑二首，正在作怡红院的部分，起草内就有一句话叫作“绿玉春犹卷”，而在此之前元春已经把“绿玉”删掉了，只命名“怡红院”，结果宝玉还是坚持用“绿玉”，这里面就有一点主观的对抗：你喜欢那样，可是我坚持我原先的想法。然后宝钗转眼瞥见，便趁众人不理论，急忙回身悄推他说：“他因不喜‘红香绿玉’四字，改了‘怡红快绿’；你这会子偏用‘绿玉’二字，岂不是有意和他争驰了？况且蕉叶之说也颇多，再想一个字改了罢。”在宝玉的顽抗之中，宝钗介入了，告诉他说这个皇权是不可以去违逆的。

宝玉见宝钗如此说，就擦着汗，说道：“我这会子总想不起什么典故出处来。”宝钗提议把“绿玉”的“玉”字改作“蜡”字。宝玉又问那“绿蜡”可有出处？宝钗便说：“亏你，今夜不过如此，将来金殿对策，你大约连‘赵钱孙李’都忘了呢！”于是她提醒宝玉，晚唐诗人钱珝《咏芭蕉诗》有一句“冷烛无烟绿蜡干”，而这首诗真的是名诗，只要选唐诗三百首、五百首大概都会选上它。该句形容刚冒出来的芭蕉绿叶，还卷着的，就像绿蜡一样，泛着蜡的光彩，但是它没有冒烟，所以这是非常巧妙的比喻。宝玉一听，即洞开心臆，醍醐灌顶，称赞宝钗是他的“一字师”，随之把“绿玉”改成了“绿蜡”。

当然，这整个命名过程的隐喻，当事人不一定都有自觉，宝玉不可能去和他的姐姐对抗，我们现在说的都是从整体结构和情节发展所做的诠释。皇权的介入，确实让我们看到林黛玉恐怕并不是贾家未来当家女主人最适合的人选。

然而，宝钗和黛玉相比，真的就比较受到元妃喜爱吗？这个问题我一定要特别来谈。元妃"二十年来辨是非"，她在皇宫中待了二十年，二十年中她每天的生活时时刻刻即是面对尔虞我诈，因为那个环境便是如此，身在其中，就算不害人也要自保，总要很懂得察言观色，"辨是非"的"辨"就是对人和人之间很复杂的恩怨纠葛有精密的认识力、良好的判断力。所以这个人绝对不会用感性直觉来做判断，当她要考虑贾家这个百年世家大族的未来时，不能只依照个人的好恶做出取舍，而是要考虑一干人的未来。黛玉的个性适合来执掌这样的大家族吗？她不适合，从里到外都不适合。首先，林黛玉体弱多病，她根本不可能操心家常事务，而贾家的事务又是非常庞杂的，不但王夫人应付不来，连王熙凤也累病了。在第五十五回中，王熙凤针对谁适合帮她理家列举出一干人，并一一评估：

　　虽有个宝玉，他又不是这里头的货，纵收伏了他也不中用。大奶奶是个佛爷，也不中用。二姑娘更不中用，亦且不是这屋里的人。四姑娘小呢。兰小子更小。环儿更是个燎毛的小冻猫子，只等有热灶火坑让他钻去罢。真真一个娘肚子里跑出这样天悬地隔的两个人来，我想到这里就不服。再者林丫头和宝姑娘他两个倒好，偏又都是亲戚，又不好管咱家务事。况且一个是美人灯儿，风吹吹就坏了；一个是拿定了主意，"不干己事不张口，一问摇头三不知"，也难十分去问他。

　　幸好家族里有一个根正苗顺的人，而且非常能干，那个人就是探春。从王熙凤的这番话可见，她顾及黛玉的病体，所以家务事不好去问黛玉，而只是问问家务事，都会造成她的压力和负担，如果她真正要来当家，那更不得了，岂不等于是催命符吗？黛玉的柔弱是一望可知的，元妃的眼光犀利，当然一目了然。这是黛玉不适合当宝二奶奶的一个原因。

　　就此来说，元春并不是从个人喜好上选择薛宝钗的，相反，我有一个证据证明元春应该是更喜欢林黛玉。同样在元妃回来省亲的这一段里，龄官第一次露脸，展露她的才华。当戏演完了，一个太监执一金盘糕点之属进来，问："谁是龄官？"贾蔷便知是赐龄官之物，想必是皇妃非常欣赏她，所以给她额外的赏赐，于是欢喜得忙接了，还命龄官叩头。太监又道："贵妃有谕，说'龄官极好，再作两出戏，不拘那两出就是了。'"贾蔷忙答应了，命龄官做《游园》《惊梦》二出，但龄官自认为这两出原非本角之戏，定要改成《相约》《相骂》。贾蔷扭她不过，只得依她作了。贾妃甚喜，命"不可难为了这女孩子，好生教习"，又额外赏了两匹官缎之类。

　　从这段描写来推敲，元妃当然知道龄官抗命，可她不但不以为忤，反而很高兴，认为这女孩子有个性，并且居然叫人家不要为难她，那岂不等于给了龄官一个护身符，以后谁还敢指正她？而在《红楼梦》里，林黛玉的重像有好几个人物，在性格、家世背景或者人格特质等方面，都和她有很高度的近似，龄官便是其中之一。所以龄官这种坚持自我、不惜抗命，以及她非凡的才华，这些都和林黛玉很类似，而且她和黛玉也长得很像。在第三十回龄官画蔷的时候，宝玉第一次看到龄官，并没有认出来，还觉得她"眉蹙春山，眼颦秋水，面薄腰纤，袅袅婷婷，大有林黛玉之态"。从这段情节来看，我们可以体会到的是，元春就其个人主观而言，其实她比较偏好这种很有个性的人，愿意鼓励她们继续去发展这种和世俗比较脱节的个性，甚至助长她们的叛逆性。

换句话说，龄官既然是黛玉的翻版，同理相推，元春也应该比较欣赏黛玉，然而她却把"红香绿玉"的"玉"字删掉，后来又在端午节赐礼上这么明确表达出她的取舍意志，只能说，元春为家族命运做考虑的时候，很明显地是把个人的好恶放在一边。这便显示出一个理性内敛、懂得分寸的人，绝对不会让自己膨胀成为超级主体，完全以自己的好恶为真理，尤其是面对攸关家族存亡的大问题，更不能只靠自己的主观好恶，只看自己对个体的评价标准，而必须从整体来着眼。这就是元春选择薛宝钗的原因，宝钗稳重和平，也确实最适合来担当这样的重责大任。

总而言之，凌驾于大观园之上的，不但有整个荣国府，也就是父权，而在父权之上还有来自皇宫的皇权，因此所谓的个人主义和自我觉醒，都必须限定在一个有限的范围之内。这并不是说完全压制个性是好事，但是如果让个性任意发展，结果也会非常的混乱，因此必须要在群体与个人之间尽量取得均衡，对《红楼梦》的所有情节，我们更应该要面面俱到，才能够对这些情节做出合理的诠释。

省亲正殿在园内正中

关于居处空间配置的意义，要从整个大观园来着眼，而每所屋舍坐落的情形，以及彼此之间的相对关系，也非常重要，脂砚斋曾说第十七回贾政带着大家游园题名的情节，使得这一回成为"一部之纲绪"。这一回与大观园息息相关，而大观园又是此后最重要的叙事舞台，所以"不得不细写，尤不可不细批注"，因为"后文十二钗书，出入来往之境，方不能错落，观者亦如身临足到矣"，只有把这一回弄清楚，才不会错乱，也才能够有身临其境的感觉。

根据原文描述可以推测，元春回来省亲的正殿一定是在大观园的正中央，而正殿与大门之间则有一条宽阔笔直的大道。作者通过这种设计提醒读者，贾政一行人虽然从正门进来，但走的不是这条大道，而是旁边的小路，他们的计划是先从这条小路往里走，逛完一圈之后再从另外一侧小路出正门，这样才能把整座大观园充分游历。对此，脂砚斋的批语说："今贾政虽进的是正门，却行的是僻路，按此一大园，羊肠鸟道不止几百十条，穿东度西，临山过水，万勿以今日贾政所行之径，考其方向基址。故正殿反于末路写之，足见未由大道而往，乃逶迤转折而经也。"由此可见，大道只有一条，也就是从怡红院出来后，他们所看到的那一条宽阔大路。既然贾政一行人的路径不足为凭，若要去把握各个重要屋舍在大观园整体中的坐落情况，我们能做的就是仔细整理，不放过任何一个细节，再从细节里重新推敲，然后整合出一个大观园的屋舍坐落图。

大观园中的重要处所各有各的个性，而且和园外的宁、荣二府体现伦理秩序的正统建筑有所不同，但这种不同并不是绝对的，而是会有一些重叠以及互相牵制。著名的挪威学者诺伯舒兹（Christian Norberg-Schulz）在《场所精神——迈向建筑现象学》一书中曾提出"场所精神"的概念，也就是空间的人文学意义，参考他的说法，可以让我们对大观园的特质有更清楚的把握。他认为"人为场所"是一系列的环境层次，从村庄、市镇到住宅，乃至于住宅的内部，它们不仅构成了这些空间环境的建筑形式和活动内容，还会呈现特定文化的丰富意涵。同时，很多学者都注意到，屋舍内部空间区域和个体会通过隐喻的方式而互相作用，比如家屋空间是整个社会具体而微的表征，不但是个体的居处，也是避风港，可以隔绝外面的风吹雨打、纷纷扰扰，是象征投射的最佳对象。事实上，大观园中的屋舍都具有这样的意义，它们不但是生活居处，也都是个体可以自我投射的延伸。

诺伯舒兹把建筑分为四种，即浪漫型、宇宙型、古典型、复合型，我们只挑其中的两种来对照。大观园外面的宁、荣二府，主要是以"中轴对称"和"深进平远"作为建筑的原则，它属于诺伯舒兹所归类的"宇宙式"建筑。这类建筑形式所反映的人为场所的精神，很明显主要是一致性和绝对的秩序，它的造型是静态的而不是动态的，因为静态才能稳定并维系一致性和秩序。这种宇宙式建筑吐露了隐藏的秩序，主要的目的是满足需要，而不是为了用来表现自我，所以它们基本上看起来都差不多，功能也都一样。

大观园则不同，它凸显的是个别家户的独立自主性，所以会有各式各样的风姿，从诺伯舒兹所分类的建筑形态来说，即偏向于"浪漫式"建筑。所谓"浪漫式"建筑，意味着建筑具有多样性，而且其中有一种很强烈的气氛，这种气氛有可能是幻想的、神秘的，也有可能是亲密的、田园的。它通常以活泼动态的特性著称，和宇宙式建筑的静态不一样，这种浪漫式建筑志在表现，因此会把自我的独特性和个性传达出来，所以大观园中的重要建筑物，它们彼此之间都有很大的差异，原因就在于此。这种浪漫式建筑，其造型几乎是一种成长的结果，既不是出于组织，也不是由外来力量的帮助塑造而成，而是个体的内在成长导致它的成形。因此，这种建筑物本质上比较类似于生命的本质，因为生命本身一直在成长，而浪漫式建筑便反映了成长过程中的各种变化和特点。果然，大观园中几处重要建筑物的设计，从屋舍的坐落环境和朝向，到内部空间的安排，以及屋舍和屋舍之间的相对位置等，都凸显了个别家户的独立自主性，像潇湘馆就是潇湘馆，绝对和蘅芜苑不一样，正如个人的成长会展现出与众不同的独特性。

西北一带通贾母卧室

脂砚斋指出，第十七回所说的事物是非常细微的，他还提醒我们注意几件事情，而那是即便把《红楼梦》读得非常熟的读者都不一定会发现的，他说："后文所以云进贾母卧房后之角门，是诸钗日相来往之境也。后文又云，诸钗所居之处只在西北一带，最近贾母卧室之后，皆从此'北'字而来。"原来我们所看到的这些重要处所，从全局来考量的话是在大观园偏西北的这一带，主要紧靠在贾母卧室房后的角门，如此即便于彼此之间的来往，以免奔波之苦，也显出贾母和少女们之间的亲密。还有一段脂批很重要，脂砚斋说："想来此殿在园之正中。按园不是殿方之基，西北一带通贾母卧室后，可知西北一带是多宽出一带来的，诸钗始便于行也。"这个"殿"就是正殿，是元妃回来省亲时升座行礼的伦理中心所在。

若把这几条资料综合起来看，大观园便不是一个非常僵化呆板的正方形或者长方形，而这更符合园林的本质，原因在于园林本身其实是偏于隐逸休闲、调节身心的场所，如果还规规矩矩，无形中会对心灵造成一些压迫和束缚，所以园林基本上是不采取正方形或长方形的几何造型的。脂砚斋特别告诉读者，大观园西北多宽出来的一带，就是大观园中的主要建筑群之所在，其中最主要的考虑是它们和贾母距离相近。而这个相近的距离，是由身体感所引申出来的范畴，这个范畴不只是外在的客观丈量，也是心灵情感的延伸。距离越近往往表示情感越亲近，他们的关系也越密切。因此脂砚斋的这几段话里有一个很重要的信息：贾母是众金钗的大母神，众金钗在贾母的保护之下，享受着她们在原生家庭所没有的温暖、安全，以及心灵的归宿。

讲到这里，我希望大家不要被后四十回所干扰，由于后四十回非常明白地表露出贾母对黛玉由喜欢而转为不喜的态度，读者就很容易被这个改变所影响。现在，我们再透过文本的其他讯息来略作说明。在第四十九回中，薛宝琴初来乍到，便深受贾母宠爱，湘云提供给宝琴一个中性的建议："你除了在老太太跟前，就在园里来，这两处只管顽笑吃喝。到了太太屋里，若太太在屋里，只管和太太说笑，多坐一回无妨；若太太不在屋里，你别进去，那屋里人多心坏，都是要害咱们的。"湘云是很有高度的认识力而性情又足够坦率的一个人，所以她说的这番话基本上是客观事实的展现，她告诉我们，王夫人事实上也是很疼爱这些姑娘们的，这和一般红学人物论的主流认识大异其趣。其实，文本明明白白告诉读者，王夫人是一个很慈善的人，她愿意包容、尊重这些女孩子们，甚至对她们的骄傲也都不以为意，连妙玉那种个性都已经到了权贵不容的地步了，王夫人还用"他既是官宦小姐，自然骄傲些"（第十八回）来加以合理化。而当湘云说完这番话以后，宝钗、宝琴、香菱、莺儿都笑了，请看宝钗的一段评论："说你没心，却又有心；虽然有心，到底嘴太直了。我们这琴儿就有些像你。"显然宝钗对于湘云的这一段表述是认可的，而湘云能说出这番话来，也显示出她绝对不是一个横冲直撞的鲁莽人，因为横冲直撞的鲁莽人，不可能看得深、看得透。

从上述湘云的话我们可以清楚看到，贾母确实是保护众金钗的大母神，所以在空间距离上，文中也以便于往来、彼此非常亲近的安排来加以体现。类似的距离安排，不只反映在众金钗和贾母之间，住在园中之人，虽彼此是姐妹或兄妹，但也有一些亲疏远近的细微差异，这些都透过屋舍的坐落关系来加以呈现。

怡红院挨着潇湘馆

我们先从距离开始谈起。在距离上有一个最鲜明的现象，那就是"木石最近"，宝玉和黛玉所居的屋舍相距最近，因为他们感情最为深厚，所以二人在大观园中的居所也以距离最近的方式来呈现。证据在第二十三回，众人要搬进大观园的前夕，比较受宠的人自然有优先选择权，宝玉来到贾母跟前，在那里遇到了黛玉，便问她："你住那一处好？"黛玉正在心里盘算这件事，忽见宝玉问她，便笑道："我心里想着潇湘馆好，爱那几竿竹子隐着一道曲栏，比别处更觉幽静。"黛玉的性格那时还很孤僻，所以她选的就是和大家比较隔离的、有千百竿翠竹间接隔绝的潇湘馆，这样更让她能够安顿在自我的个人空间里。宝玉听了，便拍手笑说"正和我的主意一样"，可见这两个人的审美情趣确实是高度一致的，他又说："我也要叫你住这里呢。我就住怡红院，咱们两个又近，又都清幽。"可想而知，这两个地方虽然是园中最重要的处所，但它们的设计基本上是远离人来人往的干扰，而且相距又近，这样的安排不言可喻。除了此处的抽象陈述之外，在后面的情节里，我们还可以不断看到他们在具体生活中如实地演绎彼此的近距离。

第七十四回抄检大观园的这一段情节，把每一个人的个性以及所牵涉到各种复杂的人事关系——展现了出来。当时王熙凤带领一群人进入园中，为了不让园中人有足够的时间进行各种掩盖，她们一定是抄近路，这样才能以最快速度到达查赃地点，根据文本描述，第一个查抄的重点就是贾宝玉的怡红院，因为怡红院是最靠近出口的地方，而出口同时就是入口。查完了怡红院之后，下一站便是黛玉的潇湘馆，接下来则是探春的秋爽斋，然后再一路下去。根据文本中查抄的顺序，各处所距大门远近如下图所示：

园门入口→怡红院→潇湘馆→秋爽斋→稻香村→暖香坞（藕香榭）→紫菱洲

我想，这样查抄的顺序应该能反映出这些屋舍之间的距离，而且也让我们看出这些屋主们在作者的叙事需要上甚至在贾母心目中的轻重之分：最重要的当然是宝玉，他是全书的叙事主轴，其次便是黛玉，探春排第三名，李纨更往后，接下来是住暖香坞（小说中有时候会用另一个名字"藕香榭"）的惜春，最后是住紫菱洲的迎春。需要说明的是，我们漏掉了蘅芜苑，因为它的屋主宝钗是亲戚，和黛玉的身份不一样。其实黛玉是被当作贾府自己人的，在很多情节中，包括看戏、查抄等，她都是作为自己人被一体对待，贾家并不是要羞辱黛玉才去抄检她，如果是的话，那么所有贾家重要的后代们统统都受到了羞辱，可见黛玉之所以被抄检，恰恰是因为她被当作自己人。

上文中已经分析过，最靠近大观园入口的，就是怡红院，而安排宝玉住得最靠近大门，这是为了回应他作为绛洞花主的心愿和位置。宝玉颇有一夫当关的气魄，拼命努力地想要保护那些女孩子们，他唯一的心愿就是：你们都不要到园外去，你们都不要结婚，我们大家守在一起。而宝玉能够做到的便是护卫这个大门，不使它成为流散的出口，所以"绛洞花主""总花神""情榜之首""诸艳之贯"等地位又都可以在怡红院的地理位置上得到印证。

蘅芜苑距正殿最近

由于蘅芜苑坐落的位置并没有通过查抄的过程反映出来，我们只好靠其他的讯息来判断，例如在第十七回中就有一个非常有趣的描述，如果我们只急着看故事，就容易忽略掉背后所隐含的空间架构。且看情节叙述：当贾政一行人离开蘅芜苑时，"行不多远，则见崇阁巍峨，层楼高起，面面琳宫合抱，迢迢复道萦纡，青松拂檐，玉栏绕砌，金辉兽面，彩焕螭头。贾政道：'这是正殿了，只是太富丽了些。'众人都道：'要如此方是。虽然贵妃崇节尚俭，天性恶繁悦朴，然今日之尊，礼仪如此，不为过也。'"由此看来，从蘅芜苑出来，很快即直接到了正殿。接着大家再往前走，"只见正面现出一座玉石牌坊来，上面龙蟠螭护，玲珑凿就。贾政道：'此处书以何文？'众人道：'必是"蓬莱仙境"方妙。'"这里便是正殿前面的入口，此时"宝玉见了这个所在，心中忽有所动，寻思起来，倒像那里曾见过的一般，却一时想不起是那年月日的事了。"脂砚斋于此批云："仍归于葫芦一梦之太虚玄境。"原来这座玉石牌坊正是他在第五回梦中神游太虚幻境时所经过的那座牌坊，在这里，作者非常明显地让我们看到，大观园确实是太虚幻境的人间投影，虽然这是来自余英时先生的说法，不过清末的评点家，甚至包括脂砚斋，早就已经指出了这一点。

作者把代表王权的正殿放在正中，这是古代"尚中"思想的体现，"尚中"注重中位，连中华民族的名称里都有一个"中"字，我们古人创造了这么辉煌深厚的文明，因此也自命为天下之中，所以叫中国、中华。对古人而言，我们这个优秀的民族就是全天下的中心，而四方落后的部族分别叫作南蛮、北狄、东夷、西戎，历史上这样的"尚中"思想很早就有了，它象征执中统领四方的枢纽意义，所以脂砚斋提醒我们"想来此殿在园之正中"，说明正殿也是整个大观园各方据以辨识方位的中位所在。早在《荀子·大略》中已说道："王者必居天下之中，礼也。"按礼制要求，王者一定要居中，因为他本来就是全天下的主宰，可以统领四方。身为皇妃的元春，当她要回来省亲的时候，她所在的场所相应地也要体现王权，因此在方位上便必须要居中，这是几千年来"尚中"思想的具体化。因此，元妃省亲先入大观园，居主位受礼，再出园以贾家的女儿身份至贾母处行家礼。

因此值得注意的是，最接近正殿的是宝钗居住的蘅芜苑，从距离代表着情感关系的原则来看，这无形中是在提醒我们，宝钗确实最符合主流的价值，她也最贴近权力中心，虽然这未必是她自己去争取来的，也未必是她所稀罕的，但实际上她内外各方面都很完美的大家闺秀的素质和表现，确实使她成为上位者为贾家选择儿媳妇时的最佳人选，所以，当第二十八回元春发送端午节赐礼的时候，宝钗的地位就凸显出来了。在这里，作者对屋舍的空间规划也非常精密地呼应了这层意义。

大观园屋舍的坐向与大小

把距离说完之后，我们要谈一下坐向的问题。大观园真的是矛盾的统一体，它既有自由和浪漫，但又有秩序和伦理，所以常常也受到礼制的束缚，同时却又具有跳脱而出的隐逸面向。这么一来，当我们侧重在伦理性质的时候，就会看到上面所说的那些内容，可是当我们比较偏重在它作为半隐逸空间的时候，又可以注意到它的坐向体现出一般性的园林性质，因为在中国文化传统中，凡是体现伦理秩序的宇宙式建筑一定是坐北朝南的。从现实来看，我们位处在北半球，坐北朝南不仅在采光上是最好的，而且冬暖夏凉，适合居住，可是如果和人文价值结合在一起，坐北朝南就成了权力的方位体现。正因为如此，当我们要逃离这外在秩序、避开社会的伦理束缚时，园林中的屋舍通常便不采取南北坐向，因为坐北朝南是一种僵化和刻板化的形态，对心灵来说，又是在重复日常生活中社会的各种礼教束缚了，所以园中屋舍的建造，通常不采用南北坐向，而会比较随意。

明代有一部非常经典的园林专书，即计成的《园冶》，这本书是研究园林美学一定要参考的作品。这里摘录其中和坐向有关的几句话，如："园林屋宇，虽无方向"，"方向随宜，鸠工合见"，也就是说，可以因地制宜地设计坐向，假如这边刚好有山有水，即顺着这个地势去建造，那边又有道路逶迤，那就根据它旁边的地理空间加以规划，所以并没有那么严格地一定要南北坐向。

我查阅《红楼梦》全书很多次，书中唯一透露出坐北朝南的大观园住所只有一处，那就是惜春所住的暖香坞。在第五十回中，贾母一行人要去看惜春画的图到底进度如何，在整个乘轿行进的过程中便提到暖香坞是朝南设计的，文中写道："来至当中，进了向南的正门，贾母下了轿，惜春已接了出来。"由此可见暖香坞的正门朝南，坐落在北。至于为什么惜春的住所是如此规规矩矩地符合礼制安排，我们到人物论的部分再来详谈。

上文之所以提到坐北朝南，也是为了谈怡红院的坐向问题。在第十七回中，贾政带领一行人到处去游园题撰，最后一站就是怡红院，但是文中有一个很奇怪的描述，当大家在里面迷失了走不出来，有赖于贾珍引导大家时，贾珍说："从这门出去，便是后院，从后院出去，倒比先近了。"换句话说，后院比起前门来，距离大观园的入口还要更近一些，这样一来，怡红院就绝不可能是坐北朝南的，而是符合计成的《园冶》所说的"方向随宜"，完全合乎园林的建筑的设计法则。

大观园外贾府的那些宇宙性建筑是用来表征伦理秩序的，所以它们一定坐北朝南，并采取"中轴对称"和"深进平远"的这种格局来设计。在宁、荣府宅中，当作者要呈现出尊卑高下的时候，连带会使用一个方位语词，这和在大观园中的用法是不一样的。中国文化以东为尊，因此宁国府在东边，而贾赦虽不受贾母的宠爱，可他毕竟是袭爵的长子，所以他的院落在荣国府中的位置也相对位于东边，称为"东大院"。

除了方位之外，以东为尊还体现在座位上，包括了炕上，而东／

西方向与上／下方位彼此之间也形成一种连带的二元补充关系："东"往往被称为"上"，当然就代表尊；如果是"西"，常常会和"下"连在一起，所以东边的位置通常是男主人坐的，而王夫人坐在西边下首，反映的就是地位上相对的卑下。

大观园中表面上比较自由平等，不过在园外现实法则的渗透下，这些屋舍之间确实存在若干不平等，不同的是，它们并不是以所处的方位来呈现尊卑，除了上文所提到的远近距离之外，大观园中的房舍主要是以大小来映射屋主在现实中的地位，换句话说，住得小或住得大，其中就有一点等级的意味。

这里首先要说明的是：大观园的屋舍大小是以"开间数"来呈现的，"开间"是中国建筑的特有用词，"间"的概念来自"间架"，指柱和梁所形成的空间：柱子和柱子之间加上梁所构成的一个单位，就叫作"间"，即便它和旁边的空间可能是相通的。前几讲里提到王府的门有三间、五间，事实上在室内也是如此。一般而言，屋舍所占的开间数越多，它的空间就越大，以这个原则来推论，作者所设计的大观园屋舍的确有大小之分，而且决定这个大小之分的规则和园子外面社会的、伦理的、礼制的价值观是完全一致的。可见园外和园内确实有着相通而不可能判然二分之处，而我们对大观园真的要非常仔细地推敲，不能用想当然耳的简单二分法来看待。

首先，稻香村便比较大。第三十七回提到，探春号召大家来成立诗社，这是非常风雅的活动，李纨也很受鼓舞，她说："雅的紧！要起诗社，我自荐我掌坛。"她想来当诗社之主，由她做各式各样的调度安排。为什么李纨可以有掌坛的资格呢？理由之一是"序齿我大"，李纨为长嫂，年龄辈分都比较高，另一方面，"我那里地方大，竟在我那里作社"。可见李纨身为长嫂的伦理优势，使她拥有最大的居住空间，这当然也是园子外面的礼制体现，且李纨又是大观园里最财力雄厚的一位，她领的月钱是所有的女孩子里最多的，经我测算，大约是黛玉的二十倍。由此可知，稻香村是大观园中占地面积比较大的屋舍，大概可以同时容纳十几个人的活动，但是它到底有多大，因为缺乏文本的证据，则只能存而不论。

此外，大观园中屋舍比较大的地方还有蘅芜苑和怡红院。第五十六回提到，探春为了整顿大观园，所以想了很多开源节流的方法，把所有地方都做了规划，让它们具有经济产值。于是，潇湘馆本来是凤尾森森、龙吟细细，充满了诗人审美氛围的所在，被探春一整顿后，竟变成了竹笋产区。其实，侯门千金对于外面世界可以用金钱交换的东西是完全没有概念的，因为她们生活中的所有一切都是别人服侍的，但为什么探春会知道可以利用潇湘馆的竹子？曹雪芹给了一个非常合理的现实逻辑，那是因为贾府的大管家赖大分润了主子家的威势和恩宠，也另外整顿得家成业就，弄了一个小花园，虽和大观园不能比，不过也有模有样。关于那个园子的大小，平儿接话道："还没有咱们这一半大，树木花草也少多了。"探春顺势道出原委："我因和他家女儿说闲话儿，谁知那么个园子，除他们带的花、吃的笋菜鱼虾之外，一年还有人包了去，年终足有二百两银子剩。从那日我才知道，一个破荷叶，一根枯草根子，都是值钱的。"现在贾家有了经济上的问题，所以便就如法炮制。

但探春毕竟是世家千金，只能学到人家教她的部分，其他没有涉及的，她就不知道了，因此她惋惜道："蘅芜苑和怡红院这两处大地方竟没有出利息之物。"这个"利息"不是今天把钱放在银行里会生出的利息之意，是指可以有孳息，也就是有经济效益的意思。蘅芜苑和怡红院的物资是赖大家的那种小花园不可能有的，所以赖大的女儿所说的并不包括这一项，探春因此也就不知道。但是平时"一概无见无闻"的李纨对此居然一清二楚，忙笑道："蘅芜苑更利害。如今香料铺并大市大庙卖的各处香料香草儿，都不是这些东西？算起来比别的利息更大。怡红院别说别的，单只说春夏天一季玫瑰花，共下多少花？还有一带篱笆上蔷薇、月季、宝相、金银藤，单这没要紧的草花干了，卖到茶叶铺药铺去，也值几个钱。"什么东西值多少钱，她竟然了如指掌，李纨在这里的表现令我们大开眼界，可见她具有不为人所知的某一个面向，这一点我们等到李纨的专题再说。

回到空间的议题，探春的"蘅芜苑和怡红院这两处大地方"这句话证明在大观园的各处屋舍中，除了稻香村之外，还有这两个地方规模很大。大观园中其他的屋所都是三开间，最明显的即潇湘馆，在第十七回中，贾政一行人到了这个所在，看到"上面小小两三间房舍，一明两暗"，可见总共是三开间。另外第四十回，透过刘姥姥到各处的经历，让我们可以深入大观园的隐秘内部，目睹女孩子们独特的灵魂造型，其中也提到了秋爽斋，文内说，当大家来到探春房里，"探春素喜阔朗，这三间屋子并不曾隔断"，这里的"三间屋子"不是指有三栋房子，而是三开间的意思。换句话说，大观园住所的开间数，大部分是三间，但是怡红院和蘅芜苑比较大，应是五开间。

关于怡红院，文中没有特别说明它是几开间的，只泛泛提到这几间房内收拾得与别处不同，不过在第二十六回中，贾芸来拜望宝玉，透过他的眼睛看到怡红院有小小五间抱厦。"抱厦"指的是主建筑外面的附属建筑物，它可以用作起居，也可以做一些别的用途，既然有五间的抱厦，那么主建筑物也至少是五间。有一位学者注意到，整部《红楼梦》中，凡是重要的建筑物，作者常常会提到它有"抱厦"，例如宁、荣二府中，提到抱厦的就有王夫人的住所。关于怡红院的间数，还有另外的证据，第四十一回中刘姥姥醉卧怡红院，因为她上完了厕所，头昏眼花，又加上半喝醉了，所以要回来的时候就迷路了，一路闯到怡红院。有学者根据刘姥姥转过三道门，又经过一座集锦阁子的描述，推测怡红院一共有四个间隔，所以主屋应该是五开间的格局。

至于蘅芜苑的五开间，在第十七回中交待得很清楚，"贾政因见两边俱是抄手游廊，便顺着游廊步入。只见上面五间清厦连着卷棚，四面出廊"。这里可以注意一下，中国传统的屋顶有很多种造型，根据不同的需要或不同的所在，便会有不同的设计，卷棚式屋顶又称"元宝顶"，它最重要的特色是没有明确的屋脊，没有清楚的棱线，有着缓坡式的曲线。卷棚这种屋顶形式的适用对象是比较明确的，具有权力象征的重要处所并不会采用，因为缓坡式的卷棚没有那种雄伟的气势，所以它通常用在比较次要的、附属的建筑上，从而也比较容易被使用在园林的建筑上。我们合理地推测，大观园中的屋舍除了作为君权之体现的正殿不可能是卷棚之外，其余大多数应该都是卷棚，但书中只特别提到蘅芜苑是卷棚，其他都没有涉及。

大观园的伦理结构

大观园的屋舍无论是三开间还是五开间，都不具有"深进平远"

的特色，它不是纵深式的延续，而是相对横向的延展，因此所体现的是一种平浅的格局。这些主体建筑的中间一般是半公开的活动场所，称为"明间"，卧室通常会在两侧。整体说来，大观园中各处屋舍之间具有平等的独立性，也正因为如此，没有像在宁、荣二府一样，往往引用"上、下"等方位语词来展现出尊卑。试看《红楼梦》到处提到"上房"这个词，贾母、王夫人、邢夫人、秦可卿还包括尤氏，这些人所住的都叫作"上房"，而大观园里则完全没有用到"上房"一词的例子，所以"上、下"等尊卑方位语词确实只存在于大观园之外那些宇宙式建筑中。

然而大观园中同样也有尊卑，也有它的伦理体系，但不是用"上"和"下"来表现。大观园中各屋舍内部的空间结构上，存在着明显的中心与边陲之分，但所谓中心与边陲不是从整体来说的，而是就某一个局部空间来看，因此事实上其中也存在着很稳固的不平等的阶序关系，当它用来投射尊卑差距的空间隐喻，便不是宁、荣府宅的东/西和上/下，而是采取各房中里外有别的区划。如此一来，私密性和尊贵性就会和空间位置的里外层次成正比，越靠近里面，越能够进到这个空间的人，他的地位就越尊贵，其私密性也越高，以怡红院的五开间来说，在最侧边、最隐秘的卧室也因此最尊贵。

以每所屋舍来考察的话，最尊贵的人，其活动的范围最广，也最能够深入到里层。主子辈是整个场所的主人，因此深居内室，其活动区当然涵盖整个屋舍的所有区域，等而下之的即所谓的大丫头，贾府下人给她们不同的外号，一个叫作"二层主子"，一个叫作"副小姐"，这说明了她们的身份几乎等同于主子小姐，因为她们是贴身伺候的，所以也分享了主子小姐的庇护宠爱和荣耀特权，其活动领域和主子小姐是相同的。宝玉当然有很华贵精致的床，但是同一个空间里会设一个外床，半夜的时候，外床上的大丫头可以起来随时服侍宝玉，尤其宝玉更特别的是，由于他很胆小，一个人不敢睡，所以一定要有人陪他，于是日夜共处在一起。

　　大丫头下面的是可怜的小丫头，她们几乎是名不见经传，不仅跑腿最辛苦，还要经常承受大丫头的打骂。而小丫头在一般情况下是不能进入内房的，她们所在的地方常常是檐廊或者门边、厅前，都属于室内和室外的中介过渡地带，以方便她们随时听候调度，担任许多烦琐的工作。除了小丫头之外，最下层的便是媳妇和婆子，也就是贾宝玉口里所谓的"鱼眼睛"，她们在空间上位于更偏远的室外，一般只能止步于屋外的阶梯，当然有事她们还是可以进来，但基本上是要守在户外，她们做的是比小丫头更多的粗活，包括往来跑腿，还有浆洗、提水、守夜、扫雪、拉冰床等。

　　大观园中的等级结构主要反映在空间的里外差别上，在大观园里，尊卑也是得到严格遵守的，吊诡的是，当这个尊卑的空间区隔没有被严格遵守的时候，也就是大观园要崩溃的一个征兆。这里举一个例子来看，在第五十八回中提到了一番争吵，因为何婆子跑进屋里夺碗吹汤，导致小丫头们被晴雯责骂了，小丫头们当然也很冤枉，便说："我们撵他，他不出去；说他，他又不信。如今带累我们受气，你可信了？我们到的地方儿，有你到的一半，还有你一半到不去的呢。何况又跑到我们到不去的地方还不算，又去伸手动嘴的了。"小丫头能到的地方，只有一半是婆子们可以到的，可是小丫头能到的地方，又是整个空间里很小的一部分，由此看来，婆子的室内活动空间是被严重压缩的，因为她们地位最低。然而这位何婆子却逾越了这个空间界限，所以导致了屋舍的伦理秩序的松动，相对来说，也即动摇了权威，动摇了怡红院的稳定，接下来大观园陆陆续续出现了很多崩溃的征兆，这就是原因之一。

　　一般说来，只要有其他人，尤其是群体的存在，那么便一定要有一些可以共同遵守、彼此协调的伦理秩序，让群体可以和谐稳定地运作下去，各种伦理秩序本来就会依照不同的社会文化而产生出来，所以并没有所谓"绝对的自由"这件事。法国很有名的存在主义女性作家西蒙·波伏娃有一句名言，实在非常有道理，她说："我渴望自由，也希望别人能够拥有自由。"显示出自由是相对的，不可能为了保障你一个人的自由，要周围所有的人都来配合，如同你也不愿意单方面地一直配合别人的自由，因此，在任何一个群体中，其成员势必要共同遵守可以让大家都获得照顾、尊重乃至自由的一种制度。当然，两百多年前的《红楼梦》并没有我们今天的这种自由的概念，可是一个特定的群体，当人们要共同生活在一起的时候，一定要划定一些界限，只有守住了这个界限，才能让每一个人都可以在相应的轨道上好好地生活下去。

大观园的溃败

　　只要人们生活在一起就必定有一套制度在运行，反映在大观园的空间秩序上，便是以"里、外"作为身份、阶级以及行为规范的一套标准。下面这几段重要的情节，其实正告诉读者大观园崩溃的吊诡之处，即在于"里、外"的空间秩序无法维系，这是大观园崩溃的非常重要的内在原因。读者不要总是归咎于王夫人抄检大观园，其实根本地说，之所以要抄检大观园，正是因为里面的伦理秩序出了大问题，以致绣春囊才会出现！

我们接下来一个一个地检证，大观园内部的混乱到底是从哪些微小但事关重大的情节展现出来。我以前提到过，从第四十五回以后，《红楼梦》的故事陈述基本上已经转移到大家族内部很复杂混乱的人际关系，而大观园也同样在这般的运作下开始出现一些状况。

先从空间秩序以及人与人之间伦理关系的破坏开始谈起。在第五十二回的例子中，晴雯自作主张要把坠儿撵出去，坠儿的母亲就很不高兴，因为在大观园中当差，尤其在怡红院，那真的是一个肥缺，即便你是丫头，在那里都会享受到非常多的优待和好处，把坠儿撵出去便等于剥夺了她们家的利益。试看小说中有一个柳五儿，读者都把她当作所谓"水作的骨肉"来加以赞扬，事实上她也是通过人脉，一心一意想要加入怡红院的丫鬟阵营，一点也没有放弃现实势利的想法，而怡红院里那些当红的宠儿们也很努力地把自己人拉进来。《红楼梦》所写的人是活生生的，每一个人其实都有很多面向，不应用简单化的二分法来看待。柳五儿说了几个想进怡红院的原因，即不但可以增加月钱的收入，又可以省了家里的开销，而且也替母亲争了光，因为这表示我们家的孩子这么优秀，才可以到这么好的地方去；就算生了病，如果是在怡红院当差的话，这笔请医生的费用也是贾府帮付的，可见盘算的都是现实的好处。因此，当坠儿被撵以后，她的母亲想要得到讨回公道的机会，所以就跑来怡红院吵闹，等于质问那些越权做这个决定的大丫鬟，当然因此遭到大丫头们很不客气的反击。读者从中可以很清楚地看到，实际上晴雯与麝月、袭人作为既得利益者，根本就是同一阵线。

现在让我们仔细研究这段情节。当时晴雯义愤填膺，一定要把偷金的坠儿撵出去，所以她自作主张，也就是假传圣旨，便命人叫宋嬷嬷进来，说道："宝二爷才告诉了我，叫我告诉你们，坠儿很懒，宝二爷当面使他，他拨嘴儿不动，连袭人使他，他背后骂他。今儿务必打发他出去，明儿宝二爷亲自回太太就是了。"其中只是换了一个借口而已，宋嬷嬷听了便知道是东窗事发，这件事情已经纸包不住火了，可是她认为就算要惩戒犯错的小丫头，还是要有一套正式程序，而不能够因人设事，所以回说："虽如此说，也等花姑娘回来知道了，再打发他。"原来怡红院里的人事调度权属于袭人，因为袭人是贾府中的超级大丫头，最初是贾母拨过来给宝玉使用的，还没进怡红院之前，她就已经跟在宝玉身边。袭人的超级地位还反映在月钱上，和贾母身边的大丫鬟鸳鸯一样，是一个月一两银子，属于所有的下人中最高的。袭人后来在私底下受到王夫人的倚重，暗地里被升格为姨娘，但没有公告，在贾府的人口账册上，袭人还是大丫头，所以后来贾家被抄的时候，她是"妾身未分明"的。而袭人被王夫人提升至姨娘等级之后，月钱是二两一吊钱，和赵姨娘、周姨娘这些人一样。换句话说，怡红院里如果要排列丫鬟之间的尊卑秩序，本来袭人便是高晴雯一等，所以宋嬷嬷按照家里的运作常态，认为应该要先知会袭人才对。结果晴雯就很任性了，她说："宝二爷今儿千叮咛万嘱咐的，什么'花姑娘''草姑娘'，我们自然有道理。你只依我的话，快叫他家的人来领他出去。"

就这件事情来说，喜欢晴雯的人当然可以赞美她的正直所激发出来的义愤填膺，可是一件事情不能只看一面，从另外一面来说，宝玉根本没有吩咐她去做这件事，她却捏造了一个上级的命令，不但不诚实，而且越俎代庖，也是一种权责的僭越。很特别的是，这样的做法实际上竟然得到了姐妹们的掩护和支持，与晴雯同一个等级的麝月道："这也罢了，早也去，晚也去，带了去早清净一日。"麝月都这么说了，宋嬷嬷当然只有照做，叫人去把坠儿的母亲带来打点自家的东西，然后又带来见晴雯等。

但坠儿的妈妈就很不高兴，说："姑娘们怎么了，你侄女儿不好，你们教导他，怎么撵出去？也到底给我们留个脸儿。"晴雯道："你这话只等宝玉来问他，与我们无干。"请注意一下，当事情发生后，人家来质问时，晴雯却推给了上级宝玉，把自己撇得一干二净。可见晴雯真的只是一般女子，滥用权力、双重标准还有脱卸责任等这些人性的弱点，她统统都有，所以实在不宜过分去夸大她性格中所谓的正直光明的那一面。记得法国诺贝尔文学奖得主纪德曾说过："我们慎勿以他人一生的一瞬间来判断他们。"这一瞬间不管是好、是坏，都不足以用来偏概这个人的全貌。

尤其晴雯这句话其实还暴露出另外一个很严重的语病，这个语病也是怡红院所特有的一个现象，即没有尊卑秩序，这在别的地方是不可能出现的，只有一个例外，下文会提到。原来晴雯在这一段话里，竟然直呼"宝玉"，一般读者乍看之下，往往觉得没什么，尤其对现代读者而言，提及小说人物时当然是直呼其名，这有什么问题？但是，如果回到活生生地正在运作的历史现场，他们之间的人际关系和现代是不一样的。作为下位者，不能直呼上位者的名讳，晴雯直接叫"宝玉"，实在是破坏规矩、没有教养的表现，而且更是逾越下人分际的一种做法。按规矩，不仅直呼其名是被绝对禁止的，而且奴仆不管是在背后或在当面，都不能够以代名词来称呼自己的主子，比如当着宝玉，就不能直接称"你"；在背后，也不能称宝玉为"他"，无论在当面还是背后，对主子辈一定要称"奶奶"或"爷"等身份地位的尊称才合礼。"你""他"这样的代名词代表一种很轻慢的态度，把主子贬低成为一般的对象，因此对于宝玉，下人们即便在私底下都只能够称"宝二爷"，当面更是如此。对这一条禁忌，很多读者可能没有注意到，而从第四五十回之后，这种破坏规矩的情况出现了很多次。

晴雯在背后直呼宝玉之名，其实表现出她非常轻慢的心态，与宝玉有一点平起平坐的味道，宝玉对此当然不以为意，可是如果到了外面或者是外来人看到这种情况，他们多少就会觉得晴雯太不知道分寸，滥用了主子的宠爱。果然坠儿的母亲抓到了晴雯的语病，冷笑说："我有胆子问他去！他那一件事不是听姑娘们的调停？他纵依了，姑娘们不依，也未必中用。比如方才说话，虽是背地里，姑娘就直叫他的名字。在姑娘们就使得，在我们就成了野人了。"晴雯听说，越发急红了脸，说道："我叫了他的名字了，你在老太太跟前告我去，说我撒野，也撵出我去。"晴雯的意思是她承认犯错，可是又用很过激的方式把情况说得太过严重，可见晴雯说话确实是不知分寸，像这种极端过激的话事实上不应随便流露出来，因为这等于是在暗示甚至是促进事情往这种极端的状况去发展，而晴雯最后果然也被撵出去了。

话都说到这种程度了，再下去就要撕破脸了，这时候麝月介入了，她讲了一番道理来帮晴雯转圜，道："嫂子，你只管带了人出去，有话再说。这个地方岂有你叫喊讲礼的？你见谁和我们讲过礼？别说嫂子你，就是赖奶奶林大娘，也得担待我们三分。"其实麝月平常绝不会这么托大，用所谓的二层主子、副小姐的优势来吓人。从语言风格来看，这话不太像麝月说的，也不是袭人会说的，因为麝月是袭人的重像，是由袭人调教出来的，她们都不会仗势欺人。所以读者会发现，麝月在这个时候真的是在帮晴雯，因此说起话来也比较像晴雯，看似挡住了晴雯的语病所导致的危机，但实际上却有一点强词夺理。她把对方反过来数落一顿之后，便拿出里外的空间秩序来驱赶对方，说："嫂子原也不得在老太太、太太跟前当些体统差事，成年家只在三门外头混，怪不得不知我们里头的规矩。这里不是嫂子久站的，再一会，不用我们说话，就有人来问你了。"这句话的意思是，你再不走的话，就会有人问你怎么出现在这里？这不是你该来的地方！说着，她还叫小丫头子："拿了擦地的布来擦地！"这其实是非常羞辱人家的一种做法。

麝月在这一段情节里的做法非常有趣，平常很温和、很顾全大局的一个人，竟然把人和人之间"以和为贵"的原则抛到一边，用如此激烈的方式去镇压比自己地位低下的人。而麝月这么做的原因是她要维护晴雯。因此，我们从林林总总、点点滴滴的许多瞬间，其实可以看到，袭人、麝月与晴雯彼此虽然有一些小小的拌嘴，可是完全谈不上敌对，更谈不上互相陷害争夺，毋宁说，在很多地方她们都是同一阵线的姊妹。通过这个例子，我也希望读者注意：有很多的情节，其隐含的讯息和我们平常想当然耳的那种二元对立是矛盾冲突的。

再者，麝月的话里反映出一个重点，那就是从第四五十回开始，大观园中本来很稳定的生活规范，即保持各方协调而运作下去的空间秩序，已经开始面临崩溃，所以麝月说："家里上千的人，你也跑来，我也跑来，我们认人问姓，还认不清呢！"

虽然这时候，大观园的溃败还没有到那么严重的地步，但这种空间秩序的破坏，越到后期就发生得越多。例如第六十回赵姨娘被挑拨，忿然闯入怡红院去羞辱芳官，还打了人家两个耳刮子，芳官何曾受过这种侮辱，她"那里肯依，便拾头打滚，泼哭泼闹起来"，两个人打成一团，旁边又有人来助阵，那简直是非常不堪的一个场面。袭人在其中调停，很是为难，拉着一个又急着拉另外一个，结果旁边的晴雯根本不帮忙，还悄悄拉袭人说："别管他们，让他们闹去，看怎么开交！如今乱为王了，什么你也来打，我也来打，都这样起来还了得呢！"连晴雯都感觉到"如今乱为王了"，"乱为王"的意思是指一大堆人逾越上下的规矩，每个人都自以为王。晴雯下面举的例子即"你也来打，我也来打"，小丫头本是归主子所管，也归大丫头所管，即便小丫头的生母，也不可以逾越分际来怡红院管教女儿，结果统统都拿着血缘关系闯入怡红院去伸张她们的家庭教育，忽视贾府所运作的那一套尊卑制度。

伦理秩序的松动而导致的这种"乱为王"的现象，在怡红院已经出现过好几次，然而最严重的地方是在紫菱洲，也就是迎春所住的地方。单单从空间秩序以及尊卑伦理的破坏而言，第七十三回便提到，因为迎春很懦弱，所以那些下人们包括她的乳母、嬷嬷们、小丫头们都不把她放在心上，这个时候当然就"乱为王"了。大观园的秩序出现混乱，而这个混乱并不是所谓的平等，毕竟平等还是要有一个秩序的，而主子迎春即首当其冲、反遭其害，因为她没有能力去辖治屋中的这一批下人们，尊卑的地位秩序也就无法维系。结果，下人们连迎春的累丝金凤都敢私下拿去典当，什么东西都据为己有，更过分的是还捏造假账来威逼迎春，简直是为所欲为。但迎春对此却完全无能为力，她竟然只是很逃避地消极躺在床上看书，任凭强悍过分的奴仆和两个站在她这边、捍卫主子权益的丫头双方吵嚷，自己根本无力解决。

可巧宝钗、黛玉、宝琴、探春等来到紫菱洲探望迎春，发现这里正吵吵闹闹，探春知道如何最快、最根本地解决这个问题，她立刻暗中派人去把平儿找来，因为平儿就代表王熙凤，而没人敢在王熙凤面前"乱为王"。当平儿来了以后，王住儿媳妇还想先发制人抢夺发言权，这叫作恶人先告状，因为她已经习惯了犯上作乱，简直视探春、迎春姐妹如无物一般。但平儿是很知道规矩的，便立刻斥责她说："姑娘这里说话，也有你我混插口的礼！你但凡知礼，只该在外头伺候。不叫你进不来的地方，几曾有外头的媳妇子们无故到姑娘们房里来的例。""姑娘"即主子小姐，里外的尊卑秩序是维持大观园的和平与稳定非常重要的一个关键原则，可是该秩序在紫菱洲被破坏得非常严重，因此当平儿斥责王住儿媳妇的时候，也不只是说她"乱为王"，直接诉诸的便是逾越空间的秩序。

既然紫菱洲已经秩序崩溃，里外的界限完全模糊，而大观园里最早受到毁灭性伤害的姑娘正是迎春，由此传达了一个讯息：当你没有办法维持尊卑秩序的时候，你自己也会在"乱为王"的情况下惨遭吞噬。其中的吊诡发人深省，原来所谓的浪漫、自由其实需要一个基础，那就是秩序。没有秩序，便不可能有浪漫与自由，好比每个人如果都不自我节制的时候，也不可能有真正的自由，田中芳树的《银河英雄传说》里有一句话："绝对的自由只会使自由堕落。"这真是智慧的洞见！几百年来，人类一直在追寻自由、平等、博爱，不过在真正的自由和个人主义中，同时还要求非常高度的自我节制，包括尊重别人，让别人也享有同样的隐私与自由，也只有在这样的交互主观之下，个人的自由才会真正发展出来。所以，自由绝对不是周边所有人都无条件地来配合自己，当人群之间没有一定的规范法则时，大家都会在混乱中全部丧失自由。

迎春的丫头绣桔是忠心护主的，在平儿斥责了王住儿媳妇以后，她立刻表达了委屈和共鸣，接话道："你不知我们这屋里是没礼的，谁爱来就来。"于是平儿话中有话地对绣桔说："都是你们的不是。姑娘好性儿，你们就该打出去，然后再回太太去才是。"平儿也是在提醒绣桔：你们虽然是丫头，但不是只有顺着主子迎春的这一种做法而已，为了要保护主子，还有一种更积极的，甚至具有"侵略性"的做法。可见这种大家族具有人情的弹性，可是又有一些不能够逾越的森严界限，而且它们彼此其实也在互相渗透，并行而不悖，到底什么时候该用哪一种，这就是处在这样环境中的人必须要动脑筋思考的问题。

其实，导致大观园崩溃的第二个重要的入侵物——绣春囊，正是在迎春这一房秩序的松动之下才有隙可趁，绣春囊正是迎春的大丫头司棋带进来的，由此让人感叹，很多事情真的不是只用唯一的标准便可以当作真理来丈量。在封建制度的背景下，维持尊卑不容逾越，反而能够保障所有人的平安与正常的生活，一旦尊卑被破坏，就会使所有人全部"罹难"。所以，不能用今天的自由、平等来批评《红楼梦》里所谓的封建概念，一定要回到当时的时空背景，在人物的立场中去看到他／她是在什么样的条件下生活的。现代人都太自认为我们走在时代的前端，结果把自己当作唯一的真理，去任意解读过去的文本，这是一种很无知又很傲慢的心态。

第八章

大观园屋舍小讲

房子通常是人类内在心灵的外部延伸，象征人格及其意识的层面，加上大观园的各个屋舍都有数十个人在服侍，所以空间的摆设、各方面的清洁和秩序等都可以得到很好的维持。除此之外，一个空间要怎么去安排，居家如何地布置，屋主都有自己的权力，因此更能保有其自主性，而这就完全体现出他的性格。

试看第十七回贾政在游园的过程中，特别问了调度、建设整个大观园的主事者贾珍道："这些院落房宇并几案桌椅都算有了，还有那些帐幔帘子并陈设玩器古董，可也都是一处一处合式配就的？"从"可也都是"这个连接短语，可见大观园的院落房宇和几案桌椅，乃至那些帐幔帘子、陈设的玩器古董都是量身订制的。贾珍回答说："那陈设的东西早已添了许多，自然临期合式陈设。""式"这个字我们今天当作一般的语词，使用得比较宽泛，而《红楼梦》里的"式"字其实就是样式，照着某个样式去做，这叫"合式"。所谓的"合式陈设"便是指依照各种不同的屋宇设计，专门提供可以配合得很协调的陈设器玩。在这样的状况下，大观园中的每一个重要处所，它的各种内部设计就必然和屋主的性格、精神、特质和心灵状态是一致的，彼此互相定义、互相映衬。

怡红院

首先要说怡红院，它和蘅芜苑是大观园的两处大地方，它们的"大"

体现在五开间的建筑规模上，这也算是金玉良姻的另外一种体现方式，尤其蘅芜苑又最接近园区正中央的正殿，在在体现了园外现实世界的门当户对。那么，五开间与黛玉、探春等其他姐妹们的屋舍的三开间，到底有什么差别呢？除了大小本身就可以体现出价值高下的判断之外，"五"和"三"事实上也有数字上的象征意涵，这要从中国传统所投射的文化意涵来揣摩。

"一"这个数字当然是一切的开端和起源，"三"代表多样，可是此种多样只是一个基础，因此"三"这个数字被视为"数之小终"，它只是万事万物生成发展的基数。"五"则被古人定义为"中数"，是中间的数，东南西北四方再加上中间，总共构成"五"，所以"五"这个数字是在四方的古老观念基础上，和居中的观念同时发生的，而"居中"这个概念我之前也说过，有王者统驭四方的象征意义。"中"永远是万物向心力的所在，也是天和地相沟通的圣地，因此"五"这个数字被视为在此建立起人类社会的小宇宙秩序，并跃升为宇宙论模式中最具有权威性代表的一个神圣数字。蘅芜苑和怡红院都是五开间，可想而知，它们也是带有这种权威的意义。

不只如此，怡红院的里里外外都被设计成像迷宫一样，大家走在里面遇到左一架墙，右一架书，然后就迷路了，要让贾珍来带领大家突破重围。好不容易走到后院，都已经离开主建筑物了，然而又迷路了。为什么只有怡红院被设计成一个微型的迷宫，它到底有什么意义？原来这是启悟过程中的必经阶段，西方学界有几个比较重要的关于迷宫的诠释，可以帮助我们理解宝玉的启悟历程。

简单来说，宝玉在红尘中的十九年，可以说就是由迷而悟的过程，这个启悟历程曲折离奇，而且有很多细腻的环节。根据西方神话学的原型概念，整个启悟过程包括出发、变形（启悟）、回归三个基本阶段，而这三个阶段里，每一个阶段都还有更细致的步骤。西方神话学者坎贝尔等开发出所谓的"英雄神话"，这类神话故事的主角不一定是英雄，我们可以看到有一些人在人生中经历了种种不断成熟、不断变化的过程，其实也都反映出这样的共通模式，而就这个共通模式来看，我认为《红楼梦》体现得最为完整，也有趣得多。

大观园的生活岁月，基本上便是这个启悟历程三阶段的中间阶段，在这个阶段里，需要有一个花园，因为它代表了完美的世界，这时宝玉必须深入下意识的底层，经过类似"死与再生"的模式，最后才会回归，而回归即等于已经完成了悟道的过程。宝玉总是希望"化灰化烟"地死去，他常常和姐姐妹妹们说，你们都不要离开，你们都守着我，等到我哪一天死了，化成灰、化成烟，风一吹就散了，那时候我顾不得你们，你们也顾不得我了，便凭你们去了。

《红楼梦》里，"化灰化烟"的这种说法至少出现了三四次，而且连续书者都注意到，于是在第一百回中，宝玉又发出同样的死亡意愿。但明明宝玉在大观园活得很开心，他却经常提到死亡，而这种死亡的形态又这么特别，到底是为什么？我后来采取另外一套启蒙的概念即所谓"成年礼仪式"来理解，才恍然大悟这个"化灰化烟"的死法，应该就是处在启悟的中间阶段，也是所有主角在启蒙过程中最迷人的阶段，因为在这个阶段他们会邂逅女神，会和很多美丽的女子产生迷人的相关遭遇，果然宝玉正是在这个阶段里住进大观园这个完美的天堂，里面有许多的姐姐妹妹围绕。这么一来，只要在姐姐妹妹的围绕之下死去，不就等于一生都是生活在天堂里了吗？而这样的女性元素，也相应于"迷宫"的设计。

　　从世界各地的神话传说以及各种原住民文化，我们都可以考察出一个非常有趣的典型象征——迷宫，迷宫往往会出现在一个人追求成长，超越过去幼稚的、有限的、无知的自我的阶段。法国学者阿达利（Jacques Attali），是法国前总统密特朗的哲学老师，他有一部著作《智慧之路：论迷宫》，书名即显示出迷宫是要让人通向智慧的，主角能够通过迷宫就会超越人生的混沌和停滞期，变成人生之路的主宰者。既然这是一个启悟过程，当然要经过由无知到有知，从幼稚到成熟的蜕变，所以其间会出现通过类似迷宫这样象征性的经历。

　　很妙的是，当主角要追寻个人之路，要超越自我并展开一段漫长旅程的时候，作为象征的迷宫便会以各种形式出现，宝玉的方式比较特别，因为他就住在迷宫里，所以怡红院是一个微型的迷宫。阿达利说，迷宫象征漫游，因为在迷宫里行动，其速度绝对不可能快，这是很重要的基本原理，意谓着你的人生要停顿，你甚至要放任自己处于一个混沌的甚至是迷乱的状态，在那里你是在自我拆解重组，是在超越最不可控制的内部的潜意识，然后才能挣脱出来而获得成熟。

　　阿达利又说："象征漫游的迷宫代表的是诞生和子宫，而直线代表的是男性的阳刚之气。……蜿蜒曲折、洞穴、岩洞，这些同义词都是母亲的象征，都是女性和生殖力的象征。"这些迷宫曲折蜿蜒，象征着漫游，在母亲怀里当然非常自在，不需要奋斗；它又是子宫、母亲的象征，同时也是女性和生殖力的象征。在这个启悟（变形）的阶段里，男主角邂逅女神，有众多美丽的女性环绕着，事实上和迷宫本来就有的女性意象是完全吻合的。对西方人来说，所谓父亲即代表理性、秩序、社会，母亲便代表混沌、安全，是充满没有秩序感的、像羊水般的所在，所以一个男人要成长的话，一定要脱离母亲的世界，通过迷宫进入到父亲的世界，才能够重生。

那么迷宫到底和启悟有什么关联？在西方神话学者看来，一个男主角在启悟过程中，有一个必经的步骤，就是堕入迷宫，这象征着这个被启悟的人，他要重回子宫，然后得以再生。不要忘记女性是不需要被启蒙的，中外都一样，因为女性的人生始于孩童，到了青春期嫁为人妻，再成为人母，这就是一辈子主要扮演的角色，所以她没有什么启蒙的需要可言。但男人要成熟，尤其男主角要超越自我，要成人，就要经过这样的迷宫阶段，迷宫本身便有子宫的象征，进入迷宫相当于回到重生的状态，预备好将来可以再一次出生，脱胎换骨成为一个全新的人。

这也是在很多神话或传说里可看到的"死与再生"的基本母题，人一定要经过死亡才能够重生，但这个死亡当然不是肉体的死亡，而是象征性地重回母体，并以进入迷宫的方式来体现，在迷宫中就可以恢复到出生之前的状态。换句话说，这时你又重新归零，回到类似于蛹、茧的那种处境，你的 DNA 拆解重组，以蜕变出另外一个截然不同的、崭新而美丽的、可以抵抗地心引力的飞翔的生命，从人类心灵意识的成长来说，这是非常艰苦的过程。这个迷宫的设计其实是普世的，是自古到今所有要超越的人，都会在漫长的启悟追求中遇到的关卡，虽然这个关卡因为所谓的"饮馔声色"而特别迷人，但它的功能绝非只是欲望的陷溺如此简单。

就启悟主题的角度来看，宝玉住进怡红院便相当于举行"入门礼"，入门礼是成年仪式里很基本的形态之一。关于成年礼仪式，虽然各个部族会有些许不同，可是基本的模式是差不多的，其中一个环节就是把你从家里带出来，使你不能再栖息在原先熟悉的那个孩童的世界，把你关到比较偏僻的、独立的小茅屋，里面又阴暗又孤独，让你经过被孤立化的过程。人类学提到，"入门礼"会使用的小茅屋，同样也被用来象征母亲的子宫，而我觉得对宝玉成长过程来说，小茅屋和怡红院也有异曲同工之妙，宝玉终究要从小孩子变成一个最后离开大观园的成年人，他必须要承担这个家族的未来与传承的重责大任，因此怡红院是用迷宫的形态去设计，与象征母亲的子宫达到了本质上的相通。

在此我必须指出，虽然很多人都把宝玉理解成像彼得·潘一样抗拒长大，这并不是没有道理，但就另外一个层面而言，《红楼梦》堪称是一部成长小说，它终究是在讲述一个小男孩要成长为男人的过程。

只有那些准备好要通过一道特殊的启蒙仪式，并且进入神秘的集体潜意识的人，才有能力去超越这种母性子宫混乱纠结的状态，也才有资格进入迷宫，最后加以超越；假如是一个没有准备好的人进入迷宫，最后的结果就是出不来，以致终身沉沦。所以，宝玉所要遭受到的试炼真的是非常严酷的，有些读者以为《红楼梦》说的是一个快乐地、率性地追求浪漫自由的反礼教故事，那是把它读得太简单了，宝玉要通过这样的成年礼仪式，是必得经过很多打击的，在他的启悟过程中，有非常多可再进一步考察的心灵变化成长的幽微状态。

简单地说，为什么怡红院的里里外外要被设计得像迷宫一样？就是因为宝玉之进入大观园，根本上正是启悟阶段的一个体现，所以他必须在迷宫里。我们之前也提到过，怡红院又是园中水流的总汇所在，而《红楼梦》说得非常清楚，女儿是"水作的骨肉"，所以女性和水又连带发生了本质相通的关联，怡红院确是邂逅女神的所在。

另外，怡红院有一个独特的摆设，那就是大镜子。从贾政的游园到刘姥姥逛大观园，作者由外而内地让我们看到各自独立的屋舍的独特性，而在其种种的描述中，我们发现只有一个地方设有大镜子，可以把人整个映照出来，那就是怡红院，其他地方统统没有提到。在第十七回中，贾政他们在怡红院中到处寻找出路，结果走到一道门前，"忽见迎面也进来了一群人，都与自己形相一样，——却是一架玻璃大镜相照"。这是镜子第一次出现，那种穿衣大镜和我们现在常用的西式镜子不一样，是很大一面，有底座还有框架，底座两边有所谓的"出腿"，亦即像人把腿伸展出来一样，由此可以让它的底盘比较稳固。

怡红院之所以会设这样一座和人一样高甚至可能更高的立地玻璃大镜，首先当然是要显现出贾家的富贵豪奢，没有极高的社会等级及经济资本，不可能有这样的摆设；第二，镜子本身一直都有非常丰富的象征意义，无论是佛教还是中国传统的道家思想，实际上都很清楚地告诉我们，这里面是蕴含着智慧的。

简单来说，镜子本身有虚与实并存相生的特质，它根本上也就是真假对立的矛盾统一体，镜子外面是真，镜子里面是假，可是两方又完全不能够区分，人必须陷入这种矛盾辩证之中，才能发展出智慧。这面镜子要安排在怡红院里，也是因为整个故事中要受到启悟的主角是宝玉，所以他的住所一定要有这面镜子。当然，镜子常常体现出镜花水月的虚幻性，人得知这个世间其实是幻像的投影，透过一面镜子，让人体认到虚幻的影像竟然是这么逼真，就会开始思考真与假之间并不是那样清楚可以判别的。你真的以为这个世界是唯一真实的吗？其实，这个世界只不过是别人在你心中所做的描绘，当你说世界是怎样的时候，那只不过是你接受到关于这个世界的一种描述而已，它并不是世界的真相。但是大多数人从不体会这个层次，一直活在现实生活的浅滩中终其一生，所以会有一面镜子，便是要提醒我们不要陷入真假不分的状态。

镜子除了告诉你什么叫虚幻，同时又告诉你什么叫作本相。我们的眼睛无法反观自己，得要借助镜子之类的东西来帮助我们认识自己的形象，所以镜子是让人从完全的主观自我中跳脱出来，用另外一个旁观的眼光来自我反照、自我觉知的重要凭借。镜子让人从主观的自我中超越出来，懂得在交互主体的过程中认识自己的客观状态，不以自我为世界的中心。换句话说，镜子是外在的照见，可是镜子的象征也同时告诉我们，可以从心灵上透过第三者，透过外界的眼光，而对自我有了客观的认识，人通常也因此才会独立而成熟。

西方汉学家魏门（Alex Wayman）先生认为，在中国文化里，镜鉴印象涉及多条的思想脉络，如原始佛教里把镜子当作心灵的体现，即"心之相"，而在其他各个宗派里，镜子的重要性也非常高。在禅宗史上，惠能和神秀互相较劲的偈句，一个要"心如明镜台，时时勤拂拭"，一个是更高一筹，说"本来无一物，何处惹尘埃"。所以在佛教里，镜子本身的意义是非常丰富的，而且它是智慧的象征；同时镜子不仅是心之相，也是寓言所在。我下面引述一个大家比较看得懂的说法，在佛教的各种经典和论述中，对镜子有很多精致而复杂的譬喻，都是为了呈现复杂的哲理，其中最重要的便是"以镜喻空"，告诉你这是幻象，这世间所有的一切都是以空为本质，镜子正是如假包换的最佳体现。你明明看到它是那么真实的存在，可它的本质又是空无的，背后什么都没有。

这些思路可以用简单的话来说：镜中本来就没有实相，它就和空气一样，而这便是佛教很重要的一个理论核心，镜中的那个形象是随缘而成的，镜中相是哄骗人的假象。如果你沉湎于镜中的假象，就如同陷入了虚假的世界，甚至还为这个虚假的世界而发狂沉溺，《红楼梦》以贾瑞作为此种道理的体现，用的正是佛教的点化方式，即"白骨观"。要看背面的白骨，那才是真相，不要着迷于正面的那个风流袅娜的女体，那是会引你诱入歧途的假象，可"白骨观"显然对贾瑞这种执迷不悟的人是没有用的，所以他最后就送了命。总而言之，镜子可以告诉你眼前所看到的世界其实是一片虚假，以此阐述"空"的意涵。

《庄子》里也提到过镜子的意象，《应帝王》篇有"至人之用心若镜，不将不迎，应而不藏，故能胜物而不伤"之说，可见在道家系统中，镜子也是很重要的智慧象征。除此之外，镜子还有一个非常重要的功能，即所谓的"镜像"，可以让人从自我的主观意识超离出来，学习到一种用外在的眼光来客观认识自己，这是一个人的成长中很重要且必要的阶段。假使运用得当，镜子可以协助人们进行与自身互动的道德思考，而这个时候镜子就是希腊箴言所说的"认识你自己（to know yourself）"的工具。

总而言之，镜子是认识自己的工具，它要求人们别把自己当成上帝，要了解自己的极限，不要傲慢，要让自己变得更好，因此，这样的镜子并不是模仿的被动之镜，而是转化的主动之镜。宝玉的镜子在这里也有同样的意涵，镜子让宝玉了解到：你终究要离开大观园，不能以为这个世界都是以我为中心，是为我所运转的子宫般的美好世界，你只是这个世界中的一员，所以你要遭受到孤独以及很多的创伤，这才是人活着的真相。宝玉终究要离开大观园，而离开之后，他的启悟历程就会进入另外一个超越的阶段。

怡红院中特设一面大镜子，而别的地方都没有，对于这一现象，余英时先生有一句话说得很好，他说："怡红院中特设大镜子，别处皆无，是章法之二，即所谓'风月宝鉴'也。"这面怡红院的镜子，就如同整部《红楼梦》最初所发轫的原始创作，即点化贾瑞的"风月宝鉴"，是宝玉的成长过程中不可或缺的工具。

怡红院里的镜子意象是刻意为宝玉量身订做的，专为他启悟的终极目标而设计，所以《红楼梦》是一部启蒙小说，也就是透过男主角由无知到有知，由幼稚到成熟，由自我到社会，最后实现完整的自我的成长过程，这个过程事实上是非常细腻的，而且每一个细腻的环节都有很丰富深刻的象征。由此也反映出《红楼梦》基本上是以贾宝玉为中心的小说，所以宝玉的部分永远有最丰富、最全面的相关细节可供挖掘。

潇湘馆

在怡红院之后，关于大观园中重要的屋舍，其次我们要介绍的是潇湘馆，它距离怡红院最近，这样的"木石最近"便相对于"金玉齐大"。潇湘馆的内部空间构设也体现了林黛玉独特的性格。首先，潇湘馆比较狭窄，它不但是一般的三开间设计，而且整体空间并不宽阔，故而每一开间都非常狭隘。

确实，潇湘馆的主要特点就是狭窄，不仅第十七回说它是"小小两三间房舍"，第四十回刘姥姥逛大观园时也提供了印证。当时一行人在潇湘馆里停留了一会儿，贾母便起身笑道："这屋里窄，再往别处逛去。"可想而知，"屋里窄"的这个评语和第十七回说潇湘馆"小小两三间房舍，一明两暗"是完全一致的，都是要呈现黛玉的心灵格局，也就是说，她并不是一个开阔坦然的豁达之人，她心中其实有很多的曲折幽暗，而且整体格局太小，基本上是以自我为中心。当然，我们都不要急着去判断人物的好坏，我们的目的是先客观认识，然后再去深刻地了解何以致此的原因。

早在第三回黛玉初次来到荣国府，作者便以全知的角度描述黛玉的长相与风度气韵，提到黛玉是"心较比干多一窍，病如西子胜三分"，正与潇湘馆的格局相呼应。此外，总体说来，脂砚斋对众金钗们大多是赞美有加，尤其是对宝钗、袭人赞美最多，对于黛玉，他也非常体谅，努力提点黛玉的优点，但是在这个地方，脂砚斋仍然客观地指出："多一窍固是好事，然未免偏僻了，所谓过犹不及也。"黛玉在这一方面确实是太过，尤其是心地狭窄，如果再透过一些心理学精神分析来讨论的话，她其实有非常严重的自我中心主义的倾向。

黛玉的性情过于偏僻，以至于心中有太多的纠结曲折，这是一个客观的事实，透过"屋里窄"而里外完全一致地体现出来。刘姥姥借这个机会提出了一个比较，她念佛道："人人都说大家子住大房。昨儿见了老太太正房，配上大箱大柜大桌子大床，果然威武。那柜子比我们那一间房子还大还高。怪道后院子里有个梯子。我想并不上房晒东西，预备个梯子作什么？后来我想起来，定是为开顶柜收放东西，非离了那梯子，怎么得上去呢。如今又见了这小屋子，更比大的越发齐整了。满屋里的东西都只好看，都不知叫什么，我越看越舍不得离了这里。"刘姥姥这个人饱经人情历练，绝对不是不长眼睛、横冲直撞的莽妇，她既感叹老太太的正房大，又称赞潇湘馆精致华丽，"满屋里的东西都只好看"，可见这是一个宠儿的居处，也因为黛玉是宠儿，她才有那么多的时间用来自恋、自怜甚至自虐，当一朵自我耽溺的水仙花，这是黛玉的一大特色。

不止如此，第十七回还提到潇湘馆的后院有"小小两间退步"，"退步"大概是一个放杂物或者是日常些不重要物品的小场所，连这两间退步都是用"小小"来形容，整个潇湘馆又有如书房一般充满着诗书清华之气，所以我称潇湘馆是"小而美"，和贾母居处完全以体积的庞大和宏伟的视觉效果达到一种威武的震撼感，当然是非常不一样的。

其实，早在第十七回贾政带领一行人游园的时候，对潇湘馆像书房一般的构设已经有了直觉上的类似感受，他说："这一处还罢了。若能月夜坐此窗下读书，不枉虚生一世。"可想而知，这个环境是多么的清幽雅致。后来刘姥姥来到这里，看到窗下案上设着笔砚，又见书架上垒着满满的书，就推测说："这必定是那位哥儿的书房了"，贾母笑指黛玉道："这是我这外孙女儿的屋子。"刘姥姥笑道："这那像个小姐的绣房，竟比那上等的书房还好。"由此可见，这潇湘馆确是黛玉整体精神的一个形象化体现。

黛玉虽然饱读诗书，但如果把黛玉所读的书做一个整理，便会发现大多是比较偏向个人心灵抒发这一类的抒情和性灵之作，例如《古今乐府杂稿》。黛玉的阅读范围不比宝钗那般广博与全面，所以黛玉基本上就是把潇湘馆这个空间营造成完全满足个人心灵需要的家园，在这里，她和这些书籍进行双向的交流——她的心灵让她选择这一类书籍，而这一类书籍环绕在她的周围，形成一种空间性的弥漫，又反过来浸润于她追求个人性灵的倾向，这是互相加强的一个循环式结果。黛玉的可贵在于她真的读了很多书，这让她不会流入"市俗"，但黛玉并没有摆脱传统文人的若干缺点，再加上她作为父母双亡的孤女，又是一个在当时尊卑不平等社会中的女性，以致心中事实上有非常多的纠结，她在人际互动中所呈现出来的一些言语或行动的特征，是在完善的王府环境中成长起来的闺秀身上所没有的。

但必须补充说明的是，黛玉的心地狭窄之特质，主要见于第四十五回之前，适用于所谓的前半期，黛玉的后半期其实已经不是这等模样了，她的很多反应都和前半期的那一个刻板形象完全不符，这一点我们等到黛玉的人物专题时再说。

前期林黛玉典型的性格内涵有两个层面，即"太偏僻"和"心地狭窄"，这些都是自我中心者很容易出现的问题。从动作上来看，黛玉会摔帘子；还有在第三十七回中，当诗社成员在作诗的时候，黛玉一副悠哉的样子，还让宝玉别管她，等到大家都写完了，她才"提笔一挥而就，掷与众人"，文中用的是"掷"这个动作，此外她也曾"蹬着门槛子"（第二十八回），除了黛玉，贾府中没有哪位闺秀小姐有过这样的举止，只有王熙凤脚蹬门槛、用耳挖子剔牙，但是不要忘记王熙凤是没有受过教育的，她是一个很市俗的人。

而且，当黛玉不开心的时候，还常常"啐了一口"，也就是吐口水。我经过全面的统计，小说中最常以"啐了一口"来表示厌恶感的女孩子正是林黛玉，与之不相上下的则是王熙凤，在二层主子或副小姐中，把袭人、麝月、鸳鸯和晴雯等全部算进来，也只有黛玉的重像——晴雯一人曾用"啐了一口"来表达她的情绪。在书中，王熙凤常说"放你娘的屁"，而在二层主子或副小姐中，又是晴雯会用这种话来骂人，这实在是很有趣的一个平行现象。"啐了一口"还有口出粗鄙之言、有违大家闺秀身份的行为都集中在这几个人身上，而这几个人确实有一些共同的特点，这是很值得我们去思考的问题。

　　林黛玉比起晴雯、王熙凤当然还是更胜一筹，不要忘记她是读过书的，读过书的人如果运用所学到的修辞技巧来攻击别人，其实会比直接骂脏话要高明得多，也会让对方更窘迫，更无所遁形，自然就会更羞愧，那种伤人的力道其实是更有过之。例如，黛玉曾经嘲讽刘姥姥为"母蝗虫"，"母蝗虫"不只是说刘姥姥像蝗虫过境一样地大吃大喝，实际上还隐含了很深刻的一种鄙夷，那便是把对方贬低为动物，而且还是动物中的昆虫，再加上用个"母"字，效果就可想而知，黛玉骂人是真的可以不带脏字的。读者看了大概会觉得很好笑、很有趣，不过很少有人细想过，黛玉对别人的嘲弄，其背后有着什么样的心理需要。

　　弗洛伊德告诉我们一个非常重要的观察：成熟的人会嘲笑自己，不成熟的人才喜欢嘲笑别人。一个懂得嘲笑自己的人，即具有高度的自我认识，知道自己有什么不足，所以不会一直盲目地想要为自己辩护，而且他坦然接受自己的缺点，不用等别人笑他，自己就先开起自己的玩笑来，这表示这个人的心理处在一个平衡状态，能够把自我抽离出来，用一个旁观者的眼光来认识自己，这才是真正成熟的人的做法。黛玉便是抽离不出来，她心中有很多阴暗面，又始终在自恋、自怜，而一个自恋、自怜的人其实也就是把自己看得"太过该死"的重要，以致对于个人生命中的缺陷牢牢盯着不放，永远只看到缺陷而不肯看到外面那宏大的世界，所以才会自恋和自怜，有的时候还包括自虐，这其实是一体的两面甚至三面的关系。

　　弗洛伊德分析说，嘲弄自己叫作"幽默"（humor），嘲笑别人叫作"玩笑"（joke），二者最重大的区别就在于其背后的心理机制是非常不一样的，并不只是成熟与不成熟的差别。"幽默"一定是在自觉的情况之下产生，因为你充分认识自己，也接受自己，然后用一个旁观者的眼光来看待自己、嘲笑自己。比如，刘姥姥虽然目不识丁，出自非常贫穷的土地，但是她是一个有大智慧的人，她知道别人都在笑，她也迎合别人的笑，甚至跟着别人来笑自己，最后大家都很开心，没有伤害到任何人，反而让整个环境变成一团欢乐，而黛玉在这一点上是远远比不上刘姥姥的。黛玉实在太娇弱，原因之一就是她被保护得太好，作为一个宠儿，没有人敢教她。因此，这样的自我中心到底算不算是一种价值，这是我好几年来读《红楼梦》时一直在思考的问题。

相对地，"玩笑"基本上是在无意识的状态下产生的，正因为是无意识的，所以它逃脱了超我（super-ego）的检查，自我便检查不到其中的恶意。我们常常说什么"有口无心"，还说其实没有恶意。这么一来就有一个问题出现了，如果说"有口无心"，那为什么"无心"却可以"有口"？为什么口可以具有这样一个独立的地位，脱离心的控制？何况，连没有恶意都可以说出那样的话来伤人了，如果带有恶意，那还得了！弗洛伊德就是不甘心于一般人的 common sense（常识），于是往更深处去挖掘，告诉我们：能说出伤人的话，就是有恶意，只是掩藏在无意识之中，不但自己检查不到，别人也可以用"无心之过"之类的托辞来粉饰过去。由于"玩笑"是说完就算了的，大家都不觉得应该当真，因此可以逃脱或越过道德伦理意识的审查，因此也就会比较容易被放纵，尤其黛玉的玩笑都是使用了非常巧妙的修辞技巧进行包装，因而变得更精简传神，但也更有杀伤力。一句"母蝗虫"，当场让其他小姐公子们都笑翻了，使大家从中欣赏到语言的巧妙，可是如果从心理机制的需求来看，它当然不只是要取得语言上的快感而已，事实上，它还有一个更重要的目的，即获取一种宰制别人的快感，这就是对黛玉的心理机制的绝佳阐述。

黛玉很喜欢开人家玩笑，例如当惜春要告假去画大观园的时候，黛玉便说这个园子才盖了一年，惜春要画就还得要两年的工夫呢，当然这也是事实，因为后来惜春画得很慢，第五十回贾母说要去看看"赶年可有了"，众人笑道："那里能年下就有了？只怕明年端阳有了。"贾母吃了一惊，说："这还了得！他竟比盖这园子还费工夫了。"由此看来，惜春的无心或者无力于绘画确是事实。可是，所有的事实都要说出来吗？这是第一点。第二，即便事实存在了，也要说出来，但为什么要用这种方式去说？黛玉先是嘲笑刘姥姥为"母蝗虫"，然后嘲笑惜春画才的迟钝，背后都绝对不只是好玩的目的，让大家看她的比喻多么生动，见识多么一针见血，然后博大家一笑。弗洛伊德很深刻地发现，开这一种玩笑的，常常都是在指责别人的缺点或者是丑陋的地方，其背后的心理机制是为了侵犯别人，说者其实不是无心，而是在一个无意识状态下，把对别人的恶意透过语言的掩饰来逃过道德的审查，然后即可以公然地抒发出来，它事实上是一种非常巧妙的心理运用；而之所以要侵犯别人，不是开玩笑者要与他人为敌，而是有一个特殊的心理需求，那就是要谋取宰制性的快感。

黛玉非常自我中心，而且她真的是一个"超级主体"，无形中她往往要透过这些玩笑来获得一种凌驾于别人之上的快感，而这当然很有可能是为了弥补她心中的不安全感。弗洛伊德的大弟子之一阿德勒，由于不能接受弗洛伊德那一套"力比多"的理论，于是独立门户另外去成立了一个心理学派，叫作"个体心理学"，而他的理论便可以用来阐述林黛玉和薛宝钗为什么会有那么大的不同。在阿德勒看来，每一个人都有自卑感，只是轻重的程度以及对本人的影响有所不同，自卑感有可能变成对人的一种负面伤害，可是如果我们懂得面对和处理，自卑感反而可以帮助人成长。为了要抵消自己的自卑，填补自己的不足感，人就会去发展出建立优越感的其他行为，以弥补本来所欠缺之处。如果自卑感没有经过适当的处理，争取优越感的动作也没有得到合理的调节，那便会使自己陷入一个恶性循环中，个体所争取的优越感也会建立在一种虚幻的自我满足上，换句话说，个体用来证明自己优越的那些东西，事实上是不被社会所认可的价值。最极端的一个例子即鲁迅笔下的阿 Q，他明明处于劣势，心里也很自卑，可是他没有能力去处理这个问题，所以当人家骂他，他便曲解为"儿子骂老子"，这岂不正是自己想象出来的虚幻的优越感么？

　　当然，黛玉不至于这么荒谬，不过她也是在争取所谓的虚假的优越感。试看她非常重视作诗，并且一定要赢过众人，然而在《红楼梦》的时代里，作诗根本不被视为女性的价值，即使在作诗方面争得再多的第一名，整个社会还是不会承认你很优秀。黛玉虽然有性别方面的局限，阿德勒的这套理论还是可以帮助我们理解黛玉为什么那般在乎第一名。除了作诗要争第一名之外，她确实也很喜欢嘲讽别人，而且有些嘲讽已经过分尖锐，尤其她开别人玩笑的时候，找的都是对方的缺点，而这个现象是史湘云先发现的。第二十回湘云来到了荣国府，黛玉感觉到安全感被威胁，因为宝玉有的时候被宝姐姐迷惑，有的时候又去吃哪个丫头嘴上的胭脂，她已经是应付不来了，这会儿又来了一个湘云，所以黛玉就去嘲讽湘云。这时湘云直率地批评道："他再不放人一点儿，专挑人的不好。你自己便比世人好，也不犯着见一个打趣一个。"用现在的白话文来说，即黛玉专门在人家的伤口上撒盐，所以湘云才这么深感不平。

值得我们注意的是，虽然湘云也是嘴很直的一个人，可是湘云所说的话基本上都是反映客观事实，不是用来攻击人的。足见同样都是"直"，可是直的内容、直的方式却有这么大的差别，如果不把这些地方很精细地分清楚，只是笼统地一概而论，那就是读者的粗糙。其实湘云已经注意到了黛玉的说话方式有问题，不过她没有接触过心理学，更不用说相关训练了，而我们今天则可以运用现代学术对人性的认识，更深刻地理解这些人物。

在第十九回中，脂砚斋的批语也很清楚地告诉我们："有许多妙谈妙语，机锋诙谐，各得其时，各尽其理。前梨香院黛玉之讽则偏儿越，此则正而趣。二人真是对手，两不相犯。"意指黛玉的玩笑是"偏儿越"（即"偏而趣"），虽然很有趣，可是严格说来并不是大雅君子所会采取的做法，例如叫人家"母蝗虫"，事不关己的我们可以笑一笑，但设身处地来看，那还是太偏。宝钗开玩笑则是"正而趣"，始终会维持着均衡，严守着不侵犯别人的界限。简单说，宝钗的嘲戏总是把握着"谑而不虐"的适度分寸，因此脂砚斋常常赞美宝钗，除了"正而趣"之外，还说宝钗的戏谑是"雅谑"（第二十五回夹批），"雅"不只是语言本身的优美而已，还包括内心的平和中正，这时候开起玩笑来才会是"雅谑"，如第四十五回所批的"又恳切，又真情，又平和，又雅致，又不穿凿，又不牵强"，这是脂砚斋对于宝钗的玩笑所给予的注脚。

黛玉不成熟的地方便在于，她只顾自己要被人家尊重而过分敏感，但是却常常忽略别人的感受。因此在第二十回中，黛玉就被宝玉质疑道："我也为的是我的心。难道你就知你的心，不知我的心不成？"黛玉确实常常处在只知自己的心的状态。

现在，让我们回到潇湘馆。黛玉的居所"一明两暗"，这个"暗"字并不是一个绝对正面范畴的形象化体现，黛玉有她人格上的缺点，当然每一个人都有缺点，而往前或往后追究，我们可以发现这些缺陷并不是没有原因的，所以才会有两句俗语："可怜之人必有可恨之处"，反之亦然，"可恨之人也必有可怜之处"。人真的是很可怜的一种生命体，要超越自己需要付出很多的努力，甚至还要一点运气，所以当我们还很健全的时候，应该要能好好地体谅别人。关于潇湘馆的部分就先说到这里，对于林黛玉的人物个性，我们在专题部分会有更系统的全面分析。

蘅芜苑

蘅芜苑最鲜明的特点是"有如雪洞一般"，第四十回贾母一行人来到了蘅芜苑，"及进了房屋，雪洞一般，一色玩器全无，案上只有一个土定瓶中供着数枝菊花，并两部书，茶奁茶杯而已。床上只吊着青纱帐幔，衾褥也十分朴素"。请注意"土定瓶中供着数枝菊花"这一句，从文化意义来看，唐型文化和宋型文化有着不一样的重大区隔，连对于花的审美观都有不同的投射，唐人喜欢的是牡丹，而浓艳的牡丹代表了富贵，代表对世俗的积极进取；宋人的精神则更为内敛，追求的是心灵上的成仁、成圣，所以宋人喜欢的是淡雅的莲花和菊花等，而莲与菊通常也被赋予脱俗的道德象征。菊花和蘅芜苑院内遍植的香花香草里外呼应，都有高度的道德象征，因此作者不说"插"了几枝菊花，而是用"供"这个字，表现出一种虔诚郑重的心态，并且供菊花的是"土定瓶"。

土定瓶当然也是非常昂贵的器皿，属定窑的一种，在这样的人家不可能有廉价品，但作者偏偏在那么多的故宫博物院典藏级的花瓶中选了一个名字最土的，便可知他要创造出什么样的语感。虽然莎士比亚说："玫瑰即使不叫玫瑰，亦无损其芳香。"但是在完全透过文字来表达的文学作品上，玫瑰如果不叫玫瑰，就必然有损于它的芬芳，如果我把一朵玫瑰花放在你们面前，说这个叫"鱼腥草"，你们恐怕便不会觉得它很美，反而会仿佛闻到一股鱼腥味。所以在文学里，怎么使用文字就有很大的决定性影响，作者故意找一个语感上特别平凡的"土定瓶"，其实也是为了烘托宝钗的朴素个性。

回到上一段的描写，宝钗的屋子"雪洞一般，一色玩器全无"，看不到任何梦幻少女会喜欢收集的那些东西。按年龄来算，薛宝钗在第二十二回就过了十五岁生日，到了现在大概又过了一两年，可是这位十六七岁的女孩子的房间是如此素朴，甚至是到了"家徒四壁"的程度，这当然不是自然的现象，而"自然"不一定好，"人为"也不一定不好，这是我一再强调的。宝钗连衾褥都十分朴素，床上的这些青纱帐幔其实也是半旧的。先前在第八回中，透过宝玉的眼睛，读者已经看到了宝钗整体的外形与气韵。那时宝玉听说宝钗生病了，"忙下了炕来至里间门前，只见吊着半旧的红绸软帘。宝玉掀帘一迈步进去，先就看见薛宝钗坐在炕上作针线，头上挽着漆黑油光的鬓儿，蜜合色棉袄，玫瑰紫二色金银鼠比肩褂，葱黄绫棉裙，一色半新不旧，看去不觉奢华"。请注意"一色半新不旧"的字样，从第八回她住梨香院的衣着到第四十回蘅芜苑的衾褥，可以看出宝钗一路走来，始终如一。

当然宝钗不是从出生就这样的，而是在七八岁受到外力的教育，她才整个改变，而从七八岁以来一直到如今，大概已经快十年了，她始终前后如一，并且里外如一，这怎么会是伪君子？宝钗也不会知道贾母、刘姥姥一行人要到自己房间里来，赶快先假装布置成这么样的雪洞一般，让人家看她的道德多么崇高，既然没有人可以未卜先知，所以这就是她真实的生活样貌，也正是她个人心性的一种直接而且客观的体现。她就是这样的人，是一个百分之百的君子，因为她言行如一，内外如一，从过去到现在都在一个非常鲜明的原则下去安顿她的身心。

宝钗不止装束朴素，第七回中薛姨妈还提到宝钗从来不爱这些花儿粉儿的，他们家的上等宫花要拿去送给别的女孩子戴，便是因为宝钗根本不戴，薛姨妈觉得白收着，放坏了可惜。宝钗在第五十七回中，还劝诫即将过门的弟媳妇邢岫烟，说道："这些妆饰原出于大官富贵之家的小姐，你看我从头至脚可有这些富丽闲妆？然七八年之先，我也是这样来的，如今一时比不得一时了，所以我都自己该省的就省了。将来你这一到了我们家，这些没有用的东西，只怕还有一箱子。"可见薛宝钗这个人是非常一致的，是道德上严格自我要求的一位君子。

即便如此，宝钗这位如此不慕容饰的女性，身上还是会带着一些首饰，其中一个长期带的即是颈上的项圈，而就因为她颈上带着项圈，在很多偏爱黛玉的人看来，便觉得宝钗心里存着金玉良姻的欲望，却故作姿态，假惺惺地说她其实对宝玉无心，并远着宝玉。但这样的成见实在太素朴了，为什么宝钗不喜欢这些所谓的"富丽闲妆"，却还带着金项圈，我们可以看看有没有别的可能的原因。其实在第八回中，宝钗就已经说得很清楚了："也是个人给了两句吉利话儿，所以錾上了，叫天天带着；不然，沉甸甸的有什么趣儿。"给项圈的是个半神仙式的和尚，冷香丸的配方也是他给的，这样一个半神仙式的和尚，像神谕一般告诉你该这么做，一般人当然会跟着做，宝钗的作为一点也不反常，事实上真的是背后有一个高于人类的神秘天意在命令她要天天带，所以她才带着。

脂砚斋也在此抒发他的不平之气："一句骂死天下浓妆艳饰富贵中之脂妖粉怪。"脂砚斋的批语所反映的是这一种贵族家庭的审美观，言外之意是告诉我们，他们欣赏、鼓励的是朴素淡雅。事实上，末代睿亲王之子金寄水曾描述他母亲房中的布置，和宝钗的风格恰恰是很接近的，他说母亲房中布置淡雅，"淡雅"确实是他们的最高审美标准，因此案头的陈设大部分都是文玩，而做孩子的在耳濡目染之下，从小对于纸砚笔墨便有了一些鉴别能力，足见他们的品位是在日积月累长期的涵养中孕育出来的。贾府也正是如此，第三回描写王夫人的住处，说："正房炕上横设一张炕桌，桌上磊着书籍茶具，靠东壁面西设着半旧的青缎靠背引枕。王夫人却坐在西边下首，亦是半旧的青缎靠背坐褥。"这些贵族阶层使用的物品绝非一般人所想象的暴发户一般，色色要新、要耀眼，那是炫富，而不是文化。

一般贵族世家的房间都是垒着书籍茶具，金寄水的母亲房里也有一些文玩古籍、笔墨砚台之类的摆设，而我们都知道，宝钗在大观园里最为饱学多闻，她读过的书绝对不止两部，脂批再三再四地都在提醒宝钗是一个博学宏览的人，以此维系着她心灵的博大与平衡。但奇怪的是，薛宝钗的房里只有两部书，很明显，宝钗这个人真的是活读书，而不是读死书，换句话说，读过的东西已经内化成为她自己的一部分。我很喜欢一个比喻，足以道出宝钗的这个很独特的优点，即"宝钗有如一个流动的海洋"。她不是很死板地停留在房里不断地蓄积，在自己周围堆很多的东西，以此获得一种置身于安全堡垒的感觉，恰恰相反，宝钗内心中自足充盈，不需要外在那些布置好的各式各样的物质来支撑自己，让自己有一种安定感，因为所有的力量都在她的心里面，像海洋一样丰饶，既保有一切的存在，也有无数的各种可能性，从表面上看却是风平浪静。

其实，包括书籍在内的各种物质会带给人束缚，是人的负担，但一般人喜欢积聚，积聚多了才会有一种安全感，宝钗则不是这种个性。蘅芜苑的"雪洞"绝对不是一无所有，而是在流动的状态中不断地丰饶、滋养自己，因此从不为这些物质而停留，也不让这些物质来壅塞自己的生存空间。由于所有的资源都来自宝钗充盈而强大有力的内心，所以她不依靠这些外在的东西。总而言之，对于蘅芜苑的"雪洞"，第一必须从王府阶层的生活习惯和审美标准，第二则必须从宝钗的个性给予双重理解，方才稳妥。

秋爽斋

秋爽斋事实上是我最喜欢的一个地方，虽然我达不到那样的境界，此即司马迁所说的"虽不能至，然心乡往之"，要有一个向往之情，人才会永远向上看，向高处看，虽然做不到，但也不至于沉沦，流入市俗。

关于秋爽斋，首先请注意它取秋高气爽的"秋爽"二字为名，连带地所有意象便是无限的高空还有清新的微风，所以探春常常和风筝联系在一起。连秋爽斋内部的空间都是以大气作为特征的，第四十回提到："凤姐儿等来至探春房中，只见他娘儿们正说笑。探春素喜阔朗，这三间屋子并不曾隔断。"这一段我们前面已经提到过，但是现在从另外一个角度来看，探春的性格特征也都体现在她屋内的摆设里。

探春的心胸是非常开阔的，严格说来，这种人也容不得人性的阴暗丑陋，她真的是受不了人心底层的污秽鄙吝、势利贪婪，尤其是她的亲生母亲赵姨娘的"阴微鄙贱"。在我所读过的大部分《红楼梦》人物论里，只要是说到探春的部分，通常都会强调探春是庶出，所以她自尊心很强，又很势利，不惜否定自己和亲生母亲的关系，一味巴住有权力的王夫人，以上种种都是在没有检证的情况下想当然耳的推论。赵姨娘和探春之间母女的纠葛对抗，根本不是什么嫡庶问题，何况从《红楼梦》里所反映出来的，以及我读到有关清代文化的一些研究都指出，在这种阶层的人家里，嫡生的子女和庶出的子女事实上待遇没有太大的差别，因为这些子女们都姓贾，都属于正派血脉，我们会在之后的探春专题中再详细举证说明，具体分析。

回到秋爽斋屋内的摆设，"当地放着一张花梨大理石大案，案上磊着各种名人法帖，并数十方宝砚，各色笔筒，笔海内插的笔如树林一般。那一边设着斗大的一个汝窑花囊，插着满满的一囊水晶球儿的白菊。西墙上当中挂着一大幅米襄阳《烟雨图》，左右挂着一副对联，乃是颜鲁公墨迹，其词云：烟霞闲骨格，泉石野生涯。案上设着大鼎。左边紫檀架上放着一个大观窑的大盘，盘内盛着数十个娇黄玲珑大佛手。右边洋漆架上悬着一个白玉比目磬，旁边挂着小锤"，可见秋爽斋和蘅芜苑一样，一进门便一目了然，所有东西都在眼帘之中，也因此可以看到"东边便设着卧榻，拔步床上悬着葱绿双绣花卉草虫的纱帐"。

"拔步床"是一种很特别而昂贵的床具，虽然没有"大"这个字，但实际上它是非常高大的一种木床。《金瓶梅》第七回中有一段提到了拔步床，男主角西门庆娶了很多房的妻妾，其中有一个即孟玉楼，她"手里有一份好钱"，嫁妆单子里便包括了南京拔步床两张，可想而知，这种家具一定是非常有钱的人家才购置得起，所以才有资格列在这里。贾府当然有实力给秋爽斋添置一张拔步床，可是读者也必须知道，探春屋里的所有东西都有这样宏伟的气势，而且它绝对不是度量衡上的庞大，而都是一种风格气度上的大器展现。比如制作器物的官窑有那么多，秋爽斋偏偏用的是大观窑的大盘；天下的石材有那么多，它用来做桌子的石材偏偏是大理石，这些专有名称中都有个"大"字。由此可知，秋爽斋之"大"不是尺寸上给人压力的那一种大，那一种"大"是在贾母的房子里才有的。贾母屋子里的一个柜子就比刘姥姥的家还大，上顶柜拿东西还得爬梯子，所以贾母屋子的大便是现实权力的展现，是可以丈量的；但探春的秋爽斋并不是，它所体现的是一种宏大的胸襟。

我们看到秋爽斋里有白菊、白玉比目磬，用来装饰房间的花卉和蘅芜苑一样，也是菊花，这些都有高度的道德象征。"磬"是用白玉做的，在中国文化里，玉具有君子之德，而"白"这个字更深说明君子的洁净无瑕。可见探春的秋爽斋，从命名到各式各样的摆设以及器物的功能，都在呈现屋主是一个百分之百不打折扣的君子。此外，"案上磊着各种名人法帖"的"法"字，抽离出来单独看，也代表一种不可逾越的原则、非常严正的界限，这也呼应了"磬"的象征意义。

在中国的文化传统中，"磬"其实有两种，一种是乐器，可以和其他的乐器配合，演奏出一曲和谐动听的音乐；一种是法器，寺庙里的和尚要做功课，生活上也要遵照一定的时间规律，便用击磬作为时间的标识。磬无论是作为乐器还是法器，共同的特质是都代表着一种客观的乃至绝对的规范或准则。探春是非常注重法理的，她不大讲私情，只要私情侵犯到客观公正的原则，她就会起而反击，因此才不能容忍赵姨娘的徇私舞弊。

可有趣的是，在秋爽斋里让磬发出声音的竟然是一个小锤，这暗示了即便在拥有权力、可以协调众人的情况下，探春也并不滥用权力，我觉得"小锤"的"小"表示出探春不是"逸才蹁跹"之人。"逸才蹁跹"是脂砚斋用来批评王熙凤的话，指王熙凤的才能很高，可她有时候不耐烦或不在乎现实法理的束缚，于是多多少少会有所逾越，出现犯规不守法的作为。如果有一个形象化的器物放在王熙凤的房中，恐怕便不是白玉比目磬，而是黄金磬，并且旁边必然有大锤，凤姐爱怎么敲就怎么敲，因为这个人是会滥权的，可是探春并不一样。

当探春还在这样一个非常沉寂的阶段中，她的性格就已经非常明确地被奠定塑造成型，等到第五十五回，在真正握有理家大权的情况下，探春也不会托大，不会弄权，更不会滥权，面对生母赵姨娘的血缘勒索，反而是谨守法理的分寸，所以她真的是一位君子。在第五十五回之前，探春的戏份并不多，但从理家这一回开始，她突然给人一种女主角的感觉，我觉得作者是要以此来告诉我们，探春这个人的性格正是孔子所谓的"用行舍藏"。

对真正的君子来说，当自己被委任而握有权力的时候，就要好好去实践，要为这个世界付出，很努力地鞠躬尽瘁；但是当这个世界不给自己机会，当世界不认识你或者压抑你、否定你的时候，你也要能够心平气和，坦然接受这个处境，"穷则独善其身，达则兼济天下"，在出处进退之间，人要有一种豁达，跌倒的时候不要怨天尤人，不要愤怒到扭曲了面孔，而是要很优雅地再站起来，退到自己的世界里，好好领略作为一个人本来就可以领略到的存在的喜悦，不需要用外在的标准作为自己的束缚。探春这个人进退皆宜，也动静自如，可以积极入世，也可以退隐山林，秋爽斋里挂着的那一幅对联："烟霞闲骨格，泉石野生涯"，便很清楚地显示出她是可以独善其身的人。在第五十五回之前，探春没有什么戏份，原因便在于探春正在体现她性格中最难得可贵的面向，这是她作为杰出女性与重要角色必要的一环。

在第五回的人物判词中，已说明了探春和王熙凤的相同和差异：相同处是她们都在末世，并且都具有才干，所以治世的才干凸显出她们生命最为辉煌的一面。只不过王熙凤是"有才而无志"，她的"才"因为没有"志"的规范与升华，即难免"逸才逾蹈"，但探春则是"才自精明志自高"，是一个有宏大志向和崇高理想的人，她非常清楚地知道，一个人该如何自我定位才能真正体现个人的尊严。我觉得白玉比目磬的器物设计其实非常耐人寻味，很可惜红学论述里很少注意到这一点，所以我特别提请读者留意。

探春是一个光风霁月的人，连脂砚斋都给予高度的赞美，称誉道："湘云探春二卿，正'事无不可对人言'芳性。"全书中这么多的金钗，只有探春和湘云具有"事无不可对人言"的芳性，即一种光明坦荡的美好品性，因而没有人格残缺的阴影，也没有心灵扭曲的黑暗。

不仅如此，要洞察一个人真正的品质，最好的方法之一就是看此人拥有权力的时候是什么样子，如果拥有一点权力便作威作福、拿腔作势，那就叫小人得志，显示这个人其实胸量境界非常低浅，以至于稍有一点权力即得意忘形。孟子所说的"富贵不能淫，贫贱不能移"，这的确是大君子才能够达到的，例如贾环只不过是坐在王夫人的炕上，就拿腔作势了起来，对丫鬟们呼来喝去，诚为很标准的一个小人。

除了透过拥有权力时的表现，考验一个人的品质还可以看这个人如何对待身份和地位比他低下的人，而非看他怎么对待朋友，当然更不是去看他怎么对待他的孩子，因为对自己的孩子很好，根本就是天经地义，同理，对自己的朋友很好，这也不一定能作为其人格的判准，因为朋友之间可以党同伐异、沆瀣一气。

换句话说，是否会节制自己的力量而不忍去侵犯没有权力的人，乃是测试一个人人格的绝佳良剂，莎士比亚就曾经说："有才者虚怀若谷，有力者耻于伤人。"有力量的人必须要以伤人为耻，这是社会一般很少教导人们的一个道理，但这其实非常重要，因为有力者只要稍微狂妄一点，稍微放纵一点，便非常容易伤人，如果有力者对伤人这类情况深深感到道德上的羞愧，那才是真正的君子。在此引用莎士比亚的两句话作为开宗明义的标语，主要是用来验证探春真的是女中豪杰，因为她确实都做到了，完全展现出高度的君子风范。

在第五十五回中，当探春掌握权力的时候，她首先改革积弊，而且拿她最亲近并且是贾府中最受宠、最有权力的人开刀，可见她不欺负弱小，而这一点非常重要，因为真正要做大事的人不是只敢打苍蝇而不敢打老虎。探春绝对不是一般所谓的"新官上任三把火"，事实上，她已经观察很久，注意到这个家有很多问题，但她受困于女儿身而没有施展抱负的权力。她曾经悲愤地说："我但凡是个男人，可以出得去，我必早走了，立一番事业，那时自有我一番道理。偏我是女孩儿家，一句多话也没有我乱说的。"她受困于闺阁世界而无所用武之地，心中累积的悲愤和看在眼里的种种担忧都无所宣泄。现在王夫人给她这样一个机会，而当她有了理家的权力的时候，她的所作所为都是以法理为优先，显示出大雅君子的政治家风范。

尤其这时探春首先遭遇了所谓的"窝里反"，这个人来势汹汹，拿着血缘的恩惠来进行不合理的甚至非法的要挟，我们就来看看探春怎样处理一般人很难面对的大难题。必须说，很多读者对于探春有一些误解，我认为是因为没有回到探春的生命史，也没有掌握到她所在的社会阶层的文化背景，更不了解她的人格高度，所以不知道她的所行所为到底合理在哪里，以至于只用今天这种小家庭的亲子关系来理解，这其实是非常严重的范畴误置的诠释暴力。

在第五十五回一开始的时候，探春遇到了理家的一个大难题，书中描述大家刚吃茶时，只见吴新登的媳妇进来回说：

> "赵姨娘的兄弟赵国基昨日死了。昨日回过太太，太太说知道了，叫回姑娘奶奶来。"说毕，便垂手旁侍，再不言语。彼时来回话者不少，都打听他二人办事如何：若办得妥当，大家则安个畏惧之心；若少有嫌隙不当之处，不但不畏伏，出二门还要编出许多笑话来取笑。

如果不深入到贾府内部，没有浸润其中，便不大能立即掌握到这些行为其实隐含了什么样的心机。假如你了解王熙凤当家时的具体常态，便会知道吴新登的媳妇根本是有意测试现在的当家者是否有足够的魄力和识见。要是探春做得不好，接下来就很难做了，因为没有人会信服，也没有人会听从调度，那时候将落得孤掌难鸣，一筹莫展，哪里还有威信可言。其实，不要以为拥有了权力，一个人即可以任意挥洒，想怎么做就怎么做，法国哲学家福柯（Michel Foucault）便清楚指出，"权力"并不是一个固定的东西，只要拿到手就可以任意使用；它其实是一种流动的相对关系，需要看双方或多方彼此的协调和配合，有权力的人虽然表面上有权力，可是必须靠其他人的支持与承认，否则这个权力便形同虚设。

从这个角度来看，当皇帝其实很辛苦，因为他下面对应着非常多的利益团体，处理其中任何一个，都可能牵连甚广，造成很多的困扰，最后还可能会被推翻宝座，这是没有权力的人所不能想象的。同样的道理，假如以为探春已经拥有理家的权力，她可以爱怎样就怎样，那真是大错特错！我们在引文中已经看得很清楚，如果探春一开始便做得不好，接下来的每一天都会左支右绌，不但没有人服她，而且大家还会在背后加以嘲笑，甚至很多时候阳奉阴违，结果事情一定会全部搞砸，搞砸了之后她这个位置当然就坐不稳，从此之后也声名狼藉，这便是探春后面所说的："倘或太太知道了，怕我为难，不叫我管，那才正经没脸呢，连姨娘也真没脸！"

换句话说，探春刚刚上任，首先面临的问题即是一定要树立威信。而所谓的威信，不是说话声音大，人家就会听从，威信是要让人家心服口服，因此绝对不能偏私，一定要公平正道，这样一来才能够收服众人之心。这时"吴新登的媳妇心中已有主意，若是凤姐前，他便早已献勤说出许多主意，又查出许多旧例来任凤姐儿拣择施行。如今他藐视李纨老实，探春是年轻的姑娘，所以只说出这一句话来，试他二人有何主见。"吴新登的媳妇非常清楚，她作为一个幕僚，对于决策者的帮助是在哪里，之前她和王熙凤便搭配得天衣无缝，而王熙凤虽然看起来威风凛凛、八面玲珑，但要不是靠这些人，她一个人也做不来。问题是现在换了主子，下人就存心看看你值不值得我效忠，值不值得我为你倾全力做后盾，于是如何核定赵国基的赏银数额，便是探春所面临到的第一个重大考验。而最严酷的，是这个考验牵涉到她自己的亲生母亲，因此大家就在等着看笑话，看探春会不会因为涉及亲生母亲的娘家事，以致做事出现了偏私，假如她偏袒了自己人，那么其他人也有理由可以不守法，而公正的天平一旦倾斜，这个世界就会陷入混乱。

吴新登的媳妇藐视李纨老实而探春是个年轻的姑娘，一般说来，十几岁的女孩子缺乏经验，没有处理事务的历练，现在又遇到这么多复杂的问题，大家心中的轻视事实上是有一定合理性的。而对于这件事，李纨果然想得比较简单，她说："前儿袭人的妈死了，听见说赏银四十两。这也赏他四十两罢了。"但是她们看错了探春，探春绝不是她们想象中那样一般的普通女孩子。这时，探春马上把吴新登的媳妇叫了回来，说道：

> 你且别支银子。我且问你：那几年老太太屋里的几位老姨奶奶，也有家里的也有外头的这两个分别。家里的若死了人是赏多少，外头的死了人是赏多少，你且说两个我们听听。

从这一段话可以看出，探春这个人眼光非常犀利，且因读书有了学问而不流入市俗，所以事事精细。吴新登的媳妇因为抱着轻率的心，所以也没有先查证，对于过去的往例，她竟然回说忘了，还赔笑说："这也不是什么大事，赏多少谁还敢争不成？"这话其实是在欺负人，因为一旦现在天平没拿准，确实人家不一定会在明面上争，不过以后便很难做事，什么阳奉阴违的情况都会冒出来，因此探春就说："这话胡闹。依我说，赏一百倒好。若不按例，别说你们笑话，明儿也难见你二奶奶。"事实上，这种历经三四代的百年大家族，所处理过的生老病死的金银打赏已经无数，什么样的身份、什么样的情况该给多少钱，按照家族的理法和人情，早已形成了不成文的定例，而"例"这个词已经隐隐然触及了所谓的法理，只是这个法理背后还有各种人情的调节，经过多次的运作而形成了几种常态。因此当探春说完，吴新登的媳妇即赶快回去查旧账，发现按例应该给二十两。

这个时候，赵姨娘便立刻一把眼泪一把鼻涕地跑过来了。值得注意的是，《红楼梦》里几次严重的甚至到了打群架地步的人际纷扰，几乎都有赵姨娘的影子，而且她通常都发挥了负面的关键性作用。常言道：谣言止于智者，很多事情不去传播，便会大事化小，小事化无，而赵姨娘偏偏就要去扩大暴风圈，加重它的杀伤力，最后导致灾难性的后果。赵姨娘是包打听的性格，消息非常灵通，但这并不让她因此更有判断力，相反地，常常都是让事情的负面影响变本加厉，然后往毁灭的方向发展。这次赵国基的赏银攸关赵姨娘的利益，因为打赏的钱自然都进了死者遗族的口袋，所以赵姨娘争的绝不仅是所谓的尊严，其实更是口袋里可以多增加一些收入的好处。

这位赵姨娘，在人格上我真的看不到她有任何优点，当然她唯一的优点也许在于长得漂亮，而这是可以合理地推测出来的，因为古代这种大户人家要娶妻纳妾，基本的原则就是"贤妻美妾"。但在人格上，美丽也应该无法算作一种优点。我也曾努力地为她设想到底她有什么委屈，可是最终的结论都是她的问题全是自己招致的，正如孟子所谓的："人必自侮，然后人侮之。"（《离娄上》）事实上，她身为姨娘的这种半主身份是受到基本尊重的，所以她一进门，大家都立刻让座，然而她一开口就对探春抱怨说："这屋里的人都踩下我的头去还罢了。姑娘你也想一想，该替我出气才是。"赵姨娘看准现在当家的是她的亲生女儿，她觉得探春是她的血脉所出，便应该和她站在同一阵线，但是她严重忽略了一件事情：她的女儿姓贾，并不姓赵，而且当家者面对的不是一房一人之私，而是整个家族的公务，徇私护短最是大忌。

但赵姨娘完全不考虑探春现在的处境，执意要争取赵家的利益，于是她"一面说，一面眼泪鼻涕哭起来"。请大家注意，整部《红楼梦》中描写人物的哭泣，没有一个人是像赵姨娘如此之不堪，眼泪鼻涕的画面真是难以卒睹，恐怕作者对赵姨娘也实在很不以为然，所以塑造的这个形象竟十分难看。接着探春就忙道："姨娘这话说谁，我竟不解。谁踩姨娘的头？说出来我替姨娘出气。"赵姨娘道："姑娘现踩我，我告诉谁！"

赵姨娘是探春的亲生母亲，又是一个半主半奴的姨娘，当她指控探春的时候，按照礼仪要求，作为晚辈的探春要站起来并且赔罪，所以探春非常地谦逊地忙站起来，说道："我并不敢。"而李纨这时也起身来劝，从所有人都站起来的反应来看，读者应该知道，赵姨娘只要不做得那么过分，事实上她是受到大家尊敬的，可惜她往往是自取其辱。然后赵姨娘说了一大堆，意思是只给她的兄弟二十两，她就没有脸，然后连带探春也没脸。探春听了便笑说："原来为这个。我说我并不敢犯法违理。"在这里，"理"这个关键语词出来了，显示对于探春来说，一切都以法理为最优先、最高的标准，然后她一面坐了，拿帐本翻给赵姨娘看，并说道：

这是祖宗手里旧规矩，人人都依着，偏我改了不成？也不但袭人，将来环儿收了外头的，自然也是同袭人一样。这原不是什么争大争小的事，讲不到有脸没脸的话上。他是太太的奴才，我是按着旧规矩办。说办的好，领祖宗的恩典、太太的恩典；若说办的不均，那是他糊涂不知福，也只好凭他抱怨去。太太连房子赏了人，我有什么有脸之处；一文不赏，我也没什么没脸之处。依我说，太太不在家，姨娘安静些养神罢了，何苦只要操心。太太满心疼我，因姨娘每每生事，几次寒心。我但凡是个男人，可以出得去，我必早走了，立一番事业，那时自有我一番道理。偏我是女孩儿家，一句多话也没有我乱说的。太太满心里都知道。如今因看重我，才叫我照管家务，还没有做一件好事，姨娘倒先来作践我。倘或太太知道了，怕我为难不叫我管，那才正经没脸，连姨娘也真没脸！

这番道理十分入情入理，赵姨娘没了别话答对，于是她开始歪缠烂打，说："太太疼你，你越发拉扯拉扯我们。你只顾讨太太的疼，就把我们忘了。"赵姨娘认为现在探春既然受到上位者的疼爱，就应该也分给自己人一些好处，探春便说："我怎么忘了？叫我怎么拉扯？这也问你们各人，那一个主子不疼出力得用的人？那一个好人用人拉扯的？"意思是说，如果奴才自己才能高、品性好，不需要主子刻意拉扯，自然就会浮出台面，受到重用。

探春这段话说得非常有道理，但是李纨实在不了解探春，也没有体谅到探春现在的处境，一味想要当和事佬以安抚赵姨娘，但说出来的话却刚好踩到了探春的痛处，李纨在旁只管劝说："姨娘别生气。也怨不得姑娘，他满心里要拉扯，口里怎么说的出来。"

这话让探春实在不能忍耐，那等于说探春是有私心的，但只有小人才会有这种偏私的心态，而对探春来说，她作为一个君子，始终心地坦荡光明，李纨怎么可以说她有这种私心？所以探春立刻说："这大嫂子也糊涂了。我拉扯谁？谁家姑娘们拉扯奴才了？他们的好歹，你们该知道，与我什么相干。"这就把她和赵姨娘、赵国基的亲属关系撇清了，回归或者转移到主仆关系上。因此赵姨娘气得问道："谁叫你拉扯别人去了？你不当家我也不来问你。你如今现说一是一，说二是二。如今你舅舅死了，你多给了二三十两银子，难道太太就不依你？分明太太是好太太，都是你们尖酸刻薄，可惜太太有恩无处使。姑娘放心，这也使不着你的银子。明儿等出了阁，我还想你额外照看赵家呢。如今没有长羽毛，就忘了根本，只拣高枝儿飞去了！"由此可见，赵姨娘全部都是以循私舞弊的方式在进行思考——你给的钱又不是从你口袋拿出来的，探春你干吗那么吝啬？可是她永远不去想这件事情适不适当、应不应该，这当然就和探春的立场完全背道而驰。

赵姨娘这一番浑话，探春没听完，已气得脸白气噎，抽抽噎噎地一面哭，一面问道：

谁是我舅舅？我舅舅年下才升了九省检点，那里又跑出一个舅舅来？我倒素习按理尊敬，越发敬出这些亲戚来了。既这么说，环儿出去为什么赵国基又站起来，又跟他上学？为什么不拿出舅舅的款来？何苦来，谁不知道我是姨娘养的，必要过两三个月寻出由头来，彻底来翻腾一阵，生怕人不知道，故意的表白表白。也不知谁给谁没脸？幸亏我还明白，但凡糊涂不知理的，早急了。

其中所提到的升了九省检点的舅舅，指的是探春嫡母王夫人的兄弟，由此否定了赵国基的舅舅身份，并且把他打回仆人的原形，所谓"环儿出去为什么赵国基又站起来，又跟他上学"，意指如果赵国基是长辈，那么在晚辈前面应该是有威严的，受尊敬的，然而情况恰恰相反，做外甥的贾环要出门，赵国基就得跟随，贾环去上学，他便在后面服侍，所以赵国基根本是一个奴仆，哪里可以混淆视听、颠倒伦理？因此探春说"幸亏我还明白，但凡糊涂不知理的，早急了"，在这里"理"字第三次出现。我们把整段话统合起来，可以发现探春的诉求就是一个公共的标准，也即是"理"。

至于探春说赵国基是贾府的奴仆，不承认他是舅舅，这件事完全正大光明，无可非议。在那个时代环境里，纳妾之后并不改变主仆关系的本质，所以事实上赵姨娘还是一个奴仆，因此第六十回中她和芳官吵架，芳官便用了一个歇后语"梅香拜把子——都是奴几"来嘲讽她。显然赵姨娘本来是家中的丫鬟，然后被纳为妾的，否则她的兄弟不会也在贾府里当差。而根据历史学家的研究，被收房的妾的家人与主子之间并不存在亲属关系，换句话说，主仆两家彼此不算亲戚，赵国基确实不是探春的舅舅，原因在于妾并不是三媒六聘坐花轿进来的，所以在家族中没有正式的身份，妾死了以后也没资格进入家族的祠堂，可以说是完全没有法律地位，她的娘家人当然更无从与主家论亲。由此看来，探春说"谁是我舅舅"，在那个时代和她的家族里，这种说法完全是没有错的，读者绝对不能因此批评她。

这里还有一个非常根本的微妙之处，值得我们特别注意，亦即当探春在宣称"谁是我舅舅"的时候，虽然把主仆关系的阶级差异抬出来，以撇清她和赵家的亲属关系，却并不是要拿阶级意识来压人，恰恰相反，她是要用宗法制度来遏制甚至顿挫、阻挡所谓的血缘勒索，而这在当时是一个非常合法并且光明正大的方式。因为按照宗法制度，嫡母为所有子女唯一正式的母亲，其他的都不算，更不用说家属的问题。人世间的事情很吊诡，一般而言，血缘是最神圣伟大的，因为它给你生命，这本是一个大如天的恩情，结果却成为背负在身上的一种十字架，然而血缘真的有那么神圣、那么伟大吗？就这一对母女关系来看，赵姨娘是给了探春生命，可是爱不爱她？有没有照顾她？有没有替她设想？这些问题的答案都是：没有。可见血缘无法提供任何保证，那只是一种生物本能所导致的偶然。

借由探春的痛苦案例，我们应该在血缘之外思考人和人之间的问题，不要把血缘无限上纲，使之成为长辈对子女的一种权力来源。子女受人生命之恩，当然是要感恩，可是这不代表给予生命的人就拥有无限的权力。而吊诡的是，宗法制度一直被现代人所抨击，视之为违反人情、把人区分尊贵高下的落后价值观，尤其男人可以三妻四妾，构成这么复杂的家庭关系，以至于亲子之间不能正常相处，非常不人道，这样的批评并没有错，所以历史走向了如今尊重每一个人的阶段，这算是一种进步，可是这不代表我们可以把现在这种观念百分之百地用作衡量所有人事物的唯一标准。回到每个人的生命个案来看，探春恰好正是运用了宗法制度，使之成为抵挡赵姨娘卑微鄙吝的血缘勒索、维系自我人格不至于被迫徇私舞弊的最佳理由。

事实证明探春守住了一个君子的底线，同时也不至于像王熙凤那样滥权，就在第六十二回，黛玉对探春的理家有一个很好的评论，她对宝玉说："你家三丫头倒是个乖人。虽然叫他管些事，倒也一步儿不肯多走。差不多的人就早作起威福来了。"可见旁人都看在眼里，知道探春这个人有为有守，往往诉求的是超越个人的公共法理，不让自己的情感或者是个人私利渗透进来。

我们可以明显看到，当赵姨娘的血缘勒索越是激烈，越是紧逼，也就越是把她的亲生女儿推向宗法制度的怀里去，这便是这对母女角力的真正关键所在。在赵姨娘的想法中，探春是她亲生的，所以要把所有的好处都归到赵家来，否则就叫作肥水流入外人田，而之所以要这样区分内外，把贾家和赵家当作争夺利益的双方，其实完全是赵姨娘自己树立出来的一种敌对关系，大家不要忘记她不惜谋财害命，利用魔法作祟的后果差一点非常严重。探春当然非常清楚这个生母的本质，但是她并没有随口批评，也始终谨守基本的分寸，要不是赵姨娘每次都太过得寸进尺，逾越人和人之间应有的分际，强迫她一起徇私舞弊，探春其实不会发出这样刻薄的言论。

我们必须把探春放在她所在的社会背景以及她所处的阶级来看待，不要用现代人的观念断章取义。更何况即便对现代人来说，赵姨娘的要求也并不合理，假如一对父母生了孩子，但是既没照顾也没养育，然而二三十年之后却去向法院申告说他们被孩子遗弃，要求法院强制执行这个小孩要奉养他们的晚年，这是否合情合理？这一类的诉讼案现在不乏其例，而最后的结果是法官判子女没有奉养的责任，我认为是比较合理的判决。类似地，在贾府这种贵族家庭，婴儿出生后其实是给奶母带的，再加上整个礼法制度是以嫡母为正式的母亲，因此在法律上王夫人就是探春的真正母亲。所以在这种人家里，真正能让有血缘关系的偏房和她所生的儿女产生亲密的关系，大概只有一种方式，那便是母亲很爱这个孩子，并且他们在一些非正式的场合中彼此之间还有非常亲密温暖的互动，这么一来，孩子才会在私底下有认同生母的倾向，但是在公开的、正式的各种仪节或者场合上，还是以嫡母为优先。一旦嫡母也很照顾庶出的子女，那么这些孩子完全认同嫡母，更是理所当然的了，探春就属于这一类。

这一二十年来，明清研究是一个学术的热点，学界对明清文化层面的多方探索，也让我们看到了一些原先不知道的真相。学者考察了很多明清的大知识分子包括顾炎武等人的传记文献，发现和母亲有关的文字描述，比如墓志铭，以及他们中老年之后还在怀念母亲的纪念文章，其中所表现的情感之深沉，感念之强烈，都令人十分动容，然而他们这样全方位表达崇拜与孺慕之情的对象往往都是嫡母，而不是他们的亲生母亲，这也证明了母子关系甚至是所谓的母性，其实都是处于一种开放状态，并非与生俱来。真正良好而深刻的母子关系，必须透过母亲这一方的努力才能构建，而做母亲的并不是一定会有深情，更不是天然就知道怎样去做一个好的母亲，赵姨娘即是一个很好的例子。

在贾府这样的家族里，孩子一出生有乳母可以哺育，又有一个嫡母必须遵从，因此亲子认同是一个很复杂的问题，不是用血缘一句话便可以解决的，现代人对这个问题如果不多从几个角度来认识，就会想当然耳地认定探春生性凉薄，背弃血缘，不懂得孝顺母亲，但那实在是太过天真素朴的简化推论。

我很喜欢探春的原因之一，便在于她有权力的时候绝不滥权，不肯多走一步。她不是不能多走，而是不肯，这就表示是她自己的意志抉择，试想，用血缘当理由是多么天经地义！大家都能体谅甚至接受，但探春咬紧牙根，宁可承受这么大的人情压力都不愿屈服，拒绝做出违背理法的越权之举，这真的是要具有高度的君子德操才能达到，显示她具有高尚的人格和坚强的意志力。而当手里没有权力的时候，探春素日便是平和恬淡，第五十五回下人们平常对于探春的印象即是"言语安静，性情和顺"。换句话说，探春这个人物可以坦然接受现在既有的真实处境，不怨天尤人，也不过分逾矩，真正达到了孔子所谓"用之则行，舍之则藏"的境界。

稻香村等处

从屋舍的室内摆设来看屋主的性格，下一个地方是稻香村。在第三十七回中，李纨曾经说她那里地方大，所以建议诗社就在稻香村举办活动。当然李纨也提到她"序齿最大"，在年资上她比别人多活几岁，再加上她是长嫂，具有伦理身份的优势，这些都可以呈现出李纨最主要的定位。也由于她的寡妇身份，使得稻香村处处充满了朴素、农村化的乡野景观，至于屋子里面的摆设，书中很少描述，所以也无从多说，不过我们可以知道的是，稻香村里并没有口红、胭脂这一类的化妆品，从道理来推测，也应该是没有，因为李纨是个寡妇，不宜有太多外显的女性魅力，否则就会启人疑窦。而书中第七十五回便提到，她的丫头素云说"我们奶奶就少这个"，缺少可以化妆的胭粉，所以我想李纨的稻香村应该也是很平淡乏味的。

另外还有几处小地方，其中一个即惜春的暖香坞。我之所以把惜春放在前面，她的姐姐迎春反而放在后面，原因之一，是按照抄检大观园的顺序，可是不止如此，我发现作者对于暖香坞的描写也比较多，首先，整个大观园里唯一可以确认坐北朝南的屋舍就是暖香坞，当然这是有原因的，我们下文再说。另外它还有两个特色，其一是这个地方很温暖，第五十回贾母便提到："你四妹妹那里暖和。"四妹妹就是惜春，当时众人"来至当中，进了向南的正门，贾母下了轿，惜春已接了出来。从里边游廊过去，便是惜春卧房，门斗上有暖香坞三个字"，连卧房名称都带有"暖"字，接着又说"早有几个人打起猩红毡帘，已觉温香拂脸"，可见一贯。

第五十八回又提到了惜春房屋比较狭小，这是暖香坞的另一个重要特色。那么，藕香榭（即暖香坞）朝南坐向、温暖而狭小的这些特性，到底和惜春的人格特质有哪些关联？简单来说，就是惜春年龄很小，第三回中提到她"身量未足，形容尚小"，一直到七十四回抄检大观园的时候，还被称为年纪小，可见她还是一个小孩子，胸襟是不可能开阔的，因为胸襟和一个人的年龄阅历、人格成熟度以及心理素质是息息相关的。至于暖香坞里有什么可以展现屋主性格的器物摆设，却完全没有看到任何描述，所以迎春和惜春比较算是陪衬性的人物。

最后一所屋舍是迎春所住的紫菱洲，我只能用空泛无物来一笔带过，因为作者对紫菱洲的描写比藕香榭还要少得多，笔墨完全没有触及。只有在第七十九回中稍有提到，那时迎春婚期将近，邢夫人已将迎春接出了大观园，宝玉很难过，觉得大观园要开始离散了，他就去紫菱洲附近徘徊感伤，只有这个时候作者才用了八个字来描写紫菱洲："轩窗寂寞，屏帐翛然"，这种描写非常虚泛，等于没有描写，也正是在暗示迎春没有个性，呼应了第三回所提到的"温柔沉默，观之可亲"，所以看不出任何可以明确作为她个人标志的物品摆设。

总而言之，借西方学者的理论所言，一个屋舍不只是建筑的规模、所在的位置，还包括内部的格局、物品的摆设等所有的安排，其总和便决定该场所具有的特性或者气氛。之所以关于探春屋舍的摆设说得最多，就是因为作者在其中传达了最多的信息，而我也觉得大观园中的七大屋舍好像也只有探春的屋舍写得最详尽，物象最多也最鲜明，从这个意义而言，比起蘅芜苑甚至潇湘馆，探春的秋爽斋事实上更重要得多。

　　而且，我在考察大观园这些屋舍的构设时，还发现到似乎只有秋爽斋拥有一个独立的建筑物，可以用来作为人与人之间交际互动的公共用途，叫作"晓翠堂"。第四十回刘姥姥逛大观园的过程中，就提到在晓翠堂布置桌案，众人便在那里用餐饮食，互相谈话取笑，但这种功能的建筑物在怡红院没看到过，潇湘馆也没有，甚至也不见于蘅芜苑，作者只在秋爽斋提到这么一个晓翠堂可以进行公共活动。对此，我的解释是：探春这个人真的是公私平衡，她既不像黛玉那么孤僻，只活在个人的世界里，也不至于像宝钗那样，把自我都定位在伦理中的身份角色，完全奉献给大我。通过了解这些屋舍的林林总总，以及它们彼此的差异，我赫然发现，探春是最均衡、因此或许是最吸引人的一个角色，这种立场当然和一般《红楼梦》的读者褒钗或者扬黛是非常不一样的。

大观园中的动物

　　这个小单元要来谈大观园中的动物是如何存在的。

　　在以人为本位的人类中心意识之下，一般人往往很难把自己的关心扩及其他的物种，但是，第一位以动物行为学获得诺贝尔生理学奖的学者康勒德·劳伦兹（Konrad Lorenz），他曾经表达一种非常发人深省的思考：由于文明的发展，人类脱离自然越来越远，以致我们其实是处在一种非常孤独的心灵状态，因此，人如果想真正获得幸福，就要重新恢复与野生动物之间的联结。现在有很多人喜欢养小猫、小狗等，便是一种对乐园的依恋，因为那些动物跟在我们身边，让我们感受到在人类社会里所得不到的物我交融的温暖境界。而这些我们养在家里、陪伴在身边的小动物们，事实上正是引导我们重回乐园的使者，让我们与那已经断了线的乐园重新恢复了联结。

其实，在中外所有对于乐园的构设或描述里，有非常多的特征是相通的，其中之一就是男女自由平等主义，这在大观园中也有所呈现，尤其在怡红院里最为明显。此外还有一个重要的特征，即人和动物之间平等和善、彼此交融，以至天机盎然的和谐状态，这在所有乐园里都是必要的条件。因此，第二十三回当宝玉刚搬进大观园的时候，觉得心满意足，人生再无他求，此刻所写的第一组诗《四时即事诗》便体现出这一点，他把春夏秋冬的四季循环一一以诗相对应，如实而全面地反映了乐园的特征，所以我称之为"乐园的开幕颂歌"。在这个乐园书写里，当然有男女之间的平等和自由主义，可是也有美好的物我交融状态，同样频繁出现动物的善良与美好。

既然所有的乐园都一定有人和动物之间平等和谐的相处，而没有屠杀或者榨取，尤其没有人类因滥用自身优势而产生的压迫关系，那么我们便来看一下古代有哪些相关描述触及这个核心。以中国古典学说来看，儒家思想是最主流的思想，并且儒家最以人本主义而构成它的鲜明特色，因此以人为优先、以人文的安顿作为其学说的整体核心。但即便如此，儒家也并不停顿在这里，例如宋朝理学家张载《西

铭》中说："民吾同胞，物吾与也。"清楚表达出儒家的终极境界绝对
不仅止于人类社会的和谐，所谓"君君臣臣，父父子子"而已。《中庸》
里也有一句话非常重要："万物并育而不相害"，这和大观园的乐园性
质完全一致，但因为人类是一个优势物种，所以通常对于这些话我们
会忽略不见。

确实，万物应该是共存共荣，互相帮助，彼此相辅相成的，而不
是以一种优势的姿态去凌驾甚至压迫对方。人类的文明如今面临很大
的问题，原因之一就是只要人类一出现，对其他的物种来说，便代表
死亡与毁灭，这是不对的。在儒家经典里也提到，君子应该要"参天
地，赞化育"，去助成大化生机的滋养，让万物能够蓬勃生长。所以，
我们对于儒家的理解恐怕太过片面，而这是现代人的无知所造成的。

至于道家，它根本上追求的就是人与自然的融合，甚至还有"庄
周梦蝶"的浑然一体，对庄子来说，人和其他的生物事实上是没有界
限的，是平等的，所以才会有物与物之间的流转，互相变化。很明
显，庄子绝对是一个万物平等主义者，因此在《庄子》内篇中即有一
篇《齐物论》，其中详细阐述了万物与我一体的道理，声称："天地与
我并生，而万物与我为一。"

儒、道是中国最重要的两大思想流派，当他们的自我修养以及对
人类的精神理想提升到最高境界的时候，绝对都是认同万物平等和谐
的，绝不会为了人类的利益而片面去榨取自然。回归到那些很原始、
淳朴的乐园描述，其实也都体现了这一点，只不过儒、道两家以高度
的智识与思辨力，一个由内，一个由外，做出了更精细的认识和要
求，然而二者同样都告诉我们，人类的最高境界就是到达这样的乐园
境界。

更早的《山海经》是一部中国古老神话的记录，里面保存了很多远古时代的生活理想，只要说到某一地有凤凰在飞舞，或者有凤凰出现，便表示那一定是乐园。凤凰代表吉祥，乃太平盛世的征兆，这是我们都非常熟悉的，而我要特别进一步提醒的是，在凤凰歌舞的所在地，往往还有另外一个特征，那就是"百兽相与群居"，或者是"爰有百兽，相群是处"，换句话说，百兽其实和人类是平等的，是共享这个世界的伙伴，人类并不优于其他动物，更不可役使它们、驱迫它们、猎杀它们。所有物种在大自然的规律里，构成一个生生不息的生物网络，此即所谓的乐园。

同样地，《庄子》外篇、杂篇里对原始乐园的图貌也有类似的描写，比起《齐物论》非常抽象的哲理，其描述更为直接素朴。如《马蹄》里说：

> 山无蹊隧，泽无舟梁；万物群生，连属其乡；禽兽成群，草木遂长。是故禽兽可系羁而游，鸟鹊之巢可攀援而窥。夫至德之世，同与禽兽居，族与万物并。

"至德之世"即一个最美好完善的世界，其中人和物之间彼此毫无嫌猜，万物也不会因为看到人类这种死神的来临而充满恐惧，所以"万物群生"，人们生活在这个和谐的世界里，"同与禽兽居，族与万物并"。

由此可知，凡是一个乐园的存在，多少一定会有这样万物和谐共存的表现。我下面整理了《红楼梦》全书中相关的一些片段，从中可以感受到大观园中的公子小姐们，在日常生活里是怎样点点滴滴触及人和动物之间的毫无嫌猜、彼此交流，从而共享那随着四季流转而生生不息的世界。

第二十六回提到，黛玉要到怡红院去，一路上经过沁芳桥，刚好看到各色水禽都在池中浴水，所以她就站在那儿欣赏了一下，读者由这段文字可以想见，黛玉面对动物那活泼美丽的生机和身影时感觉到了一种美好。不只是黛玉，宝钗也曾经扑蝶为戏，而宝钗的扑蝶基本上是出于趣味，完全没有要对蝴蝶造成伤害，并且宝钗之后又与探春在池边看鱼，观赏鹤在拍翅舞蹈，她们都以审美的眼光欣赏万物展现出来的各式各样的美好姿态。另外，宝钗也曾经在藕香榭掐了桂花的花蕊，把它丢到水里，引得鱼儿以为是食物而浮上来唼喋，显示人和物之间温馨有趣的近距离接触。当然，不只是黛玉、宝钗，在第三十八回中，探春也曾经和李纨、惜春站在垂柳影中一起看水鸥和白鹭鸶。由此可见，天上飞的、水里游的，甚至在地上跑的，其实都在大观园里获得了安息之所，和所有公子小姐们一样，也都在这里得到了它们的乐园岁月。

这种人与动物和谐相处的描述到第六十二回就更多了，宝钗等来到沁芳亭边，当时袭人、香菱、待书、素云、晴雯、麝月、芳官、蕊官、藕官等十多人，都在那边看鱼作耍。她们绝对不会拿鱼叉来，进行充满血腥的杀戮，相反地，她们欣赏这些生命的存在，只要它们好好活着，那便是一种美好，而这正是我们应该要有的心态，不要把它们关在笼子里，也不一定要据为己有。另外还发生过这样的事情，第三十回里，怡红院里的袭人、晴雯等在大雨时，把水沟堵住，让水淹没整个院子，又抓了一些绿头鸭、彩鸳鸯来，看它们在院子里的水面上玩耍。再看第二十六回宝玉在百无聊赖、无精打采的午后，信步出了房门，先在回廊上调弄了一下他养的雀儿们，又顺着沁芳溪看了一会儿金鱼，可见这就是他们生活的一部分。

尤其宝玉这位呆公子，简直和动物成了知心朋友，在第三十五回中，透过两位婆子的对话可以得到证明，她们说：宝玉"看见燕子，就和燕子说话；河里看见了鱼，就和鱼说话；见了星星月亮，不是长吁短叹，就是咕咕哝哝的。"他简直打破了人和动物的界限，正显示出一种广大无私的博爱，因此在第七十七回还宣称："不但草木，凡天下之物，皆是有情有理的，也和人一样，得了知己，便极有灵验的。"难怪宝玉的前身神瑛侍者会用珍贵的甘露去灌溉陌生的小草，其实，这样的言行举止不但不痴傻，还无比地美好动人呢。

我建议读者，也许可以在没有旁人的时候，认真地抱住一棵树，对它说一会儿话，我偶尔会这么做，而且觉得非常有用，因为那一瞬间真的可以感觉到一种宁静忘我、神秘混同的境界，仿佛成了大化的一部分。我们已经被放逐到人文世界里，饱受时间流逝这种直线型的时间观以及与自然的分裂所带来的痛苦，有一位研究道家的美国汉学家吉瑞德（Norman J. Girardot）便认为：道家在做的努力，包括小国寡民，包括齐物逍遥，就是要恢复与整个宇宙神秘混同的境界。事实上，老庄真的是苦口婆心，可惜听得懂的人太少。

大观园里人与鱼、鸟真是相亲为欢，具体地落实在各个屋舍，可以很清楚地看到每位人物如何以不同的个性，去体现人和动物的乐园式关系，我们先从元春回来省亲时，也是刘姥姥游逛大观园的第一站潇湘馆谈起。

潇湘馆养的动物主要是两种，一种是纯天然的燕子，它已经半驯养化了，所以比较像家禽，可是它又有相对的自由。在第二十七回中，宝玉来找黛玉，但是他并不知道自己已经得罪了对方，当时黛玉完全不理他，回头就吩咐紫鹃说："把屋子收拾了，撂下一扇纱屉；看那大燕子回来，把帘子放下来，拿狮子倚住；烧了香就把炉罩上。"这段描写非常有趣，透露出黛玉关心到燕子不得其门而入的问题。显然，如果先把那挂帘子放下来，燕子便无家可归了，它半夜得在外面流浪，那未免太可怜，因此黛玉特别吩咐紫鹃，等燕子回来之后，再把帘子放下来。

据此而言，我不认为燕子就住在屋子里，因为这些公子小姐们是很爱干净的，所以比较可能的是，潇湘馆在室内空间和外面的露天空间之间有一道回廊，燕子应该是住在廊道的屋檐下，而走廊有一些柱子、栏杆、门窗的设计，所以也会有帘子。无论如何，燕子和人还是生活在一起的，最重要的是，黛玉表现出对燕子如此细心入微的体贴，这也展现出她很可爱的地方，读者会这么喜欢她，不是没有道理的。

潇湘馆的另外一种动物更有名，那就是鹦鹉。黛玉教鹦鹉背她所作的诗，甚至在还没有教导之前，这只鹦鹉便已经耳濡目染，以它的聪慧背了不少黛玉随口吟成的《葬花吟》，这也已经成为《红楼梦》的经典画面之一。在此，我想先做一个学术上的补充，在闺房这样一个女性空间里，少女或者少妇调弄鹦鹉，形成了一种亲密互动的关系，是中国抒情传统尤其是诗词里很常见的画面，并不是曹雪芹所独创。最早在诗词里描述这个画面的，可以追溯到中唐张碧、刘禹锡、元稹、白居易；晚唐时，像罗隐、李商隐也都透过鹦鹉来传达很多的讯息。当然，在《花间词》和五代之后的宋词中，因为偏重于女性色彩，闺中女性和鹦鹉之间的微妙互动更是频频出现，所以，潇湘馆中鹦鹉学诗的这幕画面虽然很美，但是它事实上源远流长，反映了小说家宏大深厚的文学底蕴。

进入《红楼梦》本身，鹦鹉和黛玉的关系其实非常密切，除了有一只活生生的鹦鹉在她的房里之外，黛玉情同姐妹的贴身大丫头紫鹃，本名也和鹦鹉有关，紫鹃原来在贾母那边的时候就叫鹦哥。那么，为什么只有黛玉的潇湘馆养着一只这么聪明可爱而贴心的鹦鹉呢？这得要分别从三个角度来说明。

首先，《礼记·曲礼》里提到"鹦鹉能言"，两千多年前的中国人早已发现了鹦鹉的这一特性。"鹦鹉能言"最主要的即展现它的聪慧，所以它能够学习目前为止只有人类能使用的语言符号，当然对鹦鹉来说，它并非在使用语言符号，只是它的发声器官非常巧妙，故而可以如实模仿。不过对于人类来说，自然就觉得鹦鹉很聪慧，更重要的是，这种聪慧表现在它的口才上，而口才便是鹦鹉与黛玉的共通之处。

黛玉很聪明，她骂起人来十分巧妙，可以贬损别人却不见血迹。学者萨孟武几十年前便已经注意到，贾母会疼爱的人通常具有两个条件：第一要漂亮，第二要伶俐，而伶俐主要是从言语上来表现的。在孙女辈里，贾母最疼爱黛玉；在丫鬟辈里，则最喜欢晴雯，贾母心里的盘算是要把晴雯给宝玉做妾的，刚好这两个少女都有这两种共通点。

而除了潇湘馆，全书中只有一个地方提到过养着鹦鹉，那正是在荣国府的贾母正房，两处之间的连结事实上是一致的。这贵宠的身份地位，就是黛玉养着一只鹦鹉所代表的第二个意义。鹦鹉是一种珍禽，一定都是尊贵的人家才养得起，我们可以看一首具有代表性的唐诗，即胡皓的《同蔡孚起居咏鹦鹉》，诗云："鹦鹉殊姿致，鸾皇得比肩。常寻金殿里，每话玉阶前。贾谊才方达，扬雄老未迁。能言既有地，何惜为闻天。"诗中非常清楚地提醒我们，鹦鹉是"殊姿致"，它华丽的风姿韵致与众不同，因此具有尊贵的身份地位，这也是鹦鹉的一个重要特点，它绝对不是长得像乌鸦，也不会长得像鸽子，因为那样就太平凡了。重点在于它的聪慧、口才和华贵外表，使得它地位非凡，所以"鸾皇得比肩"，意指它和神鸟凤凰是同一个等级的，是以"常寻金殿里，每话玉阶前"，其中的"金殿""玉阶"指的是皇宫贵家，诗人在这里很直接地提醒我们，鹦鹉来到了人类的世界里，它的地位是非常崇高的。

另外，郑嵎《津阳门》诗的序中提到唐代流行的一个传闻，即："太真养白鹦鹉，西国所贡，辨惠多辞，上尤爱之，字为雪衣女。"太真就是杨贵妃，她等于实质的大唐皇后，受到唐玄宗十多年的宠爱，真是"一人之下，万人之上"的尊贵人物。她所养的白鹦鹉比较特别，即我们今天的巴丹鹦鹉。郑嵎说这只白鹦鹉是"西国所供"，所以是很珍贵的舶来品，它"辨惠多辞"，懂得分辨语言，甚至分辨情境，还能够有很好的口才表现。"上由爱之"，玄宗也因此非常喜欢这只白鹦鹉，便给它一个名字叫作"雪衣女"，养在皇宫中，无比尊贵。

显然黛玉养鹦鹉，主要也是要来衬托她尊贵的身份地位，我一再强调黛玉在贾家是炙手可热的宠儿，而把这一点分辨清楚是非常重要的，否则对很多情节就会在判断上出现错误，对很多人物的行为也会有错误的理解。我举这两段例子是要告诉读者，潇湘馆之所以养鹦鹉，那是因为黛玉在贾家地位崇高，和鹦鹉在中国文化里所累积形成的地位是完全一致的。

很不幸的是，从鹦鹉身上我们还可以看到一种"幽闭自怜"的生涯，这与黛玉的特殊性格又适成对应，这便是鹦鹉所代表的第三个意义。白居易的《红鹦鹉》描述道："安南远进红鹦鹉，色似桃花语似人。文章辩慧皆如此，笼槛何年出得身。"正所谓"爱之适足以害之"，鹦鹉受到人类的宠爱，可也因此使得它沦入囚禁的命运，就这个物种本身来说，当然是一种大不幸。

再来看李商隐的《日射》诗云："日射纱窗风撼扉，香罗拭手春事违。回廊四合掩寂寞，碧鹦鹉对红蔷薇。"这首诗像静物般的小品画，捕捉到无比安静也因此无限寂寞的闺中世界的一个小角落，岁月在此停顿下来，一个美丽的少妇只能够在百无聊赖的状态中，对鹦鹉倾诉心声。很明显，这是一首闺怨诗，女子没办法突破闺阁的界限，也只能像窗口的金线菊一样被动地等待，她的青春就在这样的空洞中白白虚耗。"碧鹦鹉对红蔷薇"，那是虽然色彩缤纷却又多么宁静的画面，并且，能够见到庭院中寂静的角落里这般碧红相间、鹦鹉蔷薇互相辉映之景的人，她又是该何等的寂寞。我从古龙的武侠小说里学到一个道理，他说只有寂寞的人才会去数花朵：当时李寻欢终于好不容易找到堕落的、已经半死的阿飞，和他聊起近况，阿飞说他知道昨天的梅花开了几朵。一听到这些话，李寻欢心中就一沉，因为他非常了解会去数花朵的人，心里必然真的是寂寞到极点。其实中唐的诗人刘禹锡早已洞察这一点，他在《和乐天春词》中说道："新妆粉面下朱楼，深锁春光一院愁。行到中庭数花朵，蜻蜓飞上玉搔头。"所述写的正是闺中无限寂寞的心情。

接下来我们再补充一些有关鹦鹉命运的诗句。来鹄的《鹦鹉》诗说："色白还应及雪衣，嘴红毛绿语仍奇。年年锁在金笼里，何似陇山闲处飞。"我们现在还可以看到这种"嘴红毛绿"的鹦鹉，这是另外一种非常华贵的品种。它们从关陇地区千里迢迢、离乡背井流落到红尘人间，人类虽然疼爱它们，但是给它们的却是囚禁的生活，至死方休，这真的是很残酷的待遇。杜甫的《鹦鹉》诗也提到："鹦鹉含愁思，聪明忆别离。翠衿浑短尽，红嘴漫多知。未有开笼日，空残旧宿枝。世人怜复损，何用羽毛奇。"这么一种优美出色的珍禽，面临的却是"未有开笼日"，它从此之后注定要被囚禁，终生受苦，这种带着巨大伤害的爱未免太过残忍。可见杜甫确实是一个非常博爱的诗人，他常常把其他生命的苦难当作自己的苦难一样地体认、感慨甚至伤心，这便是杜甫最伟大的地方。

回到《红楼梦》，黛玉作为女性，本来就注定要受限在闺阁之中，否则志高才精的探春也不至于那么悲愤，所以黛玉的鹦鹉也体现出她幽闭的生活形态，只是因为一则身为女性，二则基于独特的个性，以至这似乎对黛玉并不构成困扰。相较之下，探春便觉得秋爽斋的三开间实在太窄，因此要把它整个打通，至少视觉上能舒朗一些，并且秋爽斋另外还有一个晓翠堂作为公共空间，整体更是开阔许多。而黛玉则在一明两暗的小小两三间房舍里，整天用书把自己包围，从另一个角度来说，这也让自己陷溺其中，她因此不愿意、也不能自拔，太多的自怜情绪便由此而滋生，结果反过来把自己淹没，以致无法很开朗地面对生命。以上就是为什么鹦鹉会养在潇湘馆的几种可能的解释。

大观园另一重要的处所是怡红院。我们首先可以发现怡红院养了很多雀鸟，而且在第三十六回中还提到一种特别的鸟类，当时"宝钗独自行来，顺路进了怡红院，意欲寻宝玉谈讲以解午倦，不想一入院来，鸦雀无闻，一并连两只仙鹤在芭蕉下都睡着了"。原来怡红院养了仙鹤，那当然是有寓意的，在中国传统文化里，鹤是一种在仙境中出现的鸟类，尤其它又代表长寿，所以在道教兴起之后，鹤简直就是和凤凰一样的类属。既然大观园是为宝玉量身打造的一座乐园，当然他的所在地便养着仙境才能出现的仙鹤，反正宝玉享尽荣华富贵，又是处在富贵场和温柔乡，所以他拥有的东西大都是人间罕见。

而稻香村养的则是鸡、鸭、鹅一类家禽，这早在第十七回便描写过，为的是要和富贵气象一洗皆尽的农村纯朴景观相映衬。

比较特别的是，考察全书可以发现，蘅芜苑、秋爽斋、紫菱洲、暖香坞这四个地方，完全不曾出现过任何动物的身影。以蘅芜苑和秋爽斋而言，没有动物其实有非常合理的原因，即蘅芜苑和秋爽斋的屋主有一个共通的特性——她们都是儒家式的世俗人文主义者。这里的"世俗"没有不好的意思，用英语来对应就是"secular"，它是和宗教相对的概念，世俗人文主义不以宗教信仰的超越世界为目标，而是把重心放在人类所生活的这个世界中。探春和宝钗毫无疑问都具有儒家性格，虽然她们的个性在表现形态上还有一些差异，但依照儒家世俗人文主义的标准来看，她们和动物之间自然没有那么亲密的关系。

美国汉学家安乐哲（Roger T. Ames）曾经做过一个浅显易懂但又极为精要的说明，他指出，在传统儒家观念看来，野兽、人和神之间的区别，其实纯粹是来自文化，也因此，一个人的文化到什么层次，就决定他是哪一种人。我们总以为神之为神是因为拥有超越的能力，但重点不在这里，关键在于文化上达到多高的成就。如周公制礼作乐，而更往前推溯的一些神话内容也都告诉我们，那些文化英雄之所以能够成王成圣，正是因为他们掌握了最高度的文化，一般人只有普通生活中的庶民文化而已，野兽则完全没有文化，是纯粹自然的产物。

因此，在儒家观念里，那些享有重要文化资源的人，就有资格受人崇拜；而那些游离于主流文化之外的人，便会被视为无异于动物禽兽。这和我们先前提到的一件事情是互相呼应的，亦即在贾家这种礼教森严的贵族世宦家族里，属于贱民等级的奴仆丫鬟们基本上比较不受礼教的束缚，原因正在于礼教无非就是一种文化，而且是高等文化，奴仆辈没有受到文化教育，在定位上便和动物是差不多的，所以礼教也不会对他们有过多要求。

宝钗是完全彻底的儒家信徒，她作为一个典型的世俗人文主义者，对动物自然不会有特别的关心，因为动物不在人文的世界里。再从屋舍的布置来看，宝钗的蘅芜苑内部布置得像雪洞一般，显示了连人文的东西对她来说也都在于智性的吸收、心灵的转化，而没有文化资源的动物当然不会在她的视野中。

至于秋爽斋的屋主贾探春，她的所作所为也都达到了儒家所认可的君子的最高典范。但是探春和藏愚守拙的宝钗不一样，她特别积极入世地站在第一线，给恶势力以迎头痛击，她是和市侩庸俗的甚至丑陋的人性进行肉搏战的一位女英雄，所以她会当场动手给王善保家的媳妇一巴掌。探春有她不足为外人道的痛苦，但那痛苦并不是一般所以为的嫡庶之争，因为这种事她根本不看在眼里，这种女英雄眼光看到的是无限的高空，谁理这些小蝼蚁之间的纷争？我们东方人比较缺乏的便是探春这种人物，好一点的会像宝钗那一种，顺势迁化、藏愚守拙、息事宁人，维持既有世界的运转，而绝大多数的人连这种意识也没有，只是以趋吉避凶、好逸恶劳的本能在生活。

至于迎春和惜春之所以没有养动物，我觉得有另外的理由，但说来话长，留待人物专论部分再详细来谈。简单地说，迎春和惜春事实上都属于病态人格，当然她们分别属于不同的病态类型。这里所谓"病态人格"的提法不是批评的意思，而只是说，她们的人格结构里有一些和正常人不一样的地方，并且这是非战之罪，因为她们也有自己的地狱要面对，以她们的天赋个性在不同成长环境中成长，就塑造出如此偏执、不健全的人格形态。

总而言之，迎春与惜春这两位人物的特殊状况，使得她们的生活和心灵其实都处在一种很不健全的形态。紫菱洲的屋主迎春是一个非常懦弱怕事的人，连自己都保护不了，她的丫头绣桔便非常气愤地说："姑娘怎么这样软弱。都要省起事来，将来连姑娘还骗了去呢。"最后果然迎春被"卖"给了孙绍祖。之前邢岫烟和迎春住在一起，也一样被虐待、被压榨，最后只好去当衣服，没有办法应付那些刁奴。可见迎春这样的人不仅保护不了周围的姐妹，甚至连她自己都照顾不了，如何能够进一步泽及周遭的其他生命？所以她不会有动物在旁边，也是很自然的结果。

至于惜春，她一心一意向往解脱、了悟，努力想要舍离尘世、断绝人间，连血脉之亲、故旧之情都不惜抛弃，哪里还会顾及动物？在第七十四回抄检大观园之后，她和尤氏说了一番话，宣称："我只知道保得住我就够了，不管你们。"由这句话就可以想见，她把所有力量全部拿来自保，都唯恐不够，这个人怎么可能还有心思顾及身边的小生命呢！何况对于佛教徒而言，动物是处在轮回中的最低层，动物是因为前世造孽，所以今生要来受苦赎罪的，因此它们也不会进入惜春的关怀视野里，读者自然无法从她的生活中看到这些动物的踪迹。

以上，我们把这四个地方没有动物的原因做了补充，读者也可对这些人物的性格有更清楚的了解。

大观园中的植物

"定居"蕴含着人与自然的互动关系，人必须用移情（empathy）的方式去接近自然，以亲密的感觉与自然生活在一起。根据诺伯舒兹的场所精神理论，与建筑有机共构的园林世界，其中所展现的自然场所的精神，也偏向于浪漫式的地景，这和浪漫式建筑是一贯的。所谓浪漫式的地景，乃是以充满多样性的不同现象，例如岩石、小树林、林间空地、树丛、草丛、深涧等来创造丰富的微结构。而这些微结构在大观园各处又有各自不同的样态，包括各式各样的花草、树木，甚至岩石，所以才会多彩多姿，形成"柳暗花明又一村"的情景。

植物的存在，事实上也是乐园不可或缺的，大观园的植物更是为各处的屋主而量身订做，从中可以看到很多的象征意义。首先来看怡红院，在第十七回中，我们看到院子里的芭蕉和西府海棠，这叫作"蕉棠两植"，为的是要"两全其妙"，同时呼应了太虚幻境的"兼美"，这位女神融合了钗、玉二人的特色，"其鲜艳妩媚，有似乎宝钗，风流袅娜，则又如黛玉"，其中，葩吐丹砂的西府海棠明显对应于宝钗，而绿玉般的芭蕉则是黛玉的投射。

这里我要略做补充的是：第五回宝玉神游太虚幻境时，他所看的图谶是钗、黛合一的，宝钗与黛玉其实是放在同一幅画里，所以她们根本就是一体的。接着，演奏给宝玉欣赏的《红楼梦曲·引子》也说道："因此上，演出这怀金悼玉的《红楼梦》。"所怀悼的"金""玉"正是以宝钗、黛玉为代表。再者，参照第十八回脂砚斋批云："妙卿出现。至此细数十二钗，以贾家四艳再加薛林二冠有六，去秦可卿有七，再熙凤有八，李纨有九，今又加妙玉，仅得十人矣。后有史湘云与熙凤之女巧姐儿者，共十二人。雪芹题曰'金陵十二钗'，盖本宗红楼梦十二曲之义。"很明显，作者将宝钗、黛玉二人视为金钗之冠，完全没有贬抑宝钗的意思，读者实在不应该以自己好恶加诸作者身上。

怡红院里所植的西府海棠，虽然书中给它一个神话背景的解说，传闻是女儿国所产之类，有一点不尽不实的味道，不过西府海棠是真实存在的，而且只有在贾府这种富贵场才可能出现，无形中是要用以衬托宝玉的尊贵非凡，在现实世界中，除了颐和园之外，北京恭王府的西边院内也种有两株珍贵的西府海棠。恭王府原是乾隆后期权臣和珅的府第，于1776年到1785年之间所建。乾隆死后，和珅失宠，嘉庆帝就把这座宅第赏赐给了自己的亲弟弟，而此后又有一路的变迁，最后封给了恭亲王奕䜣。在金寄水先生提到这件事情的时候，他说府内的那两株西府海棠已经活了两百九十多年，而金寄水先生已经过世三十多年了，这两株西府海棠现在还活在北京恭王府里，按时间推算，它们已经有三百多年的历史。所以贾府真的是非比寻常的贵族世家，我们绝对不要忘记这一点，它和我们一般人家是很不一样的。

除了芭蕉和西府海棠这两种重要的植物之外，在第五十六回探春理家的情节中，读者得知怡红院还有一些具有市场经济价值的花卉，包括玫瑰、蔷薇、宝相、月季、金银藤，这些当然可以纯粹作为天地间的美丽景物来观赏，但是它们到了人类的世界，同样可以展现出高度的经济价值，这是并行而不相妨碍的。就好比宝玉的"玉"，它既可以是美好的玉石，在深山大泽间让草木更加温润妩媚，所谓"玉在山而草木润"，但是它一旦来到人间，依然可以享有很昂贵的地位。

至于潇湘馆里，则种有竹子、芭蕉和梨花，虽然小说中对此的描述并不多，但它们的象征寓意仍然是很丰富的，其中单单是竹子的象征便有好几种，我在开头说到神话的时候，即引述了和黛玉相关的娥皇、女英洒泪成斑的故事。黛玉形象的打造、泪尽而逝的命运，以及她对情的执着，种种特质都和娥皇、女英有很直接的传承。既然娥皇、女英是洒泪成斑，同样地，竹子的斑痕也见证了黛玉的生命，包括她的爱、她的执着，以及她泪尽而逝的命运。我以前还谈过《庄子·秋水》的一个寓言："鹓雏发于南海而飞于北海，非梧桐不止，非练实不食，非醴泉不饮。""鹓雏"就是凤凰，宝玉原本将潇湘馆命名为"有凤来仪"，便是取用这个典故。"练实"即竹子的果实，由于竹子一生只开一次花，也只结一次的果，开花结果之后便整株枯死，因此那果实就无比稀有而珍贵，凤凰竟然"非练实不食"，宁缺毋滥，因此形成了无比高洁的象征。这个典故是所有中国传统知识分子都耳熟能详的，于此便用以衬托黛玉"孤高自许，目无下尘"的性格。

竹子的另外一层象征意义则不容易察觉，要多一点传统诗词的浸润才能够联想得到，即竹子以它很独特的纤细柔美的外形，而和美丽柔弱的女性关联在一起。最佳的体现是在杜甫的诗中，他的《佳人》是一首长篇的古诗，最后两句说"天寒翠袖薄，日暮倚修竹"，以竹子和美人的融合映衬来收结，将佳人的苦难，以及她"贞正"的美好精神，都收拢在这样的画面中，让读者玩味不尽。那竹子非常修长，非常纤细柔弱，但是却又非常坚韧，这些都无形中转移到轻轻倚靠着它的佳人身上。这样纤美的风姿，其实也很符合黛玉"行动处似弱柳扶风"（第三回）的造型。

潇湘馆的后院里还种有梨花，这与"离"的谐音有关。关于《红楼梦》的解读，有很多谐音是穿凿附会，不过梨花的"梨"字谐音为离别的"离"是比较没有疑义的，事实上，黛玉真的是悲剧性格，也就是说，她总把自己定义在悲剧之中。第三十一回提到，黛玉"天性喜散不喜聚"，她说："人有聚就有散，聚时欢喜，到散时岂不清冷？既清冷则生伤感，所以不如倒是不聚的好。比如那花开时令人爱慕，谢时则增惆怅，所以倒是不开的好。"足见黛玉这个人本身便是一个不断感受到离别所带来的冲击的人。

有的人天性就是如此，离别对他们来说比死亡更可怕，因为是活生生地在遭受分别所带来的凌迟，对这样的人来说，所有的喜剧最后都一定要面临破灭，那是高反差之下更大的心灵冲击。所以这个"离"字，我认为和黛玉的天性是符合的，而且黛玉的诗作也都和离别的哀音有关，例如在第四十五回中，因为夜幕落下后秋雨淋漓，宝钗也不能来了，黛玉一个人感到很孤独，即随手从书架上拿出一本《乐府杂稿》，拟了初唐张若虚的《春江花月夜》。人家写的是春江花月，多么美好的意象，但黛玉却把春江花月的美都给取消，成了一首《代别离·秋窗风雨夕》，满目萧瑟凄凉的秋窗风雨。

后来在第七十回中，宝玉读到了一首充满离丧哀音的《桃花行》，宝琴骗宝玉说这是她写的，宝玉立刻断定不可能，因为那不像她的手笔。宝钗在旁调侃道："所以你不通。难道杜工部首首只作'丛菊两开他日泪'之句不成！一般的也有'红绽雨肥梅''水荇牵风翠带长'之媚语。"宝玉笑道："固然如此说。但我知道姐姐断不许妹妹有此伤悼语句，妹妹虽有此才，是断不肯作的。比不得林妹妹曾经离丧，作此哀音。"黛玉是确实有这样的身世遭遇的，而成长过程相对美满的宝琴则不大有足够的情感动力去越界写这样的伤悼之音。

总而言之，梨花的"梨"所谐音的"离"字，概括了黛玉整个人生，尤其是她最后的生死离散，更为她盖棺定论。再参考白居易《长恨歌》的一句名诗，形容美人的眼泪是"梨花一枝春带雨"，这也很符合黛玉爱哭的个性，第二十六回写她有一次哭时，旁边的宿鸟栖鸦都忒楞楞地飞走远避，不忍再听，可见悲泣的黛玉是多么楚楚可怜。借由梨花的这些文化意涵，我们可以合理地展开联想，而丰富对这个人物的认识。

在稻香村则可以看到"佳蔬菜花，漫然无际"，这是为了配合李纨槁木死灰的寡妇生活而量身规划的，但是另外却又有一个非常抢眼的设计，即喷火蒸霞一般的红杏花。红杏在中国文化传统中本来就具有一定的象征意义，它其实代表青春，尤其是可能会有逾越界限的泛滥的青春，以至于在宋诗里可以看到"红杏枝头春意闹"，以及"满园春色关不住，一枝红杏出墙来"这样的句子。所以，让稻香村里绽放着喷火蒸霞般的几百株杏花，曹雪芹绝对是有寓意的——在那泥黄色的、单调呆板的背景上，反衬着喷火蒸霞的红杏，它象征被压抑的人性是不可能完全消失的。因为人性本来就是与生俱来的一种生存本能，这种包括贪嗔痴在内的生存本能一旦消失，人便无异于死亡，因此在真正死亡之前，这样的人性其实还是会藏在心里，构成人类存活下去的一种动力。

因此，我将红杏比喻为整座稻香村死灰中的一丛红艳，是空白里的一片繁华，形成视觉上的高度反差，我想曹雪芹是要用它来象征居住在稻香村中的李纨，她其实内心深处还存在着一段在余烬中依然跃动不已的不安定的灵魂，所谓的"不安定"并不是说她道德有问题，而是人本身就有这样一种基本的人性状态。这一点说来话长，我们在人物专论中会有更详尽的分析。

　　大家都知道，秋爽斋种有芭蕉（见第三十七回）还有梧桐（见第四十回），在《红楼梦》一书中，芭蕉和梧桐既有两千多年来所累积的人文意涵，也有它自己本身的象征系统。大观园里潇湘馆和怡红院这两处都种有芭蕉，而且怡红院的蕉棠两植给读者留下非常深刻的印象，由此可以推知，作者认为探春是有资格与宝玉、黛玉这些所谓"玉"字辈相提并论的。因此，芭蕉代表了脱俗的精神，是一种与世不偕的人格坚持；至于梧桐，在《庄子·秋水》的寓言中也是凤凰宁缺毋滥的唯一选择。我提到过《红楼梦》中有五大凤凰，探春便是其中之一，一则这是预言她将来会远嫁成为一个非常尊贵的王妃，二来与探春的君子风范也是相得益彰，有着"拣尽寒枝不肯栖，寂寞沙洲冷"的象征意义。

　　蘅芜苑种了很多的香草，这是第十七回中让人印象非常深刻的地方。不过一直让我深感疑惑的是，历来《红楼梦》的人物论，在谈到宝钗时往往刻意忽略这一段有关香草的描述，然而在古代，只要稍微有一点基本的传统人文素养，一看到这些香花香草的名称，自然就会联想到《楚辞·离骚》，尤其是屈原的人格。我不知道为什么在现代的人文学界中，面对这个问题基本上却是一致忽略，其中显然有着某一种极其顽强的成见在作祟。

　　上文中谈过蘅芜苑的山石设计，以及它由于没有植被的覆盖，而导致与其他地方不同的建筑造型和院落景观，可是我们不要忽略，蘅芜苑带有完全与众不同的植物设计。在第十七回中，作者用极尽铺陈的骈文手法，来渲染展现蘅芜苑的道德象征，宝玉博学多闻，杂学旁收，所以他对眼前的植物能够一一历数它们的来历，指出："这些之中也有藤萝薜荔。那香的是杜若蘅芜，那一种大约是茝兰，这一种大约是清葛，那一种是金萱草，这一种是玉蕗藤，红的自然是紫芸，绿的定是青芷。”请注意其中的“杜若蘅芜”，这就是此处为什么叫“蘅芜苑”的原因。杜若也是一种香草，还有茝兰，都在《楚辞·离骚》里出现很多次，所以只要稍微有一点中国传统的文化常识、文学训练，一下子便可以联想到此处传达很多丰富的、正面的讯息。

宝玉接下来非常明确地告诉我们，可以在哪里找到这些香草的踪迹，他说“想来《离骚》《文选》等书上所有的那些异草”，这就是它们的来历。而早在屈原笔下，“香草美人”便已经建立了一个很重要的文学象征传统，尤其香草常常被视为贤臣与君子的象征，蘅芜苑中遍植的各种植物，很明显是刻意袭用了屈原所创造的“香草美人”的象征意义，即人格的高洁以及德性的高尚。这些香草的芬芳不是白玉兰花、茉莉花那种直接刺激嗅觉的香气，而是若有似无，有如空谷足音一般，人只有在很宁静的时候，才能领略到这些香草散发出来的芬芳，所以这种香气是一种德性的无形的感应和濡染。这样的德性的芬芳，在全书的设计中有两个互相呼应的地方，其中最重要的就是冷香丸，冷香丸的药名中恰恰有个“香”字。至于“冷”和“香”到底要怎么解释，它们彼此之间有何种重叠和辩证的关系，这些问题都等到人物论专题再说。

香草的道德芬芳，与居处其中的宝钗是以贤德取胜的君子一流人物正形成了紧密的呼应。而宝钗的道德绝对不是迂腐、守旧、刻板的那种教条，薛宝钗式的道德是非常灵活而丰富的智慧，因此有很深厚的层次，她的内在如同源头活水，使得这种道德变成一种源源不断的精神升华。在蘅芜苑所种植的这些香花香草，内部隐含着强韧的生命意志，都不是华而不实的装点，也不是瞬间浮面的美丽，所以才可展现为崇高的品德节操。宝钗绝对不是李纨式的槁木死灰，绝对不是被礼教蚕食侵吞，最后变成一个只会行礼如仪的人偶，她的内在有非常丰沛的生命力在加以支撑。

在第四十回中，刘姥姥逛大观园来到蘅芜苑这一站的时候，作者便引导我们更深一层地看这些香花香草。当他们一行人"一同进了蘅芜苑，只觉异香扑鼻。那些奇草仙藤愈冷愈苍翠，都结了实，似珊瑚豆子一般，累垂可爱。"想要了解作者的苦心设计，我们实在必须停下来，好好地深入考察一番。这"异香扑鼻"的香气绝对不是花朵的香气，而是整棵植物由根到叶、到茎、到果实，全部生命所散发出来的香气，而且"愈冷愈苍翠"这五个字通常用于对松竹柏的形容，作者现在用之于蘅芜苑的香花香草，比起屈原的运用还增加了更多的层次。

换句话说，在如此万物萧索的情况下，这些香草不但依然散发芬芳，而且像松竹柏般翠绿如新，甚至在对抗这样的恶劣环境之余，还能够结出果实，让生命生生不息。对此，我想到苏轼《赠刘景文》一诗曾经说："荷尽已无擎雨盖，菊残犹有傲霜枝。"秋冬季节万物凋残，但天地间仍然可以看到一些值得赞美的、兀傲不屈的生命力，即"最是橙黄橘绿时"。对照之下，蘅芜苑的香草都结了累垂的果实，事实上比起苏轼所赞美的"橙黄橘绿"并不遑多让。

我考察过一些群芳谱以及明清时期有关这些植物的相关文献，得知这些香草在秋冬的时候是不可能结果实的，但曹雪芹为了要塑造笔下这位非常重要的女性角色，他不惜调动创作者的权力进行虚构，从丰富的古典文学传统中汲取众多的资源，强化宝钗深厚的道德心性。简单来说，曹雪芹为蘅芜苑所设计的景致虽然只有香草，但一方面对于中国传统文人来说，这是最直接、最明显可以召唤出崇高之道德性的一种意象，另一方面在相关描写上，还更进一步综合了松、柏、梅、兰、竹、菊、橙的各种优点，可以说是对道德最全面、最高度的象征性表现。

实际上，这也在呼应第五回《红楼梦曲·终身误》里对宝钗的形容："山中高士晶莹雪"，这七个字常常被读者断章取义，实在有待于客观持平地加以澄清。"山中高士晶莹雪"百分之百只有正面的意涵，现代人因为不了解传统的语境，所以任意把这个"雪"字摘出来，批评宝钗是冰冷无情等等之类，那是标准的断章取义、穿凿附会。作者只是在感慨人和人之间的感情就是这么独特，而且往往得靠一些莫名的、奇怪的缘分，例如：虽然你那么完美，但问题是我偏偏就没有爱上你，我爱上的可能是一个浑身缺点活蹦乱跳的人，于是宝玉爱上的是黛玉。曹雪芹要告诉我们，你喜欢的不一定是全世界最好的人，你没有爱上的人也不一定就不好，甚至还更好，爱情本身不是理性计算的结果，往往很难用一些逻辑道理来说明，所以小说家塑造了一个"木石前盟"的神话，以反映其中非理性的成分。因此，读者千万不要以宝玉的情感取舍来断定人物的品格优劣。

当然了，人世间的道理永远是辩证的，所以我们可以看到蘅芜苑的这些香花香草，当它们从屈原时代开始，一路下来被赋予这么高度脱俗的道德象征，可是却在落入世俗的同时又具有高度的经济价值，这在第五十六回李纨的说辞中可以很清楚地看到，原来香花香草晒干之后，可以卖得高价。很显然，有时候并不是这个东西本身发生变化，而是它所在的环境使得它有了不同的评价，这也是人世的无奈。所以我认为宝钗会受到那些误解，根本不是她本身有问题，而是看待她的读者采用的标准或角度不同，以致发生了落差。因此，若要比较准确地掌握宝钗这个人物，还是必须要回归到作者怎样整体塑造这个人物来加以考察，才能不失于偏颇。

至于栊翠庵，第四十九回提到："妙玉门前栊翠庵中有十数株红梅如胭脂一般，映着雪色，分外显得精神。"梅花的品种其实很多，像白梅花是"竹篱茅舍自甘心"的李纨的代表花；妙玉仍然处于青春风华时刻，是带发修行的美女，她的心其实也不甘寂寞，有那么一点跃动的春心是由宝玉所触发，而且她也不吝于表达，所以这一点春心果然表露在栊翠庵中那如胭脂般的红梅上。

自古以来，梅花会受到文人如此高度的激赏自有其道理，在冬天万物生机都枯槁的情况下，那样彻骨的冰寒中竟然可以绽放出这么精神抖擞的梅花，难怪古人会对梅花赞赏有加，他们在梅花身上看到一种不屈不挠的生命力，所以才会赋予它如此浓厚的道德象征。正如庄子所言："天地有大美而不言，四时有明法而不议，万物有成理而不说。"（《知北游》）原来真正的大美、明法、成理是沉默无声的，真理本身从来就是不言、不议、不说，人只有静下心来，好好去领略，才能从中得到很多的启发。

我之前提到过，栊翠庵的白雪红梅和稻香村的黄泥红杏在设计上其实是如出一辙的，但很奇妙的是，宝玉对这两处的反应却截然不同：对着栊翠庵的红梅花，宝玉是感到"好不有趣"，因此他"便立住，细细的赏玩一回方走"，完全以一种审美的心态来面对；但是对于稻香村，宝玉的观感则是很不以为然，还批评说"似非大观"，因为他觉得稻香村的乡村风格在大观园中简直是莫名其妙且突兀穿凿。所以延伸而言，透过这两种不同的反应，可以看出宝玉所欣赏的人格取向比较偏向于妙玉这种有个性的类型，至于那些被压抑个性的人，宝玉就觉得不太好。我想这一点应该是可以成立的，只不过，宝玉的看法能不能当作曹雪芹的价值判断，那又另当别论了，曹雪芹怎么看待个人主义的问题，这并不是用一言而蔽之的黑白二分所可以清楚判断的。

最后，从情理逻辑来说，惜春所住的藕香榭一定有植物环绕，可是作者并没有明确具体的描述，这也表示作者在某种考虑下，放弃了将植物与屋主互相定义、互相阐述的机会。迎春的紫菱洲也几乎是同样的命运，但是在整部《红楼梦》前八十回快要结束的时候，我赫然发现其实紫菱洲还是犹有可说的地方。紫菱洲的"菱"是一种水生植物，在诗歌里，荷花、菱花常常被一体相通地运用，《红楼梦》中也是。从紫菱洲的命名来看，"洲"字表示它周围一定有水环绕，所以这里应该有池塘，另外加上"菱"字，即可想而知，池塘里种着一些水生植物。

果然在第七十九回，当迎春被嫁出去之后，整个紫菱洲变得非常寂寞萧条，宝玉看了十分感伤，于是口占了一首《紫菱洲歌》加以抒发，诗篇前半段的四句是："池塘一夜秋风冷，吹散芰荷红玉影。蓼花菱叶不胜愁，重露繁霜压纤梗。"这完全是从李商隐诗脱化出来的意境，并且带有不祥的"谶"的寓意在里面，所谓的"吹散芰荷红玉影"，等于在预告或双关迎春出嫁之后会惨遭悲剧的厄运，而"蓼花菱叶不胜愁"也是暗示迎春出嫁之后所承受的痛苦，那么纤细柔弱的侯门千金，却惨遭孙绍祖的恶意对待，果然迎春支撑不了一年便香消玉殒。

用水生植物的脆弱和它会遭遇到的必然不幸来双关女性悲剧命运的，在《红楼梦》里还有第五回中香菱的图谶："水涸泥干，莲枯藕败。"香菱在第六十三回掣花签的时候，抽到"连理枝头花正开"的签诗，乃出自宋代朱淑真《惜春》，下一句为"妒花风雨便相催"，其实都是如出一辙的描写，而这两处的比喻双关都是将芰荷、蓼花、菱花等水生植物笼统互用，一体呈现凋零的厄运。对于女孩子的命运，曹雪芹真的是痛心疾首，可是他也无能为力，只能呕心沥血地创作这一部《红楼梦》，作为女性集体的悲剧命运交响曲。

青春是一部太匆促的书

以上是在大观园中还算丰富的一趟巡礼。大观园是一个人工的产物，它奠基在最肮脏的基础上，也必须面对人世所不能逃避的时间流逝。万事万物都在时间中存在，因此必须接受时间所带来的生灭变化，一切都终归于无常。"生有时，死有时；栽种有时，拔出所栽种的也有时"，这是《圣经》的诗篇，我想，只要有一点灵性的人都能够很深刻地感觉到，我们所拥有的一切、所面对的一切，终究都要面临毁灭。智慧其实是在真正认识到这一点之后才能够产生，而真正的力量，也是必须深刻洞察到死亡随时在我们身边潜伏的时候，才能够激发出来。

大观园的必将毁灭，让很多读者不胜唏嘘，因为对于读者而言，乐园的存在是多么美妙，它甚至是我们人生中透过幻想才能够获得的一点心灵安慰，因此对于乐园的失去总是万般不舍，也很容易有一种迁怒的心理。而在红学两百多年的研究史上，那些被迁怒的倒霉鬼就是宝钗和王夫人，王夫人的抄检大观园往往惨遭痛骂，而且她被认为是导致大观园毁灭的主因，迁怒的读者们合力将她塑造成残害无辜少女的刽子手。

但是我个人的研究指出，实际上对于大观园，王夫人是非整顿不可的，逼得王夫人必须整顿大观园的导因即是绣春囊的出现。大观园本身在先后天各方面都是充满致命危机的所在，而时间对它的摧残更是明显。大家常常忘了，青春是一本太匆促的书，短暂而脆弱，因此住在大观园中的少女们又能在那里安乐多久呢？只要进入青春期，成长就会导致性成熟，这让她们必须要进入婚姻，离开大观园，同时性成熟也可能导致道德风纪的败坏，这无形中是对大观园本身更直接、更可怕的冲击。

当初刚搬进大观园的时候，女孩子们都还小，第二十三回写道："园中那些人，多半是女孩儿，正在混沌世界，天真烂漫之时，坐卧不避，嬉笑无心。"园中人年纪还小，所以还没有性别之分，完全没有男女之别的概念，就与还在伊甸园中的亚当、夏娃一样，是非常纯真无邪的。但时间导致人的成长，一旦通晓男女之别，即会出现各种可能，这时候人便失掉了乐园，所以亚当、夏娃必然要被驱逐出伊甸园。更早在第七十二回中，当时绣春囊还没有暴露出来，但管家林之孝已经警觉到了，他向贾琏提出了建言："里头的女孩子们一半都太大了，也该配人的配人。"人的成长是无法停止的，时间一到，你就得离开乐园。

到了第七十四回，当绣春囊被发现之后，王熙凤更不免开始担心，因为有一次就会有第二次，而且一定接二连三，这样一来，如何还能够巩固大观园的纯净和无邪呢？所以王熙凤说："园内丫头太多，保的住个个都是正经的不成？也有年纪大些的知道了人事，或者一时半刻人查问不到偷着出去，或借着因由同二门上小幺儿们打牙犯嘴，外头得了来的，也未可知。"所谓的"正经"正是指第一要贞洁，第二要没有男女概念，而这是不可能的。"人事"是含蓄的说法，指的就是男女之事，这时的情况已经到了"有年纪大些的知道了人事"，于是凤姐合理地未雨绸缪："再如今他们的丫头也太多了，保不住人大心大，生事作耗，等闹出事来，反悔之不及。"绣春囊的出现就像警钟一样，已经在警告说：时间到了，必须要解决了，否则以后可能会不可收拾，到时候将后悔莫及。

贾家是何等人家，被传出去说他们家的千金小姐住的地方出现绣春囊，那绝对是身败名裂，所以这是攸关性命的重大事件，而绝对不是礼教吃人的问题，也因此王夫人才会泪如雨下，颤声说道："外人知道，这性命脸面要也不要？"既然林之孝家的和王熙凤这些管家的人都意识到了这个问题，于是双双主张要裁革年龄大些的丫头。其实第七十二回提到司棋因为近年大了，所以和她的表弟潘又安开始眉来眼去，有了海誓山盟，到了第七十四回也果然发生了逾越风纪的行为，他们偷情之余还遗落了绣春囊，这就是导致大观园崩溃的最直接而且最关键的原因。

之前的神话单元提到过，在人类祖先亚当和夏娃的故事中蕴含着一些重大的主题，包括原始璞真的消逝、死亡的降临，以及对知识的首次有意识的体验，而这些都与"性"密切相关。匈牙利的心理分析人类学家罗海姆便指出，性成熟在神话中被视为一种剥夺人类幸福的不幸，它被用于解释尘世中为什么会有死亡。我想，这是一个超越地域、超越国界文化的共同认识。因此，当绣春囊出现的时候，也就宣告了大观园必然要面临死亡，这不是个别人物的过错，也不是哪个人有意导致的。大观园的崩溃是一个必然的结果，没有谁能够抗拒，因为任何存在物都在时间之中，注定要面临终结，所以不要再去指责王夫人或任何个别的人，以免落入素朴简单的思考。

很多读者太爱大观园了，因此对于大观园的失落便更加难舍，但如果我们平心静气，对大观园本身的运作客观地加以检验，便会发现大观园的崩溃还有另一个内在的重要原因，即：人和人的群体生活所不可或缺的伦理秩序，在大观园里过于松散，乃至于被逾越。我提过很多次，大观园的内部伦理秩序是以"里"和"外"的空间原则来呈现的，如果人们没有依照其阶级身份去遵守相应的空间法则，那就会导致伦理秩序崩溃，也使得居住其中的屋主深受其害。

试看迎春是大观园中被欺负得最惨的一个，紫菱洲的秩序混乱也最为严重，果然离开大观园之后，她的结局简直不忍卒读。读者往往以为没有礼教，人就可以得到自由，但天下根本没有那么简单的二分法。我认为大观园之所以会崩溃，也在于它无法维持它的阶级秩序，因为那个时代即是以阶级、以宗法制度作为建构他们存在秩序的一套原则，当这套秩序不能够被维持的时候，也就会面临混乱。好比我们现代人也一样，现在虽然表面上大家人人自由，可事实上人与人还是要遵守一套法则，不能够互相侵犯。

《红楼梦》是在两百多年前中华帝制成熟期的时代背景中所产生的小说，尤其描写的又是上流阶层的贵宦世家，它绝对有一套和我们今天不一样的运作法则，就现实面来说，它有可能会限制某些人的部分自由，可是假如没有这套法则，那么这些人恐怕连基本的自由都没有。总归一句话，真理的相反往往也同样是真理，这是一个很复杂幽微、可是又发人深省的道理。